말론 초의 회고록

마리포사

신여리 장편소설

외전

MARIPOSA

말론 초의 회고록

마리포사

신여리 장편소설

외전

D&C BOOKS

MARIPOSA

외전: 말론초의 회고록

Once upon a time
There was a Queen
in the north

여는 이야기

여는 이야기

라르크, 뮈아드로.
코제타 기릭 660년 두 번째 달

"때가 되었다."

지독한 혹한을 보낸 겨울의 이듬해.

"언제까지 라르크의 백성이 차가운 땅에서 좁은 장원을 두고 투쟁해야 하는가. 황금빛 곡물로 넘쳐 나는 옥토는 남부의 핫바지들이 차지하게 놓아두고 겨울을 두려워하며 숨을 죽여야 하는가. 너희가 애국자라면 눈물 흘리며 일어서라. 너희가 힘의 의무를 안다면 따라라. 목숨 바쳐서라도 백성들을 위해 칼과 방패를 드는 것이 내가 추구하는 미래다. 백성들을 배불리 먹이고, 두꺼운 외투를 찢어발겨 평야를 뛰놀게 하겠다. 국서(國壻) 브류나크 변경백이 공작의 작위에 올라 라르크의 섭정이 될 것이며, 페이작 돌레한 경은 군사 대장으로 임명되어 나와 함께 출정할 것이다."

라르크의 25대 여왕 스완 세칼리드 라르칼리아는

북부대통합 전쟁을 천명한다.

1장.
출정 네 달 전

660년 그해의 네 번째 달은 늦은 봄눈이 잦았다.

'시련의 겨울'을 지낸 이듬해였다. 혹한의 흔적은 조약돌 성벽 안팎 곳곳에 남아 있었다. 가족, 벗, 이웃을 잃은 백성들은 삶을 찾아 헤맸고, 아이들이 뛰놀던 호수 변에선 웃음소리가 들리지 않았다…… 중략…… 그것이 라르크라는 나라가 맞이한 역변의 시기를 우리가 어떻게 평가해야 할지 고민해야 하는 이유다.

-『북부전국시대(北部戰國時代), 말론초의 회고록』, 420페이지 중 일부 발췌.

출정 네 달 전

라르크의 수도 뮈아드로.

왕궁 남쪽에 위치해 있는 청사 옆에 딸린 스칸젠 홀이라 불리는 회의장의 문이 열렸다. 뿔 긴 산양이 아로새겨진 나무문이었다.

끼이익. 여느 집안의 집무실과 닮은 회의장 탁자에 둘러앉아 있던 다섯 명의 사내가 동시에 고개 돌려 문을 보았다.

"실례하겠습니다."

객은 키가 크고 훤칠한 미남이었다. 소매와 웃옷 허리에 단조로운 솔방울 무늬가 수놓인 얇은 외투를 걸치고 있었는데, 쓰고 있는 모자에도 같은 무늬가 꾸며져 있었다.

그들은 노골적으로 실망한 내색을 드러냈다.

"웬일이신가, 체사 자작?"

한센 두크 체사. 뮈아드로 남쪽의 롱렌과 같은 작은 도시들을 물고 있는 요충지 호그 일대 장원을 소유한 체사 가문의 자작이었다.

상당히 유명한 인사인데, 유명세가 존경의 척도가 되지 못한다는 것을 일러 주는 산증인이었다.

체사 가문이 뮈아드로 중앙 정계에 거론되기 시작한 건 10년쯤 전이다. 그 무렵 저치들이 뮈아드로에 별저를 두고 이주했다. 한때 세가 드셌던 전(前) 예이건 공작이 그들의 정착을 도왔다 알려져 있다.

근본 없는 핏줄에 가까운 신흥 귀족이라, 가진 것 역시 고만고만한 재산과 얄밉게 잘생긴 낯짝과 사람의 기를 털어 가는 언변 정도였다.

하여 몇 년 전까지만 해도 뮈아드로의 골수 귀족들은 그들을 음서의 혜택을 받은 보잘것없는 자들로 치부하여 괄시하곤 했다. 몇 년 전까지의 일이다. 지금은, 어쨌거나 여왕 폐하이신 스완과 가까운 나름의 측근으로 최소한의 우대를 받고 있으니.

"이런 엄숙함은 맞지 않는데요."

축축한 부츠 밑창을 털어 낸 한센이 다가와 아무렇지도 않게 탁자의 의자를 빼 앉았다. 잘났다 소문 난 얼굴에는 서글서글한 웃음이 만연해 있었다.

건너에 앉아 있던 덩치가 크고 짧은 수염이 두드러지는 남자가 일별했다.

"그대를 위해 비워 둔 자리가 아니네만."

수도 경비대장인 지크 리판 알리크의 굵직한 목소리에는 불편감이 다분하였다.

"그러지 마십시오. 오랜만에 뵈어 이렇게 반가운데."

"해후를 위한 자리도 아니지."

"겸사겸사라 생각하면 좋지 않습니까?"

한센은 빙긋 웃으며 탁자를 둘러앉은 다섯 명의 사내들을 차례로 돌아보았다.
같은 줄 먼 곳에서부터 리제예스 가문의 맹장 데미르 페소, 로엠의 영주인 샌도크 가문의 아크레, 동부 소네어의 영주이자 리두스 가문의 오켄이 차례로 앉아 있었으며, 건너편에는 기사훈련소의 배너기사 데라 노트진 카난소와 수도 경비대장인 지크 리판 알리크가 앉은 순이다.
소네어의 영주 오켄이 탁자를 두드려 시선을 끌었다.
"서운해 말게. 긴밀한 논의가 있을 예정이라 말이네. 알리크 경도 그대에게 특별히 나쁜 감정이 있는 건 아닐 거야."
지크가 즉각 반응했다.
"나쁜 감정이 없지는 않습니다만."
"거, 그러지 말게나. 여기는 스칸젠 홀이야, 폐하의 그늘 아래지. 어른스럽게 굴자고."
오켄이 웃음기 섞인 목소리로 말한다. 그는 동부 관습에 대한 어떤 낭만이 있는 자라 머리를 어깨까지 기르고 있었는데, 얼굴색이 항시 창백하여 유약한 인상을 주었으나 조용히 강인하고 유쾌한 사람이었다.
한센이 넉살 좋게 대응했다.
"갑자기 찾아왔으니 당황하실 만도 합니다. 저 앞에서 폐하를 배알하실 거란 얘기를 우연히 들었습니다. 당연히 중요한 논제일 줄 알았지요."
두꺼운 팔뚝을 감싸듯 팔짱을 낀 지크가 못마땅한 시선을 보내는 걸 모른 체한 한센이 주위를 둘러보았다.
"그나저나 폐하께서는 아직 오지 않으셨군요."
"바쁘신 분이니……."

"양해해 주신다면 폐하께서 오실 때까지만 있겠습니다. 밖에 눈도 많이 오고 하니 몸이나 녹이며 함께 시간을 때우죠."

설익은 웃음을 머금은 오켄이 탁자를 툭 쳤다.

"아주 한가해, 한가해. 체사도 바쁠 시기일 텐데."

"잠시의 쉴 틈도 내지 못한다면 그건 스스로가 감당 못할 일이라는 뜻이지요."

"말로는 뭔들 못하겠나. 뭘 하며 시간을 때우자고?"

한센은 말이 없는 데미르와 아크레, 그리고 심각한 표정으로 다른 생각에 빠져 있는 데라에게 눈길을 주었다.

"눈도 오고 해서 영 기분이 울적하던 차였는데, 이리들 앉아 계시니 얘기나 하나 들어 주시겠습니까?"

"고민이라도 있나?"

"고민까지는 아니고, 오늘따라 생각나 저를 괴롭게 하는 집안 사정입니다."

막 핀잔을 두려던 지크의 입술이 슬쩍 다물렸다.

'체사가의 집안 사정?'

한센이 던진 화두는 다른 사내들의 관심도 끌어왔다. 잠자코 자리를 지키던 짧은 턱수염이 희끗한 데미르가 반응을 보였다.

"그대 집안의 사정이라."

데미르 페소 리제에스. 각진 턱에 점잖은 이목구비, 약간 긴 듯한 앞머리를 넘겨 올려 훤히 드러난 이마의 서글한 주름을 기꺼이 내보이는 사내는 이 회의실에서 가장 풍채가 좋았다.

'베넘의 호랑이'라는 무시무시한 별명을 가지고 있는데, 소싯적 그의 무용담을 들은 사람들은 대부분 공감할 것이다.

"집안 사정 떠드는 자들치고 자랑 아닌 자가 없던데."

"저도 그럴 수 있다면 좋겠군요."

데미르의 도톰한 입가에 보일 듯 말 듯 한 미소가 떠올랐다.

"해 보게. 폐하께서 언제 오실지 모르는 일이니."

"슬픈 얘기가 될지도 모르겠습니다."

"그대가 우울해하는 걸 볼 수 있다는 건 큰 영광이겠지."

데미르의 농담에 한센이 짧게 웃음을 터뜨리며 이야기를 시작했다.

"……문득 떠올라 푸념을 늘어놓는 것이니 흘려들어 주십시오. 떠들고 다니기 좋은 이야기도 아닌지라. 비범하신 작은 숙부님에 대한 이야기입니다. 제가 머리가 요만큼 작았을 때…… 그러니까 한 네다섯 살쯤 되었을 때의."

"비범하다?"

지크의 코웃음이 끼어들었다. 체사 출신이 무에 그리 비범하겠느냐는 빈정거림이 여실한 어투였다. 그러나 한센은 전혀 그에 괘념치 않는 태도로 진지하게 대답했다.

"그분은 몹시 크시거든요. 비록 어렸을 때이기는 하지만 숙부님이 방문하실 때마다 저는 세상에서 가장 큰 거인이 저희 숙부님일 거라고 생각했습니다. 손바닥이 제 얼굴만 하셨으니…… 과장을 보탠다면, 저기 앉아 계신 리제에스 경도 제 작은 숙부의 옆에서는 난쟁이처럼 보일 겁니다."

데미르가 어이가 없단 듯 웃었다. 데미르는 이곳에서 가장 몸집이 크고 건장한 사내였다.

"거인이라도 되는가?"

"그렇다 해도 손색없다 말씀드릴 수 있을 정도는 되시는군요. 병에 가까우셨습니다. 실생활에 어려움을 주는 모든 것들은 병마와 다르지 않다는 관점에서 말입니다."

이야기가 그렇게 이어지자 내내 침묵을 유지하던 아크레도, 다른 고심에 빠져 있는 듯 보이던 데라도 그쪽으로 은근히 귀를 기울였다. 대체 무슨 이야기를 하려는 것인지 감이 오지 않았기 때문이다.

한센은 괴로운 안색으로 얼굴을 쓸더니, 찬찬히 말을 이었다.

"5년 전, 오늘 같은 봄눈이 내리는 날이었습니다. 숙부께서는 절친했던 어릴 적의 친구와 술 한잔의 우정을 나누고 계셨습니다. 한데 숙부의 큰 키를 두고 상대가 선을 넘은 농담을 하는 바람에 다툼이 일어나고 만 겁니다. 눈감아 넘겨도 좋을 일이지만 술에 취한 두 분이 절제를 잃으신 것이지요. 숙부께서는 10년을 넘게 알았던 친구에게 결투를 신청하셨습니다."

사내들은 별꼴이다 싶은 표정을 지었다. 하나 동시에 다들 혈기를 아는 사내들인지라 결투 자체에는 흥미가 생기긴 했다.

"그래서 누가 이겼나?"

"아, 결투는 성사되지 않았습니다."

"뭐?"

"친구분이 제 숙부의 몸집이 너무 커서 불공정한 결투라며 달아나는 바람에 그리됐다더군요. 저도 적이 실망스러웠지요."

"장난하는 것도 아니고."

한껏 진지하게 듣던 지크가 맥이 빠져 탁자를 쳤다. 오켄도 어이가 없다는 듯 헛헛하게 웃었다.

"대체 무슨 얘기를 하고 싶은 거요?"

"이제부터가 진짜입니다. 숙부께서는 그 큰 몸집 때문에 결투조차 할 수 없다는 데에 몹시 화가 나셨습니다. 그래서 혼자 술을 진탕 마신 겁니다. 만취한 채로 눈발을 헤치며 집으로 돌아오셨을 때는 자정을 훨씬 넘긴 시각이었죠. 숙부의 작고 귀여운 아내인 숙모님께서는 저녁 내내 창밖을 보며 이제나저제나 숙부께서 왜 안 돌아오실까 기다리다 막 잠이 드셨는데…… 일이 생기고 만 겁니다."

"무슨 일?"

말을 멈춘 한센이 얼굴을 쓸었다. 그리곤 한없이 우울하다는 표정을 지었다.

"죄송합니다. 막상 말하려니 마음이 편치 못하군요. 저도 술을 좋아하기는 합니다만 술이라는 게 대체 뭔지, 싶기도 하고."

"뜸 들이지 말고."

지크가 짜증을 내며 채근했다. 한센은 비장한 표정으로 고개를 끄덕이더니 말했다.

"숙모님이 돌아가셨습니다."

장내에 잠시간 침묵이 맴돌았다. 뜬금없는 전개에 당혹하여 가장 먼저 반응을 보인 건 의외의 사람이었다. 그의 이야기에 특별히 관심을 기울이지 않는 체 듣고 있던 아크레였다.

"지금 맥락이 어디로 간 건가?"

데미르가 피식 웃으며 눈길 보내자 아크레가 계면쩍은 듯 팩하니 고개를 돌렸다. 안 듣는 체 다 듣고 있던 것을 들켜 민망하다는 내색이었다.

한센이 부연했다.

"설명이 부실했군요. 만취 상태로 작고 귀여운 숙모님을 깔아뭉갠 숙부가 죽이신 거지요. 의도한 건 아니었지만 숙모님께서는 그렇게 변고를 당하셨습니다."

"……아니, 대체."

"……그래서 이런 눈이 내리는 날이면 작은 숙부는 하염없이 창가에 서 계십니다. 몇 년이나요. 지금도 그러고 계시겠지요."

사내들의 낯 위로 어이없음과 혼란이 동시에 일어났다. 결론이 깔려 죽었다니 비극은 비극이지만, 그보다는 어처구니가 없었다. 이걸 웃으라 하는 얘기인지 조의를 표해라 하는 얘기인지. 하지만 눈발 날리는 창을 내다보는 한센의 눈빛이 심상찮았다.

지크가 황당하단 듯 물었다.

"농담하나?"

"제가 집안의 비극을 농담거리 삼을 만큼 얄팍해 보이십니까?"

그때, 짤그랑하는 고철 소리와 함께 은화 한 닢이 한센에게로 던져졌다. 날아온 은화를 가볍게 받아 낸 한센이 그쪽을 보았다. 데라는 홀쭉한 동전 주머니를 내려놓으며 소탈하게 말했다.

"한센, 이 얄팍한 작자야. 그대의 숙부가 혼인한 적이 있어야 말이네. 집중이 안 되잖나."

데라 노트진 카난소.

연갈색 머리칼에 갈색 눈동자, 그리고 뾰족한 코를 지닌 그는 카난소 백작 가문의 아들로 평소 수더분하고 소탈한 성정으로 많은 사람들의 인망을 얻고 있었다. 독보적인 실력의 기사는 아닐지언정 통찰력과 통솔력은 몹시 대단하다는 평을 받았다.

사내들은 눈을 껌뻑껌뻑하다가 한센을 한 번, 그리고 다시 데라를 한 번 보았다. 데라가 부연했다.

"보이트 일라우 전(前) 체사 자작이 떠나기 전 가끔 저 아래 술집 마고에서 만나 잔 나누기를 했습니다. 전 자작의 아우는 한 명이고, 그 한 명조차도 파리모 수도원의 수도사가 되고 싶다 하여 혼인하지 않겠다 고집을 부렸는데 결국 수도원의 시험을 통과하지 못해 사제는 되지 못하였고요. 아닌가?"

따가운 시선이 한센에게로 쏟아졌다. 서글서글하게 웃으며 데라를 바라보던 한센이 어깨를 살짝 들먹였다.

“이렇게 폭로해 버리시면 이어서 하려던 다음 이야기가 쓸모없어지는데요.”

붉으락푸르락해진 지크가 버럭 소리쳤다.

“이 경망스러운 고라니 같으니라고!”

“노루입니다. 몇 번을 말씀드리는지 모르겠습니다만, 보통 노루는 뿔이 있고 고라니보다 몸집도 두 배는 더 큽니다.”

데미르는 점잖게 고개를 저으며 관심을 거두었고, 아크레는 혀를 찼으며 오켄은 큰 소리로 웃었다.

“하하, 이 사람, 또 장난이군. 또.”

“자격 없는 불청객이라 쫓아내실 내색이셨으니, 흥미로운 얘기로나마 자격을 사 보려 했지요. 어떻게, 다음 이야기를 해 볼까요?”

어쨌거나 분위기가 나아진 건 사실이라 한센에게 눈치를 더해 주는 이는 없었다. 여세를 몰아 다시 한센이 재미있는 이야기를 해 보겠노라, ‘이번엔 거짓 없는 진실된 소문이다’ 하고 운을 떼려는 순간이었다.

문이 열리는 소리에 이야기는 중단되었다. 사내들은 처음 한센이 나타났을 때처럼 내심의 기대감을 품은 눈빛으로 고개를 돌렸으나 이내 실망했다. 들어온 것은 하인이었다. 하인은 가장 끝에 앉아 있던 데미르에게 다가가 넌지시 무언가를 속삭이더니 면구스러운 몸짓으로 돌아나갔다.

데미르가 두꺼운 눈썹을 찌푸리며 사내들에게 차례차례 눈길을 주었고, 그와 시선을 맞춘 사내들은 이내 김빠진 표정으로 한숨을 내쉬었다.

하인이 돌아나가는 모습을 가만 바라보던 한센이 가라앉은 분위기를 가볍게 밀어내며 물었다.

"폐하께서 더 늦으신다는 겁니까? 다들 얼마나 기다리셨습니까?"

"세 시간은 족히 넘긴 것 같군."

"세 시간이 무언가. 정오에 모였네."

지금은 해가 많이 기운 시각이었다. 족히 네 시에 가까울 것이다. 한센은 측은한 눈빛으로 사내들을 보았다.

"이렇게 말씀드리기는 그렇습니다만, 그렇다면 오지 않으시겠다는 뜻이 아닐지요."

"……기다려 봐야지. 중요한 문제니까. 국서께도 청을 올렸네."

"아아. 그러셨군요."

한센은 이해하였노라 수긍했다.

벨바롯트 파사드 브류나크, 아직 로크란드의 변경백으로 불리고 있지만 내달 공작위를 하사받고 차후 섭정이 될 남자다. 동시에 여왕 스완의 남편이기도 했다.

선왕 돌로메트 3세의 서거가 있은 지 얼마 지나지 않아, 연고도 없어 보였던 왕녀와 변경백이 갑자기 혼인을 한다 하여 뮈아드로가 발칵 뒤집혔던 시절이 멀지 않다.

후일 대체 어찌 된 영문으로 브류나크 변경백과 혼인하게 된 것이냐는 물음에 스완은 '내가 첫눈에 반했단다.' 하며 눙치는 것으로 모든 의혹을 봉쇄했다.

하나 그것을 누가 믿는단 말인가?

그들이 섬기는 여왕에 대해 말할 것 같으면 미남이었던 국왕 폐하를 쏙 빼닮은 아름답고 우아한 여자지만 성품상 누구를 따라다닐 분이 아니었다. 최소한 반하니 마니 하는 말에 신빙성을 얻을 만큼 지고지순하지도 못했다.

때문에 당시 벨바롯트와 스완 양쪽을 다 아는 사람들은 훌륭한 판단을 내렸다.

'브류나크 변경백이 화장터로 뛰어드셨군.'

그나마 변경백이 덜 가여운 것은 스완이 그의 말에는 곧잘 귀 기울여 주기 때문이었는데, 그로 인해 스완과 가신들 사이의 갈등이 생기거나 협상이 있을 때 국서인 그가 많은 수고를 감당해 왔다. 오늘도 그 일환인 것이다.

이 회동에 참석해 달라 그리 애걸복걸했건만, 끝내 나타나지 않는 스완을 생각하니 어쩔 수 없이 불만은 차올랐다. 사내들의 분위기가 날카로워지자 내내 한숨을 참는 표정으로 앉아 있던 데라가 달랬다.

"……폐하를 기다리는 자리입니다. 표정들 좀 푸십시오."

"이보게, 카난소 경."

"폐하께서도 생각이 있으시겠지요."

데라는 스완이 네 당나귀가 전설의 종마라 말한다면 진심으로 그렇게 외치고 다닐 만큼 스완을 깊이 섬기는 자였다. 현실부정의 힘은 그 맹목적인 충성심에서 나오는 것일 터다.

한마디 하려던 오켄이 결국 포기하고 손을 저었다.

"아니…… 아니, 됐네. 어련하겠소."

"그 생각하심이라는 게 자명하지 않나. 눈 뜬 장님처럼들 굴지 마시게. 폐하께서는 어영부영 우리가 포기하게 만들려 하시는 거겠지."

데라에게 현실을 지적해 준 것은 아크레였다.

"언사가 조금 그러십니다. 폐하를 두고 말씀하시는 겁니다."

기실 사내들 모두 짐작하고 있었다. 스완은 오지 않으려 작정을 한 것이다. 하나 그럴수록 그들은 더 자리에서 일어설 수 없었다. 오늘 그녀에게 올리려 한 주장은 매우 심각하고 엄중하며 반드시 관철

되어야 하는 것이다.

내내 그들의 눈치를 살피던 한센이 슬그머니 끼어들었다.

"실례지만 오늘 여기들 모여 계신 것이, 제가 상상하는 그런 이유 때문이 맞겠습니까?"

"무얼 예상하고 있는가?"

"폐하의 참전 문제 말입니다."

잠시 침묵이 탁자 위를 맴돌았다. 그리하여 긍정이었다.

이 다섯 사내가 왜 오늘 이 자리에 모여 있게 되었는지에 대한 상황을 설명하기 위해서는, 약 두 달 전의 시작부터 짚어야 한다.

두 달 전, 여왕 스완 세칼리드 라르칼리아는 북부대통합의 전쟁을 선언했다.

–북부를 통합하고 남진(南進)한다.

그 선포는 귀자로 성벽을 무너뜨릴 뻔했고, 가신들은 턱을 잃을 뻔했다.

그도 그럴 것이, 라르크는 역사의 명맥에 비하여 그 세가 강하지 못했다. 땅이 아주 작지는 않지만 못 쓰는 척토투성이고, 더 냉정히 말해 북부국으로서의 명예만 간신히 지켜 온 약소국이었다. 그런 소국이 주위에 널리고 널린 크고 강병한 나라들을 정벌하겠다니.

유구하게 침략자를 막기만 해 온 라르크에 있어 그들이 침략자가 되는 정복전쟁을 벌인다는 건 촉새가 노새가 되었다는 농담만큼이나 허황되고 황당한 소리였다.

겁 없이 여왕의 포부에 환호한 자들도 있었지만, 대체로 현실감이 있는 자들은 여왕을 뜯어말려야 함을 알았다. 반전론을 펼치는 데에 있어 제일 앞장서 활대를 맨 것은 그나마 말주변이 좋은 코시오 친 헤이바트 백작이었다.

코가 구부러진 자는 심성도 구부러졌다는 속설처럼, 매부리처럼 휜 코를 지닌 코시오는 비뚤어진 충심도 충심이라 소리치며 수많은 사람들을 불러 모아 노르테 홀로 쳐들어갔다.

넌지시 고백하건대 이 자리에 있는 다섯 사내 중, 외근 중이었던 데라를 제외한 나머지 네 사람은 그날 노르테 홀에 함께 있었다.

그날 그들에게 코시오의 용기는 가히 구국의 용기처럼 보였던 것도 사실이다.

–폐하, 불가, 불가, 불가한 일입니다! 정벌을 위한 전쟁을 시작하신다니요. 몽상입니다!

–어찌 몽상이라 단언하느냐?

붉고 긴 머리칼과 걸맞은 자줏빛 망토를 걸친 여왕과, 붉은 얼굴을 한 코시오의 설전은 그렇게 시작되었다.

–폐하께서 말씀하신 전쟁은 단순히 국경에서의 갈등 같은 사소한 마찰이 아닙니다. 영토 확장을 위한 전쟁, 영토 확장! 좋습니다! 소름 끼치도록 멋집니다! 하지만 지금 우리 상황에 가당키나 합니까?

–…….

–폐하는 지금 전 북부를 적으로 돌리신다는 것과 진배없습니다!

–나는 북부를 '우리'로 삼자 이른 것인데?

–말장난입니다. 국경선에서 나자빠지기만 해도 우리의 수배는 되는 군사들이 달려올 겁니다! 열 번 양보해, 개전을 했다 한들 머릿수의 싸움인 전쟁을 어찌 치르실 것입니까? 적들과 맞서기 위해 라르크 내의 생산 가능한 사내들을 모조리 끌고 나가실 것입니까? 말조차 부족한 실정에 여마는 어디서 구하실 것이며, 군사와 군수들을 먹일 군량은 어찌하실 것입니까? 비용은 어찌 충당하실 겁니까? 지난겨울이 얼마나 끔찍했는지 잊으셨습니까? 얼어 죽은 자들의 시

신을 태우느라 류가 호수가 온통 잿더미가 되고 우리의 귀한 숲마저 베었습니다. 잔인무도한 겨울에서 살아남은 지 오래지도 않았습니다. 우리가 지금 해야 할 것은 전쟁이라는 허무맹랑한 목표를 위해 검을 드는 것이 아니라, 서로를 다독이며 다가올 겨울을 방비하는 것입니다!

코시오의 주장은 모든 이들의 심정을 대변했다.

지난해의 겨울은 전례 없던 시련의 계절이었다. 어찌나 추웠는지. 언 시체들과 비쩍 마른 아이들이 거리에 널려 있었고, 백성들 간의 약탈도 비일비재하게 일어났다. 수많은 사람이 죽고, 굶고, 떠났다. 그들은 아직 그 상처조차 치유하지 못했다.

–그래, 지난겨울 우리는 귀한 숲을 화장터에 제물처럼 바쳐 올렸다. 수많은 아비는 형제를 잃고, 수많은 아들은 부모를 잃었으며 수많은 우리는 희망을 잃었다. 다시 찾아올 겨울, 우리에게 그와 같은 시련이 찾아온다면 그때 우리가 잃는 것은 우리 자신일 것이다. 그러니 나가야지. 군량과 군수라 하였느냐? 그 또한 우리가 이번 가을이 지나기 전 저 밖으로 나가야 하는 이유다. 그들의 고방이 올해의 수확물로 가득 찼을 때, 우리는 그간 저들이 침략하여 약탈해 간 모든 것을, 우리가 빼앗긴 곡식과 고기를 돌려받아 배를 채울 것이다. 우리를 헐벗게 만든 자들의 모포를 이불처럼 깔고 쉴 것이며, 우리의 숲을 빼앗은 자들의 집을 헐어 잉걸불을 키울 것이다. 그리한다면 돌아올 계절은 누구의 시련이겠느냐?

–고난을 명분 삼아 전쟁을 결의하심은 감정적인 결단이고, 감정적인 결단은 실패에 가까워지는 법입니다. 황공하오나 아국은 이 북부를 열로 쪼갠 것보다 작습니다. 우리는 공연히 우리를 괄시하는 뢴사의 반도 되지 않으며, 아일마레의 반의반도 되지 않을 것이며

일개 도시인 라인과 에센바르크에도 미치지 못합니다. 할케의 창병단조차 그 수가 우리의 기병을 웃돈다는 농담을 들어 보신 적 있습니까? 이것이 역청을 뒤집어쓰고 불길 속으로 뛰어드는 일이 아닐 수가 있다는 말입니까?

–뢴사는 크지만 그 안의 사람들은 작다. 아일마레는 우리의 네 배가 되지만 절반은 늘 지데라카인과 대치 중이며, 나머지 절반은 남대륙의 왕국들을 견제하느라 팔이 넷쯤 되어야 할 상황이지. 무엇보다 우리는 한 사람이 다섯의 몫을 다할 수 있을 만큼 용맹하고 강인하다.

–적에 둘러싸인 것은 저들만이 아닙니다. 로크란드만 해도 수시로 유목민들과 대적 중이며, 호라신의 도시 군사들과의 갈등을 해결하지 못했습니다. 폐하께서 군을 징집하여 떠난다면 호시탐탐 기회를 보던 자들이 침략을 감행할 것입니다. 그건 우리가 갈리아우 산맥을 올려다볼 때, 산맥이 우리를 내려다보는 것과 같은 이치입니다. 여인과 아이들과 노인만 남은 나라를 누가 두려워할 것입니까?

–로크란드의 병력은 이제까지처럼 유목 민족들로부터 우리를 지킬 것이고, 호라신의 군사들은 이미 코카스의 경이로운 아들이 무릎 꿇렸는데, 두 번인들 어렵겠느냐? 싸울 줄 모르는 여인과 아이들과 노인만 남게 된다면 그대의 말처럼 침략당하게 될 시 고초와 고난이 일겠지. 하나 그를 위해 국서 벨바롯트가 이 자리에 있는 것이다. 그는 누대 라르크를 지켜 온 브류나크 가문의 아들이며 그의 검은 단 한 차례도 적들의 침략을 허락한 적이 없었다.

여왕도 맞는 말.

코시오도 맞는 말.

한 치의 양보도 없는 치열한 공방이었다.

그때까지는 품위도 있었다. 이성 잃은 코시오가 이성 운운하며 소리치기 전까지는 말이다.

–망상에 젖어 대패라는 굴욕을 가져와 온 북부의 조롱을 사게 만드실 것입니까? 폐하께서는 이성을 잃으셨습니다! 제정신이 아닙니다! 미치셨습니다!

'누아드가여, 또 한 놈 갑니다.'

코시오도 자신이 큰 실수를 했다는 것을 깨닫곤 허옇게 질렸으니 그야말로 일이 날 줄 알았다. 하나 언변 좋은 백작에게는 다행스럽게도, 스완은 노여워하지 않았다. 옥좌에서 일어나 모두의 머리 위에 물었을 따름이다.

–너희도 헤이바트 백에게 찬동하느냐?

찬동하기에 그 자리를 채운 좌중이었다. 여왕이 꾸는 창대한 꿈에 가슴 벅차 잠을 설치는 자들조차도 그들이 성공적인 결말을 맞을 것이라는 확신은 갖지 못했다.

여왕과 코시오의 설전은 눈앞의 현실과 막연한 미래의 싸움이었고, 산 자에게 현실이 더 가까운 건 어쩔 수 없는 일이 아니던가.

침묵으로 긍정하는 그들의 머리 위에 여왕은 다시 질문을 내려놓았다.

–다시 물으마. 너희는 오늘의 우리를 있게 한 나의 아버지, 너의 아버지, 조부, 누대 거슬러 올라 이 땅에 기틀을 만든 우리의 선조들을 존경하느냐?

–그렇습니다.

–당연히 그렇습니다.

묵묵히 듣던 바간테오의 아들이 용기를 내어 코시오를 거들었다.

–폐하, 우리는 선조들이 라르크를 위해 분투했던 역사를 결코 허

투루 여기지 않습니다. 다만…… 벅찬 현실을 알기 때문입니다. 우리의 역사는 수성의 대가이지 공성의 대가는 아닙니다.

애석하게도 그러하다.

그들은 유구한 역사, 침략을 방비하는 데에만 급급해 왔다. 또, 좌로 호라신, 트링거 우로 고헴, 남으로 팔나이인들이 접해 있어 소수 부족이나 유목 민족들이 출몰하기라도 하면 고난이 두 배가 되었다.

그뿐인가? 이 북부에는 뢴사, 아르도니스, 아일마레, 개롯, 프릴로스, 라인, 에센바르크를 비롯한 많은 강한 나라와 독립된 도시들이 위세를 떨치고 있다.

그를 알 만큼 여왕은 영민하다고, 그녀를 따르는 모든 신하들은 믿었다. 부디 생각을 바꿔 주기를. 하지만 여왕은 도리어 말했다.

—높으신 할아버님이신 초대의 왕 버반타그께서 일곱 명의 벗과 함께 이 뮈아드로에 첫 조약돌을 쌓았을 때, 그분은 수많은 적들의 창과 활을 이겨 내고 우리에게 첫 땅을 일궈 주셨지.

—…….

—13대 왕 케나투스는 스라닐의 도시를 멸망시켜 서쪽의 로크란드를 우리의 것으로 만들었고 방벽을 쌓았다. 너희는 그를 위해 피 흘린 선조들에 감사하고 있느냐?

—폐하, 백 번 통감합니다. 하나, 그렇기에 선조들이 물려준 이 땅을 지켜야 하는 것입니다.

—하면 후대는 우리에게 무얼 감사할 것이냐?

여왕은 묻고, 또 물었다.

—시련의 계절에조차 손쓰지 못하고 주저앉아 있던 지금, 내 시대의, 내 눈앞의 그대들과 내게 그들이 무얼 감사하게 될 것이냐?

—…….

—너희는 굶어 죽을 걱정을 남겨 주고, 삽 끝도 들지 않는 척토를 지켜 주고, 추위에 얼어붙은 자식을 화장할 수 있게 해 주었다는 것으로 감사를 받고 싶을 만큼 파렴치한인가?

그녀의 목소리는 불처럼 일어나 궁전을 때리기 전부터도 날카로운 질타였다.

—너희들은 지금 무엇에 감사받을 작정으로 지금 예 몰려와 있는 것인지 말해 보라! 묻지 않느냐! 이 많은 자들이 코시오와 같은 생각이라면, 이 많은 입 중에 한 명쯤은 후대가 우리에게 무얼 감사할지 말할 수 있겠지!

이제야 말하지만 그들의 여왕은 지나치게 언변이 좋은 사람이었다.

—사투르가 귀레 라르크, 너희가 목 놓아 그 위대한 목소리를 외치지만 그것은 대체 어떤 라르크이냐? 당장의 겨울을 걱정하고, 매해 겨울 네 가족과 네 친구와 네 자식을 화장하는, 굶어 죽기 싫다 제발로 감옥으로 기어 들어오는 백성들과, 그토록 강함에도 언제 쳐들어올지 모를 적들에 발이 묶여 꼼짝도 못하는, 그런 라르크가 너희가 말하는 지켜야 할 관습이냐!

힘차게 단상 아래로 걸어 내려온 작은 여왕은 마치 거인처럼 그들을 옴짝달싹도 못하게 만들었다.

—똑똑히 들어라, 늙음으로써 연륜을 얻고 젊음으로써 용맹한 나의 기사들아. 이 과업은 하고 싶고, 하고 싶지 않고의 문제가 아니다. 너희와 내가 기필코 이뤄 내야 할 숙명. 미래를 위해 수많은 선조들이 고심하고 도전하고 싶어 했던 그 과업이 우리의 어깨에 내어진 것이다. 헤이바트, 비어그, 올가, 리제예스, 포나우, 알리크, 내 앞에 선 너희들 한 사람 한 사람, 너희에게 주어진 과업이다.

그녀의 앞에서 군중이 입술을 꿰이는 일은 사실 어제오늘의 일도 아니다.

–그래, 헤이바트 백이 한 치의 틀림없는 말로 나를 감동시켰다. 우리는 섬약했다. 웅크리고 살았다. 침략하기보다 침략당하며 살았다. 하루하루를 살았다. 그것만이 시련의 겨울을 이겨 낼 유일한 방법이라 믿었고, 그리하여 수성의 대가가 되었다. 자그마치 이백여 년, 반 오백 년이다! 그런데 무엇을 두려워하느냐? 이제 우리는 침략할 것이다. 침략자들은 수성하게 될 것이다. 유구한 선인들의 지혜로 말미암아 수성을 위한 모든 것을 알고 있는 우리는, 우리의 앞길을 가로막는 모든 수단을 꿰뚫어 손바닥처럼 읽어 낼 것이다. 의심스러운가? 이 나라를 이백여 년을 수성해 온 선조들의 기개와 역량을 부정할 것인가?

어린 시절부터 남달랐던 여왕은, 얼어붙은 가슴을 후려치는 사람이었다. 그것이 가신들이 어리고 젊은 여왕을 그토록 어렵게 느끼는 연유였다.

결국 전쟁을 막기 위해 달려간 그들의 가슴에, 여왕은 도리어 꿈을 심었다.

–타스 경.

–예.

–네 그 사랑스러운 딸 미글레소는 한여름에 내리는 눈을 그리워하게 될 것이다. 아비를 잘 둔 대가가 크다.

–…….

–올가 백.

–……예, 폐하.

–그대의 노모는 머지않은 미래 에센바르크로부터 겪었던 굴욕을 그 위대한 아들로 하여금 설욕할 것이다. 알리크 경, 그대는 그대의

자랑인 카프로프트산의 말을 타고 뮈아드로만이 아닌 북대륙을 지키는 기사가 될 것이다. 포나우 백, 그대의 아크레, 그대의 로엠은 더 이상 팔나이로부터 그 명예를 잃을까 두려워할 이유가 없다. 너희가 응당 가졌어야 할 미래다.

이제까지 가 본 적 없는 길로 '가자'고.

―오늘 나는 신중하여 두려움에 빠진 헤이바트 백작과 뜻깊은 시간을 가진 것이 기쁘다. 그리하여 더없이 확신하게 되었다. 우리를 가로막고, 우리의 발목을 붙잡은 것은 두려움뿐이라고. 하지만 나는 두려움을 모른다. 나는 할 수 없다는 말을 모른다. 나는 너희의 부모와 자식을, 그 자식의 자식들에게 저 남쪽의 초원을 안겨다 줄 것이다. 승리하고 싶으냐, 굴복하고 싶으냐. 그런 것은 하등 중요치 않다.

메아리치는 목소리가 잠들어 있던 열망에 물을 주니, 가슴 속 뜨거운 싹이 일었다.

―우리는 북부가 된다. 이것은 나의 결정이 아닌 후대를 위해 우리가 짊어져야 할 필연적인 숙명이다. 너희가 앞장설 용기가 없다 해도 괜찮다. 두렵다면 나를 따라와라. 두려움을 내게 바쳐라. 나는 이라르크의 여왕이 아닌 북부 모든 것의 여왕이 될 것이고 너희는 그런 여왕의 첫 번째 신하다.

그 무렵 설전의 승패는 명료해져 있었다. 분명히 옳은 말을 한 코시오에게 '너 이 겁쟁이 같은 놈!' 소리치고 싶은 마음이 꿈틀거리지 뭔가.

그리하여 반전론을 외치던 대부분의 사람들은 보름 만에 질식하고, 마음을 돌린 자들은 이 말도 안 되는 전쟁 준비에 헌신의 노력을 기하게 되었다. 일각에서 여전히 우려의 목소리를 내는 자들이 있지만, 그건 말 그대로 일부.

여왕과 뜻을 함께하겠노라 결의한 자들에게는 걱정거리조차도 되지 못하였다. 폐하께서 알아서 하실 문제다.

한데 오늘 왜 이렇게 모여 있는가? 하면, 그 때문이다. 여왕이 '따라와라.'라고 한 것이 비유적인 의미라면 문제가 없었겠으나, 그것이 제 뜻에 편승하라는 표현이 아닌 '직접 참전'을 의미하니 전쟁 찬동자들 사이에서도 말이 나지 않을 수가 없는 것이다.

승리의 가능성도 희박한 전쟁에 마지막 라르칼리아인 여왕이 직접 전선으로 뛰어든다는 건 말도 안 되는 일이었다. 그래서 오늘 스칸젠 홀에 모인 다섯 사람은 죽기 살기로 여왕을 막기로 결의했다.

지크가 한숨을 섞어 중얼거렸다.

"폐하께서는 자신의 안위가 얼마나 중하신지 모릅니다."

"어렸을 때부터 겁이 없으신 편이셨지. 변경백이 실패했다고 해도 우리의 의지를 꺾어선 안 되네. 폐하께서 계속 그리 고집을 부리시면 내 직접 결투를 신청해서라도 막을 거네."

단호한 아크레의 대꾸에 데라는 '어떻게 그런 불경한 말을.' 하며 질색하는 표정을 지었다. 데미르가 농담했다.

"뱃가죽 갈라질 소리. 새끼 새처럼 목만 빼고 널 기다릴 새끼들도 생각해야지 않겠나?"

"이번만큼은 아니 돼. 타협의 여지조차 없네."

얕은 콧소리를 내며 한숨을 대신하던 데미르가 곰곰이 생각하는 표정을 하더니 한센을 빤히 보았다. 한센이 그를 알아차리고 수더분하게 되물었다.

"왜 그리 보십니까?"

"체사께서 예까지 온 것을 보면 관심은 있는 듯한데……. 폐하께서 자작에 대해 호의를 가지고 계시니, 내친김에 그 유연한 혓바닥으로 폐하를 설득하는 데에 도움을 주는 건 어떻겠소?"

농담처럼도, 진담처럼도 들리는 말이었다.

울적하니 앉아 있던 사내들도 홀연 나쁘지 않은 생각이라 여기고 그를 보았다. 일단 그들의 여왕은 체사 가문을 신뢰하고 있었고, 한센은 그들보다는 확실히 말주변이 좋은 자였다.

'도움이 될지도.'

기대감 어린 사내들의 시선을 한 몸에 받게 된 한센이 난처한 듯 관자놀이를 긁적였다.

"아, 이거, 참, 뭐라 해야 하나. 갑작스러운 화살이로군요."

"언제나 불시지."

"제 발로 전장에 기어 들어온 것 같습니다."

"해서?"

데미르가 점잖은 미소를 머금고 은근히 채근했다. 탁자에 팔을 올리고 몸을 살짝 기울인 한센이 고민스러운 표정으로 운을 뗐다.

"높이 평가해 주시는 것은 기쁜 일입니다만…… 답하기 전에 여기 계신 기사분들과 영주님들께 하나 여쭈어도 되겠습니까?"

"뭐든."

"여기 폐하보다 오래 살고 싶으신 분 계십니까?"

사내들은 말문이 막힌 표정으로 한센을 보았다. 무슨 소리를 하는 건지. 지크가 받아쳐 물었다.

"그 헛소리는 뭔가?"

"경들은 폐하가 먼저 서거하실지, 경들이 먼저 화장터로 가실지 생각해 보신 적 있으신가 해서 말입니다."

지크는 금세 얼굴이 붉으락푸르락해져 한센을 향해 소리칠 것 같은 표정이 되었고, 오켄과 데라는 대놓고 눈살을 찌푸렸으며 아크레는 역정을 냈다.

“어디 감히 폐하의 서거를 운운하는가! 아무리 근본 없는 핏줄이라도! 짐승도 은혜를 안다는데!”

데미르도 이번에는 아크레를 말리지 않았다.

한센은 분위기가 험악해지자 손바닥을 보이며 백기를 들었다.

“……불충하게 들렸다면 사과드리겠습니다. 폐하의 서거라는 말만으로도 이렇게 험악해지시는 충성스러운 경들께서 폐하를 지키는 역할에 태업하실 리가 없겠지요. 매우 감동적이고 감명 깊은 일입니다. 약간…… 모순적이라는 걸 모른 체한다면 말입니다.”

“모순?”

“벌써부터 폐하께 변고가 생길 걱정으로 이렇게 시간 낭비를 하고 계신다는 건, 폐하를 지켜야 하는 경들이 각각의 역할에 충실하지 못할 거라 생각하시는 게 아닙니까……?”

사내들은 한센의 정신이상을 보다 진지하게 의심하게 되었다. 전쟁의 승패를 떠나 스완은 마지막 라르칼리아이며 여왕이었다. 안전하게 보호되어야 하는 존재란 뜻이었다.

지크는 탁자 모를 짚고 당장이라도 한센을 한 대 치고 싶은 표정으로 들썩이던 끝에 체통을 버리고 외쳤다.

“그 논리대로라면 어차피 죽을 인간이 갑론을박한다는 말인데, 어차피 죽을 네놈은 왜 사나?”

아크레마저 혀를 차며 거들었다.

“목 위에 머리 대신 솔방울을 얹고 다닌다는 설인도 그대보단 낫겠군.”

이상한 표정으로 한센을 보는 데라를 제외하면, 오켄과 데미르도 아크레와 비슷한 온도였다. 한센은 아무도 그를 이해하지 못했다는 사실이 통탄스러운 양 얕은 한숨을 내쉬었다.

"제가 말주변이 없어 큰 오해를 산 것 같습니다. 제 말뜻은 역할이라는 것이 있다는 겁니다. 이 자리에 계신 두 영주님과 경들 모두 폐하의 목적에 편승한 분들이고, 그 대가로 폐하보다 먼저 죽겠다 결의하신 셈입니다. 지키다 죽든, 싸우다 죽든, 본질적으로 경들의 역할은 그것이지요."

"그 말이 그 말이잖나. 결심한 마당이니 잔말 말고 폐하를 지키다 죽을 생각이나 하라는 소리!"

"넓게 말씀드리면 폐하께도 역할이 있다는 것을 잊으시면 안 된다는 의미도 포함됩니다."

"어허이!"

그들이 생각하는 여왕의 역할은 귀자로 성벽 안에 남아 있는 것이다. 도대체가 궤변만 늘어놓는 한센을 참을 수 없어 지크가 막 다시 한 소리 하려던 순간이었다.

한센이 물었다.

"지금 이 자리에 계신 분들 중, 진심으로 전쟁을 하고 싶은 분이 계십니까? 가슴 깊이, 진심으로 우리가 왜 전쟁을 해야 하는지 납득하신 분이 계십니까?"

"……."

"사견이지만 왕자 전하를 제하고 나면 납득한 사람은 그다지 많지 않을 텐데요. 대부분이 폐하께서 그러자 하시니 말리러 갔다가 뇌동하여 마음을 돌리지 않았습니까?"

부정할 바 없는 사실이었던지라, 오켄이 떫은 듯 입맛을 다시며 변명을 둘러댔다.

"아니, 그건…… 폐하의 뜻도 그른 것만은 아니니."

"반전론자들의 뜻에도 그르지 않은 구석은 있었습니다. 저는 지금 옳고 그름을 논하자는 게 아닙니다. 제 대답은 이렇습니다. 리제예스 경께서는 제가 폐하를 설득해 주기를 바란다 말씀하셨고, 그 마음은 깊이 이해합니다. 폐하의 안위와 라르크의 안위는 분명히 밀접한 관계가 있으니까요. 하지만 제게 폐하를 만류하라 하신다면, 저는 그러지 않을 겁니다. 저는 폐하께서 전선에 나서야 하는 불가피한 이유를 감히 이해하고 있다고 말하고 싶습니다."

아크레가 탁자를 내리치며 으르렁거렸다.

"전쟁이 뭔지 제대로 이해도 못할 애송이가! 폐하께서 참전하신다는 의미가 뭔지는 알고 떠드는가. 지금 당장 꺼지게!"

"위험을 부정하는 것이 아닙니다. 저 같은 치도 알고 있는 것을 폐하께서 더 잘 아실 거라 믿기 때문입니다. 그리고 이번 전쟁은 중차대하고 엄중한 임무의 수행입니다. 그런 만큼 군사들의 사기 진작과 구심이 필요할 테고."

"그 구심이 반드시 폐하여야 할 이유가 없어. 전쟁이나 싸움 경험이라면 국서나 헤트레도 경이 있지. 그에 비하면 폐하께서는 자잘한 전투와 작은 전쟁을 서너 번 경험해 보셨을 뿐이고."

한센이 고개를 저으며 단언했다.

"전 국서께 개인적인 존경심을 가지고 있습니다만, 그분께서는 못 하실 일입니다."

사내들은 정말로 이자가 미쳤구나 생각했다.

브류나크는 변방에서 누대 적들과 싸워 온 가문. 스완이 전쟁이 벌어진 후 취약해질 라르크의 안위를 보장하는 수단으로 삼은 것도 그리하여 브류나크다. 한센이 하는 말은 도무지가 앞뒤가 맞지 않았다. 가만 듣던 오켄이 약간의 흥미가 생긴 투로 물었다.

"아니, 경험이 많은 국서께서 못하실 일을 폐하께서 해내실 거라는 것은, ……뭐, 그런 것인가? 도박사들이 말하는 초심자의 행운에 기대 보겠다는?"

한센이 고개를 절레절레 저었다.

"다들 이 전쟁이 성립되는 가장 중요한 요건을 잊으셨습니까?"

"요건?"

"광기 말입니다."

장내에는 일순 싸한 침묵이 맴돌았다.

"이번 전쟁은 지성을 포기하고 광기에 내맡겨야 지속될 수 있는 싸움입니다. 당연히 이성과 합리는 버려야 하는 폐단이 되었죠. 우리가 침략자가 되고, 작은 부족, 도시국가 하나둘 넘겨보겠다는 게 아니라 북부를 상대로 싸우겠다는 결의에 논리가 대체 어디에 있습니까? 미래? 그거야, 꿈이죠."

맥을 찌르는 말이었다. 이 시기에 이성과 합리를 겸비한 자들은 오직 반전론자들뿐. 하나 그들은 허리가 꺾였다. 남은 것은 비이성적인 미래를 꾸는 자들, 그리고 엉겁결에 편승하게 된 자들이었다.

"다들 경험이 있으시지 않습니까. 전장에서는 더욱더 정신적 무장이 필요합니다. 아무리 지금 당장 우리가 목숨 걸고 싸우겠노라 외쳐도 막상 내일 그곳에 가면 마음이 어찌 달라질지 모르는 일입니다."

"……."

"부끄러운 고백입니다만 저부터도 그런 생각이 드는데, 병사들은 어떻겠습니까? 피바다가 될 전장에서 나약해진 우리 병사들에게 필요한 건 결국 독려가 아니라 광기입니다. 고통스럽고 도망치고 싶을 때, 도무지 와닿지 않는 북부 통합이라는 폐하의 명분 앞에서 목 놓아 살려 달라 외치고 싶을 때, 국서께서 그 역할을 하실 수 있겠습니까?"

"……."

"상상이 안 가시지요? 저도 그렇습니다. 하지만 폐하께서는 그리 하실 겁니다. 우리의 두려움마저 다 걷어 가시면서 '네 죽음을 뜻깊게 기려 주겠다.' 뭐, 그런 치하로 정신을 빼놓고 엉덩이를 걷어차시겠죠."

광기라니.

약간의 섬뜩함마저 느낀 사내들이 서로를 돌아보았다. 한센의 말에 일리는 있었다. 국서인 브류나크 변경백은 매우 뛰어난 무장임은 분명하나, 그럴 수 있는 장수는 아니었다.

그들을 쭉 둘러본 한센이 가벼운 미소를 흘렸다. 이어 나온 목소리는 조금 침강해 있었다.

"지금의 라르크는 말입니다."

"……."

"기이할 정도로 폐하께 도취되어 있습니다. 미치광이, 정신병자 같은 작태죠. 각각의 이유가 어떠한 것이든 간에, 폐하의 말 몇 마디에 저항을 포기하고 사지가 될지 모를 전무후무한 전쟁 준비에 몰두하고 있다는 것만으로도, 다들 제정신이 아닙니다. 역대 이런 적이 있었는지 저는 잘 모르겠습니다. 개롯의 마그렛 공이 우리를 비웃고, 트링거의 왕이 도리어 즐거워하는 이유가 무어겠습니까?"

"이보게, 말이 지나치네."

더는 참아 넘기기 어렵다는 듯 데라가 꾸짖었다.

"왜 사실을 발언하는 데에 지나치다 말씀하십니까. 지나친 건 이런 말이겠지요. 라르크가 북부 유일의 국가가 된다? 말이나 되는 소립니까? 안 웃기십니까? 경들도 다들 웃기다고 생각하셨잖습니까. 무시무시해서 웃음도 안 날 일이기는 합니다만. 한데 어찌 되었습니까. 반테들은 정통주의자라는 긍지에 눈이 멀어 폐하께 반(反)하는 것을 상상도 못할 자들이니 그렇다손 치고, 앵크의 겁쟁이라 불리던 타스 경은 폐하의 그 '따님을 한여름 평야를 뛰어다니게 해 주겠노라'는 허황된 소리에 온 가산을 다 바쳤습니다. 올가 백은 수십 년도 더 된 원한의 설욕과 청산을 가능케 해 주신다는 말에 두말없이 군사들을 모으기 시작하셨죠. 아크레 영주님께서는, 외람되지만 팔나이와의 오랜 감정을 청산케 해 주겠다 하셨던가요. 솔직히 말씀드리면 저는 기가 막힌다고 생각했습니다. 팔나이와 로엠의 나쁜 관계는 전통이 아닙니까? 이유 없이 미워하고 이유 없이 화해하는."

묵묵히 듣던 아크레는 두꺼운 눈썹을 슬쩍 올렸다 내리더니 작게 헛기침했다. 한센은 그의 반응을 이해할 수 있다는 듯 미소 지었다.

"연륜과 재주를 지니신 분들마저 너무나 쉽게 이성을 잃으셨다 책망하는 게 아닙니다. 그저, 누가 우리를 그렇게 행동하도록 할 수 있겠는지를 생각해 보시라는 겁니다."

"……."

"우리가 맞이할 국면은 이제까지의 어중간한 결의로 지속될 수 있는 것이 아닙니다. 승패는커녕 생사조차 확신할 수 없습니다. 확신은 고사하고 상상조차 되지 않습니다. 불쑥불쑥 그 사실이 떠오를 때마다 오금이 저릴 만큼 두려워, 제가 몇 번이나 밤거리를 서성거렸는지 다들 모르실 겁니다. 그런데도 그렇게 나가 묵묵히 전쟁 준비를 하는 자들을 보고 있노라면 저까지 벅차오릅니다. 경탄스럽기까지 합니다. 아, 폐하께서는 어떻게 온 나라를 미치광이 소굴로 만드셨나?"

지크는 입술을 꾹 다물었다.

그는 수도경비대장으로서 늦은 새벽까지 전시 준비로 바쁘게 움직이는 자들을 어느 누구보다 자주 지켜보았다. 한센이 무얼 말하는지 잘 아는 사람 중 한 명이었다.

"재미있는 건, 폐하가 우리를 이런 사지에 몰아넣는 데에는 큰 노력조차 필요치 않았다는 겁니다. 제멋대로 전쟁을 선포하시고 고작 보름 만에 반전론자들의 입이 꿰였습니다. 심지어 이제 그들을 비난하는 자들마저 부지기수입니다. 폐하가 아니라면 누가 우리를 그렇게 만들 수 있습니까?"

한센은 충분히 시간을 가진 후, 담백한 미소를 머금고 다시 말했다.

"이번 전쟁에 폐하는 필요합니다. 전쟁의 매 순간순간 우리의 두려움을 떠안아 줄 존재로써, 두려움의 빈자리에 광기를 채워 넣어주는 역할로. 만에 하나 우리가 조금이라도 제정신이 되돌아와 불가능한 일이라는 걸 깨달아 버리는 순간이 오면…… 우리의 병졸들이 더 이상 미치광이가 아니게 된다면 어떻게 되겠습니까?"

"……."

"그래서 폐하께서는 겁먹은 우리를 이끌기 위해 참전하시려는 겁니다. 우리는 선택권을 박탈당하고 비참한 죽음으로부터 달아나는 대신, 홀린 듯 팔다리가 뜯기도록 싸우고 고함을 지르게 되겠지요. 결국 우리의 광기는 적들에게 공포를 주고, 그 대가로 그들의 모든 것을 빼앗을 수 있게 할 테고. 사실, 반드시 그 이유만이 아니라도 이 전쟁에 확신을 가진 분은 오직 폐하뿐입니다. 군사들은 기가 막히게 상관의 불안을 알아차리니 우리에게는 확신이 있는 분이 필요하기도 하죠."

턱을 만지작거리며 가자미눈을 뜨던 오켄이 흥미롭다는 듯 콧소리를 냈다.

"……미치광이론이라, 흥미롭군."

다른 사내들이 째릿 그런 오켄을 흘겼다. 오켄이 헛기침을 하며 딴청을 피우자 스칸젠 홀은 이제까지와는 다른 정적에 지배당하게 되었다. 한센은 혼란을 감춘 그들의 침묵을 썩 만족스럽게 여기는 것처럼 눈웃음을 흘렸다.

"그러니 돕지 못하는 것을 용서하십시오. 감히 조언하자면 폐하의 역할을 이해하시고, 경들의 역할에 집중하라는 말씀을 드리고 싶습니다. 닥쳐올 시련 속에서 우리에게 주어진 역할은 고작 폐하보다 먼저 죽는 것뿐이니까요."

모두가 무슨 말을 해야 할지 찾아 헤매고 있을 때, 데미르가 운을 뗐다.

"충분히 뜻을 설파한 거라면, 이제 내가 반박을 해 봐도 되겠나?"

"열린 귀로 듣겠습니다."

"체사 자작, 그대는 군사들의 사기를 그런 '광기'라는 말로 표현한 모양이네만, 참전하는 병졸들은 도살장에서 날뛰어 보겠노라 깃발을 세운 것이 아니라, 폐하께서 말씀하신 그 가능성을 믿는 것일세. 그건 광기와 다르지. 작은 가능성이라도 있는 것과 불가능이 하늘과 땅만큼이나 크게 다른 것처럼 말이야. 이 전쟁은 미래와 민족을 위함이네. 그리고 그대가 논점을 흐리는 데에 나마저 깜빡 넘어갈 뻔했으나, 결과적으로 폐하의 참전이 지닌 위험성이 축소되는 건 아니지 않나."

한센이 넉살 좋게 웃으며 손을 저었다.

"흐린 것이 아닙니다. 경들께서 폐하를 신뢰하신다면 폐하께서 개선하실 가능성에도 똑같은 신뢰를 주십시오. 그분의 고집과 경쟁하여 승기를 쥐겠다 버티시는 건, 모두가 알다시피 시간 낭비입니다."

"그대가 한 말을 고스란히 돌려주지. 이번 전쟁은 중차대한 임무가 될 것이네. 하지만 전쟁, 싸움은 군의 사기만으로 결정되는 게 아닐세. 사기는 필수 요소 중 하나일 뿐이지 전체가 아니라는 말이네. 경험에 입각한 판단과 결행도 못지않게 중요해. 그에 적합한 분은 차라리 국서이시고."

"……."

"불충한 말을 하게 되어 마음은 불편하네만, 기탄없이 말하지. 국서께서는 변고를 당해도 대체가 가능하지만 폐하를 대체할 수 있는 이는 없네. 전장에서는 어떤 적이 나타날지, 어떤 상황에 처하게 될지는 누구도 몰라. 폐하께서 변을 당하시면 뒷감당은 누구의 몫이 되겠는가. 아국일세. 폐하께서도 그건 원치 않으실 것이고."

느릿느릿 고개를 끄덕이며 듣던 한센이 물었다.

"모든 전쟁이 같겠습니까?"

"무슨 말인가?"

"리제예스 경께서는 이번 전쟁이 이제까지와 같은 방식으로 진행되어, 이제까지의 경험과 노련함을 필요로 할 거라 믿으십니까?"

"……."

"이번 침략전은 아국의 역사상 전무후무한 최초의 발걸음입니다. 저는 우리가 처음 겪어 보는 전쟁이 될 것이기에, 어쩌면, 이제까지 우리가 알던 전쟁에 묶이는 것이 도리어 독이 될지 모른다는 생각도 있습니다. 경험과 연륜이 중요하기는 합니다만…… 그건 함께 참전하는 장수들이 폐하를 보좌하며 공유할 수 있고, 무엇보다도 폐하는 여러모로 특별하시지 않습니까?"

데라가 그의 마지막 말만큼은 수긍했다.

"보통 분은 아니시지."

범상하지 않은 여왕을 섬긴다는 데에 자부심이 역력한 투였다. 한센이 빙긋 웃으며 그의 동조에 감사를 표했다. 그러나 아크레는 분위기가 누그러지는 것을 용납하지 못했다.

"하지만 그것으로는 불충분해."

한센은 그런 아크레 쪽으로 고개를 돌린 후, 곰곰이 생각하는 표정을 짓더니 이내 말했다.

"그러면 이번엔 전략 전술적 관점에서 볼까요. 승리를 위한 모든 계획도 폐하의 머릿속에 있습니다. 당장 폐하께 하나하나 승인받고 그 고견을 전해 들으며 전시 체제를 수립 중인 우리가, 저 먼 곳에서 폐하의 철저한 수족이 되어 지휘가 가능하겠습니까? 글쎄요. 동의하기가 어렵습니다. 전시에 즉각적인 명령의 하달과 신속한 수행이 얼마나 중요한지 아신다면…… 경들이 조금이라도 승리를 원한다면 말이죠. 경들은 도리어 앞장서 이 전쟁의 시작과 끝을 결정하실 폐하를 전선에 떠밀어 세우셔야 합니다."

"……."

"폐하께서 모조리 책임지시라고요."

농담처럼 가볍게 덧붙인 한센은 데미르의 입술이 완전히 다물리는 것을 느긋하게 지켜보았다. 지크가 푸 하고 막혀 있던 숨을 뱉어내듯 한숨을 내쉬는 것을 시작으로 탁자를 둘러싼 사내들의 한숨들이 연이었다.

'어쩌다 저자를 여기 앉혀서.'

아크레가 떫은 어조로 쏘아붙였다.

"꼭 준비라도 한 것 같군."

"리제예스 경께서 제게 이런 도움을 요청할 줄 알았다면 조금 더 유창하게 준비해 왔을 텐데, 그런 마음에 조금 아쉽기는 합니다. 잠깐 시간이나 때울까 해서 들른 것뿐인데 제가 조금 주제넘었습니다."

묘한 눈빛으로 한센을 보던 데라가 눈살을 찌푸리며 중얼거렸다.

"한센, 그대는 폐하의 변고에 대해서는 걱정이 아예 없어 보여. 만에 하나의 경우 말일세."

"아."

"폐하께 변고가 생기면 어찌 되는지 아는가?"

"그런 일이 없기를 바라지만, 만일 벌어진다면 심각한 수준을 넘어 라르크의 패망마저 고려해야 할 사건이 되겠죠."

"알면서 이러는가?"

"하지만 그런 걱정은 왕자 전하를 화장터에 던져 넣은 후에 해도 충분하지 않습니까?"

능청스러운 한센의 대꾸에 사내들은 헛웃음을 치고 말았다. 기습 같은 농담에 웃어 버린 것이 자존심이 상하기는 했지만, 썩 맞는 말이었다.

조금 전 한센이 화장터에 던져 넣은 후에 생각해 보자 운운했던 그 왕자는 다름 아닌 페이작 돌레한 라르칼리아였다. 선왕의 서자로, 반쪽짜리 라르칼리아라 불리는 그를 설명할 수 있는 다른 말을 꼽자면 천부적인 재능을 타고난 기사라 할 수 있을 것이다.

이제 고작 스물하나를 넘긴 나이이나, 그는 달랐다. 모든 사람들과 다른 타고난 귀재였다. 실력은 연륜에 비례한다 말하는 노익장들을 면전에서 쳐부수는 산증인이다.

십 대의 문턱을 넘기 시작할 때부터 왕궁 기사들과 맞서기 시작했으며, 십 대 중후반에 이르고 나서는 신체까지 온전히 장성하여 이뮈아드로 안에 그를 넘어설 기사가 없었다. 검, 쌍검, 활, 육탄, 모든 분야에서 상대를 압도하는 것은 물론이거니와 전투에 있어서의 판단 능력은 가장 위대한 기사라 불렸던 에타의 아들조차 고꾸라뜨릴 인재였다.

낮게 웃은 오켄이 한숨을 섞어 말했다.

"그대가 제정신이 아니야, 가장 미치광이 같은 게 그대야."

"저는 끝까지 가 보자 마음먹은 겁니다. 대안도 없잖습니까?"

"전하께서 들으실까 두렵지 않나?"

느긋하니 등받이에 등을 기댄 한센은 뻔뻔하게 답하였다.

"전하께서는 좋아하실 겁니다. 폐하의 참전에 아무 이견이 없으신 분이잖습니까."

"그걸 말이라고……."

데미르가 절레절레 고개를 저으며 아크레를 보았다.

인정하기는 싫지만 조금은 설득되는 면이 있었다. 그들의 각오는 보편적이었고, 어쩌면 충분하지 못하였을 수도 있다. 머리로는 아니라 생각하는데도 닿기가 그러하니 심경만 더욱 복잡하였다. 자연히 무거워진 분위기가 난감하단 듯 관자놀이를 매만지던 한센이 손을 털며 일어섰다.

"……어쨌거나 흘려들으십시오. 복잡하게 해 드리려는 생각은 없었습니다. 제 말 몇 마디에 뜻을 꺾으실 분들도 아니신데요. 괜히 더 있어 봐야 분위기만 망칠 듯하니 먼저 일어나겠습니다."

지크는 '너 때문에 이미 다 망쳤다.' 하는 표정으로 모자를 고쳐 쓰고 유유히 돌아서는 한센을 쏘아보았다. 한센이 막 문고리를 열고 나가려는 찰나였다.

데라의 목소리가 한센의 뒷덜미로 날아들었다.

"그런데, 한센."

한센은 나가려던 몸을 돌려 데라를 돌아보았다.

"예, 카난소 경."

불러 세우고도 한참을 침묵하여, 다른 이들마저 의아하게 만들 즈음 데라가 툭 뱉어 물었다.

"……폐하가 시켰지?"

……시켰지?

……켰지?

……지?

메아리가 아늑한 회의장을 울렸다. 그때까지 제각각의 심란함에 빠져 있던 사내들이 하나둘 고개를 들었다.

"뭐라고?"

"내가 기억하는 저치는 저렇게 아무렇게나 폐하를 입에 담을 만치 조심성 없는 자가 아니라 하는 말입니다."

아니나 다를까, 한센이 살며시 입술 끝을 올려 웃더니 혀를 날름 내밀고 쏙 문 너머로 빠져나갔다. 몇 초쯤의 시간이 지난 후에야 상황을 깨달은 사내들이 분통을 터뜨리며 탁자를 내리쳤다.

당했다!

분개했던 사내들은 허탈한 한숨을 내쉬며 서로를 돌아보았다. 그리 아무 말도 없이 바라보며 시간만 흘렀다. 얼마 후, 의자 미는 소리가 침묵을 깼다. 자리에서 일어난 것은 데미르였다.

"가 보겠네."

"이대로 포기하는 건가?"

"폐하께서는 오지 않으실 요량이신 듯하니, 소용없지. 이러는 동안에도 일거리는 쌓이니까."

데미르가 일어서자 오켄도 한숨을 쉬며 그를 따라 일어났다.

"아무래도 물 건너간 듯싶소이다."

결국 데라도 일어섰다. 버티고 앉아 있던 지크가 분한 표정으로 붙잡았다.

“카난소 경까지 포기하는 거요?”

“포기라기보다는…… 내달까지 완비를 마쳐야 할 임무가 있습니다. 일정이 어긋나면 폐하께 면목이 없으니 일단은 그리하겠습니다.”

“우리 모두 결의하지 않았소? 폐하의 안위가 라르크의 존망과 직결되는…….”

데미르가 그를 위로했다.

“알리크 경, 그대의 심경 왜 모르겠느냐만. 폐하께서 우리에게 입 다물고 잔소리 말고 먼저 죽으라지 않으셨나. 항명할 수야.”

“아크레 영주님, 뭐라 말씀이라도 해 주시지요.”

뚱하니 데미르를 올려다보고 있던 아크레는 힐끔 지크를 보더니 어깨를 으쓱하며 일어섰다. 지크는 심히 배신당한 표정을 지었다.

그러거나 말거나, 데미르의 어깨를 툭툭 두드리며 지나친 아크레가 말했다.

“폐하보다 먼저 강을 건넌다 해도, 너보다는 늦게 갈 거다.”

“그대 가솔들에게는 미안한 소리지만, 먼저 가는 건 너지.”

“한데 다들 식사는 어찌하실 것입니까? 괜찮으시다면 저녁은 저희 별저에서 조촐하게 자리를 마련할까 싶은데…….”

“밀린 일이 많아 사교 모임은 어렵겠습니다.”

소탈한 대화와 함께 그들은 하나둘 홀 밖으로 나섰다.

‘아니, 다들 어찌 이렇게.’

마지막까지 남아 원통한 표정으로 한센이 앉아 있던 자리를 노려보던 지크마저 결국 씩씩대며 일어섰다.

그리하여 스칸젠 홀은 여왕 없는 회의가 시작된 지 장장 네 시간이 흐른 후에야 평화를 되찾았다. 적막하지만 홀가분한 평화였다.

느슨하게 묶어 올린 붉은 머리칼, 그 아래 사슴처럼 길게 뻗은 하얀 목덜미는 많은 사내들이 목말라 마지않는 기품이 어려 있었다.

네크라인을 따라 모피로 장식한 연한 녹색의 소매 품이 넓은 드레스도 그녀의 아름다움을 거드는 정도에 지나지 않는다.

스완은 언제나 스스로가 아름다운 여인이라 과시하기를 주저하지 않았는데, 저런 여왕이 갑옷만 입으면 사내들의 투구를 다 맨바닥에 처박는다고 상상하는 건 솔직히 힘든 일일 것이다.

그런 의미에서 한센은 가신들이 스완이 뭐아드로의 성벽 안에서 은총을 베풀어 주는 여왕으로 남아 주길 바라는 마음도 이해는 했다.

"들켰습니다."

한센을 등진 채 화공의 화판을 들여다보던 스완은 돌아보지 않고 답했다.

"그러니?"

"뒷말이 나올까 마리 고백하지만, 제가 아주 약간, 뭐, 누군가에게는 불충하게 들릴 법한 발언을 했습니다."

"면죄하마."

"어떻게 됐는지 묻지 않으십니까?"

고개를 들어 관찰하듯 반대편을 바라보던 스완이 지시했다.

"아니, 음, 오른쪽을 조금 더 보고 싶구나."

한센에게 내려온 지시는 아니었다.

한센은 어깨를 살짝 들먹이며 스완이 열중하고 있는 '폐하에게 당하고 있는 국서' 벨바롯트를 보았다. 다른 고상한 표현으로 '화장터로 뛰어든 변경백'이다.

벨바롯트는 연회에 내보내도 손색이 없을 만큼 말쑥한 자색 성장 차림으로 앉아 있었는데 같은 남자가 보기에도 감탄이 날 만큼 귀티가 대단한 인물이었다.

부드럽게 긴 눈매는 이지적인 단정함을 갖추었고 곧은 콧날과 턱은 강인하지만 결코 거칠지 않다. 빛 한 올 들 틈 없을 것 같은 까만 머리칼과 검은 눈은 라르크에서는 흔치 않아서 묘하게 계속 보게 되곤 했다.

곰 같은 기사들 말고도 보기 좋은 외관의 미남들이 제법 많은 왕궁이지만, 저처럼 문예와 무예를 겸비하고 성품까지 훌륭한 이는 많지 않다. 그에 대하여 한센은 솔직하게 좋은 평가를 내렸다.

"눈이 부셔서 쓰러지겠습니다."

아쉬운 점은 벨바롯트가 그런 그의 칭찬에 기분 좋은 내색이 없다는 것이다. 한겨울 꽁꽁 언 류가 호수에 눈코입을 그려 놓으면 대충 엇비슷해질 것 같은 정도.

벨바롯트가 입술만 움직여 말했다.

"미안하지만, 그런 이야기를 듣고 즐거워할 기분이 아니네."

"그래, 벨비는 집중해야지. 여기 턱을 조금 더 각지게 그려 보렴. 여기가 좀…… 음……."

스완이 화공 쪽으로 허리를 기울였다.

"역시, 저치는 오른쪽이 더 나은가?"

"어어…… 하면 다시 고칠까요?"

벨바롯트의 고매한 자태를 석판 위에 표현하기 위해 혼신의 힘을 다하는 화공의 손이 흑연으로 까맣다.

그들이 하고 있는 건 석판으로 밑그림을 그리고 추후 종이에 옮겨 본격적으로 초상화 작업을 하는 방식인데, 본디 한 시간이면 끝날 일을 두 시간이 넘도록 이어 가고 있는 건 옆에서 이리 고쳐라, 저리 고쳐라, 쉴 새 없이 지적하는 스완 때문이다.

"살짝만 손을 보자. 그래, 조금 전보다 낫구나. 벨비도 가만 뜯어보면 남자다운 얼굴이란 말이야."

직후 벨바롯트의 표정을 살핀 한센은 내심 감탄했다.

충직한 가신들이 여왕 폐하의 선봉 참전을 막아야 한다 비장한 각오를 다지는 동안, 벨바롯트는 입을 벌리지 않고 말하는 법을 터득한 것이다. '지금 가만 뜯어보면이라고 하셨습니까?' 힘이 들어간 미간이 분명 그렇게 말하고 있다.

안타까운 것은 벨바롯트는 스스로의 그 놀라운 발전에 대하여 아직 깨닫지 못한 것처럼 보인다는 점이다.

스완이 작게 웃으며 화공의 귓가에 대고 말했다.

"더 귀엽게 그려야 실물에 근접해지겠지만 오래오래 두고 볼 초상화이니 위엄을 좀 더 보여야겠어."

화공은 여왕의 입술이 귓가에 닿을락 말락 할 만큼 가까이 다가오자 소스라치며 얼굴을 붉혔다. '위, 위엄 말입니까?' 벨바롯트가 뚝뚝 끊어지는 목소리로 그녀를 불렀다.

"폐하."

"고마워할 것 없다."

"감사하는 것이 아니라 감히 화가 나려 합니다. 용서하십시오."

푸흐. 한센은 입을 틀어 웃음을 막았다. 점잖은 국서도 가끔 이성을 잃게 만드는 것이 그들의 폐하이시다. 스완은 그의 진심 어린 토로를 도도하게 튕겨 냈다.

"그 정도의 인내도 없이 어찌 큰일을 하려고. 지겹더라도 참아야지. 턱을 왼쪽으로 돌려보련?”

“어차피 실제 모습과 관계가 모호한 창작을 시도하시려는 공산이신 듯한데, 제가 오른쪽을 보고 있든 왼쪽을 보고 있든 뭐가 중요합니까.”

“내 남편 되는 자를 기리기 위함인데 화공이 수고스러운 것은 어쩔 수 없는 일이지.”

“하면, 붓을 쥔 사람은 화공이니 그가 할 일을 하게 두십시오.”

“감상은 화가가 아니라 내가 하지 않아. 그러니 내게 보기 좋은 구도를 찾는 것이 옳아. 그렇지, 한센?”

“당연한 것을 물으시니 무슨 말씀을 올리겠습니까?”

벨바롯트는 한센 쪽을 잠시 쏘아본 후 다시 한번 의사를 표했다.

“폐하께서 장난을 치고 계시니 드리는 말입니다.”

“함께 시간 보낼 일이 그리도 없으니, 이런 때나마 어울리자는 것인데. 매정하기 짝이 없는 사내구나. 한센?”

“국서께서 보이시는 매정함에 저까지 산맥에 내던져진 기분이로군요.”

한센이 또다시 지체 없는 아부를 뽑아내자 결국 맥 빠진 벨바롯트의 시선이 한센에게 이르렀다.

‘자네까지 그럴 건가?’

낮게 웃은 한센은 벨바롯트를 위로해 주기로 했다.

“포기하셔야 할 것 같습니다. 홀도 해산했습니다. 리제예스 경은 나름대로 주장을 펼쳐 보려 노력하셨습니다.”

화공의 석판 쪽으로 허리를 숙이고 있던 스완이 혼잣말처럼 말을 받았다.

“어디 보자…… 오켄은 유쾌한 자이니 어쨌거나 무난히 받아들일 터이고, 알리크 경은 말주변이 없으니 반박도 못하고 마지막까지 심기가 꼬였겠구나……. 너를 발각해 낸 것은?"

"카난소의 아들이죠."

"갸륵한 데라, 감이 좋다니까."

그러자 벨바롯트는 또다시 기예를 보여 주었다. 입도 벌리지 않고 분명하게 이렇게 말한 것이다.

'……도움 안 되는…….'

한센은 불현듯 벨바롯트가 기예를 익힌 것이 아니라 그 자신이 침묵을 읽어 내는 어떤 재주를 얻은 게 아닌지 생각해 볼 여지가 있다 느꼈다. 어쨌거나 바늘처럼 따가운 눈빛이니, 그에게 좋은 신호는 아니었다.

"자, 그럼."

한센은 벨바롯트가 왜 스완에게 붙들려 저러고 있는 것인지, 스완이 어떤 공산으로 이런 장난을 치는 것인지 이미 아는 고로, 슬슬 빠져나가야겠다 마음을 고쳐먹었다.

"임무를 마친 충직한 이 사람은 물러나겠습니다. 부디 좋은 시간 보내시길."

그러나 유쾌한 인사와 다르게, 달아나는 모습은 숫제 이리 떼를 피하는 작은 들고양이 같았다.

가만 서 있어도 그림 같다는 평을 곧잘 받는 벨바롯트는 말 그대로 그림이 되기 위해 앉아 있어야 하는 고초 속에 못해도 두 시간은 낭비했다.

어찌 이렇게 되었는가를 되짚어 보자면 별것 없었다.

그는 스칸젠 홀에서의 접견에 스완이 나타나지 않았다는 전보를 듣고 그녀를 설득하러 왔다가 이런 피사체가 된 것이다. 그가 찾아왔을 때 스완은 때마침 어떤 사내와 이야기를 나누고 있었는데 그것이 저 화공.

–마침 잘 왔다. 부르려던 참이었는데. 일전에 말한 화공을 불러왔으니 옷을 갈아입고 와라. 네 이야기는 끝난 후 들어 주마.

과정은 신속했고 순조로웠다. 미리 준비해 둔 것처럼 말이다.

–모레로 알고 있었는데요. 그리고 폐하께선 접견이 약속되어 있지 않으셨습니까?

–네가 끝까지 작업에 동참하는지 확인한 후에 가도 늦지 않겠지. 네가 잘 협조할수록 내가 더 빨리 참석할 수 있겠어.

처음에는 의심하지 않았다. 그는 내달 승작식을 앞두고 있었고, 회랑에 걸릴 초상화에 대한 논의는 예전에도 나온 바였다. 어차피 밑그림만 작업할 것이라 했으니 못해도 한 시간이면 끝이 날 것이다.

하지만 그의 예상은 완벽하게 빗나갔다. 스완이 쉬지 않고 지적을 해 대며 그림을 엎고 또 고치고 고치라 요구할 줄은 몰랐던 것이다. 끝은 요원히 멀어졌다.

스완에게 다른 생각이 있는 것인지에 대한 의구는 그리하여 이미 존재했는데, 두 시간쯤 지났을 때 찾아온 한센을 통해 완벽하게 확인되었다.

–폐하, 명하신 대로 스칸젠 홀에 다녀왔습니다.

당한 것이다.

“어깨에 너무 힘이 들어갔어.”

벨바롯트는 자포자기의 심정으로 어깨에 힘을 풀었다. 목적과 별개로 스완은 장난이든 계략이든 무언가 하나를 시작하면 확실히 끝을 보곤 했다. 모든 면에서 냉정하지만 그 누구보다 열정적인 사람. 그런 점이 그녀를 종잡을 수 없는 사람처럼 보이게 한다.

그녀의 모든 계획이 드러난 지금까지 화공에게 이래라저래라 하는 건, 그녀가 진지하게 임하고 있기 때문일 터였다. 어쩌면 나름대로는.

"완성까지 얼마나 걸리겠느냐?"

"석 달이면 족합니다."

"기한이 아슬아슬하겠구나. 손이 그리 느려 어찌 밥벌이를 했어."

"아니, 저, 폐하께서 하명하신 대로 두 장을 완성하려면 그……."

뻘뻘 식은땀을 흘리며 스완의 농간에 놀아나는 화공을 보기가 딱하여, 벨바롯트는 결국 조용히 그를 달랬다.

"폐하께서는 농을 하시는 거네. 필요한 만큼 시간을 할애하게. 전문가는 그대이니."

스완은 은근히 드러나는 그의 반항심에 웃음을 참듯 입술을 오므리며 고개를 절레절레 저었다. 벨바롯트로서는 그저 이 시간이 지나길 바랄 뿐이었다.

얼마간의 시간이 흐른 후, 화공의 진땀 나는 노력은 결실 비슷한 것을 맺었다.

"마무리됐습니다. 각하, 폐하."

벨바롯트는 즉각 의자에서 일어섰고 스완은 빤히 그림을 들여다보다가 이내 아쉬운 듯 웃음 흘리며 손을 저었다.

"가 보렴. 밑그림은 두고."

"예?"

"내일 인편으로 매그로프에게 보내마. 오늘은 조금 더 감상을 하고 싶구나."

별것 없는 흑연으로 그린 밑그림이 감상할 만한 것이나 되는지, 아닌지에 대한 고찰은 뒤로하고 화공은 달아나듯 소도구만 챙겨 떠났다.

그리하여 남은 것은 수 시간 내내 화공이 진땀을 빼며 완성해 낸 석판 위의 그림과 바닥에 떨어진 흑연 가루, 그리고 스완과 벨바롯트뿐이었다.

스완은 소파에 몸을 깊이 묻은 채 흡족한 얼굴로 밑그림을 응시했다. 우아한 암고양이처럼 살짝 끝이 올라간 눈초리에 웃음기가 어려 있다.

목을 채우고 있던 갑갑한 단추를 끌러 낸 벨바롯트는 얕은 한숨을 내쉬며 석판 앞에 섰다.

"괜한 사람 괴롭히셨습니다."

"수많은 왕의 영전 밑에 놓일 국서의 초상화를 그리는 데에 그 정도의 노고조차 하지 않겠다면 자질을 의심해야지 않겠느냐?"

말은 언제나 유수였다.

벨바롯트의 흑안은 그림 속 자신에 머물렀다. 여러 선들이 이루어 낸 형상은 제법 실감이 났다. 거울을 보는 것과는 사뭇 다른 느낌. 옮겨 본뜨고, 채색이 끝나기 전에는 별 의미 없는 그림으로 남을 터였으나 나쁘지는 않았다. 기대 이상이었다. 그 내색을 알아차린 스완이 실소했다.

"네 아내가 악랄하게 화공을 괴롭힌 보답이 네 마음에 드는 모양이지."

벨바롯트는 마지못한 내색으로 인정했다.

"나쁘지 않습니다."

"이리도 칭찬에 인색해서야. 그 역시 사랑스런 백성이란다."

"폐하의 사랑스러운 백성을 괴롭히신 것이 옳습니까."

"관두자."

미소 띤 스완이 손을 살래살래 저었다.

그런데 그때, 문이 열리며 한 군사가 찾아와 서찰이 도착했노라 아뢨다. '발도에서 왔습니다.' 그녀를 외면한 벨바롯트는 자연스럽게 군사로부터 건네받은 두 장의 두루마리를 읽었다.

뒷덜미로 홀연 물음이 던져져 왔다.

"페넥투스로부터 온 것이냐?"

"예."

"어찌 되어 가고 있느냐?"

양피지를 말아 정리한 벨바롯트가 스완을 돌아보았다. 그녀의 낯에는 약간은 심드렁한, 그러나 내심의 바람이 드러나는 내색이 머물고 있었다. 두루마리를 든 손은 그래서 더욱 무거워졌다.

페넥투스는 라르크에서 서쪽으로 조금 떨어진 곳에 위치한 발도의 영주였다.

발도는 말의 성지라는 별칭이 무색하지 않게 질 좋고 훌륭한 준마들을 생산하는 지역. 북부의 씨 좋은 말들은 거의 다 발도와 그 인근의 엠바르도산이라 해도 과언이 아니다. 하여 이번 전쟁에서 그들에게 기대하는 역할이 크다.

다만 꽤 큰 문제가 있었다. 발도의 페넥투스는 반전론자라는 것이다. 전쟁에 대한 거부감보다는 개인적인 감정에 기인한 것이다.

"아직 타협점은 잡지 못하였습니다만, 희보를 드릴 수 있을 겁니다. 페넥투스는 대화가 통하지 않는 자는 아닙니다."

"얼마 전까지 로크란드의 변경백에겐 그랬을지 모르지."

실망스런 내색 대신 냉소한 스완이 손끝으로 볼을 두드렸다.

여러 이권과 과거가 얽힌 관계 속에서 스완과 페넥투스는 공교롭게도 제법 오래 적대적인 관계로 지내 왔다. 한때 페넥투스가 섬기고자 했던 이가 그녀와 같은 피를 타고난 형제였다는 배경을 생각하면 쉬이 이해가 갈 일이었다. 그리고 그런 이들은 제법 많다.

벨바롯트가 말했다.

"……발도는 말을 길러 무역하는 것으로 도시를 보존하는 독립적인 지역입니다. 그곳의 말들을 남김없이 차출해 온다면 발도인들의 형편이 어려워질 수 있으니 그를 염려하는 영주의 걱정을 덜어 낼 방도를 찾아보겠습니다."

"내 즉위식에 낯도 비치지 않은 자에게 실망할 일은 없으니 괜한 소리는 되었다. 발도인들은 본디 까탈스러워. 사흘 밤을 지새운 암말 같지. 다만 시간이 넉넉하지는 않으니 너도 조금 더 애쓰거라."

미동 없이 서 있던 벨바롯트는 잠자코 눈을 내리깔고 침묵하다가, 그녀 쪽으로 몸을 돌렸다.

"한 말씀 올려도 되겠습니까?"

"듣기 좋은 말이라면."

"……출정까지 다섯 달도 채 남지 않았습니다. 영주들의 규합으로 전쟁 준비에 차질이 빚어진 와중, 강행하는 게 옳은지 염려가 듭니다."

스완이 천천히 허리를 폈다. 그러고는 늘씬한 긴 다리를 반대로 꼬아 앉으며 소파 등받이에 팔꿈치를 걸쳤다. 그녀는 거만하게 턱을 괴고 물었다.

"네 뜻이냐, 페넥투스의 뜻이냐?"

마치 읽지도 않은 서간의 내용이라도 읽어 낸 것 같은 거침없는 물음이었다.

벨바롯트는 잠시 멈칫했다. 어휘와 표현 방식은 다르더라도, 조금 전 도착한 페넥투스의 편지에는 '현재 진행 중인 전쟁 계획이 라르크 내의 영주들의 지지와 규합도 이뤄 내지 못하는 작금의 시태에서 가당키나 한지.'에 대한 일침이 담겨 있었던 것이 사실이었다. 가끔 스완은 이런 통찰을 발휘하곤 한다.

"제게는 국서로서 폐하의 안위와 이 나라의 안전을 염려할 의무가 있습니다."

스완이 느긋하게 대답했다.

"무슨 염려를 하는지는 알겠다만 미루는 것이 능사는 아니지. 너까지 그러지 않아도 장애물이 차고 넘치니 그쯤 하자."

"중요한 대업을 급한 마음으로 임하는 것도 좋지는 않습니다."

좀체 포기할 낌새가 없는 그를 쳐다보던 스완이 소파 끝에 기대며 팔랑팔랑 손짓했다. 다가오라는 것이다. 벨바롯트는 순순히 그녀에게 다가갔다. 빤히 그의 까만 눈을 올려다보던 스완이 명했다.

"낮춰."

차갑고 냉한 어투였다.

벨바롯트가 약간은 의심스러운 내색을 드러내며 살짝 허리를 숙였다. 그 순간 스완이 벌이 쏘듯 와락 달려들어 그의 목을 휘감더니 털썩 소파 위로 끌어당겼다. 부지불식간의 기습에 벨바롯트는 그녀의 위로 쓰러졌다. 가까스로 소파의 등받이를 짚지 않았다면 자칫 사고가 날 뻔한 일이었다.

"또 이러십니다."

"네가 익숙해져야 할 일이지."

그의 밑에 누운 스완이 웃음을 참는 소리를 냈다. 장난스러운 미소가 입가에 그득하다. 그녀의 손끝이 흘러내린 벨바롯트의 까만 머리칼을 쓸어 넘긴다. 사락, 사락, 느껴지는 머리칼의 미세한 소리를 따라 검은 눈동자를 잠시 미끄러뜨린 벨바롯트가 말했다.

"놔주십시오. 넘어집니다."

"내게 요구하고 싶은 게 있다면 너도 내게 한 가지를 내주어야지."

능청스럽기도 하다. 한숨을 내쉰 벨바롯트는 어쩔 수 없는 옅은 웃음기를 머금고 되물었다.

"무얼 더 내어 드리면 되겠습니까?"

"나를 그런 눈으로 보지 말렴."

"……어떤 눈을 말씀하시는 겁니까?"

"덜 자란 어린 계집애처럼 다루고 싶어 하는 눈 말이야."

내려다보던 벨바롯트의 입술이 서서히 다물렸다.

비쳐 든 햇살이 무겁게 그의 등을 내리누른다.

그는 자신의 그늘에 갇힌 그녀를 내려다보았다. 우아한 눈매를 따라 뻗은 짙은 속눈썹과 그 안의 신비로울 정도로 파란 눈동자를, 그 콧대와 콧날, 코끝을. 그리고 조금 전 그가 이해할 수 없는 말을 한 붉은 입술을 차례로 보았다.

"한순간도 그런 적 없습니다만…… 놓아주십시오."

"그래야 할까?"

"일어나겠습니다."

몸을 일으키려던 벨바롯트의 시도는 불발에 그쳤다. 스완이 더 세게 그의 목뒤를 끌어당겨 안은 까닭이었다. 차마 험하게 뿌리칠 수 없었던 벨바롯트는 무릎으로 소파를 짚고 간신히 쓰러지는 것을 면했다.

거리는 훨씬 가까워졌다. 미묘한 침묵이 시선과 시선 사이에 머물렀다. 가슴은 얕게 뛰었다. 하나 심장이란 늘 뛰는 것이므로 이 순간만이 특별한 건 아닐 것이다.

얕은 한숨을 삼킨 벨바롯트가 나직이 물었다.

"……이러시면서 지금 제게 덜 자란 어린 계집 보듯 보지 말라 말씀하십니까?"

"벨비, 저 그림이 네 마음에 차느냐?"

별안간의 질문이었다. 살짝 턱을 튼 벨바롯트는 밑그림 속에 앉아 있는 자신의 모습을 곁눈으로 보았다. 맥락 없는 질문이 무슨 의도의 질문인지 생각하고 있는데, 스완의 목소리가 귓등에 다다랐다.

"내게는 형편없어 보여."

"폐하의 그 높으신 기준을 어찌 다 충족시키겠습니까. 저 정도도 충분히……."

"내가 보는 네 모습은 저보다는…… 매력적이거든. 훨씬 말이지."

벨바롯트는 잠시 멈칫하며 고개를 돌렸다. 스완의 손끝은 그의 턱 아래를 스쳐, 그의 뺨을 어루만졌다. 그녀를 내려다보는 그의 소파를 쥔 손등에 희미한 핏줄이 돋아났다.

"벨비, 너는 내가 내린 후회할 리 없는 무수한 결정 중 하나라는 말을 기억할 거다. 앞으로도 그럴 테지."

"……."

"나는 네가 날 대신해 라르크의 섭정이 되더라도 그럴 거라고, 한 치의 의심도 않아."

파란 눈이 밑 없는 호수처럼 깊다. 빨려 들어갈 것만 같다. 일순 벨바롯트는 약간의 불편을 의식하고 고개를 틀었다.

"영광으로 여기고 있습니다."

스완은 시선을 피하는 그의 턱을 잡아 돌리더니 그의 귓가에 입술을 붙여 속삭였다.

"하니 가신들을 선동해 날 막아야 한다 설득하지 마라. 내가 네게 기대하는 역할은 그게 아니니까. 한 번만 더 리제예스를 선동하여 오늘 같은 일을 만든다면, 넌 내 실망의 대가를 치르게 될 거다."

내리깔려 있던 벨바롯트의 눈꺼풀이 서서히 뜨였다. 달던 치하가 칼 같은 마디로 끝난 게 뜻밖은 아니었다. 그녀는 상과 벌이 명확한 사람이니 조금 전 믿겠노라 했을지언정 잠시 후 벌하겠노라 말할 수도 있는 것이다.

그럼에도 그의 말문을 막은 것은, 스완이 그의 연루를 짐작하고 있었다는 사실 때문이다. 뻣뻣해진 그의 목덜미를 쓸어내린 스완이 부드럽게 웃으며 속삭였다.

"미게타가 리제예스와 지크를 만나러 갔었지. 사내 셋이 모여 나눌 얘기는 뻔하지 않으냐? 시답잖은 여자 얘기나…… 시답잖지 않은 여왕의 얘기겠지."

미게타는 벨바롯트의 부관이었다. 조용히 그들을 만나러 다녔던 미게타의 행적이 스완의 눈과 귀가 되어 주는 자들에게 밟혔다는 흔하디흔한 내막이다.

민망함과 당혹감이 적잖았다.

벨바롯트는 그녀의 팔을 뿌리치고 몸을 일으켰다. 이번에는 그녀도 순순히 그를 놓아주었다. 벨바롯트는 얼굴을 쓸며 깊이 숨을 골랐다. 귓전으로 툭툭 두드리는 소리가 들렸다.

곁눈을 돌린 벨바롯트는 소파 아래로 다리를 내리고 앉은 스완이 그녀의 곁자리를 툭, 툭, 두드리는 것을 볼 수 있었다. 여유롭기 그지없는 손짓이었다.

스완이 나긋하게 말했다.

"오렴."

"……."

"두 번 말할까?"

벨바롯트는 마지못해 그녀의 왼편 옆자리에 자리를 잡고 앉았다. 비딱하니 몸을 틀어 앉은 스완이 소파 등받이에 팔꿈치를 걸치고 오른쪽 뺨을 괴었다.

"답지 않은 짓을 하면 꼬리를 밟히는 법이지."

그녀를 보지 않은 벨바롯트가 딱딱하게 물었다.

"사죄드리기를 바라십니까?"

"네 뜻이 달라지는 것이 아니라면 사죄한들 의미가 있을까. 네가 말해 봐라. 벨비, 네 뜻이 바뀌겠느냐?"

벨바롯트는 아무 대답도 하지 않았다.

속 깊이 차는 것은 민망함과 한숨뿐이다.

이번 전쟁에 관하여 그는, 기실 우려의 목소리를 높이는 여느 다른 사람들과 다르지 않은 의견이었다. 하여 스완이 전쟁을 선언하기도 전부터 그는 그녀를 설득하려 애써 왔다. 그 많은 사람들의 우려의 언사들을 다 더해도 그가 그녀를 설득하기 위해 했던 말보다 적을 것이다.

그러나 그가 섬기는 여왕은 심지가 지나치게 굳어 한번 결정한 것을 되돌리는 법이 없었으므로 설득은 실패로 돌아갔다.

결국 그녀를 막을 도리가 없다는 것을 받아들인 벨바롯트가 타협안으로 낸 것은 그 자신이 대신 전장에 나가겠노라는 것이다. 하나 그 또한 받아들여지지 않은 채로 전쟁은 선포되었다.

선포 이후에는 대외적인 시선 때문에라도 국서인 그가 스완을 반대하는 인상을 줄 수는 없었으므로 일언반구 하지 않고 참아 왔다. 스완은 그것을 그의 포기라고 받아들였을 것이다.

하나 그는 반전론을 포기하였다 할지라도, 그녀의 안위와 직결된 참전만큼은 포기할 수가 없었다. 그리하여 고심 끝에, 생각이 깊은 리제에스 경과 왕이 없는 수도는 수도가 아니라 믿는 그 개인의 신념 때문에 그녀의 참전에 불만을 드러내던 수도경비대장 지크와 영주 오켄을 비롯한 몇몇 신뢰할 수 있는 사람들과 논의하여 그녀를 설득할 기회를 마련하려 하였던 것이다.

하나 어떤 의도라 할지라도 협잡한 행위였고, 스완은 대체로 그런 일을 눈감아 넘기지 않았다.

“사죄하지 않겠습니다. 벌하십시오.”

우아하게 뺨을 괸 채로 그런 그의 옆얼굴을 빤히 바라보던 스완의 입술이 잔웃음을 머금었다.

“인상도 쓰고, 적반하장이네. 앙큼한 네 기만을 문제 삼아 볼까 고민하지 않은 것은 아니다만…… 그러지 않을 것이다. 이야기나 나눌까 하는 것이니 심각하게 만들지 말렴.”

“하면 결정을 재고해 주십시오. 제가 폐하께 바라는 건 그 하나입니다.”

“나를 납득시킬 수 있느냐?”

벨바롯트는 힘 빠진 고개를 돌려 그녀를 보았다.

“……폐하께서 참전하셔서는 안 되는 근거는 수십 가지도 더 일러드린 것으로 기억합니다만.”

“글쎄…….”

“몇 번이고 말씀드릴 수 있습니다. 전쟁이 아이들의 전술 놀이와 같지 않음은 당연하고, 하루에도 수십 번 목숨이 오가는 상황이 벌어질 겁니다. 폐하는 아국의 유일한 독존이시고, 당신께서는 전쟁보다 더 중요한…….”

"하나 묻자."

스완의 담담한 목소리가 말허리를 베어 냈다.

"역대 젊은 나이에 전쟁에 나선 왕들은 많다. 에센바르크의 브림스는 제 나이 열다섯에 군대를 지휘했지. 어찌나 그 긍지가 드높았는지, 너도 한 번쯤은 들어 봤을 것이다. 일대의 음유시인을 깡그리 잡아 족쳐 소년왕의 용기를 칭송하는 노래를 수십 곡 지어 퍼뜨렸으니 말이야. 아니, 멀리 볼 것도 없지. 내 조부께서는 조모와의 혼인 사흘 전에 벌어진 개롯과의 혈전에서 당신의 애마인 카흐와 함께 열흘 밤낮을 잠도 주무시지 않고 말을 달리셨다며 무용담을 늘어놓으셨다. 물론, 과장이 섞였겠지만 말이야."

"……."

"세상에 어떤 말이 열흘을 잠들지 않고도 달릴 수 있어. 페넥투스가 세상에서 가장 빠른 말이라 자랑하는 그의 애마도 그러진 못할 것을."

스완이 등받이에서 팔을 내리고 그쪽으로 몸을 기울여 왔다.

"한데 네가 그런 식의 수작까지 부리며 나를 실망시킨 건, 내 키가 네 턱에 간신히 이를 만큼 작고……."

그녀의 손이 그물처럼 그의 손등을 덮어 손가락 사이를 얽어맸다.

"너의 이 큰 손보다 훨씬 작은 손을 가졌기 때문이냐?"

두 손이 꽉 깍지 끼여졌다.

벨바롯트는 맞잡힌 손을 보았다. 잔상처와 흉터가 도드라지는 그녀의 손등은 희고 작았다. 얼마간 버티던 그는 끝내 굴복하듯 그녀의 손가락을 감아쥐고 타이르듯 말했다.

"……열다섯에 군을 지휘한 브림스 왕은 페틸의 소규모 전쟁에 참전하였을 뿐입니다. 선선대 폐하께서는 비록 젊은 나이에 진두지휘하셨으나 그 곁에 연륜과 경험을 겸비한 수많은 장수들의 보필을 받았습니다. 이렇게 큰 전쟁조차 아니었습니다."

"지금 나를 섬기는 자들은 턱없다?"

미간을 찌푸린 벨바롯트는 미미하게 고개를 저었다.

"아니라면 너보다 부족하니 눈에 차지 않아 다 그저 그렇다는 오만이로구나."

"그런 뜻이 아닙니다."

그녀는 이해하지 못할 일이었다.

–벨비, 북부의 정벌이다.

스완이 그에게 북부 정벌이라는 원대한 이야기를 처음으로 속삭였던 밤. 그 밤은 그의 어딘가에 깊숙한 상흔을 남겼다. 아니라면 그날이 있은 이래 곪아 가는 살처럼 속 갈라지는 그 기분을 설명할 도리가 없다.

그날 이후 그의 뇌리에 수시로 일어나는 것은, 저 자신이 이제까지 그녀에게 했던 별처럼 많은 이야기였다.

그가 보다 젊고 스완이 보다 어린 왕녀였던 시절부터 그들은 뜸하게 교류가 있었다. 부친이 타계한 이래 모든 연례행사와 충성 서약식은 그의 몫이 되었고 뮈아드로에 들 때마다 그녀를 마주쳤다. 깊은 이야기는 나눈 바 없으나 간간이 서로의 말을 주고받았다.

그의 일생이란 변방의 로크란드에서 외적과 사투하는 것이었기에 그가 해줄 수 있는 이야기들은 대체로 투쟁에 관한 것들이었다. 전쟁, 전투, 승리와 패배, 이민족들, 전쟁터 속에서 보게 되는 사람의 면면…… 스완은 언제나 그의 이야기에 관심을 보이며 때로는 눈을 반짝이고, 묻고, 묻고, 들었다.

혼인 후에도 마찬가지였다. 그녀는 물었고, 그는 답해 왔다.

-더는 미룰 수 없겠구나. 이제 적기다.

그녀가 그런 원대한 꿈을 꾸고 있는 줄 알았더라면, 하지 않았을 이야기들이 헤아릴 수 없이 많다.

어떤 의미로든 제가 이 나라를 건 그녀의 위험한 도전에 양분을 더해 준 것이 아닌가 하는 의문이 드는 날이면 깊어 가는 생각으로 밤 깊은 줄 몰랐다. 그리 지새운 밤이 몇 날이던가, 며칠이던가.

그것만으로도 소나무처럼 등 굽을 듯한데 그녀가 직접 전장에 나서기까지 한다는 건 받아들이기 쉽지 않았다. 쉬울 수가 없었다.

스완이 말했다.

"내 장담컨대 선왕께서 깨어나 나와 같은 결단을 내리겠노라 하셨다면 너는 두말 않고 달려 나가 그러마 했을 터다."

"……선왕께서는 장수를 앞세우셨을 테니 이런 논쟁도 필요 없으셨을 겁니다."

"필요하시다면 함께하셨겠지."

"차라리 저를 보내십시오. 이 목숨 바쳐서라도 폐하께서 바라는 결과를 얻어 오겠습니다."

"그건 네 몫이 아니야."

벨바롯트는 꽉 주먹을 쥐고 날 삼킨 심정으로 눈을 내렸다.

가라앉은 그의 낯을 응시하던 스완이 천천히 그의 허벅지 위로 올라와 앉았다. 벨바롯트는 떠밀리듯 소파에 등을 기대며 그녀의 가는 허리를 손으로 감았다. 그녀의 자랑과 같은 긴 붉은 머리칼이 그의 손등을 간질였다.

그의 어깨를 쓸어 넘긴 스완이 말했다.

"벨비."

"……."

“내가 직접 나서는 것뿐만이 아니라 이 모든 것에 대해 네 의문과 염려가 깊다는 것 안다.”

그녀의 검지와 중지가 느릿하게 그의 가슴팍으로 미끄러지고, 벨바롯트의 시선은 아주 잠시 그를 좇았다가 다시 스완에게 향했다. 그의 까만 눈동자를 정면에서 마주 본 스완이 엷은 미소를 띠고 말했다.

“여기, 네 이곳 깊은 곳이 그리 말하겠지. 헛되이 죽음을 당할 사지로 달려 들어가는 정신 나간 군주를 말리라고. 또 …… 왜 너처럼 재능 있고 유능한 장수를 두고 네 군주가 고된 일을 자처하는 건지, 알 수가 없다고. 네 군주가 너를 믿지 못해 그리하는 것은 아닐까…….”

고개를 기울인 그녀가 그의 귓불에 속삭였다.

“그럴 리가 없지 않아.”

따뜻한 숨결이 귓바퀴를 맴돈다. 벨바롯트는 일순 엄습하는 저릿한 감각에 눈꺼풀을 닫았다 열었다. 스완은 그런 그의 뺨을 감싸 쥐고, 그 이마에 그녀의 입술을 내려놓았다.

“너를 믿어 내가 출정하는 것이다.”

“…….”

“너도 알지 않으냐? 나는 낙천적인 천치로 살다 죽기에는 의심이 많지. 모른다 하지 마라. 네가 안다는 걸 난 알고 있으니까.”

그녀는 많은 것을 알았다. 세상이 그녀의 시작을 얼마나 경시할지, 얕잡을지, 조롱할지도 안다. 전장의 위험을 제게 없을 일이라 자단하여 참전을 결의한 것도 아니었다. 외려 그녀는 반대자들의 이유를 그 누구보다 잘 알고 있었다.

그녀는 라르칼리아의 마지막 적통이었다. 형제란 형제는 그녀의 손으로 떠나보냈고, 하나 남긴 것은 반쪽짜리라 불리는 이복동생인

폐이작뿐이었다.

아직 후사조차 없는 그녀의 끝은 왕조의 끝이었다. 라르크의 근간 자체를 뒤엎어 버리는 일이다.

그럼에도 그녀는 지난겨울을 겪고 난 후, 더는 지체할 수가 없었다. 지난겨울은 끔찍했다. 시련의 겨울을 물려준 선조들의 업을 끊는 것. 할 수 있다면 해야 했다. 그녀는 스스로가 할 수 있다고 생각했다.

한 줄기의 길이었다.

가엾은 백성들, 약하고 작은 나라에 기탁하여 사는 그들에게 엉망진창인 미래를 물려주지 않을 수 있는 길.

그로 인해 라르크는 보다 광대해질 것이며 그 안의 모든 삶들은 찬란해질 것이다. 제 목숨 하나 건사하자 포기하기에는 너무나 위대한 미래가 아니던가?

그 당연한 것을 사려하지 못하는 자들이 답답하면서도 안쓰러운 것은, 그들이 너무 오랜 세월 갇혀 살았기 때문이었다. 벨바룻트 역시 그렇다. 그러나 알면서도, 그녀는 벨바룻트가 그녀를 이해해 주지 못하는 것이 못내 아쉬웠다.

"나는 내가 무리 없이 해낼 것이라 믿지만, 만에 하나의 가정이란 언제나 따르지. 너는 '만에 하나'의 상황에 대비한 나의 선택이야."

"……."

"너에 대한 확신이 있으니까."

쓰게 웃은 벨바룻트가 되물었다.

"……저도 하지 못하는 확신을 하십니까?"

"나는 이기기 위한 목적으로 싸움을 마다하지 않는 사람이지만, 너는 지키기 위한 수단으로 싸움을 바라보지. 그것이 네게 내 나라를 쥐여 주는 이유다."

"……."

"'만에 하나' 내게 변고가 생긴다면 그 후 어떤 일이 벌어질지 자명하니, 네가 이어야 할 짐이 무겁다. 네가 가장 힘들 것이다. 너는 네 전부를 다 바쳐 내 나라를 건사해야 할 테니까. 너는 그럴 수 있을 자라, 이 의심 많은 내가 단 한 치의 의심도 없이 그리할 수 있는 자라 믿는 유일한 사람이란다."

벨바롯트의 입술은 그대로 멈추었다. 이루 말할 수 없는 복잡한 심경이 그물처럼 가슴 조여 온다. 처음으로 듣는 그녀의 속내였다.

스완이 그의 코끝에 코를 맞대며 속삭였다.

"그러니 라르크의 성단에 너를 두고 가마. 이번에는 네가 포기해."

"……."

"이곳에 남아 내 나라를 지켜라. 그리하면 나를 사랑하고 따르는 사람들은 나를 사랑하듯 너를 사랑할 것이다. 나만큼 사랑받아라. 네게 무거운 짐을 안겨 주었으니 윤허하마. 모든 것을 누려라."

벨바롯트는 묵묵히 들었다. 그녀의 목소리는 귀를 넘어 가슴속까지 파고들어 왔다. 그는 그녀의 이런 화술과 재능이 늪처럼 모든 것을 삼켜 망칠지 모른다는 예감에 사로잡히곤 했다.

시작은 그날이었다.

처음으로 왕궁의 가장 높고 유구한 담벼락 앞에 나란히 섰던 날. 그녀가 스물하나이고, 그가 스물넷일 때였다. 찬 겨울 펄펄 내리던 눈발을 사이에 두고 그에게 청혼하였던 왕녀는 지금과 다르지 않았다.

아름답고, 푸르고, 어떤 확신에 차 있었다.

—……그렇다면 벨바롯트, 라르크의 국서가 되겠느냐?

단 한 마디와 단 한 번의 눈길이었다. 벨바롯트는 그녀가 자신이 그녀의 남편이 되리라 확신함을 알 수 있었다. 그 확신이 대체 무엇에 기인한 것인지, 이해가 따라 주지 않아 한참 아무 말도 하지 못했다. 마주 본 채로 들었다. 늪 같은 목소리를.

–대신 너는…… 내가 나의 사랑하는 라르크를 마음 놓고 지킬 수 있도록 방패가 되어 주련?

이제 와 돌이켜도 모든 것이 이상한 순간이었다. 그녀는 여왕이 될 리 없는 왕녀였고, 그녀는 그에게 청혼할 이유가 없었으며, 그 청혼은 그에게 겪어 본 적 없는 오랜 잔상을 남겼다.

오만하게 왕국을 주겠다던 왕녀의 호언, 뒤도 돌아보지 않고 떠나던 뒷모습, 설산 아래 흔들리던 붉은 머리칼과 나부끼던 눈발까지.

로크란드로 돌아간 후에도 벨바롯트는 마치 그 순간에 자신의 어딘가가 매몰된 듯한 느낌을 떨칠 수 없었다. 그녀가 진심이었는지, 농담이었는지, 의식하는 것도 우스운 일일진대 아무렇지도 않게 안부의 편지를 보내온 왕녀에게 결국 먼저 말을 꺼내게 된 것도 그였다. '그날의 청혼은 지나친 장난이셨다.' 스완은 아주 단조롭게 답신을 보내왔다.

[진심이란다.]

'어찌 그리 말씀하시는 것이냐' 회답하니, 그녀는 그 어떤 미사여구도 없는 짧은 회신으로 이야기를 마쳤다.

[원하니까. 나는 이 나라를 더 나은 곳으로 만들고 싶고, 네가 함께해 주기를 바라. 부디, 긴 고민으로 네 밤에 고단함을 안겨 주지 말렴.]

그는 그녀와 자신이 연을 맺을 리 없다고 생각하였다. 그때까지만 해도.

하지만 이듬해, 선왕의 부고가 통곡과 함께 로크란드의 성벽을 넘어왔다. 달이 휘황하던 여름밤이었다. 로크란드는 비통에 빠졌다. 그 시기 라르크는 여러 정치적 문제로 혼란했고, 왕자들의 국장이 연이어 세상이 어둡던 시기였다.

왕녀는 홀로 남았다.

그것이 벨바롯트의 가슴속 깊이 억눌려 있던 어떤 감정을 불러일으켰다. 손안의 부고를 거머쥔 그는, 서편 위에 떨어진 눈물 자국 마르기도 전에 알게 되었다.

그녀가 했던 확신만큼이나, 명확한 확신이 그에게 있었다. 국왕 폐하의 장례를 위해 로크란드를 떠난다면 그는 예상보다 오래도록 이곳을 떠나게 될 것이라고. 마치 운명 같았다.

로크란드에서는 당연하게도 반대의 의사가 터졌다.

그를 보필하던 사촌 동생인 레가트로는 말했다.

—형님, 왕녀 전하께 청혼을 할 거라고 했습니까? 지금 왕녀 전하께서는 여왕이 되실……, 지금 형님께서 하시는 그 말씀이 뭔지 저는 이해가…… 왕녀 전하는 로크란드에 와 살 수 있는 분이 아니잖습니까?

—앞으로가 어찌 될지는 모르겠지만, 내가 없는 동안 로크란드는 네가 돌봐 주길 바란다.

—없는 동안이라는 게 이번에 잠시 다녀오는 것을 말하는 거지요?

—보다 오래 비우게 될 수도 있고, 어쩌면 오래지 않을 수도 있겠지.

—무슨 말씀을 하시는 겁니까? 왕녀 전하께 청혼한다는 게 어떤 의미인지 모르고 하는 말입니까?

알았다. 벨바롯트는 자신이 포기해야 하는 것이 무엇인지, 그것들이 얼마나 가치 있는 것인지 너무나 잘 알았다. 하지만 그는 그러지 않을 수 없는 사람처럼 그녀를 선택했다.

–그분께서 나를 필요로 하신다.

그에게는 그 이유면 충분한 것이었다.

그 후 그녀는 여왕이 되었고, 그는 국서가 되었다. 꿈같은 일이라고, 지금도 간혹 생각한다.

가능할 리 없어 보였던 일을 그녀는 당연하다는 듯 이루어 냈다. 그리하여 그녀의 옆자리를 지킨 지 어언 4년, 그는 이해하고 있다.

스완은 확신하는 일은 무엇이든 해낼 수 있는 사람이었다. 앞을 읽고 길을 찾으며, 포기할 줄 몰랐다. 이제는 그에게도 그러지 않는 그녀를 상상하는 것이 더 어려웠다.

뛰던 가슴은 가라앉았다.

"전장을 얕잡지 마십시오."

"삶은 어차피 전쟁이고 어디나 전장이지. 나는 이제까지보다 조금 더 야만적인 전쟁터로 나가겠다는 것뿐이야. 내가 떠나면 너는 홀로 싸워야 하니…… 다른 이유로 나를 그리워하겠구나."

뼈아픈 삶의 족적을 농담 속에 남기는 것이 더 슬프다.

전쟁 아닌 삶 없으니 달리 두려워할 이유조차 없다. 그리하여 겁을 잃은 그녀를 존경으로 바라보아야 하는가. 아니라면 무엇으로 바라보아야 하는가. 그는 간혹 그녀가 내비치는 저 메마른 성정이 아렸다.

하나 삿된 고민이다. 한낱 가신이 여왕에게 보내야 할 눈길이란 오직 섬김을 다하겠노라는 충성과 경애의 시선뿐일 터였다.

벨바롯트는 착잡한 심경을 다스려 누르며 답했다.

"귀환하실 때까지 저는 귀자로의 조약돌이나 세며 지내야 한다는 뜻이로군요. 결국은."

"소일하기 좋은 취미가 되겠구나. 무리하되, 무리하지 마라. 남은 시간에 네가 몰래 아껴 주는 그 갈색 머리 계집애와도 마음껏 어울리도록 해."

느닷없이 던져져 온 말이 아니었다면 그는 제법 오랜 시간 저린 가슴을 쓸어야 했을 것이다.

"……뭐라 하셨습니까?"

"남쪽 작은 여우 마을에 머무는 그 계집아이 말이다. 언제까지고 내게 숨길 수 있을 줄 알았느냐?"

스완이 웃음을 참는 얼굴로 말했다.

"어찌……."

"어찌 알았느냐고? 내게 모르는 것이 있느냐 묻는 게 더 현명하지 않을까."

"아니……."

벨바롯트는 드물게도 말문이 막혔다. 진실이라서가 아니라 황당해서였다.

남쪽의 작은 여우 마을에 머무는 여자는 비칼라라는 이름이며, 그가 면식이 있어 살피는 사람에 불과했다.

벨바롯트는 고향을 떠나 뮈아드로에 올 때, 로크란드에서 그들 집안과 종종 교류하던 이들을 몇 데려왔는데 그중에는 기어트라는 무두장이도 한 명 있었다. 비칼라는 그의 손아래 누이다.

한데 지난해 시련의 겨울이 닥쳤을 때, 무두장이 기어트가 겨울을 이겨 내지 못하고 숨을 거두었다. 동향인이 겪게 된 타향에서의 비극을 벨바롯트는 가볍게 여길 수가 없었다. 하여 홀로 남은 그 누이의 생계가 염려되어 간혹 찾아가 살피거나, 서간으로 안부를 주고받게 된 것이다.

그것이 어찌 된 일인지 이렇게 둔갑해 버리니 기가 찰 따름.

"비칼라는 저와 그런 관계의 여인이 아닙니다."

"그래, 그리 말하는 것이 바른 것이지."

"농담이 아닙니다."

"아무렴, 아무렴."

그녀는 전혀 믿지 않는 투로, 정색을 하는 그를 보며 소리 내 웃었다. 그러다 끝내 제 웃음을 못 이겨 팔을 짚다가 옆으로 주르륵 미끄러졌다. 벨바롯트는 그녀가 부딪치기 전 반사적으로 잡아 다시 소파에 앉게 한 후 약간의 짜증을 드러내며 설명했다.

"폐하, 그녀는 로크란드에서 제 오라비와 함께 뮈아드로에 와 정착한 정착민입니다. 지난겨울 오라비가 단명하여 혼자 남게 된 것이 안타까워……."

"안타깝다가 정분나고, 정분이 났다가도 식는 것이 사람 마음이지."

어이가 없어 말도 나지 않았다. 인상을 구긴 채 실소하는 벨바롯트를 웃음기 어린 눈으로 들여다보던 스완이 고개를 살짝 갸웃했다.

"아니라고?"

"아닙니다."

"아니면 아닌 것이지 그리 열을 낼 이유가 무어라고 인상을 쓰니."

"미게타를 뒤밟으신 것도 그랬습니다만, 왜 제 뒤를 밟으시는 겁니까."

슬쩍 입꼬리를 올려 웃은 스완이 소파에 깊숙이 몸을 묻으며 중얼거렸다.

"관심이지. 근래 웬 여인과 교통한다는 풍문이 돌기에 궁금해서 그랬다. 들어 보니 네가 로크란드에서 온 지 얼마 지나지 않아 뮈아드로에 들었다잖니. 일전 네가 말한 감추어 둔 연인인가 했지."

"대관절……."

"뭐, 관두자. 아니라니 흥이 깨지는구나."

"국서에게 그런 소문이 따르는 것을 더 경계하셔야 할 폐하가 도리어 즐기시니, 대단하십니다."

빈정거리는 그가 재미있다는 듯 약간의 장난기 어린 눈을 올려 뜬 스완이 능글맞게 대꾸했다.

"너라면 어차피 뒷정리를 소홀하지 않게 할 거라는, 네 유능함에 대한…… 그래, 믿음이라고 하자."

"그를 믿음의 영역에서 넘기실 수 있다는 말씀이십니까."

"멋대로 기우는 마음은 가장 다루기 어려운 정적(政敵) 같은 것이지."

얼굴을 쓴 벨바롯트는 한숨을 참아냈다. 그에게 감추어 둔 여자가 있다는 오해의 빌미를 준 것이 그 자신이기는 했다. 의도한 것은 아니었다.

그녀와 혼인한 이후로도 벨바롯트는 그녀에게 한동안 선을 그었다.

처음부터 그녀가 이성적인 호기심으로 제게 접근한 게 아님을 알고 있기도 했으나, 혼인에 이르기까지의 과정에서 적잖이 깨달은 바가 있었던 것이다.

그녀는 수단이 될 수 있는 사내 중 가장 적당한 그를 선택했다. 무엇을 위한 것인지 그때에는 몰랐으나, 그 깨달음만으로도 그를 자중하게 할 수 있었다. 애초에 스완은 사내에게 정을 주는 지고지순한 여인조차 아니었다. 암암리에 그녀와 어울리는 사내들이 여럿이었고, 개중에는 벨바롯트와 면이 있는 자도 있었다.

그 모든 것을 알고도 왕재로서의 그녀에게 강하게 이끌린 것이니 그 스스로가 단단해야 했다. 그는 마음을 다졌다. 스완은 상상한 것이상으로 냉정한 여인이고, 쓰임이 끝나면 언제든지 끝이 날 관계였으니 그때까지 그녀를 보필하며 그녀가 말한 '위대한 라르크', '더 나은 세상'을 위해 이바지하는 것으로도 족한 영광이라고.

다만 부부지간의 방사(房事)가 다소 문제가 되었는데, 쉽지 않았다. 섬기는 웃전이라고 강박적으로 되새김질한 탓도 있겠으나, 그녀에게 다른 사내들이 있다는 것이 수시로 떠오르니 그 때문에 내키지 않았다 하는 게 옳을 것이다.

신혼 초기에는 그가 뮈아드로의 생활에 적응하느라 바쁘기도 하여, 유야무야 미루고 모른 체했다.

했는데, 그의 실수는 스완에게 사냥꾼 기질이 있다는 것을 진작 간파하지 못했다는 것이다. 처음 스완은 합방에 관심을 두지 않는 그를 두고 놀리는 데에 그쳤으나, 그 상태로 수개월이 지나자 진심으로 그 문제를 들먹이기 시작했다.

—그래서야 내게 후사는 안겨 주겠느냐?

—폐하께서 잠도 주무시지 않고 공무를 보실 만큼 바쁘신 시국에, 이 한 몸 헌신하여 회임하게 해 드리고 폐하를 쉬게 해 드릴 수 있다면 따르겠습니다.

—말을 해도 그리…….

놀라울 것도 없지만 스완은 스스로 갖지 못한 것에 집착하는 성향이 있었다. 그로 말미암아 신혼 몇 달 후부터 스완의 관심은 한동안 그에게 오롯이 쏠렸다.

—……신하인지, 남편인지.

그 시기, 고백하건대 벨바롯트는 뾰루퉁하게 저를 쳐다보는 그녀가 제법 귀엽다고 느낀 적이 있다. 가끔 즐기기도 했다.

그러던 어느 날이었다. 지독히 바빠 경황없이 책상머리에 붙잡혀 있던 어느 오후.

—문제가 있는 거로구나.

—아무 문제 없습니다.

—아니, 아니다. 너는 문제가 있어. 혈기왕성한 사내라면 이리도 나를 길가의 조약돌 보듯 볼 리가 없지. 대체 무슨 문제니? 의원이 필요한 것이냐?

스완은 그에게 없는 문제까지 발생시키려 했다. 포기하지 않을 낌새이기에, 약간 성가시다 느낀 벨바롯트가 농담처럼 눙쳤다.

—어릴 적 조부께서 하신 말씀이 있습니다. 늑대가 일생 한 마리의 암컷을 지키며 사는 것이야말로 브류나크의 근원 정신이라 하셨지요. 자가(自家)의 늑대기의 유래 또한 그로부터 비롯된 것이란 걸 아셨습니까?

단순히 에두르기 위한 것이었다. 아내가 다른 남자와 외유하고 있다는 것을 알고도 아무렇지 않을 수 있는 사내는 못 된다 솔직히 말할 수는 없는 일이었으므로.

그러나 스완은 완벽하게 엉뚱한 방향으로 해석했다.

—너, 여자가 있었니?

—……아닙니다. 잊으십시오.

—아니…… 잠시만, 잠시만, 그럴 수는 있지. 중혼(重婚)만 아니라면 책망은 않겠다만 어찌 내 눈을 피해 그리했단 말이냐?

완벽하게 엉뚱하여 할 말을 잃을 소리였다.

—폐하, 쓸데없는 소리였습니다. 청컨대 제 허튼소리는 잊고 나가 주십시오.

바빴던 벨바롯트는 '중혼'이라는 황당한 상상의 나래를 펼치기 시작하는 그녀에게 일일이 해명할 수도, 그렇다 하여 진심을 고백할 수도 없는 그 상황이 다소 짜증스러웠고 대충 넘겼다. 그것이 스완의 또 다른 흥미를 끌었다는 것은 두어 달간 그의 신변을 파헤치려 드는 여왕의 앞에 몇 번이나 끌려간 로크란드의 기사들 덕에 알았다. 하나 약간의 반항심과 사내의 치기로 그는 묵과했고, 스완의 관심은 곧 식었다.

이후, 그들 사이에 여러 가지 일이 있었고, 뢴사에서의 사건으로 인해 부부지간의 자연스러운 행위를 가로막던 벽이 허물어져 부부 관계라기에는 모호하고, 군신 관계라기에는 조금 더 가까운 관계에 머물게 되었으니 더 이상 그녀가 옛일에 신경 쓰지 않을 줄 알았다.

"이런 시국에 사사로운 일에 신경 쓸 여념이 있을 거라 생각하십니까. 잊지 않으셨다면 대관절 누구 때문인지는 기억하십니까?"

"나는 모르는 것 없이 낱낱이 알지만 이번에는 대답하고 싶지가 않네."

"아신다니 폐하의 영민함이 감격스러울 뿐입니다."

내심 기분이 상한 그가 딱딱하게 대꾸하자 작게 웃은 스완이 그의 목깃을 끌어당겼다.

"하면, 벨비. 네 바쁜 시국의 일정 중 나를 기쁘게 할 시간은 있느냐?"

유혹하는 목소리는 사냥꾼의 미끼였다.

스완은 사내를 마구간의 씨말 다루듯 하는 여자인지라 저런 도발적인 말을 쉽게도 뱉어 냈다. 그리고 그리하면, 그 역시 어쩔 수 없는 사내인지라 가슴 한켠이 소란해졌다.

하지만 그는 그런 그녀를 대처하는 법을 배워 온 국서였다.

"폐하를 기쁘게 해 드리는 것이 제 기쁨이니, 속히 발도로 회신을 보내겠습니다."

그녀 역시 그의 속내를 알고도 어울려 주는 여왕이니.

"내 부군은 훌륭하기도 하지."

소리 없이 웃은 벨바롯트는 그녀의 이마에 입술을 맞춘 후 일어섰다. 스완은 느긋하니 소파에 기대어 앉아 그런 그에게 손을 흔들었다.

문을 열고 나왔다. 긴 복도가 그의 앞에 펼쳐진다. 먼 복도의 끝을 바라보던 벨바롯트는 타성처럼 차림을 고쳐 정돈했다. 그리고 잠시서 기다렸다. 느리게 뛰는 가슴이 죽은 듯 가라앉기를.

그러는 동안 고개를 돌려 창밖을 내다보았다. 왕궁 복도의 창 너머로 하얀 월계수기가 펄럭인다. 머잖아 전장에서 휘날리게 될 깃발이었다. 얼마간 가만히 아득한 미래를 상상하던 벨바롯트는 무거운 걸음을 내디뎠다.

2장.

출정 세 달 전

660년 그해의 다섯 번째 달에는 어떤 은밀한 사건이 있었다.

전시 준비로 한참 소란하던 라르크 왕실에서는 쉬쉬하였으나, 그때 처음으로 여왕 스완이 '그자들'과 접촉하였다는 증거는 서부의 로크란드에서 발견된 자료이다…… 중략…… 뿐만 아니라 그 시기에 라르크에서는 예고조차 없이 커다란 이권 교체 현상이 벌어졌는데 그 모든 것이 여왕의 독단이었다는 기록은 곳곳에서 찾을 수 있다. 그것이 라르크의 정복군주 스완 세칼리드 라르칼리아를 폭군이라 이르는 또 하나의…….

-『북부전국시대(北部戰國時代), 말론초의 회고록』, 488페이지 중 발췌.

출정 세 달 전

따사로운 아침이었다. 열린 창을 통해 밀려드는 선선한 바람에 떠밀린 얇은 커튼이 팔랑였다. 널찍한 침대에 흐드러진 붉은 머리칼도 베갯머리 위에서 살랑거렸다.

반라로 엎어져 잠든 남자의 긴 그늘을 드리우는 속눈썹과 조각해 낸 듯한 콧날 아래 붉은 기 감도는 입술에서는 죽은 듯한 숨이 오갔다. 단단한 근육으로 굴곡진 잔흉이 많은 등이 잔잔히 오르내렸다.

늦은 새벽 왕궁으로 돌아와 잠든 그의 눈이 열린 것은 저 멀리서 자작자작 걸음 소리가 들려오기 시작할 즈음이었다. 길고 시원한 눈꺼풀이 열린 자리로 새파란 호수 같은 눈동자가 드러났다.

발소리의 주인이 그의 침실에 도달했을 때, 페이작은 이미 침대에서 일어나 준비되어 있던 세숫물로 목과 얼굴을 닦아 내고 있었다.

“전하, 들어가겠습니다. 아직 피곤하시겠지만 급히 사정이 생겼습니다. 훈련 중 사고가 생겼다며 볼더리 경께서 전갈을…….”

새벽녘 늦게 돌아온 그를 아는 터라, 당연히 자고 있을 거라 생각했던 스키엔은 말끝을 먹었다. 그리고 곧장 공손히 허리 숙여 예를 올렸다.

"벌써 일어나 계셨군요. 아주 좋은 아침이지요?"

아, 그는 페이작의 자잘한 생활 편의를 돌보며 심부름꾼 노릇을 하는 시종들 중 한 명이다.

수건으로 젖은 얼굴을 닦아 낸 페이작이 약간의 짜증 섞인 투로 중얼거렸다.

"……워낙 시끄러워야지."

"창을 열고 주무셔서 시끄러우셨군요. 완전히 봄이 왔습니다! 하지만 밤은 아직 서늘하던데요."

"곰의 발을 훔쳐 달고 다니는 시종을 둔 죄지."

"곰의 발을 누가 말입니까? 저 말입니까? 전혀 그렇지 않습니다, 전하."

"네가 누워 봐. 내가 나가서 흉내 내 줄 테니까."

페이작이 피식 웃으며 물기가 묻은 붉은 머리를 털었다.

스키엔은 전혀 그렇지 않다 생각하였으므로 억울했지만, 왕자 전하에게 달리 맞설 수는 없는 노릇이었다. 그리고 기척에 예민한 왕자 전하에게는 그리 들릴 수 있다 합리화하기로 했다.

가운조차 제대로 걸치지 않고 있던 페이작은 곧 제대로 걸치지 않고 있던 가운마저 대충 벗어 던지고 손짓했다. 스키엔은 근처에 잘 개켜 놓은 그의 옷가지를 가져다주었다.

셔츠에 팔을 꿰는 그의 몸은 보기 좋게 잡힌 근육들이 그림처럼 빛을 반사하여 아름다웠다. 흉터와 상처가 숱하게 많은 것마저도 예술 작품의 어떤 의도된 무늬라 생각하면 완벽했다.

스키엔은 굉장히 좋은 기분으로 감상했다.

페이작 돌레한 라르칼리아.

그가 섬기는 왕자는 현 여왕 폐하의 이복동생이자, 전무후무한 천재성을 타고난 기사였다. 연륜 있는 기사들조차도 그 재능을 인정한 페이작을 모르는 이가 없고, 실제로 지금 뮈아드로의 기사들 중에서도 그를 넘어서는 자는 찾을 수 없었다. 왕자이기 때문에 추켜올려 주는 것이 아니라, 정말로 대단하다.

아, 말해 무엇 하랴. 스키엔은 그를 섬기는 것이 실로 영광스럽다.

페이작이 나른한 목소리로 물었다.

"그나저나…… 무슨 사고가 있다고?"

구경에 빠져 있던 스키엔은 그가 질문하였다는 것을 조금 늦게 인지했다.

"아아아아, 훈련장에서 다툼이 일어 결투를 하니 마니 난리가 아닌 모양입니다. 폐하께 말씀을 드려 판결을 요청드리고 싶지만, 공교롭게도 그럴 수가 없는 상황이다 보니."

"왜."

"발제스 경이 한 병사의 불복종적인 태도를 지적했는데, 그 직속 상관인 파렌……."

"왜 누님이 그럴 수가 없는 상황이지? 그러고 보니 인사 올리러 가야 하는데……, 지금 어디 계시나?"

페이작이 소매를 정돈하며 말했다. 왕궁 소속의 기사들은 여왕을 어미처럼 따르는 버릇이 있어 해결되지 않을 것 같은 사건만 생겼다 하면 너 잘했니, 나 잘했니 하며 스완을 찾곤 했다. 스완은 그런 일을 아무렇지 않게 받아들이고, 실제로 즐기기도 했다.

반면 페이작은 성가시다 싶은 일에는 자발적으로 관여하는 일이 없다. 말이야 판결이지, 일러바치는 어린아이 같은 유치한 작태가 아니냐는 말이다.

페이작의 그러한 평가는 비밀조차 아니었으므로, 그의 앞에 이런 문제를 가져오는 것 자체가 평소답지 않은 것이다.

스키엔은 그런 질문을 하는 페이작을 기우뚱 바라보더니, 잠시 후에야 어렴풋이 상황을 파악한 듯 덧붙였다.

"아, 모르셨군요?"

"뭘."

"폐하께서는 지금 왕궁에 안 계신데요……."

페이작의 움직임이 뚝 멎었다. 미간은 서서히 좁아졌다. 어색하게 웃은 스키엔이 슬며시 눈을 굴렸다.

"안 계신다고?"

"지난달부터 이야기가 나왔던 쾨니에 행입니다. 어제 정오쯤 출발하셨는데……."

불편한 침묵을 조장하던 페이작이 비뚜름하게 턱을 기울이며 뇌까렸다.

"어제, 어제 말이지."

성질이 돋으신 게 분명하다 예리하게 판단한 스키엔은 스스로를 움츠렸다.

그들의 왕자 전하는 평소 예법이라든가, 사소한 농담 따위에 달리 까탈스럽게 굴지 않았지만 그를 매우 과민하게 만드는 사람이 한 분 계셨다. 바로 여왕 폐하이시다.

스키엔이 슬며시 덧붙였다.

"그래도 하이가 경을 지목하여 함께 데리고 가셨습니다. 어제 하이가 경께서 자다가 뛰쳐나오신 것을 저도 보았거든요."

자르데사 베테 하이가는 왕궁 예하의 전(前) 근위대장 중 한 명으로 지금은 페이작의 슬하에 머무는 자였다.

키가 큰 테메르인들 중에서도 독보적으로 크고 단련된 근육으로 부풀린 덩치까지 대단한 실력자였는데, 페이작이 그를 상당히 마음에 들어 하여 전시 준비에 앞서 조직 개편 중에 스완에게 그를 요청했다.

자비로운 여왕은 기꺼이 자르데사를 페이작에게 내주었는데 기실은, 페이작과 그 휘하 기사들이 하는 일이란 여왕을 위한 임무 같은 것들이었으므로 그녀에게는 별 차이가 없었을 것이다.

성마른 한숨을 몰아쉰 페이작이 씹어 뱉듯 물었다.

"몇이나 데리고 가셨나?"

"조용히 꾸려 출발하셔서 자세히 알려진 것은 몇 없지만 그날 오후 갑자기 호출당한 기사들의 명단 목록이 여섯 줄이라는 얘기는 들었습니다."

페이작은 짜증스럽게 머리칼을 헝클었다.

'일부러 그랬다는 말이지.'

페이작은 3주간의 외근에 나섰다 어제 새벽 돌아온 참이었다. 일어나면 곧장 스완을 찾아가는 것이 그가 결정해 둔 일정이었다.

왜 3주나 자리를 비웠느냐 하면, 라르크가 전쟁 선포를 하고, 본격적으로 준비에 돌입한 이 시기. 인접 왕국과 소수 민족들의 동태를 비롯하여 근방 지리를 직접 확인하라는 스완의 친명이 있었던 까닭이다.

로엠의 영주 아크레가 포섭해 온 지도 제작자와 열댓 명의 기사들만 대동한 다소 번거로운 임무였다. 그동안 스완과는 전서구로 뜸하게 교통할 수밖에 없었는데, 페이작이 그녀의 쾨니에행 이야기를 들은 것도 라르크 동부 끝자락에서였다.

[발도 건 때문에 방도를 찾던 중 오베이언과 연통이 닿았다. 조촐히 쾨니에에 다녀올 요량이다.

스완 세칼리드 라르칼리아 인印]

쾨니에는 라르크의 남단에 위치하여 뮈아드로에서 나흘이면 도달할 거리에 있는 작은 영지였는데, 그 편지를 받자마자 어찌 된 내막인지는 알 수 있었다.

발도의 영주 페넥투스가 반전주의자를 자처하며 군마 수급 문제에 큰 차질을 빚고 있으니 그 일을 해결하기 위해 쾨니에의 영주인 타르키아 후작을 만나러 가겠다는 것이다.

타르키아 후작은 발도인들과 매우 각별한 관계를 유지했던 자인 동시에, 맹목적인 라르칼리아의 추종자이며 선왕비의 오라비, 즉 스완의 외숙부였다.

그리고 델소어 백작 오베이언은 스완의 어릴 적 친우이면서 타르키아 후작의 전(前) 사위이니 그를 통해 방법을 찾겠다는 뭐 그런 이야기일 것이다.

페이작은 당연히 반대했다. 가뜩이나 전시 준비가 본격화되어 눈길 받는 상황에 조촐히 다녀오겠다는 것은 말이 안 되는 일이다. 심지어 쾨니에는 국경선서 멀지도 않아 아일마레에서 떨어져 나온 소수 민족들이 자리 잡은 지역과도 가까웠다.

[배상. 친애하는 여왕 폐하.

오늘자 보고와 함께 사사로운 견해를 감히 더하겠습니다. 타르키아 후작과의 면담이라면, 다망하신 폐하께서 친히 내려가시는 것보다 충성스러운 그자를 소환하는 것이 마땅히 그자를 위한 것이 아니겠는지요.

폐하를 존경하는 페이작 돌레한 배례.]

[돌레한 경, 그대와 훌륭한 장병들의 노고가 크다. 가릿산의 후위를 돌아 가라세인들의 영역이 눈에 띈다. 동으로 가는 길목의 수, 경사, 고도를 보다 소상히 살피어 무탈히 돌아오라. 그대의 사사로운 견해에 친히 하답한다. 와병하여 수년 거동조차 힘든 자에게 너그러움을 보이는 것도 자비겠지. 청탁을 넣는 것이 아니라도 숙부에게 보이는 조카의 성의라.

스완 세칼리드 라르칼리아 인印.]

[배상.

가라세인들과의 싸움은 크게 벌어지지 않았습니다. 그들은 개롯인들과 교류 중인 것으로 보이며, 자세한 조사 결과는 동봉합니다. 내일은 미노구아령으로 가 그곳에서 폐하를 기쁘게 할 수 있는 게 있는지 확인하겠습니다.

사견에 친히 하답해 주신 폐하의 자비에 감읍합니다. 감히 감사의 뜻으로 진심 어린 충언을 더하건대 설령 남단의 땅으로 순시를 떠나시려거든 최소 쉰 이상의 근위를 두시고, 타르키아가 측의 방비와 엄호를 약조 받아 마땅합니다. 무사안전을 위해.

페이작 돌레한 배례.]

[동봉한 서편은 행정부에서 충분히 검토 중이다. 쾨니에에 대한 네 사견은 알겠지만 사방팔방 발도가 라르크의 발목을 잡고 있다 소리 지르고 싶은 건 아닐 테지. 조용히 다녀오는 것이 안전을 도모하는 길이다.

스완으로부터. 인印]

[누님에게.

발도의 문제가 소문이 나 좋을 것은 없지만, 그것이 누님의 안전을 담보로 할 만큼 중요한 비밀은 아니잖아.

페이작으로부터.]

[누님, 지금 일부러 답장하지 않는 거지. 쾨니에는 병력조차 형편없어 그 옆의 이민족도 제대로 방비해 내지 못할 게 자명한 취방울만 한 땅이다. 쾨니에가 이제까지 무너지지 않고 멀쩡히 앉아 있는 건, 사람들이 쾨니에라는 영지가 있는지도 모르기 때문이라는 게 농담이라고만 할 수는 없지. 답하지 않는다면 국서에게 연통하겠다.]

[사랑하는 내 아우야, 벨바롯트에게 쓸데없는 소리를 보냈구나. 발도의 문제는 내가 해결할 몫이다.

오베이언을 통해 이야기를 나누어 결정했다. 델소어가의 병력이 내 그곳에 머무는 동안 주둔할 것이라니 너의 그 갸륵한 염려는 그쳐도 되겠구나. 잔말은 그쯤 하렴.

스완 인印]

[다음 주까지 왕궁으로 귀환할 테니, 그때까지 기다려, 누님. 그 노친네의 면전에 나타나지 않고 쾨니에 영지분계선에 있으면 되니까 나를 데려가. 이렇게 말하기는 싫지만 근래 느낌이 별로 좋지 않아. 이 편지에 회신하지 않는다면 나는 여기서 바로 쾨니에로 출발하겠다.]

[악몽이라도 꾸고 울면서 내 침실에 기어 들어오던 그때처럼 구는구나. 사감은 접어 두거라. 네가 쾨니에까지 갈 필요 없으니 돌아오면 논하자.]

[사랑하고 경애하는 나의 누님, 부디 이자를 통촉하시기를. 난 악몽을 꾸고 울면서 누님의 침실로 기어 들어간 적 없다. 무슨 소리를 하는지 모르겠지만, 부디 오늘도 폐하의 하루에 기쁨이 가득하기를.]

[보고 싶은 나의 동생아. 없기는. 울지만 않았을 뿐이지 몇 번이나 꼬인 심사 풀어 달라 달려왔었는지 헤아려 주랴. 무사 귀환하거라. 돌아와 논하자.]

그리하여 페이작은 최대한 빠르게 임무를 마무리하고 이틀 밤을 새우며 달려온 끝에 왕궁에 귀환한 것이다. 한참 깊은 새벽이라, 자고 일어나자마자 그녀를 찾아가려 했는데 돌아온 소식일랑 그녀가 이미 떠났노라는 것이다.

배경이 이러하니 어찌 손바닥처럼 들여다보이지 않나. 필시 그가 함께 가겠다 할 것을 셈하고 직전에 출발한 것이다.

'이렇게 나왔다는 거지.'

생각할수록 어이가 없어서 실소가 흘렀다.

이성적으로 이해할 수는 있었다.

성질머리가 감성적이고 라르칼리아에 대한 광적인 충성심과 긍지로 충만한 타르키아 후작과 페이작의 사이는 빈말로도 좋다고는 할 수 없다. 정확히는 타르키아 후작이 그를 극도로 증오했고, 페이작은 그런 적의에 져주는 사람이 아니었다.

타르키아가 그를 싫어하는 이유는 단순하고 직관적이었는데, 정통 핏줄을 이어받은 라르칼리아들을 다 제치고 혼자 살아남은 반쪽짜리 페이작을 일종의 뻐꾸기처럼 생각하는 까닭이었다.

'……아무리 그래도 그렇지.'

우그러뜨리듯 쥔 수건을 내려다보던 페이작은 이내 짜증스럽게 내던졌다. 스키엔이 화들짝 놀라며 구기고 있던 몸을 더 구겼다.

"나가 봐."

스키엔은 어색하게 웃으며 바닥에 떨어진 수건을 집어 들어 팔 안에 감아 챙겼다. 그러고는 조심스럽게 물었다.

"저어어, 그으러엄, 훈련장에서 기다리고 계신 볼더리 경에게는 무어라 전달할까요?"

"결투든 뭐든 하고 싶다면 놔둬, 뭘 그딴 문제를."

스키엔은 약간 불안한 표정으로 사견을 더했다.

"혹여 하극상이라도 일어나면 분위기가 좋지 않아질 겁니다. 그럴 우려가 들 만큼 많이들 감정적인 상태라고……."

"이긴 녀석은 나랑 한판 붙자 해라. 몸이라도 풀어야겠으니."

스키엔의 입술이 합 오므라졌다. 색다른 판결이다.

그 말인즉, 이긴 놈을 진 놈만큼 똑같이 패 주겠다는 뜻이 아니신가?

'역시, 왕자 전하.'

싸움이 붙은 기사들은 여러 가지 이유로 결투에 대해 다시 한번 고민할 여지를 가지게 될 것이다. 그것만으로도 충분한 현명함이었다.

"전하겠습니다."

솟구쳐 오르는 존경심을 억누른 스키엔이 꾸벅 고개 숙인 후 돌아나갔다. 멀어지는 스키엔의 발소리를 뒤로한 채, 페이작은 신경질적으로 침대에 걸터앉았다.

'이렇게 따돌린단 말이지.'

그의 푸른 눈이 열린 창으로 미끄러졌다.

막 봄의 따스함이 살갗에 피기 시작하는 5월. 이 계절 저 남쪽 어딘가는 무더위가 시작된다지만 뮈아드로에서는 결코 상상할 수 없는 일이다. 그리고 아마 스완은 지금쯤 한참 저 좋은 날씨를 누리며 남쪽으로 내려가고 있을 것이다.

페이작은 긴 한숨을 참아냈다.

일이 이리되었으니 별일 없겠거니 생각하는 편이 나았다. 국서를 찾아가 누님을 그리 조촐하게 보냈느냐 짜증을 좀 내고 나면 속도 풀릴 것이다.

'……하여간.'

군사훈련장을 한 바퀴 돌고 와서도 성질이 가라앉지 않은 페이작은 부러 국서 벨바롯트를 찾아가 짜증스럽게 시비를 걸었다. 그는 벨바롯트와 불쾌하지 않은 정도의 적대감을 공연히 드러내며 지내왔으니 새삼스러운 일도 아니었다.

탁상 머리에 앉아 무언가를 휘갈기고 있던 벨바롯트는 '바쁘다'는 말 한마디로 그의 모든 짜증을 다 튕겨 냈다. 페이작은 어떻게 해야 저자를 더 열 받게 만들 수 있을까, 잠시 고민에 빠졌다. 그런데 그때, 겁에 질린 듯한 하인의 목소리가 쾅쾅쾅 공무실의 문을 두드렸다.

"각하, 크, 큰일이 났습니다."

페이작은 벨바롯트가 펜을 멈추고 '들어오라.' 말하기도 전에 먼저 벌컥 문을 열었다. 실색한 하인이 그를 발견하고는 흠칫 놀라 눈을 껌뻑거렸다.

페이작이 나른한 목소리로 꾸짖었다.

"무슨 일인데 경망스럽게 소리를 질……."

페이작의 입술이 멈추었다. 하인의 뒤에는 몹시 익숙한 사내가 서 있었다. 아니, 정확히는 한 병사의 부축을 받아 비틀거리며 기대어 있었다. 곰처럼 커다란 몸집의 사내는 페이작이 기억하는 한 이곳에 있을 리 없는 자였다.

"……자르데사?"

스완과 함께 갔던 자르데사가 상처투성이가 되어 그의 앞에 서 있는 현실의 자각은, 일순 그의 피를 싸하게 식게 만들었다.

자르데사가 그를 부축하던 병사를 밀어내고 그 자리에 쓰러지듯 무릎 꿇었다.

"뭐 하는 짓이지?"

"전하, 죽을, 죽을죄를 지었습니다!"

"네가 왜 여기 있어."

페이작의 하문이 서늘히 떨어졌다. 뒤따라 나온 벨바롯트도 자르데사를 발견하고 서서히 눈살을 찌푸렸다.

"무슨 일인가?"

자르데사는 바닥에 머리를 처박으며 읍하듯 실토했다.

폐하께서 납치당하셨습니다.

뻣뻣하게 고개를 돌린 페이작은 벨바롯트를 마주보았다. 열린 커튼 사이로 파고든 적주홍의 낙조가 불길하게 쏟아졌다.

하루 전.

정오를 막 넘긴 오후의 햇살이 따사로웠다. 스완과 한 명의 시녀를 태운 마차는 여섯 명의 호위 기사 무리를 이끌고 남쪽으로 향하는 길목을 질주하고 있었다. 목적지는 쾨니에. 스완이 그녀의 외숙인 타르키아 후작을 만나기로 결정했기 때문이다.

요즘처럼 긴박한 시기에 그녀가 남단의 쾨니에로 향하게 된 연유는 하나였다.

작금 라르크에는 전쟁반대론자와 무조건적인 추종자와 조건부적 지지자, 세 부류의 사람들이 있다. 깊이 생각할 것도 없이 가장 달갑지 않은 부류가 첫 번째였는데, 하필이면 군마의 성지인 발도의 영주가 그 첫 번째 부류가 되기를 선택했다.

발도의 영주, 페넥투스 자린 올헨데어.

지난 수개월 벨바롯트를 통해 협상하려 했던 그자는 기어이 전쟁반대론을 꺾지 않고 물자의 지원을 거부하였다. 여기서 그들이 제공하길 바랐던 물자는 단연코 말이다.

로크란드와 발도는 제법 가깝고, 오랜 시간 교류하여 사이가 나쁘지도 않았던 벨바롯트가 해내기를 바랐으나 결과적으로 실패한 셈. 벨바롯트의 노력이나 역량의 문제는 아니었다. 페넥투스의 아집과 그녀에 대한 개인적인 불만이 보다 큰 것이다.

페넥투스는 한때 그녀의 아우였던 리아작에게 충성을 맹세했던 자였다.

발도인의 고집은 말할 것도 없이 유명하니 그녀는 빠르게 다른 방도를 찾기로 마음먹었다. 하여 고민하던 와중, 오랜 친우였던 델소어의 백작 오베이언과 연락이 닿아 잊었던 한 사람을 떠올리게 된 것이다.

거트루그 파나로비에 타르키아. 타르키아 가문의 온순하고 충성스러운 그녀의 외숙이었다.

거트루그의 전(前) 사위였던 오베이언의 증언에 의하면 타르키아 후작은 소싯적 말 애호가였던 자답게 아직도 페넥투스와도 긴밀한 관계를 맺고 있었다.

스완은 라르칼리아에 매우 극진했던 숙부에 대해 좋은 기억을 가지고 있었는데, 여왕이 된 후 한 번도 만나거나 교류한 적은 없었다. 다른 이유는 아니었고, 그가 깊은 병마에 시달리느라 영지를 떠날 수 없어졌기 때문이다.

그간 그녀 또한 매우 바빴으므로 괘념치 못하였는데, 이번 기회에 외숙의 안부를 살피고 페넥투스와의 관계도 호전하는 것이 꽤 좋은 방법이라 생각했다.

쉬운 시작은 아니었다. 쾨니에까지 조용히 다녀오겠다는 데에 어찌나 말들이 많았던지. 안에서는 벨바롯트를 비롯한 가신들이 만류하려 했고, 밖으로는 멀리 동부까지 간 페이작이 서신으로 들들 볶았다.

누가 모르겠는가. 작은 무리보다는 큰 무리가 안전을 도모하기 쉬운 것을.

하지만 그녀가 작은 무리를 택한 것은 발도와의 문제가 해결되지 않았노라 소문이 나기를 원치 않았기 때문이다. 그 사실이 새어 나간다면 가뜩이나 잡초처럼 질기게 일어나는 반전론자들을 기세등등하게 할 것이다. 무리의 규모가 커질수록 소요 시간이 더 늘어나니 시간 낭비이기도 하고.

"그렇게나 왕자 전하를 싫어하시나요?"

창밖에 시선을 두고 생각에 잠겨있던 스완이 고개를 돌렸다. 건너편에 앉아 조용히 손수건을 접어 정리하던 시녀 오르헤가 궁금하다는 얼굴로 그녀를 보고 있다.

오르헤는 동그란 눈과 귀여운 얼굴상이 돋보이는 얼굴로, 평상시의 행동도 그러한 편이지만 제법 야무지고 강단이 있어 스완은 그녀와 이야기 나누기를 즐겼다.

가만 생각하던 스완이 간격을 두고 되물었다.

"무얼?"

"타르키아 후작 각하께서요."

스완은 곧 오르헤의 호기심이 무엇에 기인하였는지 이해했다.

"아아."

오르헤는 페이작이 따라오겠노라 할 것을 셈하여 부러 그가 돌아오기 직전에 출발한 것을 알 만큼 눈치가 빨랐다.

"한 공간에 두어 피곤한 상극들은 어디에나 있는 법이지. 핏줄이 모든 걸 결정한다고 믿는 사람은 고쳐지지 않으니."

"아, 왕자 전하의, 그, 음, 그런 것 때문에요?"

스완은 엷은 미소로 대답을 대신했다.

페이작이 서자인 까닭에 겪어온 일들, 감내해야 했던 시선들에 대해서 스완은 매우 잘 알았다. 그나마 오르헤는 깊이 생각지 않는 편이지만, 외숙은 그렇지 않다.

그는 전형적인 반테인이었기 때문이다. 반티, 반테, 그런 식으로 불리는 모임의 일원을 편의상 부르는 호칭인데, 그 모임의 본질은 혈통주의자들이었다.

라르칼리아 왕조에 뼛속 깊이 충성하여 오직 왕가를 섬기는 사람들. 일부 귀족들은 유달리 혈통에 집착하는 그런 몇 가문을 두고 '버반타그의 일곱 친구의 영령이 씐 건 아니냐'며 우스개 대상으로 삼기도 했다.

그리고 타르키아 가문은, 그중에서도 가장 그 성향이 두드러졌다.

제 가문에서 난 왕비가 적통을 순산하였으니 당연한가 싶지만, 그들은 스완의 눈에도 과한 감이 적잖은 편이다.

가문의 위세가 결코 작지 않은데도, 타르키아가의 자식들이 왕궁에 들면 그녀와 적통 형제들의 자발적인 노예 시늉을 했던 것도 그 집안의 가르침이 혹독했던 까닭이다.

그녀나 형제에게 아주 사소한 실수라도 했다 하면 크게 노하여 손부터 올리는 외숙을 몇 번이나 말렸는지. 얼마나 여러 번 숙부의 사과를 들었는지. 헤아릴 수도 없다. 오로지 충심 때문이라는 걸 아는 부왕조차도 그 자녀들을 제법 안쓰럽게 여겼다.

기본적으로 그런 편협함을 지닌 자이니, 어미가 왕궁 명적에도 이름 올리지 못한 서출인 페이작에 대한 애정이 없는 것은 지당하였다. 애정이 없는 수준이 아니라 미워했다. 야합으로 생긴 아이라 할지라도 아이에게는 죄를 물어선 아니 되는 법이지 않는지, 두어 번 지나가듯 이른 적이 있으나 전혀 그녀의 말에 귀 기울이지 않았다.

아주 어릴 때는 그 정도로 싫어하지는 않았던 듯한데, 페이작이 머리가 크고 대들기 시작하면서 극에 달했다.

오르헤가 종알거렸다.

"에잔 백작 부인과 코네도 후작 각하처럼 안 맞는 사람들이 있죠. 이해는 될 것 같아요."

얼마 전 에잔 백작 부인의 개가(改嫁)를 두고 코네도 후작이 목에 핏대를 세워 그녀를 비난했던 일을 말하는 것이다.

에잔 백작 부인과 코네도 후작은 오래전부터 얼굴만 봤다 하면 다퉜는데, 사람들은 그들을 상극을 비유할 때 거론하곤 했다.

"글쎄……."

"예?"

웃음기를 머금은 스완이 살짝 고개를 저었다. 오르헤는 알쏭달쏭하다는 표정으로 그녀를 보다가 다시 주절주절 떠들기 시작했다.

"어쨌거나, 왕자 전하와의 일은 유감스럽지만 폐하께는 다행이에요. 후작 각하께서 폐하를 꼭 도와주시면 좋겠어요. 폐하께서 요즘도 잠도 제대로 주무시지 못하시니까……."

"그럴 거란다."

타르키아 가문의 충정은, 그녀 역시 한 치의 의심도 없었다. 그토록 의심 많은 그녀가 의심할 수 없을 만큼 맹목적인 자들인 까닭이다.

"그럴 분이지……. 타르키아는."

타르키아. 오랜만에 입안으로 굴리게 된 이름이 가볍지만은 않았다. 옛 시간, 뜨거웠던 추억과 차가웠던 기억이 새삼스럽게 되살아나니 도리어 무겁기도 하다.

"그런데 폐하께서는 쾨니에에 가 보셨나요?"

"두어 번?"

"어떤 곳이에요? 저는 쾨니에라는 곳이 있다는 것도 처음 들어서."

마차의 창턱에 팔꿈치를 대고, 빰을 괸 스완은 밀려드는 따스한 미풍을 맞았다. 붉은 머리칼이 너울 치듯 흔들렸다.

"조용하고 아늑한 곳이지."

그러기를 바라는 마음이 깊었다. 떠난 사람들을 위해서라도.

그러나 여정은 순조롭지만은 않았다. 남부로 이어지는 길목의 캅치 숲으로 접어든 마차가 예상치 못한 난항을 맞이해 정지한 것이다.

"저, 폐하. 잠시 지체될 것 같습니다."

창밖으로 다가온 자르데사가 허리를 숙여 아뢰었다. 자르데사는 원체 곰처럼 커다란 자라 그렇게 숙이는 것만으로도 마차 안에 그림자가 꽉 찼다.

그는 본디 근위대 소속이었는데, 이번 전시 준비에 돌입하여 개편이 시작될 무렵 그를 눈여기고 있던 페이작이 데리고 갔다. 실력이 그만큼 뛰어나고 충직한 자였다. 말주변이 없고 순진하여 얼굴에 이런저런 감정이 티가 났다.

스완이 물었다.

"무슨 일이기에?"

"그게 말입니다, 송구합니다. 가교가 끊어졌습니다."

자르데사는 심히 면구하다는 얼굴로 답했다. 그들이 지나야 할 숲 한복판을 가로지르는 강 위의 하늘다리가 보수 중이라는 것이다.

"이런."

"……지난주, 큰비가 내렸을 때 벼락이 떨어져 숲 일대에서 작은 화재가 생겼는데, 그 때문에 보수가 더뎌져서 지금 수리 중인 모양입니다."

"얼마나 걸린다 하느냐?"

"숲 파수꾼들이 하는 말이, 너덧 시간은 더 잡아야 할 것 같다는데요. 돌아가는 길도 있습니다."

스완의 미간이 살며시 찌푸려졌다.

그녀는 델소어 백작 오베이언과 가교 건너의 남단 어귀에서 합류하기로 약속되어 있었다. 이 다리를 건너지 않고 돌아가는 것은 이 자리에서 기다리는 것보다 훨씬 더 지체될 것이다.

어쩔 수 없다 생각한 스완은 마차에서 내렸다.

"잠시 기다리마. 어차피 말들도 쉬게 해야 하니, 교대로 휴식하며 너희가 저들에게 손을 보태라."

"그리하겠습니다."

마차 밖으로 얼굴을 쏙 내민 오르헤는 불만스러운 눈으로 자르데사를 흘겨보았다. '폐하를 이딴 길로 안내하다니 제정신이에요?' 그렇게 쏘아붙이는 오르헤는 스완을 대할 때와는 완전히 딴판이었다.

자르데사는 당혹스러운 듯, 억울한 듯 눈을 굴리면서도 오르헤가 마차에서 내리는 것을 도왔다.

"됐어요!"

"아, 예……."

오르헤는 도도하게 그의 손을 튕겨 내고 스완을 따라 달려갔다. 떨떠름하게 손을 거둔 자르데사가 관자놀이를 긁적였다.

다리가 보수되기를 기다리는 동안 스완과 오르헤는 숲 한편에 마련된 돗자리에 앉았다. 커다란 아름드리나무가 곁을 지키는 아늑한 풀밭 위였다. 어디에선가 휘파람새 우는 듯한 소리가 들려온다.

뙤약볕이라곤 할 수 없지만 화창하게 비쳐드는 빛이 맑다. 술 한 잔을 쥐고 청량한 숲에 둘러싸여 있으니 새삼 봄이 오고 있노라는 것이 느껴졌다.

조금 떨어진 곳에서는 기사들이 웃통을 벗어젖히고 하늘다리의 보수에 힘을 보태고 있었다. 가장 눈에 띄는 이는 단연 커다란 통나무를 혼자 들고 다니는 키 큰 자르데사였다. 언제나 묵묵히 열심히 하는 저치는, 꼭, 뭐라 할까…… 사람 손에 길이 든 곰 같았다. 역시 곰 말고는 떠오르는 것이 없다.

오르헤가 신이 난 어조로 말했다.

"이러고 있으니 꼭 폐하와 나들이를 나온 것 같네요. 책이라도 가지고 나왔다면 좋았을 텐데요."

"나들이라면 나들이지."

옮게 웃으며 맞장구쳐 주자 오르헤의 입가에 헤벌쭉 미소가 번졌다. 나란히 앉아 그녀와 한담을 나누며 보수가 끝나기를 기다리기를 한참. 떠들다 지친 오르헤도 서서히 말수가 줄었다.

스완은 그 침묵을 기껍게 받아들였다. 폐부로 스며드는 녹음을 음미했다. 잎사귀 서걱서걱 대답하는 소리가 맑은 계절. 봄은 항상 푸르렀고, 그녀는 푸른 것이 좋다.

흘러내린 귀 옆머리를 쓸어 넘긴 스완은 무심코 고개를 젖혔다가, 살짝 인상을 썼다. 하늘 저편 끝이 먹구름으로 어둑했다. 거대한 산이 우뚝 선 남녘이 잿빛이었다.

바로 머리 위는 새파란 하늘이건만, 마치 거짓처럼 선명한 경계를 두고 회색 하늘과 푸른 하늘이 오묘하게 갈린 모습이었다.

언젠가 보았던 하늘이 떠올랐다. 아마 그건 그녀가 쾨니에로 향하고 있기 때문일 것이다. 휘파람새 우는 소리가 들린다.

"폐하?"

오르헤가 의아하다는 듯 그녀를 불렀다. 바람의 방향을 가늠한 스완이 말했다.

"비가 오겠구나."

이번에는 오르헤가 고개를 젖혔다. 하늘은 맑았다. 갸웃하던 오르헤는 곧 저 끝에서 몰려드는 검은 구름을 발견하고 입을 벌렸다.

"정말이네요. 꽤 궂겠는걸요."

'조금 더 서둘러야겠는걸.' 중얼거리던 스완은 문득 묘한 감각을 느끼고 반대편 숲길을 돌아보았다.

나무가 많고, 무성한 수풀로 덮인 숲이 고적하다. 순간, 손등이 따끔했다. 개미라도 물린 것인가 싶어 보니 얇고 짧은 무언가가 반짝이고 있었다. 스완은 바늘보다 가늘고 날카로운, 반짝이는 것을 손등에서 뽑아 들었다. 이해할 수가 없었다. 갑자기 손등으로 떨어진 이것이.

"왜 그러세요?"

다시 피이이, 휘파람새가 울었다.

이번에는 조금 더 작위적이라는 느낌이었다. 막 그녀가 불길한 예감에 고개를 드는 순간, 피가 빨려 나가는 듯한 현기증이 밀려들었다. 작은 인기척들이 여럿 느껴지기 시작했다. 얼음물 뒤집어쓴 듯 온 신경이 깨어났다. 스완이 비틀거리며 일어섰다.

'이건, 대체.'

오르헤가 당혹스러운 듯 따라 일어나 휘청이는 그녀를 부축했다.

"괜찮으세……."

말을 멈춘 오르헤가 홀연 고개를 젖히고 눈을 휘둥그렇게 떴다. 스완이 그녀를 따라 올려다보려던 순간, 나뭇잎이 요란히 흔들리는 소리와 함께 거대한 그림자가 덤벼들 듯 그녀를 덮쳐 왔다.

"폐하!"

오르헤가 비명을 질렀다.

스완은 본능적으로 그녀를 움켜쥐려는 손을 피해 몸을 굴리다가, 그 옆의 바위에 옆머리를 부딪쳤다. 골이 울릴 만큼 얼얼하여 정신을 차릴 수가 없었다.

숨은 가빠지는데 심장이 점점 느려지고, 피가 돌지 않는 느낌이었다. 시야는 검었다 희었다 하며 혼란을 배가시켰다.

오르헤가 비명을 질러대기 시작하자, 그를 알아차린 기사들이 저만치서 달려왔다.

"폐하!"

"네놈들은 누구냐!"

스완은 이명과 함께 들었다. 검을 뽑아 드는 소리, 그리고 휘파람새 소리.

머리를 흔들어 보지만 정신을 차리기는커녕 손가락 하나 까딱할 수가 없었다. 망토를 입은 사내들이 그녀의 시야를 가렸다. 소리가 점점 멀어지고, 종내 제가 누운 건지, 선 건지조차도 알 수 없어졌다.

한 남자의 우악스러운 손이 그녀를 잡아 세웠다. 피이이이. 휘파람 소리, 휘파람새 소리. 스완은 뒤늦게야 그 소리가 사람 소리였다는 것을 깨달았다.

폐하!

날붙이들이 부딪치는 소리가 날카롭게 울기 시작했다. 세상이 늘어지는 것만 같았다.

폐하!

그녀는 어느새 말 위에 올라 있었다. 건장하고 단단한 사내의 팔이 그녀를 안 듯 가둔 채 고삐를 잡았다. 감기려는 눈을 애써 떠 올리며 고개를 젖혔다.

낯선 사내의 턱이 보였다. 낯선 억양의, 낯선 목소리가 들린다.

"버티지 말고 포기해, 코끼리도 기절할 약이라고."

그 후는 암전이었다. 어처구니없게도.

그녀는 류가 호수 변에 서 있었다. 찬란한 물비늘이 어지럽게 눈앞을 흐트러뜨렸다. 살갗으로 닿는 계절은 귀하디귀한 여름이었다. 부는 바람은 뜨거웠고 가슴속에는 보다 뜨거운 것이 용오름하고 있었다.

장신의 청년이 철벅철벅 호숫가에서 기어 올라왔다. 뉘인가? 가만 지켜보았다. 흠뻑 젖은 갈색 머리칼이 여름 햇살 아래 반짝이고, 돌아보는 푸른 눈동자에는 장난기와 자신감이 그득했다.

어떤 부모에게는 자식이었을 것이고, 어떤 사내들에게는 섬겨야 할 이였으며, 여느 여인들에게는 일생의 사랑이었을 청년. 그러나 스완에게는 많고 많은 아우 중 하나였다.

그녀의 어미가 낳은 자식 중 가장 늦게 숨을 들이켠 아이.

칼키투스.

다시 만날 수 있을 줄 몰랐다.

칼키투스가 비뚜름하게 미소 지으며 그녀에게로 허리를 숙여 시선을 맞추었다.

–누나가 오지 않을 줄 알았어.

–류가에?

–오늘 같은 날에 말이야.

칼키투스의 눈시울이 붉었다. 칼키투스는 꼼짝 않고 선 그녀의 등 뒤로 돌아와 저변을 손가락질했다. 피투성이 손끝이 저 멀리 피어오르는 검은 연기를 가리켰다.

–봐, 예의를 차려 하는 날이잖아. 적어도 최소한의 예의는.

시신을 소산하는 연기였다.

–예이건은 누나에게 나무가 아니라 숲을 보는 사람이라고 했지. 그리고 나무를 죽여 숲을 죽일 사람이라고도. 봐, 누나. 숲을 죽이고 있어.

예로부터 류가 호수에서는 허락받은 자들의 장례가 있어 왔다. 일생 춥고 척박한 곳에서의 삶 고생하였노라. 이제는 따뜻한 저 품에 안겨 떠나라는 의식이었다.

아스라이 들리는 서러운 울음소리가 멀다. 스완이 물었다.

—……누가 떠났느냐?

—몰라 묻는 것은 아니잖나.

어디선가 소리가 들렸다. 피이이, 우는 새 소리…… 아니, 휘파람처럼 가늘고 맑은 소리였다.

'……휘파람새…….'

의식은 수면 위로 떠올랐다. 스완의 푸른 눈동자가 느릿하게 깜빡였다. 불쾌한 꿈은 서서히 흩어지는데 정신은 맑아질 줄 몰랐다. 그녀를 현실로 끌고 돌아온 것은 통각이었다.

'아.'

머리가 깨질 듯이 아파 왔다. 그녀는 자신이 흔들리고 있다는 것을 깨달았다. 웬 모포 같은 것에 뒤집어씌워진 채였다. 팔다리에 힘이 들어가지 않았다. 자세로 미루어 그녀가 지금 누군가에 업혀 있는 것 같았다.

쏴아아아. 조금 더 집중하자 빗소리가 들렸다.

앞판은 따뜻하고 등판은 차갑다. 온몸이 흠뻑 젖은 것이다. 추웠다.

"……도 들었다고?"

"나도…… 아니, 말도 안 되는……."

그녀는 서서히 기억을 되감았다.

그녀는 습격을 당했고, 납치당했다. 단순한 직시였다. 손에 힘을 주었다. 그러나 포승줄에 묶인 손목은 옴짝달싹도 않았다. 아니, 정확히는 팔에 힘이 들어가지 않았다. 팔뿐만이 아니었다.

'……대체.'

분이 치밀어 올랐으나 숨소리도 낼 수가 없었다.

"니까…… 문제가 되지 않나?"

"……리가 없어. 그리고 우리는 약속을 지킨 것뿐이고……."

"……여자가 깨면……."

어지러운 정신을 붙들고 있는 것만으로도 고역이었다. 낯선 사내들의 목소리는 강물 소리가 더 커지면서 잘 들리지 않았다.

'대체…….'

그녀는 다시 정신을 잃었다.

그녀가 완전히 정신을 차린 것은 그다음 눈을 떴을 때였다.

그녀는 비가 들지 않는 얕은 굴에 있었다.

새까만 밤, 빗물이 줄기차게 떨어지는 소리가 들린다. 솨아아. 강물 소리도 크고 선명했다. 소리가 제법 가까이서 들리는 것으로 미루어 확실히 강 근처일 것이다.

역한 풀내가 났다. 깨질 듯한 옆머리 언저리를 더듬어 보니, 상처에 처치가 되어 있었다.

그녀는 실눈으로 주위를 돌아보았다. 조금 떨어진 곳에 피워 둔 둥근 모닥불 위로 노릇노릇 익어 가는 작은 토끼 두 마리가 보였다. 모닥불 건너에는 입을 크게 벌리고 잠든 앳된 청년 한 명이 있었다. 완전히 곯아떨어진 것처럼 코까지 골면서 잔다.

그녀는 일단 관찰했다. 피부가 조금 까만 축에 속했으며 몸 균형이 좋았다. 이목구비도 보편적인 북부인의 인상은 전혀 아니었다.

도적? 이민족? 고용된 용병?

수는 몇인지, 매복병들이 전부 튀어나온 건지 아니면 이게 미끼인지, 무슨 목적인지.

사고가 다소 더뎠다.

'……대체 뭐 하는 작자들이지?'

단서를 찾아 조용히 고개를 돌리던 스완은 조금 떨어진 입구 쪽에서 들려오는 사람 목소리에 집중했다.

굴 입구에 예닐곱 명쯤 되는 사내들이 서 있었다. 회색, 갈색 망토를 뒤집어쓴 사내들은 하나같이 낡고 가벼운 옷차림이었으며 신발도 마찬가지였다. 그나마 특징적이라 할 만한 것이 있다면 굵직한 종아리를 끈으로 감싼 독특한 형태의 부츠다.

외골격은 테메르인들과 흡사하여 암살자가 아닌 전사처럼 보였다. 하나같이 건장했고 허리춤에 맨 무기는 독특한 양식의 날이 곡선으로 휜 곡도다.

지켜보던 스완은 문득 특이한 상황을 알아차렸다. 그들은 차례로 한 명씩 짧은 나뭇가지와 긴 나뭇가지를 화살통에 넣었다가 다시 빼서 수를 세는 것이다. 거리가 있어 자세히는 알 수 없었지만 분명히 그런 행위를 반복하고 있었다.

"……해 보자, 그자를 어떻게 할지는."

"가져와."

"지금은…… 니까…… 미가하가 이번 일에 대해 가레인의 해명을……."

인기척을 내 대화를 시도할까 하던 스완은 조금 더 지켜보기로 했다.

손목을 단단히 묶은 포승줄을 몇 번 이리저리 당겼다. 저들의 매듭 방식은 그다지 풀기 어려운 종류의 것이 아니라 쉽게 풀었다.

두 손발이 자유로워진 그녀는 가장 먼저 무기를 찾았다. 소리를 죽여 잠든 청년에게 다가갔다. 청년의 옆에는 외날 곡도가 기대어 세워져 있었다.

스완은 살며시 칼을 훔쳐 들었다. 칼이 바위를 긁는 소리에 온 신경이 곤두섰지만 코까지 골며 자는 청년은 깨지 않았다.

그들의 칼은 겉보기보다 경량화가 잘되어 있었다. 그리고 그녀가 평소 다루던 검보다 훨씬 얇았다.

손에 익지 않은 칼을 관찰하던 스완은 세상모르고 잠든 청년을 내려다보았다. 만에 하나의 경우를 상정하여 머리 하나를 미리 줄여 놓는다는 것은 나쁜 생각은 아닐 것이다. 그러나 그녀는 섣불리 실행하지 않기로 했다. 잠든 머리 하나 베어 내는 일이야 쉽지만, 직후 벌어질 저자들의 습격은 이 좁은 공간에서는 감당하기 어려울 것이었기 때문이다.

저를 죽이기 위해 납치한 것인지조차도 아직은 미지수였다. 처치가 되어 있는 옆머리를 매만지던 스완은 약간의 현기증을 느끼고 모닥불 앞에 앉았다. 머리를 부딪친 것이 문제인지, 저들에게 당한 독이 문제인지, 몸 가누기가 평소 같지 않았다.

'이런 어이없는…….'

요란 떨지 않겠다며 단출하게 나섰다 이런 황당한 일을 겪은 것이다. 그러니 어이가 없을 따름. 몇 시간이나 쓰러져 있었는지는 모르겠지만 곧 왕궁이 발칵 뒤집힐 것이다. 하나 이미 벌어진 일이니 그야 도리 없다.

잡념을 떨치고 다시 주위를 돌아본 그녀는 단서라 할 만한 것들을 차근차근 정리했다.

휘파람새 소리. 실신하기 전 확인한 바로는, 저들이 입으로 내는 신호였다. 그녀는 캅치 숲에 들어간 직후부터 그 휘파람 소리를 들어왔으므로 저들이 계속 따라오고 있었다는 의미다.

저자들은 납치 자체는 체계적이지는 못했지만 몸놀림 하나는 대단했다. 나무 위에서 갑자기 튀어나온 사내는, 거의 소리조차 없었다.

그녀는 저들의 기척조차 저들이 매우 가까워진 후에야 알아차렸다.

'납치가 목적의 전부일 리는 없겠고.'

다친 머리를 치료한 것을 보면 살해하기 전에 저들이 달성해야 할 다른 목적이 있든가, 아니면 살해 자체가 목적이 아닐 것이다.

스완은 모닥불 너머로 시선을 던졌다. 여전히 태평하게 자는 청년은 아무리 보아도 낯선 인상이다. 완전히 국외에서 넘어온 이민족이 아니라면 라르크 내에 머무는 타국인일 가능성이 컸다.

포승줄이 그리 단단하지 않았던 것과, 그녀가 돌아다니고 있는 것조차 곧장 알아차리지 못하는 걸로 미루어 뛰어난 실력자들이라 할지라도 암살자나, 특정 목적으로 훈련받은 자들은 아닐 것이다.

'하면…….'

끝없는 가설들을 떠올리고 있으니 속이 조금 메스꺼워졌다.

스완의 벽안은 발 앞쪽으로 떨어졌다. 그 앞에는 모닥불 위에서 누린내를 풍기며 익어 가는 토끼 고기와, 그 주위에 껍질이 까맣게 탄 알감자가 놓여 있었다.

잠시 응시하던 스완은 근처의 나뭇가지로 감자를 찔러 끌어냈다.

일단 그녀는 먹기로 결정했다. 태평한 생각이라거나, 손과 입술이 더러워진다거나 지저분해진다거나 하는 건 지금 전혀 문제 되지 않았다. 맥이 빠져 늘어져 있을 수는 없으니.

뜨거운 알감자 하나를 해치운 그녀는, 이어 옆에 아무렇게나 놓여 있던 수통을 열어 목을 축였다. 마시고 나서야 술이라는 것을 알았다. 독특하게 탁한 맛이었다.

'무슨 술이지.'

구태여 묘사하자면 텁텁한 우유 같은 맛이 끝에 맴돈다. 확실히 이자들은 국경 밖에서 넘어온 이민족들이다.

'마로족인가?'

곰곰이 떠올리며 남은 술을 마저 들이켜던 스완은 문득 더 이상 코 고는 소리가 들리지 않는다는 걸 깨달았다. 힐끔 눈을 내려다보니 건너편에 앉아 자던 청년이 어느새 눈을 둥그렇게 뜨고 멀뚱멀뚱 그녀를 쳐다보고 있었다.

청년은 황당해 보이기도 했고, 어이없고 재미있는 광경을 구경하는 것 같은 얼굴이기도 했다. 스완은 저를 마치 전시된 짐승이라도 보는 듯한 그 눈빛에 불쾌함을 드러냈다.

"사람을 납치했으면 먹이기라도 해야 할 것 아니냐."

멍한 표정을 하던 청년이 '……아.' 하더니 이내 떨떠름하게 고개를 끄덕였다.

실제로 청년은 어이없다 생각하는 중이었다. '자다 깨자마자 정면에 보인, 아무렇지도 않게 그들의 음식을 집어 먹고 있는 납치당한 여자'는 여러모로 설명되지 않는 점이 많았다. 뻔뻔한 말은 둘째 치고 '누가 풀어 준 거지?' 그것부터.

손을 터는 스완을 바라보던 청년이 스스로의 손목을 두 손가락으로 두드리며 물었다.

"누가 풀어 줬어?"

"묶는 실력이 형편없던데."

"그럴 리가."

"날 납치한 지 며칠이나 지났니?"

곧장 돌아온 질문에 청년은 떨떠름하게 대답했다.

"이틀."

막상 듣고 나니 얕은 한숨이 났다.

'난리 났겠군.'

그런 그녀의 표정을 읽은 청년이 익살스럽게 입꼬리를 올려 웃으며 설명했다.

"새끼 코끼리도 재우는 약이야. 이틀 만에 그 정도로 기운을 차렸다면 빠른 거지."

"코끼리?"

"대인용으로 희석된 거라 목숨에 지장 없을 정도지만."

어깨를 살짝 들먹인 청년이 고개를 돌려 굽은 동굴의 입구를 보았다. 사내들을 향해 무언가 소리치려는 낌새였다. 그 즉시 스완은 내려놓았던 칼을 잡아, 능숙하게 모닥불 위를 가로질러 청년의 턱 아래를 겨누었다.

"혀…… 어."

"하지 마."

막 입을 벌리려던 청년이 눈을 껌뻑거렸다. 제 목을 겨누고 있는 칼이 괘씸하게도 그의 것인 것처럼 보인 까닭이다. 힐끔 옆자리를 곁눈으로 흘긴 청년이 인상을 쓰며 두 손을 올려 보였다.

"함부로 남의 물건에 손대는 건 예의가 아니지 않나."

"함부로 나를 훔친 너희가 할 말은 아니지."

청년이 뚱하게 눈을 내려 시퍼런 칼날을 보았다. 겁을 먹은 내색은 아니었지만 신경은 쓰인다는 눈빛이었다.

"이름은?"

"내 칼부터 돌려주고 얘기하는 건 어때. 아끼는 물건이야. 비싸게 주고 구했다고."

"잠시 맡겼다고 생각하렴."

짧게 코웃음 친 청년이 천천히 팔짱을 끼며 말했다.

"바카란. 너는?"

"성씨는?"

"코르트."

"중간 이름은?"

"그딴 거 없는데."

바카란 코르트.

스완은 낯설게 느껴지는 그 이름을 잠시 혀끝으로 굴려 보았다. 일단 귀족은 아니었다. 어느 쪽 이민족인지 여전히 감은 오지 않았다.

코끼리라면 남부의 짐승인 것으로 기억하는데, 남쪽 이민족일 가능성이 있었다.

"어디서 왔느냐?"

"너라면 도둑질을 한 사람한테 친절하고 싶겠냐?"

바카란은 그녀의 손에 들린 칼을 못마땅한 듯 흘기며 눙쳤다. 스완은 잠시 생각한 끝에 칼끝을 내렸다. 바카란은 그제야 어깨의 힘을 풀었다.

그런데 그때였다. 입구 쪽에서부터 사내들의 목소리가 들려왔다.

"저 여자를…… 할지 결정해야…… 지."

스완과 바카란은 거의 동시에 그쪽을 보았다.

반사적으로 일어선 스완은 동굴 입구가 보이는 벽 쪽으로 바투 붙어 걸어갔다. 저에 대한 이야기인가 하고 경계를 곧추세웠는데, 어째서인지 그들은 여전히 화살통과 나뭇가지를 들고 승강이 중이었다.

약간 긴장한 채로 그들을 관찰하던 스완은 홀연 깨달았다.

'표결?'

다수결로 무언가를 결정하는 방식인 것처럼 보였다. 그렇다면 지금 그 표결의 대상은 그녀인 것이고. 하지만 그것도 이상했다. 기껏 납치해 오더니 이제 와 그녀를 어찌할지 다수결에 부친다니. 비상식적이다. 잠시 그쪽을 보던 스완은 바카란을 향해 나직이 물었다.

"나를 납치한 연유는?"

"……."

"그러면 이건 답해 봐라. 긴 것과 짧은 것, 찬성은 어느 쪽이지?"

바카란은 목을 쭉 빼고 그녀가 보는 방향을 보더니, 의외로 순순히 대답했다.

"네게 이로운 건 긴 거."

빤히 그를 돌아본 스완이 툭 뱉어 물었다.

"너는 왜?"

"뭐가?"

"너는 왜 저들과 함께 있지 않고?"

"나는 저쪽 무리가 아니라서. 그리고 의결은 늘 홀수여야 하니, 가장 어린 내가 빠지는 건 당연하기도 하잖아."

"여덟이 전부라는 뜻이로구나."

바카란은 스완의 무덤덤한 태도에 작게 웃더니 다소 가벼운 투로 물었다.

"너, 진짜 그거야?"

스스로의 머리에 두 손을 올려 마치 뿔이 난 것 같은 모양을 흉내 낸다. 무슨 뜻인지, 저 몸짓은 뭔지, 직관적으로 이해하지 못한 스완이 물었다.

"'그거'라니?"

"대장 말이야. 라르크의."

스완은 불현듯 바카란의 불편한 안색을 읽어 냈다. 가볍게 말하지만 감춰지지 않는 어떤 염려였다. 고개를 들어 저만치에 모여 앉은 사내들을 응시했다.

바카란이 다시 손을 내밀었다.

"일단, 칼은 돌려주면 좋겠는데."

잠시 그의 시선을 받아 내던 스완은 빙글 칼자루를 거꾸로 뒤집어 쥔 후 바카란에게 건넸다. 바카란은 순순히 건네주는 그녀를 뜻밖이라 여기는 동시에, 그녀의 능숙하게 무기를 다루는 손동작에 의아한 눈을 했다.

빈손이 된 스완은 땔감으로 태우던 가는 나뭇가지를 꺼내 불을 끄고 털었다. 그 바람에 잘 익던 토끼 고기가 잿더미 위로 떨어졌다. 바카란의 인상이 처음으로 와락 일그러졌다.

어제 오후부터 내리기 시작한 비는 그칠 줄 몰랐다.

캅치 숲에서 반나절 거리 쪽에 위치한 이 굴은 강을 낀 가파른 언덕 위 협지에 위치해 있어 흐르는 강물 소리가 요란스럽게 들려왔다.

빗소리에, 강물 소리에, 성을 내는 소리.

입구에 모여 앉은 사내들은 그런 시끄러움으로 인해 정신이 없었다.

"심각한 문제라고."

회색 후드를 쓴, 갈라진 턱과 움푹 팬 흉터가 어딘지 험악해 보이는 남자가 말했다. 그는 미가하라 불리는 자로, 이들 무리의 선수 역할을 하는 건장한 남성이었다.

미가하가 들고 있는 화살통을 바라보던 사내들은 찜찜한 표정으로 한숨을 쉬거나 나뭇가지를 손가락 사이로 굴리며 긴장의 내색을 감추었다.

"아무래도 미친 짓 같은데…… 진짜라면 말이야."

"큰형님은 우리가 바카란을 데리고 여기 나와 있는 것조차 몰라. 셋째 형님이 우리에게 재량권을 줬다는 걸 잊지 마."

"미가하, 하지만."

그들은 셋째 형님인 가레인의 청탁을 받아 라르크에까지 넘어온 서부 출신 이민족이었다. 가레인은 수년간 그들과 교류를 하던 어느 북부인으로부터 부탁을 받았는데, 그들에게 이 일을 맡긴 것이다.

임무 자체는 어려울 것 없는 간단한 내용이었다.

'특정한 일시에 특정하게 어느 숲을 지나는 여자를 납치하여 어딘가로 데려가라'는 것이다.

비록 시간은 촉박하였으나, 그들은 날래고 기민한 편이었으며 말을 타고 다닐 때는 더 빨랐으니 북부인 한 명 납치하는 게 어려운 일까지는 아니었다.

하여 그들은 그 숲을 미리 점거하여 강을 건너는 하늘다리를 끊어버리고 사흘을 숨죽여 기다린 끝에 납치에 성공했다. 특별히 사상자도 없었고 도주도 크게 어렵지 않았다.

이것이 그들이 여자를 납치하게 된 과정과 결과다. 한 가지 문제가 발생하지 않았다면 그들은 여자를 목적지에 데려다 두고 떠나고 있었을 것이다.

그 문제라는 게 문제다. 문제는 그들이 여자를 납치하고 족히 먼 곳까지 도망친 후에 불거졌다.

–그런데 아까 이 여자 이름 들은 사람 있냐?

–이름?

–이 여자를 페아라고 부르던데, 페하?

여자를 납치하는 정신없던 과정 속에서 북부인들이 목이 찢어져라 불러 댔던 외침을 떠올리고 만 것이다. 폐하, 페아, 폐하, 목소리가 앙칼진 다른 작은 여자는 귀가 찢어져라 비명을 질러 댔었다. 그러니 듣지 못했다 하면 그걸 더 이상하게 여겨야 할 것이다.

–듣기는 했는데…….

–……이름이 뭐든 알 게 뭐야.

–일단 가. 늑장 부리지 말고 추격자들 오기 전에 빨리 해치우고 돌아가자고.

하지만 반나절쯤 지나고 이 근방에 이르렀을 때, 그들은 결국 하나둘 떠오르는 의문을 피하지 못하고 그 찜찜함을 들추게 되었다. 여자가 지닌 귀티라거나, 입은 옷의 재질, 호위를 그렇게 끌고 다니는 이유, 이 여자가 납치당하는 이유, 따위.

–너희 중에 이 여자를 납치하라고 한 이유가 뭔지 들은 녀석 있나?

–모르는데. 납치혼이라도 하려는 모양이지.

–라르크인들은 그런 전통이 없을 텐데?

–있는 집 딸처럼 보인다.

–라르크의 왕이 여자였는데. 왜, 얘들은 왕들을 폐하라고 그러잖아.

–…….

–…….

–라르크 왕이 여자냐?

–어. 록란드의 그 검은 늑대가 떠난 게 왕의 남편으로 발탁되어서라고…….

–무슨 소리를 하고 싶은 건데.

그들은 서서히 자신들이 매우 당혹스러운 상황에 끼게 된 것일지 모른다는 자각을 시작했다.

–……이 여자가 라르크의 왕일 수도 있다고?

받아들이는 과정이 쉽지는 않았다. 그들은 단순히 여자가 어느 북부 집안의 딸이라거나, 부유한 집안의 딸이라거나 하는 비교적 상상 가능한 수준에서 벗어나고 싶어 하지 않았고 일의 진상에 접근하는 데에 가장 큰 장애물은 그 정신적 저항감이었다.

—그럴 리가. 가레인이 그런 일을 승낙할 리가.

—형님이 몰랐을 수도 있지.

—……속았다고?

—아니, 제기랄, 지금 너네 무슨 소리들을 하는 거야?

비록 그들은 국가적인 문제와 담쌓은 이민족이라 할지라도, 한 나라의 왕이라는 자를 납치할 경우 벌어질 일이 가져올 문제 정도는 상상할 수 있었다. 심지어 그들은 실수로 납치한 것이 아니라, 어느 북부인의 청탁을 받아 움직인 것이다.

—멈춰. 이대로는 못 간다. 저 여자의 정체가 뭔지, 그자가 왜 우리를 이런 일에 말려들게 했는지 충분히 숙고해야 해.

하지만 문제는 또 있었다. 그녀는 그들의 약에 취해 언제 깰지조차 모르는 상태였고 그들이 여자를 데리고 가기까지의 시한은 사흘밖에 남지 않았다.

하여 사내들은 근방에서 말들을 전부 풀어 보낸 후, 강기슭 옆의 굴을 찾아 몸을 감추었다. 추격자에 대한 염려를 덜 수 있었던 것은 비가 제법 거세게 내리기 시작한 덕이었다.

그들은 부랴부랴 여자를 치료한 후, 이틀째가 되는 오늘까지 이러지도 저러지도 못한 채로 시간만 죽였다. 그리고 조금 전 결국 그 약속의 날이 하루 앞으로 다가오자 그들끼리 나름의 결론을 내리게 된 것이다.

—오늘 밤 안에 결정해야 해.

가레인이 북부인에게 속아 그들이 지금 일국의 국왕 납치에 가담하게 된 경우라면, 자칫 이 일이 새어 나가면 전부 그들이 뒤집어쓰게 될 수 있는 상황이다. 그리되면 큰형님에게 허락을 받지 않고 북부인들과 교류 중이던 셋째형님은 물론이거니와 뭣 모르고 행동으로 나선 그들의 책임이 이루 말할 수 없이 커졌다.

–의결을 하자는 거지.

그들이 숙려할 수 있는 방법은 두 가지였다. '아닐 수도 있으니 아무것도 모르는 체 약속대로 북부인을 지시받은 곳에 데려다 두고 떠나는 것'과 '아직 그들이 누구인지 노출되지 않은 상황에서 저 북부인을 쥐도 새도 모르게 해치운 후 곧장 라르크를 떠나는 것'이다.

–어차피 라르크인인데 뭐가 문제야.

–일이 잘못 되면 전부 죽어. 바카란, 뭣 모르고 따라온 저 녀석만 빼면 우린 다 끝장난다고. 우리만 끝나는 게 아니야, 가레인 형님까지…….

–다들 진정을 하라고, 아직 확실한 것도 아니잖아.

–진정? 같잖은 소리를 하고 있어! 생각해 봐. 그냥 데려다줬다가 그쪽에서 제대로 처리를 못하면 우리가 뒤집어쓰는 거라고!

–만약 저 여자가 왕이면 다시 라르크인들에게 던져 놓고 오는 편이…….

–라르크인들이 어떤 자들인지 잊었나?

–어쩔 수 없군. 미가하가 판관이 돼.

그들은 부족 정서상 치열한 논박으로 결론을 내기 어려울 때는 다수의 의견을 통합하여 결정하는 관습이 있었는데, 그들은 모처럼 그 관습을 되살리기로 했다.

'만에 하나' 저 여자가 진짜 라르크에서 폐하라 불리는 왕이라면 어느 쪽을 선택해야 하느냐는 것이다.

"일단 시작해."

미가하가 화살통을 내밀자 사내들이 차례로 뚝뚝 잘라 낸 나뭇가지를 던져 넣었다. 하나, 둘, 셋, 넷, 다섯, 여섯. 미가하도 나뭇가지를 하나 꺾어 넣었다. 그리하여 일곱이 다 찼다. 이루 말하기 어려운 긴장감이 맴돌았다.

그런데 그때 여덟 번째 손이 뻗어 왔다.

퉁.

긴 나뭇가지 하나가 화살통 안으로 빠져들었다. 미가하가 고개를 들었다.

'무슨.'

믿기지 않는 광경이었다. 조금 전까지 실신 상태로 묶여 있었던 붉은 머리 여자가 코앞에 서 있는 것이다.

길게 늘어뜨린 붉은 머리칼과 놀라울 만큼 푸른 눈, 매끄럽고 하얀 낯에 어딘지 냉소가 어린 듯한 입매가 두드러진 여자는 분위기가 묘했다. 그리고 그녀의 손에는 수통이 들려 있었는데 그 수통은 저 앞에 서 있는 카그노의 것이다.

사내들은 그녀를 다소 비현실적인 광경을 보듯 바라보았다. 특히나 미가하와 술통을 빼앗긴 카그노는 기가 막혀서 할 말을 잃은 얼굴이었다.

'뭐야.'

미가하의 눈이 얕은 굴 안쪽으로 미끄러졌다. 다른 사내들도 마찬가지의 반응이었다.

저 안쪽, 모닥불에서 재투성이 토끼 고기를 주워 터는 바카란이 보였다. 바카란은 그들의 시선을 알아차린 것처럼 힐끔 보더니 남일인 양 어깨를 으쓱였다.

‘저 녀석이.’

바카란은 엄밀히 말해 그들의 무리는 아니었는데, 곧 성인식을 앞두고 변덕을 부려 그들을 따라 나온 철부지였다. 사내들은 때때로 저 녀석이 제 아비를 믿고 저러는가 싶어 언짢을 때가 있었다.

따가운 시선을 느낀 바카란이 고기를 물고 슬슬 걸어 나왔다. 허리춤에는 집도 없는 칼을 대충 건 채였다.

“내가 풀어준 거 아니야.”

스완이 단조로운 몸짓으로 수통을 입에 가져가 술을 마시며 긍정했다.

“포로 감시가 허술한 건 너희 모두의 책임이지. 네가 이자들의 우두머리구나.”

미가하의 표정이 구겨지는 것과 사내들의 몸에 힘이 들어간 것은 거의 동시였다.

라르크의 상식과 그들의 상식이 다르더라도 보편적인 것과 보편적이지 않은 것은 구분할 수 있다.

납치당한 여자가 마음대로 돌아다니며 그들의 술을 마시고, 그들의 표결에 참석하는 것은 이상하다. 긴장하거나 겁먹은 내색도 없었다.

‘진짜 왕이라고?’

그리고 개중에는 생각을 고스란히 뱉어 낸 자도 있었다.

“너 진짜 왕이냐?”

스완은 마지막으로 그녀에게 질문 던진 사내를 보았다. 사내는 얼굴에 큰 흉터가 있어 몹시 험악해 보였으나, 자르데사에도 미치지 못하는 몸집이었다. 잠시 그와 시선을 마주하던 스완은 고개를 돌려 미가하에게 물었다.

“조무래기는 빠져 있어라. 나는 우두머리와 얘기하고 싶구나. 네 이름이…… 미가하?"

미가하가 노골적으로 인상을 썼다. 스완은 태연히 말을 이었다.

"그래, 미가하. 물으마. 나와 함께 있던 자들은?"

"아니, 너는……."

"너희가 뭘 하고 있었는지는 알 것 같으니, 결과는 이야기를 좀 나눈 후에 열자. 우리의 마음이 달라질 수도 있으니까."

단편의 정보와 짧은 시간 엿들은 이야기로 말미암아 그녀는 여러 가지를 추론해 냈다. 왜 그들이 자신을 해치지 않았는지도 짐작 가능하게 되었다.

바카란과 대화하며 어렴풋이 느껴지는 것이 있었는데 이제는 확실했다. '진짜 왕'이냐니. 저들은 그녀가 누구인지도 모르고 납치한 것이다. 좋을 일도 아니었다. 결국 제가 누구인지도 모르고 납치한 어중이떠중이들에게 납치당했다는 것이니.

단순한 도적일 경우가 가장 이상적이겠지만 단언컨대 그것은 아니었다. 라르크에 흘러들어왔다가 배곯은 이민족이 도적으로 둔갑한다는 이야기는 너무 흔하다. 이 상황은 조금 더 특별했다. 저들은 그녀를 '기다리고' 있었으므로.

미가하가 물었다.

"이야기를 나누자고?"

"그래, 너희는 누구지?"

"라르크 여자, 지금 네가 우리에게 질문해도 되는 위치가 아닐 텐데."

사내들이 하나둘 위협적으로 그녀를 에워싸기 시작했다. 그나마 무난한 것은 조금 떨어진 동굴 벽에 한쪽 어깨를 기댄 채 흥미로운 듯 그녀를 바라보고 있는 바카란이라는 청년 정도였다.

"너희들이 머리를 맞대고 쑥덕거리고 있는 건이, 아무래도 나에 대한 문제인 이상 관여치 않을 수는 없는 일이지. 그러면 달리 물으마. 누구지?"

"……같은 질문이잖나?"

"아니, 이건 다른 질문이야. 나를 납치하라 사주한 자가 누구냐 묻는 거다. 북부인인가?"

"……."

"그 또한 답을 못하겠다? 좋아, 하면 무얼 대가로 받기로 했지?"

"……."

"어디 먼 곳 데려가 국왕 시해라도 하라던가? 나라 하나 살 만큼의 재물을 보상으로 해 준다 하든?"

미가하의 입술이 꾹 다물렸다.

사태는 최악이었다. 여자는 분명히 라르크의 왕이었고, 그들은 확실히 말려들어 있었다.

'제기랄.'

그들은 라르크인을 두려워하지는 않지만, 이런 일에 말려들어 부족 내에서 일어날 문제는 두려워해야 마땅했다.

미가하는 씹어 뱉듯 말했다.

"우리는 약속을 지키는 것뿐이야. 너에게 악감정은 없다."

"나는 너희에게 악감정을 가져도 될 상황인 듯한데. 그래서 약속?"

"……신의를 지키는 건 중요하지. 네가 그걸 이해한다면."

"나를 납치할 용기가 샘솟을 만큼의 신의라면, 네 부모에게 수천 번쯤 시혜를 베풀어 준 은인쯤은 되는 모양이구나."

사내들의 표정은 더욱 흉악해졌다. '아후' 하고 바카란이 휘파람새 소리를 냈다. 찬찬히 그들을 돌아본 스완이 툭 뱉어 물었다.

"마로?"

"……."

"라바흔의 민족인가? 남부 민족?"

"……."

"스스로를 밝히기 부끄러울 지경의 이민족이라면 지데라카의 끄나풀이나 자처하는 가이페인들일지도 모르겠구나."

애써 침묵으로 모든 반응을 삼가고 있던 그들은 그 도발에만큼은 반응했다.

서부 출신의 부족들 중 동부의 잔인한 약탈마인 지데라카인들을 긍정적으로 받아들이는 이들은 거의 없었다. 동부에서 땅개처럼 굴러다니는 야만족은 그들에게도 미개인이었다.

미가하가 신경질적으로 두건을 벗어 내렸다.

"허튼소리!"

스완은 비로소 미가하의 건장한 구릿빛 얼굴을 제대로 마주 볼 수 있었다. 턱 옆의 움푹 팬 흉터에 깊은 그늘이 져 있는 남자의 머리칼은 다른 자들보다 더 바짝, 두피가 드러나도록 깎여 있었다.

'어느 쪽이지.'

덩치 큰 몇몇 부족끼리 규합된 동부와 달리, 서부에는 알게 모르게 많은 부족들이 살고 있다. 다수결로 결정하는 관습, 코끼리, 깎은 머리, 테메르인의 외골격, 그런저런 조건들을 더해 생각하면 답이 나질 않는다.

스완은 결국 추측을 유보했다.

"……어쨌거나, 나는 너희와 협상을 할 의지가 있어."

한 남자가 위협적으로 그녀를 향해 두 걸음 다가왔다. 가장 오른쪽 끝에서 호전적인 눈빛으로 그녀를 노려보던 덩치가 큰 사내였다. 사내의 흉터투성이 얼굴을 본 스완은 그자가 나무 위에서 떨어졌던 그 놀라운 몸놀림의 남자임을 기억해 냈다.

"미가하, 말려들지 마라. 이 여자는 지금 시간을 끄는 거다."

"부레노, 알고 있으니 물러나."

"그리 시간을 끌면 네 부하들이 구해 주러 올 것 같나? 여기까지? 됐다, 미가하. 수결을 확인하고 끝내든가 하자고. 이미 저 여자는 우리 얼굴을 다 봤고, 이름도 안다. 심지어 호전적이군. 다른 수가 있겠나?"

본래라면 기절해 있는 동안 저 여자를 데려다주고 왔을 테니 얼굴을 들킬 일도 없었을 것이다. 다 꼬여 버렸다. 결국 수가 없다는 부레노의 말은 사실이었다.

가만 듣던 스완이 조금 더 큰 소리로, 다들 들으라 말했다.

"너희에게 하나 조언하마."

"……."

"논제를 제거해 버린다면 결론을 낼 필요가 없어. 간단하고 깨끗한 방식이지."

그들은 때맞지 않게 어리둥절한 표정으로 그녀를 보았다. 미가하의 표정에서 엉뚱한 혼란을 읽어 낸 스완은 약간의 어이없음을 느끼며 친절히 부연을 더했다.

"나를 죽이라는 게 아니라, 결과가 무언지 확인하기 전에 나와 대화를 통해서 우리가 겪은 이 당혹스러운 상황을 해결할 수 있다는 거야."

"……."

"보아하니 무슨 상황인지 파악조차 안 되는 아랫놈들인 모양인데."

"없던 일로 하겠다는 뜻인가?"

어깨를 쭉 편 미가하가 한 걸음 그녀에게 다가왔다. 의도적으로 위협적인 분위기를 조장하려 한다든가, 기선제압을 위해 몸을 부풀리고 싶어 한다든가 하는 인상은 전혀 없었으되 약간의 기대감이 보였다.

스완이 혀를 차며 답했다.

"수지 안 맞는 요구부터 던지는구나. 너희는 국왕 납치의 현행범들이잖니. 벌어진 일을 없던 것으로 하는 편리한 사고방식이 너희에겐 있을지 모르겠지만, 적어도 나는 그렇지 않다."

"……지금 상황 파악이 안 되는 모양인데."

"단."

비뚜름히 웃으려던 미가하의 말허리는 가차 없이 베여 나갔다.

"너희는 내가 누구인지 몰랐고 의도치 않게 사건에 말려든 것이라 참작할 수 있지. 의도를 지닌 자를 찾을 수 있게 협조해라. 그리하면 너희와 나의 문제는 조화롭게, 어느 쪽도 다치지 않고 해결될 거야. 아니, 이번 일이 있기 전보다 더 좋은 관계를 쌓는 반석이 될 테지."

사내들의 얼굴에 약간의 갈등이 스쳤다. 스완은 내심의 긴장감을 벼르며 무덤덤한 체 기다렸다. 가라앉았던 공기를 한순간에 뒤바꾼 것은 어슬렁거리듯 그녀의 바로 앞에 다가와 선 부레노였다.

그는 몹시 컸다.

'자르데사만 하겠군.'

그 정도로 커서 그녀는 그의 어깨에도 닿지 못했다.

"개 같은 라르크 새끼들, 우리를 천치 취급하는 것도 적당히 해야지."

"……."

"너희에게 속아 이 짓거리에 말려들었는데 믿으라고?"

"나는 북풍의 가호를 얻은 라르칼리아다. 월계수의 수호자이며 산맥의 숲지기이자 뮈아드로의 주인이지. 거짓으로 너희를 속이지 않겠다 약속하지."

"입 다물어. 우리에겐 어차피 너나 그자나 똑같은 족속이다."

"아무리 너희가 미개한 이민족이라 해도 최소 이롭고 해로운 것을 결정할 만큼의 지성은 갖추었겠지. 그자의 이름을 넘기면 너희는 아무 일도 없었던 것보다 더 나은 대우를 받게 될 거다."

"라르크인에게 그딴 대우를 받는 거야말로 치욕이다."

부레노는 주저하는 미가하에게서 곧장 화살통을 빼앗아 바닥에 쏟아 냈다. 누가 말릴 새도 없었다. 떨어진 나뭇가지들이 바닥에 널브러지자 시선들이 그쪽으로 향했다.

길다 싶어 보이는 나뭇가지 셋과 짧은 것 다섯이다. 터덜터덜 다가온 바카란이 목을 쭉 빼고 내려다보았다.

"유감스럽네."

사내들의 눈빛에 서서히 예기가 돌기 시작했다.

혀로 입술을 살짝 핥은 스완은 미동 없이 사위를 돌아본 후, 곧장 그녀에게 등을 보이며 나뭇가지를 뒤적이는 바카란의 허리춤 칼을 뽑아냈다.

"어!"

놀란 바카란이 반사적으로 일어섰을 때는 늦어 있었다. 스완은 그의 어깨를 잡고 견갑을 후려쳐 탈골시킨 후 그를 인질 삼아 끌어안았다. 우득 소리에 이어 바카란의 비명이 터졌다.

"아악…… 억!"

퍼런 날이 또다시 바카란의 목젖에 닿았다.

바카란은 제 목에 바짝 닿은 날을 내려다보며 인상을 구겼다. 그의 입장에선 하루 동안 두 번, 자신의 괘씸한 칼이 주인의 목을 겨누는 상황을 맞이하게 된 셈이다.

다른 사내들은 또 다른 의미로 놀랐다.

여자의 몸놀림이 보통이 아니었다. 납치가 얼마나 순조로웠는지 생각하면 어안이 벙벙했다.

'아니…….'

하나둘 정신을 차린 사내들이 표정을 일그러뜨리며 칼을 겨누어 올렸다.

"성히 죽을 기회도 놓치겠군."

스완은 바카란의 탈골된 어깨를 움켜쥔 채로 바짝 그의 등에 몸을 감춘 채 씹어 뱉었다.

"어찌 되는지는 지켜보자꾸나."

"아직 우리는 결정을……."

"너희가 이제 와 마음을 바꾼다 해도 이미 날 죽여 치우자 생각한 놈이 일곱 중 다섯인데, 어찌 믿으라고?"

싸늘한 그녀의 조롱에 사내들의 표정이 서서히 굳어졌다. 그중 이름 모를 한 사내가 노골적인 적의를 드러내며 소리쳤다.

"그 꼬맹이는 놔. 저 녀석은 논외자다. 인질 놀이가 수치스럽지 않나?"

"놀이도 아닐뿐더러 전혀 수치스러울 것도 없는데. 뭐가 문제지?"

"뭐가 문제냐고?"

"너는 따라와."

스완은 바짝 굳어 신음만 흘리는 청년의 턱 밑으로 바짝 날을 당겨 붙이며 한 걸음, 두 걸음, 물러났다. 바카란은 어쩔 수 없이 뒷걸음쳤다. 천장 없는 굴 밖으로 물러나자 어둠과 빗물이 동시에 그녀의 머리 위로 쏟아져 내렸다.

미가하가 나직이 말했다.

"바카란, 뭐 하고 있는 거냐."

"팔이, 아니, 아, 나라고 이러고 있고 싶은 줄 알…… 아아아아파! 누르지 마!"

스완이 탈골된 그의 어깨를 더욱 세게 끌자 바카란은 비명 같은 고함을 지르며 휘청였다.

사내들은 어영부영 끌려가는 바카란을 낭패 어린 눈길로 보았다.

하필 붙잡힌 것이 바카란이다. 여자는 그저 가장 어리고 작은 그가 만만해 보였을지는 모르지만, 그들에게 바카란은 책임져야 하는 피보호 대상이었다. 큰형님의 아들이다.

서서히 거리를 좁혀 온 미가하가 난처하다는 표정을 지으며 말했다.

"이럴 것 없이 정정당당하게 하는 게 어떤가?"

"너희가 날 납치했을 때는 정당했던가?"

"비겁하진 않았다고 생각하는데."

"너와 내가 모든 점에서 반대로 생각하니 유감이구나. 아니었다면 진작 순활한 마무리가 되었을 텐데."

상황에 달리 틈이 없었다.

바카란이 분한 듯 으르렁거렸다.

"날 죽일 셈이냐?"

"네가 하는 거 봐서."

"너 사람 죽여 봤어?"

"알면 놀랄걸."

바카란은 기가 막힌 표정으로 그녀를 흘끔거리다가, 성이 난 듯 비아냥거렸다.

"날 죽이면 네가 더 곤란해질걸?"

"네게 그만한 가치가 있나? 아, 저자들이 꼼짝도 않는 걸 보니 가치가 없지는 않은 것 같구나."

“아니, 야, 일단 놓고 얘기를…….”

무시한 스완은 바카란을 더욱 바짝 끌어안아 방패처럼 붙든 후 좌우의 지형을 관찰했다. 어둠과 빗물이 시야를 방해했다. 그러나 꽤 분명히 알아차릴 수 있는 요소가 있다.

이곳은 제법 가파른 언덕이며, 저 아래쪽으로 거센 물살의 강물이 흘러가고 있다.

아마도 캅치 숲은 서쪽.

달도 제대로 비치지 않는 야밤에 저들로부터 달아날 방법이 막막하지만, 일단 빠져나간다면 길은 찾을 수 있었다. 스완이 방향을 잡으며 사내들에게 경고했다.

“쫓아오지 않는다면 이 녀석은 적당한 곳에서 놓아주마.”

부레노가 거칠게 받아쳤다.

“그리 둘 것 같나?”

“북부인에게 지킬 신의는 있지만, 네 전우에게 지킬 의리가 없다니, 정말 어디에서 온 녀석들인지 흥미롭네.”

“너……!”

다른 사내들과 난감한 시선을 주고받던 미가하가 불같이 달려들려는 부레노의 어깨를 잡아 확 끌어당겼다.

“기다려.”

미가하는 싸늘히 스완을 노려보았다. 쉬운 순간은 아니었다. 가레인이 북부인들의 작지 않은 사건에 말려든 상태에서, 바카란까지 잃으면 실로 돌이킬 수 없는 사태가 되고 만다.

미가하가 선뜻 어쩌지 못하고 주저하는 동안, 스완은 차근차근 거리를 벌렸다. 흠뻑 젖은 치마가 거추장스러운 듯 걸음은 더뎠지만 확실히 달아날 내색이었다.

그런 그녀를 죽일 듯 응시하던 미가하가 어깨의 힘을 풀고 말했다.

"우리는 약조를 중요하게 생각한다."

"약조하마."

"미가하!"

부레노가 미가하를 향해 소리쳤다. 미가하는 그를 무시하고 바카란에게 말했다.

"넌 아직 한 번도 해본 적이 없겠지만 '어떻게' 해야 하는지 알겠지? 어른의 값을 해라."

"……아니, 어?"

바카란이 움찔하며 미가하를 보았다. 미가하는 끝까지 스완에게서 시선을 떼지 않은 채 말했다.

"널 믿는다."

"하지만."

"저 여자와 갈라지면 어디로 와야 하는지도 알 테니 걱정하지 않고 있으마."

스완은 의심스러운 눈길로 약간 허옇게 질린 바카란을 보았다. 그러나 일단은 이 분위기가 뒤엎어지기 전에 빠르게 이 자리를 벗어나는 것이 먼저였다.

그들은 정말로 따라붙지 않았다. 엉거주춤 그녀에게 끌려 걷는 바카란만이 무언가 더 말하고 싶은 표정으로 입술을 빼끔거리다가 포기했을 뿐이었다.

"더 빨리 걸어."

스완은 빗물에 젖어 흠뻑 무거워진 치마를 성가시다는 듯 쳐내며 바카란을 앞세워 걸었다.

횃불 하나 없이 야밤의 비 내리는 숲은 험난했다. 지대가 울퉁불

퉁하여 몇 번이나 미끄러질 뻔했는지 모른다. 바로 왼편이 강이라 긴장감이 더했다.

얼마간 떠밀리듯 걷던 바카란은 제 목을 할퀼 듯한 칼날을 향해 씨근덕대며 말했다.

"이제 좀 놓지?"

"조심하지 않으면 베여. 걸어."

바카란은 그저 당혹스럽고 막막하고 갑갑했다. 그는 저를 구해줄 줄 알았다. 하지만 마지막에 미가하가 했던 말은 명백히 다른 의미를 가지고 있었다. 한 번도 사람을 죽여본 적 없는 바카란에게 저 여자를 해치우고 돌아오라는 의미였다.

'교활하게'

여러 가지로 해석이 가능했는데, 그중 바카란을 가장 열받게 만드는 것은 그들이 저지른 일이 워낙 큰 일인 것을 아니, 다른 무리인 그까지 한통속으로 만들겠다는 계산이 조금쯤은 숨어 있었을 것이란 점이다.

만에 하나 이 일이 부족민들에게 알려진다면 그의 아버지는 결코 이번 일을 그냥 넘어가지 않을 테니.

사람을 죽이라는 것도 아직 낯선데, 왕을 죽이라니. 어른이 된 값을 하는 것뿐이라 해도 첫 살인이 너무 거창하지 않냐 이 말이다.

솔직히 바카란은 자신이 그럴 수 있을 것 같지도 않았다. 싸움이야 이골이 날 만큼 많이 해왔지만, 역시나.

'이게 뭐야, 제기랄.'

내심 욕지거리를 뱉어 내며 빠르게 뛰는 가슴을 진정시키고 있으니 스완이 휙 그를 밀었다. 길은 좁았고 바카란은 휘청이며 벽을 짚었다.

"아! 미끄러져!"

스완이 그의 항변을 묵살하고 말했다.

"너희와 사이좋게 해결하고 싶다는 건 본심이야."

"그러면 내 칼부터 돌려주고 말하든가."

"아직은 아니지. 일단 걸으렴."

스완은 그의 등에 칼끝을 똑바로 찌를 듯 겨누며 그를 떠밀었다.

"아! 씨!"

바카란은 빠진 팔의 아픔을 꾹 참아 누르며 앞장섰다. 그러는 동안 이 죽일 놈의 비는 점점 더 거세어졌다. 바카란은 한 팔로 벽을 짚고 걷는 동안 틈을 보았다.

"언제 놓아줄 건데? 이제 꽤 멀어졌잖아."

"이곳을 벗어나 의론하자."

매정하게까지 들리는 여자의 목소리가 빗소리에 묻혔다. 바카란은 고개를 그녀 쪽으로 기울이며 다시 물었다.

"뭐라고? 못 들었어."

"나중에 이야기하자고."

스완이 짜증스럽게 대화를 끝냈을 때였다. 바카란은 그녀의 시선이 잠시 제가 아닌 저 언덕 아래로 향한 것을 깨닫고, 그 순간을 기회라 판단해 온몸을 낮춰 그녀에게 달려들었다.

"얍!"

스완은 불시에 덤벼든 바카란을 피해 휘청하며 칼을 떨어뜨렸다.

"너!"

"누구를 바보로 알고!"

반쯤 주저앉은 스완이 재빠르게 다시 칼을 집어 들려던 찰나였다. 바카란이 그녀를 들이받으려다가 이끼와 물에 젖은 바닥을 헛디뎠다.

'어라?'

거기서 끝이 아니었다.

"으아!"

바카란이 휘청 엎어지며 스완의 허리를 한 팔로 붙든 채 언덕 아래로 굴렀다. 빠진 팔이 마구 부딪치며 머릿속이 노래질 만큼의 고통이 밀려왔다.

스완은 어떻게든 멈추어 보려 하였으나, 때는 늦었다.

"너……!"

풍덩. 검은 강물은 회색 물거품을 뱉어 내고 그들을 대신 삼켰다. 소리는 급류와 함께 사라졌다. 솨아아아. 빗물만 요란히 강 위로 쏟아졌다.

백여 명에 이르는 기사들 무리가 캅치 숲 북단에 이르렀다. 선두에는 검은 말을 탄 적발 벽안의 기사가 쾌속으로 질주하고 있었다.

캅치 숲은 라르크의 중부라 불릴 수 있는, 남단으로 향하는 길목의 침엽수림목. 숲 입구에서 망연자실하여 기다리고 있던 기사와 스완의 시녀 오르헤가 그들을 발견하고 사색이 되어 일어섰다.

"전하!"

페이작은 거친 숨을 몰아쉬며 말에서 뛰어내렸다. 그러고는 엉망진창의 꼴로 팔에 부목을 대고 있는 오르헤를 밀치고 기사의 멱을 쥐어 올렸다.

"네놈!"

정신없이 날린 붉은 머리칼 사이로 서슬 퍼런 벽안이 번뜩였다.

오르헤는 떠밀려 엉덩방아를 찧었으나 그건 사정이 나은 편이었다. 페이작에게 붙들린 기사는 눈을 질끈 감고 사죄했다.

“용서해 주십시오, 전하!”

그는 스완을 납치해 간 이민족을 쫓다 부상을 당하여 돌아가지 못하고 사태를 보고하기 위해 이 입구에서 기다리는 중이었다. 페이작이 직접 나타날 가능성에 대해 생각지 못한 것은 아니었지만, 막상 대로한 그를 코앞에서 보려니 고개도 들 수 없었다.

“용서?”

“…….”

“터진 아가리로 용서를 입에 담나? 감히, 용서를 지껄여!”

핏발 선 눈을 한 페이작의 노성이 고래고래 울려 퍼졌다.

“누님을 지켜, 누님을 지키라고! 그게 너희의 임무였다. 누님을 지키라는 임무 그 하나조차 못해 낸 이 버러지 같은 것들이! 누님을 찾기도 전에 용서부터 입에 올려?”

숲 입구가 다 울릴 지경이었다.

로그 경은 숨을 죽이고 떨리는 시선을 내렸다.

“……송구합니다.”

“죄송합니다, 전하, 송구합니다…….”

오르헤도 부러진 팔을 감싼 채 눈물만 줄줄 흘렸다.

그들은 여왕을 잃어버렸다. 납치범들을 쫓아 추격하지 않은 게 아니었다. 말이 혀를 빼고 졸도할 만큼 절박하게 쫓고 추격했다. 하지만 스완을 납치한 자들은 기마에 일가견이 있는 기사들조차 따르기 어려울 만큼 어마어마하게 능란한 마상술을 지녔고, 결국 그들은 눈뜨고 코 베이듯 스완을 잃은 것이다.

화를 꾹 참아 누른 페이작은 내던지듯 기사를 밀쳤다. 그러곤 얼굴을 쓸어 올렸다. 그의 손은 가늘게 떨리고 있었다. 뒤이어 자르데사를 비롯한 다른 기사들이 도착했다.

“하, 하이가 경.”

로그 경은 자르데사의 몰골을 보고 몹시 충격을 받았다. 여왕 폐하의 피랍 소식을 알리러 뮈아드로로 향할 때는 저 정도는 아니었다. 얼굴에는 피딱지가 여기저기 굳어 있었고, 턱과 한쪽 볼은 죄 부어오른 데다, 멍이 들지 않은 곳이 없었다. 자르데사가 로그 경에게 눈치를 주며 미미하게 고개를 저었다.

자르데사의 몰골은 화를 참지 못하고 뒤집어진 페이작을 말리다 작신 얻어맞은 덕이었다.

페이작은 평소 상당히 시원스러운 성품이며, 매사에 무심한 편이라 오히려 너그럽다는 인상을 주는 사내인데, 여왕 폐하의 일에 한하여는 결코 그러지 못하였다.

페이작에게 있어 스완은 그의 어머니 이상으로 섬기고 따르는 존재였다. 그로 인해 남매지간 역시 돈독하였으니, 이번 사태에 대해 그가 대로하는 것은 당연한 일이었다.

사안이 사안이었던 만큼 자르데사는 자신이 이런 꼴로 두드려 맞은 것을 유감으로 여기지 않았다. 여왕의 호위로 따라가서 그 임무를 수행하지 못한 죄가 크다. 비록 기습당하기는 했지만 그건 변명거리가 아니었다.

페이작이 싸늘히 물었다.

“설명해. 수색은.”

“나, 나머지들은 현재 숲을 전체 수색하고 있습니다.”

“그리고.”

“델소어 백작께서 와 그분의 군사들을 대동해 수색 반경을 넓히는 중입니다."

델소어 백작 오베이언은 강 건너 남쪽에서 스완과 합류하여, 그녀를 쾨니에까지 보호하기로 약속되어 있었던 자였다. 페이작은 마치 주먹을 꽉 그러쥐고 겁에 질린 기사를 노려보다가 다시 말에 올랐다.

페이작은 기사들을 이끌고 숲 안쪽으로 곧장 향했다. 얼마간 내달리자 길 끝으로 이어진 하늘다리가 모습을 드러냈다.

'이 근처.'

미리 설명을 들었던 그 가교라고 능히 짐작했다. 갈색 머리칼의 창백한 사내가 몇 기의 기사들을 이끌고 그를 향해 달려왔다.

"전하."

그는 델소어 백작 오베이언 비트로 델소어였다.

타르키아 후작의 전 사위로서 이번에 스완에게 그녀의 문제를 해소할 수 있도록 중재자가 되어 주겠다고 한 자였으니, 약속 장소에 나타나지 않은 그녀의 실종을 가장 빠르게 알아차린 것도 이상하지 않았다.

그러나 페이작이 그를 이상하단 듯 바라보게 된 것은, 그 모습이 기억과 많이 달라진 까닭이었다. 페이작은 수년 만에 만나는 그를 못 알아볼 뻔했다. 꽤 번듯했던 자였는데 살이 훌쩍 빠지고 안색이 어둑했다.

페이작이 물었다.

"어찌 되었지?"

"현재 서른 명의 병사들이 숲 일대를 샅샅이 뒤지고 있습니다."

"언제부터."

"어제저녁부터 반경을 넓히고 있습니다. 아시다시피 이 숲은 꽤 커서 숲 전체를 수색하는 것만으로도 시간이 꽤 소요가 됩니다. 하필 비까지 내리는 바람에 저들의 흔적은 잃었지만, 반대로 말하면 저들도 쉽게 달아나지 못하였을 겁니다."

페이작은 속이 뒤집어질 것 같은 기분을 참아 눌렀다.

스완은 괜찮을 것이다. 그들이 그 자리에서 왕 시해 사건을 벌이지 않고 번거롭게 납치한 것은 필시 이유가 있을 것이고, 스완은 어떤 어려움도 해결할 수 있는 여자였다. 하지만 알고 있었음에도 쉰 명이나 되는 수색대가 하루가 넘게 찾아내지 못했다는 얘기를 들으니 아득함이 밀려왔다.

자르데사가 다시 되돌아오는 데 걸린 시간 하루, 그가 이곳까지 기사들을 몰고 내려오는 데 걸린 시간 하루, 그것만으로도 이미 이틀째다.

페이작이 끓는 목소리를 억누르며 말했다.

"외곽은?"

"북쪽을 제외한 남쪽 서쪽 동쪽은 봉쇄 상태입니다. 가능한 인력을 최대한 동원하려 하고 있습니다."

기사들을 따돌릴 만큼 빠르게 움직였다는 적이었다. 원한다면 족히 숲을 빠져나가고도 남았을 시간이다.

"말을 타고 도주했다지 않았나?"

"중간부터 그랬습니다고 들었습니다만, 그들의 것으로 추정되는 말 네 필이 숲에서 발견됐습니다."

마른 입술을 윗니로 씹어 당긴 페이작이 주위를 돌아보았다. 머릿속으로 일대의 지도를 그려 넣은 그는, 그 안에 미시적인 것들을 채워 넣었다.

큰 나무가 많아 매복이나 기습에 취약할 수밖에 없는 지형이었다.

그들이 갑자기 길 없는 숲 쪽에서 기습을 해 왔다고 했다. 시녀의 증언에 의하면 스완이 독 같은 것에 당한 것처럼 휘청이다 쓰러졌다고 했다.

'어느 쪽이지. 어떤 방향.'

저 하늘다리를 건너면 라르크 남부로 이어지는 초원이 나오고 그곳으로 향했다면 다리 건너의 남쪽에서 기다리던 오베이언에게 발각되었을 것이다.

그렇다면 동쪽과 서쪽, 둘이지만 서쪽으로 이어지는 곳은 강의 폭이 넓어지며 건너기 힘들어진다. 동쪽? 하지만 동쪽으로 가면 지대가 험해져 도주에 더욱 문제가 생길 것이다.

중간에 그들을 감춘 자들이 있거나, 아니면 그들이 스완을 죽이고 달아나지 않는다면…….

손등으로 입술을 틀어막은 페이작은 벌겋게 충혈된 눈을 느리게 감았다 떴다.

심상찮게 가라앉는 페이작을 눈치챈 오베이언이 말머리를 가까이 붙이며 물었다.

"전하, 정말로 불미스럽고 유감스러운 일이지만 꼭 찾을 겁니다."

고개를 저은 페이작은 끓는 노여움을 꾹 참아 누르며 말했다. 이따위 소리를 하고 있어야 하는 것이 미치도록 화가 나지만, 필요한 일이었다.

"델소어 백, 이번 일은 폐하의 안위와 관련된 일이고, 현 시국이 시국인 만큼 뮈아드로와 왕실에서는 모든 것을 비밀리에 해결하는 것이 낫다 판단했다."

벨바롯트와 뮈아드로 행정부는 스완이 어떤 상황에 연루된 것인지, 적이 누구인지 알지 못하는 상황이니 가능한 모든 것을 왕실 기사들만으로 해결하라 지침을 세웠다.

페이작은 스완이 사라진 마당에 그따위 탁상공론이나 지껄이는 개자식들의 멱을 따 집어던지고 싶었으나 도리 없었다. 스완 역시 마찬가지로 그리 행동했을 것이기 때문이다.

그들은 큰 전쟁을 준비 중인 상황이었고, 아직 반전론의 싹이 꺾이지 않은 상황에서 스완의 집권력이 어떻게 비치는지 매우 중요한 시기였다.

"아……, 이해했습니다."

"쾨니에의 타르키아 후작에게는 그대가 대충 그 노친네 뒤로 넘어가지 않게 둘러대고."

오베이언은 잠시 멈칫하며 그의 눈을 바라보다가 이윽고 고개를 조아렸다.

"당연한 말씀이십니다. 이미 어젯밤에 왕궁에서 일이 생겨 방문이 늦어질 듯하다 서간을 남겨 두었습니다."

페이작은 이렇다 할 대답 대신 꽉 주먹을 쥐고 침묵했다. 이런 일 앞에서 스스로를 가누기란 쉽지 않았다. 빌어먹을 쾨니에의 노친네가 이 꼴을 만든 것 같아 드글드글 속이 끓었다.

"너도 기사들을 데리고 돌아가. 여기부터의 수색은 우리가 맡는다."

고삐를 바로잡아 말머리를 돌리는 페이작의 뒷덜미로, 오베이언의 당혹스러운 목소리가 날아들었다.

"전하, 저도 돕고 싶습니다. 이번 일은 제가 폐하께 쾨니에의 이야기를 꺼내어 벌어진 일입니다. 책임이 막중합니다."

"두 번 말하게 마라."

"폐하의 안위를 둔 문제입니다. 저는 폐하께서 무사하신지 확인을 하기 전에는 그럴 수가 없습니다. 사람이 하나라도 더 보탬이 되는 것이 지금 상황에도 옳은 판단일 거라 생각합니다."

오베이언이 간청하듯 말했다. 페이작은 치미는 짜증을 느끼며 그도 모르게 코웃음 쳤다.

"아직도 누님에게서 미련을 못 떴나?"

"……."

"이번에 누님을 돕겠다고 한 이유가 뭔지는 모르겠다만, 이제 와 누님께 용서를 구하고 옛 추억이나 되살려 보자는 취지였다면 집어치워. 결국 오늘 일도 네놈이 누님을 꾀어내 벌어진 일이니."

순식간에 들먹여진 옛일은 두 사람을 침묵에 빠뜨렸다.

페이작은 서늘히 오베이언의 시선을 받아 냈다. 애초에 페이작은 예전부터 저자를 좋아하지 않았다. 좋을 수가 없었다.

오베이언이 적통 라르칼리아 중 한 명이었던 스완의 둘째 남동생인 칼키투스와 친분이 깊었고, 그로 인해 자연히 칼키투스와 사이가 좋지 않은 페이작이 서로를 등한시하게 되었다, 는 그런 진부한 문제가 아니었다.

오베이언은 칼키투스와도 친했지만 한때 스완과 연인관계였다. 비록 몇 달 남짓이라고는 하지만 페이작은 똑똑히 기억했다.

스완과 오베이언의 관계가 끝이 난 건 스완의 관심이 다른 곳으로 옮겨 갔기 때문이었고, 그 이후 한참 스완을 좇으며 속앓이하던 오베이언은 스완을 통해 알게 된 타르키아가의 딸과 혼인하였다.

그게 뭐가 문제냐고?

그래, 거기까지는 흔히 있을 수 있는 일이다. 그때는 저자에게 별 감정도 없었다.

페이작이 오베이언을 적대시하게 된 것은, 오베이언의 아내가 된 타르키아 후작의 딸 레기사가 죽은 후부터였다.

장례가 있던 날 하필 크게 앓고 만 스완은 류가 호수에서 열린 레기사의 장례에 참석하지 못하였는데, 오베이언은 스완을 향해 온갖 모욕적인 욕설까지 해 가며 맹비난을 퍼부어댔다. 그날 저자의 눈이 어땠는지, 페이작은 잊지 않았다.

누님이 좋다고 따라다닐 때는 언제고. 말 그대로 살의가 만만했던 눈이었다. '그 일'을 저자가 알아차리기도 한 건가. 그런 의심이 들 만큼 명백한 분노. 그때부터 오베이언은 페이작에게 있어 거슬리는 적이었다.

만에 하나 그날 예이건 공작이 그를 데리고 나가지 않았더라면 저자는 그날 그와 끝장을 보았을 것이다. 꽤 오래전의 일이고, 스완은 어쩔 수 없었던 일에 대한 책임감으로 그를 용서하고 없던 일로 삼으마 하였지만 그는 그럴 생각이 없다.

입술을 비틀어 웃은 페이작이 싸늘히 물었다.

"델소어 백, 정녕 말로는 못 알아 처먹겠나."

침묵하던 오베이언이 조용히 등 뒤에 세워 둔 자들을 턱짓으로 물렀다.

"이번에는 네 목숨 구해 줄 예이건도 없는데, 토 달아 시간 낭비하게 하지 마라. 누님은 우리가 찾는다."

"……아직도 그때의 일을 마음에 두고 계십니까? 그때는, 제가 다소 흥분했을 뿐입니다. 아내를 잃은 지 얼마 되지 않았습니다."

"그래서, 이제 레기사가 기억도 나지 않으니 다시 누님의 예쁨을 받고 싶어졌나? 아니면, 누님의 곁에서 아양을 떨어 얻어 내고 싶은 고물이라도 생겼던가?"

"전하, 말씀이 지나치십니다. 저는 단지 폐하가 염려되어서……."

말을 멈춘 오베이언이 떨리는 눈꺼풀을 닫고 고삐를 꽉 움켜쥐었다.

"정 염려를 했으면 타르키아 후작 그 빌어먹을 노친네를 누님 앞에 가져다 바쳤어야지. 네가 그러지 않아 이 사달이 났는데 여기 눌러앉아 누님을 위해 뭐라도 했다 생색내고 싶다?"

"……."

"꺼져라. 내 지침이 아니라 뮈아드로에서 원하는 일이니 빠져."

오베이언의 눈빛에 분함이 떠올랐다. 페이작은 그런 오베이언의 눈빛을 피하지 않고 받아치며 싸늘히 돌아섰다. 오베이언은 결국 더 항거하지 못하고 그의 기사들을 불러들여 물러났다.

페이작은 그녀가 처음 납치당했다는 위치를 살폈다. 스완과 오르헤가 앉았던 것은 돗자리가 어수선히 나동그라져 있었다. 가슴에서 믿기 어려울 만큼의 진동이 일어났다.

이어 페이작은 거의 남지 않은 흔적을 쫓고 쫓아, 그들이 달아났다는 방향으로 향했다. 쓰러진 나무와 온갖 장애물들이 즐비한 빛도 들지 않는 숲 깊은 곳의 좁은 통로였다.

기가 막혔다.

"여기를 말을 타고 달아났다고?"

"따라잡을 수가 없는 속도였습니다."

"너희가 형편없었겠지."

"……송구합니다."

자르데사가 울상이 되어 고개를 조아렸다.

페이작은 움푹 파여 껍질이 까진 통나무의 겉면을 장갑으로 쓸었다. 달아난 자들의 흔적은 이미 어제그저께 내린 빗물에 다 씻겼다 했으니 다른 흔적을 찾아야 했다.

만에 하나 저들이 미리 동선을 짜 두었다면, 지나다닌 흔적이…….

그러던 중 페이작의 고개가 서서히 젖혀졌다.

부러진 나뭇가지들이 보였다. 무심코 고개를 돌리던 페이작은 조금 떨어진 곳에서 또다시 굵은 가지가 꺾인 것을 발견했다.

허리를 곧게 세운 페이작은 그가 지나온 길목의 나무들을 하나하나 훑었다. 거리가 얼마이든 상관없이 그의 눈에는 미세한 부자연스러움, 그 차이가 엿보였다.

"수가 몇이었지?"

"최소 다섯 이상입니다."

'버려진 말이 네 필이고…….'

페이작은 마지막으로 그들이 빠져나갔다는 길목을 돌아보았다. 머릿속으로 떠오르는 것은 일대의 지형과 지리도였다. 그는 스완보다 이런 관찰에 능숙했다.

페이작이 숲이 뒤흔들릴 정도로 큰 목소리로 기사들을 소리쳐 불렀다.

"테테사, 주드!"

그의 숲을 울리는 고함에 기사들은 재빠르게 다가왔다. 쏜살처럼 달려온 그들에게 페이작이 내린 명령은 단 한 마디였다.

"강으로 가라, 동남쪽 기슭 일대로 수색 반경을 넓힌다."

"예? 숲 수색을 중단하라는 말씀이십니까?"

동남쪽 강기슭이라면 캅치 숲을 벗어난 방향이었다. 조금 전 델소어 백작가의 사병들을 전부 거둬들인 상황에서 그들이 어느 한 곳에 집중하는 것은, 자칫 아직 남아 있을 흔적마저 잃을 수 있었다. 페이작은 뒤도 돌아보지 않고 말머리를 돌리며 서느렇게 명했다.

"시키는 대로 해."

기사들은 일제히 그들의 숲 수색을 철수하고 페이작이 지시한 방향으로 달려갔다.

칼치 숲과 강으로 이어지는 길목, 그리고 강기슭의 거친 험지와 바위 언덕 등을 돌아다니며 수색에 박차를 가했다. 그들이 말을 타고 달아났다는 것을 고려할 때 방향을 잘못 잡은 것이 아닌가 기우가 드는 수색이었지만, 그들은 늦은 밤중 기슭 옆 동굴에서 사람들이 머물렀던 흔적을 찾아냈다.

"여기입니다."

그들은 동굴 앞에 모여 섰다. 왼편으로는 가파른 언덕이 있고 그 아래 강이 흐르고 있었다.

페이작은 동굴 입구 쪽 비가 들이치지 않은 부분에 남은 여러 개의 발자국을 가만 내려다보았다. 이것으로 확실해졌다. 그자들은 스완을 죽일 공산으로 데려간 것이 아니었고, 그녀는 아직 살아 있을 것이다.

깊이 숨을 들이켜고 치밀어 오르는 노여움을 가슴 한구석에 짓쳐 박은 후, 안쪽 불 꺼진 모닥불 쪽으로 걸어갔다. 그 앞에 조용히 한쪽 무릎을 구부리고 앉아 장갑을 벗었다. 맨손으로 희멀건 재를 손아귀에 쥐었다. 한 움큼. 재는 아직 희미한 온기를 남기고 있었다.

"이 날씨에는 떠난 지 한 시간도 되지 않았을 거다. 근방을 샅샅이 뒤져. 찾아내."

단조롭게 떨어지는 명령이 굴 안을 울렸다. 기사들은 곧장 몸을 돌려 그의 명령을 각각의 부관들에게 하달했다. 얼마 지나지 않아 자르데사가 동굴 입구 쪽에 버려져 있는 피 묻은 천을 찾아 돌아왔다.

"……전하, 이것이 저 앞에 떨어져 있었습니다."

기사들의 표정이 하나둘 어두워졌다.

페이작은 피에 젖은 천을 게슴츠레 올려 뜬 눈으로 바라보다가 스르르 일어섰다. 그의 눈빛에는 살의가 만만하였고, 그것은 기사들을 더욱 움츠러들게 했다.

선고가 떨어졌다.

"누님 못 찾으면…… 너희도 다 죽는다."

그것이 진심이라는 걸 의심할 자는 아무도 없었다.

가장 먼저 인지된 감각은 촉각이었다. 차갑고 축축하다. 두 번째는 빛이었다. 눈이 부셨다. 세 번째가 청각이었다. 물소리가 졸졸 귓전을 흘렀다.

불현듯 사레들린 듯 기침이 터졌다. 공기가 아닌 물이 목 안에서 토해져 나왔다. 쿨럭쿨럭. 그녀는 닥치는 대로 손을 뻗었다. 자갈과 흙이 손끝에 긁혔다.

뭍으로 기어 올라온 그녀는 미친 듯이 물을 토해 낸 후에야 정신을 찾았다.

'……여긴.'

강기슭이었다.

천근만근 매달린 물 먹은 드레스를 벗어 던진 그녀는 숨을 헐떡이며 주위를 돌아보았다. 아침 해가 어슴푸레 떠오르는 강가엔 얕은 물안개가 피어 있었다.

비가 그치다 못해 하늘이 제법 맑다.

머릿속이 어질어질하고 손 하나 까딱하기 힘든 기분이었다. 쓰러져 눕고 싶은 충동을 못 이겨 천천히 주저앉은 스완은 깊이 숨을 몰아쉬었다. 팔뚝 위로 긁히기라도 한 듯한 긴 상처가 나 있다. 하지만 그보다 심각한 건 벌겋게 부어 아픔을 호소해 오는 오른쪽 복사뼈였다.

구르면서 다친 건지, 아니면 물살에 휩쓸리며 어디 부딪친 건지 모른다.

'어찌 되었지.'

스완은 기억을 더듬었다. 엉겁결에 굴러떨어져 물에 빠졌다. 어찌저찌 몸에 힘을 풀고 떠내려갔고, 물살이 약해지기 시작했을 때 얕은 곳을 찾아 헤엄을 친 것까지는 기억이 났다. 죽어라 매달리는 이 민족 때문에 몇 번이나 익사의 위기를 모면했는지 모른다.

'대체 이게…….'

그녀의 벽안이 물가에서 그리 멀지 않은 바위 옆으로 닿았다. 그곳에는 바위게처럼 바위를 끌어안고 그녀를 등진 한 남자가 보였다. 바카란이다. 몸의 절반 정도가 물에 잠긴 채였다. 미동하지 않는 것으로 미루건대 졸도했거나 시신일 것이다.

빤히 지켜보던 스완이 한숨과 함께 일어섰다. 발목에 힘이 잘 들어가지 않았다. 그러나 그녀는 주저 없이 절뚝절뚝 물속으로 걸어 들어갔다.

간신히 바카란을 바로 눕힌 스완은 그의 뺨을 손속을 두지 않고 내리쳤다. 기분이 좋을 리 없으니, 약간의 감정 실린 따귀는 약하진 않았을 것이다.

"일어나."

하지만 몇 대를 때려도 몸이 얼음장처럼 차가운 청년은 퍼렇게 질려 미동조차 않았다. 스완은 그의 목덜미에 손을 가져다 댔다. 희미한 맥은 느껴졌지만 숨이 거의 없었다. 체온은 몹시 낮았고, 이대로 두면 십중팔구 죽을상이다.

잠시 고민하던 스완은 청년의 옷가지를 대충 풀어 헤치고, 바르게 눕힌 후 고개를 강제로 젖혔다. 그러고는 코를 막고 입술을 붙여 인위적인 호흡을 시도한 후, 그의 폐부를 몇 번이고 압박해 눌렀다.

그렇게 세 번쯤 반복했을 때였다. 이대로 죽는 건가 싶은 우려가 강하게 들기 시작할 무렵 청년이 번쩍 눈을 떴다.

정확히는 눈만 떴다.

갈색 눈을 동그랗게 부릅뜬 청년은 코앞의 그녀를 보고 놀란 건지, 아니면 정신이 나가 버린 건지, 숨조차 쉬지 않고 바라만 본다. 그러다가 살짝 그녀가 고개를 들어 거리를 벌리자 곧 '커어어어' 하는 기괴한 소리를 내며 미친 듯이 물을 토해 내기 시작했다. 스완은 바로 그를 옆으로 돌려 뉘어 주었다.

꾸역꾸역 뱉어 낸 물이 제법이었다.

우웩. 바카란은 한참 헛구역질을 할 만큼 심하게 물을 뱉어 내더니, 벌벌 떨며 그녀를 돌아보았다. 그러고는 파랗게 질린 얼굴로 손가락질을 해 대기 시작했다.

"너……."

기껏 살려 준 이에게 할 만한 태도와 언사는 아니었다.

"너, 너, 너, 나한테 무슨 짓을 한 거야!"

"목숨 붙여 준 은인에게 감사할 줄은 아니?"

"나한테…… 읍!"

바카란이 펄떡거리며 입술을 틀어막았다. 그가 활어처럼 파닥댈 정신이 있다는 점에 착안하여 스완은 우려를 덜어 내고 젖은 그녀의 머리칼을 쭉 짜냈다.

혼란에 빠진 바카란의 고동빛 눈동자가 유유히 흐르는 강물로 향했다.

'뭐야.'

그는 이 근방까지 죽기 살기로 저 여자를 붙잡고 떠내려왔다. 두 팔 멀쩡할 때도 물이라면 치가 떨리는데, 한 팔이 빠진 채였으니 죽었구나 싶어서 어쩔 수 없었던 것이다. 그러다 급류에 휘말려 저 여자를 놓쳤는데 운 좋게도 그의 몸이 이 바위에 부딪혔고 정신 줄을 완전히 놓기 전에 어찌 붙잡았던 것 같았다. 그리고…….

'젠장, 기억 안 나!'

그다음은 전혀 기억이 나지 않았고, 눈을 뜨니 저 여자가 그의 입술에 입 맞추고 있었다.

입술의 감촉이 선명했다. 인생의 첫 경험이었다. 그러다 보니 제가 죽을 뻔했다거나 살았다거나 하는 문제는 전혀 떠오르지도 않았다. 빼앗긴 것이다.

바카란은 망연자실한 표정으로 입술을 더듬었다.

"나, 나를, 덮쳤."

"무슨 소리를 하느냐?"

"내, 내, 첫, 첫 입맞……."

잠시 인상을 쓴 스완은 '설마.' 하고 중얼거린 후 그를 외면했다.

"생긴 것은 계집이라면 사족을 못 쓰게 생겨서는."

"아니야!"

바카란은 퍼렇게 질려 있었다.

곁눈으로 그를 흘긴 스완이 피곤한 내색을 하며 드레스의 허리끈을 쭉 풀어 부은 그녀의 발목을 차분하게 동여맸다. 바카란은 그녀의 발목 부상을 비로소 알아차리고는 의아한 표정을 했다. 꽤 심해 보이는데 저를 물에서 건져 여기까지 끌고 온 것이다.

'대체, 이 여자.'

생긴 건 야리야리해도 힘이나 몸놀림이 보통이 아니었다. 침착을 잃지 않는 것도 보통 수준이 아니었다. 왕이라는 사람이라 그런가. 그의 아버지가 잠시 생각났다.

퍼렇게 질린 채 빤히 보고 있으니 스완이 물었다.

"몇 살이기에?"

"뭘 물어? 알아서 뭐 하게?"

스완이 비스듬히 고개를 들어 그를 보았다. 파란 눈동자와 눈이 마주쳤다. 그 순간 바카란은 그도 모르게 꾸짖음을 당한 듯한 느낌을 받았다. 그녀의 표정은 조금도 달라지지 않았고, 그런 내색조차 없었는데도 말이다. 그는 일순 제 발 저리듯 답했다.

"여어어, 열일곱."

스완의 눈살이 살짝 찡그려졌다.

'열일곱?'

다른 사내들에 비해 훨씬 어린 것처럼 보이기는 했지만, 상상한 것보다 훨씬 어렸다. 외관만 보자면 페이작의 또래로 스물은 족히 될 것 같았는데. 대체 어느 민족이기에 고작 열일곱짜리의 골격이 저러한지 놀라웠다.

바카란은 이를 딱딱 부딪치며 혼란스러운 눈을 찌푸렸다. 스완은 찬찬히 일어서며 위로했다.

"그 나이 먹고 여자아이와 손 한번 잡아 보지 못한 것처럼 구는 것도 우습구나."

"뭐야, 그게 뭐 어때서?"

바카란의 입매가 찡그려졌다. 변명을 좀 하자면 그는 좋아하는 소꿉친구가 있었을 뿐이다. 그 소꿉친구가 그에게는 눈길도 주지 않고 그의 친구만 따라다닌 것이 그의 불행이었고.

최근 그 상대와 친구 사이에 혼인에 대한 이야기가 오가기에 맨정신으론 축하해 줄 마음이 전혀 들지 않아, 성인식을 핑계로 가출 겸 미가하를 따라 라르크까지 흘러온 것이다.

그러므로 그에게 이런 문제는 인생의 문제인 것이다.

“너, 너, 너랑은 상관도 없잖, 에취!”

제대로 말 한마디 맺기 힘들었다. 추위로 이가 딱딱 부딪쳤다. 젖은 옷을 벗을 수도, 그렇다고 해서 젖은 채로 있을 수도 없어 퍼렇게 떨고 있으니 스완이 턱짓했다.

“일어나.”

바카란이 바닥을 짚고 일어서기 위해 몸에 힘을 주었다. 그러다 비명을 터뜨렸다.

“악! 내 팔!”

하도 경황이 없어 잊었는데 여전히 그의 팔이 빠져 있는 채였던 것이다. 아픔을 참지 못해 바닥을 구르고 있으니 스완이 그의 뒷덜미를 잡아 올렸다.

눈시울이 벌게진 바카란이 욕지거리를 마구 쏟아 냈다.

“젠장, 젠장. 너, 진짜. 빌어먹을 라르크인! 망할 불사교도들!”

“그리 길게 부를 것 없어. 스완이라 불러.”

“웃기지 마!”

“내 이름이 우습다는 얘기는 처음 듣는데.”

약 올리듯 미소를 머금은 스완은 절뚝이며 어딘가로 앞장섰다. 그런 그녀를 향해 덤벼들고 싶은 표정을 짓던 바카란은 빠진 어깨를 꽉 쥔 채 주춤주춤 그녀를 쫓았다.

탈골의 재인식은 바카란이 잠시 잊었던 일말의 적개심을 되살렸다. 하지만 스완은 전혀 그를 개의하지 않는 내색으로 앞서 걷고 있었다.

'확 패 버릴까.'

비록 쓸모 있는 팔이 지금 하나로 줄었다 해도, 여자는 그보다 작았고 다리도 다친 것 같다. 힘으로는 어려울 것도 없어 보였다. 그러나 잠시 고민하던 바카란은 곧 몸을 부르르 떨며 포기했다. 지금은 그 역시 힘이 하나도 없었다.

"여기가 어딘지 알고 가는 거냐?"

"내 나라인데, 가늠 정도는 하지."

스완은 강기슭을 따라 내려갔다. '으으.' 부는 강바람이 너무나 차가워 바카란은 한 걸음, 한 걸음 떼는 것이 곤욕이었다. 눈앞이 자꾸 가물가물해지는 게 고꾸라져 자 버리고 싶었다.

얼마간 강변을 따라 내려가던 그들은 곧 기슭 옆의 숲에 위치한 작은 오두막에 다다랐다. 사람의 흔적은 거의 보이지 않아 마치 폐가 같았다.

끼이익.

문은 잠겨 있지도 않았다.

"여긴 어떻게 알고 찾은 거야?"

"기슭에는 사공들이 지나는 쉼터가 있기 마련이지."

먼저 안으로 들어선 스완은 미미하게 번지는 먼지 내음에 잔기침하며 손을 저었다. 절뚝이는 그녀를 반사적으로 잡아 준 바카란은 뒤따라 들어갔다.

둥그렇게 돌을 쌓아 만든 작은 벽난로 안쪽으로 따뜻한 불길이 솟았다. 아롱아롱 타는 불의 온기가 공기를 덥히고도 한참이 지난 후에야 바카란의 떨림은 조금 가라앉았다.

'아, 죽겠네. 아니, 살겠다.'

아무렇게나 처박혀 있던 모포를 온몸에 칭칭 두른 채 불가에 바짝 앉은 바카란에게 다가온 스완이 손을 내밀었다. 바카란은 무슨 뜻인지 몰라 둥글게 눈을 뜨고 그녀를 올려다보았는데, 스완이 그의 어깨를 눈짓했다.

"참아."

"아악!"

우드득. 바카란이 어깨에 힘을 주었다.

접골 과정에서 스완은 가차 없었다. 강렬한 통증과 함께 다시 끼워진 팔은 한참 얼얼하다가 뻑뻑하나마 자리를 잡았다. 탈골의 원흉에게 다시 접골당하는 심정이란, 그리 좋지만은 않았다. 바카란은 한참을 눈물이 그렁그렁한 채로 바닥을 뒹굴었다.

그러는 동안 스완은 낡은 공간을 이리저리 거닐기 시작했다. 바카란은 어느 정도 나아진 어깨를 풀듯 돌리며 고까운 눈으로 스완을 좇았다. 그녀는 절뚝이면서도 쉼 없이 움직이고 있었다.

"정신 사납게 왜 그렇게 돌아다녀."

"남이사야."

"발은 왜 저는데? 부러졌냐?"

"부러졌다면 걷지도 못했겠지."

짜증 나는 성격과는 별개로 특이한 여자였다.

납치당한 자리에서 태평하게 제 배나 채우질 않나, 그들 부족의 전사들 앞에서도 저 잘났단 양 떠들질 않나, 물에 빠져서도 당황할 줄 모르고, 먼저 그의 팔을 고치기까지. 그뿐일까. 이 오두막까지 찾아오는 데에는 달리 고민도 하지 않은 것 같았다.

통증이 가신 팔을 좌우로 슥슥 뻗어 본 바카란이 큰 소리로 으름장을 놓았다.

“조심하는 게 좋을 걸. 너 하나쯤은 이제 충분히 제압할 수 있다고?”

“해 봐.”

스완은 허리를 숙여 창턱 옆의 서랍들을 열어 보며 중얼거렸다. 그쪽은 보지도 않은 채였다. 바카란은 도리어 김이 빠졌다.

“너는 위기의식이 전혀 없냐? 머리에 문제 있어?”

“여자와 입맞춤 한 번 해 본 적 없는 꼬맹이가 무서워서 가만히 있을 수가 없구나.”

“야!”

발끈해 무릎을 짚고 일어선 바카란은 그녀가 아무 반응이 없자 슬그머니 기세를 죽였다.

‘칫.’

그는 차근차근 주위를 돌아보았다.

처음에는 정신이 없어서 제대로 살피지 못했는데 낡고 퀴퀴한 이 오두막 안에는 작은 간이 의자도 두어 개 있었고, 자질구레한 것들이 제법 많았다. 무기가 될 만한 것이 있나 하고 쭉 돌아보았으나 딱히 그런 건 보이지 않았다. 언덕에서 떨어뜨린 괘씸한 칼이 새삼 그리워졌다.

‘먹을 건 없나.’

몸이 좀 녹고 살 만해지니 허기가 졌다. 방 한쪽에는 둥근 솥이 하나 있었는데 솥으로 해 먹을 만한 요리 재료들은 전혀 없었다. 애초에 있다 해도 썩거나 곰팡이들이 피어 먹을 수도 없을 것 같은 환경이기는 했다.

슬쩍 목을 빼고 좌우에 난 창밖을 보았다.

오른 창에는 숲이 보였고 왼쪽 창에는 강이 보였다.

'미가하가 찾으러 오지는 않을 테고.'

아마 그들은 바카란이 여자를 해치우고, 어떤 형태로든 정리한 후 약속한 곳으로 돌아오기를 기다릴 것이다. 솔직히 그는 아직도 결정하지 못했다. 차라리 그들이 자신을 찾아 이곳에 와서 알아서 해결해 주면 좋겠다는 바람이 더 컸다.

'불이라도 피워 볼까.'

젖은 낙엽들을 태워 불이라도 피우면 그걸 본 자들이 이쪽에 관심을 가질 수도 있을 것이다. 하지만 라르크인들이 올 수도 있다.

고민하던 바카란은 의자를 끌어다가 오두막 위쪽 선반을 들여다보는 스완을 뚱하게 바라보았다. 불편한지 오른쪽 발은 살짝 뜬 채였다.

"뭐 하는 거야?"

스완은 그를 무시하고 선반 위를 쭉 돌아보다가 매우 얇고 가벼운 나무살들을 끌어 내렸다. 그리고 바닥에 떨어져 있던 하늘거리는 천들, 대체로 지저분한 모양새의 천들을 이리저리 들추더니 적당히 얇은 불투명한 갈색 천을 탁탁 털어 팔에 걸쳤다.

'뭐 하는 거지.'

이리저리 돌아다니던 스완이 한참 후에야 대답했다.

"취미 생활."

"……너 진짜 돌아 버렸냐?"

라르크인이 다 이런 건지, 저 여자만 이상한 건지 모를 일이었다.

대답 없는 그녀를 흘겨보던 바카란이 허기진 배를 문질렀다.

"근데 배 안 고파?"

그의 투덜거림은 또다시 묵살당했다. 스완은 낡은 의자에 앉아 제 치맛자락을 주욱 찢어 내더니 뜯어진 실을 쭉 당겨 풀어내기 시작했다. 바카란으로서는 갈수록 이해하기 어려운 행동이었다.

그녀가 이상한 짓을 하는 동안 바카란은 간이 서랍장 속에서 약간의 먼지가 앉은 육포를 찾아냈다. 곰팡이가 슨 것처럼 보였지만 딱히 음식을 가리는 편은 아니었으므로 하나 입에 넣고 씹었다. 과하게 짜다는 것만 빼면 맛은 썩 나쁘지 않았다.

"먹을 거야?"

혹시나 해서 물었더니 스완이 손을 내밀었다. 바카란은 그녀에게 육포를 가져다주면서도, 대체 저와 이 여자가 지금 여기서 뭘 하나 싶었다.

모포를 고쳐 어깨에 두른 바카란은 다시 불 앞에 앉았다. 앉아 있으니 솔솔 졸음이 왔다. 하지만 저 여자가 어떤 행동을 할지 모르기에 곧장 잠에 빠질 수는 없었다. 차라리 저 여자가 기절해 잠들기라도 하면 편히 같이 잘 텐데.

부상을 당하고도 모자라 그 고생까지 했으면서 어떻게 저렇게 멀쩡하게 정신을 차리고 있는 건지. 가만 보니 안색이 창백한 듯한 게 재도 억지로 정신을 차리고 있는 건가 싶기도 하다.

"안 힘드냐?"

"글쎄."

중얼거린 스완이 풀어낸 실뭉치의 끝을 뜯어냈다. 진작부터 그녀는 버린 드레스 대신 속치마 하나만 걸친 채였는데, 이제는 그마저 찢긴 듯 엉망이 된 모양이었다.

물끄러미 그를 보던 바카란이 불쑥 물었다.

"난 왜 구했어?"

"필요해서."

스완은 별 고민조차 않은 투로 대답했다.

바카란은 알쏭달쏭하다는 느낌만 받았다. 다리를 다친 채로도 그를 구해 낸 이유가 인도적인 이유 말고 또 뭐가 있지, 상상하기 어려웠던 까닭이다.

그는 사지가 그나마 멀쩡했고, 저 여자는 그로부터 달아나지도 못하는 다리였는데, 구해 주고 나면 누가 더 불리한지는 뻔하지 않은가.

"필요?"

스완은 뽑아낸 실들이 뭉치지 않도록 둥글게 감아 탁자 위에 내려놓고는 선반에서 꺼냈던 얇은 나무살들을 털어 그 옆에 내려놓았다. 그러고는 그 옆에 천을 내려놓고 가늠하듯 눈을 게슴츠레 떴다.

"나를 도와줄 친구 말이야."

"무슨 소리야. 친구? 너랑 내가? 너 농담하는 거지? 널 업고 라르크인들한테 데려다주기라도 할까 봐?"

"그것까진 상상해 보지 않았는데, 이민족을 말 대신 타고 가도 좋겠구나."

옅게 웃은 스완이 살짝 어깨를 들먹였다.

"꿈 깨. 뭐든, 그럴 생각이 없으니까."

"친구가 아니라도 이야기는 해 줄 수 있겠지? 너희를 말려들게 한 자 말이야."

"……."

"누가 나를 납치하라 사주했지?"

'이거구만.' 바카란은 놀랍지 않은 기분으로 뚱하니 입술을 오므렸다.

"나도 제대로는 몰라."

"어느 정도는 안다는 말이고?"

"북부인 이름 따위 기억이나 할 것 같아?"

"본 적이 있는 모양이지?"

"본 적은 있지만 관심 없었거든. 이름은 아예 모르고."

그것도 오며 가며 스치듯 본 게 전부라, 사실 정확히는 알지 못했다.

"이야기해 준다면 너희의 죄를 묻지 않겠다는 것도 내 진심이란다."

"그건 네 사정이고. 이쪽도, 이쪽 나름의 사정이 있지. 의리도 있고."

"의리니 약조니…… 제법 말의 무게가 중요한 인물이 걸린 모양이지?"

바카란은 합, 입을 다물었다. 그의 무리와는 상관없는 가레인의 무리이기는 하지만 아무래도 정곡이기는 해서. 바카란이 입을 딱 다물어 버리자 스완도 더 채근하지는 않았다.

"쉬렴."

바카란은 벽에 등을 댄 채 힘을 풀고 누워 스완이 하는 양을 보았다. 스완은 나무 끝을 뾰족하게 깎고 있었다. 긴장이 조금 풀리자 눈꺼풀이 무거워지기 시작했다.

바카란은 까무룩 잠이 들었다. 고민할 것이 너무 많았지만 뭘 어쩌든 간에 일단은 자고 일어나 생각하고 싶었다.

다시 눈을 뜬 것은 깜깜한 한밤중 무렵이었다. 오두막을 둘러싸고 우는 듯한 짐승 울음소리가 음산했다.

화들짝 놀란 바카란은 주위를 돌아보았다. 난로의 불씨는 거의 꺼져 가 희미하게 빛나고 있었다. 그 옆에 아까는 없던 둥그런 나무 열매와 울퉁불퉁한 과일이 몇 개 놓인 게 보인다.

'뭐지.'

살펴보니 먹을 수 있는 음식이었다. 목이 말랐던 바카란은 무거운 몸을 일으켜 과일을 손에 쥐었다. 주위를 돌아보니, 문 옆에 모포를 감싼 채 쪽잠이 든 여자가 있었다.

저 다리로 먹을 것까지 찾아보고 온 것이다.

'대체 뭐 하는 거지.'

아니, 바카란은 저 여자를 어찌할지 고민 중이니 그렇다 치고, 저 여자는 그로부터 달아나야 마땅한 것 아닌가. 팔을 다시 끼워 주질 않나, 부상당한 다리로 먹을 것을 채집해 오질 않나. 그녀의 무리들에게 돌아가고 싶다거나 하는 욕망이 전혀 비치지 않는 태도였다.

'겁대가리가 없어서.'

의아쩍은 시선으로 잠든 여자를 바라보던 바카란은 나무 열매를 입에 넣고 씹었다. 달콤한 육즙이 터지며 기분이 날아갈 듯 좋아졌다. 허겁지겁 나무 열매와 과일을 먹고 나니 배는 차지 않았지만 허기는 가라앉았다.

바카란이 다 꺼져 가는 불씨를 살리기 위해 오두막 안의 마른 장작들을 툭툭 쑤시고 있을 때였다. 여자가 눈을 떴다.

주홍빛 불빛을 응시하는 푸른 눈동자에는 낮과 같은 활력보다는 피로감이 돋보였다. 느리게 눈을 올려 뜨고 바카란을 본다. 가만 눈을 맞추었다. 바카란이 툭 뱉어 말했다.

"더 자. 계속 무리하면 상처가 덧날걸."

스완이 미미하게 고개를 저었다. 잠을 떨치려는 것처럼 보였다.

"너한테 말해 줄 것도 없고, 있다 해도 그럴 생각도 없지만 당장 안 도망가."

넉살을 부리는 바카란을 쳐다보던 스완이 피식 웃었다. 배를 약간 채운 덕에 기분이 한결 너그러워진 바카란은 조금 더 불씨를 키우며 혼잣말처럼 물었다.

"적을 만들고 다니는 성격인가 보지?"

오두막 안엔 잔잔한 어둠만 흘렀다. 스완은 빤히 그를 보았다. 바카란은 그녀의 시선을 고스란히 느끼면서도 별 불편한 내색 없이 덧붙였다.

"적이 많으니 누가 너를 납치하라 사주했는지 몰라 궁금한 거 아냐? 적당히 적을 두지 않고 산 사람들은 이런 일이 생기면 짐작 가는 사람이 한두 명쯤은 있으니까."

"……대업을 앞두고 있으니 방해를 원하는 자들이 저 강의 자갈만큼이나 많지."

"대업? 뭘 하는데?"

"북부 정벌."

화로를 들쑤시던 손을 멈춘 바카란이 고개를 돌려 스완을 보았다.

"농담?"

"그러길 바라는 이들이 많지."

바카란의 입술이 작게 벌어졌다.

'아? ……그때, 그게 라르크였나?'

최근 북부에 웬 미치광이 왕이 전쟁을 하겠노라 했다며 여기저기서 비웃음을 샀다는 소문이 있었다. 그들과는 별 관계가 없어서 신경 쓰지 않았는데, 그게 라르크인 줄은 몰랐다.

"……네가 그, 전쟁을 일으킨다고 했던 왕이었냐?"

스완은 침묵으로 긍정했고 바카란은 진심으로 그렇게 생각했다.

'정신병자 아니야?'

라르크는 그렇게 큰 나라가 아니었다. 그들 부족은 곧잘 라르크인들로 인해 고초를 겪곤 했지만, 그것과는 전혀 별개의 문제였다.

최소한 북부 정벌이라는 말을 꺼냈을 때 그것을 진지하게 받아들여 줄 수 있는 자이려면 아일마레나 뢴사쯤은 되어야 했다. 그들이 그런 소리를 한다 해도 기가 막힐 일이지만.

떨떠름한 기분으로 입술을 벙긋대던 바카란은 곧 고개를 돌렸다.

"어…… 그래라. 잘해 보시든가. 나랑 상관없으니까."

"그렇게나 안일하다면 나로서는 나쁠 것 없구나."

"가능해 보이지도 않지만 정말로 상관없거든. 너희가 북부 정벌을 하든, 대륙 정벌을 하든. 너희들의 일이지. 그런데 그 미치광이 왕이 너였다는 건 놀랍네."

"미치광이 왕?"

"망상에 빠진 미치광이 왕이 전쟁을 준비한다던데. 운 좋게 형제들이 다 죽어서 왕이 됐는데, 욕심이 과하다 못해 배가 찢어질 지경이라더라. 네 살가죽을 보면 걸신이 들릴 만도 한 것 같고."

바카란은 대수롭잖게 대꾸했고, 스완은 그 신랄한 평가를 흥미로운 듯 들었다.

"탐욕 때문이라는 오해는 종종 들었지."

"보통은 오해가 아니던데."

스완은 벽에 뒷머리를 기댔다. 옆머리가 지끈거렸다. 웃음은 그 뒤에 난다. 그녀가 조그맣게 중얼거렸다.

"운 말이지."

그녀는 한순간도 자신을 운에 맡긴 적이 없었다. 운이라는 것이 있고, 그것이 따라 주었다면 그녀는 지금보다는 더 많은 사람들을 곁에 두고 있었을 것이다.

비스듬히 비껴 보이는 창 너머의 숲을 보았다. 우듬지 새새로 흐르는 바람이 청량하다. 그녀는 새삼스러운 기억을 떠올렸다. '운 좋게 형제들이 다 죽어' 왕이 될 수 있었던 시간들.

기실 처음 하는 생각은 아니었다. 지난 몇 주간, 외숙인 타르키아 후작을 만나러 가겠다 마음먹기 전부터 종종 머릿속에는 옛 기억이 감돌곤 했다. 아마 어제 꾼 꿈도 그로 인해서일 것이다.

애석하게 떠난 이들.

혹은, 그래야 해서 보낸 자들.

후회는 하지 않지만 추억이란 건 그녀에게도 남아 있어서, 가끔은 묘한 향수를 일으키기도 했다.

"너는 나를 모르니 그리 말하는 걸 용서하마."

"네가 죽였다는 얘기도 돌던데."

바카란의 혼잣말 같은 대꾸에 스완의 입술이 서서히 다물렸다. 바카란은 말이 없어진 그녀를 뚫어져라 보았다. 한참 후, 스완이 대꾸했다.

"소문이야 많겠지. 사람이 사람을 알기 위해서는 말하거나, 듣는 것밖엔 방법이 없을 테니. 그런 낭설에 대해 귀 기울이는 자들은 대개 나에 대해 그리 말할 거란다. 무도하고, 패륜하며, 탐욕스럽고, 무절제하다. 네가 들은 바도 그러하겠지."

"별로, 원래 관심도 없었다니까. 이번 일 이전까지는 너희와 우리는 별 상관없기도 했고. 사실이 뭐든 간에……, 사람에게는 어떤 식으로든 끝이 있으니까."

그의 반응은 시큰둥했고, 스완은 고개를 절레절레 저으며 자리에서 일어섰다. 발목의 통증은 조금 나아졌으나 여전히 걸음이 불편했다.

탁자로 걸어간 그녀는 잠들기 전 하던 일의 마무리 작업에 들어갔다. 이번에는 바카란도 조금 궁금한지 그녀의 등 뒤로 다가와 목을 빼고 내려다보았다.

천과 아주 얇게 깎아 낸 긴 나무줄기 몇 개, 그리고 치마에서 한참을 풀어냈던 실. 그것들이 어떤 모양을 이루고 있었다. 바카란은 가만 들여다보다가 뒤늦게 이해했다.

'연 아닌가?'

모양은 조악했지만 분명히 연이었다.

이 여자를 도통 알 수 없다 생각했다. 안 그런가. 도망치기도 바쁠 상황에 도망은커녕, 이런 거나 만들고 있다. 바카란은 눈을 껌뻑대며 연처럼 보이는 물건을 이리저리 살피며 매만지는 그녀를 지켜보았다. 아무 이유 없이 이런 걸 만들고 있을 것 같지 않아 약간의 경계심을 되감을 즈음이었다.

스완이 불쑥 물었다.

"형제가 있느냐?"

"왜?"

"그냥."

"……뭐, 내가 아는 형제만 넷이고, 모르는 곳에 더 있긴 한데 말 그대로 그쪽은 남이니까. 일단 넷."

"이런 감상적인 말을 하는 걸 좋아하지는 않는다만, 널 보고 있으니 옛 기억이 많이 나는구나. 이번 일도 그렇고."

"어릴 적?"

연을 내려다보던 스완이 옛이야기를 꺼냈다.

"내게도 형제들이 많았지."

"……어."

"그중에는 칼키투스라는 아우가 있었는데, 널 보니 그 아우가 떠올라. 아주 어렸을 때는 그 아이와 함께 곧잘 이런 연을 만들어 같이 날리곤 했지."

뚫어져라 스완을 바라보던 바카란은 무시할까 했으나, 죽은 사람 얘기다 보니 왠지 무시하기 뭣하다 싶어 건들건들 호응했다.

"아주 멋진 친구였나 보네."

"누군가에게는 그랬겠지. 네가 누군가에게 그럴 것이듯이."

거기까지 말한 스완이 고개를 돌려 바카란을 보았다.

"이 시기가 그의 기일이야."

"……."

"본디 계획대로라면 남쪽의 쾨니에로 내려가, 그곳에서 외숙과 함께 아우의 기일을 기렸을 터였는데 일이 이렇게 되어 버려 마음이 편치 못하구나."

바카란은 약간 떨떠름해졌다.

"……근데?"

"어차피 지금 내 다리가 이래 아무것도 하지 못하는 처지가 되었으니 아우를 기리는 일이나마 하고 싶다는 거지."

"뭐라는 거야, 이 상황에서 무슨 이상한 소릴 하냐?"

"내가 형제들을 먼저 보내고 이리 살아 있다는 건, 내게 그 책임이 있을지도 모른다는 뜻일 테니까."

"……."

"이해하기 어렵겠지?"

미간을 좁힌 바카란은 솔직하게 고개를 끄덕였다.

"너라면 이해가 되겠냐?"

애당초 그들은 죽은 사람을 죽은 근방에 묻고 떠나는 자들이었다. 육신의 죽음은 그저 왔던 곳으로 떠나는 것뿐이고, 애초에 그 많은 가족들의 죽음을 일일이 기린다면 연중무휴 초상집일 것이다.

스완이 희미하게 웃으며 고개를 끄덕였다.

"그래, 뭐, 너와 내가 아직 친구는 되지 못했으니 이해를 구하는 것도 염치없는 일이겠지. 어쨌거나 네가 나를 어찌할지 고민하는 동안에는 같이 있게 될 것 같으니 차차 알아가자."

"어, 어, 어?"

"모르려고. 뻔히 보이는 것을."

바카란은 갑자기 찌르고 들어오는 말에 당황했다. 아니, 생각해 보면 여자를 어떻게 할지 결정하지 못했으니 사지 멀쩡한 채로 남아 있는 것이 당연한 거긴 한데…….

"신경도 안 쓰이냐?"

"신경을 쓴들 지금 내 다리로 멀쩡히 달릴 수 있는 너에게서 달아나는 건 쉽지 않은 일인걸."

"남 일 말해?"

적이라고는 생각하는데도 묘한 기분이 동반되었다. 바카란의 어깨를 부드럽게 두드린 스완이 말했다.

"어쨌거나, 밤이 늦었으니 내일 이야기하자. 그리고 내킨다면 내일 나를 도와 같이 연이나 한번 띄워 주렴. 추모의 뜻이니 네게 인간적인 면이 있다면, 잠시나마 다리를 빌려줄 수는 있겠지. 너와 내가 앞으로 어찌할지는 그 이후에 결정해도 늦지 않잖아."

바카란은 씁쓸해 보이는 그녀의 표정을 뚱하니 바라보다가, 엉겁결에 고개를 끄덕이고 말았다.

이튿날 아침, 바카란은 스완과 함께 강가로 나섰다.

이른 아침부터 스완이 나무 열매를 비롯하여 먹을 것들을 찾아온 대가로 연날리기를 도와주마 한 것이다. 내켜서는 아니었다. 아직 낫지도 않은 다리로 절뚝대며 그의 먹을 것까지 찾아다 주니 어쩔 수 없이 보답해야 한다는 생각이 들어서였다.

그녀가 만든 급조한 연은 막상 들어 보니 크기가 컸다. 무게도 있었다. 과연 이게 제대로 날 수가 있을까 싶었는데, 초반에 몇 번 물에 빠뜨릴 뻔한 사고를 빼면 연은 탈 없이 하늘로 떠올랐다.

강가의 바람이 거센 것도 운이 좋았다.

푸른 하늘 아래로 얇은 천을 덧대 만든 꼬리가 하늘하늘 흔들렸다.

"안 될 줄 알았는데, 너 손재주도 좋네."

"마음껏 감탄하렴."

솔직히 그쯤에는 바카란도 추모니, 애도니, 여자의 의중이니 하는 것을 까맣게 잊고 약간 신이 나기도 했다. 얇은 실을 이리저리 당기던 바카란은 금세 연날리기에 흠뻑 빠져들었다.

"감는 재주가 기대 이상이구나."

"몸으로 하는 일은 어지간하면 다 잘하거든."

"너희 민족들이 하나같이 골격이 좋아 보이기는 했지. 너도 그 나이를 상상하기 어려울 만큼 크고."

"아버지를 닮아서 그래. 앗."

연은 바람을 타고 이리저리 움직이며 날았다. 스완은 하늘에 시선을 둔 채로 지시했다.

"조금 더 높이 올려 봐."

"바람 때문에. 기다려 봐."

이리저리 용을 쓴 바카란은 더 높이 높이 실을 풀어 연을 날려 올렸다. 파란 하늘, 흰 구름이 점점이 박힌 저 광활한 하늘 위로 고고히 나는 연은 제법 아름다웠다. 얼마간 나름의 재미를 느끼며 연을 이리저리 조종해 보던 바카란이 말했다.

"네가 해 볼래?"

턱을 내려 그를 본 스완이 고개를 저었다.

"아니, 보는 것으로도 족하구나. 내 아우가 너에게 고마워할 거다."

"많이 친했나 보네."

스완은 엷게 웃으며 바카란에게 대답해 주었다.

"내가 가장 아끼는 아우지."

바카란은 잠깐 의아하다는 생각을 했다.

뭔가 미묘하게 귀에 걸리는 것이 있었는데, 도통 그게 뭔지 모르겠어서. 하지만 갑자기 바람이 불어 연이 뒤집어지려 하자 그는 생각을 때려치웠다.

그렇게 삼십 분쯤 바카란은 연을 띄우고 놀며 강변을 서성였다. 그러는 동안 스완은 먹을 것을 찾아보겠노라며 숲 가장자리를 걸어 다녔다. 정오 무렵이 되자 바람이 차츰 가라앉기 시작하며 연도 낮아졌다.

이윽고 그 연은 느리게 추락하다가 큰 나무의 우듬지에 걸렸다.

"아, 어, 미안."

바카란은 그도 모르게 사과했다. 조금 떨어진 숲 언저리에 서 있던 스완은 큰 나무 꼭대기에 걸리고 만 연을 얼마간 바라보더니 고개를 저었다.

"괜찮아."

그렇다니, 뭐 그런가 보다. 툭툭 손을 턴 바카란은 강변 가장자리의 수풀을 뒤져 먹을거리를 찾는 그녀를 좇다가 자갈밭으로 시선을 돌렸다.

'어쩔까.'

체력도 좀 돌아왔겠다, 놀 만큼 놀았으니 그 역시도 생각을 해 볼 때였다. 저 여자가 지금 그에게 안심하고 있을 때 기절시켜서 다시 데려갈까. 죽이는 건, 아무래도 역시 그랬다. 그들 부족의 어른 중 사람 죽여 보지 않은 사람은 거의 없다지만, 바카란은 마음의 준비가 되지 않았다.

'아, 젠장.'

하지만 저 여자의 존재가 그들에게 위협적인 것도 맞아서 미가하가 절실했다.

'진짜 불을 피워 볼까.'

라르크인들이 먼저 그들을 찾을 것이 염려되기는 하지만, 저 여자를 찾는 이들은 한참 떨어진 강 상류 숲 언저리에 있을 것이고, 그를 찾으러 나온 미가하의 무리가 그가 물에 빠졌음을 짐작할 수 있다면 확률은 이쪽의 편이었다.

물가라 젖은 잎사귀와 나뭇가지를 찾기도 쉽고, 오두막 안에는 태울 것도 많다. 뜬금없이 불을 피우자 하면 이상해 보일 것이라 핑곗거리를 찾는 게 중요했는데, 그것도 어렵지는 않았다.

바카란은 작은 산딸기들을 몇 개 따 모으고 있는 스완을 돌아보며 소리쳤다.

"그걸로는 배가 안 차잖아. 일단, 근처에서 토끼나 새 몇 마리 잡아 올 테니 기다려."

사실 완전히 핑계만은 아니었고, 고기도 먹고 싶었다. 그를 돌아본 스완은 의심 없이 그러라 했다.

활 하나 없이 산짐승을 잡는 일은 쉽지 않았지만 방법이 없는 건 아니었다. 바카란은 두 시간 만에 토끼굴을 찾아냈다.

쫓아다니기보다 숨은 것을 찾는 게 편하다는 건 만고의 진리. 굴을 떠나지 못했던 갈색 토끼 두 마리가 긴 귀를 붙들린 채 강가로 끌려 나왔다.

실내에서는 누린내가 나니 야외에 불을 붙이자는 그의 제안에 스완은 별 의심 없는 태도로 그러자 하였다.

바카란의 손에 귀를 붙들린 토끼의 그렁그렁한 귀여운 검은 눈동자가 겁에 질렸다. 바카란은 토끼에게 사과했다.

"미안. 나 배고파."

쿵. 토끼의 세상은 암전했다.

날카로운 돌을 찾아 토끼의 가죽을 벗겨낸 바카란은 모닥불로 삼을 만한 땔감을 자갈밭 한편에 모았다. 그러곤 오두막에 피워 둔 화로의 불씨를 건져와 불을 옮겨 붙였다.

젖은 땔감이 약간 섞여 있던 모닥불은 처음에는 잘 붙지 않았으나, 이내 곧 시커먼 연기를 피워 올리며 타기 시작했다. 스완이 예리하게 허를 찔렀다.

"젖은 건 치워. 연기가 자욱해질 테니까."

그는 슬쩍 젖은 낙엽을 치워 냈다.

"어, 미안, 실수……."

어쨌거나 먹기는 해야 했으므로 바카란은 내장까지 능숙하게 발라 낸 토끼 고기를 강물에 대충 씻어 낸 후, 긴 나뭇가지에 꿰어 덕에 걸듯 불 위에 걸었다.

고기가 익기를 기다리며 손을 비비고 있으니, 건너편에 앉아 있던 스완이 설핏 웃으며 그를 놀렸다.

"사흘 굶었다간 불에 구운 돌도 집어먹을 얼굴이구나."

"내 몸집이 너보다 크잖아."

"네 아비를 닮았다고 했지. 그러고 보니, 네 동료들이 너를 보호하고자 하는 것도 그렇고, 네 녀석 스스로도 네가 꽤 대단한 사람인 것처럼 말하던데."

"아니, 대단한 건 없어."

설렁설렁 대답한 바카란은 불가에 손을 가져다 댔다.

"내가 다른 무리 쪽 사람이라 잘못되면 난처해지는 게 싫은 거거든. 내게 문제가 생기면 미가하가 곤란해지고 미가하가 곤란해지면 미가하를 보호하는 사람이 곤란해지니까."

"네 아버지라는 자는?"

바카란은 어깨를 으쓱이며 손을 저었다. 그다지 얘기하고 싶지 않다는 내색이었다. 그가 곧장 다른 걸 물었다.

"근데 너 말이야. 전쟁을 하겠다는 건 진심 같은데, 진짜 이길 수 있을 거라고 생각하는 거야? 너희는……."

살짝 고개를 갸우뚱 한 바카란이 그녀의 기분을 상하게 하고 싶지는 않단 듯 작게 덧붙였다. '라르크잖아.' 스완은 능히 그 함의를 이해하고 불쾌한 내색 없이 대답했다.

"누군가는 시작해야 하니까."

"왜?"

"내 나라는 영토의 크기만 따지면 그리 작지 않지만, 사람 살 수 있는 곳은 협소한 실정이지. 아니라도 우리를 둘러싼 많은 여건이 혹독하게 정신을 담금질해. 지난겨울에는 헤아릴 수도 없을 만큼 많은 백성들이 숨을 다했다."

바카란은 빤히 그녀를 보다가 곧 이해했다.

지난겨울은 빌어먹게 추웠다.

"어지간히 춥기는 했지."

"매해의 겨울이 그토록 혹독했던 건 아니지만……."

스완은 잠시 말을 멈추었다.

지난 계절은 시련 그 자체였다. 코끝이 떨어져 사라질 것만 같은 추위 속에서 매일같이 눈이 내렸다. 집은 무너지고, 눈에 파묻혔다. 사람들이 거리로 나오지 않으니 거리도 함께 죽었고, 빈곤해진 자들이 굶어 죽었으며, 죽은 어미 아비를 어쩌지 못해 뛰쳐나온 아이들은 얼어 죽었다.

사람들은 죽은 자들을 화장하기 위한 소산식에 순수하게 몸을 녹이러 찾아왔다. 그 계절 가장 따뜻했던 날들은 시신을 태우는 날들이었다.

그 겨울의 한가운데서 스완은 그리하기로 했다. 오랜 시간 마음속 깊은 곳에 담아 두었던 그 꿈을 세상에 꺼내어 올리기로.

"그렇게 살지 않을 수 있다면 그러지 않아도 되는 거지."

"싸울 게 아니라, 그냥 사람이 없는 따뜻한 땅을 찾아 이동하면 되잖아. 이주를 생각하는 건 아닌 거 같은데."

바카란이 기름을 뚝뚝 흘리기 시작하는 토끼 고기를 살짝 뒤집었다. 반대면도 빨리 익어라. 그의 눈에는 욕망이 그득했다.

스완이 한심함을 감추지 않고 말했다.

"뮈아드로는 유서 깊은 라르크의 상징이란다. 귀자로 성벽은 내 나라의 역사 그 자체지. 가장 중요한 심장을 버린다면 뭐가 남겠니. 정신도, 역사도 죽어 버릴 뿐이지. 너야 이민족이니 이해하지 못할 수도 있겠다만."

"사는 게 우선이지 집이 뭐라고 그러냐."

"머물 곳이 있어야 마음이 놓이고, 마음이 놓여야 넓은 시야를 가지게 되는 법이지."

"여기저기 다녀보는 게 오히려 좋지 않나?"

스완은 딱히 그에 대해 논쟁할 마음 없었으므로 고개를 돌렸다.

바카란도 굳이 물고 늘어지지 않았다. 그의 관심은 토끼 고기에 집중되었다. 그런데 얼마 지나지 않아서였다.

"왔구나."

중얼거리는 그녀의 목소리를 들은 바카란이 고개를 들었다. '뭐가 와?' 그 순간이었다. 다그닥다그닥. 사방 좌우에서 말발굽 소리들이 들려오기 시작했다.

반대편 강기슭 저편에서는 너덧 명쯤 되는 말을 탄 기사들이 강기슭을 향해 내달려왔고, 숲 쪽에서도, 스완의 뒤쪽 자갈밭에서도, 비슷한 갑옷에 멘테를 두른 기사들이 질주해 왔다.

"폐하!"

그들은 스완을 수색하기 위해 흩어져 있던 자들이었다. 순식간에 열댓 명의 북부인들에게 에워싸인 바카란의 입이 떡 벌어졌다.

입맛이 떨어지다 못해 혼비백산이 무언지 체감하게 되는 상황이었다.

익숙한 얼굴을 확인한 스완이 자연스럽게 일어서 명했다.

"생포해."

저들이 나타난 것이 놀랍지도 않은 듯한 어투였다.

말에서 내린 기사들이 검을 뽑아 들었다. 그들 중 일부는 위협적으로 바카란을 겨누고, 또 일부는 스완에게 다가갔다. 그 사내의 얼굴은 얼룩 같은 멍으로 덮여 있었고 코 역시 크게 다쳐 있었다.

"폐하…… 폐하."

스완은 자르데사의 엉망인 얼굴을 보며 혀를 찼다.

"하이가 경, 노고가 많았구나."

그의 낯짝은 페이작에게 두드려 맞았기 때문 그 이상도 이하도 아니었으니 스완이 오인한 것이었다. 그녀의 피랍 당시 적들과 싸우다

다쳤다거나, 그런 이유로. 자르데사가 그저 안도하였기에 울 것 같은 목소리로 말했다.

"아닙니다."

자르데사는 그녀를 놓친 이후 근 닷새간 지옥이나 다름없는 시간을 보내야 했다. 지금 스완을 수색하기 위해 내려온 백여 명의 기사들 모두가 그랬다. 하니 지금 이 순간의 기분을 이루 말하랴.

다만 그를 더 고통스럽게 만든 것은 스완의 몰골과 차림이었다. 그녀의 발목을 본 자르데사는 제 발목이 날아가기라도 한 사람처럼 휘청이며 자갈밭 위로 무릎을 꿇고 엎드렸다.

"폐하, 죽여 주십시오."

짙어지는 기사들의 살의 속에 얼음처럼 굳어 있던 바카란이 더듬더듬 말했다.

"너, 뭘, 아니, 어떻게, 저자들."

스완이 힐끔 나무 위에 걸린 연에 잠시 눈길을 주었다. 그 순간 바카란은 깨달았다.

저 연이었다.

맙소사. 그걸로 신호를 보낸 것이다. 제 다리가 저 모양이라 불가능했던 것을 그를 꾀어 대신 날리게 한 것이다. 왜 정신병자처럼 그 판국에 연에 집착하나 했더니!

다시 말하면 그가 저들을 부른 셈이었다.

"나, 나를 속였어! 너!"

"하나 확실히 말하마. 나는 네게 단 한 마디의 거짓도 건넨 적이 없단다."

"파, 파, 팔 게 없어서 동생을 파냐!"

"죽은 아우와 연을 날렸던 건 사실인데, 어찌 그리 험히 말하느냐?"

"말장난이잖아! 사기꾼!"

단조롭게 말한 스완이 빙그레 미소 보냈다. 바카란에게는 저 여자가 실로 악귀처럼 보였다.

'젠장!'

바카란은 그를 체포하려 다가오는 기사들의 움직임에 이를 갈았다.

"내가 호락호락 잡힐 줄 알……!"

그런데 그 순간이었다.

또 다른 발굽 소리가 빠르게 가까워졌다. 바카란은 뒤이어 나타난 한 필의 흑마와 그 위에 올라앉은 적발 벽안의 기수를 발견하고 그도 모르게 입을 벌렸다.

'허.'

다른 기사들과 다르게 제대로 갑옷조차 입지 않고 있음에도 그 존재감부터가 달랐다. 일단은 표정부터가.

스완이 힐끔 흑마를 탄 기사를 올려다보며 중얼거렸다.

"가장 아끼는 아우도 좋아할 거라고 했지."

'아우?'

서늘한 벽안을 내리뜬 남자의 입술 사이로 분을 참는 듯한 목소리가 흘러나왔다.

"누님, 괜찮나?"

깊고 거친 울림이었다.

"그럭저럭."

말에서 내린 사내는 아우라는 말이 대번에 믿길 만큼 스완과 똑같은 머리색에 형형한 벽안을 지닌 미남자였다. 바카란은 자신이 사람을 판단하는 눈이 뛰어나다고 생각지는 않지만, 최소한 본능적인 직감은 있다고 여겼는데 남자는 위험하고 예리하게 벼려진 어떤 위압감을 가지고 있었다.

그를 노려보는 얼어붙은 눈빛과 일그러진 미간, 딱딱하게 비틀린 입술 같은 사소한 표정의 문제가 아니었다. 형언하기 어려운 기묘한 느낌이다.

"한 명이 아니라 들었는데."

바카란의 몸이 움찔 떨렸다.

"무리가 있어. 이 아이를 제외하고도 일곱 된다."

"여섯은 없어도 된다는 뜻이군."

남자의 시선이 바카란에게 떨어졌다. 그 분노는 진짜였다.

'뭐, 뭐야.'

남자가 스완을 지나쳐 그에게 걸어오기 시작했다. 걸음걸이에마저 날 선 맹수 같은 예기가 깃들어 있었다. 바카란은 그도 모르게 뒷걸음질하며 스완을 보았다.

빤히 페이작을 바라보던 스완이 무심한 투로 말했다.

"페이, 오늘은 저 청년의 죽을 날이 아니다. 생포하라 일렀지."

"어려운 명령이군."

"그래도 명령이지."

걸음은 멈춘 페이작은 분으로 가슴을 크게 들먹이며 잇새에 힘을 주었다. 꽉 쥔 주먹과 그 위 퍼런 핏줄이 도드라졌다.

"진심으로 지금 내게 관용을 요구한 건가? 누님을 납치해 간 이자에게?"

"그래."

스완은 대수롭잖게 대꾸했고 그 덕에 바카란은 아주 약간 안심했다. '그건 그거고.' 달아날 구석을 찾아 좌로 우로 눈을 굴리던 바카란은 그를 붙드는 기사들을 떨쳐내려 했으나 쉽지 않았다. 수적으로 너무 열세였다.

'아 씨!'

싸늘히 그쪽으로 잠시 시선을 주었던 페이작은 완전히 스완을 향해 몸을 돌렸다.

"……누님에게도 할 말이 많다. 내가 그렇게 당부했는데."

"이번 일은 확실히 내가 부주의했다, 인정하마."

"얼마나 놀랐는지 아나?"

"다 큰 아우께서 고작 이런 일에 놀라 어쩌려고?"

"고작 이런 일이라고?"

페이작의 잇새로 기가 막힌 신음이 흘렀다. 그녀가 사라지고, 바위 기슭의 동굴에서 피투성이 천을 발견했을 때 그는 제 어딘가가 도려져 나간 것 같은 극도의 두려움을 느꼈다. 스완은 이 세상에서 유일하게 그가 무릎 꿇는 것이 수치스럽지 않은 유일한 주인이며, 괘념하는 한 사람이었다.

"내가 누님을 얼마나……. 다 알고 있으면서."

분을 참지 못한 페이작의 주먹이 꽉 쥐여졌다. 피식 웃은 스완이 어르듯 말했다.

"네가 찾아낼 것도 알았다. 내가 기다린 것도 너란다, 페이작."

페이작은 그녀의 뺨과 턱에 난 자잘한 생채기를 원수처럼 노려보았다. 그뿐만이 아니다.

스완의 팔에는 긴 자상이 나 있었고, 그녀의 차림부터가 엉망진창이었다. 지저분해진 것은 둘째 치고, 제대로 된 드레스조차 없이 걸치고 있는 하얀 속드레스는 거의 찢겨 있다시피 했다. 다리는 상처와 멍투성이였다.

서늘히 그녀의 찢긴 치마를 노려보던 페이작의 턱에 힘이 들어가기 시작했다.

"……감히."

스완은 심상찮아지는 페이작을 알아차리고 곱게 인상을 찌푸렸다.

"페이, 별일 없었어."

"자르데사, 누님을 모셔."

섬뜩히 명령한 페이작이 스완을 등지고 돌아섰다. 숫제 성난 맹수와 같은 기백이었다.

"페이작."

그때 바카란은 그의 어깨를 잡아 누르는 기사들로부터 달아나기 위해 안간힘을 쓰는 중이었다.

"좀 놓으라…… 아?'

그런데 성큼성큼 다가온 사내가 그의 코앞에 마주 섰다, 고 생각한 순간 바카란은 바닥을 구르고 있었다. '컥!' 알아차리기도 전에 날아든 우악스런 발길질이 그의 복부를 걷어차 버린 것이었다.

"아억!"

몸 좋은 대장장이가 망치로 배를 내려쳐도 이것보다는 덜할 것이다. 바카란은 숨통이 틀어 막힌 기분으로 헉헉거리며 자갈밭을 그러쥐었다. 저벅, 저벅, 공포스러운 발소리가 따라붙었다.

'저, 저저저저, 저 자식은 대체 뭐야?'

본능적인 위기감이 바카란을 엄습했다.

"전하."

페이작의 심사가 지나치게 날카로운 것을 알아차린 기사들이 당혹하여 스완을 보았다.

자르데사가 걸쳐 주는 외투에 어깨를 맡긴 스완은 표정 없이 입술을 뗐다.

“페이.”

“목숨만 붙여 놓으면 된다 했잖나?”

“험히 다루지 말라고 명을 더해야겠구나.”

스완이 경고조로 말했다.

“누님을 그 꼴로 만든 놈을 사지 멀쩡히 모시라고?”

바닥을 기는 바카란을 노려보던 페이작이 끝내 검을 뽑아 올렸다. 캬릉! 물처럼 뽑혀 서슬 퍼런 날을 번뜩였다. ‘으아!’ 바카란은 진심으로 억울했다. 스완의 몰골은 그와는 아무 상관없는 일이었다. 탈골당하고 접골당하고 익사할 뻔한 건 그가 아니었던가!

“아니, 아, 잠깐만, 아니!”

심상찮은 기세에 당혹한 기사들도 나서 그를 만류하려 했다.

“전하, 폐하께서 생포를…….”

‘어어, 어어어어.’

엄습해 오는 그림자에마저 살의가 깃들었다. 바카란은 아무 소리도 내지 못한 채 얼어붙어 페이작을 올려다보았다. 봄 하늘 아래 볕을 받은 타는 듯 붉은 머리칼과, 오로지 하나의 감정만 엿보이는 푸른 눈이 섬뜩한 이채를 머금었다.

거칠기 짝이 없는 남자의 손에 쥔 검은 비현실적으로 날카롭다. 저자가 들어서 더욱 그래 보이는 것 같다. 본능적인 공포가 바카란의 말초신경을 곤두세웠다. 그는 깨달았다. 저자가 마음을 먹는다면 그는 꼼짝없이 죽을 것이며, 아무래도 오늘 죽은 목숨이 된 거 같다고.

검이 높이 치켜 올라갔다. 바카란의 고개가 검끝을 따라 젖혀졌다. 날의 움직임은 완벽하게 아름다웠다. 눈이 부셨다.

“전하!”

주저 없이 그의 머리 위로 떨어지는 검이 날카로운 바람을 일으켰다. 바카란은 질끈 눈을 감았다. 캉……! 날카로운 날붙이 소리가 소란한 강물 위로 메아리쳤다.

귀자로 성벽의 조약돌이 낙조를 머금고 주홍빛으로 물든 시간. 여왕의 귀환은 고요하게 이루어졌다. 전시 준비가 한창인 이때 여왕의 피랍에 관한 뜬소문이 어떤 문제를 야기할지 아는 이들의 결정 때문이었다.

"폐하."

모두가 내색 없이 그녀를 맞이하였고, 스완 또한 내색 없이 그들의 환영을 받았다. 가장 먼저 스완을 맞이하러 나온 건 벨바롯트였다.

성품만큼이나 말끔하고 세련된 검은 머리칼은 빗질의 흔적조차 보이지 않았다. 상앗빛 셔츠의 제대로 가장 윗부분 단추는 아예 풀려 있었다. 안색은 수척하다 못해 혈색이 어두웠다. 크게 흐트러진 차림이라 할 수는 없겠지만 벨바롯트의 평소 모습과는 확실히 달랐다.

"스완."

빠르게 다가온 벨바롯트가 안도의 내색을 감추지 않고 그녀를 끌어안았다. 그는 마치 잃었던 아이라도 되찾은 사람처럼 그녀의 등을 쓸고 더듬더니, 곧 그 뺨을 감싸 쥐고 물었다.

"괜찮으십니까?"

"괜찮지 않다면 이리 서 있겠어."

적이 지쳐 있던 스완은 그를 밀어냈다. 벨바롯트는 포기하지 않고 그녀의 얼굴과 손, 면면을 살폈다. 그러다가 그녀의 팔에 난 상처를 발견하고는 입술을 구겼다.

그는 무언가를 더 말하려다가 스완의 등 뒤로 따라 들어오는 페이작과 다른 기사들, 그리고 그녀의 마중을 위해 따라 나온 궁인들을 의식한 것처럼 입술을 다물었다.

이어 벨바롯트의 뒤에 서 있던 몇몇의 가신들이 그녀에게 고개를 조아렸다.

"폐하."

그들은 사정을 암암리에 전해 듣고 내내 불안 증세에 시달렸던 데라와, 공교롭게 어제 왕궁으로 스완을 찾으러 왔다 상황을 전달받은 아크레를 비롯한 네 사람이었다.

"모두 무탈하시니 다행입니다."

"로엠의 귀한 분께서 나를 기다리시는구나. 너희가 전부이냐?"

"소란 없이 정리하기 위해 함구령을 내려 두었습니다."

벨바롯트가 답했다.

"잘하였다."

스완은 벨바롯트와 가신들을 스쳐 지나며 이어 물었다.

"자세한 것은 나중에 하고, 별일은?"

절뚝이는 그녀를 붙잡아 주기 위해 다가온 페이작이 스완에게 손을 뻗으려 했지만 이번에는 벨바롯트가 더 빨랐다. 벨바롯트의 팔이 스완을 부축하듯 감쌌다.

멈칫한 페이작은 이내 한 걸음 물러섰다. 힐끔 그쪽에 눈길을 주었던 스완은 벨바롯트의 팔마저 밀어내고 걸었다.

"못 걸을 정도는 아니야. 이런 반응도 지겹구나."

"다리가 불편하시다면."

"그쯤 해둬."

일견 냉담히 들리겠거니 싶은 것은 알지만 스완은 저런 과잉보호에 질려 있었다.

기사들과 합류한 후 그녀는 팔이 부러진 오르헤가 부러진 팔로 달려와 엉엉 울며 정신 빼놓는 일을 당해야 했고, 그녀의 납치를 막지 못한 기사들이 죽여 달라느니, 용서해 달라느니, 도통 저들도 가닥 잡지 못한 읍을 해 대는 것을 참아 주어야 했다. 탈 없느냐, 다치지 않았느냐, 괜찮으냐, 그런 질문은 이제 지긋지긋할 정도였다.

"페이작, 너는 마무리해라. 쓸데없는 자들은 다 물리고."

팔을 내린 벨바롯트가 고개를 돌려 페이작을 보았다. 스완이 평소보다 심기가 저조해 보이는 것은 큰일을 겪었으니 그럴 만하였는데 페이작은 이상하리만치 딱딱하게 굳어 있었다. 무언가 하고 싶은 말을 꾹 참는 듯한 눈빛으로 스완의 뒤통수를 쏘듯 보던 페이작은 벨바롯트와 시선이 마주치자 더 첨언하지 않고 물러났다.

눈짓으로 최소한의 하인만 남긴 벨바롯트가 그녀를 뒤따랐다. 세 명의 가신들과 하인 둘 정도가 무리의 전부가 되었다.

몇 걸음 앞질러 걷던 스완이 피로한 목소리로 물었다.

"다시 물어야겠느냐?"

"……폐하께서 부재하시는 동안 브로간의 영주가 약속한 군수품으로 양 이백사십 마리와 곡식 열다섯 상자를 보내왔고, 무스 거리에서 반전론을 설파한 칸가라의 사제를 한 명 체포하는 사건이 있었습니다. 그밖에 특별한 사항은 없었습니다."

"칸가라산의 사제? 한동안 잠잠하더니."

칸가라산은 가니아산의 바로 건너편에 위치한 낮은 동산 같은 산이었는데, 그곳에는 여신교인들이 머물고 있었다.

누아단교의 사제들은 삼왕좌 신화는 돌고 도는 것이며 순환과 흐름 역시 신의 뜻이라 전쟁에 찬동하였지만 여신교 사제들은 전쟁 반대론에 힘을 실어 주며 사람들을 선동하고 다녔다. 귀족들 중 강경하게 반전론을 주장하는 자들 중에도 적잖은 수가 그들과 교류 중일 것이다.

종종 하는 생각이지만 뛰어난 언변으로 백성들의 귀를 흐리기에는 종교인들을 따를 자가 없다. 때문에 스완은 그 종교의 명맥이 끊어져야 한다고 믿었고, 언젠가는 그리할 것이다. 지금은 때가 아닐 뿐이다.

"로스인들이 그 사제들의 보증인이라고 합니다."

"놀랍지는 않구나."

로스인은 동부 일대에 터를 잡은 작은 독립도시인들을 의미하는 것이다. 라르크인들이 통칭 로스인이라 부르는 두 집안이 있는데 윈로스와 페스카나라는 가문이다. 우습게도 함께 묶여 불리는 두 집안은 말도 못하게 앙숙이었다. 팔나이와 로엠의 뿌리 깊은 적대감도 그 두 집안 앞에서는 귀여운 앙탈에 불과할 것이다.

그들은 누아단교에 충실한 라르크와도 사이가 나쁘다. 약간의 농담을 섞자면, 스완은 로스인들이 세상에 그들 자신 말고 다른 친구를 만들 줄이나 아는지 의심스럽다.

"이번에는 어느 쪽이지?"

"입을 다물고 있습니다."

"찢어서라도 열어. 어느 쪽이 더 극성인지 알아 두어야 후일 테이블에 마주 앉았을 때 책임을 물을 수 있으니."

평이한 스완의 명에 벨바롯트는 보일 듯 말 듯 고개를 끄덕인 후 데라에게 턱짓했다. 칸가라의 사제를 잡아 온 것이 데라의 휘하 병사들이었으므로 스완의 명을 이행하라는 의미였다. 데라는 오매불망 기다렸던 여왕 폐하의 심신은 어떠한지, 대관절 무슨 일이 벌어진 것인지 알고 싶어 어쩔 줄 모르는 얼굴이었으나 항명하는 대신 공손히 물러났다.

"반드시 폐하를 기쁘게 해 드리겠습니다."

그 후에도 그들은 계속 걸었다. 복도는 길었고, 걸음이 더딘 그녀는 어쩔 수 없이 조금 느렸다. 벨바롯트는 몇 번이고 그녀를 부축하려 시도했지만 번번이 스완의 거부만 돌려받아 한 걸음 뒤에서 따를 뿐이었다.

침전이 보이기 시작하는 복도로 꺾어져 들어갈 무렵, 스완이 그 어느 때보다 가라앉은 목소리로 말했다.

"벨비, 알리크 경이 수도경비대의 검문 기록을 가지고 돌아올 테니 내게 가져와라."

"무슨 영문이십니까?"

"지금 말고."

벨바롯트의 입매가 서서히 굳어졌다. 그러나 스완은 눈길조차 주지 않고 매정히 대답했다.

"소상한 것은 잠시 후에 얘기하자. 너희 모두 졸졸 따라다니지 말고 돌아가거라."

어느덧 침전 앞이라 더 따라 들어갈 수도 없었다. 궁인들이 위로의 한 마디를 건네기도 전에 그녀는 침전 안으로 들어가 문을 닫았다.

복도에 덩그러니 남은 이들은 머쓱하게 서로를 보았다. 한 사내가 중얼거렸다.

"……생각보다 화를 안 내십니다?"

"그러게나 말일세."

"흠."

아크레도 그게 이상하다 생각하고 있었다.

스완은 간혹 불같은 성정으로 그들을 공포스럽게 할 때가 있었고, 그들은 이번 사건 때문에 오랜만에 여왕의 대로를 감당해야 할 것이라 예상했다. 하지만 그녀가 이상하리만치 조용하다. 마치 아무 일도 벌어지지 않은 것처럼.

"이런 일을 겪고도 저토록 평정심을 유지하실 수 있다는 것이 놀랍습니다. 폐하께서는……, 정말이지."

"놀랍기만 하겠습니까. 듣자 하니 야만족이었다던데."

속삭이듯 두런대는 이들을 뒤로한 채 아크레가 벨바롯트에게 시선을 미끄러뜨렸다. 염려로 수일을 지새운 젊고 잘생긴 국서의 옆얼굴은 여전히 수심이 깊었다. 과장을 조금 섞어 말하건대 피랍된 여왕 폐하만큼이나 절체절명의 위기 속에서 간신히 버틴 사람이 벨바롯트였다.

"어쨌거나 한시름 놨습니다. 각하께서도 쉬십시오. 식사라도 하셔야지 않겠습니까."

아크레는 국서와 여왕의 그 복잡하고 애매한 관계에 대하여 어렴풋이 짐작할 수 있었던 사람이었으므로 그 이상의 첨언은 하지 않았다. 한참 말없이 닫힌 문을 바라보던 벨바롯트가 작은 한숨을 내쉬며 해산했다.

"추후 부르겠네. 다들 물러가 보게."

팔이 부러진 오르헤는 어쩔 수 없이 휴가였으니, 스완은 오르헤보다는 조금 덜 친숙한 시녀들의 시중을 받아 목욕을 마쳤다. 그리고 삼십 분쯤 눈을 붙인 후 식사를 권하는 이들과 휴식을 요구하는 자들을 물리치고 곧장 집무실로 향했다.

연자줏빛 드레스가 지난 며칠 몸에 남은 상처를 말끔히 가려 주어 모르는 이들이 보았다면 평범한 하루라 생각할 것이다. 그녀 역시 기분이 그토록 저조하지만 않았더라도 그리 스스로를 속였을 터다.

시녀들을 물린 스완은 집무실에 들었다. 문을 열자마자 보이는 것은 한 사내였다.

붉은 머리칼의 뒤통수는 한눈에 보아도 페이작이다. 미리부터 들어와 기다리고 있었는지 창을 바라보며 서 있다가 천천히 그녀를 돌아본다.

창턱을 넘어 흘러드는 낙조가 페이작의 옆얼굴을 감쌌다. 벽안은 딱딱한 불안감을 애써 억누르고 있었다.

세간은 그를 평가할 때 천재적인 재능을 타고난 기사라거나, 조각 같은 미남자라고 칭찬에 입술 마를 날 없도록 떠들지만 스완에게는 그저 그녀를 가장 많이 닮은 아우였다. 하여 가장 아끼고 사랑하는 아우이기도 했다. 하나 오늘은 그를 보고 웃어 줄 기분이 아니었다.

매정하게 페이작에게서 눈길을 거둔 스완은 책상으로 걸어갔다. 그녀는 자연스럽게 서랍을 열어 낡은 양피지들이 담긴 상자들을 꺼내어 정리했다. 그녀의 파란 눈동자에는 시종 서늘한 빛이 맴돌았는데 손짓에서도 드물게 짜증이 느껴졌다.

미동 없이 그녀를 지켜보던 페이작이 입술을 뗐다.

"누님."

스완은 묵살했다. 페이작은 스완이 그에게 눈길도 주지 않자 짧은 한숨을 뱉어 내며 다가와 그녀가 들추던 양피지를 잡아 눌렀다.

"……계속 이럴 건가?"

"손 치워라."

"내가 잘못했다."

"부를 때까지 자중해라."

그녀의 냉랭한 어투는 페이작을 더욱 초조하게 만들었다.

그는 오는 내내 스완의 저런 분노를 '어쩔 수 없다'며 감당해 왔다. 그러나 궁에 돌아와서도 그녀는 풀릴 내색이 없었다. 그의 잘못이 분명 있기는 하지만 서운함도 컸다.

"안 죽었잖나. 그자는 누님을 납치해 간 자들과 한패였어. 처음부터 누님이 내 말에 조금만 귀 기울여 주었더라면……."

쾅! 스완이 양피지들이 가득 든 상자를 책상에 내리쳤다.

소음이 둔탁하게 가슴을 때려 페이작은 자못 놀라 입을 다물었다. 페이작은 그를 노려보는 푸른 눈동자를 마주 보았다.

스완이 으르렁거리듯 씹어 뱉었다.

"이제 네가 머리가 큰 모양이다. 내 말은 허투루 듣는 모양이니."

"……그런 게 아니라."

"하루가 모자라, 잠도 쪼개야 할 만큼 바쁜 시국이다."

"……."

"내 분명 일렀다. 험히 다루지 말라고."

현재 캅치 숲 인근에서는 절반 정도 남겨 둔 병사들이 이민족 수색 작업을 위해 남아 있었다. 돌아온 것은 스완과 페이작을 비롯한 일부 기사들 그리고 큰 내상을 입고 다쳐 사경을 헤매는 바카란이라는 짐짝뿐이다.

바카란은 죽지는 않았다. 살지 모를 뿐이다.

페이작은 끝내 그의 검으로 이민족의 목을 내리치는 항명을 저지르지는 않았지만 그렇다 해 인내가 충분했다는 뜻도 아니었다.

페이작은 자갈밭에 검을 내리친 대신 주먹과 발로 바카란을 한 대씩, 총 두 대 폭행했다. 단 두 대였다.

그랬는데 신체 건강해 보이던 청년은 그대로 거품까지 물고 졸도하여 사경으로 혼자 달려가 버렸다. 페이작조차도 당황스러울 정도의 유리 같은 몸뚱어리였다.

"내가 누님 말을 거역하려던 게 아니었잖나. 그렇게 될 줄은 나도 몰랐다. 내가……."

말끝을 흐린 페이작은 어쩔 수 없이 기가 죽었다.

"잘못했어."

그러나 스완의 표정은 조금도 풀리지 않았다.

바카란을 인질 삼아 이민족들로부터 벗어난 후 그녀의 1순위는 수색대를 만나는 게 아니었다.

라르크는 대업을 앞두고 있다. 한데 그녀의 신변에 이번과 같은 일이 생겼다. 출정이 몇 달 남지 않은 시기에 내부의 적을 색출하겠노라 제 나라를 벌집 쑤시듯 쑤실 수는 없는 노릇이었다.

하여 그녀는 물에 빠진 바카란을 '구할 필요'가 있다 판단하기 전부터 청년을 '필요'의 범주에 넣었다. 그날 이민족들의 우두머리였던 미가하에게 '적당히' 청년을 놓아주겠다고 했던 말은, 더 정확히는 '적당히 털어서 들을 것은 들은 후' 시기는 그녀가 정하여 보내 주겠다는 것이다.

청년을 구해 낸 후, 혼자 달아나거나 하지 않고 함께 시간을 보내고, 연을 만들어 띄우는 성가신 일을 한 것도 오로지 그러한 연유에서였다.

바카란은 발목을 다친 그녀보다 팔팔했고, 설사 그러지 않았더라도 그녀가 몸만은 성인 장정 못잖은 열일곱 청년을 졸도시켜 질질 끌고 캅치 숲의 수색대가 있는 곳까지 가는 건 쉽지 않을 일이었으므로.

불을 택하지 않은 건, 만에 하나 돌아오지 않는 저 청년을 의심한 자들이 그들이 물에 빠졌다는 것을 알아차릴 만큼 주도면밀하다면 강가에서 불을 피우는 것을 일종의 신호로 인지할 수 있었기 때문이다.

그런 수고까지 더해 가며 잡아 둔 자였는데, 생포만 하면 말끔히 끝났을 것을 불같은 성정에 휩쓸린 페이작이 바카란을 반쯤 죽여 놓았다.

올라오는 동안에도 몇 번이나 숨이 거의 끊어졌다가 간신히 다시 붙었는지 모른다. 설상가상 다른 이민족들은 꼬리도 잡지 못하고 있다.

스완이 손을 저었다.

"지금 네 얼굴 보고 싶지 않구나. 자숙해라."

"……그리 화가 난다면 나를 벌해. 차라리 벌하라고. 누님은 내가 하는 말은 하나도 듣지 않고 그렇게 내려갔다가, 내가 분명히 작은 규모로 움직이지 말아 달라고 부탁을 했는……."

"페이작 돌레한."

칼날 같은 목소리가 페이작의 입을 틀어막았다.

"이제 네게 명할 때 두 번씩 반복해야 하느냐?"

숨 막히는 침묵이 맴돌았다. 그 침묵을 깬 것은 노크 소리였다.

똑똑똑.

"폐하."

"들어와."

벨바롯트가 두꺼운 서류 뭉치를 안고 들어왔다. 수도경비대로부터 얻어 온 지난 한 달의 검문소 기록이었다.

그와 눈을 마주친 페이작은 퍽 인상을 찡그리더니 신경질적으로 그를 밀치고 밖으로 나갔다. 벨바롯트는 그런 페이작을 싸늘히 바라보는 스완을 돌아보았다. 우애 깊던 남매지간에 벌어진 일에 관하여는 이미 다른 기사들을 통해 어렴풋이 보고받은 바라 놀랍지는 않았다. 스완을 납치한 자 중 유일하게 생포한 자를 빈사에 빠뜨린 것이 페이작이었다.

스완이 손짓했다.

"가져오거라."

벨바롯트가 말했다.

"……이민족의 이야기는 들었습니다."

"그랬겠지."

그의 시선을 피해 미간을 좁힌 스완이 빈정거리듯 중얼거렸다. 평소보다 적이 예민해 보였다. 아무렇지 않은 체해도 그럴 만한 일이었다. 하지만 그는 드물게 페이작의 심정을 이해했으므로 그의 역성을 들어주고 싶었다.

"궁 의원이 말하기를 내상이 심하기는 해도 목숨에는 지장이 없을 듯하다 합니다."

"앞에 두거라."

벨바롯트는 책상 위에 서류를 내려놓았다. 그의 검은 시선이 스완이 꺼내다 멈춘 양피지 더미에 잠시 머물렀다.

"한 달분입니다. 나머지 자료들은 차례로 도착할 것이라 합니다. 한데, 이것들을 가져오라 하신 연유가."

"근위대를 제외한 모든 부처에 탐문을 보내라. 내 이번 행차에 대해 조금이라도 알고 있는 자들을 걸러 내."

"그 말씀은."

어렴풋하게 짐작했던 우려가 현실로 다가오자 벨바롯트의 안색은 더욱 어두워졌다. 그는 살며시 입술을 당겨 물었다가 곧 평이한 목소리로 말했다.

"어찌 된 상황입니까?"

"쾨니에에 양해의 서간을 남겼느냐?"

스완은 벨바롯트의 요청을 묵살했다. 벨바롯트는 조금 답답한 기분으로 대답했다.

"……델소어 백작이 초동 수색에 참여했을 때 전하께서 그자에게 함구령과 함께 쾨니에의 타르키아 후작에게 일러두라 하신 것으로 압니다. 혹시 몰라 이쪽에서도 따로 기발을 올려 두었으니 염려치 마십시오."

"그래."

"폐하, 무슨 일이 있으셨는지 말씀해 주십시오."

긴 한숨을 내쉬며 책상을 노려보던 스완이 짤막하게 있었던 일을 이야기했다. 말 그대로 단조롭게 축약한 것이다. 가교가 끊어졌다 하여 기다리던 중 갑자기 어떤 독에 당하게 되고 정신을 잃은 것, 그들이 그녀가 왕인 줄도 모르고 피랍하여 어영부영하는 사이 바카란이라는 이민족을 인질 삼아 피신하다 강에 빠진 것, 물에 빠지면서 팔과 발목을 다친 것, 그 정도.

이야기를 들은 벨바롯트는 착잡하게 눈썹을 찡그리며 턱 언저리를 매만졌다.

"……그래서 내부인을 의심하시는 겁니까?"

"의심? 확신이지."

그녀가 날카롭게 코웃음 쳤다.

단순히 북부인이라는 가정을 내부인으로 함축한 것은 당연히 그녀의 일정을 알고 있는 자여야 하기 때문이다.

그녀는 누군가 저를 납치하고자 할 만큼 원망하고 증오한다는 것은 전연 개의치 않는다. 하나 대업을 앞둔 이 시국에, 전에 없는 결의와 용기가 필요한 시점에서 그녀를 해치려 든 것이 내부인이라는 게 이루 말할 수 없이 화가 났다.

"북부인이라 할지라도 국외 세력일 수 있습니다."

"국외 세력이라면 국외와 결탁한 내국인이겠지."

어쩔 수 없이 타당한 귀결이었다. 벨바롯트는 갑갑한 숨을 삼키며 고개를 조아렸다.

"알아보겠습니다. 오늘은 폐하께서도 공무를 손에서 놓고 쉬는 편이 나을 듯합니다."

"아니. 괜찮아."

"괜찮아 보이지 않습니다. 의원은 보셨습니까?"

"그럴 필요 없다지 않아!"

쾅, 탁자를 내리친 스완이 날카롭게 일별했다. 벌렸던 입술을 다물고 그녀를 응시하던 벨바롯트가 밖으로 나가 대기 중이던 미게타에게 명했다.

"미게타, 의원을 불러와라."

"필요 없다고 했다."

"필요합니다."

"네 왕의 말이 귀에 들지도 않느냐?"

스완은 이루 말할 수 없는 노여움을 느끼고 소리쳤다. 그녀는 이놈이고 저놈이고 하나같이 그녀의 말에 복종하지 않는 작태가 화가 나 견딜 수가 없었다.

벨바롯트는 그녀가 아무리 화를 내도 소용없다는 듯 담담히 대꾸했다.

"섬기는 분이기에 해야 할 도리를 하는 것입니다. 부상을 입으신 것부터 돌보는 게 순서입니다. 간곡히 부탁드리건대 오늘은 일을 손에서 놓고 쉬십시오. 심신이 그리 어지러우시면 아무 묘책도 떠오르지 않을 겁니다."

"나는 지금도 맑아."

"그렇다면 더 맑아지실 겁니다."

"감히 말장난할 생각 말고 너도 나가라."

씹어 뱉은 스완이 책상 위 서류를 잡으려 손을 뻗었다. 그런데 서류는 벨바롯트의 손에 의해 쭉 멀어졌다. 스완이 기가 막히다는 듯 그를 바라보았다.

"폐하께서는 지금 공무를 돌보실 만한 상황이 아닙니다."

"내 상황을 언제부터 네가 판단하여 이래라저래라 했느냐?"

"폐하, 예민하신 것은 알지만."

"벨바롯트. 그쯤 해라. 경고하마."

스완은 잇새에 힘을 주고 벨바롯트를 노려보았다. 가슴께가 분으로 바글바글 끓는 것만 같았다.

"……폐하."

몸을 돌려 창턱을 짚고 숨을 깊이 들이마신 그녀는 흘러내린 머리칼을 거칠게 넘겨 올렸다.

서류를 치운 벨바롯트가 책상을 돌아 다가왔다. 그를 돌아본 스완이 매섭게 말했다.

"한 번만 더 내게 쉬라 한다면……."

"폐하께서 자각하지 못하신다면 그에 대한 간언을 올리는 게 제 역할입니다."

"하지 마. 지금은."

"스완."

다독이듯 그녀를 부른 벨바롯트가 양어깨를 잡아 돌렸다.

창 안으로 비쳐드는 빛이 까만 머리칼 위로 미끄러지듯 흘렀다. 나무 냄새, 덜 마른 잉크 냄새에 가깝다. 뚜렷한 이목구비와 날렵한 턱이 언제나 신뢰를 주는 그대로였다.

벨바롯트의 커다란 손이 어루만지듯 그녀의 옆머리를 감쌌다. 그의 손끝에 상처가 닿자, 머리칼 사이 잠들어 있던 아픔이 미미하게 피어올랐다. 눈살이 저절로 찌푸려졌다.

"통각은 조처를 바란다는 뜻입니다. 이민족이 깨어날 수 있도록 최선을 다하라 일렀으니 심려치 마십시오. 왕자 전하께서도 많이 걱정하셨으니 오늘과 같은 실수를 하신 것입니다. 부디 용서하시고, 생각을 놓고 쉬십시오."

스완은 끝까지 지지 않고 저 할 말을 다 뱉어 내는 벨바롯트를 자조 섞인 눈길로 바라보았다.

"며칠 새 기강이 엉망이 되었구나."

"……"

"페이작은 내 명을 저버리고 살려야 할 놈을 반 죽여 두더니, 이젠 네가 내 말은 귓등으로도 듣지 않고."

"잠시 쉬시기를 바라는 겁니다. 폐하께서 쉬신다 해도 폐하의 충실한 사람들이 그자들을 찾아낼 겁니다."

스완은 어이가 없다는 듯 입꼬리를 길게 올렸다. 소리 없던 실소는 이내 소리 낸 웃음이 되었다. 스완이 벨바롯트의 가슴팍을 밀치듯 때리며 빈정거렸다.

"쉬라?"

벨바롯트는 얕은 한숨을 삼키며 목울대에 힘을 주었다. 스완이 조금 더 세게 그의 가슴팍을 때렸다가, 이내 그 옷깃을 당겨 쥐었다.

"나더러, 어디 푹신한 이불에나 파묻혀 꿀 같은 낮잠이나 자고 배나 불리며 시녀들과 조잘조잘 떠들고 앉아 있으라는 게지?"

"폐하."

이토록 화를 참기 어려운 기분은 수개월 만이었다.

"부르지 마라. 네가 날 부르는 것조차 지긋지긋하다."

"……."

"잠이 오겠느냐?"

"……."

"이 시국에 헛짓거리를 획책하는 자들이 있는데 내게 태평하게 누워나 있으라는 소리나 지껄이고 있어!"

쩌렁쩌렁 고함이 터졌다.

그녀라고 쉬고 싶지 않은 것이 아니었다.

그녀는 거의 엿새가 넘는 시간을 마차 여행이니, 이민족이니 하는 문제로 시달렸다. 그 정체를 알 수 없는 독에 취해 졸도했다 깬 이후부터는 페이작과 합류할 때까지 잠도 제대로 자지 못했다. 다시 뮈아드로로 올라오는 동안에는 바카란이 사경을 헤매는 사실 자체에 노여워 뜬 눈으로 속을 다스리는 게 한계였다.

그녀야말로 지금 반나절을 내리 자고 싶은 기분이었다. 하지만 그럴 수가 있느냐는 말이다.

내부인이었다.

"저 또한 심각하게 사안을 보고 있습니다."

벨바롯트의 조용한 대꾸에 그녀는 결국 폭발했다.

"보지 말고 행동을 해. 어찌 이 시국에 그따위 일이 생겨. 미련하게 몸집만 큰 이민족들이 내 땅을 기어 다니고 있는데 그 많은 병사들을 풀고도 한 명도 못 찾아! 이 시국에! 내 나라에! 내 사람이! 그런데 너는 내게 놀고 있으라고?"

"……폐하, 이렇게 흥분하셔도 당장은 달라지는 것이 없으니 속을 가라앉히시고."

"그리 숨고 숨아 냈다. 한데 또다시, 사사건건 날 방해하려 들……!"

정신없이 소리치던 스완의 입술이 뚝 멎은 건 그 순간이었다. 그녀는 올려 뜬 눈으로 마치 관찰하듯 벨바롯트의 눈을 응시했다. 벨바롯트가 그 뚫어질 듯한 시선에 살짝 눈썹을 찡그렸다.

스완이 물었다.

"부러 그러는 것이냐?"

"무슨 말씀이십니까?"

"이번 일을 그르쳐 모든 일정이 차질을 빚기를 바라는 게 아니냐?"

벨바롯트의 미간이 서서히 구겨졌다.

"……제가 옳게 들었습니까?"

"아니라면 이 중요한 문제를 내게 미루도록 강요하는 저의가 무엇이냐. 지금 누구 때문에 내가 귀한 시간 낭비하며 이리 소리치고 있는 거지? 내가 쉬기를 바란다면 속히 내가 일을 마무리하도록 도와야 마땅한 것이 아니냐?"

벨바롯트의 검은 눈과 스완의 벽안이 허공에서 맞부딪쳤다.

숨 막히는 침묵 끝에 벨바롯트가 물었다.

"진심이십니까."

"곡해라면 물러나, 네 할 일이나 해."

"……아니."

짧게 코웃음 치듯 웃은 벨바롯트가 이마를 쓸며 고개를 저었다. 뻐근한 목뒤를 매만진 그는 치미는 화를 억눌렀다.

그녀가 피랍된 동안 그 역시 하루도 제대로 쉬지 못하였다. 매분 매초가 불안이었다. 한데 무사히 돌아온 것을 마음껏 기뻐하기도 전에 이런 모욕을 당하니, 모든 것이 허탈할 따름이었다. 조금 전 스완의 발언은 그의 인내심마저 앗아가 버렸다.

"이것이, 당신의 신임입니까?"

"……."

"이런 자를 믿고 전쟁에 임하실 수나 있으십니까."

벨바롯트의 내리뜬 눈꺼풀에 힘이 들어갔다. 질문 마디마디에는 감출 수 없는 노여움이 깃들었다.

도리어 분한 일이었다.

그녀의 소식을 알 수 없었던 닷새 남짓의 시간은, 그에게는 5년처럼 길었다. 페이작은 공무에서 자유로운 자라 곧장 달려 나갈 수 있었으나 그는 그럴 수조차 없었다. 그는 스완의 부재 시 이 뮈아드로를 책임져야 하는 총괄자로 내정되어 있었으므로.

지난 닷새 내내 벨바롯트는 좌절하지 않기 위해 스스로를 채찍질하고, 불안을 내색하지 않기 위해 모든 것을 참았다. 식욕도, 수면욕도 잃었다. 기다림이 가져오는 밑도 끝도 없는 무력감이 그를 갉아먹는 것마저 눈감아야 했다.

그 닷새.

악몽 같았던 지난 닷새는 단순히 지나간 과거가 아니었다. 그에게는 오지 않은 미래였다.

스완이 출정한 후 그의 삶은 매일 오늘과 같으리라는 깨달음. 그는 조약돌 성벽에 에워싸인 이 뮈아드로에서 오로지 그녀의 희보만을 기다리며 자신의 무력감과 맞서 싸워야 할 것이었다. 그건, 두려운 일이었다.

하지만 내색할 마음은 없었다. 이미 그는 그러기로 선택했고, 그녀가 일개 가신의 섬약한 두려움을 일일이 돌보아줄 수는 없는 노릇이었다. 그녀는 앞으로 그녀와 함께 출정할 자들의 그 두려움을 모조리 떠안아야 할 사람이었다. 남편 된 그는 참아야 하는 것이라고, 그렇게 생각했다.

무사히 돌아왔으니 되었다. 그리 믿어 달래 했는데 그녀는 조금도 그를 이해하지 못하고 도리어 그의 긍지를 모욕한 것이었다.

벨바롯트의 입가에 헛헛한 웃음기가 맴돌았다. 기가 차 어찌할 바를 모르겠다는 날카로운 내색이 역력히 드러났다.

"차질을 빚기를 바라느냐 하문하셨습니까?"

"……."

"조금 더 시간을 두고 완비를 마친 후 출정하시기를 바라느냐 물으신다면 그렇습니다. 잘못되기를 바라는 것이 아니라 완전하기를 바라는 것입니다. 저는 폐하께 약조드렸습니다. 이곳에서, 지키고 있겠다고. 그럼에도 제 약조를 믿지 못하시고, 의도적으로 폐하를 방해하려 한다 여겨지신다면 더 말할 것 없이 저는 그만두겠습니다. 이리도 믿을 수 없는 자 따위 내쳐 버리시고 뜻대로 하십시오."

냉담한 벨바롯트의 대꾸에 스완의 미간이 확 찌푸려졌다.

"지금 무어라 했느냐?"

"들으신 그대로입니다."

"뚫린 입이라 함부로 지껄이지 마라."

"함부로도 아니고, 홧김에도 아닙니다. 간언마저 곡해하여 간사한 인간이 떠드는 말인 양 들으실 것이라면 저 또한 뜻 없습니다."

냉정한 그의 태도에 스완은 입술을 당겨 물었다. 그녀는 솔직히 내심 당황했다. 저치가 그녀에게 반하는 말을 어렵지 않게 뱉어 내고, 또 그로 말미암은 불쾌하지 않은 갈등 속에서 언쟁하는 것이 당연한 관계이기는 했지만 이렇게 극단적으로 단절해 버리는 그는 처음이었다.

그녀 역시 자신이 지나쳤다는 것은 알고 있었다. 주체가 되지 않아 쏘아 뱉은 것이고, 본의 또한 아니었다. 노여움을 감추지 않고 돌아서는 벨바롯트를 응시하던 스완이 긴 숨을 뱉어 냈다.

"……되었다. 그만하자."

"저는 그러지 못하겠습니다."

"벨비. 다툴 시간 없어. 피곤하여 말이 헛나온 것이다."

"쉬지 않고 그리 혹사하셨으니 피곤하실 밖에요. 제대로 사리 분별을 하실 만큼 괜찮은 상태이셨다면 폐하께서 아무 근거도 없이 그리 말씀하지도 않으셨을 겁니다."

꺾이지도 않고 바른말만 쏘아대니 속이 끓는다. 수치스럽기까지 하다. 스완은 입술 안쪽의 살을 살짝 씹으며 호흡을 눌렀다. 스스로의 분노조차 제대로 다스리지 못하여 벨바롯트와도 결국 이 짝이다.

페이작의 문제도 그렇다.

페이작이 그녀가 겪은 일에 분노하는 것은 당연하다. 고작 두 대 얻어맞고 빈사에 빠진 바카란은 단순히 불운한 상황에 처한 범인일 뿐이었다. 그러나 그녀는 오는 내내 화가 나 곱씹고, 곱씹으며 화를 눌러 참고 그것이 저 스스로를 다스리는 중이라 착각했다.

지난 일에 대한 회고에 빠져 있는 것 자체가 하등 쓸모없는 짓인데도.

자각하는 이 순간마저도 왈칵왈칵 노여움이 일어나니, 아닌 체 억눌렀어도 평정을 잃은 것은 분명했다. 그리 의식하기 시작하자 구석에 처박혀 있던 온갖 불편이 엄습해 오기 시작했다. 발목은 불편하고, 머리는 어질어질 지끈거리고, 배반자를 생각하면 가슴에 불이 붙은 것 같아 숨이 막히고, 배 속은 뒤집어질 것처럼 메스꺼웠다.

"내가……."

띵하니 밀려오는 현기증에 휩쓸린 스완이 책상을 짚었다. 거의 돌아서 있던 벨바롯트가 급히 몸을 돌려 와 그녀를 부축했다. 그녀는 이번엔 그를 밀어내지 않았다.

대신 힘없이 그를 끌어안으며 그의 널찍한 품에 머리를 기댔다.

"가뜩이나 진이 빠지는데, 너까지 이래."

그녀의 상처 난 옆머리를 조심스럽게 손으로 감싸 쥔 벨바롯트가 힘에 부친 목소리로 물었다.

"그러면 어찌 해야 하겠습니까?"

"……."

"폐하. 의원을 보고, 잠시라도 쉬십시오."

스완은 더 이상 고집부리지 않았다.

"네가 이겼다. 네게 맡기고 잠시 쉬마."

"이기고 지는 문제가 아닙니다."

"뭐든."

"……모시겠습니다."

그녀의 등을 쓸며 이마에 입술을 맞추는 벨바롯트의 목소리는 조금 전보다 훨씬 부드러워졌다.

그날 저녁, 스완은 의원에게 상처를 보이고 침대에 몸을 뉘었다. 수일 만의 침대였다. 직접 수발을 들지 못하게 된 오르헤는 시녀들에게 그녀의 보필을 지시하느라 바빴다. 페이작은 몇 명의 근위 기사들과 함께 침실 앞을 지키고 섰다. 왕궁 안에서 별일 있을 리 없으니 돌아가 쉬라 명할까 하였으나, 그러지 않았다. 그냥 두었다.

푹신한 이불에 파묻혀 누운 채로도 한참, 스완은 잠들지 못하였다. 너무나 피곤하여 정신이 고통스러울 만큼 명료했다. 뜬 눈으로 천장만 바라보고 있으니 작은 소리에도 몹시 예민하게 신경이 곤두섰다. 몇 번이나 다시 일어날까 하였다가, 참아 눌렀다.

그녀의 심사가 조금 편해진 것은 벨바롯트가 몇 가지의 희보를 전하기 위해 사람을 보낸 후였다.

아니, 희보랄 것도 없이 현재 내부 관계자들을 조사 중이라는 지극히 당연한 이야기와, 급박한 일이 어떻게 처리되었는지 보고하는 정도였지만 스완은 그런 이야기를 듣는 것만으로도 숨통이 조금 틔는 듯하였다.

한데 정신적 숨통이 틔고 나니 그 후가 더 문제였다. 오히려 몸의 상태가 급속도로 악화되기 시작한 것이다. 지난 엿새의 긴장이 풀리기라도 한 것처럼 갑자기 열이 치솟았다.

그로 인해 난리가 일었다.

"열이 높으십니다."

다시 불려온 의원이 그녀에게 약을 처방해 주었으나, 물 한 모금 넘기기도 힘에 부쳤다. 목이 쓰리고 타들어 가는 것 같았다. 오르헤는 제 팔이 부러진 것도 잊고 허둥거리며 의원을 채근하다 쫓겨났으며 페이작은 안절부절못하여 침전 입구를 서성였다.

스스로가 놀라웠다. 그녀는 이렇게 앓는 일이 드물다. 힘을 빼고 누워 있어도 정신이 어질어질했다.

결국 벨바롯트까지 모든 공무를 중단하고 찾아왔다. 그는 그녀의 침실에 앉아 밤이 새도록 간병을 도맡겠노라 하였다. 없는 정신 속에서 그녀는 잠들었다 깨기를 반복했다.

그리고 그 짧은 찰나를 노리고 방문한 꿈을 마주했다.

그녀는 다시 류가 호수에서, 그녀의 어미가 낳은 자식 중 가장 호전적인 아이를 보고 있었다.

'다시 여기로군.'

칼키투스가 비뚜름히 미소 지으며 그녀에게로 허리를 숙여 시선을 맞추었다.

–누나가 오지 않을 줄 알았어.

–류가에?

–오늘 같은 날에 말이야.

칼키투스의 눈시울이 붉었다. 칼키투스는 꼼짝 않고 선 그녀의 등 뒤로 돌아와 저변을 손가락질했다. 피투성이 손끝이 저 멀리 피어오르는 검은 연기를 가리켰다.

–봐, 예의를 차려 하는 날이잖아. 적어도 최소한의 예의는.

시신을 소산하는 연기였다.

–예이건은 누나에게 나무가 아니라 숲을 보는 사람이라고 했지. 그리고 나무를 죽여 숲을 죽일 사람이라고도. 봐, 누나. 숲을 죽이고 있어.

예로부터 류가 호수에서는 허락받은 자들의 장례가 있어 왔다. 일생 춥고 척박한 곳에서의 삶 고생하였노라. 이제는 따뜻한 저 품에 안겨 떠나라는 의식이었다.

아스라이 들리는 서러운 울음소리가 멀다. 스완이 물었다.

–……누가 떠났느냐?

–몰라 묻는 것은 아니잖나.

그러던 스완은 문득 익숙한 울음소리를 들었다. 외숙의 것이었다. 목이 찢어져라 울다가, 허탈하게 웃으며 흐느끼는 소리. 그러나 외숙은 보이지 않았다.

칼키투스가 작게 웃었다.

–아는 사람들이 없지는 않을걸…… 누나가 빼앗아 간 것들, 누나가 애도해 주지 않은 사람들…… 언젠가는 저 아래 잠든 내 심정을 이해할 날이 올 거야. 내가 아니라도, 언젠가 누군가에겐 빼앗기겠지…… 무소불위란 없다고, 누님이 내게 그리 말했던가?

점점 커지는 울음소리 속에 수많은 익숙한 목소리가 섞였다. 그것은 합쳐진 울음이었다. 스산한 바람에 등골이 오싹해졌다.

입술을 꽉 당겨 문 스완은 주제넘은 아우와 눈을 마주하였다. 칼키투스도, 참 깊고 아름다운 푸른 눈이었다.

툭…… 투둑.

뺨 위로 빗방울이 떨어져 내린다. 이편은 먹구름으로 회색빛인데, 저편은 이상하리만치 파란 하늘이었다. 꼭 하늘을 반 갈라놓은 것처럼.

시체 태운 연기가 하늘을 뒤덮은 먹구름에 섞여들어, 세상은 더욱 어두워졌다. 빗줄기는 눈 깜짝할 새 거세어졌다.

쏟아지는 폭우 속에서 연기는 더욱 세게 솟쳐 올랐다. 스완은 물속으로 걸어 들어가는 칼키투스의 뒷모습을 보았다. 붙잡지 않았다. 그래야 한다고 생각하지 않았다.

칼키투스는 빗방울처럼 물속으로 사라졌다.

–누나도 조심하는 게 좋을걸…… 의심해, 계속, 의심해. 그러지 않으면 누님도 내 꼴이 될 테니까.

거세게 몰아치는 폭풍우와 그로 인해 깨어난 호수의 망령들만 남았다. 울음은 억수 같은 빗소리에 묻히고, 거룩하게 일어난 해일이 사방을 뒤엎으며 숲을 망쳤다. 스완은 그 어지러운 순간 속에서…….

얼굴 위로 닿는 부드럽고 축축한 보풀의 감촉에 눈을 떴다. 벨바롯트가 그녀의 땀을 수건으로 닦아 주고 있었다.

그 반듯한 얼굴을 보고 있으니, 꿈의 불쾌감이 서서히 휘발되었다.

"깨셨습니까."

창밖은 온통 캄캄한 밤이었다.

이 깊은 새벽. 그는 그녀만큼이나 피곤해 보였다. 마른 잉크의 냄새가 코끝에 어린다. 스완은 눈을 감았다 떴다. 그는 같은 자리에 있었다.

"……내가 얼마나 잠들었느냐?"

"한 시간쯤 곤히 주무셨습니다."

스완은 힘겹게 고개를 젖혔다. 숨이 막혀 왔다. 벨바롯트가 그녀의 베개를 다시 고쳐 주었다.

"더 불편해지신 곳이 있습니까."

불편해진 것은 심경이다. 칼키투스 그 잔망스러운 것이 자꾸 꿈에 나타나는 것이 이유 모를 불안을 불러왔다. 스완은 미미하게 고개를 저었다.

"가 보거라."

"오늘 밤은 이곳에서 쉬겠습니다."

"그러면 눕기라도 해. 누가 날 내려다보는 건 싫으니까."

수건을 내려놓고, 그녀의 이불을 고쳐 덮어 주던 벨바롯트가 설핏 웃었다. 하얀 뺨 위로 열이 뜬 그녀의 얼굴을 얼마간 응시하던 그는 순순히 그녀의 옆자리에 모로 기대 누웠다. 그러곤 다독이듯 그녀의 배를 쓸었다.

스완은 싫지 않은 기분으로 농담을 건넸다.

"아이 취급하기 딱 좋겠구나. 이러고 있으니……."

작게 웃은 벨바롯트가 말했다.

"흰소리는 그만두시고 다시 눈 붙이십시오."

"또 그러는구나."

"아까보다는 열이 떨어졌지만, 이럴 때 쉬셔야 합니다."

"……내가 돌아올 곳에 네가 있으니, 위로가 돼."

느릿느릿 그녀를 쓸던 벨바롯트의 손이 멈추었다. 스완은 멈춘 그의 손을 끌어다가 뜨거운 눈두덩을 덮으며 가늘게 입술을 당겨 웃었다.

"서늘하니 낫구나. 오늘 응석 부린 것은 해 뜨면 잊어라."

그녀의 눈가에 조용히 손을 얹은 벨바롯트가 나직이 웃음을 머금은 목소리로 농했다.

"폐하께서 이리 앓으시는 것이 겨울의 무더위 같은 일인데, 잊으라 하십니까?"

"겨울의 더위는 네 망상이란다."

천천히 그녀의 뺨을 쓸어내린 벨바롯트의 엄지가 그녀의 입술 끝에 닿았다. 졸음과 피로로 그득한 스완이 파란 눈을 그쪽으로 미끄러뜨렸다. 낯선 평온 속에서 두 시선은 고요하게 맞물렸다. 그녀의 마른 입술을 느릿하게 쓸던 벨바롯트가 천천히 몸을 기울여 입 맞추었다.

"하면 폐하께서도 잊으십시오."

입술은 부드럽게 입술 위로 포개어졌다. 마른 입술을 스치는 뜨뜻하고 촉촉한 감촉에 스완의 눈이 느릿하게 뜨였다. 그녀의 입매에 웃음기가 어렸다. 짧게 입 맞춘 그는 조용히 입술을 떼고, 다시 그녀의 콧등에 꾹 입술을 눌렀다.

"위로가 되십니까?"

농하듯 묻는 그는 실로 모를 남자였다. 부부지간에 무에 큰일인 양 입맞춤마저도 이리 정중하고 조심스러우니. 스완은 그의 품으로 파고들었다. 이러니저러니 해도, 이자만 한 자가 없었다. 오래전 싸움터를 굴러다녔던 남자의 몸은 여전히 단단했다.

"내 오늘 이리 처져 있지만 않았더라도, 모처럼 네 유혹에 응했을 텐데. 밤이 새도록 말이야."

"유혹한 적 없습니다만."

"내게 키스했잖아."

피식 웃은 벨바롯트가 그녀의 등을 끌어안았다.

"……앓지 마시고, 스스로를 돌보십시오."

"잔소리만 줄어도 완벽한 국서라 칭송받을 텐데."

"평판은 포기하지요."

짧게 웃은 스완은 그의 눈꺼풀도 가물가물 감기는 것을 알아차렸다. 그 역시 피곤했을 것이다. 별것 아니다. 이 험한 세상에서 언제고 일어날 수 있는 흔한 사건이라 넘기려 했지만 기실 모두가 힘이 들었을 것이다.

전부 그녀가 안일하게 주위를 살피지 못한 결과이니, 잔소리를 들어도 할 말이 없다.

"쉬거라."

벨바롯트가 희미하게 웃으며 눈꺼풀을 감았다. 스완도 눈을 감았다. 그러자 꿈속에서 들었던 외숙의 울음소리가 되감겼다. 가슴이 아릿하게 식었다. 또다시 그 꿈을 꾼다면, 잔들 기분이 좋을 것 같지가 않았다. 하지만 이내 고르게 울려 퍼지는 그의 숨소리가 자장가처럼 그녀를 잠속으로 끌어 내렸다.

수일 만에 맛보는 아득하면서도 달콤한 잠이었다. 꿈조차 없어 평화로운.

눈을 뜬 그녀는 적이 충격을 받았다. 잠에서 깨고 보니 이틀이 날아가 있는 것이다. 그나마 위로가 되는 일이라면 열은 완전히 내렸고 영 불편했던 발목의 통증도 사라져 있었다는 것 정도. 유령처럼 침대에서 일어나 앉은 그녀를 목격한 오르헤는 부러진 팔을 새처럼 퍼덕대며 감격하여 울었는데, 오르헤의 그런 반응 때문에 스완은 제가 사경을 헤매기라도 했는지 의심스러웠다.

이틀이나 낭비했다는 생각에 갑갑한 기분이 든 것도 잠시, 아침 목욕을 마치니 머릿속이 도리어 맑아져 썩 나쁘지 않게 받아들이게 되었다.

확실히 정신 상태도, 몸 상태도 나았다. 그녀는 더 이상 부정적인 기분에 심취하지 않고 평상심을 되찾았다. 그리하여 해야 할 일을 했다.

이틀 동안에도 이민족을 찾아내지 못했다는 보고에 인상을 써 기사들을 떨게 하고, 지나치게 화를 낸 탓에 그녀의 눈치를 보는 페이작을 불러들여 차 한잔을 나누었다. 말 없는 용서를 이해할 만큼 가까운 지간이었음에도 페이작은 못내 가라앉은 얼굴이었다. 그는 이민족이 깨거나 혹은 다른 이민족을 잡아들일 때까지 저럴 것이다.

그녀가 일과를 시작했다는 소식을 듣고 찾아온 벨바롯트에게는 잠든 사이에 있었던 보고와 여러 사정 안팎의 것들을 종합적으로 전해 들었다. 벨바롯트의 어조 중간중간에 자고 일어나자마자 공무부터 찾아 헤매는 그녀를 기꺼워하지 않는 내색이 비쳤으나 원래 저런 치이니 별말은 하지 않았다.

그녀가 병석에서 일어났다는 소문이 돈 덕에, 몇몇 가신들이 왕궁에 들렀다가 그녀를 찾아와 안부를 묻고 선물을 보내왔다. 그쯤에서 스완은 진심으로 제가 저승에라도 다녀왔다 소문이 났는지 의심스러워졌다.

늦은 오후에는 그간 미뤄 왔던 공식적인 알현을 재개하여, 뮈아드로 내의 이야기들에 귀 기울였다. 저녁에는 행정부원들을 몇 불러 지난 수개월 동안 불온한 발언과 움직임의 낌새를 보였던 자들에 대하여 논의하였다. 내부에 배신자가 있다는 문제는 여전히 그들 앞에 도사리고 있었으므로.

그런 식으로 모든 것이 태연하게 흘러간 하루였다.

그녀는 더 이상 흥분하지도 않았고, 불안하지도 않았고, 노여워하지도 않았다.

바카란의 상태를 확인할 때조차도 마찬가지였다.

이미 그녀는 생각 자체를 바꾸었다.

바카란이라는 이민족이 마지막 끈은 아니다. 냉정하게 평가하자면, 바카란은 용이함과 불편함의 차이를 만드는 도구였다. 그녀는 쉬운 길을 찾아내는 데에 재주가 있었지만 어려운 길도 마다하지 않고 걸어왔다.

이번 피습에 대하여도 오히려 잘되었다 생각할 수 있을 만큼 여유로워졌다. 출정 후 이런 일이 벌어졌다면 더 피곤했을 것이다.

한밤중에 이르렀을 때, 벨바롯트가 쾨니에의 외숙이 보낸 편지를 가지고 돌아왔다. 보다 정확히는 외숙의 뜻을 포괄한 오베이언의 개인적인 친필 편지였다.

[후작 각하께서는 폐하께서 언제 방문하시든 기쁘게 맞이하실 것이라 하셨습니다. 사정은 잘 알지 못하십니다. 워낙 폐하께 충성스러우신 분인지라, 폐하께 있었던 일을 들으시면 몹시 상심하실 분인 것을 폐하께서도 아실 것입니다.

저는 가슴 깊이 안도하는 심경으로 펜을 듭니다. 다시 한번 무탈하시어 다행입니다. 혹시 몰라 후작 각하께 발도의 문제에 대하여 운은 띄워 두었습니다. 방문하지 못하신다 해도 후작 각하께서는 폐하께 도움을 드리고자 하실 것입니다. 부디, 잘 추스르신 후 건강한 모습으로 뵙는 날을 고대하고 있겠습니다.]

한때 오베이언은 그녀와 내밀한 시간을 공유하였던 자였다. 그녀가 어울렸던 수많은 남자 중 한 명으로서.

때문에 편지를 받고 난 후의 기분은 실로 오묘했다.

떠오르는 옛 기억과, 그간의 사정들, 달라진 것들, 그런 생각이 하나둘 일어나며 형언하기 어려운 느낌을 안겨 준 것이다. 차분히 가라앉은 푸른 눈으로 서간만 만지작거리고 있으니 벨바롯트가 물었다.

"왜 그러십니까?"

스완이 고개를 저었다.

소파에 앉은 벨바롯트는 편안한 자세로 다리를 꼬고 앉았다. 그러고는 하얗고 긴 손가락으로 소매를 정돈한 후, 목을 조이던 단추를 풀었다. 의아하다는 눈길을 거둔 그가 말했다.

"어쨌거나 델소어 백 덕분에 일이 조금 수월해질 것 같습니다. 타르키아 후작을 괘념하시어 직접 쾨니에까지 내려가시려 한 뜻은 알지만, 시태가 이러하니 조심에 만전을 기하는 것이 더 옳을 듯합니다."

편지를 내려놓은 스완이 소파에 푹 등을 묻었다.

"능사는 아닌 듯 들리는구나."

"배후를 찾기 전에는 어쩔 수 없는 일입니다."

"……외숙은 내게도 고마운 사람이라."

거동조차 못할 만큼 쇠약해진 외숙에 대하여 스완이 느끼는 감정은 고마움보다는 복잡한 것이었지만, 사정이 이러하니 또다시 고집을 부릴 수는 없었다. 괜찮을 것이라 단정하고 단출하게 떠났다 변고를 겪은 것이 고작 일주일 전이었다.

"정 개의하신다면 사의를 표하는 방식으로 제가 대신 방문하는 것도 괜찮습니다."

그 제안은 스완의 조소를 불러일으켰다.

"됐다. 사사로이 불편을 더할 이유는 없다. 그보다는 누구의 소행인지를 먼저……."

스완은 손끝으로 탁자를 두드리며 골똘히 생각했다.

타르키아 후작에게 이미 말이 들어갔다면 발도의 문제는 잠시 손 놓고 지켜볼 일이나, 그녀를 납치한 자들의 문제는 우선순위다.

발도와 뮈아드로 간의 문제를 알고 훼방을 놓고 싶어 하는 이가 있을 수도, 단순히 그녀에 대한 원한일 수도, 반전쟁주의자일 수도, 전쟁 준비가 본격화되는 것을 마뜩하게 여기지 않는 국외 세력이 내부인과 결탁한 것일 수도 있다. 경우의 수가 너무 많았다.

가장 이해가 되지 않는 건, 그녀를 죽이라는 사주가 아닌 납치였다는 점이다. 보통 살해가 아닌 납치는 요구사항이 있는 경우가 대부분이라는 걸 생각하면.

곰곰이 생각하던 스완은 이내 다른 각도의 화제를 꺼냈다.

"한데……."

"예."

"바카란은 어느 쪽 출신일 것 같으냐?"

이미 두어 차례 벨바롯트와 짧게 이야기를 나누기는 했지만 여전히 풀리지 않는 것이 있었다.

벨바롯트는 오래전부터 로크란드의 국경선에서 시친 유목민족들과 맞서온 자다. 이민족과의 분쟁에 경험이 풍부한 만큼 해박하였다.

"일전 말씀드린 것 이상의 단서는 아직 찾지 못했습니다. 골격이나 외관만으로는 서남부 출신으로 보이지만, 대화를 나눠 보기 전에는 알 수가 없습니다. 폐하께서 들으셨다던 코끼리에 관한 것을 기반으로 우슬린 지역에 터를 잡은 소수민족이나, 마로 혹은 오토의 유목민일 가능성도 고려해 봤지만…… 마로는 폐하께서 아니라 여기시니 배제하고."

"코끼리를 다루는 민족은 몇 없지 않아."

코끼리란 존재는 스완은 본 적도 없는 남쪽 동물이었다. 북부에도 코끼리가 있다는 얘기는 들었지만 개체 수가 몹시 적어서, 친숙할 수가 없는 것이다.

"중서부 일대와 남부 민족들 중에는 제법 있는 것으로 압니다. 애초에 코끼리라는 그 생물의 서식 환경이 그쪽 기후에 적합할 겁니다."

"그래, 아, 그리고 지금 떠올랐다. 특이한 방식으로 문제를 해결해."

"특이한 방식이 어떤 방식입니까?"

"우두머리를 코앞에 두고도 홀수로 머릿수를 맞추어 수결을 했다."

스완은 대체 왜 그런 짓을 하는지 모르겠다고 생각했다. 우두머리의 역할은 통솔이다. 그런 일련의 행위는 그들의 우두머리가 통솔력의 부재를 시인한 것으로밖에 비치지 않았다.

생각하던 벨바롯트가 살짝 콧잔등을 찡그리며 되물었다.

"……다수결 말입니까?"

"그래."

벨바롯트는 그제야 아예 고려조차 않았던, 그와 가장 친숙한 서부 유목민족을 떠올렸다. 시친이다. 시친인들은 영토에 대한 개념 자체가 없어 계절마다 해안과 내륙을 자유자재로 누비고 다니는 폐쇄적인 야만족이었다.

자세한 속사정과 풍토까지는 알지 못하지만, 마주한 일이 잦다 보니 벨바롯트도 몇 번 그들이 미묘한 행동을 하는 걸 목격한 적이 있었다.

이를테면 약탈을 마치고 돌아갈 시기를 거수를 통해 결정한다거나, 누군가 죽으면 그 뒤를 잇는 것이 그 아들이 아니라 가장 많이 이름이 불린 이라거나. 라르크인으로서는 이해하기 어려운 특이하고 무질서한 관습이었다. 힘의 논리라고 하기에도 미묘하게 달랐다.

시친인들은 유구하게 라르크와 잦은 마찰을 빚은 이민족들이었는데, 그럼에도 불구하고 벨바롯트가 그들을 고려 대상에도 넣지 않았던 것은 이유가 있었다. 벨바롯트는 지금 시친인들의 수장이 누구인지 알기 때문이다.

엔호자 죄브. 대단한 유목민이었다. 성벽 위에 올라 까마득히 먼 곳에 선 그자를 발견하는 것은 항상 쉬웠다. 키는 8척 장신에 이르러 벨바롯트로서도 살짝 높이 올려 봐야 할 만큼 컸고, 온몸은 실전으로 단련된 근육으로 뒤덮였는데, 그 몸으로도 어찌나 기민하고 민첩하게 말을 다루는지. 말라빠진 기사를 태운 말도 그자의 주마를 따르지 못했다.

엔호자는 6년쯤 전 기르토 뵈레노이라는 시친의 수장이 죽고 난 후 그들의 지도자가 된 것으로 알려졌는데, 성정 자체는 직전의 수장보다 훨씬 온건한 편이다.

강인함에 대한 자신감인지, 전투나 분쟁이 벌어져도 여유가 있었으며 필요에 의한 싸움이 아니면 먼저 사과하고 물러나기도 하는 싸움에 대한 나름의 예우를 갖춘 자였다. 그리고 그들의 싸움은 십중팔구 생존을 위한 식량 약탈에 집중되어 있다.

그것이 벨바롯트가 이번 라르크 내정에 그들이 끼어들었을지 모른다는 가정 자체를 배제해 버리게 만든 편견이었다. 라르크의 여왕 납치 같은 일에 가담할 자가 아니었다.

"중서부 민족 중에는 수피노 분지의 민족과 시친인들이 그 비슷한 행위를 한다고 알고 있습니다."

"시친이라면 네가 잘 알지 않으냐, 그 아이를 보았을 때 시친인 같다는 생각은 들지 않았어?"

"그 청년에게 서부민의 특징이 있기는 하지만 그건 결국 테메르인들 사이에서 찾을 수 있는 약간의 차이일 뿐이고…… 시친인들은 이런 일에 가담할 자들이 아니라 생각하고 있습니다만, 단정 짓지는 못하겠습니다. 그 청년이 깨야 다른 단서를 얻어 살필 수 있을 겁니다."

스완은 긴 고민 없이 고개를 끄덕였다.

"하면 그자가 깨어나면 나와 같이 가 보자."

벨바롯트는 애매한 표정으로 턱을 매만지다가 이내 고개를 끄덕였다. 그러곤 몇 가지 더 떠오르는 특징이 있는지 묻고 그 답을 들은 후 자리에서 일어났다.

"늦었으니 주무십시오."

"잠시 후에 알아서 가 쉬마. 들어가거라."

벨바롯트는 공손히 인사를 마치고 돌아갔다. 그가 떠난 후에도 스완은 한참을 고민에 빠졌다. 그러다가, 내려놓은 연통을 보았다. 잠시 손끝으로 그 편지를 더듬다가 창을 보았다.

문득, 다시 그 꿈이 떠올랐다. 연기가 그득 피어오르던 비 내리던 호수 변의 장례식. 기이하게 반 갈린 듯한 그날 하늘의 풍경은 영영 잊힐 것 같지 않았다. 내리던 그 빗줄기와, 그녀를 찾아와 고함을 질러 댔던 오베이언, 그리고 울음을 참던 외숙의 거뭇한 얼굴도.

–전하, 용서해 주세요.

그녀의 치맛자락에 매달려 울던 레기사의 오열도.

왜 이리 떠오르는가.

–누님은 잘못하지 않았어.

그녀는 지금도 그렇다고 생각한다. 스완은 애써 떨쳐내며 자리에서 일어섰다.

제가 놓친 무언가가 있을까, 곰곰이 생각에 잠겨 늦은 새벽에야 잠이 든 스완이 깬 건 이튿날 동이 튼 직후였다. 나직한 목소리가 그녀를 깨웠다. 들뜬 듯한 음색이었다.

"누님."

부신 눈꺼풀을 가물가물 열자, 따사로운 햇살이 비쳐 드는 것이 보였다. 근사한 아우의 푸른 눈이 그녀를 내려다보고 있는 것도.

언제부터 와 있었던 건지, 페이작은 의자를 침대 맡에 바짝 붙여 앉아 있었는데, 늘 적당히 정리해 넘기고 다니던 붉은 머리칼은 자연스럽게 헤쳐져 있었고, 꾸밈 하나 없는 상의 소매는 팔뚝까지 걷어 올린 채였다.

자다가 곧장 튀어나왔거나, 뭐 그런 것일 터다.

스완은 한참 페이작과 눈을 맞추었다. 그를 보고 있자니 기분이 못내 포근해졌다.

근사한 사내로 장성한 아우에 대한 갸륵함보다 더 그녀를 흡족하게 한 건, 깊이를 가늠할 수 없도록 아름다운 파란 눈이 빛으로 반짝이는 모습이었다.

잠을 쫓으며 눈을 깜빡, 깜빡 하는데, 페이작이 그녀의 흘러내린 붉은 머리칼을 쓸어 넘기며 말했다.

"잠을 깨워 미안하지만 듣고 싶어 할 거야."

앉아 있는 모습만 보아도 훤히 상상이 되었다. 그녀가 깨기를 기다리며 의자를 끌어다 놓고 앉았다가, 들뜬 마음에 인내심이 닳아 깨운 것일 터다.

이리도 정 많은 아우다.

페이작의 뺨을 가볍게 어루만진 스완의 입가에 미소가 번졌다. 페이작은 그녀의 손을 잡아 제가 더 세게 뺨을 묻었다.

"오랜만에 기분이 좋아 보이니 좋구나."

"누님의 기쁨이 내 행복이지."

그녀는 페이작이 전하고자 하는 이야기를, 한마디의 말도 듣지 않은 채 온몸으로 이해할 수 있었다. 스완은 느릿느릿 침대 아래로 내려와 가운을 걸쳤다.

"희보로구나."

시시콜콜 말하지 않아도 마음이 통하는 상대가 있다는 건, 정녕 충만한 일이었다.

닷새 만에 깨어난 바카란은 걸신들린 듯 먹어 치우는 것으로 그를 간호하던 라르크인들을 질겁하게 했다. 비었던 속에 마구잡이로 욱여넣는 꼴에 의원이 '무슨 짓이냐', '다친 내장을 더 작살내고 싶으냐' 뜯어말렸지만 들은 체도 않았다.

"또 줘."

"의원님이 안 된다고 하셨잖아요."

"굶겨 죽일 셈이냐?"

바카란은 뻔뻔하게 소리치며 배를 때렸다.

'망측해라.'

도대체 청년의 배는 그 근육이 얼마나 단단한 것인지 성인 남성의 세 끼 식사분을 다 해치우고서도 볼록해질 기미를 조금도 보이지 않았다. 누가 보면 정녕 굶긴 줄 알 것이었고, 심지어 그에게 음식을 가져다주었던 하녀조차도 제가 가져다준 것이 헛것이었나 싶은 의심을 할 정도였다.

그런 바카란의 횡포가 멈춘 것은 정오가 조금 안 된 시각, 느닷없이 그들의 방에 찾아온 세 사람 때문이다. 그들은 다름 아닌 스완과 벨바롯트, 그리고 페이작이었다.

"폐하, 전하, 각하."

지체 높은 분이 셋이나 방문한 것에 잔뜩 긴장한 하녀가 곧장 궁중식 절을 올렸다.

"일 보거라."

"예."

막 수프를 물처럼 들이켜다 못해 한 방울도 남지 않은 그릇을 핥고 있던 바카란이 등을 움찔했다. 쭉 혀를 내밀고 있다가 눈이 마주쳐서인지 어지간히 머쓱하기도 해서.

바카란을 빤히 바라보던 스완이 페이작 쪽으로 고개를 기울이며 중얼거렸다.

"네 말대로 팔자가 늘어졌구나."

스완은 이민족 바카란이 단순히 깨어난 정도가 아니라, 정상인보다 더 활력적이라는 얘기를 접하고 온 참이었다. 한데 쌓인 접시를 보니 상상 이상이다.

아마 지금 바카란을 보는 제 표정이, 처음 그 굴에서 저들의 알감자를 까먹고 있는 그녀를 발견한 바카란의 표정과 교차할 것이라는 생각도 잠시 했다.

"그래, 좀 괜찮으냐?"

그러는 동안 바카란의 시선은 본능적으로 그를 단 두 대로 며칠간 혼수상태에 빠뜨린 괴물 같은 청년에게 향해 있었다.

'뭐야, 왜 이렇게 몰려와.'

바카란은 깨어난 후 제가 어떻게 기절했는지에 대해 설명을 들으며 저자의 이름이 페이작 돌레한 라르칼리아라는 것도 알게 되었다. 아우라더니, 정말 저 여자의 동생이었던 것이다.

하지만 역시나 두 번째로 보아도 스완이라는 여자와는 많이 다르다. 스완에게서 우아한 가젤이 엿보인다면, 저 청년의 넘겨 올린 붉은 머리칼에서는 야성이 느껴졌고, 느슨히 경계심을 푼 맹수처럼 고압적인 벽안은 흉흉하다.

"뭘 봐."

아니꼬운 듯 빈정대는 듯한 목소리에 바카란이 바짝 정신을 차렸다. 뒤늦게야 자존심이 조금 상해서 눈살을 찌푸리며 아닌 체 시선을 피했다.

'쳇.'

갈 곳 잃은 그의 시선이 향한 건 빨간 머리가 눈에 띄는 스완이나 페이작이 아닌, 그 옆에 연청색 성장을 갖춰 입은 상당히 자태가 좋은 흑발의 남자였다. 눈이 까맣다.

그 남자의 첫인상은 북부에서 보기 힘든 외관이라는 것이다. 까만 머리나 눈은 그렇다 치고, 이목구비나 골격은 테메르인임이 분명했는데도 어디 혼혈이신가 싶을 만큼 묘한 분위기를 가지고 있었다.

생긴 건 꽤 생겼다.

가만 지켜보던 바카란은 그 골격과 자세에서 검 좀 잡은 놈이라는 인상을 세게 받았다.

'이제는 저딴 걸 호위로 붙이고 다니나 보지. 흥.' 그리 생각하며 보란 듯이 그릇을 핥을 때였다. 벨바롯트에게 머문 바카란의 시선을 알아차린 스완이 소개했다.

"이쪽은 국서."

"……?"

"국서는…… 쉽게 말해 내 남편 되는 자란다."

크억. 듣는 둥 마는 둥 하던 바카란은 일순 사레가 들려 목을 뽑아낼 듯 기침을 했다. 크헉, 쿨럭쿨럭. 하녀는 또다시 내상이 터져 피라도 토하는 것이 아닌지 염려하며 그에게 수건을 내밀었다. 바카란은 다행히 목은 뽑아내지 않았지만 눈물을 뽑아낼 즈음 기침을 멈출 수 있었다.

'여왕의 남편?'

바카란은 벌게진 눈으로 벨바롯트를 힐끔 올려다보았다.

다른 것이 아니라, 라르크의 여왕의 남편이라면 떠오르는 게 있는 까닭이다. 로크란드의 영주, 벨바롯트 파사드 브류나크가 여왕의 남편이 되어 그 땅에서 보이지 않은 지 제법이었다.

-흑발 흑안의 붉은 늑대를 주의해라.

그 땅에 얼씬거리기만 하면 잡아 도륙 내어 절명한 자들이 한둘이 아니었다. 적어도 바카란은 그렇게 배웠다. 라르크인들과 그의 부족 사이에 벌어지는 갈등은 대부분 로크란드인들과의 갈등이었다.

-그자는 우리의 내장을 뽑아 먹는 짐승 같은 놈들이야.

-에이…… 사람을 먹어? 진짜로?

—원수의 눈을 뽑아 먹는 자들보다 더 잔인하게.

어릴 때부터 나댔던 그를 겁주려는 시도였는지, 아니면 진짜인지는 모르겠지만 로크란드인들은 그의 자랑스러운 아버지조차 고전을 면치 못할 만큼 난폭한 기질을 가졌고, 실제로 7년쯤 전에는 그의 삼촌이 로크란드인에게 등을 보였다가 골로 가셨다.

그리고 저자가 바로 그 로크란드의 변경백이란 거다. 바카란의 가슴은 빠르게 뛰기 시작했다.

'아이, 씨팔.'

내심 욕지거리가 튀어나올 지경이었다.

여왕의 왼쪽에는 눈만 마주쳐도 소름 끼치는 미친개 같은 놈이 서 있고, 그 오른쪽에는 그 땅에 들어온 시친인이라면 다 죽이고 본다는 로크란드의 변경백이 있었다. 바카란은 저자의 아내인 여왕과 키, 키, 키스까지 했다. 불가피한 상황 속에서 그는 당했을 뿐이지만 남편 된 자는 그런 것을 사려하지 않을 것이다.

'아, 씨, 무슨 마가 꼈어? 왜 이래?'

날뛰는 머릿속을 가누기 위해 머리를 흔드는데, 페이작이 그가 하고 있는 의문을 비슷하지만 다르게 말했다.

"왜 저러는 거지?"

"아니, 저도 모르겠는데…… 방금 전까지는 괜찮았는데……."

하녀가 혼란스러운 투로 설명했다.

바카란은 심히 괴상하게 굴고 있었다. 발작이라도 일으킬 것처럼 눈을 떨며 붕어처럼 입을 뻐끔대고, 얼굴색은 희었다가 붉었다가 혼자 난리였다.

저 이민족을 빈사에 빠뜨릴 뻔한 사건으로 한동안 스완을 볼 낯이 없었던 페이작으로서는 그의 상태에 더욱 예민할 수밖에 없었다. 머리가 어떻게 되어 버렸다면 그것도 문제라서.

"멀쩡하다지 않았어."

딱딱한 페이작의 목소리에 하녀가 움츠러들었다. 벨바롯트가 무덤덤하게 물었다.

"불편한 곳이 있나?"

그것은 역효과였다. 바카란은 '억…… 억…….' 하며 미친 사람처럼 두리번거렸다. 그 모습은 이를테면, 언어 기능을 잃은 것처럼 보이는 동시에 달아날 구석을 찾는 것처럼 보였다.

"적진에 잡혀 와 목이 간당간당한 판에 불편하지 않으면 인간이 아니지."

페이작이 짜증과 불안이 묘하게 뒤섞인 어투로 중얼거렸다.

가만 관찰하던 스완이 그에게 다가가 침대 맡에 걸터앉았다.

"바카란 코르트, 우리는 너와 이야기를 나누려는 것뿐이란다."

바카란이 목이 막히기라도 한 사람처럼 고개를 저었다. 스완의 미간이 살짝 찌푸려지자, 새벽부터 지금까지 바카란의 기가 찬 소리를 듣고 있어야 했던 하녀는 배신감마저 느끼는 표정으로 바카란을 잡아 흔들었다.

"방금 전까지 괜찮았잖아요!"

지금도 괜찮지만, 바카란은 갑자기 안 괜찮고 싶어졌다.

이상행동을 보이는 바카란을 다소 난감한 내색으로 바라보던 벨바롯트가 미간을 문지르며 하녀에게 물었다.

"의원은 언제 다녀갔나?"

"두 시간 전에요, 아니, 그런데, 각하. 정말 조금 전에는 괜찮았는데……."

매끄럽게 움직인 까만 눈동자가 바카란을 뜯듯 바라본다. 수상쩍게 느끼는 눈빛이었다.

‘아, 아이, 씨.’

바카란은 백번 양보하여 무지막지한 기백과 주먹을 가진 저 빨간 머리 왕자는 괜찮았다. 하지만 로크란드의 식인늑대는 아니다. 그 앞에서는 단 한 마디도 하지 않을 것이다.

혹여 제가 시친인이라는 게 뽀록나면 저자가 자신을 포 떠먹을 수도 있다는 것은 차치하고, 여왕 납치 건까지 엮여 일파만파 그들의 부족은 난리가 날 것이다.

결국 바카란은 그릇을 집어 던지며 벌렁 드러누웠다.

“어어어억.”

목을 감싼 채 괴로운 듯 데굴데굴 침대 위를 굴렀다. 그러다 보니 진짜 얻어터진 곳들이 아프고, 머리가 어지러워지기도 했다.

“커어어어억.”

갑자기 고통스러운 시늉을 하는 그를 내려다보는 스완의 미간이 살며시 좁아졌다. 그들이 들어오기 직전까지만 해도 잘 먹다 못해 그릇까지 핥던 바카란이 부자연스럽게 굴고 있다는 건 지나던 개도 알 것이다.

스완이 하녀에게 물었다.

“무얼 먹었느냐?”

“수프와 포도주에 적신 빵과 묽게 끓인 곡류에 구운 고기와 향신료를…….”

“환자에게 그리?”

“말리려 했는데 워낙 먹성이 좋아서, 아니, 정말, 방금 전까지는 괜찮았는데…….”

하녀의 두 눈에 억울함이 철철 넘쳤다.

스완은 벨바롯트를 돌아보았다. 반듯하게 서서 관찰하듯 바카란을 내려다보던 벨바롯트가 그녀를 향해 미미하게 고개를 저었다.

위협적으로 팔짱을 낀 채 바카란을 내려다보던 페이작이 비뚜름하게 입술을 비틀었다. 아무리 봐도 꾀병이라서.

"손을 봐줘야 정신을 차릴 건가?"

서늘한 경고가 떨어지자, 끄어아아 목 졸린 시늉을 하며 구르던 바카란이 침대 반대편으로 쿵 떨어졌다. 피신처럼 보였다.

턱을 매만지며 설익은 웃음을 흘린 벨바롯트가 얕은 한숨을 내쉬었다. 스완은 당장이라도 바카란을 두드릴 기세인 페이작의 팔을 가볍게 잡아 만류했다.

"두거라. 혹시 모르니 의원을 불러와 다시 저 아이를 보게 해."

페이작은 마지못한 듯 물러섰다. 몸을 돌린 스완이 바카란에게 통고했다.

"이따 다시 오마. 그때는 정신을 다잡고 있도록 해라."

스완을 따라 몸을 돌린 벨바롯트의 까만 눈이 묘하게 바카란에 닿았다.

침대 위로 빼꼼 머리만 내민 채 입으로만 어어어억 하는 소리를 내고 있던 바카란은 그와 눈이 마주치자 다시 벌렁 드러누웠다. 그리고 다시 졸도한 척을 했다.

어찌해야 할지 고민을 하는 동안은 일어나지 않을 공산이었다.

세 사람은 다시 복도로 나왔다. '저 녀석 꾀병이잖나.' 중얼거리며 영 마뜩잖은 내색을 감추지 않는 페이작의 어깨를 가볍게 다독인 스완이 앞서 걸었다. 벨바롯트는 조용하고 단정한 걸음으로 그녀를 뒤따랐다.

스완이 돌아보지 않고 물었다.

"내가 보기에는 답이 나온 듯한데. 너는?"

"저 정도로 저를 싫어하는 시친인은 본 적 없습니다만."

약간의 한숨을 섞어 답한 벨바롯트가 실소했다. 과히 노골적인 반응이라 알은체하는 게 더 민망한 일이었다.

"아무래도 제가 간과하였던 부분이 있는 듯하니, 시친 쪽의 동태를 소상히 더 살펴보겠습니다."

"확실히 하여 나쁠 건 없지. 레가트로에게도 안부 전하거라."

"예."

그날 오후, 스완은 벨바롯트와 페이작을 대동하여 한 번 더 바카란을 찾아갔다. 바카란은 잠든 체했다. 누가 봐도 억지로 눈 붙이고 누운 것이다. 감은 눈꺼풀 속 눈알이 어찌나 요란히 움직이던지.

의도적으로 숨을 죽이는 의도가 너무 명료하니, 차라리 저것이 질식할 때까지 기다려 볼까 하는 생각도 했지만 그만두었다.

스완은 채근하거나 보채지 않았다. 낭비할 시간 따위 없는 그녀이지만 이럴 때일수록 여유를 가지고 해결해 나가는 것이 옳았다. 목적을 위한 하루 이틀 정도의 허송은 낭비가 아닌 투자였으므로.

우습기도 했다.

이렇게 속이 훤히 비치는 꼬마를 데리고 다니던 국왕 납치범들은 대관절 얼마나 허술한 것인지.

그녀의 관용은 이튿날까지 이어졌다. 금일의 관용은 너그러움이 아니라 촘촘한 그물처럼 방문하는 귀족들과의 접견과 뮈아드로 외곽의 대훈련장 시찰 때문에 바빴기 때문이지만 어쨌거나 바카란에 대하여는 귀로만 소식을 접하였다.

해 질 녘에 이르러야 왕궁으로 돌아온 그녀는 씻고 식사를 마친 후에야 조금의 한가함을 얻었다. 그러나 그 시간마저 귀하였기에, 그녀는 휴게를 위해 마련된 널찍하고 고풍스러운 외실의 소파에 앉아 며칠 미뤄 두었던 사사로운 벗들의 편지에 답장을 하고, 그들의 소식이 담긴 글들을 살폈다. 그러다 까무룩 잠이 들고 말았다.

또다시 꿈을 꾸었다. 그때의 꿈이었다. 이맘때보다 조금 더 추운 날이었다. 그녀는 조다로의 아늑한 벽돌 저택의 정원을 가로지르고 있었다.

저택의 정원에서는 울음소리가 들렸고, 그녀는 그 울음소리를 매정하게 등졌다. 조금 떨어진 곳에서 병졸들에게 붙잡힌 여인이 창백한 얼굴로 머리를 흔든다. 커다랗게 뜨인 눈에는 오로지 두려움뿐이었다.

그녀는 우는 얼굴을 보지 않았다.

살려 주세요, 도와주세요, 제발요, 전하, 전하, 전하, 전하…… 용서해 주세요. 제발, 용서해 주세요.

오열하듯 매달려 삶을 구하는 애처로운 손길은 가볍지 않았다. 새하얀 눈밭 위로 내달리다 넘어지고, 또 넘어져 금세 벌겋게 얼어 터지던 여인과 그녀 사이에는 칼바람만 날렸다.

용서해 주세요, 제발, 저를 용서해 주세요.

그녀는 외면했다.

벽돌 저택을 아늑하게 에워싼 낮은 돌담장 너머 그가 서 있었다. '오베이언.' 가슴이 철렁 내려앉았다.

스완은 소스라치며 잠에서 깼다.

"쉬이, 누님, 꿈이야."

"아, 아."

당황하여 헛딛는 손을 붙잡아주고, 그녀의 머리를 부드럽게 감싸는 손은 그녀가 세상에서 가장 신뢰하는 아우였다. 페이작의 손이 그녀의 머리칼 사이로 부드럽게 파고들었다.

"정신이 좀 드나?"

언제 온 것인지 모를 페이작이 그녀의 잠을 깨운 것이다. 스완은 제가 숨을 멈추고 있었다는 것마저, 터뜨리듯 내쉰 후에야 알았다.

"아……."

스완은 주위를 돌아보았다. 보던 서간, 쓰던 편지, 읽던 책, 전부가 잠들기 직전의 모습 그대로였다. 외야의 달만 조금 더 기울었을 뿐.

현실을 자각하자 두방망이질 치던 가슴은 빠르게 가라앉았다.

면밀한 눈길을 보내던 페이작이 비딱한 미소를 머금으며 그녀의 머리칼을 쓸어 넘겼다. 그러곤 자연스럽게 그녀의 손등에 입술을 꾹 눌렀다.

"무슨 꿈을 꾸었길래 이리 놀라."

"언제 왔느냐?"

"한 삼십 분쯤 됐다. 듣자 하니 누님이 저녁 내내 틀어박혀 나오질 않는다고?"

"……왜 깨우지 않고."

"깨웠잖아."

능청스레 어깨를 들먹인 페이작이 미소 지었다. 다독이듯 그녀의 손등에 다시 한번 비비듯 입 맞추며 눈웃음을 흘린다. 스완이 혀를 차며 손을 빼냈다.

"그래, 언짢은 소식부터 말해 봐라."

앞뒤 없이 내던진 질문에 페이작이 멈칫하더니 제 뒷머리를 쓸었다. 그러고는 허리를 펴고 소파에 반쯤 등을 기댄 채 물었다.

"내 얼굴에 그렇게 티가 나나?"

"아무렴."

페이작은 이민족 수색에 관련한 불유쾌한 소식을 전하기 위해 찾아왔다가, 잠든 스완의 옆자리를 지키고 있게 된 것이다. 기실 그가 스완을 깨우지 않은 건 그녀의 노호를 듣기 두려워서라기보다는 노곤히 잠든 누이에 대한 애틋함 때문이었다.

스완은 매일 하루가 남들의 두 배만큼은 바빴는데, 그녀 스스로 바쁘다는 생각조차 하지 못하는 사람이었다. 작은 몸 축날까 마음 불편하던 것이 하루 이틀인가. 어릴 때에야 마냥 스완이 대단해 보였지만 제 몸이 이리 커 버린 후에는 어쩔 수 없이 염려가 앞선다.

"……아무래도, 그 이민족들에게 다른 수가 있었던 모양인데."

스완의 콧잔등에 약간의 주름이 잡혔다.

캅치 숲 일대를 샅샅이 뒤진 지 벌써 일주일에 가까워졌다. 일주일이라면 걸어서라도 그 인근에서 달아나기 족한 시간. 그들이 이민족을 찾아내지 못했다는 것은, 이제 찾지 못할 확률이 기하급수적으로 늘어났다는 의미였다.

신경질적으로 이마를 쓸어 올린 스완이 뇌까렸다.

"다른 수라……."

고개를 끄덕인 페이작이 소파 테이블 위에 다리를 쭉 뻗어 올렸다.

"내부인이 그 근방에서 그자들을 빼돌렸을 가능성도 있을 것 같다. 이미 누님은 그 생각도 했겠지."

"됐다."

스완이 담담히 손을 저었다.

"수색령은 철회해."

"그자가 깨어나기는 했지만 잔당은 찾아내야지. 인근에서 수상한 움직임을 보이는 자들이 있는지 탐문하고, 이민족과 관여된……."

"아니, 두거라."

페이작의 날렵한 눈썹이 살짝 위아래로 움직였다. 스완의 반응이 지나치게 온건했다. 이러한 시국에 무익한 수색에 시간을 낭비하였다는 문제로라도 언짢은 내색쯤은 하리라 여겼는데. 가느스름하게 뜬 눈으로 그녀를 바라보던 페이작이 표정을 풀고 물었다.

"그 바카란이라는 녀석을 시친인이라 확신해서? 지금 같은 시기에 시친을 들쑤실 리는 없을 테고. 왜."

"……벨바롯트는 그들 수장이 이런 일에 관여할 리 없다 하더구나. 그리고 바카란도 그자들과 자신이 다른 무리라고 몇 번이나 말했지. 무리가 민족 내의 갈래인지, 아니면 타민족을 말하는 건지는 조금 더 지켜봐야 알 일이지만."

"마음 바뀌는 거야 한순간이지."

스완은 설핏 웃으며 소파에 등을 묻었다.

'감쪽같이 달아났다…… 감쪽같이.'

애초에 이민족 수색이 나흘 넘게 허탕이라는 보고를 들었을 때부터 큰 기대를 걸지는 않았다. 아무리 그녀가 라르크의 왕이란 걸 모르는 채 시도한 납치였다 할지라도 이민족이 방비도 없이 라르크까지 와 납치를 꾀하지는 않았을 것이다. 최소한 달아날 도주로는 마련했을 터다.

페이작의 손이 뭉근히 그녀의 무릎 위로 올라와 톡톡 두드렸다. 그의 조르는 버릇이었다.

"누님, 이번에는 실망시키지 않을 테니 그 이민족을 내게 맡겨 줘."

"페이작."

"그 서부민이 먹을 거나 축내면서 꾀병 부리고 있는 꼴에 비장이 뒤틀린다."

스완은 새삼스럽게 바카란의 잔망스럽고 조악한 면피를 떠올리며 실소했다.

"그리해 입 열 아이로 보이지 않으니 신중하자는 거란다."

"껍질을 벗겨 지지면 말 안 하고 배기려고."

"그 아이는 사주한 자의 이름을 모른다고 했고, 나는 그게 거짓이 아니라 여긴다."

"적을 믿나? 우리 누님이?"

"적을 안다 하자. 고문을 해서 닥치는 대로 허튼소리를 뱉어 내면 그것도 문제야."

간혹 그런 식으로 사람 엿 먹이는 새끼들이 있는 것도 사실이라, 페이작은 콧소리를 내며 긴 숨을 내쉬었다.

"하면 그 녀석의 처형을 내세워 미끼 삼아 다른 자를 잡는 건?"

"좋은 생각이구나. 전쟁 준비를 앞둔 여왕을 납치한 이민족 무리를 사형할 생각이니 사방팔방 여유 되는 자들은 구경 오라 일러 보자."

페이작은 "놀리기는……."하고 중얼거리며 관찰하듯 그 누이를 보았다. 평소와 크게 다르지 않은 듯한 스완의 태도는 그래서 위화감이 들었다. 본디 그녀의 성정을 고려하면, 이렇게 시간 낭비하듯 꾀병을 눈감아 줄 리 없다는 것이 그의 확신이었다.

그녀 쪽으로 몸을 기울인 페이작이 고개를 나직이 물었다.

"누님, 누님이 적을 아는 것만큼의 확신으로 나도 누님을 아는데…… 뭐가 누님을 이토록 다른 생각에 빠지게 만들었지?"

가까워진 페이작의 얼굴을 빤히 올려다보던 스완이 목 안 웃음을 삼켰다.

"맞춰 보지 않고?"

"무슨 악몽이었어."

페이작은 주저 없이 물었다. 턱을 젖힌 스완이 손을 뻗어 저만치 서 있는 오르헤를 불러들였다. 그리고는 술 한 잔을 내어 오라 일렀다. 오르헤는 곧 다른 시녀 한 명을 이끌고 와 그들의 앞에 두 개의 잔과 술 주전자를 내려놓았다.

페이작은 몸을 바로 세우고는 거리낌 없이 술을 따라 마셨다. 늦 저녁의 침묵을 달래기 좋은 알싸하고도 향기로운 술이었다. 스완은 말없이 술로 목을 축인 후, 두 번째 잔이 비었을 때 입술을 열었다.

"오베이언은 어떠했느냐?"

막 그녀의 잔에 새로 술을 따라 주던 페이작이 인상을 찌푸렸다가, 곧 대수롭잖게 답했다.

"누가 보면 몇 달은 굶고 다닌 사람처럼 형편없어졌더군. 예전에는 그나마 볼만한 인물이었는데 말이야."

"근래 잠이 얕아 꿈이 잦다. 류가에서 소산의 연기가 일고, 맑던 하늘이 금 그은 듯 어두워지면서 억수의 비가 떨어지지. 귀가 아플 정도로 울음소리는 끊이지 않는데, 칼키투스가 웃으며 나를 찾아와."

페이작의 표정이 서서히 굳었다. 스완은 아랑곳 않고 말을 이었다.

"그 녀석이 죽은 게 이 시기 어느 즈음이었던 것 같은데……."

"칼키투스 형님은 해가 바뀌고 얼마 지나지 않아서야."

"그랬던가."

"제대로 기억조차 않으면서…… 왜."

페이작은 못마땅한 내색으로 술 한 잔을 목 안에 털어 넣었다. 느긋하게 팔짱을 낀 스완이 고개를 기울였다. 페이작이 말했다.

"타르키아가(家)는 무관할 테니 괘념치 마라."

스완은 설핏 웃음 흘렸다. 페이작이 그녀의 머릿속을 읽고 있었음에 놀라지는 않았다. 간격을 두고 물었다.

"위로가 되기는 한다만……, 확신이니?"

"타르키아가 누님의 행차에 대해 알고 있는 것도 맞고, 오래도록 교류가 뜸하였던 것도 맞지만 타르키아 후작, 거트루그 그 노친네는 그럴 위인이 못 되지. 혹시나 하여 그자가 앓지도 않는데 앓는 체하는 건가 따로 알아보았다. 그자는 확실히 숨만 간신히 붙어 있는 채더군. 그리고, 그렇게나 그들을 싫어하는 나조차도 어쩔 수 없이 인정하게 되는 게 그 징그러울 정도의 충심이지."

"……."

"칼키투스 형님과 레기사의 일은 잊어버려. 이제까지처럼 묻어 두는 것이 능사다."

스완은 그녀가 가슴 깊이 반추하고 있던 그 생각들을 아무렇지도 않게 끄집어내는 페이작을 향해 쓴웃음을 보냈다. 페이작과 그녀는 이상하리만치 서로의 생각을 쉽게 짐작해 내곤 했는데, 이럴 때는 썩 달갑지만은 않은 것도 사실이다. 나약한 치부를 들킨 것만 같은 불쾌감 때문에.

페이작의 말이 옳다는 것을 알면서도, 스완은 타르키아 가문에 대하여 생각할 수밖에 없었다.

처음에는 피랍 당시 약에 취하여 꾸었던 옛 꿈 때문인가 하였다. 그러나 곰곰이 되짚은 끝에 인정해야 했다. 그녀가 옛 기억을 떠올리기 시작한 것은 보다 이전으로, 발도의 문제로 오베이언과 연통이 닿았을 때부터였다. 그녀가 외숙의 건강을 염려하여 쾨니에에 직접 행차하겠노라 우겼던 것도 그 영향이 없다고는 못할 것이다.

그 꿈.

이제는 맑은 정신으로 또렷이 떠올릴 수 있었다. 류가 호수에 곡소리가 번지던 그날은, 칼키투스가 죽은 지 딱 일곱 달 되던 달이었다. 그날 류가 호수에서는 레기사의 장례가 열렸다.

타르키아가에서 태어나 때때로 부왕의 안쓰러운 시선을 받을 만큼 그녀와 형제들에게 충직했던 레기사는, 맑은 날 장작더미 속에서 타들어 가 내리는 비에 종말의 불씨마저 꺼뜨렸다.

스완은 그녀의 장례식에 참석하지 않았다.

높은 탑에 올라 승천하는 그녀를 보았다. 하늘에 닿기 전에 흩어지던 검은 연기. 먼 하늘 저변에서 목 놓아 울던 독수리 두 마리의 소리. 높은 곳에서 휘잉휘잉 부는 바람 소리가 상상할 수 있는 이들의 울음처럼 들렸다. 끝없이 우는 것 같았다.

하늘이 어둑해지고 비가 쏟아질 때까지, 눈앞이 뵈지 않을 만큼 굵은 장대비에 온몸 흠뻑 젖을 때까지 그리 바라보았다.

그 비를 맞고 앓았다. 심하게 앓았다. 그 이튿날 오베이언이 그녀를 찾아왔다. 스완은 몸살을 이유로 그의 접견을 거부하였다. 그러나 오베이언은 접견의 거부를 거부했다.

그는 앓는 그녀의 방에 쳐들어와 속된 말들을 쏟아 냈다. 섬뜩하게 뜬 눈으로. 대체 당신은 얼마나 매정한 사람인가, 이기적인 여자다, 당신을 그토록 따르는 자들을 기만하는 것이 즐거워 그러는 것이냐, 가식적인 왕녀에게 모두가 속았다. 날카로웠다.

도를 넘은 폭언이 많았으나, 아내를 떠나보내고 좌절해 있던 남편의 속이 오죽했겠는가 하고 없던 일로 무마해 돌려보냈다. 오베이언이 그른 말을 한 것도 아니었으므로.

타르키아가는 과할 정도의 충성심으로 유명한 자들이었고 레기사는 태어날 때부터 죽음에 이를 때까지 오로지 라르칼리아에 대한 헌신으로 충만했던 여인이었다.

기실, 외숙도 그랬을 것이라 단정한다.

스완은 외숙인 타르키아 후작이 노쇠로는 설명하기 어려운 병마에 시달리게 된 데에는 식물처럼 누워 있다 죽은 레기사와 그녀에 대한 실망이 적이 영향을 끼쳤으리라 여겼다.

왕녀 하나 무정히 대한 일이 어찌 죽은 딸의 무게와 나란하겠느냐 누군가는 그리 여기겠으나, 그런 집안이었다. 그들은 라르칼리아라는 핏줄을 목숨 이상의 어떤 가치로 추종하였고 온 마음으로 사랑하였다. 하니 실연당한 아픔을 괄시할 수 없을 터였다.

장례가 있은 후, 우울과 쇠약에 시달리던 외숙은 결국 그녀가 재위에 이를 즈음 뮈아드로를 떠났고, 단 한 번도 뮈아드로로 되돌아오지 않았다.

그렇게 수년이었다.

그저 묻어 두고 산 지…….

그녀는 때때로 의심이 많은 자신이 피곤하였다. 하지만 무결한 과거가 아니기에, 이렇듯 속내를 품고 그들을 바라보게 되는 것이다.

[후작 각하께서는 폐하께서 언제 방문하시든 기쁘게 맞이하실 것이라 하셨습니다. 사정은 잘 알지 못하십니다. 워낙 폐하께 충성스러우신 분인지라, 폐하께 있었던 일을 들으시면 몹시 상심하실 분인 것을 폐하께서도 아실 것입니다.

저는 가슴 깊이 안도하는 심경으로 펜을 듭니다. 다시 한번 무탈하시어 다행입니다. 혹시 몰라 후작 각하께 발도의 문제에 대하여 운은 띄워 두었습니다. 방문하지 못하신다 해도 후작 각하께서는 폐하께 도움을 드리고자 하실 것입니다. 부디, 잘 추스르신 후 건강한 모습으로 뵙는 날을 고대하고 있겠습니다…….]

무결하지 않은 제 족적이 믿음을 더럽혔으니, 의심당하는 자는 죄가 없을지 모른다.

가라앉은 그녀의 표정을 가만 관찰하던 페이작이 그녀의 어깨를 당겨 안으며 이마에 머리를 기대어 왔다. 그러고는 목덜미에 속삭였다.

"쾨니에 행이 좋은 결정이 아니랬잖나."

"오늘따라 네가 듣기 얄미운 소리를 골라 하는구나."

비뚜름하게 입술 끝을 올려 웃은 페이작이 작게 어깨를 들먹였다.

"다음부터는 꿈에 나를 불러."

"그리하면?"

"죽어서까지 누님을 따라다니는 성가신 녀석들을 가만둬서야."

"귀엽기도 하지."

페이작의 머리칼을 부드럽게 쓸어 어루만진 스완이 그를 밀어내고 일어섰다. 페이작은 소파에 등을 기댄 채 다소 거만한 시선을 보냈다.

"들어가 쉴 건가?"

"오늘 밤은 어린 청년과 어울릴 생각이니 따르지 말렴."

숄을 두르며 담담히 명하는 그녀를 올려다보던 페이작이 비쭉 웃었다.

"……그 이민족이 이 밤에 누님을 만족시켜야 할 텐데. 워낙 어려 보여서, 제대로 할는지."

페이작은 노골적으로 농담을 되돌렸다. 스완은 은근한 웃음을 흘리며 오르헤에게 명령했다.

"오르헤, 장서관에서 근 50년 사이 제작된 족보와 도감을 찾아 그 이민족의 방으로 가져오렴."

"예."

오르헤는 재빠르게 달려 나갔다. 소파 등걸이에 한 팔을 걸치고 몸을 기댄 페이작이 느른히 물었다.

"내가 필요하지는 않겠나?"

창밖을 돌아본 스완은 어느새 자욱이 깔린 밤을, 그리고 찬란히 빛나는 별을 보았다. 그녀는 빛을 머금은 밤을 제법 좋아했다. 그리고 이슥한 빛 아래 몸 사리는 사내 하나를 구워삶아 어울리는 것도 말이다.

부드럽게 미소 지은 스완이 나비 같은 걸음으로 페이작에게 다가가 그 뺨에 입 맞추었다.

"쉬렴."

스완은 감금과 호사의 경계선을 애매하게 흐리는 생활을 하는 중인 바카란을 찾아갔다. 경비들을 물리고 문 앞에서 부러 인기척을 내 '들어가마' 하자 방 안에서 우당탕탕 요란한 소리가 났다. 하나 막상 문을 열고 들어서니 바카란은 어김없이 이불을 뒤집어쓰고 잠든 체하고 있었다.

뻔히 보이는 짓을 하는 것도 저 아이가 아직 어려 겁이 없기 때문일 것이다.

스완은 의자를 빼 앉고 기다렸다. 바카란은 그녀가 나가지 않고 자리를 잡자 코를 고는 소리까지 흉내 냈다. 설핏 웃은 스완이 말했다.

"자지 않는 것도 알고, 네가 꾀병을 부리는 것도 안단다."

바카란은 꼼짝도 않았다. 아니꼬운 시선으로 그를 내려다보던 스완이 툭 뱉어 물었다.

"너 시친인이지?"

그 물음은 곧장 반응을 불러왔다. 벌떡 일어난 바카란이 새빨개진 얼굴로 소리친 것이다.

"아니거든!"

"아니었니?"

"아니야!"

스완은 이렇게 명백한 시인도 없을 것이라 여겼다.

"믿어 주랴?"

"아, 안 믿으면 어쩔 건데. 아닌데? 아닌데?"

스완은 어깨를 들먹이며 '내가 넘겨짚었나 보구나.' 능쳤다. 바카란은 약이 오른 표정을 짓더니 다시 휙 이불을 덮고 누웠다. 스완은 코웃음을 흘리며 느긋한 어조로 말했다.

"바카란 코르트, 내가 네게 바라는 건 딱 하나다. 누가 나를 음해하고자 하였는지."

"모른다니까? 네 남편이 나를 포 떠서 잡아먹는다고 해도 모르는 이름을 어떻게 대냐?"

왜 벨바롯트가 식인마 취급을 당하는 건지, 느닷없다는 생각이 들기는 했지만 그를 꼬투리 잡지는 않았다. 그녀는 그 어느 때보다 부드럽게 회유했다.

"인상착의는 알지 않느냐. 그것만 말해 주면 너를 놓아주고, 네 친구들을 체포하지 않으마."

바카란은 스윽 이불을 끌어 내리더니 그녀를 돌아보았다. 그러곤 반감이 가득한 눈빛으로 말했다.

"믿겠냐?"

"속인 적 없다지 않아. 네가 오해하기 쉽게 말했을 뿐이지."

"아으으!"

진심이었다. 스완은 바카란을 의도대로 이끄는 데에 조금의 노력도 필요치 않았다. 열일곱이나 되어 여자와 입 맞춰 본 적도 없다던 저 청년은 생각 없는 아이는 아니었으나 깊은 의도를 의심하기에는 어렸다.

때마침 오르헤가 두꺼운 고서들을 가지고 들어왔다. 정확히는 오르헤의 지시에 따라 하인 두 명이 등 너비가 반 뼘은 되는 낡은 책 다섯 권을 이고 온 것이다.

"폐하, 대령했습니다."

"거기 두거라."

바카란은 팔이 부러진 여자를 알아보았다. 저 여자는 스완을 납치할 때 그 목청으로 그들의 귀를 터뜨릴 듯 비명을 질러 댔던 그 여자였다. 부러진 팔을 보니 기분이 좀 뭣하였다. 그러나 지고 싶지 않았기에 그 여자 대신 책을 옮기는 하인들을 경계심 어린 눈초리로 흘겨보았다.

스완이 말했다.

"당장 나를 믿지 못하겠다 해도 이해는 한다만, 술이라도 한잔 나누자. 오르헤, 마실 것을 내어 와라."

오르헤는 죽일 듯한 눈빛으로 바카란을 훔쳐보다가 순순히 달려나가 금세 술이 가득 담긴 주전자와 잔을 두 개 가져왔다. 바카란은 방 안에 퍼지는 술 향기에 잠시 콧잔등을 찡그렸다. 그에게는 낯선 향이기도 했지만 사실 그는 술보다는 배가 고팠다. 내내 자는 체하고 아픈 체하느라 또 쫄쫄 굶은 것이다.

"안주는?"

스완은 툴툴거리는 그에게서 시선을 거두고 오르헤에게 턱짓했다. 오르헤는 '망할 이민족의 관절을 다 꺾어 버리고 싶노라.' 하는 표정이었으나 순순히 돌아나가 안줏거리를 가지고 돌아왔다.

먹을거리까지 대령하니 바카란의 기분은 한결 좋아졌다. 바카란은 내숭 떨지 않고 걸신들린 듯 다시 음식을 먹어 치웠는데, 그동안 스완은 말을 걸지 않고 가만히 술잔만 홀짝이며 기다렸다.

어느 정도 배를 채운 후, 바카란이 독주를 털어 넘겼다가 비명 비슷한 신음을 흘리며 온 얼굴을 찌푸렸다.

"으. 뭐 이딴 걸 마셔?"

"너희가 마시던 유주(乳酒)보다는 훨씬 깔끔하고 풍미가 있지 않나?"

"전혀, 전혀!"

지독하게 독했다. 숨을 쉴 때마다 개 헐떡이는 소리가 날 지경이었다. 물을 연거푸 들이켠 바카란은 완전히 잔을 치워 버렸다. 스완은 대작의 벗이 없어져 아쉽노라 말하며 다시 한 잔을 비워 새로 따랐다.

"내게 궁금한 것은 없느냐?"

"뭐."

"아무거나. 알아가는 시간을 가져 보자."

부른 배를 두드리며 고까운 표정을 하던 바카란은 '흠' 하더니 툭 뱉어 물었다.

"네 동생 뭐야?"

"조금 더 정확히?"

바카란은 페이작이라 불렸던 그 청년에 대해 상당히 깊은 인상이 남았다. 실력도 궁금했지만, 다른 것도 있다. 형제들은 다 죽었다 들었는데 살아 있지 않은가? 그가 기억하기로 땅에 눌러앉은 북부인들은 반드시 남자만 왕이 되는 관습이 있다고도 했다.

"'운 좋게 다 죽은 형제'들 덕분에 왕이 된 거라지 않았어? 근데 남자 형제가 있잖아."

"어미가 이 궁에 발 한번 디뎌 보지 못한 내 아비의 서자다. 그가 라르칼리아라 제대로 인정받은 지는 얼마 되지 않았지. 지금도."

"아, 혼외자?"

"그래."

"그러면 제대로 된 왕자가 아니란 거네? 네 진짜 형제들은 다 죽은 거고?"

스완은 담담히 대꾸했다.

"누군가에게는 그렇지만, 누군가에게는 그렇지 않지. 진짜 형제라는 정의마저 사람마다 다를 테니까. 그는 내 유일한 형제다."

"몇 살인데 그렇게, 그……."

이어 물으려던 바카란은 마땅한 단어를 찾지 못해 버벅거렸다. 강하냐기에는 실력을 제대로 본 적이 없었고, 공포스럽다기에는 위압적인 것에 가까웠는데 그렇게 표현하는 건 자존심이 상했다. 잠시 말을 고르던 바카란이 가까스로 비슷한 어휘를 찾아냈다.

"포악, 그래, 포악하냐? 나랑 별 차이도 안 나 보이던데."

"스물 막 넘겼다. 타고나기를 재주가 탁월해. 그리 포악하지는 않단다. 널 때린 것도 내게 벌어진 일에 화가 나 잠시 주체하지 못했을 뿐이지, 크게 다치게 할 생각은 없었고."

"그걸 믿으라고?"

고작 두 대 맞고 사흘을 빈사 상태였다는 건 죽일 기세로 친 게 아니라면 불가능하게 느껴졌다. 하지만 생각해 보면 페이작이라는 그 자는 검을 들고 다가와 베어 버릴 듯했다가, 결국 검이 아닌 육탄 폭행으로 전향했으니 죽일 생각이 없다는 말에도 신빙성이 없는 건 아니었다.

목 안으로 웃음을 삼킨 스완이 말을 돌렸다.

"믿어. 진실이니까. 그러고 보니 너도 형제가 있다 했지. 자세한 것은 내게 말하고 싶어 하지 않는 것은 안다만…… 이 정도는 괜찮겠지. 너는 몇째지?"

바카란은 그 정도의 대답은 어렵지 않다고 생각했다.

"둘째."

"차남이구나. 손위 형제와 막내 사이에서 가장 괴로운 위치지."

"너 둘째야?"

"내 위로는 아무도 없단다. 예전에도, 지금도."

어조 때문에 더 오만하게 들리는 답이었다.

뚱하니 바라보던 바카란이 시선을 돌렸다. 스완은 다시 독한 술 한 잔을 목으로 털어 넘긴 후 잠시 숨을 골랐다. 그러고는 찬찬히 이야기를 시작했다.

"바카란."

"……뭐."

"이해할 거란다. 나는 누가 나를 음해하려 하는지 알아야 하는 사람이라는 걸."

"또 그 얘기야."

바카란은 대번 지겹다 인상을 찌푸렸다. 스완은 아랑곳 않고 말했다.

"내가 행해야 할 목하의 대업은 나 하나가 아닌 수많은 목들이 달려 있는 거대한, 그래, 어떤 삶의 소용돌이가 될 테니까."

"애초에, 그 북부 정벌인지 뭔지 하는 미친 짓 않으면 되잖아."

"아우들을 다 잡아먹고 올라섰으니, 아우들이 할 수 있었던 것들보다 더 큰 위업을 남겨야 타산이 맞지 않겠느냐?"

불시에 던져진 고백에 바카란은 조금 당황스런 표정으로 그녀를 쳐다보았다.

"진짜야?"

"관점에 따라 다르겠지."

잔을 홀짝인 스완이 가늘게 눈을 접어 웃었다.

바카란은 스완의 상처 가득한 손을 바라보았다. 이번 납치 사건 때문에 다친 상처도 있지만, 그게 아니라도 흰 살결 곳곳에는 흉터와 굳은살이 엿보였다. 변형된 뼈 모양도 두드러졌다.

"어떻게…… 너 칼 좀 쓰는 것 같은데, 혹시."

"사람 죽이는 방도가 창검뿐이겠느냐?"

"……독?"

"그 또한 편리한 방편이고."

바카란은 반 박자 늦게 움찔하며 제가 먹은 것들을 돌아보았다. 스완은 투명한 그 반응에 진심 어린 웃음을 터뜨렸다. 그는 엉뚱하게 튀는 청년이었다.

"성가시게 너를 독살하자고 내 이 귀한 시간 들여 찾아왔을까."

머쓱해진 바카란이 뒷머리를 벅벅 긁었다. 짜증스럽게도 그는 일단 저 여자의 손바닥 안에 들어온 셈이었고, 끌고 나가 죽인다 해도 도리가 없는 판국이니 독살은 지나친 생각이긴 하다. 그래도 노파심이 들어서, 바카란이 구시렁거렸다.

"아, 거 왜, 그런 거 있잖아. 독 먹여 놓고 실토하지 않으면 해독제를 주지 않겠다! 이러는 거."

"진부하네. 어차피 이름을 모른다지 않았어?"

"그러니 문제지. 아, 하나 경고하는데, 나 죽여서 좋을 거 없다?"

"살고는 싶고?"

"죽고 싶은 사람이 어디 있어?"

바카란의 퉁명한 반문에 스완은 작게 웃었다.

"그렇다니 다행이네. 너와 내가 잘 이야기가 되어 다치는 이 없이 끝나면 좋겠구나."

"더러워서. 다시는 여기 안 와."

"그러려면 우선 돌아가야겠지. 방법은 이미 내가 말해 주었고."

"……."

"계속 의심하는 것 같아 한 번만 더 말하마. 협조의 대가가 자유가 될 거다. 너뿐만이 아니라 네 동료들의 자유까지 보장하마."

모르는 이름을 어찌 대라는 것이냐—하는 문제는 차치하더라도 우스웠다. 바카란은 '풋' 하고 비웃음을 터뜨렸다.

"아니, 내 처지는 이렇다 치고 말인데. 못 잡아. 너희는 못 잡아."

"어찌 그리 자신하지? 여긴 내 나라다."

"미가하 쪽 무리는 도망의 귀재거든."

"그런데 너는 잡혀 있고?"

"나는 그쪽 무리 아니라니까."

"무리가 아니라도 너를 보호하고 싶어 하는 것 같던데, 너를 구하러 올지 모르지."

"글쎄…… 여긴, 뭐, 성 같은 데 아냐?"

바카란이 두리번거리며 주위를 한번 올려다본다.

"저 밖 어디 평야 같은 데 매달아 놓는 게 아니면 금세 포기할걸. 붙잡힌 내 탓이지."

"살고 싶다지 않았느냐?"

"살고 싶지만, 일단 어떻게든 되겠지. 살 팔자면 살겠지."

스완의 눈에는 이번 사건과 별개의 흥미로운 내색이 배어들었다.

"뭐, 그렇지."

"벌써 삶에 대한 미련을 놓기에는, 너무 어리지 않나?"

"미련을 놓은 게 아니라, 나더러 뭘 어쩌라고. 네가 지금 날 잡고 있잖아. 정 내 인생이 걱정되면 놔주라고."

"내가 놔주지 않아 네가 이곳에 묻히게 된다면."

바카란의 눈썹이 축 처졌다. '씨팔.' 내심 그렇게 뇌까린 바카란은 솔직히 무서웠다. 의외로 우악스럽지 않은 스완은 그를 죽일 생각까지는 없어 보였는데 또 모를 일이다.

바카란은 심란해지는 마음을 다잡기 위해 뇌까렸다.

"우린 이 위대한 세상의 일부다. 일부다."

그건 그의 아버지가 입버릇처럼 해온 말이었다. 이 위대한 세상의 일부이니 하찮은 것이 아니라, 위대한 세상의 일부이니 긍지를 잃지 말라고. 그렇게 생각하면 용기가 나곤 했다. 상황이 달라지는 경우는 거의 없지만.

스완이 말을 받았다.

"뜻깊은 말이기는 하지만, 네 세계에서 너는 일부가 아니라 오로지 하나뿐인 전체지."

"결국 그래도 일부야. 너는 싸움질에 미친 것 같으니 이해 못할 거 같지만."

"흥미롭네. 너만의 생각이니?"

스완은 드물게 입 밖으로 소리 내어 그녀의 관심을 표했다. 바카란은 그러든가 말든가 건성으로 대꾸했다.

"보통 다 그렇지 않냐?"

은근히 겁이 없고, 불리한 상황에서도 저 할 말은 다 지껄이는 이 청년은 시태 파악을 못하는 게 아니었다. 기저에 깔린 삶의 철학이 매우 다른 자들이었다.

오래전, 포로로 잡혀 오거나 오가는 시친 교역상들을 몇 번 본 것이 전부였던 그녀에게는 생소한 깨달음처럼 느껴졌다. 입술가를 매만지던 스완이 물었다.

"그래서 너희들이 정착하지 않는 거고?"

"별 해괴한 질문이네."

바카란은 그녀를 불쾌하게 하려는 것이 아니라, 진짜로 해괴한 질문을 들었다는 표정이었다.

"내 질문의 어떤 부분이?"

"우린 모두 자유롭게 태어나. 태어난 그대로 사는 거니까 우리는 '하지 않은 게' 아니지. 너희가 한 거지. 이미 우리는 어디든 갈 수 있는데 왜 이 위대한 세상에서 땅을 좀먹으면서 이런 벽돌집에 살아야 해? 이 성이라 불리는 곳도 세상이란 집의 크기에 비교하면 작은 감옥이잖아."

"바람을 막아 주고, 추위로부터 살아남게 해 주는 집과 영토는 귀중한 자원이고, 뿌리내려 쉴 수 있는 뜻깊은 장소지."

"별로."

"정착하지 않았기 때문에 너희는 먹을 것과 입을 것을 걱정하고 끝없이 싸우는 게 아니니."

"아, 그런 얘기를 하는 사람들도 있어. 내 아버지도 가끔 농작의 재배에 대해 이야기를 하시지. 근데 듣다 보니 웃기네. 정착하지 않아서 싸우는 거라면, 너는 왜 싸우려 하는데? 땅에 빌붙어 있어도 싸우고 빌붙지 않아도 싸운다면 차이가 뭐야?"

그 점에 대하여 스완은 입술을 다물었다. 그리고 받아들였다. 바카란과 그녀의 이런 대화는 교점을 전혀 찾을 수 없을 것이었다. 그녀의 바람과 바카란의 이상은 완벽하게 다른 방향에 있었으므로.

스완은 다른 질문을 했다.

"그렇다면 너희에게 가장 중요한 가치가 무엇이관데?"

바카란은 그 질문에 두 눈을 둥글게 뜨더니 꽤 깊이 고심하는 표정으로 대답했다.

"자유와 약속? 각자 다 다르겠지만 뭐, 나는 그렇게 생각해. 아버지가 그렇게 말씀하셨어. 자유를 위할 때가 아니면 칼을 들지 않고, 약속을 위해서는 목숨도 걸라고. 우리는 너희처럼 땅이나, 뭐, 그딴 거 때문에 싸우지 않아. 뺏는 게 제일 편한데 왜 그러겠어?"

"그러면 너는 약속을 위해 싸우고 있다는 거구나. 그래서 신의의 문제라는 것이고."

"다 떠나서 나는 진짜 모른다니까. 안다고 해도 네가 우리한테 뒤집어씌우려 했던 자를 잡으면 어떻게 될지 뻔하잖아."

"시친에 보복하지 않는다 약조하고, 나만의 즐거운 추억으로 남겨두겠다 하면?"

바카란은 처음으로 갈등하는 표정이었다. 그러다 구시렁거린다. '그, 나 거기 출신 아니거든.' 거짓말 참 못하는 청년이었다.

자리에서 일어선 스완은 탁자 위에 하인들이 두고 간 두꺼운 책 두 권을 가지고 돌아왔다.

"아, 안 돼."

바카란이 난감한 투로 뇌까렸다.

"뭐든, 일단 나는 너 못 믿어."

"말하지 않아도 상관없으니 한번 보기나 하렴."

스완은 바카란의 허벅지 위에 책을 올려 펼쳤다. 묵직했다. 대체 이 책은 뭔가, 은근히 궁금했던 바카란은 서너 장 넘기자마자 그것이 사람의 초상화가 그려져 있는 도감이라는 것을 알게 되었다. 괴상한 문자로 쓰여 있어 읽을 수 있는 문장은 한 줄도 없었고.

스완이 왜 저것을 가져왔는지는 알 것 같아서 괜히 딴청을 부렸다.

"이 글자는 뭐야."

"라르칼리아의 고문(古文). 옛 글이지."

스완은 눈짓으로 책을 가리켰다.

"봐."

"싫어."

바카란은 고집스럽게 시선을 딴 데 두었다. 스완이 타이르는 듯한 어조로 말했다.

"바카란. 열 사람 중 한 사람이 간자일 경우, 그 간자를 색출하기 위한 가장 간단한 방법이 무어라 생각하느냐?"

"하나하나 조사를 해서 잡아내야지."

"보다 간단한 방법이 있지. 나는 그 간단한 방법을 실천해 열을 전부 죽이는 사람이다."

"……뭐?"

바카란은 제가 헛것을 들은 줄 알았다. 표정은 저절로 구겨졌다. 그는 태생적으로 살인에 익숙하지 못했다. 하는 것도, 듣는 것도. 그만 유독 그랬다. 그것이 이제까지 그가 어른 취급이 아니라 피보호자 취급을 받아야 했던 이유였다. 그가 짝사랑했던 소꿉친구가 그를 제대로 된 남자로 보아주지 않은 것도, 어쩌면 그런 물러 터진 성정 때문일지 몰랐다.

스완은 평이하게 말했다.

"네가 실토하지 않는다 해도 나는 그자를 잡아내 끝장을 내야 하는 의무가 있고, 그건 단순히 나를 위한 것이 아니라 내 나라의 미래를 위한 불가피한 희생이다. 보풀 없는 시작을 위해 나는 옷감마저 불태울 각오를 했다. 북부 정벌이라는 건 그런 각오가 없다면 불가능한 일이지. 때문에 네게 도움을 구하는 것은 부차적인 피해를 줄이기 위한 내 나름의 시도야."

'미친 거 아냐?'

바카란은 이를 딱딱 부딪쳤다.

"……네, 네가 뭘 어쩌든 나랑은 상관없거든?"

"내가 네게 무슨 부탁을 하는 것인지 혼동하지 말렴. 나는 네게 범인을 반드시 짚어 달라는 청을 하는 게 아니다. 오히려 내가 무고한 자를 해치지 않게 해 달라는 뜻이지."

"……."

"이 안에 네가 아는 얼굴이 없을 수도 있지만, 나는 이 책의 모든 자들을 의심하고 있다. 그리고 동시에 나의 끝없는 의심이 이 책 안의 무고한 자들의 죽음으로 이어지지 않기를 바라."

바카란은 마른 입술을 살짝 혀로 축였다. 내키지는 않지만 그녀의 말에는 타당한 논리는 있었다.

"……없으면 어쩔 건데."

"가장 간단한 방법조차 쓸 수 없는 상황이 되는 것이니 다른 방식의 조사를 시도해야겠지."

"나는 어떻게 되고?"

"네 성의만으로도 무고한 피를 면할 수 있을 테니 사의를 표하마."

"살려준다는 거야?"

스완이 싱긋 웃으며 책을 턱짓했다.

바카란은 마지못한 기분으로 펼쳐진 책을 내려다보았다. 낡은 그림들이 기워진 책은 매우 두꺼웠는데, 한 장, 한 장, 나이 든 여자, 젊은 남자, 젊은 여자, 나이 든 남자, 그런 식으로 인물화가 달라졌다.

이런 책이 여러 권이니 족히 기백 명은 될 듯했다.

'……설마 진짜 의심한다고 다 죽이려고.'

하지만 고작 라르크 같은 약소국의 왕 주제에 북부 정벌을 하겠노라는 허튼소리를 하는 걸 보면 제정신이 아닌 것 같으니 가능성이 없다곤 할 수 없을 터였다. 그는 대충 보는 둥 마는 둥 하고 없다 쳐버릴 셈이었다.

첫 번째 책, 두 번째 책, 세 번째 책까지 보는 것만 해도 족히 한 시간은 걸렸다.

의외로 구경하는 게 재미없지는 않았다. 북부인들은 화려한 걸 좋아해서. 세 번째 책을 덮은 바카란은 고개를 저었다.

"없어."

진짜 없었다.

그쯤 되니 바카란은 저 책들을 전부 봐도 없을지 모른다는 데에 생각이 미쳤다. 가레인과 교통하는 북부인이 돈 좀 있어 보이는 자이기는 했지만 그거야 꾸미고 다니면 그만인 것이고. 북부의 높은 귀족이라거나 그런 자가 아닐 가능성도 컸기 때문이다. 그들이 북부인과 교류하는 일은 거의 물물교환이 주목적이니까.

스완이 두말 않고 네 번째 책을 가지고 왔다. 그리고 바카란은 아까보다는 훨씬 편한 마음으로 설렁설렁 그림을 넘겼다. 그러던 중 스완이 어느 한 면에서 책장을 눌러 멈추었다.

어느 나이 든 중년의 사내가 검은 의자에 앉아 있는 모습이었다. 짙은 금발에 총기 넘치는 갈색 눈을 한 선한 남자다.

"왜?"

의아해진 바카란이 물었다. 스완은 잠시 그 그림을 내려다보았다.

타르키아 후작이 그토록 앙상해지기 전의 초상화가 담긴 면이었다. 그녀는 가만 바카란을 뜯어보았다.

"이 할아버지 모르는데?"

바카란은 정말로 모르겠다는 표정이었다. 잠시 그 그림을 내려다보던 스완은 다시 책장을 넘겼다. 바카란은 노파심이 일기라도 한 것처럼 '진짜 저 노인네 아니야.' 반복해 덧붙였다.

그러다 몇 장 더 넘겼을 때였다. 예쁘장한 금발의 여자가 두꺼운 털모자를 쓰고 창가에 앉아 있는 초상화를 감흥 없이 구경하던 바카란의 움직임이 뚝 멎었다.

'어.'

당혹스럽게 튀어나온 초상화에 바카란은 가까스로 평정을 가장하며 스완을 보았다. 고개를 기울이고 있던 스완은 파란 눈을 올려 떠 그의 시선을 마주 보았다.

"아는 얼굴이니?"

바카란은 애써 아무렇지도 않게 고개를 저은 후 다음 장으로 넘어갔다.

스완은 그런 그를 얼마간 응시하다가, 그가 다른 책장을 넘기는 것을 도와주었다. 종이 넘어가는 소리만 계속되었다. 여섯 권에 이르는 도감을 전부 보는 데까지 걸린 시간은 장장 두 시간 반이었다. 마지막 책의 마지막 페이지에 도달했을 때, 바카란은 해방된 사람처럼 당당하게 말했다.

"없어. 됐지?"

"성의는 족했다."

다정하게 웃은 스완은 담담히 대꾸한 후 책들을 탁자 위에 돌려놓고는 일어섰다.

벨바롯트는 최근 군사 훈련과 물자 관리, 첩보를 벌이는 자들 다음으로 바쁘다 할 수 있을 만큼은 바빴다. 공식적으로 스완에게서 국무를 인계받은 것도 아니지만 이미 그의 일은 그녀의 일을 도맡는 범위까지 커졌고, 최근 벌어진 일 때문에 더 그러했다.

낮에는 평소처럼 국무를 돌보았고, 저녁에는 스완이 피랍된 사실을 알고 있는 자들과 비밀리에 모여 범인 색출에 관한 묘안을 모색하였다. 그들은 라르크 내부의, 혹은 북부인 중 누군가의 사주라는 가정을 누구보다 꺼리는 자들이라 쉽지만은 않았다.

"행정부와 산하 책임운영관들을 비롯하여 이민자 관리를 맡는 포니 경에게 미리 언질은 두었습니다마는……."

"아무래도 소란해질 수 있으니 조사에는 주의를 기해 주게."

"듣기로 한 명 남아 있지 않습니까. 그 이민족을 잡아 족치면 될 듯한데."

"얼마 전 전하께서 과하게 폭력을 행사하시어 빈사에 빠졌던 적이 있어, 쉽사리 고문을 했다가는 어찌 될지 모를 몸 상태네. 하여 폐하께서도 잠시 두고 보고 고민 중이시고."

아, 왕자는 화낼 만하다. 사내는 고개를 주억거렸다.

"하면…… 아니, 그 이민족에 대한 단서는 아무것도 없습니까? 어느 지역 출신인지라도 안다면."

"짐작 가는 바는 있지만 예민한 사안이니, 확실해지면 알릴 생각이네."

"하루가 아쉬운 시기인데…… 폐하께서도 심려가 많으시겠습니다."

벨바롯트가 고개를 끄덕인 후 축객했다.

"방비를 더욱 단단히 할 계기가 되셨지. 어쨌거나 또 다른 소문이나, 이를 것이 있다면 부를 테니 다들 돌아가 보게."

그들과 결별한 후 벨바롯트는 개인 집무실로 향했다. 이런 늦은 시각까지 집무실에 앉아 있는 일은 잦지 않지만 요즘은 일상이 되었다.

잘 정돈된 집무실 탁자에 앉은 그는 몇 가지 생각에 빠져들었다. 가신들에게는 어찌저찌 눙치기는 했는데 편하지만은 않았다. 일단 바카란 코르트는 시친인이고, 시친인이 개입된다면 라르크는 매우 불편한 상황에 처하게 된다. 그의 아내 되는 여자를 납치하려 했다는 무도한 행위에 대한 개인적 감정은 차치하고, 국가적인 문제가 커진다.

'바카란 코르트'

하도 곱씹어서인지 어디선가 들어 본 적 있는 것 같다는 기시감마저 들었다.

'……바카란 코르트.'

막 집무실로 들어오며 하품을 짜악 하던 미게타가 그와 눈이 마주치자 머쓱하게 물었다.

"안 주무십니까?"

벨바롯트는 빤히 미게타를 보다가 고개를 저었다. 그는 자연스럽게 끌어온 양피지와 펜과 잉크로 편지를 한 통 적어 내려갔다.

[레가트로, 나의 친애하는 아우.]

레가트로는 로크란드를 위임받은 그의 사촌 아우였다. 혹여 시친인들이 북부 전쟁에 관여하려는 것인지에 대한 의중이나 근황 정도는 파악해 두는 것이 옳을 것 같다는 생각이었다.

[근래 어찌 지내고 있는지에 대하여는 아케엔에게 전해 들었다. 지난 서간이 네 손에 닿기도 전에 다시 이 편지를 쓰는 연유는 시친인들의 동향에 관하여 신경을 쓸 만한 소문이 있는지…….]

사각사각. 이어지는 펜 끝이 아름다운 선을 그린다. 작필을 마무리한 것은 결국 피를 본 후였다.

툭.

핏물이 떨어졌다.

"각하!"

갑작스레 흐른 코피는 집무실을 정리하던 미게타의 당혹스런 외침을 불러왔다. 셔츠는 금세 핏물로 얼룩졌다. 코를 막은 벨바롯트는 담담히 미게타를 진정시킨 후 자리에서 일어섰다.

스완이 피랍된 그날부터 지금까지 제대로 쉰 적이 없는 까닭이니 이상할 것도 없었다.

"또 코피가 나셨어요, 어제도 그러시더니. 각하께서도 쉬셔야지 않겠습니까? 폐하께만 늘 그리 잔소리를 하시면서."

미게타가 안쓰럽다는 눈길을 보내며 타박했다.

"새 옷만 한 벌 가져다 두고 먼저 들어가 봐라. 몇 가지만 더 마무리하고 나도 들어갈 테니."

"아니, 하지만 안색이."

"미게타, 방해가 된다."

벨바롯트의 다정하지만 단호한 대꾸에 미게타는 우물쭈물하다 물러났다. 미게타가 새 옷을 가져다주고 돌아간 후, 벨바롯트는 쓰다만 편지를 치워 두고 옷을 갈아입었다. 코피는 멎었지만 영 피곤하기는 하였다. 어깨에 힘을 풀고 앉아 깊어 가는 밤을 바라보던 벨바롯트는 무거운 다리를 일으켜 세웠다.

그가 향한 곳은 이민족의 방이었다. 스완과 함께 여러 차례 방문했으나 그때마다 그 이민족은 대화를 거부했다. 하지만 대업을 앞두고 있는 상황에서 그는 스완을 위협한 자들의 정체를 알아내야 하는 의무가 있었고, 때때로 그 방법이 다소 거칠더라도 어쩔 수 없는 일이었다.

그런데 이상한 일이었다. 바카란 코르트라는 이민족이 갇힌 방 앞에 섰는데 병사들이 그를 가로막았다.

벨바롯트가 물었다.

"무슨 일인가?"

"폐하께서 명하셨습니다."

병사는 여지없이 답했다.

자색 융단이 까마득한 저 앞의 옥좌까지 이어진 노르테 홀은, 수십 개의 횃불 빛에 에워싸인 기둥을 의장대처럼 좌우에 세워 두고 있었다. 끝에 놓인 옥좌는 오로지 왕을 위한 것이다. 벨바롯트는 가끔 이곳에 들면 영험한 어떤 의지를 느끼곤 했다.

오늘은 기이할 정도로 적막하였다. 그리고 스완은 그 적막 속에서 있었다.

계단의 중턱에 서서 왕좌를 마주 보고 있다. 저벅저벅. 다가가는 발소리에도 뒤돌아보지 않고. 감이 좋은 그녀를 생각하면 깊은 생각에 잠겨 있거나 의도적으로 무시하는 것이다.

몇 계단 아래에 멈춘 벨바롯트는 붉게 굽이치는 머리칼을 늘어뜨린 그녀의 뒷모습을 바라보았다. 아름답지만 외로운 뒷모습이었다. 그는 가끔 스완에게서 그런 느낌을 받곤 했다.

항상 외로울 것 같은 여인이라고. 늘 사람들 사이에 둘러싸여 있고, 온 백성의 사랑을 받는 사람인데도 그런 생각이 든다. 그럴 때면, 벨바롯트는 가슴 한편이 이상하게 아리곤 했다. 안타깝기도 하고, 안쓰럽기도 하고.

그가 말했다.

"시간이 야심합니다."

목소리가 동굴 속 메아리처럼 적막을 때린다. 메아리마저 흩어질 무렵 스완의 대답이 돌아왔다.

"늦은 시간이지."

"무얼 하십니까?"

약간의 간격을 두고 스완이 대답했다.

"……이 옥좌에 부왕께서 종일 앉아 계셨던 것이 생각이 나서 찾아와 봤다. 그리 계시다 일어나면 다리를 잠시 절기도 하셨는데, 항상 웃고 계셨지."

벨바롯트는 선왕의 흔흔히 웃는 얼굴을 상기했다. 어렵지는 않았다. 스완은 선왕을 몹시 빼닮은 여자였다. 그 성정은 정반대이지만.

스완이 물었다.

"나라라는 무거운 것을 이고 살아야 하는 왕이 어째서 이토록 편치 못한 의자에 앉아야 하는 것인지, 알고 있느냐?"

"그 무게를 이해하실 분은 오로지 폐하뿐이십니다."

"……재미없는 대답은."

짧게 웃은 스완이 조금 더 탄회한 어조로 말했다.

"언젠가 예이건이 우리에게 물었을 때, 리아작은 그것을 관습이라고 말하였다. 칼키투스는 저라면 황금으로 만든 새 의자를 올리겠다 했고, 크란은 왕이 되지 못한 의자의 제작자가 왕을 괴롭히기 위해 발휘한 사소한 장난에서 시작되었을지도 모른다고 했지."

"……."

"그 질문에 대한 답은 듣지 못했다."

"예이건 공께서는 불명확한 수수께끼를 좋아하는 분이셨지요. 기억합니다."

"타라히아가 궁금했는지, 부왕을 쫓아가 똑같이 물었어. 부왕께서는 답을 아시느냐고……. 부왕께서는 무어라 하셨는지 아느냐?"

미미하게 고개를 저은 벨바롯트가 대답했다.

"말씀해 주십시오."

"작은 불편조차 감내할 인내심이 없는 자가 돌볼 수 있는 것은 오직 한 뼘의 사방뿐일 것이라 하셨다. 이 차가운 왕좌가, 위대한 선조들이 언젠가 안일해질 어리석은 후대에게 내리는 뿌리와 같은 가르침이라고도. 그때 제대로 귀담아들은 것 같지 않은데도, 가끔 부왕의 그 말씀이 생각날 때가 있지."

"훌륭한 분이셨습니다."

"훌륭한지는 모르겠다만, 지은 죄가 많지는 않은 분이셨지. 그것만큼은 확실히 알아."

텅 빈 듯한 목소리가 어둔 홀을 울려 벨바롯트는 그도 모르게 뒤돌아보았다. 길게 뻗은 자색 융단 위로 횃불 그림자만 어른거렸다.

사락사락. 치마를 끌며 계단을 올라간 스완이 왕좌를 가리키며 물었다.

"앉아 보련?"

벨바롯트는 고사했다.

"폐하의 자리입니다."

"몇 달 후면 네가 예 앉아 무수한 사람들을 어르고 달래며 화내고 소리치게 될 터인데, 미리 그 불편함에 익숙해지는 것도 나쁘지 않지."

"떠나신 후에도 폐하의 옥좌에 앉을 뜻은 없습니다. 이 넓은 곳에 앉을 의자 하나 더 두는 것이 어렵지 않은 일이니."

작게 웃은 스완이 그를 턱짓했다. 벨바롯트는 단상 위로 한 걸음, 한 걸음 따라 올라갔다. 그는 스완을 마주 보았다. 본디 그녀를 찾은 목적이 있었는데 어딘지 평소와 다른 이 공기와 분위기와 저 눈이 그의 인내를 불러왔다.

먼저 이야기를 꺼낸 것은 보일 듯 말 듯 한 미소를 머금고 왕좌의 등받이를 더듬던 스완이었다.

"이 시간에 내 알현실을 지키는 건 이 의자뿐인데, 이를 탐한 것이 아니라면 왜 여기 있느냐?"

"알현실에 찾아오는 가신은 언제나 폐하를 알현코자 하는 것을 잊으셨습니까?"

"어쩐 일로?"

"이민족과의 만남을 금하셨다는 명을 들었습니다."

벨바롯트는 그것을 심히 이상하게 여겼다. 그가 이민족을 찾아가기 직전 찾아온 스완이 그런 명을 내렸다는 것이다.

말없이 그를 바라보던 스완이 긍정했다.

"그리했다."

"그자를 만나 하문할 것이 있습니다. 명을 철회하여 주십시오."

"아니, 이제 관여치 말거라. 그자의 답은 얻었으니까."

단조롭게 답한 스완이 옥좌의 형이상학적인 굴곡으로 조각된 팔걸이를 내려다보았다. 그저 시선을 둔 곳에 옥좌가 있는 듯 의미 없어 보이는 눈빛이었다.

벨바롯트의 입술이 서서히 열렸다.

"……들으신 겁니까?"

목소리는 지독히도 낮았다. 스완은 대답하지 않았다.

"누구입니까."

그로 인해 스완의 속은 조금 더 수런해졌다.

바카란, 그 귀여운 청년은 탈 없이 지나쳤노라 생각한 모양이었으나 그녀는 그의 미세한 반응과 불안으로 하여금 흉수의 시작을 가늠해 냈다. 그 연유까지도.

"업보라는 것이겠지."

"무슨 말씀이십니까?"

"벨비, 내 알아서 해결할 테니 너는 모른 체 네 일을 해라. 그러잖아도 바쁠 텐데, 고생하게 했다."

"폐하를 지키는 것이 제 할 일입니다. 누가 폐하께 위해를 가하려 했는지 말씀해 주십시오. 그리하면 조처하겠습니다."

살짝 입술 끝을 말아 올린 스완이 벨바롯트를 올려다보며 고개를 저었다.

"말하기 싫은데."

"폐하."

"내 알아서 하마. 이런 일이 하루 이틀도 아니고……, 특별히 예민하게 굴 것도 없다. 바카란 때문에 날 찾아온 거라면 돌아가 쉬렴. 야심하구나."

벨바롯트는 단숨에 그녀에게 다가가 코앞에 마주 섰다.

"그런 일까지 벌어지고, 이민족까지 얽힌 상황에서 아무 일도 없었던 것처럼 덮어 버릴 수는 없습니다. 누구이기에 폐하께서 옹호하시는 겁니까."

"옹호하지 않았다."

"침묵은 때때로 그와 다르지 않습니다."

"옹호도, 용서한 것도 아니다. 답지 않게 넘겨짚고 흥분하지 말렴."

"폐하."

직시하는 검은 눈동자에는 노기가 어려 있다. 스완은 오래 그 눈을 마주 보지 않고 비스듬히 몸을 틀었다.

"애초에 내가 네 새끼는 아니지 않아. 오히려 내가 너를 돌보아야 하는 사람이고."

벨바롯트는 스완이 긋는 명백한 선 앞에서 주먹을 움켜쥐었다.

그 역시 알고 있었다. 그는 스완과 법적으로 공인된 부부지간이지만 전부 허울이다. 이제 그는 그녀가 왜 그를 국서로 선택한 것인지조차 알았다. 이번 전쟁 선포가 있은 후 깨닫게 된 것이다.

그녀는 그녀의 빈자리를 지키게 할 사내가 필요했고, 거기에 로크란드라는 변경의 백작은 적당했다. 대대로 기사이므로 그녀가 없는 동안 뮈아드로의 군사 실권을 장악할 수 있으며, 대대로 라르크를 지켜 온 집안이므로 섭정이 된들 그 반발이 적을 것이었다. 담백하게 변경에 처박혀 있던 그에게 씌워진 우직한 수호자라는 인상 역시 그녀에게는 적당한 조건으로 보였을 것이다.

하지만 그를 깨닫기 전부터도 벨바롯트는 그녀와 자신이 남편과 아내로서 대등할 수 있을 거라 상상한 적 없다. 감히 욕심을 내지도 않았다. 그는 그녀의 곁자리를 취한 것만으로도 과분한 영광이라 믿고 있었고, 그것이 전부였다.

그녀는 군주, 그는 가신.

그들 관계의 본질은 그리하여 저 두 문장으로 설명되는 것이다. 비록, 오랜 시간 든 정이 서로를 남자로, 여자로 매혹할 때가 있고 가끔은 헷갈리더라도.

알지만 사람이란 머리와 가슴이 반대로 날뛰는 곤혹스러운 경험을 피할 수 없기 마련이다. 어쨌거나 시작된 관계는 날카로운 나이프로 빵을 잘라 내듯 쉽게 잘라 낼 수 없었다.

처음 그를 굴복하게 한 건 뢴사에서의 사건이었다.

그녀와 혼인한 지 얼마 지나지 않아, 스완과 벨바롯트는 뢴사에 방문해야 했다. 국가적 사안을 논의하는 자리라 하였으나, 세 약한 라르크의 입장에서 최대한 마찰을 피하고자 우의를 다지는 자리였다.

뢴사의 왕자는 로라하라는 자였는데, 스완과 혼인하기 전부터 그녀에게 추근거리고 성가시게 굴었던 자였다. 패기가 넘쳐 말을 가릴 줄 몰랐다.

–국서라기에 궁금했는데, 변경의 이런 별 볼 일 없는 나부랭이를 데려다가 앉힐 줄 몰랐습니다. 우리 아름다우신, 여왕 폐하께서는 역시나 남다르십니다.

벨바롯트는 귀를 닫고 참아 눌렀다. 그의 역할이라 생각했다. 스완의 곁에서 분란을 일으키지 않고 자리를 보전하는 것. 자존심이 조금 구겨지는 것은 괜찮았다. 원하던 여자를 얻지 못한 치졸한 사내의 질시라 생각하면 눈감아 넘길 수 있을 일이었다.

스완 역시 필요할 때의 인내와 인내하고 싶지 않은 상대에게의 인내를 명백히 구분하는 사람이었다.

–말조심하는 게 좋겠구나, 로라하 왕자.

뢴사에서 그들이 취해야 할 자세는 애석하게도 낮았고, 약소국의 비애란 그런 것이다.

회담이 끝나고 연회가 있기까지 모든 것이 적당히 모욕적이며 적당히 순조로운 정도를 유지했다. 그날 밤 연회에서 술에 잔뜩 취한 로라하 왕자가 끝내 선을 넘기 전까지는 말이다.

륀사의 왕과 왕비와 한담을 나누고 있던 그녀에게 다가간 로라하 왕자가 '오늘 밤 내 침실로 오라.'는 말도 안 되는 소리를 지껄이는 것을 막을 수 있는 이는 없었다.

-뭐라고?

-저자와 비교를 해 보고, 다시 남편을 고르라는 말입니다. 네가 놓친 내가 어떤 사내인지 가르쳐 주겠다고. 다들 안 그런가? 내가 이 말수 없는 시골 촌놈보다 못할 리가 없잖아!

바로 그 옆에 앉은 벨바롯트를 조롱거리로 만들면서. 이를 데 없는 치욕이었다. 그에 대한 모욕이라기보다는 스완을 향한 모욕이다. 도저히 눈감아 줄 수 없을 지경의 작태에 노한 벨바롯트가 일어서 그자에게 결투를 신청하기도 전이었다.

스완이 더 먼저 일어서 그 자리에서 로라하 왕자의 목덜미를 잡아채 뜨거운 수프가 가득 든 볼에 그 얼굴을 처박았다. 눈 깜짝 할 새 연회장은 난장판이 되었다.

-이렇게 형편없는 몸뚱어리로 터진 게 입뿐이라고. 함부로 떠드는 것은 예전이나 지금이나 변함이 없구나, 로라하 입센 팔그레치아. 너희 종자들이 늘 정도를 찾지 못한다는 것이야 온 북부에 유명하지만.

륀사의 왕의 면전이었다. 그건 륀사에 대한 모욕이었다.

망신을 당한 로라하 왕자는 난동을 부려 댔고, 벨바롯트는 지지 않고 뢴사의 왕에게까지 그 형편없는 자식새끼의 역겨움을 씹어 뱉는 스완을 도리어 뜯어말리게 되었다.

—물러나 있어라, 벨바롯트. 일로리치, 조펠린, 네 낯을 봐 네 자식새끼가 내내 지껄이던 역겨운 소리를 다 참아 주었는데 가관이구나. 이 모욕의 대가는 어떻게 치를 거지?

로라하 왕자는 궁상맞게 실려 갔고, 양국의 분위기는 엉망진창이 되었다. 연회도 자연히 끝났다.

그리고 그날 밤, 뢴사의 왕이 사람을 보내어 명했다. 제 자식은 주취 상태에 벌인 실수였으나 그 대응이 도리어 모멸적이었으니 둘 중 하나가 로라하 왕자에게 성심을 다한 사과를 하라는 말이었다.

실로 모욕적이었다. 그러나 벨바롯트는 뢴사에서의 일을 엉망으로 만들 수도, 그렇다 하여 스완에게 그 모욕을 잊으라 할 수도 없었다.

—도리가 없습니다.

벨바롯트는 그 문제가 대국의 왕자가 아닌 그를 택한 그녀의 선택이라기보다는, 한미한 변경의 사내가 감히 여왕의 국서가 된 대가라 스스로 받아들이기로 했다.

—폐하께서는 돌아가십시오. 내일 중 제가 해결하고 뒤따르겠습니다. 그리하면 폐하의 체면이 상할 일은.

—네가 미쳤구나.

—폐하, 영민하신 폐하께서도 이미 알고 계시지 않습니까.

스완은 모든 굴욕감을 감내하고라도 가능한 외교적인 해결을 모색하는 벨바롯트를 도리어 힐난했다.

—그리 내게 추근거리면서 너를 깎아낸 자를 옹호해?

—뢴사의 국왕은 우리가 협상해야 할 상대입니다. 폐하께서도 평소답지 않게 성질을 이기지 못하신 것이 사실이니.

스완은 어이가 없다는 듯 웃더니 그대로 방을 떠났다.

―그 모욕을 듣고도. 한심한 사내새끼로구나. 전부 꼴 뵈기 싫다. 따르지 마라.

그것은 이루 말할 수 없는 노여움을 일으켰다. 참고 싶어 참은 것이 아니라, 참아야 하기 때문에 참은 것이다. 그를 스완은 알아주어야 했다. 그는 그녀를 위해 자존심이 구겨지는 것은 참을 수 있었지만 그녀가 그를 그런 식으로 본다는 것을 용납할 수가 없었다.

느닷없이 시작된 부부 싸움에 라르크의 수행원들은 당황했다. 벨바롯트는 그녀를 따라 나갔다. 그녀는 호락호락한 여자가 아니었고, 벨바롯트가 그녀를 잡아챘을 때는 뢴사의 왕궁에서 한참 떨어진 황금빛 평야에 이르러 있었다.

벨바롯트는 무작정 그녀를 붙잡아 말에서 끌어 내렸다. 스완은 발버둥 치듯 그를 밀쳐냈고, 끝내 그는 그녀를 쓰러뜨렸다. 잔뜩 골이 난 얼굴로 그를 쏘아보던 파란 눈이 어찌나 당혹스럽던지.

창연한 밤하늘 쏟아져 내리던 별빛에 비치던 그 얼굴이 어찌나 그를 고통스럽게 했는지 모른다. 그리 한참 놓으라, 놓지 못하겠다 엎치락뒤치락하던 스완이 돌연 어이가 없단 듯 웃기 시작했다.

―……이게 무슨 꼴이냐?

벨바롯트 역시 그렇게 생각했다.

―내게 정부가 되겠노라던 사내였다. ……예전에 넌 그것이 체통에 어긋난다 했지. 그러더니 이제는 망신을 줘서도 안 된다고? 그런 네 코앞에서 그런 망발을 하는 자를 보고도. 너는 정작 너 하고 싶은 대로만 하면서.

―스완, 적당히 하십시오.

―싫어.

–당신이 애입니까?

–네가 애 취급을 하고 있지 않나? 내 자랑스러운 부군의 기대에 부응해 줘야지, 아, 그래, 생각해 보니 네게는 모욕조차 아니었겠구나. 내가 그자의 침실에 든들, 부군이 아니라 언제라도 도망칠 궁리만 하는 신하를 얻은 나이니. 아내에 관심도 없는 사내와 어찌 비교를…….

그것이 아니었다.

그래서가 아니다.

그저, 다른 사내와 당신을 공유한다는 현실을 받아들이고 싶지 않았을 뿐이다. 당신에게 이 몸까지 내던지고 나면 정녕 모든 것을 돌이킬 수 없어질 것 같아 그러했다. 남편이라는 지위에 욕심이 생기면, 이제까지의 신하 된 사내로 섬길 수 없을 것을 알아 그리하였다. 그리하여 당신에게서는 아무것도 바라고 싶지 않다. 지금도 마찬가지다. 그런 진심은 참을 수 없는 욕망으로 그녀의 입술에 입 맞추는 순간 스러졌다.

황금빛 물든 들판, 헤아릴 수 없는 별들이 머리 위를 비추던 밤.

그는 처음으로, 그녀가 섬길 군주라는 사실을 잊었다. 그녀의 둥근 뒤통수를 움켜쥐고, 거침없이 그를 상처 입힌 여자의 입술에 키스했다.

그래선 안 되는 일이었다는 생각도, 이미 두 입술이 부르튼 후에야 떠올렸다.

그날, 전부 무너졌다.

–나도 그자가 싫습니다. 살며 들어 본 적 없는 모멸에도 인내하는 것은, 그것이 당신을 위한 것이기 때문입니다.

–모욕을 참는 것도 한계가 있어. 내게 빈말로 농담 던지는 것이라면 저 한심한 작자가 또 한심한 소리를 떠드는구나 하였을 것이다.

하지만, 그토록 많은 사람들 앞에서, 내 사람을 모욕하여 나를…….

—당신이 그러지 않았다면, 오히려 내가 해결했을 겁니다.

—어떻게.

—결투를 신청할 생각이었습니다.

—……그 한심한 작자에게 그리될 일이야 없겠지만, 네가 죽는다면?

—그럴 일은 없었겠지만 폐하께서 보복해 주시겠지요.

스완은 웃었고, 벨바롯트는 다시 키스했다. 그러고 싶었다.

그날 밤. 벨바롯트는 처음으로 그녀와 몸을 나누었다. 그 결과 원치 않았던 혼인 생활의 부산물을 얻었다. 남편으로서 자신의 위치를 얻고자 하는, 달갑지 않은 욕구의 인정이었다. 어쩔 수 없이 자연스러운 일이기에, 벨바롯트는 그를 애정이나 사랑이라는 허튼 낱말로 표현하지는 않을 것이다.

이를테면 법적 남편이라는 위치가 그에게 준 보호 본능이었다. 아내라는 위치보다 여왕이라는 지위에 더 익숙한 그녀는 평범한 범부의 심경을, 결코 이해하지 못할 것이다.

하지만 알고도 참을 수 없을 때가 있다.

"이번 일은 내 사려한 후 알아서 할 터이니 이럴 것 없……."

"허튼소리 마십시오."

스완의 눈이 동그래졌다.

"뭐?"

"허튼소리라 말씀드렸습니다. 비록 제가 섬기는 주군이시지만 그에 앞서 폐하는 제 아내입니다. 이런 중차대한 일에 저를 배제하시는 것은 부당합니다."

성나 뱉어 낸 목소리가 메아리처럼 울렸다.

'아내.' 낱말의 무게가 낯설어, 두 사람 사이 찾아온 것은 침묵이었다. 한참 입술을 벌리고 보던 스완의 얼굴에 웃음이 번지기 시작했다.

벨바롯트의 귀가 조금 벌게졌다.

"웃으시는 겁니까?"

"아니, 아니…… 당연한 말을 그리하니."

스완은 웃음을 꾹 참아 눌렀다. 벨바롯트는 민망해하는 것처럼도 보였고 언짢은 것처럼도 보였는데, 뭐라 해야 할까, 놀라웠다.

"듣기는 좋구나. 너의 아내라…… 그래, 당연히 너는 나의 남편이고, 나는 네 아내지. 아국의 국부이자, 방패, 그리고 용맹한 늑대의 아들."

스완의 팔이 벨바롯트의 어깨를 부드럽게 휘감았다.

"하여 남편으로서 아내를 강요하겠다? 군신 놀이는 저버리고, 네 몸과 마음 전부 다 바칠 것이냐?"

"그리 놀리시면 편안해지십니까."

벨바롯트는 약간의 짜증스러운 내색으로 그녀를 밀어냈다. 그의 숨은 거칠었다 고요했다를 반복했고 그러는 동안 목까지 붉어졌다. 스완은 웃으며 지켜보았다.

한참 후 말을 고른 벨바롯트가 말했다.

"저는…… 폐하의 가장 충직한 신하가 되어 섬길 것이며, 언제까지고 폐하의 옆에 머물 자격을 가질 수 있는 유일한 사내라는 자만도 없습니다. 하지만 지금 저는 당신의 남편으로서 이곳에 있고, 아내 된 여인을 염려하는 것은 남편의 의무이자 어쩔 수 없는 도리입니다. 그 당연한 것을 이해하실 만큼 영민하신 분께 왜 이런 말을 하고 있어야 하는지도 모르겠습니다."

스완이 나긋한 목소리로 속삭였다.

"그래서, 내 남편이고 싶으냐?"

"……."

"벨비. 내게 신하는 많다. 이 융단을 따라 걸어 나가면 온통 내 사랑하는 가신들이 기다리고 있겠지. 신하가 아닌 부군이고 싶어, 특별하고 싶으냐?"

가볍되 나직한, 매혹하되 명령하는 듯한 목소리가 귓전을 감돌았다. 벨바롯트가 씹어 뱉듯 말했다.

"그만두십시오. 사람 간의 관계가 그리 이분하여 정립될 수 있는 것이 아닌……."

그의 말끝은 그녀의 숨이 되어 삼켜졌다. 입술 위로 포개어진 따뜻한 입술에 벨바롯트는 잠시 숨을 참았다. 스완의 팔이 그의 목을 휘감아 안았다.

벨바롯트는 그녀를 밀어내지도, 그렇다고 하여 받아 주지도 않은 채 눈을 내리떴다.

그런 그와 시선을 맞춘 스완이 속삭였다.

"남편이라면 아내에게 키스해야지."

가슴이 크게 뛰었다. 무덤 같은 적막 속에서 그는 끝내 그녀의 뺨을 움켜쥐고 삼키듯 입 맞추었다. 어쩌다 이리된 것인지는 생각지 못했다. 붉은 머리칼을 한 움큼 움키며, 얄궂게 놀리는 입술을 빨고 물었다. 겸허와 공손이 아닌 먹먹함과 욕망으로 새카만 가슴에 굴복한 셈이었다.

그녀의 입술은 기다렸다는 듯 열렸다. 그는 그녀의 입술을 빨고, 그의 혀는 화난 만큼 그녀의 입 안을 헤집었다. 뜨거운 숨과 함께 쫓고 쫓는, 쫓기는 이 없는 입맞춤을 잇고 또 이었다. 숨이 턱 끝까지 차올라, 어느새 두 사람은 갈구하듯 서로의 호흡만 쫓아 입술을 부딪쳤다.

"아."

강한 입맞춤에 주춤주춤 떠밀린 스완은 옥좌에 주저앉았다. 벨바롯트는 옥좌의 팔걸이를 쥐고, 감히 한 손으로 그녀의 턱을 움켜 젖혀 더 깊숙이 입 맞추었다. 왕의 입술을 탐하라. 그것이 왕명인 것처럼.

아국의 혼을 누대 이어 온 거룩한 옥좌의 영전(靈殿) 앞에서, 감히.

그리 한참의 입맞춤 끝에, 화가 날 정도로 빠르게 뛰는 가슴을 주체하지 못하여 도리어 정신이 들었다. 입술을 뗀 그는 받은 숨 대신 성난 신음을 뱉어 내며 그녀를 놓았다. 스완은 그저 웃는다.

뒤이어 든 생각은 '또 당했다.'였다.

스완은 기가 막힐 정도로 사람을 잘 조종하여 교묘하게 상황을 만들곤 했다. 하루 이틀의 일도 아니었건만 이럴 때면 그는 자신이 사내라는 사실마저 어떤 장애물처럼 느껴졌다.

"이런 식으로 모면하려 하지 마십시오."

"내가 무얼 잘못했다고 '모면'이라 하느냐? 부군과 입맞춤하는 아내를 이리도 타박해서야."

"왜 말을 않으십니까."

진심 어린 염려가 역력한 그의 눈을 빤히 올려다보던 스완이 팔을 뻗어 그의 목깃을 끌어 내렸다.

"이번만 장님이 되어 주련?"

"……."

"이미 나에 대해 많은 것을 알고 있는 너이지만, 네 아내가 사연이 많구나."

"듣겠습니다."

"……허심탄회하게 털어놓고 싶지만, 나는 지금 당장 내 부군에게 어찌 설명할지조차 몰라. 나 스스로 이번 일을 매듭지은 후에 너와 나누마. 나의 말로써 약조하마."

벨바롯트는 미동 없이 그녀의 눈을 응시했다. 신비로울 만큼 푸른 눈동자가 외로웠다.

복잡한 속내를 덮어 낸 침묵을 들추면, 새까맣게 타들어 간 속이 흉할 것이다. 하지만 벨바롯트는 그녀의 눈을 마주 보며 그녀 역시 다르지 않으리라 생각하지 않을 수 없었다.

옥좌에서 일어난 스완이 찬찬히 단상 아래로 내려갔다. 벨바롯트는 미련을 버리지 못하고 그녀를 불렀다.

"폐하, 누구인지."

"벨비. 내가 겪게 될 배신은 오늘이 마지막이 아닐 테지만……."

느리고 공허한 그녀의 목소리가 조용히 울려 퍼졌다.

"그래도 네 덕에 마음이 낫구나. 고맙다."

멀어져 가는 그녀의 뒷모습에 시선을 고정시킨 벨바롯트는, 그녀가 끝내 뒤도 돌아보지 않고 노르테 홀을 벗어나는 것을 침묵으로 바라보았다.

그리하여 완전히 멀어진 끝에, 이 왕들의 영전에 홀로 남은 그는 천천히 계단에 걸터앉았다. 목덜미가 무겁고, 한숨이 뭉쳤다. 한번 저리 고집을 부리면 곧 죽어도 마음 바꾸지 않을 그녀를 모르는 바가 아니었다.

피로한 그의 검은 눈동자에 초연히 빛나는 왕좌가 비쳤다. 여왕의 남편인 이상, 그가 겪어야 할 이런 답답한 일은 오늘이 마지막이 아닐 터이다.

한 손으로 얼굴을 쓴 그가 가슴을 크게 들먹였다. 밤처럼 깊은 한숨이 흘러나왔다.

페이작은 최고사령관이 될 스완을 최우선으로 보필할 정예 기사들을 통솔하는 기사단장으로 임관될 예정이었으므로 이러니저러니 해도 바빴다. 때문에 오늘도 기사들의 마지막 보고를 끝으로 늦은 새벽에야 방으로 돌아올 수 있었다.

활짝 열어 둔 창으로부터 밀려드는 바람이 커튼 위로 파도를 일으킨다.

그는 습관처럼 연갈색 범가죽이 걸린 벽, 널찍한 침대와 화려한 무늬의 카펫, 솔방울이 걸린 창, 여러 종류의 크고 작은 무기가 걸린 무기걸이, 그리고 갑옷들이 장식처럼 진열된 방을 차례로 훑었다.

귀를 열고, 감각을 확인한 후에야 걸음에 힘이 풀리는 건 버릇된 본능이었다.

창가로 걸어간 페이작은 창문을 닫으려던 손을 멈추었다. 낮보다 훨씬 서늘한 공기에 붉은 머리칼이 흐트러졌다. 조각보다 더 조각처럼 솟은 콧등 위로 쏟아지는 머리칼을 쓸어 낸 그의 파란 눈이 잠시 외야에 머물렀다.

이리도 새카말 수 없는 밤이었다. 달도 있고, 별도 있으며, 저 앞에는 횃불들과 불 꺼지지 않은 궁전의 빛이 반짝이는데 그저 깜깜하다는 느낌만 들었다.

창끝에 손을 걸친 페이작은 이민족이 머물고 있을 동쪽 궁 어귀에 잠시 시선을 두다가 마음을 바꾸어 그냥 창을 등지고 탁자로 향했다.

또각또각.

잔에 포도주를 따르고 있던 페이작의 턱이 들렸다. 곰의 발을 훔친 시종과 다르게 고요한 맹수처럼 설레는 걸음의 기척이 다다른다. 끼이이 문이 열렸다.

두 번째 잔에 포도주를 따르고 있었던 페이작은 돌아보지 않고 말했다.

"이민족 어린 꼬마가 누님을 만족시켜 주지 못한 모양이네."

말없이 걸어온 스완은 그가 따라 둔 포도주 잔을 건네어 받았다. 희디흰 피부와 소리 없이 내리깔린 눈꺼풀과 열없는 온도의 벽안, 뜻 없이 다물린 그림처럼 아름다운 붉은 입술을 비스듬히 내려다보았다. 그와 그녀는 매우 닮아서, 페이작은 때때로 그녀의 기분마저 알 수 있었다.

"아니면 그 반대던가."

단숨에 포도주 한 잔을 더 들이켠 스완이 고개를 저었다. 그녀는 숄을 벗고, 답답하게 조이는 드레스의 끈을 풀어냈다. 잔만 살랑살랑 흔들며 그런 그녀를 바라보던 페이작은 이내 피식 웃고는 창을 닫아걸었다.

"아직 밤공기가 차."

속치마만 남긴 스완이 흐트러진 긴 붉은 머리칼을 정리해 내렸다. 그러고는 자연스럽게 그의 침대 위로 올라가 베개에 머리를 뉘었다.

"오늘은 여기서 자고 가야겠다."

홀짝홀짝 포도주를 들이켠 페이작은 동쪽 어귀에 머물 이민족이 그녀의 기분을 어떻게 이렇게 망쳤을지를 생각했고, 그다지 원치 않는 결론을 떠올렸다.

"악몽을 꾸고 누님이 아우의 침실로 와 주었군."

"주거니 받거니 공평하지."

"내가 이제 다 큰 사내인 거 알고?"

스완이 실소하며 이불까지 끌어 덮었다.

"잔망 떠는 소리는……."

어릴 적에는 함께 머리를 맞대고 잠들곤 했었더랬다. 스완에 대한 애착과 그녀의 관심에 메말랐던 페이작이 먼저 그녀를 쫓아간 적도 있었고, 스완이 그의 침실에 머물다 까무룩 잠이 들어 떠나지 않은 적도 있었다. 대체로 스완이 그의 침실을 찾아오는 건 아주 심란할 때일 경우가 많다.

포도주 잔을 비워 낸 페이작은 이윽고 신음 같은 한숨을 내쉬며 이마를 긁적였다.

"이런 말 하고 싶지는 않지만…… 엄한 소리 돌아 누님에게 폐가 될까 봐 그런다."

"내가 아우와 어릴 때처럼 시간을 보내겠다는데, 뉘가 무어라 하려고?"

"왜 이러시는지."

"폐인지 아닌지도 내가 결정할 일이지."

잔을 내려놓은 페이작은 겉옷만 벗어 정리했다. 그러곤 얇은 셔츠와 바지만 입은 그대로 침대 위로 올라가 그녀를 마주 보고 누웠다.

스완은 잠든 시늉이라도 하려는 듯 눈을 감고 있었는데, 미간에 약간의 주름이 잡힌 채였다. 페이작이 그녀의 미간을 꾹꾹 눌렀다.

"피곤하니 건드리지 마."

"잡생각 하면서 안 잘 거잖나."

"알면 생각하게 둬."

엎드린 페이작이 턱을 괴었다. 애정 어린 벽안에는 약간의 안쓰러움이 더해져 있었다.

그는 스완이 이런 식으로 자신의 고초를 내보여 주는 사람이 오직 자신이라는 즐거움과 그녀를 배신하여 화나게 한 자들에 대한 밑 없는 경멸감을 동시에 느꼈다.

"누님."

"……."

"내가 틀렸나?"

긴 눈꺼풀이 서서히 열렸다. 적이 지쳐 보이는 그녀의 눈을 마주 보던 페이작이 미소를 머금고 분위기를 풀어 보려 했지만, 스완은 미미하게 고개를 저으며 모로 누웠던 몸을 바로 뉘어 그의 시선을 피했다.

페이작은 아득한 생각에 잠긴 듯한 스완의 옆얼굴을 응시하다가, 손을 뻗어 길고 붉은 머리칼을 쓸어내렸다. 매만지고, 어루만졌다.

오늘은 물어도 말하지 않을 것이 뻔하였으니, 굳이 더 캐묻지는 않았다. 페이작은 그녀가 듣고 싶어 할 말이 무언지 살갗으로 알았다.

"누님, 세상이 누님을 배신하는 날이 와도, 나는 누님의 편이야."

나른히 잠긴 맹세에 스완의 입술 끝이 살짝 웃음기를 머금는다. 페이작이 그녀의 이마를 가볍게 치며 몸을 반대로 돌려 뉘었다.

"어쨌거나 그러니 일단 눈부터 붙여. 또 쓸데없는 꿈을 꾸거든 내가 깨워줄 테니."

"입 다물거라."

낮은 웃음소리를 낸 페이작의 시선은 서서히 새까만 외야를 드리운 창으로 향했다. 저 멀리 별이 그득하건만 밤은 어둡기만 하다.

스완은 그에게 세상을 사랑하는 법을 알려주었다. 그리하여 그는 한때는 증오했던, 자신을 낳은 이 나라를 사랑하게 되었다. 그러나 가끔 그는, 이 세상이 그녀의 그런 자비를 얻을 자격이 있는지 의문이 들었다.

오늘 같은 밤에는 특히나.

그로부터 열흘 후, 쾨니에의 영지경계선을 지나는 성대한 여왕의 행차가 있었다.

바람은 따스했고, 공기가 달콤한 날이었다. 뮈아드로의 군사들은 너른 벌판을 지나, 작은 마을을 지나, 영주성에 이르렀다. 선두에는 자색 망토를 걸친 젊은 여왕과 여왕의 이복동생이 함께였다.

쾨니에의 따사로운 오후의 햇살이 세련되고 정련된 뮈아드로인들의 머리 위를 내리쪼이는 것은 비현실적인 어느 명화 속의 모습을 연상케 하였다.

좁다란 반원형의 내성벽을 지나 안마당에 이르자 영주성의 식솔들이 하나둘 그들을 향해 고두하였다.

"폐하."

붉은 머리칼을 틀어 올린 스완은 사슴처럼 아름답게 뻗은 목을 틀어 경의를 표하는 성의 식솔들을 내려다보았다.

지체 높은 이의 벽안에서는 높고 하얀 갈리아우의 산맥과 같은 고고함이 머물고 있다. 그 옆의 남색 성장을 갖춰 입은 늠름한 왕자로부터는 차마 눈 마주치기 어려운 거친 매서운 인상이 짙다.

사위를 돌아본 스완이 말에서 내렸다.

"달라진 것이 없구나."

뒤따라 내린 페이작이 어슬렁거리듯 걸어 성 앞마당에 대중없이 쌓인 짚단과 마당 한편의 견사 근처를 거닐었다.

"평가가 후하시군. 내가 볼 때는 더 형편없어진 것 같은데."

오래전 쾨니에에 들렀을 때보다 훨씬 낙후된 느낌이 있다는 것은 거짓말이 아니었다. 낡은 것이 늘 따스한 감상을 주는 것이 아니듯 쾨니에 성은 남루한 채로 정체된 것처럼 보였다.

성의 입구에서 빠른 걸음으로 내려오는 한 남자가 보였다. 등 뒤로 기사 둘과 하인 셋을 거느린 갈색 머리칼의 남자는 장신의 사내였다. 그는 얇은 상의에 검은 바지와 회색 부츠를 신은 차림이라 승마라도 하려는 것 같은 인상을 주었는데, 부쩍 마른 체구였다.

"폐하, 전하, 어찌 이렇게 기별도 없이."

페이작이 그녀의 옆으로 나란히 섰다. 스완은 뒤늦게야 그를 알아보고 눈을 살짝 키웠다.

"……오베이언, 너이냐?"

"어서 오십시오. 무탈하신 모습 뵈니 실로 기쁩니다."

그녀는 그의 달라진 모습에 내심 놀랐다. 수년 전 어울렸을 때보다 훨씬 살이 빠져 볼이 더 갸름해졌고, 혈색은 영 거뭇했는데 수염도 며칠 제대로 관리하지 않은 듯 거칠었다. 다만 특유의 자상하던 미소는 변함없이 부드러웠다.

"덕분이지."

"끝까지 돕지 못한 것이 계속 마음에 걸렸습니다."

"무탈하니 됐다."

오베이언은 그녀의 손등에 입술을 맞추었다. 미약하게 술 냄새가 났다. 스완이 실소했다.

"간밤 과음을 한 모양이구나. 하지도 못하는 술을 그리 마셨어? 그간 좀 늘었느냐?"

"조금은 늘었습니다. 벗들과 어울리다가 지나치고 말았습니다. 미리 방문하실 것이라 언질을 주셨다면 결코 그러지 않았을 겁니다.

송구합니다."

"송구할 것까지야. 그대와 함께한 정이 있는데."

뒤이어 오베이언은 페이작을 향해 예를 보인 후 겸허한 안부를 보냈다. 페이작은 무뚝뚝하게 그를 외면한 후, 오베이언의 뒤에 서 있는 작은 소녀에게로 시선을 미끄러뜨렸다.

"그 계집아이는?"

"딸아이입니다. 아그렛, 인사 올리거라. 폐하와 왕자 전하시다."

오베이언이 소녀의 등을 떠밀어 그들에 앞세웠다.

"……안녕하세요."

소녀는 주춤거리는 것이 아닌 절뚝거리는 걸음걸이를 가졌는데, 스완은 이내 기억해 냈다. 오베이언과 레기사의 장녀는 태어날 때부터 한쪽 다리가 불편한 장애를 가지고 있었다.

허리를 숙여 아이와 눈을 맞춘 스완이 엷게 미소 지었다.

"그 아이가 이리도 컸다니. 아그렛. 또 보는구나."

소녀는 오베이언을 닮은 연한 갈색 머리칼에 어미를 닮은 녹색 눈을 지닌 귀여운 상이었다.

"네가 두 살 즈음일 때 본 적이 있었지."

"예……."

두려운 듯 제 아비의 눈치를 보던 소녀가 엉거주춤 치맛자락을 들어 절했다. 싱긋 웃은 스완이 몸을 바로 세우고는 오베이언에게 물었다.

"외숙의 건강은 좀 어떠하냐?"

"크게 다르실 것은 없습니다마는, 염려해 주신 덕에 요 며칠은 부쩍 편안해지셨습니다."

"다행이구나."

스완이 아담한 성을 올려다보며 중얼거렸다. 어릴 적에는 저 성도 제법 커 보였는데, 이리 작았는가 싶었다.

"일단 들어가시겠습니까. 기뻐하며 기다리고 계십니다. 폐하께서는 오시는 길은 편안하셨습니까."

"아무렴. 일전의 일 때문에 벌 떼처럼 끌고 왔으니 폐가 되었다."

"안전이 우선입니다. 폐하는 스스로를 돌보셔야 하는 분이니까요."

말없이 오베이언을 응시하던 스완이 간격을 두고 미소 지었다.

"못 본 새 제 낯을 반쪽으로 만들어 두고서도 충고는."

오베이언이 어색하게 웃었다. 스완이 돌아섰다.

"어쨌거나 외숙을 오래 기다리게 했으니 지체할 수 없겠구나. 안내해라."

"아, 송구하지만."

스완을 따라 성 입구로 몸을 틀던 오베이언이 멈칫 페이작을 돌아보았다.

스완의 두 걸음 뒤를 따르던 페이작은 서느렇게 그의 시선을 받았다. 오베이언은 면구하다는 듯 고개를 조아렸다.

"이런 말씀을 드리게 된 것은 유감이지만 전하께서도 기억하실 겁니다. 각하께서 워낙 편향적이신 분이다 보니……."

걸음을 멈춘 페이작이 비뚜름하게 미소 지으며 되물었다.

"그래서?"

"각하와의 접견은…… 각하의 건강을 고려해서라도 삼가 주시면 좋겠습니다."

오베이언 쪽으로 몸을 틀던 페이작이 순식간에 그의 멱을 잡아 올렸다. 누가 말릴 새도 없었다. 파란 눈에 경멸이 불길처럼 일었다.

휘청이며 두 걸음 남짓 끌려간 오베이언도 언제 그렇게나 자상했느냐는 듯 딱딱하게 표정을 굳혔다.

“이게 무슨 짓입니까, 전하.”

“버러지 같은 게 혓바닥이 붙어 있다고 떠들어 대니 주제를 가르쳐야 할까, 생각 중인데.”

“말씀이…… 지나치십니다.”

심상찮아진 분위기에 놀란 기사들이 숨을 죽였다. 따르던 소녀도 화들짝 몸을 떨며 겁에 질린 표정을 지었다. 일촉즉발의 분위기를 일시 해갈시킨 것은 스완의 짧은 부름이었다.

“페이작.”

“…….”

“‘여기서’ 소란 피우지 마라.”

못마땅한 듯 입술을 일그러뜨린 페이작은 그러고도 한참 오베이언을 노려보다가, 탁 던지듯 내려놓았다. 휘청한 오베이언이 잔기침을 뱉어 내며 목깃을 바로잡았다. 페이작은 찬바람을 일으키며 그 곁을 지나쳐 성으로 향했다.

볕을 가리는 커튼 틈새로 스며드는 빛이 아스라했다. 아스라하여 애처롭게까지 보였다. 적막과 고요가 팽배한 방이었다. 카펫은 낡았으며, 꽃병에는 꽃이 없고, 액자는 비어 있다. 달인 약 내음과 마른 풀내가 구석구석 퍼져 있어 도리어 사람 냄새가 희미했다.

“각하.”

방 한가운데에 위치한 널찍한 침대 모에 걸터앉은 오베이언이 연로한 노인을 일으켜 부축했다. 신중하고 조심스러운 몸짓만으로도 노인이 얼마나 미약한 상태인지 알 수 있었다.

"각하, 폐하께서 오셨습니다. 잠시 일어나 보십시오."

"폐하…… 폐하 말이냐?"

쉰 목소리가 낯설다.

앉은 외숙의 모습을 마주 본 스완은 내심 놀랐다. 오베이언의 달라진 모습보다 외숙의 달라진 모습은 더 극적이었다. 뼈대밖에 남지 않은 앙상한 몸이었다.

"폐하…… 우리…… 폐하께서 오시는 날이었느냐? 오늘이?"

노인의 마른 목소리에 희망이 돋아났다. 그녀를 발견한 노인의 검버섯 핀 얼굴에 희미한 미소가 번졌다.

"어찌 이렇게 갑자기……."

"저 왔습니다, 외숙."

다소간의 기쁨이 가쁜 숨으로 드러났다.

오베이언의 부축을 받아 침대에서 벗어나려던 타르키아 후작이 멈칫한 건 잠시 후였다. 노인의 탁한 녹색 눈동자는 스완의 바로 어깨 너머에 선 페이작에 멈추었다.

"……저자는 왜."

그는 놀라울 정도로 빠르게 표정을 굳히고 야윈 입술을 달싹였다.

"함께 오신 것입니까?"

'전하'라 부르지조차도 않는 그의 태도는 오늘 정도면 양호한 편이다. 냉소한 페이작이 빈정거렸다.

"노친네가 화낼 힘도 없는 모양이군."

"전하, 말씀이 지나치십……!"

"됐다, 오베이언."

언제 그토록 가냘팠느냐는 듯 냉엄하게 오베이언을 막아선 타르키아 후작이 턱을 빳빳하게 들고 페이작을 응시했다. 오베이언은 원망스러운 눈길로 잠시 페이작을 바라보다가 이윽고 시선을 내렸다.

스완이 둥근 탁자의 의자를 빼 앉으며 말했다.

"오베이언은 외숙의 건강을 염려해 막으려 했습니다만 명색이 호위를 위해 데려온 아우인지라, 마땅히 대우받지 못하면 내 마음이 그렇습니다. 양해하세요, 외숙."

"아우는, 무슨요. 제 조모도 내다 버린 근본 없는."

"그러지 마십시오."

타이르는 듯한 스완의 어조에 타르키아 후작은 씨근덕대는 듯한 숨을 뱉어 내며 외면했다. 오베이언이 그를 부축해 의자로 안내했다.

"폐하께서는 자비로우신 분이니 비천한 종자마저 아우라 받아 주셨지만, 저자는 선왕 폐하의 유일한 실수입니다."

마지막까지 미련을 못 버리고 쓴 말을 비수처럼 뇌까린다.

변치 않은 모습이었다.

쓰게 웃은 스완이 고개를 저었다. 그러고는 힐끔 페이작을 보았으나 페이작은 그 정도는 이미 예상했노라는 듯 무덤덤한 태도로 팔짱만 끼고 서 있을 뿐이었다.

오베이언은 곧 하인들을 시켜 차를 내어 오도록 지시했다. 거동조차 힘들 만큼 쇠약해진 주인의 역할을 대신하는 그를 거스르는 자는 없었다. 여전히 성의 가솔들에게 오베이언은 타르키아가의 사위로 받아들여지고 있으므로.

하녀가 고풍스러운 찻잔과 주전자를 날라 왔다. 고풍스러운 잔이 두 개 마주 놓였다. 차향은 달콤 쌉싸래하게 번져 왔다.

"내가 하마."

오베이언은 하녀를 내보낸 후 직접 찻잔에 차를 따랐다.

"모처럼 폐하께서 왕림하신다 하여 각하께서 미리 준비해 두셨다는 상등품의 바릿차입니다. 향이 쉬이 날아가는 편이라, 보름 전에 오셨더라면 보다 좋으셨을 겁니다. 폐하께서 좋아하시는 잎차와 향이 비슷합니다."

"그런 듯하구나."

"한번 맛보십시오."

하지만 오베이언이 따라 낸 차는 잔 받침째로 주우욱 끌려갔다. 테이블 가장자리에 멈춘 찻잔을 바라보던 오베이언이 고개를 들었다.

뜨뜻미지근한 김이 오르는 고풍스런 찻잔의 가장자리를 손가락으로 쓸어 누른 페이작이 말했다.

"델소어 백, 타르키아 후. 미리 말하지만 폐하께서는 입에 대지 않으실 거다."

타르키아 후작의 눈이 부릅뜨였다. 오베이언이 최소한의 예의를 담아 말했다.

"……무례함이 지나치신 것 같습니다, 전하."

"아랫것들에게 통보하는 것이 무례는 아닐 텐데? 여기서는 그 반대로 돌아가나? 아, 그래 보이기는 하는군. 후작이 저렇게 툭 치면 절명할 것처럼 쇠약해져서야."

타르키아 후작은 참지 못하고 소리쳤다.

"저, 저……! 저 천박한 자를 왜 데리고 오신 것입니까!"

"외숙."

"폐하, 폐하, 저는, 저자가 내 땅에 머물기를 원치 않습니다. 부디 통촉하여 주십……."

"……이번만 너그러이 눈감아 주십시오. 쾨니에에 찾아올 수 있는 것도 이것이 마지막일 듯하니."

오베이언과 타르키아 후작이 동시에 멈칫했다. 이어 스완은 페이작에게도 경고했다.

"페이작, 너도 한마디만 더하면 내가 내치겠다."

페이작은 조용히 입을 다물었다.

타르키아 후작은 무어라 말해야 할지 모르겠다는 얼굴로 스완을 보더니, 조심스럽게 운을 뗐다.

"마지막이라니…… 아, 전쟁에 나서실 것이란 말씀은 들었습니다."

"그 또한 바쁜 일이지요. 다만 오늘 페이작을 구태여 대동하고 든 것은, 내게 지난 두 주간 일이 여럿 생긴 까닭입니다, 외숙."

"지난번 바쁜 사정이, 생기셨다는 얘기는 들었습니다, 한……."

콜록콜록. 작게 기침한 타르키아 후작이 손을 젓자 오베이언이 손수건을 꺼내어 그에게 건넸다. 입가를 닦아 낸 노인의 손수건에 옅은 핏자국이 남았다. 스완은 기침 소리가 잦아들길 기다린 후 담담히 답을 되돌렸다.

"사정이라기보다는 변고가 있었어요."

"변고라니요?"

"쾨니에로 내려오는 길에 이민족들의 습격을 받아 며칠 휴가 아닌 휴가를 보내게 되었지요."

타르키아 후의 탁한 녹안이 서서히 크게 뜨였다.

"무탈하십니까, 아니, 어찌 그런 일이 있을 수가 있습니까?"

스완은 무던한 미소를 머금고 말했다.

"사주받은 자들이 아둔하여 운이 좋았습니다. 그 점은 염려하지 않으셔도 됩니다. 오베이언이 초동 수색을 도와 많은 도움을 주었습니다."

"네 녀석, 알고도 내게 침묵하였던 것이냐!"

타르키아 후작이 홱 고개를 돌려 오베이언을 향해 쏘아붙였다. 우레와 같은 노성이었다. 오베이언이 송구스럽다는 듯 대답했다.

"……예민한 사안이라 도리 없었습니다."

"그것도 나름이지!"

"뮈아드로에서 그리 결정한 것입니다."

"아니, 그래도, 그래도 말입니다! 네 녀석! 어찌 폐하께서 내 영지로 오시다 그런 변을 당하셨는데 내게 언질을 않아! 폐하, 송구합니다. 폐하, 어찌. 괜찮으십니까. 무사하신 것입니까……."

타르키아 후작은 마치 제 자식의 일이라도 되는 양 굴었다. 잠자코 그런 그를 바라보던 스완은 선선히 말했다.

"아쉬워하실까 하였는데, 아니라니 다행입니다."

"……예?"

고개를 푹 숙이고 있던 오베이언의 어깨가 움찔 떨리는 것과 타르키아 후작의 혼란한 질문은 동시였다.

"무슨…… 조금 전에 무슨 말씀을 하신 것입니까?"

"외숙, 연루된 것 압니다."

침묵이 빙글빙글 탁자 위를 돌았다.

초점 흐린 눈으로 그녀를 바라보는 노인의 표정에는 황망함뿐이었다. 이해가 더딘 노인을 대신하여 오베이언의 성난 목소리가 침묵을 깼다.

"각하께서는 거동조차 힘드실 만큼 연로하십니다. 어찌 그리 말씀하십니까? 일생 폐하를 위해 헌신해 오신 각하를 모르지 않으시지 않습니까."

스완은 단조롭게 답했다.

"내가 아니라 라르칼리아지."

오베이언의 표정이 일그러졌다.
"폐하, 대관절 갑자기 왜 각하께 그런."
"일생의 헌신과 여생의 헌신이 다르다는 것을 내게 보여 주시려 하셨는지 의문이 생길 만 하지 않나?"
"무슨 말씀을 하시는지 모르겠습니다. 타르키아 후작 각하께서는 결코 그럴 분이 아니십니다, 이 무슨……! 제 명예를 걸고 각하께서는 폐하께서 무슨 말을 하시는지……!"
"가증은 그만 떨어라, 오베이언."
오베이언의 입술이 뚝 멎었다. 스완은 느릿하게 몸을 틀어 오베이언을 똑바로 직시했다.
"그대가 연루되어 있으니 내 그리 생각할밖에. 아니 그럴 수 있겠느냐?"
살며시 말려 올라간 붉은 입꼬리가 그림처럼 다물리자, 멍하니 듣던 오베이언이 뒷걸음질 쳤다.
"저를."
페이작이 물러서려는 그의 목덜미를 잡아 거칠게 무릎 꿇렸다. 쿠당탕. 인형처럼 쓰러진 오베이언은 무릎을 움킨 채 반쯤 엎어졌다. 정신없이 머리를 흔든 오베이언이 신음처럼 읍했다.
"아니…… 왜, 갑자기, 제게는 왜 이러시는 것입니까. 폐하, 저를 아시지 않습니까."
"안다고 생각했지. 너는 내 가까운 지인이었으니……. 하여 배신이 깊구나."
"폐하, 저는."
"오베이언."
스완이 붉게 웃었다.

"감히 기만을 시도치 마라. 잊었느냐? 나는 내게 방해가 되는 자들을 찾아내는 데에 재주가 있어. 도움되는 자를 찾는 일도 마찬가지지."

얼어 있던 타르키아 후작의 고개가 삐거덕 돌아 움직였다.

'무슨…….'

그와 눈을 맞춘 오베이언의 눈시울도 서서히 벌게졌다. 오베이언의 까칠한 수염 난 턱 아래로 눈물이 뚝뚝 떨어져 내렸다.

"이것은 모함입니다. 증좌조차 없을 모함입니다."

"죄지은 자들이 가장 사랑하는 말이지. 증거가 있기 전에는 인정할 수 없노라고."

"……저는 죄지은 바 없습니다!"

탁자에 소매가 길게 늘어진 팔꿈치를 기댄 스완이 비스듬히 왼뺨을 괴며 말했다.

"'죄지은 바 없다'라……."

어깨를 들썩이며 고개를 저은 타르키아 후작이 떨리는 목소리로 물었다.

"폐하, 폐하……, 이 어쩐 일인지 모르겠습니다. 폐하의 말씀은 델소어 백작이, 오베이언이, 폐하를 음해하려 하였다는…… 그런 말씀이십니까?"

"내가 움직이는 일정에 맞추어 시친의 야만족들을 여럿 기용하여 습격을 하도록 조장할 수 있는 자는 몇 없습니다. 쾨니에와 뮈아드로 중 하나겠지요. 하여 알아보니 2년 전부터, 델소어가의 사람들이 서부 국경을 드나들며 물자 교환을 시도했더군요. 한 달여 전에는 기사 셋을 대동하여 서부 국경에서 이민족들과 접선하였고…… 바렛, 코르멘, 오제라는 이름이었던가? 페이작, 그런 이름이었지?"

"그래."

칼 달린 페이작의 시선이 오베이언에게 쏟아졌다. 그를 알아차린 오베이언의 입술은 가느스름 떨렸다. 스완은 시 낭송하듯 말했다.

"그리고 이민족들이 마음대로 도시 국경을 넘나들 수 있는 위조 명패를 제공한 것이 델소어의 사촌인 하운트가의 막내……."

누가 봐도 성의 없이 훑기만 하던 바카란이 부자연스러울 만큼 침착한 체했던 자는 다름 아닌 오베이언이었다.

타르키아 후작이 아니라는 사실에 안도한 지 얼마 지나지 않아서의 발각이었다.

좋은 결말은 아니었다. 그녀가 가장 원치 않았던 상황이다. 그리하여 스완은 자신이 잘못된 반응을 읽어 낸 것은 아닐지 일말의 희망으로 바카란에게 여섯 권의 족보와 도감을 모조리 훑게 했다. 결국 얻은 건 실망과 배신뿐이었다.

그 후는 일사천리였다. 막연한 대상을 찾는 것이 아닌 특정한 이를 조사하고 살피는 데에는 어려울 것도 없었다.

이유는 궁금하지 않았다. 너무나 자명한 이유가 그들 사이에 존재함을 알았으므로.

"오베이언 비트로 델소어 백작, 네 긍지를 위해 번복할 기회를 주마."

오베이언은 서서히 표정을 지웠다. 눈물은 계속 떨어졌다. 팔꿈치를 무릎에 댄 스완은 오베이언 쪽으로 허리를 숙여 충혈된 갈색 눈동자를 들여다보았다.

"내가 너를 곧장 뮈아드로로 소환하여 잡아 처넣지 않은 건 너와 내가 누렸던 옛정 때문도 아니고, 내게 확신이 없기 때문도 아니란다. 외숙의 연루를 확인하러 온 것이지. 추한 모습 보이지 마라. 감히 내게 대적하겠다 마음먹었던 순간의 혈기와 용기는 어디에 있느냐?"

"……."

"네가 그토록 사랑했던 칼키투스는 단 한 순간도 내게 추한 모습 보이지 않았다. 마지막 순간에도 그러했겠지."

스완이 냉소했다.

그리고 그건 오베이언의 어딘가를 분명히 허물어뜨렸다. 이를테면, 자기방어를 위한 아집의 벽 같은 것을.

"……칼키투스 전하를."

오베이언는 헐떡이던 숨을 멈추고 멍하니 그녀를 보았다.

"입에 올리십니까."

"그래, 네가 가장 존경하던 긍지 높던 내 아우. 훌륭한 가신이라면 군주를 본받으려 최소한 노력은 해야 하지 않겠느냐?"

살 따가운 적막이 그들 사이를 맴돌기 시작했다. 탁자를 더듬으며 몸을 들썩대던 타르키아 후작이 앙상한 목을 흔들었다.

"그럴……, 그럴 리가요, 그럴 리가요, 폐하, 그럴 리가요…… 델소어 백작이 그럴 자가 아니라는 걸 폐하께서……."

"저치가 그리했습니다."

"아니……."

"발뺌하려 한들 소용없다는 것을 저치도 알고 있을 겁니다. 만일 외숙께서 관여되셨다면……."

그때였다.

"살인자!"

고함이 쩌렁쩌렁 귀를 때렸다. 벌건 눈시울을 부릅뜨고 그녀를 노려보던 오베이언이 악 받친 목소리로 다시 소리쳤다.

"어떻게, 어떻게, 전하를 입에 올리십니까, 당신이 어떻게!"

귀가 따갑도록 격렬한 고함에 스완은 반사적으로 허리를 들었다.

페이작이 오베이언의 등을 걷어찼다.

"이 버러지 같은 새끼가 누구더러!"

고꾸라진 오베이언의 불길 같이 이는 노여움과 경멸과 증오는 오직 스완에게 향해 있었다.

"뻔뻔해도 이렇게 뻔뻔하실 수는 없는 법입니다. 폐하께서 칼키투스 전하께 했던 짓을 잊지 않았다면……! 그로도 모자라 또다시 무고한 각하께서 연루되었다 멋대로 예단하여 오명을 씌우려 드시는 겁니까! 이 살인자!"

"오베이언!"

탁자를 내리치며 일어선 타르키아 후작이 대경하여 노성을 터뜨렸다. 하지만 그는 제대로 서지도 못하고 후들거리며 털썩 주저앉았다. 스완은 오베이언을 죽일 듯 노려보는 페이작을 손을 들어 만류하고 지켜보았다.

"살인자라 했느냐?"

"칼키투스 전하의 죽음이 사고였다 말하실 겁니까, 그리 말하실 것입니까. 자쉬 프레펜투스, 베노에 무사크의 죽음이 자연스러웠다 주장하실 것입니까. 에레투스 칼나한과 레기사……"

"오베이언, 그만하게, 그만해! 그마아아안!"

타르키아 후작이 처절하게 소리쳤다. 비명처럼 들렸다. 그러나 오베이언은 이성을 내버린 사람처럼 눈물을 쏟으며 절규했다.

"각하, 저는, 저는, 더 이상 참지 못하겠습니다. 저는, 더는 웃을 수도, 섬기는 체할 수도 없습니다. 막지 마십시오, 저 여자가 그간 세상을 속여 온 것을 더는 눈감을 수 없습니다! 더 이상은 견딜 수가 없다고요……!"

쓴맛이 입 안에 맴돈다. 끝내 분을 참지 못한 페이작이 오베이언의 머리를 걷어차고, 그를 마구 두드려 팼다.

"감히, 누님을 납치하라 사주하고도 뻔뻔하게 누님의 손등에 입맞춘 너 같은 역겨운 족속이, 감히……!"

오베이언은 얻어맞으면서도 울부짖었다.

"당신은 찬탈자야! 살인자라고! 내가 아니라 당신이 우리를 배신했어! 당신을 믿고, 당신에게 바쳤던 내 지난 모든 시간마저 역겨운……!"

타르키아 후작은 눈앞의 무질서에 넋을 놓았다.

식어 가는 찻잔을 응시하던 스완은 한마디 했다.

"소란이 크구나."

기사들이 문을 열고 들어왔다. 그녀는 무겁게 뒤섞이는 발소리와 비명 같은 고함을 묵묵히 들었다.

"라르칼리아조차 아닌 껍데기에 불과한 천박한 창녀의 자식인 너도 다를 것 없어! 그러니 저 비열한 여자의 곁에 붙어 있겠지!"

오베이언의 옆얼굴을 주먹으로 내리친 페이작은 피를 뱉어 내는 그의 멱을 잡아 올렸다.

"누님, 허락해라. 이 자는 편하게 죽을 자격도 없는 버러지야."

페이작의 벽안에 서슬 퍼런 불꽃이 튀었다.

타르키아 후작이 비틀거리며 일어서, 그녀의 앞으로 다가왔다. 그러고는 팔다리가 잘린 사람처럼 발치에 허물어졌다.

"폐하."

"……."

"소, 송구합니다."

고개 숙인 노인은 조그맣게 계속 사죄했다. '송구합니다.' '송구합니다.' '송구합니다.' 스완은 처연히 내리깐 눈동자로 타르키아 후의 그 앙상한 어깨를 내려다보았다.

페이작에게 짓눌린 채 허덕거리던 오베이언이 오열했다.

"왜, 왜! 버리지 못하십니까, 왜! 각하, 각하아! 제발 정신을 차리세요, 정신을 차리시란 말입니다! 충성도 섬길 자격 있는 자에게 바쳐야 빛을 발하는 법입니다. 저 여자가 각하께서 생각하신 분이 아니라는 건 이미 알지 않으십니까! 칼키투스 전하를 죽이고, 레기사를 죽이고, 전부 죽인 것도 모라자 이젠 전쟁까지 벌여 라르크인들을 다 죽이려 한단 말입니다! 말도 안 되는 전쟁으로 라르크인들을 다 죽이려 한다고요! 제발, 정신을 차리……!"

"이 빌어먹을 새끼가."

페이작이 그의 머리를 잡아 바닥에 내리치려는 순간이었다. 스완은 담담하게 명령했다.

"페이, 두거라."

"누님, 이자를."

"심사가 좋지 못해 피까지 보고 싶지는 않구나."

지친 듯 가라앉은 스완의 음성에 페이작은 분을 참듯 오베이언을 집어던졌다. 그러고는 소리쳤다.

"체포해! 저 더러운 입에 재갈을 물리고 반항한다면 그 혀는 뽑아 버려도 된다."

기사들이 오베이언을 질질 끌고 나갔다. 오베이언은 끝까지 울부짖었다.

"저 여자에게 용서를 구하지 마십시오, 각하, 떠나신 전하와 레기사를…… 읍! 으읍!"

재갈 문 짐승의 오열 소리가 멀어졌다.

타르키아 후작은 떨리는 입술을 그러 물고 끌려 나가는 오베이언을 바라보았다. 이 성의 주인은 그이나, 그의 주인은 라르칼리아였다.

나고 자라기를 오직 라르칼리아에 대한 충성이 삶의 목적인 자들이라 그들은 항명할 줄 몰랐다.

축 처진 사내의 볼과, 뼈만 남은 듯한 목이 위태롭게 오르내렸다. 비극으로 가득 찬 생애의 끝자락에서, 또 다른 비극을 맞이한 노인의 모습이었다. 조용히 소매를 정돈한 스완이 페이작에게 명령했다.

"너도 나가 있거라. 외숙과 술 한잔 나누어야겠다."

소란이 소진되고 난 자리. 오열도, 울부짖음도, 비난도, 원망도, 증오도, 노여움도 없으니 도리어 시체의 방처럼 느껴졌다. 타르키아 후작의 고개는 들릴 줄 몰랐다.

고요하다.

스완은 갓 채운 술잔을 기울여 입술을 적셨다. 알싸한 향이 입술 위를 맴돌다 혀를 적시고 목 안으로 흘러든다. 달기도 하고 쓰기도 하였다.

쾨니에의 공기는 이러했는지 생각했다. 어린 시절 두어 차례 방문했던 이 성은, 지금보다 활기차고 아름다웠더랬다.

파란 하늘 아래 따사로이 햇볕을 쬐고 있노라면 타르키아의 아들이 마치 마구종처럼 말고삐를 가지고 다가와 산책을 권하였고, 그 딸은 그녀의 곁에 앉아 양산을 기대어 왔다.

성 밖으로 조금만 걸어 나가도 온 곳이 푸르러 울타리 안의 모든 삶이 싱그럽게 보였으니, 아늑하고 좋은 곳이었다. 이렇게 공기 속 비극의 냄새에 질식할 것 같은 곳이 아니라.

스완이 입술을 열었다.

"외숙. 얼마 전, 꿈을 꾸었습니다."

"……."

"어떤 꿈인지 짐작하시겠습니까?"

시체처럼 앉아 있던 타르키아 후작이 천천히 고개를 들었다.

"……폐하께선 어릴 때부터 많은 꿈을 꾸어 오신 분이 아니시십니까."

"레기사의 장례가 있던 날입니다. 류가 호수에 찾아간 것을, 칼키투스가 언짢아하더군요."

노인의 눈시울은 서서히 붉어져 이내 눈물로 그득 고였다.

설익은 자조를 머금은 스완이 한숨처럼 말했다.

"……우습지 않습니까?"

"……."

"나는 그날 장례식에 가지 않았으니 어떠했는지 모릅니다. 외숙께서는 그날 내가 참석하지 않은 이유를 묻지 않았지요."

"……한낱, 한낱, 제 딸아이의 변고에 걸음 하실 이유는 없으셨습니다. 아니, 제 딸을 귀엽게 여겨 주시었지만 설령 그렇다 해도……."

"언제부터 아셨습니까?"

공허하게 울리는 그녀의 질문이 다시금 적막을 물어 왔다. 타르키아 후작은 입술을 멈추고 대신 마른 손을 떨었다.

스완은 한 잔의 술을 더 따라 그의 앞에 밀었다. 떨리는 두 손으로 잔을 받아 든 타르키아 후작은 결국 술잔을 떨어뜨렸다.

"레기사가 그리된 것이 나 때문이라는 것, 어찌 아셨습니까?"

쏟아진 술 내음이 짙게 풍겨 왔다. 바닥을 구르는 술잔을 바라보는 스완의 옆얼굴로 흐느끼는 듯한 신음이 들려왔다. 타르키아 후작은 울음을 참듯 얼굴을 문지르며 고개를 저었다. 젓고 또 저었다.

"폐하…… 저는……."

이것은 업보였다.

오래전, 그녀가 지금보다 죄 없었던 시절의 이야기다.

그녀는 칼키투스와 오베이언 그리고 레기사와 곧잘 어울렸다. 칼키투스는 본디 그녀를 잘 따랐던 아우였던 데다 오베이언과는 절친한 벗이었고, 레기사는 어릴 때부터 라르칼리아에 대한 애정만을 지상과제로 배워 알아 시녀처럼 늘 그녀를 따라다녔다.

그중에서도 오베이언은 그녀를 사랑하였는데, 스완도 그와 어울리는 것을 즐겼다. 사랑에 빠진 눈의 순수하던 사내를 그녀는 잘 기억하고 있었다.

함께 있으면 즐겁고 재미있는, 제법 따뜻한 사내였다. 하지만 스완은 본디 다른 일에 관심이 생기기 시작하면 곧잘 잊는지라, 오랫동안 이어지지는 못하였다.

그리고 얼마 후, 레기사와 오베이언이 그녀로 인해 연이 닿게 되어 혼인에 이르렀다는 이야기를 전해 들었다. 스완은 거리낌 없이 그들을 축하했다. 그들은 그렇게 완벽하게 정리가 되었다.

고작 오륙 년쯤 되었을 것이다. 고작 오륙 년인데도 세월이 먼 것 같다. 그 오륙 년은 사랑이 공허가 되고, 공허가 증오가 될 만큼의 시간이기는 할 것이다.

스완은 야망이 있었고, 그를 위해 무엇이든 하는 여자였다. 이제까지 그리 살아왔고 그것이 옳다는 것을 그 누구보다 확신한 산증인이다. 그녀는 장애물을 서슴없이 치워 냈다. 그 장애물에는 그녀의 형제들도 포함되었다. 그녀는 리아작을 보내고, 칼키투스 또한 보냈다. 크란과 알티오는 저들끼리 싸우게 하여 보냈고, 대너투르는 칼키투스가 떠난 후에, 가장 어렸던 막내 여동생인 타라히아는 강제로 결혼시켜 영영 돌아올 수 없는 곳으로 보냈다.

뿐만 아니라 그녀와 같은 혈통인 적장자들의 씨와 그 관계자를 완벽하게 근절했다.

리아작은 문제가 없었다. 오직 이비를 사랑하여 계집질과는 거리가 먼 아우였으므로. 그러나 칼키투스는 번거로웠다. 칼키투스와 비밀을 나눌 만큼 가까이 지내며 거쳐 간 여자만 셋이었다. 개중 한 명은 그의 아이까지 잉태하고 있었다.

스완은 모조리 찾아내어 정리하였다. 아니, 정리되었노라는 보고를 서면으로 들었다. 마치 세상에 일어나지 않은 이야기를 듣는 것처럼.

셋이었다.

처음에는.

그것이 사실 넷이었다는 걸 알게 된 것은 칼키투스가 죽은 지 넉 달쯤 됐을 때였다. 정신없는 일들로 바쁜 사이, 한동안 멀리 지냈던 레기사가 두 번째 아이를 출산했다는 소식을 전해 들었다.

스완은 그녀를 축하하고자 조다로의 저택에 방문했다. 나무 넝쿨이 아름답게 돌벽을 타고 올라가는 고풍스러운 별장, 오베이언과 레기사의 아늑한 집이다.

막 눈이 내리기 시작할 무렵의 그 계절에.

당시 오베이언은 영지 문제로 떠나 있어 만나지 못하였다. 그녀를 맞이한 것은 겁에 질린 레기사였다.

–전하…… 저, 전하.

스완은 그녀만 보면 방싯거리던 레기사의 달라진 태도를 알아차리지 못할 만큼 무디지 못하였고, 만일 그날 그녀가 무디게 지나갔다면 오늘과 같은 일도 없었을 것이다.

스완이 강제로 갓난아기를 받아 안아 그 얼굴을 들여다볼 때의 레기사의 표정, 그것은 이루 말할 수 없는 참담한 공포 속에 빠진 여자의 얼굴이었다.

스완은 그 연유를 너무나 쉬이 간파할 수 있었다. 아기의 얼굴을 본 즉 알았다. 하얀 뺨, 앙증맞은 코, 푸른 눈, 익숙한 갈색의 머리카락…… 여물지 못한 이목구비 속 보이는 누군가의 얼굴.

모를 수가 없었다. 그 눈부터가 제 어미와 아비 그 누구도 닮지 않았으니 모를 수가 없었다.

–오베이언의 씨가 아니구나.

레기사는 울며 애걸했다.

–살려 주세요.

레기사가 낳은 아이는 칼키투스의 자식이었다.

어찌 된 일인지 깊이 생각할 필요조차 없는 과정이었다. 타르키아가는 그녀와 그 형제들을 사랑하여 그토록 순종했다.

레기사는 예쁘장한 여자이고, 칼키투스는 여자들을 곧잘 건드리고 다녔다. 그리하여 두 사람 사이에 이런 잉태가 벌어진 것이다.

그리고 스완이 칼키투스가 거쳐 간 여인들을 하나둘 정리하며 화근을 근절하는 사이, 누구에게도 말 못할 외도를 저질렀던 레기사는 그녀에게서 피신해 오베이언의 자식인 양 세상의 축하를 받으며 출산하게 된 것이다.

오베이언을 가슴 깊이 사랑하면서도, 라르칼리아에 대한 애정으로 왕족의 씨를 잉태한 그 어리석었던 아이.

–전하, 전하…… 제발, 제발, 그분은.

제 새끼를 '그분'이라 일컫는 레기사를 보며 그녀는 생각할 수밖에 없었다.

집 마당의 강아지 같은 충성심. 주인만 보면 꼬리를 흔드는 개처럼, 무조건적으로 섬기는 정신. 한때 그녀의 부왕이 안쓰러울 정도라 일컫던 그 아둔함.

혈통주의자들은 그래서 번거롭다.

그녀는 결정을 내렸다. 그녀의 어머니가 타르키아였으나 라르칼리아를 낳았듯, 레기사도 타르키아의 몸으로 라르칼리아를 낳아, 칼키투스의 손이 생에 났으니 화근이었다.

스완은 비정한 선택을 했다.

태어난 지 얼마 안 된 아기는 북풍한설 흐드러진 뒷산에 뉘어졌다. 울고, 울다, 어느새 울지 않을 때까지.

아기가 사라지고, 살아 다시 안을 수 없을 것을 직감한 레기사는 애걸하고, 오열하고, 악을 지르며, 빌고, 또 빌었다. 태어날 때부터 늘 그녀와 형제들에 충실하라는 가르침을 받아, 언성 한번 높일 줄 몰랐던 여자였다. 그분도 라르칼리아라, 그분을 돌려 달라, 부디 용서해 달라.

이튿날 맨발로 뒷산을 헤매어 끝끝내 아기를 찾아낸 레기사는 얼어 죽은 아기를 안아 들고, 세상이 무너져 버린 사람처럼 울었다. 꺼질 듯한 목소리로 칼키투스를 부르고, 선왕의 은총을 구하고, 그리운 남편을 흐느끼며, 스완에게 용서를 구했다.

–저를 용서하세요…… 저를 용서하세요. 전하가 너무 미워요, 저를 용서하세요. 송구해요, 저는, 전하가 너무 미워요…… 제가 증오스러워요.

참으로 숨 막히는 종자들이었다. 그녀는 제 자식을 죽인 스완마저 어떤 성역에 있는 존재라 여겨, 증오한다는 말 한마디 하지 못하고 스스로를 증오한다 울부짖었다.

–죄송해요, 전하, 죄송해요…… 용서해 주세요…….

얼어 죽은 자식을 끌어안고 그녀에게 도리어 용서를 구하였던 심정을, 솔직히 고백하건대 스완은 상상조차 할 수 없었다.

보이지 않으면 더 나았을 것을, 보이기에 가슴에 남았다.

—죽은 듯이 살면 고될 일은 없을 거다. 레기사.

스완은 페이작에게 아기의 장례를 대신 치르도록 한 후 떠났다.

그 후 일주일쯤 지난 어느 날, 레기사가 식물 같은 여자가 되었노라는 소식을 들었다. 오베이언이 사정을 수소문하고 다닌다는 소문을 들었다. 아마도, 귀가한 남편을 맞이한 것은 누구나 상상할 수 있는 모습일 것이다.

잠시 떠난 사이 죽어 사라진 자식, 정신을 소거당한 아내, 행복은 뒷문으로 사라지고 앞문으로 걸어 들어온 것은 파탄 나 버린 세상.

스완은 오베이언을 제법 알았다. 그는 좋은 사람이며, 사랑에 진실한 자이니 레기사가 정신이 나갔다 한들 아내를 버릴 사내가 아니라 위안 삼았다. '돌보아 주기는 할 것이다.' 그러니 되었다고.

그로부터 한 달 후, 오베이언이 레기사를 데리고 그녀의 어릴 적 고향인 쾨니에로 내려갔다는 이야기를 들었다. 따스한 기억이 많은, 그 아늑한 땅에서 위안을 얻은 레기사가 정신을 되찾기를 바라는 남편의 마음이었으리라.

그리고 두 달 후, 레기사의 부고가 귀자로 성벽을 넘어왔다. 스완은 레기사의 장례에 참석하지 않았다. 앓았다. 지나칠 정도로 노여워하며 소리쳤던 오베이언을 눈감아 준 것은, 기실 그로부터 아내와 자식을 빼앗아간 것이 자신이라는 사실을 잘 알았기 때문이었다.

그녀는 모른 체 눈을 감고 모두 덮었다. 남은 자들은 어리석은 채 사는 것이 더 나은 일이라고.

"류가에서……."

되감는 것만으로도 가슴 한편이 사포 쓸린 듯 아렸다. 비릿한 맛이 감도는 입술 안쪽 살을 살짝 씹은 스완이 다시 물었다.

"레기사의 장례를 치렀을 때, 외숙과 오베이언은 전혀 다른 태도이셨습니다. 화낼 줄 모르던 사내가 내게 찾아와 소리치고, 한 번쯤 참석 여부에 관해 물을 것이라 여겼던 외숙은 내게 언급조차 않았지요."

새삼스럽게 우스웠다.

"내가 어리석었군요."

그때의 스완은 그저, 저들이 아내를 잃고, 자식을 잃은 슬픔에 달리 행동한다 여겼다. 하나 돌이켜보면 이미 그들은 오래전부터 알고 눈감아 온 것이다. 그녀처럼.

앙상한 주먹을 쥐고, 힘없이 눈꺼풀을 깜빡인 타르키아 후작은 고요히 눈물 흘렸다.

"……아이가……."

"……."

"……죽기 전에 정신이 돌아왔습니다."

타르키아 후작은 딸의 임종에 있어, 함께 그 자리를 지킨 사위와 함께 비밀을 알게 되었다. 믿어 의심치 않았던 라르칼리아의 적장녀가, 그토록 자비롭던 왕녀가 사실은 그렇지 않았으며 모든 것을 시작하였다는 것이다.

처음에는 믿지 못하였다. 갓난쟁이를 죽일 만큼 잔인한 분이 아니라, 갓난쟁이에게 제 옷 벗어 줄 만큼 다정한 왕녀인데 어찌 그런 말도 안 되는 소리를 하느냐 죽어 가는 딸에게 고함을 질렀다.

혼인한 여자의 몸으로 왕제의 씨를 잉태하고, 출산까지 하였다는 것 역시 믿지 못했다. 남편인 오베이언이 바로 코앞에 있는데 그런 소리가 가당키나 한가.

오베이언이 시인하였다.

—……칼키투스 전하와 레기사의 관계는 알고 있었습니다. 레기사가 직접 이야기했고…… 제가 용서했습니다.

—……그분을 죽게 해서 죄송해요. 아버지, 제가 지키지 못했어요. 그분을…….

레기사는 죽는 순간까지 울고, 빌었다. 저 자신이 불충했노라 하였다. 용서를 구하고 싶다 애걸했다. 그리고 그 용서는, 아비에게 구하는 것도, 남편에게 구하는 것도 아닌 스완에게 구하는 것이다.

그녀의 울음은 영영 눈감은 후에야 그쳤고, 남은 자들은 그 남은 눈물을 대신 내리받았다.

타르키아 후작은 그 무서운 이야기를 했던 딸의 손조차 잡을 용기를 내지 못하였고, 오베이언은 그저 넋을 잃었다.

뮈아드로의 허락을 받아 류가 호수에서 레기사의 장례를 치렀다. 뮈아드로를 그토록 좋아했던 레기사이니, 기뻐할 거라 여겼다. 왕녀는 장례식에 나타나지 않았다. 조문의 글 한 장 보내지 않은 무심이었다.

몇 날의 슬픔과 몇 날의 허망함과 몇 날의 두려움. 그리 몇 달을 보낸 끝에 타르키아 후작은 새 삶을 시작했다. 그는 핏줄로 이어진 충성스러운 타르키아인이었다. 스완은 마지막 남은 라르칼리아이며 그의 조카였다.

유일무이해진 그토록 귀한 존재. 제 딸아이의 죽음이나, 먼저 떠난 다른 조카들의 사연은 지나간 일이다. 여전히 충성해야 할 존재였다.

하지만 그와 달리 오베이언은 매일같이 죽어갔다. 아마도 그는 스완이 장례식에 나타났다면 마지막 희망이나마 그러모아 '그럴 분이 아니다.'라거나, '레기사가 죽기 전 정신이 없었을 것이다.' 하며 스스로를 속일 수 있었을 사람이었다. 그는 다른 의미로 스완을 섬겨왔던 자이므로.

타르키아 후작은 그를 설득했다.

타이르고, 타일러서 마지막까지 왕녀 전하께 용서를 구했던 레기사를 기억하라며 다독였다.

–그분을 원망하는 것은 레기사의 뜻을 저버리는 것이네.

–저는…… 저는, 레기사와 후작 각하를 이해한다 여겼지만, 저는…….

–아그렛을 잊지 말게, 레기사가 남긴 하나뿐인, 자네 자식 말이야. 불충한 마음 삿되이 먹지 말고…… 그러지 말고…….

수천 번의 눈물을 삼키며 설득했다.

절름발이로 생에 난 아그렛은 태어날 때부터 가여웠으니, 더 이상 가엾게 하지 말자고.

오베이언은 레기사를 닮은, 어미를 닮아 순한 눈망울을 지닌 아그렛으로 하여금 조금이나마 위로받아 조금씩은 나아졌다. 그렇게 보였다.

하여 모든 비참함은 흰 눈 덮인 겨울처럼 덮일 줄 알았다. 스완이 즉위하여 왕이 된 이후에는 모든 것이 그리 덮였구나 소리 없이 가슴을 쥐었다.

타르키아 후작은 급속도로 노쇠하였고, 삶이 버거웠다. 때로는 이대로 죽어 눈감아도 좋겠노라 생각하며 베갯머리에 머리를 뉘었다. 하지만 계절마다 찾아와 그의 건강을 살피는 오베이언과 간신히 하나 남은 가엾은 손녀딸이 그의 손등을 조물거리며 웃어 주니 그것으로 살았다.

오베이언은 잊은 것처럼 보였고, 때로는 다른 여인들과도 교류를 하니 이제 새 인생을 살아도 좋겠다 생각했다.

오베이언이 달라진 태도를 보이기 시작한 것은, 언제인가, 그래, 지독하게 추웠던 시련의 겨울을 넘긴 올해의 봄 어느 날이었다.

스완이 전쟁을 선포하였다는 소문이 파다하게 퍼졌다. 북부를 상대로 벌이는 통합 전쟁, 라르크는 시도해 본 적도 없는 정복 전쟁이었다.

전쟁을 반대하는 수많은 사람들을 내치고, 그 곁에 그녀를 따르는 자들만 남긴 채 스완은 말도 안 되는 북부 정벌군을 결성했다.

─……이해가, 이해가 되지 않습니다. 이게 가당한 것입니까?

─폐하께서는 본디 영민하셨고…… 뜻이 있으실 것이네. 뜻이 있으실 거야…….

─각하, 저는 모르겠습니다. 전부 덮어 두고, 그저 살기를 바랐는데, 폐하께서 수많은 사람들을 사지로 끌고 가심을, 저는. 이게, 우리가 눈 감아 살아남은 대가라면, 저는.

─삿된 생각 말게.

두어 달쯤 전이었다. 타르키아 후작은 오베이언과 스완이 쾨니에에 방문한다는 소식을 들었다. 그녀가 원망스러운데도, 그녀가 저를 잊지 않고 방문해준다는 것만으로도 가슴이 벅차 뛰니 그는 별수 없는 인간이었다.

쇠한 홀몸으로 여왕을 섬기기 어려운 그를 대신해 오베이언이 여왕의 호위에 나서겠노라 하는 것도 의심하지 않았다. 감히 그가 스완을 음해하기 위해 이민족을 끌어들일 것이란 생각은, 상상조차 불허되는 불충이었으므로.

그리고 오늘이 된 것이다.

긴 이야기 끝에 젖은 노인의 입술은 다물렸고, 스완도 그러했다.

할 수 있는 말이 있을 리 없다. 그녀는 아무것도 모른 채 살아나갈 타르키아가와 오베이언의 삶은 쉽게 상상할 수 있었지만, 그 오랜 세월 입술을 꿴 채 살아온 저들의 삶은 상상해 본 적이 없어서.

목 싸한 갈증을 해갈하기 위해 술 한 잔을 더 들이켜고, 지독하게 쓰린 목이 가라앉기를 기다렸다. 그 먹먹함이 가라앉은 후에야 말할 수 있었다.

"……힘든 시간 견디셨습니다."

타르키아 후작은 온 얼굴을 일그러뜨리며 앙상한 고개를 젓다가 끝내 울음을 터뜨렸다. 그러고는 술에 취한 젖은 바닥에 머리를 박고 사죄했다.

"송구합니다. 송구합니다…… 제 딸이…… 가는 길에 입을 놀려…… 저희를 용서해 주십시오……."

스완은 그저 침묵했다.

어찌하여 부왕이 저들을 가엾이 여겼는지 이해했다. 실로 어그러진 군신이었다. 광적인 충성은 사람을 향한 것도 아니고, 그저 살 속에 흐르는 피에 대한 세뇌였다.

이제까지 그녀는 오로지 자신이 라르칼리아라는 이유로 바쳐 오는 사랑이나 충성에 관하여 무게 두지 않고 살아왔다. 그들은 대개 어리석으며, 대개가 조건부였고, 때로는 포장을 위한 꾸밈이었다. 비난하는 것은 아니었다. 그저 '그런 것'일 뿐이라 의미부여 하지 않았을 뿐.

하나 제 어미를 낳고, 지금의 그녀를 있게 한 이 집안의 충성심은 그 모든 것을 깃털처럼 가볍게 끌어안아 온 그녀에게도 무거웠다.

제 살과 피를 다 바쳐, 저 앙상한 몰골이 되어 버린 외숙이 아직까지도 외치는 충심은 대관절 어디에서 오는 것이란 말인가. 자식을 죽여도 용서를 구하는 어미와 다르지 않았다. 부전여전이라 비웃을 수도 없을 것이다. 저들은 누대 그리 충성스러워 스스로를 노예처럼 전락시켜 온 자들이므로.

이 나무의 어느 뿌리에 기생하기에 저 지독한 충심이 끊이지 않는지 알 수 없었다.

스완은 잔을 내려놓았다.

"……긴말할 것 없이 거두절미하겠습니다. 발도의 페넥투스와의 문제를 해결해 주실 의지가 있다 들었습니다. 델소어 백이 외숙께 미리 언질 드렸듯이."

타르키아 후는 울며 대답했다.

"예, 흐, 그렇, 습니다."

"그자를 설득해 다음 달까지 말 천오백 필을 내놓도록 하십시오. 외숙께서는 페넥투스의 마지막 끈이 될 겁니다. 외숙에게도 그자가 응하지 않는다면 나는 가장 먼저 발도를 치고 페넥투스의 머리 꼭대기 위에 누가 있는지 일러 주어야 하는 원치 않는 내분을 감행해야 하며 그건 실로 불필요합니다."

타르키아 후는 한참 숨만 허덕이더니, 가냘픈 손가락으로 바닥을 짚고 절했다.

"그자는 내게 빚이 있으니 그리, 그리, 할 수 있을 것입니다. 폐하, 제가, 반드시, 폐하를 위해 무엇이든 하겠습니다. 하겠습니다……."

"고맙습니다, 외숙."

"그리…… 그리하겠습니다."

스완은 띄엄띄엄 이어지는 그의 흐느낌을 들었다.

"……그리할 테니…… 으."

"……."

"폐, 폐하…… 부디, 자비로우신 폐하께서…… 델소어 백작은…… 오베이언은…… 이 늙은이와 어울려 주는 유일한 벗입니다. 그리고, 으, 그리고, 내 손녀의 아비입니다. 가엾이, 가엾이 여겨 주십시오. 천성이 얄팍하여, 허튼 꾐에 넘어간 것이, 그런, 그런 것이 분명합니다."

"……."

"폐하께서 명하시는 것 무엇이든 할 터이니…… 그 녀석을…… 그 못난 녀석을……."

차마 용서를 입에 담지 못하여, 비처럼 쏟아지는 눈물로만 읍하였다. 그녀는 뜨거워지려는 눈시울을 가라앉히기 위해 깊은 숨을 내쉬었다.

"……천성이 얄팍한 것이 아닙니다, 외숙."

오베이언은 괜찮은 사내였다. 레기사만큼이나 무고한 백성이었다.

"내가 행한 일의 무게를 고려하여, 그에게는 시도할 권리가 있습니다. 외숙에게도 마찬가지로."

그는 한 여자 때문에 사랑하는 아내를 잃고 가정을 잃은 남자일 뿐이었다. 스완은 자신이 그로부터 빼앗은 것이 그의 삶의 가장 커다란 부분이라는 것마저도 알았다.

때문에 이런 순간은 언제나 그런 예감이 든다.

또 잊지 못하겠구나.

어느 날 불현듯 떠올라 돌이킬 수 없을 시절에 대한 짧은 회고로 가슴은 죽고, 제 스스로 손 놓은 이들을 떠올리고 더욱 모든 것을 무겁게 만들리라는 예감은, 기실 체득된 경험이었다.

"아쉬운 것은 그가 실패하였다는 것이지요."

"전하…… 전하. 부디, 하, 한 번만, 내 손주의 아비입니다. 전하,

내 딸의…….”

두려움에 빠진 노인의 눈이 주르륵 눈물을 쏟아 냈다.

먹먹하여 아플 일이다. 하지만 그녀는 해야 할 일을 연민으로 삭인 적 없었다. 그녀는 그리 사는 법을 모른다. 그녀에게 그리 사는 법을 일러 보려 숱하게 노력했던 자들이 손꼽을 수 없이 많았으나 그녀는 배우지 않았다.

때로 저 자신의 어딘가를 죽이는 듯한 기분이 들지라도. 죽어야 한다면 저 역시 죽일 각오로 살아 이날에 숨 쉬고 있는 것이다.

자리에서 일어선 스완은 타르키아 후작의 앞에 조용히 무릎을 꿇고 앉았다. 그러고는 사시나무처럼 떨리는 가느다란 노인의 손을 섬세하게 감쌌다.

노인의 검버섯 물 먹은 듯 젖은 얼굴이, 그 턱과, 목이 사정없이 떨렸다.

“으, 으, 으…….”

스완은 그의 탁한 빛이 감도는 처진 눈을 마주 보며 다정하게 대답했다.

“그럴 수는 없습니다.”

“폐하, 어, 흐, 으, 폐하. 흐어어, 폐하, 아아, 폐하.”

이 가엾은 노인은 한 시절에는 흐르는 공기만으로도 세상의 흐름을 읽어 냈던 노련한 귀족이었다. 하나 다 잃어 노쇠한 지금은 그저 아이 같을 따름. 스완은 가볍지 않은 기분으로 귓전을 파고드는 그의 변명과 애원을 가슴에 담았다.

“흐, 으, 젊은 것이 상처가 깊어서, 그, 그런 것입니다. 그런 망행을 저질렀더라도, 폐하의…… 폐하의 백성이 아닙니까. 폐하께서 늘 사랑한다 말씀하신 그 백성 중 하나입니다. 부디, 부디 자비를 베풀어 주십시오. 딸이 떠나고도 극진히 나를 찾아 주는 유일한 벗입니다. 어미 없는 손녀의 하나 남은 부모입니다. 이미, 이미."

"외숙, 외숙께서 무관하심은 믿겠습니다."

"무관하지 않습니다. 무관하지 않습니다. 그러니 차라리 저를 벌하십시오. 폐하, 이미 앗아 가지 않으시었습니까. 그러니 한 번만…… 한 번만…… 살날 얼마 남지 않은 저를 대신 벌하고……."

콧잔등 위로 뜨끈한 열이 일었다. 그의 어깨를 감아쥔 스완은 그의 희망을 송두리째 뜯어냈다.

"오베이언은 구제되지 못할 것입니다."

"흐으으, 으으, 으, 허으으……."

"오베이언과 레기사의 딸 역시 연좌로 즉처해야 마땅하나 그 아비의 죄를 묻는 대신 목숨 부지시키되 살아 뭐아드로를 밟는 날 없어야 할 것입니다. 델소어 백작과 그와 작당한 무리의 처형이 있기 전 손녀를 어디 먼 곳으로 내보내시는 것도 아이를 위한 방편일 것입니다."

그녀는 일어섰다. 돌아서는 그녀를 앙상한 몸뚱이가 무릎걸음으로 쫓았다.

"폐하, 폐하……."

제대로 걷지도 못하는 노인은 어인처럼 기고, 기다 그 자리에 멈추어 꺽꺽대며 흐느꼈다.

"……무엇이든 하겠습니다, ……폐하께 여생 다 바쳐 충성하겠습니다, ……자비를 베풀어 주십시오, ……한 번만, 가엾이 여겨 주십시오, ……이런 말을 하는 저를 용서해 주십시오."

알아듣기도 힘든 울음 섞인 애원이 발뒤축을 물고, 붙들었다. 문고리를 돌리던 손을 멈춘 스완은 들러붙는 울음을 가만히 귀담았다. 손이 떨리고, 머릿속이 이토록 어지럽고, 숨이 막혀 오는 것은 피로가 짙은 까닭이다.

돌아선 스완은 아이처럼 우는 송장처럼 야윈 노인을 내려다보았다. 한때는, 부왕의 곁에서 호탕하게 농담을 주고받으며, 그녀와 그녀의 형제들에게 이루 말할 수 없는 존경과 애정을 바쳤던 자였다.

먹먹한 가슴은 그 시절을 기억하여 이리 죄는 것일 터였다.

스완이 입술을 뗐다.

"내 마음이 바뀌었습니다."

"……폐하, 폐하."

"외숙의 무관함은 믿겠으나, 더 이상 나는 이 집안을 신뢰하지 않겠습니다. 유구한 세월 아국에 보여 온 그대들의 충정에 사의가 깊음에도 한번 깨진 그릇은 다시 붙일 수 없으니, 새기세요."

그녀는 지금 이 순간도 기억될 것임을 안다. 그녀는 많은 것을 안다.

"발도의 일을 마지막으로 라르칼리아는 누대 타르키아의 충성 서약을 거부할 것입니다. 뜻대로 사십시오."

냉담하게 말을 맺은 그녀는 노쇠한 사내의 목 놓은 울음을 뒤로한 채 밖으로 나왔다.

복도에는 뮈아드로에서 데려온 기사 넷과 페이작이 기다리고 있었다. 페이작의 손아귀에는 작은 계집아이가 쥐여 있었는데, 아그렛이라는 소녀였다. 아그렛은 겁먹은 표정으로 스완을 보았다.

그녀는 곧 어찌 된 일인지 추론할 수 있었다. 제 아비가 끌려가는 것을 보고 놀라 달려와 조부를 찾았으나, 가로막힌 것일 터였다.

스완이 잠긴 목소리로 명했다.

"놓아주거라."

페이작이 소녀를 놓아주었다. 절뚝이며 기사들에게서 멀어진 아그렛은 제 어미를 쏙 빼닮은 그 큰 눈 가득 두려움을 괴었다.

미동 없이 선 스완은 응시했다. 찾아보았다. 레기사가 보이고, 오베이언이 보였다.

등 뒤의 닫힌 문 틈 사이로 흐느낌이 새어 나오니, 끝내 아그렛이 울음을 터뜨렸다.

영문 모른 채로 제 세상이 달라지고 있다는 것만큼은 직감한 탓일 것이다. 아이들에게는 그러한 본능이 있었다. 페이작이 제 살길을 찾아 그녀에게 의탁했던 그 어린 시절처럼.

온전치 못한 발로 이 전쟁 같은 세상에 맞서 살아야 할 아이에 대한 연민에 아주 잠시 마음이 쓰렸다. 다가온 페이작이 그녀의 시야를 가로막았다.

어느새 저보다 훌쩍 커 버린 아우의 그림자가 깊이까지 드리운다. 커다란 페이작의 손이 그녀의 뺨을 감쌌다. 조용히 그녀의 마른 뺨을 엄지로 쓸어 올린 페이작이 입술을 뗐다.

"내게 명령해."

그녀를 위해 무엇이든 하겠노라는 굳은 충성심이었다. 지금은, 그 기껍던 충심마저 피로하게 느껴졌다. 무덤덤하게 페이작을 지나친 스완이 말했다.

"돌아가자."

다리를 절뚝이며 제 조부를 향해 달려가는 우는 소녀의 불규칙한 발소리가 귓전을 맴맴 맴돌았다.

그녀는 쾨니에를 떠났다. 돌아가는 길 단 한 마디도 하지 않았다. 떠나보낸 자들의 이름이 별처럼 떠오르는 것은, 다만 세상을 위대하고 아름다운 곳이라 말할 수 있을 이가 또 하나 줄어든다는 것이 아쉽기 때문이다.

그로부터 열흘 후, 쾨니에령에서 출발한 수십 대의 수레가 뮈아드로의 성문 앞에 버려졌다. 수레에는 헤아릴 수 없이 많은 패물과 금과 은, 보석 그리고 곡식들이 담겨 있었는데 마치 그들 일가의 모든 재산을 떼어다 온 것처럼 많았다.

수레와 함께 날아든 편지에는 '베푸신 시혜마저 거둬 가소서.'라는, 마치 처음 글을 쓰는 것처럼 엉망인 필치의 한 문장이 담겨 있었다.

이틀 후, 스완은 타르키아가의 작위와 영지를 회수하여 왕령으로 선포한 후 타르키아 가문을 라르크의 귀족 계보에서 소거하였다.

타르키아와 긴밀히 교류해 왔던 정통주의자들은 혼란을 입고 뮈아드로의 문턱이 닳도록 찾아왔으나, 스완은 그저 담담하게 '그간의 헌신을 끝으로 그들의 역할은 끝이 났노라'는 치하만 남겼다.

그리고 사흘 후, '전 타르키아 후작이 그 손녀를 데리고 어딘가 먼 곳으로 떠났다'는 소식이 들렸다. 그 이튿날 스완은 델소어 백작 오베이언과 그의 사촌을 비롯한 자들 다섯을 공개 처형했다. 처형당한 이들의 죄목은 국왕 시해 미수였으므로, 그때까지만 해도 타르키아가의 사건을 부당하다 여겼던 자들마저 입을 다물었다. 델소어 백 오베이언이 타르키아가의 사위였던 것을 모르는 자가 없었으므로.

의문은 많은 사람들의 가슴에 묻혔다.

·

·

·

바람이 선선하게 뺨을 스쳤다. 달은 창백하고 별은 화사한 밤이었다.

"……그런 사연이 있었다."

왕궁 정원의 야외 계단에 기대어 앉은 스완은 벨바롯트의 어깨에 무거운 머리를 기댔다. 이야기가 끝난 후에도 그는 조용하기만 했다.

지난 보름처럼이었다.

지난 보름간 벨바롯트는 스완의 칙명을 받고 사방 헤집고 다니며 델소어 가문을 들쑤시는 자들을 묵과했다. 그녀가 말도 없이 페이작과 함께 쾨니에로 떠나는 것에도 침묵하였다. 오베이언을 체포해 오고, 타르키아가의 모든 작위와 권리를 박탈하고, 오베이언을 비롯한 일부 유력 인사들을 처형한 일에 대하여도 마찬가지였다.

그녀는 벨바롯트로부터 어떠한 반응이 있기를 바라지는 않았다. 애당초, 그녀가 옛일을 꺼낸 것은 털어 내고 속죄하기 위함이 아닌 침묵으로 기다려 준 그와 약조를 지키기 위한 것이다.

고요를 벗 삼아 홀로 떠들기 좋은 시간이었다.

"……어떻게 결론이 날지, 아무것도 알 수 없었다. 외숙이 가담했다면, 그건 혈통주의자들 전체의 문제로 확대될 수 있을 테니까. 이로 말미암아 내가 저들에게 무도하고 잔인한 사람으로 비치는가의 문제도 아니야. 아니었지…… 다만."

"……."

"오베이언이 단순히 나를 납치하는 것으로 끝냈을지, 무얼 바랐던 건지는 지금도 모르겠어."

스완은 마지막까지 그것이 궁금했다. 처형하기 전, 그에게 어째서 '왜 살해가 아닌 납치를 바랐느냐.' 물었으나 그는 끝내 아무 말도 하지 않았다.

저 먼 곳으로부터 울려오는 풀벌레 소리가 귓전을 앵앵 맴돈다.

시간이 늦었노라 말하는 것 같았다. 스완이 계단을 짚으며 몸을 일으켰다.

"이쯤 하자."

스완의 몸이 훽 기울어진 것은 직후였다. 그녀는 벨바롯트의 허벅지를 짚고 간신히 쓰러지는 것을 면한 후에야, 그가 자신을 끌어당겼으며, 어느새 자신을 쳐다보고 있다는 것을 알았다.

복잡다단함이 여실히 드러난 검은 눈이었다.

한참 후, 천천히 그녀의 팔을 놓은 그가 입술을 열었다.

"……스완, 저는 시비가 흐려지는 순간이 싫습니다."

"교훈을 얻었겠구나."

미묘하게 굳은 벨바롯트의 표정은 낯설다. 스완은 족히 이해하였다.

벨바롯트라는 남자는 스스로의 단단한 껍데기 안에 자신의 부드러움을 감추고 있는 사람이었다. 그는 왕궁의 담벼락에 걸린 월계수기를 바라보며 성찰에 잠길 만큼 감성적이고, 동향 출신의 사람들과 만나는 날이면 고향에 대한 자부심으로 소년처럼 웃을 줄도 아는 사람이다. 그는 싸워야 할 때와 싸우지 말아야 할 때를 그 자신의 잣대로 엄정하게 구분하여, 사람들에게 휘둘리지 않으려 부단히 자신을 되돌아본다.

빼앗고 빼앗기는 것이 지당하다 받아들여지는 이 북부에서도 그는 빼앗음의 미덕보다는 지켜 내는 것을 더욱 중요하게 생각하는 사내였다.

저 변경이 낳아 그녀에게 안겨준 선물. 그녀는 그가 이 나라를 위한 방패가 되어줄 것이라 확신한다.

"내게 실망하였다면, 용인하마. 마음껏 실망하고, 마음껏 비난해도 괜찮다."

그것이 때때로 스완이 그에게 신뢰만큼이나 깊은 관심과 애착을 느끼게 되는 연유였다. 한때 제게 없는 순수로 가득 차 있던 오베이언에게 이끌렸듯, 자신과 전혀 다른 상대에게 이끌림을 느끼는 것은 자연스러운 일일 것이다.

하지만 다르기에 그녀는 이해를 구하지 않을 것이고, 다르기에 그녀는 벨바롯트에게서 이 이상을 원하지 않을 것이다.

"대신 나는 네게 희생을 강요하마. 나를 위해서가 아니라, 라르크를 위해서. 너는 네 아내는 선한 사람으로 사는 방식에는 관심이 없는 사람이라는 것을 받아들이거나, 이제까지 그랬듯 모른 채로 네 할 일을 하면 된다."

사투르가 귀레 라르크. 스완은 습관처럼 뇌까렸던 그 옛 선인들의 진심을 되새겼다. 전부 라르크를 위함이었다. 목표를 위한 희생은 불가피하다. 그러니…….

"선함에 관심이 없다면 어떻게 백성을 사랑한다 말할 수 있습니까."

벨바롯트가 물었다.

스완은 대답했다.

"선함과 이로움이 같은 결을 따라 흐르지만은 않지."

"선하기에 이롭고자 하는 것입니다."

"벨바롯트. 사람은 태어난 이상 항상, 무언가와 누군가와 싸우는 것이 필연이다. 어차피 싸워야 한다면 나는 내 나라와, 내 사람들을, 모두를 승리하게 할 거야."

벨바롯트는 조금 괴로운 듯 입술을 꾹 당겨 물었다가, 조용히 물었다.

"그 안에서, 정작 당신의 사람들이 다치고 괴로워지는 일이 생기고 있다 해도 말입니까."

"세상은 공평하지도, 정의롭지도 않아."

"하지만 그것이 누군가 불행해도 된다는 의미는 아닙니다. 폐하께서는 그들에게 납세를 강요하고, 노동을 강요하고 섬김을 요구하실 수는 있습니다. 하지만 희생은 다릅니다. 그들이 폐하께 납세를, 노동을, 섬김을 바치는 것은 폐하께서 그들에게 보호를 약속하셨기 때문입니다. 희생과 피보호는 전혀 반대되는 관……."

스완이 뚝 그의 말을 잘라 냈다.

"그래서 이제까지의 모든 선왕들이 아무것도 하지 않았지."

"……."

"16년 전 호라신이 갈라테아의 영지를 침략해 수천여 명이 산 채로 매장당했다. 그때, 우리가 존경하던 학자 리글로테가 호라신의 대장군인 제카서스를 찾아가 평화를 논의하기를 바랐지만 결국 그 자의 가죽이 벗겨져 시신으로 돌아와 소산된 후에야 평화를 찾았지. 코카스의 어린 아들이 그에 분노하여 행동하기를 원하지 않았다면, 호라신은 여전히 건재하여 간신히 되살아난 갈라테아의 영지를 짓밟고, 또 짓밟고, 짓밟았을 터다. 보호를 약속한 내 아비가 너무나 심약했던 까닭에."

"……."

"9년 전, 우리가 극심한 기근에 시달리고 있을 때 왕실이 직접 백성들의 구휼을 위해 라인에서부터 높은 값을 치러서까지 가져오려 했던 곡식과 고기와 가축들은 백성들의 지난 수해의 고혈을 라인에 빼앗긴 것이었다. 하지만 먹고는 살아야 했지. 왕궁 사람들을 제외하면 모두가 굶어 죽을 지경이었으니까. 그 귀중한 곡식과 고기와 가축들이 어찌 되었는지 기억하느냐?"

벨바롯트의 입술이 서서히 다물렸다. 스완은 조금 더 흥분한 듯한 목소리로 계속 말했다.

"우리를 늘 얕보는 트링거의 왕이 약탈자로 돌변해 모조리 앗아가고, 왕궁에 도착한 건 수백 대의 수레 중 단 네 대였다. 그리고 염소 사십여 마리와 양 세 마리, 백서른두 명의 시신이었다. 그래서 어찌 되었느냐?"

"……."

"부왕께서는 맞서지 않으셨다. 트링거는 군사적으로 우리보다 더 우위에 있어 싸울 수 없다 하셨지. 라르크는 언제나 그런 침략을 겪어 왔고, 언제나 그렇게 말했으니까. 일단은 수습하는 것이 먼저라고."

스완의 목소리에는 점점 더 힘이 들어가고, 날이 섰다.

"벨비. 그것이 옥좌의 불편함에서 백성의 불편함을 떠올리며 저린 다리로도 웃으셨던 선한 내 아비의 치세에 있었던 일이다. 누구의 희생도 강요하지 않고, 지금의 라르크를 지키는 것이 족하다 말한 내 아비의 치세에서 벌어졌던 굴욕이다. 선친께서 희생을 감내하고 입만 산 긍지를 떠벌리는 대신 창을 들고, 칼을 들고, 코카스의 아들처럼 달려 나갔다면 나는 내 선친을 훌륭한 왕이었다 외치고 다녔을 터다."

그녀는 늘 분했다. 그녀는 단 한 순간도 배곯은 적이 없었으나, 모든 것이 꼴사나웠다. 다른 형제자매들을 사랑할 수 없었던 것도 그 때문이었다.

그들이 싸울 용기를 발휘하는 것은 오로지 왕궁 안에서의, 뮈아드로 안에서의 그 치졸한 암투 따위였고, 라르크의 형편없는 실정을 언제나 '그래도 우리는 긍지가 높다.' '우리는 역사가 있다.' '우리는 오랫동안 살아남은 강한 민족이다.' 하는 말로 스스로 장님 되기를 택하였다.

"너는 로크란드를 침략하는 이민족들과 오랜 세월 싸웠고, 승리에 익숙하니 모르겠지만, 너와 코카스의 아들 같은 용맹한 기사들이 승리를 가져왔을 때조차도 라르크는 지고 있었다. 우리는 250여 년간 패전만 거듭해왔어."

스완은 작게 주먹을 말아 쥐었다. 목소리가 조금 떨리기 시작했다.

"그래, 내가 지나치다 생각해도 이해한다. 누군가에게는 불공정했다. 정의롭지 못하게 보이겠지. 하나 나는 공평한 세상, 정의로운 세상에도 관심 없다. 내 백성이 이기는 세상, 우리를 핍박해 온 자들이 그 대가를 치르는 세상, 북부가 하나 되어 더는 내 사람들이 고통받지 않는 세상만이 내 목적이다. 비난해도 상관없어."

"왜 그렇게까지 스스로를 몰아가십니까."

"……아무것도 하지 않는 것도 지는 거니까. 희생을 피하는 것도 지는 거니까. 어차피 세상은 전쟁터 같은 곳이다. 나는 지는 것은 용납하지 못한다. 갈리아우의 저 늘 높은 산맥은 나를 그렇게 낳지 않았다."

벨바롯트는 떨리는 그녀의 주먹을 감쌌다. 그제서야 자신이 지나치게 흥분했다는 것을 깨달은 스완이 말을 멈추었다.

벨바롯트의 까만 눈은 그런 그녀의 눈에 오랜 시간 머물렀다.

그는 지난 4년간 스완이 얼마나 주도면밀하고 비정할 수 있는 여자인지, 이 왕실의 손들에게 벌어졌던 크고 작은 비극에 어떤 식으로 그녀가 연루되어 있는지, 그녀가 어떤 식으로 사람들을 굴종시키는지 보아왔다.

오늘 들은 무도하고 잔인한 이야기도 그녀가 해온 수많은 일들 중 고작 하나의 사건에 불과할 것이다.

그의 안에는 여전히 그녀에게 '당신은 지나쳤으며 세상이 반드시 전쟁터인 것은 아니다.' 꾸짖고 타이르고 싶은 자신이 있다. 그는 그녀와 똑같은 방식으로 생각할 수가 없었다.

그러나 어떤 말을 할 수도 없었다.

'그럼에도 불구하고 당신이 지나치다' 말하는 것은 이 나약한 나라가 영원히 나약하기를 바라는 것처럼 느껴지게 만든다. 언제나 이런 식. 그녀는 언제나 선과 악의 경계를 모호하게 만들었고, 가능과 불가능의 경계를 희미하게 지워 냈다.

지독한 야망이 그의 가슴마저 파도치게 만들었다.

제 어딘가에서도 그런 미래를 꿈꾸고 있기 때문일 것이다. 강대한 나라. 괄시당하지 않고, 모욕을 당하면 맞서 싸울 수 있는 나라. 빈자들로 넘쳐 나지 않는 나라. 겨울을 두려워하지 않는 나라.

그녀의 시선에서 그는, 저보다 용기도 미래에 대한 청사진도 없는 일개의 사내에 불과할 것이다. 갈리아우가 그녀를 낳았다. 늘 그들을 추위에 떨게 만드는 저 산맥이 라르크에 이 여자를 선물한 것이라면 자신의 역할은 무엇이어야 하는가. 그런 고민이 어쩔 수 없이 잇따랐다.

깊이 숨을 내쉰 벨바롯트는 실토하듯 뱉어 냈다.

"스완, 하지만, 저는 아직 모르겠습니다."

"……."

"당신의 뜻을 이해하지 못하는 것은 아닙니다. 하지만 지금은 어렵습니다."

스완이 대답했다.

"이해하지 마라. 내가 널 아끼는 것은 네가 날 이해하기 때문이 아니라, 네가 내 나라를 지켜 낼 사람이기 때문이니까. 그것으로도 나는 네게 족하다."

한 치의 거짓 없는 진심이었다. 그녀를 완벽히 이해할 수 있는 사람은 오로지 그녀와 닮은 사람뿐일 터이며, 그것은 페이작 한 명으로도 차고 넘친다.

긴 침묵 끝에 벨바롯트는 쓰게 웃었다.

"……하면 오늘만큼은 폐하를 대역무도한 여자라 생각하고, 제가 어떤 혼인을 했는지 돌이켜보아도 된다는 말씀이십니까?"

"마음껏. 하지만 너를 위해 좋은 결론을 내리면 좋겠구나. 어차피 넌 평생 내 옆에 살아야 하니까."

보일 듯 말 듯 웃은 스완이 찬찬히 몸을 일으켰다.

"하지만 하나, 네게 약속하마."

"……."

"난 후회하지 않을 것이고, 그들의 불탄 뼛조각 위에 새겨질 글귀가 '네 죽음은 돌이키니 덧없다'가 되는 굴욕을 주지 않겠다고."

그녀는 계단 아래로 멀어졌다. 미동 없이 앉은 벨바롯트는 잠자코 그 뒷모습을 바라보았다. 긴 살굿빛 드레스를 이끌고 찬란히 빛나는 밤의 궁전으로 돌아가는 여왕은 가까이서도 멀리서도 멀다.

어려운 일이었다. 복잡한 삶이었다.

차가운 돌바닥을 짚고 천천히 뒤로 몸을 기울인 그가 하늘을 올려다보았다. 헤아릴 수 없는 많은 별들이 총총 떠 있다. 그리고 저 먼 곳, 긴 꼬리를 그리며 떨어지는 별 하나가 보였다.

이름 모를 별이 전쟁 같은 삶을 끝마치고 있었다.

이튿날 밤, 델소어 백작 가문의 재산 몰수 작업이 마무리되고, 스완의 집무실에는 세 개의 상자가 놓였다. 오베이언의 개인적인 일지

와 장부 그리고 서간 등의 유품을 담아 둔 것이다.

스완이 그것들을 가져오라 명한 것은 혹여 그와 같은 뜻을 지닌 자들의 여부를 가려내기 위함이 첫째이며 그녀가 아직 알지 못하고 있는 여러 정보들을 취합하기 위함이 둘째였다.

늦은 새벽, 그녀의 집무실로 향한 벨바롯트는 푹신한 의자에 기대어 앉아 죽은 자가 남긴 책에 집중하는 스완을 보았다. 그는 그녀를 위한 차 한 잔을 가지고 온 참이었다.

흘러내린 붉은 머리칼 사이 우아한 이마와 그림처럼 아름다운 콧날 아래, 연한 미소를 머금은 붉은 입술은 움직이지 않았다. 눈시울이 붉다. 그녀는 그 사실을 적시당하기를 원치 않을 것이다.

'오늘 이 많은 것을 다 살필 수도 없을뿐더러, 새벽이 깊었으니 내일 마저 살피시라' 여상하게 조언할까 했던 벨바롯트는 마음을 바꾸어 방해하지 않기로 했다. 대신 상자 속의 물건들을 꺼내어 차례로 책상 위 그녀의 손닿기 좋은 곳에 바르게 쌓았다.

스완이 읽고 있는 것은 오베이언의 일기였다.

드문드문 쓰인 그 일기는 꽤 오래전의 이야기로부터 시작되었다. 아마도 오베이언이 10대 중반이고, 그녀 역시 그 시기 어디쯤이던 시절.

모든 것이 세월이었다.

아침부터 아버지에게 꾸지람을 들었다. 늦잠을 자서였다. 일찍 출발해야 하긴 했지만 나는 정말 왕궁에 가고 싶은 마음이 없었다. 두고 갔으면 좋겠다 생각해서 미적거린 것이지 게을러서는 아니었는데.

날씨가 아주 쌀쌀했다. 뮈아드로는 보겐보다 추운 것 같다. 왕궁에 너무

늦게 도착해서, 하루 자고 나서야 왕궁 구경을 할 수 있었다. 뮈아드로의 사람들 중 마음에 드는 사람은 한 명도 없었지만, 1왕자 전하를 뵈고 나니 기분은 좋았다.

리아작 전하는 비록 열둘밖에 되지 않으셨지만 대단히 애어른 같은 분이었다. 저대로 장성하신다면 스무 살쯤 되셨을 때는 할아버지 같아지지 않을까? 내일은 집에 갈 수 있다니 자야겠다.

오래전에 지났고.

난로 같은 햇빛이었다. 왕비 전하의 탄신일을 앞두고 다시 왕궁 초대를 받았다. 아버지는 나흘 정도 머물 것이라 했다. 가시려면 혼자 가시지, 왜 자꾸 나를 데려가시는지 모르겠다.

잠도 제대로 못 자고 왕궁에 갔다가, 칼키투스 전하를 만났다. 짜증이 났다. 칼키투스 전하와 함께 있다가 울음을 터뜨리고 달아난 페네니의 니비에사 양이 불쌍했다.

연회에서 처음으로 왕녀 전하를 만났다. 스완 전하는 몹시 아름답고…… 예쁘다. 진짜 예쁘시다. 대단히 똑똑하신 것 같다. 말장난을 걸어 주셨는데 나는 바보처럼 아무 말도 못했다. 멍청이. 진짜 멍청이.

이제는 오지 않을.

구름이 많은 날이었다. 북쪽 하늘에서 소트라와 구름 모양 찾기 내기를 하다가 왕관 모양의 구름을 발견했다. 신기하던데, 왕녀 전하께서도 보셨을까.

벌써 눈이 내렸다. 작년보다 훨씬 춥다. 아버지가 시키시는 일이 많아서 요즘은 일기를 쓸 시간이 없다.

아버지께서 왕궁에 가셨다. 왜 나를 빼놓고 왕궁에 가신 건지 모르겠다. 나도 가고 싶다고 분명히 말씀드렸는데.

마창 대회에서 3등을 해서 드디어 아버지가 나를 뮈아드로에 데리고 가 주신다고 하셨다! 엔투아 영애가 초대했던 날짜와 겹쳐 아주 잠깐 당황했지만 뮈아드로로 가기로 했다. 왕자 전하들과 왕녀 전하를 뵐 수 있겠지.

아버지께서 왕비 전하를 알현하고 계실 때 몰래 빠져나와 돌아다녔다. 이제 왕궁 지리는 조금 익숙해졌다. 1왕녀 전하를 만나 뵐 수 있었다. 스완 전하께서는 타라히아 전하와 대너투르 전하, 그리고 타르키아 가문의 레기사라는 착한 영애와 자수를 가지고 장난을 치고 계셨다. 왕녀 전하가 놀면서 놓으신 그 자수판은, 애석하게도 타르키아의 딸이 그렇게나 열심히 애쓰는 자수판보다 훨씬 아름다웠다. 못하시는 게 없는 모습이 대단하다. 대너투르 전하가 마구 비웃었는데 타르키아 영애가 약간 안쓰러워서 위로를 해 주었다.

눈이 내렸다. 우연히 왕녀 전하와 마주쳐 함께 산책을 했다. 왕녀 전하께서 '너는 참 아름다운 사람이네.' 말해 주셨다. 뮈아드로는 정말 아름다운 곳이다. 정말, 아름다운 곳이다.

세상을 아름답다 말할 수 있는 사람이 아름다웠던 시절.

사냥 대회 중 왕녀 전하께서 다치셨다. 크란 전하와 알티오 전하가 또 부적절한 장난을 치는 것을 막으시려다 그리되신 것이다. 나는 너무 화가 났고, 화를 낼 뻔하였는데 칼키투스 전하가 달래 주셨다. 그리고 칼키투스 전하께 들켰다. 왕녀 전하를 사랑하게 된 것을. 비밀로 해 주신다고 하셨다.

칼키투스 전하께서는 너무하셨다. 예이건의 모임에 초대해 주시기에 무슨 일인가 하고 가 봤더니 왕녀 전하가 계셨다. 모른 척해 주시기로 하셨으면서. 왕녀 전하와 나를 두고 놀러 나가 버리셔서 애를 먹었다. 그렇지만 좋았다.

왕녀 전하와 입을 맞추었다. 죽어도 좋아. 감히 나 따위가. 레기사가 그걸 보았는데, 새빨개진 내 얼굴을 보고 놀렸다.

지금보다는 조금 덜 치열했던 시절.

전하께서 나를 더 이상 부르지 않으신다. 칼키투스 전하께서는 왕녀 전하께 요즘 다른 관심사가 생기셨다 위로해 주셨다. 그래도 괜찮다. 왕녀 전하는 좋은 분이시니까.

레기사가 영지로 찾아왔다. 우울해한다는 소문이 쾨니에까지 났다며 놀려 댔다. 아름다운 아가씨로 자란 레기사는 왜 아직 철이 덜 들었는지 모르겠다. 위로해 주는 것은 고마웠다. 왕녀 전하는 본디 귀한 분이시라 그 시간도 귀하기에 많은 것을 해야 하는 분이라는 말이, 많이 고마웠다.

칼키투스 전하의 초대로 뮈아드로에 갔지만, 왕녀 전하는 뵐 수 없었다. 잠시라도 뵙고 싶었지만, 더 이상 욕심부려선 안 되겠지.

대너투르 전하께서 레기사에게 못된 소리를 하셨다. 화가 났다. 하지만 레기사는 그분마저 사랑한다고 말했다. 대체 왜 저러는 거야. 레기사는 착하지만 그래서 바보처럼 보일 때가 있다. 안쓰럽다.

레기사에게 청혼을 할 생각이다. 그녀의 삶과 나의 삶은 너무나 닮아서, 어쩌면 나는 나를 사랑하듯 그녀를 사랑할 수 있을 것 같다.

레기사와의 혼인 이야기에 스완 전하께서 축하해 주셨다. 의외로 마음은 괜찮았다. 레기사가 괜찮겠느냐 물었다. 그녀는 따뜻한 사람이다.

레기사가 아이를 가졌다……. 정말로 행복했다.

책장을 덮은 스완은 고개를 숙여 이마를 덮었다. 가슴이 먹먹한 것은 그녀에게도 그때의 기억이 선명히 남아 있는 까닭이다.

한참 숨을 고르던 그녀는 문득 인기척을 알아차렸다. 언제 온 것인지, 벨바롯트가 저만치에 앉아 있었다. 자세를 바로 한 그녀가 시선을 내렸다. 책상 위에 정리된 책들과 식어 버린 찻잔이 낯설었다.

"고맙구나."

빤히 그녀를 바라보던 벨바롯트가 고개를 저으며 말했다.

"내일 아침 도린투스와 로엠의 영주가 방문할 예정입니다. 잊으셨을까 봐 말씀드리지만, 로엠의 아크레는 까탈스러운 자입니다."

"잊었을 리가."

일기장을 내려놓은 스완이 일어섰다. 옛 생각에 빠져들어 붙잡고 있게 된 것이지만, 본디 그녀가 하려던 일은 쓸데없는 옛일을 되감는 것이 아니었다.

"혹 필요하신 일이 있습니까? 혼자 살피시기는 어려우실 것 같습니다만."

고개를 저은 스완은 벨바롯트가 쌓아 둔 나머지 책장의 겉면을 손끝으로 쓸다가, 비교적 최근의 수첩을 꺼내어 열었다. 대강 훑어보니 오베이언의 장부와 그의 영지 그리고 사업에 관한 개인적인 메모가 담긴 책이었다.

제법 은밀하여 중간중간 암호문과 같은 것이 쓰여 있었고, 일부는 날려 쓰기가 되어 식별이 어려웠다. 스완은 불평하지 않고 차근차근 그녀가 알아볼 수 있는 것들을 알아보았다.

개중 그녀가 단편적으로만 접할 수 있었던 유목민들과의 크고 작은 물자 교류에 대한 정보도 보다 소상히 적혀 있었다.

벨바롯트는 다시 책에 집중하기 시작하는 스완을 바라보다가, 조용히 일어섰다. 그가 막 돌아나가려 할 때였다.

"벨비."

스완의 목소리가 그를 붙들었다. 벨바롯트가 돌아섰다. 부르고도 잊은 사람처럼 가만 고개를 기웃하며 수첩을 보고 있던 스완이 물었다.

"엔호자라는 이름을 들어 본 적이 있느냐? 시친인인 듯한데 익숙하구나. 네게 들었던 것 같기도 하고……."

벨바롯트는 예상 밖의 이름에 살짝 눈썹을 치켜올렸다.

"엔호자 죄브를 말씀하시는 겁니까?"

"그래."

"시친인들이 추종하는 그들의 수장이고, 상당히 강한 자입니다.

성품 자체는 난폭하지 않지만 그자 이전의 시친인들을 끌고 다니던 자보다 훨씬 까다롭습니다. 전략적으로 움직일 줄 알아 매년 성가신 일들이 많았습니다. 한데 어찌 물으시는 것입니까?"

"맞붙어 본 적이 있느냐?"

"……두어 번 국경에서 마주친 적은 있습니다. 몸 사리지 않는 자라 로크란드의 영내까지 침입했을 때 좇았으나 사살하지는 못했습니다."

"네 말대로 강한 자인 모양이구나. 한데 시친은 부계가 아니냐?"

무슨 질문인지 곧장 이해하지 못하여 침묵하는 벨바롯트에게 스완이 다시 물었다.

"태어난 아이의 성씨를 결정하는 것이 아비가 아니냐?"

벨바롯트는 의아하다는 시선을 보냈다.

"갑자기 그런 것이 궁금하신 연유부터 물어도 되겠습니까?"

"오베이언이 시친인들과 교류한 기록을 보니 시친인들에 대해 알고 싶어진 것이 많아졌다 하자. 너는 이민족에 대해 나보다 잘 아니까."

잠시 침묵하던 벨바롯트는 납득했다.

그만 보면 입을 딱 다물지만 지금 왕궁에 3주 넘게 붙들려 있는 이민족이 시친인이라는 걸 스완도 알 것이다. 이번 일에 연루된 것이 시친인이라는 것은 거의 확실해졌으니 관심이 생길 법도 하다.

하여 순순히 아는 바를 대답했다.

"첫째는 아비의 성을 따르며, 둘째는 어미의 성을 따르고, 셋째는 다시 아비의 성을 따르며, 넷째는 어미의 성을 내려 받는 독특한 풍습이 있는 것으로 알지만 항상 그런 것은 아니라고도 압니다."

"알면 알수록 흥미로운 작자들이구나."

"무슨 일인지 말씀해 주지 않으실 겁니까?"

"가끔은 그런 기대감도 있어야지. 필요하면 얘기하마."

또 무슨 생각을 하시는 건지. 캐묻고 싶었으나 그러지 않았다. 벨바롯트는 스완을 향해 얕은 한숨을 내쉬며 물러났다.

"늦었으니 돌아가 보겠습니다. 폐하께서도 쉬십시오."

"잘 자렴."

벨바롯트가 떠나고, 느긋하게 의자에 등을 기대고 앉은 스완은 그 수첩의 한 면을 펼친 채 딱딱 팔걸이에 모를 부딪쳤다. 푸른 시선은 한곳에 머물고 있었다.

오베이언이 기록해 둔 시친인의 이름이다.

엔호자 죄브, 마카스 코르트,

첫째, 자네어 죄브

둘째, 바카란 코르트

셋째, 카드에이 코르트

넷째, 렛소트 죄브

혀끝이 입술을 훑었다. 입가에는 절로 미소가 핀다.

떠오르는 생각이 무수하다. 저 별처럼 많다. 그녀는 언제나 길을 찾았고 그 길로 향하는 사소한 단초라도 감지할 수 있는 재주가 있었다. 그리고 그리할 수 있을 것 같다는 확신이 일 때야말로 더할 나위 없는 행복과 편안함을 느꼈다.

'잔망스럽기도 하지…….'

북부 정벌을 하든 말든 관계없다는 것이야 저들이 영토에 관심 없는 시친인이기 때문이란 건 알았다. 하나 저를 해하면 보복이 있을 것이라 으름장을 두기에 무슨 자신감인가 하였는데.

빠르게 자리에서 일어선 그녀는 집무실 반대편 널찍한 탁자로 걸어갔다. 그리고 그 위에 돌돌 말려 있던 북대륙의 낡은 지도를 쫙 펼쳤다. 여러 고민과 전략 회의의 흔적이 남은 낡은 지도에는 북부의 크고 작은 나라들과 그들이 아는 한의 모든 변수, 민족, 국가들이 적혀 있었다.

시친.

스완은 로크란드의 북쪽, 서쪽, 남쪽을 아우르는 일대를 손끝으로 쭉 그어 보았다. 그녀가 기억하는 그들의 활동 영역은 계절별로 달랐다. 그리고 뢴사와의 경계에서 그리 멀지 않고, 제윰, 아일마레의 국경과는 간간이 겹쳤다. 뿐만 아니라 저들은 서부 해안가의 크고 작은 중소 도시들도 습격하는 자들이다.

세상에서 영토를 필요로 하지 않는 몇 없는 도시급 규모의 민족.

세상에는 싸우지 않아도 되는 두 부류가 존재하는데 하나는 싸움이 일어날 일 없는 완벽하게 무관한 존재이고, 다른 하나는 친구다.

영토가 필요치 않다면 그녀는 그들과 싸우지 않을 수 있었다.

살며시 지도를 노려보는 스완의 입꼬리가 올라갔다. 이리도 즐거울 수가 없었다. 한참 지도를 들여다보고, 과거 이민족들의 동선과 그들의 싸움에 대해 기록된 것들을 정신없이 찾아 뒤졌다.

늦은 새벽, 스완은 설렁줄을 당겨 오르헤를 불렀다.

"유목민은 어찌하고 있느냐?"

고백하건대 지난 보름간, 스완은 그 이민족의 존재를 까맣게 잊고 있었다. 이 잔망하고 귀여운 청년이 그녀의 손아귀에 쥐여 있다는 것도.

"유목민요?"

오르헤는 뜬금없는 물음에 의아한 표정이었다. 그러다 대번 인상을 쓴다.

"아."

오르헤는 여전히 이민족들에 대한 악감정이 깊었는데, 스완이 그 이민족을 처형하지 않는 것에 대해서도 몇 번이나 꽁하였더랬다.

"그 바카란이라는 청년 말이죠, 폐하께서 내버려 두셔서 왕실 먹거리를 죄 탕진하고 있다 들었어요. 하루 종일 불평불만에 난리래요. 드디어 혼쭐을 내주실 거예요?"

스완은 매끄럽게 입술을 당겨 웃으며 수첩을 덮었다.

해는 또 떠올랐다.

'또'라고 말하기는 그렇지만 정말로 좀이 쑤시고 지겨워 미칠 것 같은 바카란에게는 '또 하루가 시작됐어?' 하는 기분이다. 마지막으로 그를 찾아왔던 여왕인지 나발인지는 그 범인을 찾느라 정신을 빼버린 건지 그를 몇 주에 이르도록 방치했다.

처음에야 부상도 낫지 않았으니 그편이 낫다 생각했지만 이제 완전히 쌩쌩해진 지금 그는 도망치고 싶어 미칠 지경이었다.

하지만 이곳은 성이라는 곳이고 창문의 높이는 그렇다 치고, 창밖으로만 봐도 무슨 미로처럼 어마어마하게 복잡해서 엉뚱하게 털릴 가능성만 떠올리게 되었다. 어떻게 산책 핑계로라도 근처를 좀 살피고 다닐 기회를 얻을 수 있다면 벽을 타고 올라가서라도 냉큼 달아날 텐데.

그랬는데 바카란은 곧 다른 형태로 방 밖으로 나가게 되었다.

"나와."

이른 아침부터 거칠게 문을 박차고 들어온 빨건 머리 왕자 새끼가 그의 손목을 포승줄로 묶더니 목덜미를 붙들고 질질 끌고 나가기 시작한 것이다.

페이작인지 개나발인지 하는 저 왕자는 심각할 정도로 험악한 놈이었고, 몸집 차이는 얼마 나지 않는데도 힘이 어마어마했다.

'아니, 잠깐만!'

바카란은 수일 만에 긴장감을 느꼈다.

그 여왕은 일단 '성의는 고맙게 여기겠다.'고 한 주제에 고마움의 대가로 그를 몇 주나 방치했고 사실 고마움이라는 건 시간 지나면 잊히는 거니까, 이제 와 갑자기 '응, 너 처형.' 혹은 '너를 쇠꼬챙이에 찔러서라도 실토하게 만들겠다.' 이런다 해도 바카란으로서는 딱히 저항할 수단이 없기 때문이다. 하여 바카란은 일단 온 힘을 다해 몸부림치며 그에게 끌려가지 않으려 노력했다.

몇 걸음쯤 무시하고 질질 끌고 가던 페이작이 나직이 경고했다.

"퍼덕대지 마."

비딱하게 올라간 입꼬리에 짜증이 역력하다. 허우적거리던 손은 자동으로 멈추었다. 서늘한 벽안으로 그를 내려다보는 페이작은 그저 존재감만으로도 그를 압도하는 망할 자식이었다. '내 아버지를 만나면 넌 탈탈 털릴걸!' 소리치고 싶은 마음이 목구멍까지 찼지만 제가 어디로 끌려가는지 모르니 얌전히 입만 삐쭉거렸다.

잠시 후, 바카란이 도착한 곳은 처형장이나 고문실과 같은 그의 저질스러운 상상력이 동원될 수 있는 라르크인들의 특징 같은 공간이 아닌 왕궁의 철문 앞이었다.

철문 입구 쪽에는 붉은 머리칼의 여왕이 시녀와 하인들을 뒤세운 채 앉아 있었는데, 시녀들이 그녀의 머리 위에 양산을 드리우는 꼴값을 떨고 있었다.

"누님, 데려왔다."

그를 대충 놓은 페이작이 바카란의 등을 떠밀었다. 그냥 민 것 같은데도 힘이 세서 바카란은 한참 휘청이며 떠밀려 갔다.

하늘 쪽을 보고 있던 스완이 턱을 내려 그를 보았다. 속살이 비치는 짙은 겨자색의 얇은 천으로 장식된 긴 소매에, 무얼 위한 화려함인지 상상도 되지 않는 무늬와 자수를 꿴 드레스를 입은 여자는 확실히 묘하게 눈길을 끄는 어떤 분위기가 있었다.

"좋은 아침이구나."

의자에서 일어서 다가오는 모습은 소리 없이 뜬 백조 같아서 바카란은 저 여자의 몸놀림을 다시 떠올렸다. 저렇게 생겼어도, 한 번에 그의 어깨를 탈골시켜 버린 여자였다.

무슨 일인지 몰라도 우악스럽게 끌려왔으니 안심하지는 않을 공산이었다.

"좋겠냐?"

그러나 직후 페이작의 손아귀가 거칠게 그의 뒤통수를 움켜쥐었다. 비뚜름하게 웃은 페이작은 그의 귓가에 얄밉게도 씹어 뱉었다.

"누님 앞에서 눈 그따위로 부릅뜨지 마. 마지막으로 경고하는데 언사 역시 바르게 하지 않으면 네 입을 찢어 한마디 지껄일 때마다 깃발처럼 나부끼게 해 줄 거다."

이 왕자란 새끼는 왠지 진짜 그럴 것 같았다. 바카란은 자존심이 팍 상해서 입술만 팍 오므렸다. 빤히 그런 그들을 바라보던 스완이 미소를 보냈다.

"괜찮다, 페이. 아이의 손도 풀어 주고."

페이작은 휙 바카란의 뒤통수를 놓아주고는 하인들에게 턱짓했다. 하인들이 다가와 바카란의 손목의 포승줄을 풀어 주었다. 경계심을 늦추지 않은 바카란이 약간 의아한 내색으로 물었다.

"왜?"

"왜냐니, 언제까지고 머물 생각이었느냐?"

어? 바카란은 몇 주 내내 방치하던 저 여자가 갑자기 왜 저러나 싶었다. 스완이 나긋한 어조로 말하며 활짝 열려 있는 철문을 턱짓했다.

"네 덕에 아국의 문제도 해결했으니, 비록 성실하지는 않았지만 너는 약조를 지킨 것이다. 그러니 내 차례지. 나는 너를 살려 보내고 네 동료들 또한 잡지 않겠다 약조했잖으냐?"

바카란은 이해가 안 되기 시작했다. 그는 범인을 말하지 않았다. 그런데 조금 전에 해결이 되었다고?

'저 여자 엉뚱한 인간 잡은 거 아냐?'

북부 정벌을 하겠다는 저 여자는 왠지 그럴 수 있을 것 같았고, 제가 엉뚱한 사람을 죽게 만든 건가 싶어 약간 당혹스러워졌다.

"너, 마, 막, 아무나 다 잡은."

스완이 눈을 깜빡깜빡하더니 이내 웃기 시작했다.

"그자는 오베이언 비트로 델소어라는 자로, 너희 부족의 가레인이라는 자와 2년째 수교 중이었고 석 달 전 국경에서 접선하였었지. 아마 네가 감싸고 싶었던 이가 그자인 듯하고. 부족 내에서도 입지가 있는 자라 분란이 커질 거라 여겼겠지. 미가하라는 자가 그자의 아우라지?"

바카란의 입은 솔직하게 떡 벌어졌다. 다 털렸다. 몇 주 사이에 무슨 일이 있었던 건지 다 털리고 만 것이다. 순식간에 창백해지다 못해 초조한 듯 손끝을 꼬는 바카란을 느릿하게 위아래로 바라보던 스완이 친절하게 말했다.

"겁먹을 것 없다. 얼간이 같기는 하다만 너희는 단순히 말려든 것이니, 나 또한 이번 일을 문제 삼을 생각 없단다. 너그러운 여왕의 시혜라고 해 두자."

스완은 무슨 말을 해야 할지 몰라 엉거주춤 선 바카란에게 길을 터 주듯 비켜섰다.

"너는 자유다. 단, 만일 네 전우들이 아직 내 땅에 남아 있다면 그들을 찾아 열흘 안에 라르크를 떠나라. 그것이 내가 네게 원하는 유일한 약조다."

"아무 트집도 안 잡고?"

"아무렴, 나의 약조는 언제나 이행되지."

'진짠가……?'

얼얼한 손목을 문지른 바카란은 곧 그에게 한 필의 말을 이끌고 다가오는 거구의 기사를 보았다. 기사는 자르데사로 덩치가 큰 시친인들 사이에서 자란 바카란이 보기에도 굉장히 몸집이 좋아 보이고 인상이 나빴는데, 사실 지금은 그것보다 그 옆의 말이 더 눈에 들어왔다.

정수리 한복판에 마름모꼴의 흰 무늬가 있는 갈색 준마는 매우 잘 관리가 된 티가 좔좔 흘렀고, 무엇보다 끝장나게 크고 튼튼한 허벅지를 지녀 아름답기까지 했다.

그들은 어쩔 수 없이 말을 좋아했다. 불가항력이다.

"떠나는 길의 선물이다. 발도에서 나고 자란 말이지."

멍하니 보고 있던 바카란의 눈이 휘둥그레졌다.

"갑자기 회개라도 했어?"

페이작은 '저치의 입을 찢어 버리면 안 되는 건지', 진심으로 스완에게 요청하고 싶은 표정을 지었다.

'대체가…….'

페이작은 이른 아침 갑자기 스완이 '이민족을 내보낼 때가 됐다.' 하며 그를 불러오라 하는 통에 안 그래도 언짢았다. 그녀를 납치하여 피가 거꾸로 솟는 경험까지 하게 만든 버러지를 잘근잘근 부숴 죽이기는커녕 사지 멀쩡히 환송해야 한다니.

"누님, 보내기 전에 한 대 정도는 쳐도 되지 않나? 멀쩡히 걸어 나갈 다리와 어깨 위에 목만 붙어 있으면 누님의 약조도 이행되는 것 같은데."

마지못해 투덜거리니 조르는 것처럼 들렸다.

페이작은 스완이 농담으로라도 그러라 한마디 해 준다면 그 한 방으로 저 새끼의 머리를 실수로 회전시켜 버릴 의중도 있었다.

그런 페이작의 심기를 눈치챈 것처럼 바카란이 화들짝 놀라 물러서더니, 얼굴만은 노여운 표정으로 말고삐를 낚아챘다. 그러고는 놀라울 정도로 재빠르게 뛰어 올라갔는데 등자조차 필요 없는 날다람쥐 같은 몸짓이었다. 마치 깃털이 하늘로 날아오르는 것 같기도 하여 페이작도 그 몸놀림에 눈썹을 찡그렸다.

"다시는 여기 안 와! 거지 같은 라르크!"

작별 인사는 저게 끝이었다.

바카란은 냅다 두 발로 말의 배를 걷어차더니 고삐도 쥐지 않고 만세 외치며 달려 나갔다. 과연 말 위에서의 기량이 진짜라는 유목민의 기마 솜씨였다.

자유의 맛이 그토록 달았는지, 달리는 말 위에서 몸을 굴리고, 벌떡 일어서 온갖 요란스러운 짓을 해 대며 멀어진 바카란은 곧 보이지 않게 되었다. 아니꼬운 눈으로 그를 노려보던 페이작이 중얼거렸다.

"미친 새끼."

자르데사도 그의 코앞에서 여왕을 납치해 갔던 이민족의 자유에

심히 불만이 가득한 표정으로 맞장구쳤다.

"빌어먹을 놈들이죠."

스완은 얼마간 그쪽을 바라보다가 가벼운 걸음으로 돌아섰다. 사람들이 그녀를 뒤따랐다. 그들을 헤치고 바투 따라붙은 페이작이 곧 못마땅한 어조로 투덜거렸다.

"누님, 저 말은 발도에서 가져온 말 중 제일 좋은 말이었어. 내가 이름도 붙여 주려고 했다고."

"정들기 전에 이별했으니 다행이지."

"진짜 보내려는 거야."

"둥지 떠난 독수리는 잡을 수 없는 법이지."

퉁명스럽게 입을 다문 페이작은 가느스름 뜬 눈으로 스완을 보았다. 스완은 그녀를 음해하는 자들을 용서치 않는 사람이었다. 특별한 이유가 없다면.

"……이런 거 묻는 거 성가셔하겠지만."

"저 녀석에게 시혜를 베푼 저의가 무어냐고?"

"그래."

페이작이 고개를 끄덕였다. 스완은 단조롭게 대답했다.

"이 험난한 세상을 말이지."

"……."

"저 녀석은 위대한 세상이라 말하더구나. 그를 듣고, 나는 그 어린 청년을 용서하기로 했다. 수많은 배신과 비참한 일로 가득한 세상을 그렇게 말할 수 있는 사람이 세상에 한 명쯤은 있어도 좋지 않겠느냐?"

페이작의 눈매에 노골적인 의심이 깃들었다.

"거짓말."

스완이 작게 웃었다.

"어찌 이 누이를 믿지 못하고?"

"……누님, 외람되지만 누님이 그리 말하는 건 아무도 안 믿을걸."

페이작이 보란 듯이 고개를 흔들며 눈을 흘기는 것이 우스웠다. 스완은 가볍게 고백했다.

"저 아이, 엔호자의 아들이다."

"엔호자?"

"시친 유목민족의 수장이지. 벨바롯트를 영 골 아프게 했던 자라지."

페이작의 미간은 더욱 좁아졌다.

시친인들이 관련 있다는 건 이미 확인된 사실이었다. 시친은 로크란드와 가까운 곳을 쏘다니며 해마다 라르크를 침략하는 아주 성가신 족속. 가뜩이나 병사 수도 모자란 마당에 로크란드의 정예 병력을 차출하지 못하는 이유는 순전히 그들 때문이다. 그래서 저 청년을 놓아준 것이 더욱 내키지 않았던 것인데 수장의 아들이라니.

몇 걸음 거리를 두고 우직하게 따라오던 자르데사도 어쭙잖게 그녀의 대답을 엿듣고는 충격받은 표정으로 끼어들었다.

"아니, 폐하. 하면 그자를 놓아주시면 안 되는 것 아니었습니까."

"그래, 끝장을 내거나 다시는 칼질 못하게 어디 한 군데라도……."

거기까지 말하던 페이작이 문득 걸음을 멈추었다. 그러곤 앞서 걷는 스완의 뒤통수를 빤히 보았다. 그 시선을 알아차린 스완이 살며시 턱을 돌려 페이작에게로 여유로운 시선을 주었다.

페이작은 그녀의 새파란 눈에 떠오른 감춰지지 않는 즐거움을 읽어 냈다.

'아.'

페이작이 지금 그 생각을 떠올릴 수 있는 것은, 그녀가 그 생각을 떠올렸기 때문이다. 그리고 페이작은 스완이 이번 사건으로 말미암아 거기까지 생각을 했다는 것이 소름 끼치도록 경이로웠다.

마른 입술을 혀로 핥은 페이작은 이내 웃음을 참지 못하고 어안이 벙벙한 표정으로 선 자르데사의 가슴을 밀쳐 냈다. 그러곤 성큼성큼 그녀에게 다가가 어깨동무하듯 팔을 감쌌다. 고개를 숙인 페이작의 유쾌함으로 반짝이는 벽안이 그녀의 푸른 눈을 조금 더 집요하게 마주했다.

"설마, 누님. 아니지. 아무리 그래도 말이야."

"어떨 것 같으냐? 가능하겠느냐?"

"진심으로 그리해 볼 공산이라면, 나는, 솔직히 지금 솜털이 곤두설 만큼 흥분되는데."

스완은 그런 페이작을 향해 잔웃음을 흘리며 고개를 저었다.

"어찌 될지는 모를 일이지. 거기까지 갈 길을 셈해야 하니까."

"누님은 언제나 길을 찾지. 이래서 내가 누님에게서 헤어날 수가 없어."

"입 발린 소리는."

"진심이라고. 국서에게는 말을 꺼내 본 건가? 그자가 쉽게 수용할 것 같지 않은데."

"아직. 벨바롯트의 반응이 좋을 것 같지는 않아 시기를 여유롭게 보고 있다. 그때 가서 이야기해도 괜찮겠지."

자르데사는 시친의 왕에 비견되는 자의 아들을 놓아주고, 조금 전까지만 해도 저와 같이 '이건 실수가 아닌가' 하였던 페이작이 유쾌해 죽을 것 같은 얼굴을 하자 어리둥절했다.

간혹 그들의 여왕 폐하와 왕자 전하는 저렇게 그들만이 이해하는 이야기로 주위 사람들의 궁금증을 유발하곤 했다.

저 말고 다른 이들 중에도 이해한 자들이 있나 둘러보지만, 멀찍이 따라 걷는 하인들이나 시녀들은 그들 배운 바대로 아무것도 듣지 못한 것처럼 총총총 걷거나, 혹은 저들끼리 눈만 데굴데굴 굴릴 뿐이었다.

그러거나 말거나, 페이작은 여유로이 거니는 스완의 곁을 졸졸 쫓았다.

"그래서, 누님. 나중에 저 개자식을 다시 만나면 그때는 패도 되는 건가?"

"가까운 것부터 하나씩 해결하자. 그리고 여신교도들의 이야기는 없었느냐?"

"카난소 경이 족치고 있다. 광신도들은 고집이 세지."

"조금 더 분발하라고 일러라. 그자들의 배후를 소상히 파악해 두는 것이 후일 동부로 넘어갈 때 조금 더 용이한 길을 찾게 해줄 테니까. 아, 그리고……."

그로부터 이레 후, 발도의 페넥투스로부터 서신이 도착하였다. 발도의 말 천오백 필은 그들의 발치로 떨어질 것이었고, 그렇게 또 하나의 준비가 끝난 것이다.

3장.
출정 한 달 반 전

전술적으로, 전략적으로 대륙 전쟁사의 판도를 엎었던 라르크의 25대 여왕 스완 세칼리드 라르칼리아를 부정하는 것은 눈을 가리고 장님을 자처하는 일이다. 그녀의 과와 오를 떠나 그녀는 북부에 고착되어 있던 수많은 싸움의 방식을 변형시켰고, 그에 적응하지 못한 북부국들이 속수무책 무너진 것이 라르크가 그토록 단기간에 북부의 대부분을 장악할 수 있었던 원인이었다.

그녀의 가장 놀라운 업적은 강의 물길을 바꾸었던 일과, 날리부의 저수지를 터뜨려 수몰시킨 일이었는데…… 중략…… 그 밖에도 공성전에도 새로운 방식을 도입한 것으로 유명하다. 하나하나 뜯어보면 기본을 변형하는 방식에서 발전된 형태의 공성 무기들이었지만 그 사용 방식과 개조된 형태는 어느 북부도 따라잡을 수 없을 만큼 선진화되어 있었다.

잊힌 방식과 새로운 기술을 닥치는 대로 접목한 그녀는 실용성이 없는 것은 가차 없이 내버리고, 실용적인 것들은 하나도 놓치지 않았으니 전엔 겪어 본 적 없는 공성전이 벌어지고 침공의 대가를 얻을 수밖에 없었을 것이다.

-『북부전국시대(北部戰國時代), 말론초의 회고록』, 513p 중 발췌.

출정 한 달 반 전

뮈아드로의 왕궁은 지대가 조금 높은 곳에 위치하였는데, 아니라도 높은 건물들이 많아 멀리서도 잘 보였다.

그중 가장 높은 건물은 남쪽과 북동쪽에 위치해 있는 아가베의 탑일 것이고 그다음 천장고가 높은 건물은 노르테 홀이 위치한 본성의 완만한 지붕일 것이다.

그리고 한센은 대개 순위를 정할 때 세 번째까지는 의미가 있다 여기는 사람으로, 세 번째로 높은 건물까지 말하자면 왕궁 측후면에 위치한 높은 담장을 꼽았다.

돌 성벽을 쌓으려다 만 건지, 아니면 어떤 기념비적인 이유로 건축된 것인지 모를 그 담장은 단순한 재질로 축조되어 꾸밈이라고는 거의 없고, 그 위 거대한 월계수 문양기만 벽을 뒤덮고 펄럭일 따름. 크기가 이렇게나 크고 높은데도 눈여기는 사람이 많지 않은 건 그래서다.

오래전, 고매하고 사랑스럽던 한 친구는 저 벽을 두고 그렇게 말한 적이 있다.

–한센, 내 생각인데. 이 벽은 신께서 내려 주신 선물이실지도 몰라.

–아무리 그래도. 게으른 누군가 뭔가를 짓다 만 걸 부끄러워해 아무 기록도 남기지 않았을 거라 봅니다.

–아니지, 이런 쓸데없는 걸 만드는 데에 노력을 기하는 건, 아무 노력 없이 이런 걸 만들 수 있는 신일 거야. 너는 의외로 낭만이 부족하다니까. 스완은 그렇게 말하던걸.

–왕녀 전하께서 답지 않게 낭만적이신 건 놀랍지 않고요?

'신들은 인간들을 이롭게 하는 조형물에 관심이 없을 것이다.'라는 말은 하지 않았다. 수많은 건축 관련 고서를 뒤졌으나 이 담벼락의 정체에 대해서는 적힌 바가 없으니.

시간이 흐른 지금도 그는 게으른 선조들 중 누군가가 짓다 만 건물을 부끄러워하여 기록을 말소한 것에 큰 비중을 두지만, 가끔 저 숭고해 보이기까지 하는 월계수 문양기와 하늘 높은 줄 모르고 솟은 벽을 보자면 신의 소행은 아닌지 상상하며 웃던 얼굴이 떠오르곤 했다.

사실 그때의 그는 저 벽에 대한 관심보다는 함께 있던 그녀의 표정, 말투, 몸짓 하나하나에 기쁨을 느꼈다.

이비 셰도나 예이건. 그녀는 아주 사랑스러운 사람이었으니까.

어느덧 성큼 가까워 온 큰 전쟁을 앞두고 상황 감독과 물자 점검이라는 중차대한 임무를 맡은 한센이 왕궁을 가로지르다 옛 추억을 회고하게 된 것은 뜬금없는 일은 아니었다.

저 앞에 서 있는 두 사람 때문이다.

거대한 벽 아래에는 다가온 여름을 증명하듯 가벼워진 연노랑 셔츠와 긴 검은 바지 그리고 정강이까지 오는 부츠를 신고 선 검은 머리의 남자와 조그마한 여자가 한 명 있었다.

남자는 벨바롯트, 이 나라의 국서였다. 그리고 챙이 넓은 둥근 모자 아래 긴 갈색 머리칼을 풀고 있는 여자의 옷차림은 조금 낯선 어느 귀한 집안 아가씨처럼 보였다.

고개를 돌리면 햇살 아래 금갈색으로 비치는 그런 눈일까 하는 생각이 문득 드는 옆모습이다.

"각하십니다."

생각에 잠겨 있던 한센을 일깨운 것은 전략회의를 마치고 함께 걷던 레드 경이었다. 한센이 조금 늦게 반응하여 고개를 돌렸다.

"예, 레드 경?"

"이렇게 눈을 게슴츠레— 하고 쳐다보시길래 말입니다."

레드가 조금 전 그의 표정을 흉내 냈다. 우스꽝스러워서 한센은 짧게 웃었다.

"아아, 아닙니다. 못 알아 뵐 리가요. 지난달 승작식에서 폐하보다 더 각하께 넋을 놓은 사람이 있다면 저였을 겁니다."

"그날은 대단했습니다. 모처럼 있었던 행사이기도 했고, 흠잡을 데가 없었죠."

지난달 벨바롯트는 공식적으로 국정을 인수인계받는 단계의 시작으로 승작식을 치렀다. 수개월 만에 거행된 국가적 행사로, 그 순간만큼은 전쟁이니 뭐니 하는 긴장감에서 벗어날 수 있었다.

북풍의 숨결처럼 서늘하던 공기에는 경건함이 맴돌았고, 결기는 사선으로 비치는 햇살 속으로 녹아들었다. 붉은 머리칼의 여왕과 한 자루의 검과 그 앞에 오른 무릎을 꿇고 고두한 남자는 그 자체로 그림처럼 거룩해 보였다.

–친애하는 나의 남편이자, 로크란드의 아버지, 모든 적들로부터

의 방패가 되어 줄 그대는 보다 큰 의무와 무게를 지게 되었다.

울림은 어떠했는지.

—브류나크 공작.

일생을 변경백으로 살았던 그 사내가 그리 불리던 순간. 새로운 시작의 역사적 순간을 마주한 영광으로 숨이 죽었다.

한센은 어딘가에서 그런 속삭임을 들은 것만 같았다. '이제, 정말로 시작되는 거야.' 온몸 구석구석의 혈관이 맥동하여 몸서리쳐질 만큼 선명하게 느꼈다.

—만인의 귀감이 되어 주기를 바라마.

—결코 폐하께 실망을 안겨 드리지 않겠습니다.

벨바롯트 파사드 브류나크는 고귀한 태생이라기보다는, 그저 변경에서 오랫동안 라르크를 지켜오던 명맥이 긴 집안의 아들이었다. 모나거나 튀지 않는 강직한 성품을 장점이라 칠 수야 있겠지만 그런 자들은 아마 많을 것이다.

때문에 한센은 벨바롯트라는 사내에게 특별한 감상은 없었다. 자신이 갖지 못한 어떤 것을 가지지 않았나 싶어 눈길이 가기는 했으나 그가 어떤 특별함을 지녔는지, 그 특별함이 무언지 구체적으로 상상하지는 못했다.

하여, 그는 오래전 스완에게 물은 적이 있었다. 벨바롯트가 국서가 될지 모른다는 소문이 막 돌기 시작할 무렵, '어째서 저자를 국서 삼으려 하시는 것이냐'는 순수한 호기심에 기반한 질문이었다.

—폐하께서 한눈에 반했다는 말씀은, 산맥이 새끼 낳았다는 소리만큼이나 유쾌한 농담입니다. 분명 로크란드의 브류나크는 대단히 뛰어나고 남자로서 부러운 점이 많은 사내이기야 합니다만, 폐하의 상대로는 그 기준에서 한참 턱없지 않습니까?

–기준?

–그보다 집안이 더 좋은 사내들은 많고, 그보다 기사로서 뛰어난 소양을 지닌 자들도 더 많고, 그보다 더 공손히 엎드려 충성할 사내들이 지천 부지기수일 터이데요. 저는 폐하께서 탑 꼭대기보다 높은 곳을 위한 결단을 내리실 것이라 여겼습니다.

그날 스완은 가소로운 아이 보듯 하는 미소만 보였을 뿐이다. 마치 '너는 아무것도 모른다.' 그런 눈빛으로.

그리하여 한센은 벨바롯트가 국서가 된 후 한참 그를 관찰하였다. 그리고 그 끝에 어쩌면 스완의 판단이 '또다시' 옳았을지 모른다는 불쾌한 생각을 하게 되었다.

벨바롯트는 괜찮은 사내였다. 강인하지만 자신을 내세우지 않으며, 충성스럽지만 그녀에게 맞설 줄도 알았다. 단순히 라르크의 서쪽 영지를 지켜 온 집안이라는 이유로 따르던 존경 이상의 것을 받아 마땅한 인품으로 보였다.

물론, 스완의 복심이 드러난 지금은 그녀가 전쟁 준비에 앞서 벨바롯트를 섭정으로 삼기 위해 그와 혼인했다는 것이 한센의 판단이지만, 전부는 아닐 것이다.

스완은 한센으로서도 상상할 수 없는 수천 가지의 생각을 하는 여자였고 그녀의 모든 생각과 결단은 때로는 뜨겁고 차갑다.

"그런데 저 영애는 예렛가의 따님이신 듯한데…… 친분이 있는 모양입니다."

"예렛이라면 얼마 전에 올라온 그 동부인들 말입니까?"

"예, 예. 환영인단과 접선할 때 우연히 근처를 지나다 보게 되었습니다. 여신교도들과의 분쟁 문제로 소환되었다는 소문을 들었습니다."

벨바롯트와 낯선 여자는 분위기가 좋아 보였다.

"한데…… 여기서들 뭐 하시는 거지."

인적이 드문 곳에서의 저런 만남이란 어쨌거나 수상쩍어 보일 수밖에 없는 것이었고, 레드 경은 인사를 하러 가야 할지, 말지를 고민하는 내색이었다. 얼마간 그들을 바라보던 한센은 반대로 몸을 돌렸다.

"뭐든…… 저는 갈 길이 바빠 먼저 가 보겠습니다. 레드 경, 내일 아침에 다시 뵙지요."

"아, 가 보십시오."

따스한 미풍이 불어오는 오늘, 한센은 할 일이 태산이었다.

연무장 뒤쪽에 위치한 무기 제작장에서는 건조된 목재의 냄새가 물씬 풍긴다. 군사들은 쉬지 않고 무언가를 이고, 내리고, 돌아다녔다. 탕탕탕. 망치 소리는 물론이거니와 도구, 연장들이 바삐 소임을 다하는 소리도 사방 들린다.

"그렇게 됐습니다."

한센은 한창 공성 무기를 제작 중인 제작장 구석에 쌓인 통나무 위에 앉아 있었다. 그는 최근 군수물자를 점검하고 담당하는 일을 겸하고 있었는데, 이 또한 나름의 재미는 있었다.

"가문비나무가 아니라 전나무 말입니까?"

"예, 폐하께는 우선 사정 보고를 올렸습니다. 수량이 넉넉하지 않아 일시를 채우려면 도리가 없었는데, 전나무 역시 내구도에서는 크게 떨어지지는 않을 겁니다."

"전쟁을 천년만년 할 것은 아니니까요."

중얼거린 한센이 감독관과 눈이 마주치고는 싱긋 웃었다. 감독관이 어색하게 따라 웃었다.

“다른 필요한 것들은?”

“쇠와 청동 재료에 대해서는 왕실대장간 측과 협의가 안 되고 있는데 그 부분을…….”

“그 건에 대해 안내가 하달되지 않았습니까? 로엠의 광산 두 개가 예상치를 밑도는 채굴량을 보여서 폐하께서 다른 방안을 고심하고 계십니다. 곧 대책이 마련될 겁니다.”

“그렇다니 다행이군요. 이미 지체되어 있어서.”

“감안해 주실 겁니다. 그보다 꽤 진척이 된 것 같군요. 지난번에 봤을 때보다는.”

한센이 홀연 화제를 전환했다.

그가 턱 끝으로 가리킨 건 파성탑이었다. 바퀴가 달린 탑에 가교를 설치한 모양이었는데, 높이가 어지간한 성벽만 해 필요로 하는 나무도 적잖고 제작 자체도 쉽지 않았다.

본디 야전과 공성전에서 사용되는 건 휴대가 용이한 사다리가 주류였는데 스완은 ‘진짜 전쟁’을 하겠다더니, 몇 가지 옛 공성 병기들을 응용한 저런 물건을 제작하라 명한 것이다. 사실 수성만 해 온 그들에게 있어 공성 무기의 제작은 낯설다.

‘봐도봐도 새롭군.’

저런 걸 볼 때마다 폐하가 작정을 하기는 했지 싶었다.

사다리를 대고 파성탑을 기어오르는 사내들을 올려다보는 한센에게 감독관이 권유했다.

“23호기는 이미 완성되어 건조 중입니다. 보러 가시겠습니까?”

“아니, 그건 지금 됐습니다. 한데 다음 달까지 서른 대를 채울 수는 있습니까?”

감독관은 꽤 자신감을 드러냈다.

"빠듯하기는 해도 문제없을 겁니다."

"폐하께서 많이 신경 쓰고 계시니 다음 달 시운행 전에 한번 살피러 오겠습니다."

"아, 예. 어……?"

그런데 그때, 감독관이 '잠시.' 하더니 반대편으로 빠르게 걸어갔다. 그뿐만이 아니었다. 제작장의 사람들이 하나둘 하던 일을 멈추고 어딘가를 보았다.

흥미가 생겨 돌아본 한센은 뜻밖의 인물을 발견했다. 근사하신 국서이자 지난달에 공작이 되신 남자, 조금 전 다른 귀여운 아가씨와 시간을 보내던 벨바롯트였다.

기사들의 인사를 받고, 무언가 이야기를 나누던 벨바롯트는 모자를 살짝 들었다 내려 인사하는 한센을 발견하고는 그쪽으로 다가왔다.

"여기서 보는군."

"시찰을 오셨습니까?"

"오랜만에 여가가 생겨 훈련장과 숙소를 돌아보던 중에 잠시 들른 거네."

"모처럼의 여가라면 쉬시지 않고요."

전쟁은 다른 자들의 몫이고, 벨바롯트는 라르크의 내정을 위임받기 위한 작업만으로도 눈코 뜰 새 없이 바쁜 사람이었다.

벨바롯트는 단조롭게 미소 지었다.

"손을 떼고 있기는 하지만, 무심할 수는 없으니까."

"한 바퀴 둘러보고 있는 중이었습니다만, 같이 가시겠습니까?"

넉살 좋은 한센의 권유에 벨바롯트는 간단히 그러마 하였다.

한센은 벨바롯트와 함께 광활할 정도로 넓은 무기 제작장을 돌아

다녔다. 한센에게는 편리한 일이었다. 벨바롯트가 나서자 감독관뿐만 아니라 감리마저 달려와 그들의 영광스러운 벨바롯트에게 제작 중인 각종 무기들에 대해, 그 세세한 단계를 설명하고 현 상황을 직고해 댔기 때문이다. 그러면 벨바롯트는 조용히 들으며 차분한 눈으로 살피다가, 설명이 끝난 후에 한두 마디씩 묻는 게 전부였고 그 역시 한센의 질문을 덜어 주어 편리했다.

그들은 차례로 팔형(八形) 사다리, 파성탑, 기존의 수레보다 두 배는 큰 수레, 새문도차 등을 살폈다. 반 바퀴쯤 돌았을 때, 커다란 나무 그늘을 지나던 한센이 말을 꺼냈다.

"희한하지 않습니까?"

벨바롯트는 고개를 돌렸다. 제작장의 번잡한 소리가 등 뒤에서 뚝딱뚝딱 울렸다. 잠시 후 그가 말했다.

"뭐가 말인가?"

"작년의 우리는 하루하루 배곯지 않고, 거드름 피우고, 허풍을 떨고, 남 헐뜯는 재미로 살았는데…… 지금은 온 나라가 전쟁 준비로 똘똘 뭉치고 있지 않습니까."

"남 헐뜯는 재미라니. 한센."

벨바롯트가 웃음을 참는 표정으로 고개를 저었다. 한센은 마치 비밀이라도 고하듯 한층 목소리를 낮춰 말했다.

"모드 경과 로게르반 경도 4년 만에 화해를 했답니다."

"산맥이 높이뛰기를 한다는 얘기를 듣는 것 같군."

"제 말이 그 말입니다."

모드와 로게르반은 수년 전 한 여자 때문에 결투한 후 철천지원수가 된 사람들로 유명하다. 그로 인해 어딘가에서 모드에 대한 욕이 들려오면 그 발원은 주로 로게르반이고, 어딘가에서 로게르반이 물을 먹으면 그 원흉에는 모드가 관련되어 있다는 게 농담이 아닌 말이 되었다—애잔한 것은 모 집안의 영애는 그들 중 어느 누구도 선택하지 않았다는 것이다—.

당연히 사내답지 못하고 졸렬하고 옹졸하다 비난도 잇따랐으나 사람 감정이라는 게 쉽던가. 화해시키려던 사람들마저 포기한 지 수 년이었다. 그런데 이번에 극적인 화해를 이룬 것이다.

"요즘 두 사람이 함께 붙어 다닌다는 얘기까지 있습니다. 한동안 자질구레한 신경전은 구경하지 않아도 된다니, 그것만큼은 좋습니다."

"털어 낼 수 있는 건 털어 내는, 그런 기회가 된다면 좋겠지."

"대업 앞에서 개개인은 사소한 것으로 전락한다는 것이야 고래부터 있어 온 가르침이지만, 막상 겪으니 익숙하지는 않군요."

걸음을 멈춘 벨바롯트는 나무에 등을 기대고 섰다. 그러고는 한센을 향해 살짝 입매를 올려 웃었다. 구태여 한센의 시선에서 해석해 보자면 가상하게 보는 듯한 미소였다.

스완이 그에게 반했노라는 농담에 억지로 신빙성을 부여하려는 자들이 근거로 내세울 만한 얼굴로 말이다.

"상상력을 조금 더 키워야 했던가 보군."

"지금도 제 머릿속에 온갖 엉뚱한 생각이 가득한데, 지금보다 더 상상력이 풍부해진다면 미치지 않겠습니까?"

"자네만 빼고?"

"저를 이리도 잘 알아주는 분이 계시니 어찌 감동하지 않겠습니까?"

한센이 과장된 몸짓으로 한 팔을 펴고 허리를 구부렸다 폈다.

벨바롯트는 한센과 그리 각별한 친분은 없었지만, 그에 대하여 나쁘지 않은 인상을 가지고 있었다. 세간의 소문을 모르는 것은 아니다. 하지만 직접 대하는 그는 유쾌하고 재치가 있어 언변이 뛰어날 뿐이었다. 그리고 제 아비보다 속 모를 자라 하는 것 또한 벨바롯트가 보기에는 한센이 겉보기보다 사색과 탐구를 많이 하는 속 깊은 사람이기 때문이다.

“아, 그리고 늦었지만 지난번 승작식은 감격하여 보았습니다.”

“고맙네.”

“폐하께서 반하신 이유를 알 것 같은 순간이었지요.”

무슨 소리인가 하며 살짝 눈을 키웠던 벨바롯트가 이내 웃음을 터뜨렸다. 그는 지나는 여자들 다 졸도시킬 미소를 머금은 채로 고개를 절레절레 저었다.

“……같은 시혜를 입은 입장일 뿐이지.”

다만 대답하는 목소리에는 약간의 한숨이 섞여 있다. 한센은 그 순간의 미묘함을 예리하게 포착해 냈다.

그리고 제 농담 어느 부분에 대한 반응인지 짧은 순간 머리를 굴려 생각하다가 곧 자신의 실수를 잡아냈다.

‘아.’

조금 전 그의 발언은 어떤 의미에서는 그를 조롱하는 것처럼 들릴 수도 있었다.

일단, 스완이 공공연히 벨바롯트를 아끼고 ‘반했다’거나 하는 말로 벨바롯트를 추켜올리기는 하지만, 그녀에게는 사내가 제법 많았다. 공연히 드러낼 수 없는 일종의 정부(情夫) 관계로 암암리에 취급되는 이야기지만, 그렇게나 아름답고 사내 다루기를 조랑말 다루듯 하는 여인이니 그러지 않는 게 더 이상하기는 하였다.

한센은 융통성을 발휘해 재빠르게 덧붙였다.

“폐하의 시혜야 언제나 공정하시지만, 그중에서도 국서께서는 가장 특별한 분이 아니십니까?”

"빈 말은 고맙지만, 폐하께서 가장 귀애하는 것은 왕자 전하이시지."

"왕자 전하는 논외로 두셔야 형평에 맞지요. 형제지간이니 어쩔 수 없는 우애가 있을 수밖에요."

벨바롯트는 옅게 웃었다. 한센이 왜 이런 화제를 잇는지 이해했기 때문이다.

"그럴 것 없네."

"뭘 말입니까?"

"다행스럽게도 나는 폐하의 관심과 시혜를 독차지하지 못한다 화를 내며 결투를 신청할 일은 없을 테니까."

한센은 잠시 멈칫했다가, 모드 경과 로게르반 경의 이야기를 떠올리고는 유쾌하게 웃었다.

"뭐, 그렇죠. 화목을 위한 필수요건이 너그러운 마음이니까요. 오히려 그편이 국서께서도 여유를 가지고, 정신적으로 위로를 받을 다른 여성분들과 시간을 가지실 수도 있고."

벨바롯트가 고개를 기우뚱했다.

"무슨 말인가?"

"아까 오는 길에 예렛가의 따님과 밀담을 나누고 계신 것을 보았습니다. 인사를 드릴까 하다가, 괜히 끼어드는 듯해 인사는 생략했는데 무례하다 여기지 않으셨으면 합니다."

느리게 눈을 두 번 깜빡인 벨바롯트가 신음처럼 웃었다.

"아아."

이해 못할 일은 아니었다. 벨바롯트는 일단 스완과 공연히 친밀하게 굴지 않았으며, 기본적으로 친절한 편이기 때문에 그에 대한 염문이 아주 간혹 돌았다. 한센은 능글맞게도 그를 떠보고 있는 것이다.

"한센, 내가 판단을 잘못했군. 자네의 상상력은 이미 충분하고도 넘치는 것 같아."

"밀담이라는 표현이 조금 과했을까요?"

"예렛 영애가 길을 잃고 헤매다 그곳까지 왔더군. 초행길에 궁은 복잡하게 느껴질 테니 충분히 그럴 수 있지."

"믿음이 너무 깊으신 것 아닙니까?"

내리깐 눈으로 한센을 내려다보는 벨바롯트의 한쪽 눈썹이 살짝 들렸다. 한센은 그의 너그러운 경고에 아주 말끔하게 장난을 그만두었다.

"하면 국서께서는 그 외진 곳에서 뭘 하고 계셨습니까?"

답하려던 벨바롯트의 입술이 잠시 멈추었다.

벨바롯트는 어릴 때부터 왕궁에 들면 그곳에 걸음 하곤 했다. 초행길에 복잡한 궁에서 길을 잃고 거닐다가 발견한 위대한 옛 선인의 산물이 고적하게 서 있는 그곳. 어째서인지는 모르겠지만 그 앞에서 월계수를 올려다보면 그려 볼 수 있었다. 라르칼리아라는 대를 이어 내려오는 땅의 주인들에 대한 깊은 마음. 유구한 세월 그들의 머리 위 이런 그늘을 드리워 주고 숨 쉬게 해 줄 것만 같은 환상.

하지만 어느 순간부터 그 벽의 월계수에서 스완을 보았다.

강대한 아국의 미래를 위해 무엇이든 할 것이라 말한 그녀는 언제까지고 그 하얀 벽처럼 까마득한 곳에 존재할 것 같다. 그래서 그는 이 라르크라는 나라가, 그녀라는 사람을 이루는 가장 큰 어떤 영령인 것처럼 느껴지기도 했다. 이 작지만 긍지 높은 나라가.

"원래 뮈아드로에 들기 전부터 가끔 그곳에서 시간을 보내곤 했네."

"무엇을 보기 위해서입니까?"

한센의 물음에 벨바롯트는 작게 소리 내 웃었다. 한센은 이제 자신이 뱉는 모든 말에 농담의 기운을 불어넣을 수 있는 재주마저 생졌는가 의심스러웠다.

"왜 그러십니까?"

"폐하께서도 일전 내게 그같이 하문하신 적이 있었지."

거기까지 말한 벨바롯트는 한센의 반문이 있기 전 이야기를 마무리했다.

"폐하께도 답을 드린 적이 없으니, 이 이야기는 이쯤 하지. 예렛 영애에 관한 그대의 상상력도 거기서 멈춰 주고."

"제가 이 이상의 상상력까지 갖춘다면 주위 사람들이 곤란해질 것이라는 게, 바로 이런 의미죠. 제가 자기발전보다 관찰에 열을 올리는 이유이기도 하고요."

"말로는 못 이길 자로군. 다음부터는 폐하께 누가 될 수도 있는 그런 상상은 지양해 주게."

"폐하께서는 별 신경 안 쓰실 텐데요."

"나는 신경 쓰네."

엷게 웃은 벨바롯트가 천천히 기대었던 몸을 바로 세우고는, 멈추었던 걸음을 내디뎠다.

"외롭지 않으십니까?"

벨바롯트가 비스듬히 고개를 돌려 그를 보았다. 막 시작된 걸음은 다시 느려지고 이윽고 멈추었다. 특별한 표정은 없었다. 그러나 까만 눈은 맑디맑다.

한센은 벨바롯트에게 농담처럼 붙는 '화장터로 뛰어든 변경백'이라는 별명을 알고 있다. 기실, 그는 그 어떤 사람보다 그 농담의 혹독한 의미를 알고 있는 사람이었다.

그는 스완이 누군가를 사랑할 수 있는 사람이라 생각하지 않았다. 아낄 줄 아는 사람이라 여기지도 않는다. 안다. 그는 감히 확신했다.

그것은 그녀가 지닌 경이로운 왕으로서의 위엄과 놀라울 정도로 비상한 머리와 그 무엇이든 해내는 용기, 추진력, 그런 것과는 완전한 별개였다. 그녀의 손에 쥐어진 것은 무엇이든 그녀를 위한 거름으로 끝장이 났다.

언제나 그래 왔다.

진심으로 존경하는 여왕에 대한 순수한 혐오는, 그리하여 들불처럼 그를 삼켰다가 썰물과 함께 빠져 버리는 어떤 순환으로 그의 일부가 된 것이다.

저의를 파악하려는 듯한 시선이 침묵과 유착하니, 한센도 조금은 머쓱해졌다. 그는 서글서글 웃으며 에둘러 덧붙였다.

"……그리도 폐하께 극진하신데, 폐하께서 곧 떠나게 되실 테니 마음이 편치 않으실 듯해 여쭈었습니다."

보일 듯 말 듯 한 미소를 머금고 한참 한센을 응시하던 벨바롯트가 고개를 저으며 다시 몸을 돌려 걷기 시작했다.

"폐하와 작당하여 폐하를 설득하려던 자들을 해산시키고, 나를 물 먹인 그대가 할 소리는 아니지 않나?"

"그런 적이 있습니까? 누가요?"

"발뺌하지 말게. 잊지 않고 있으니까."

"언제 적 이야기를 하시는지 모르겠군요."

웃은 벨바롯트가 단조로운 답을 돌려주었다.

"염려는 고맙네만 그럴 새가 없네. 중요한 일들이 많으니까."

명백히 선을 긋는 투라, 한센은 그 이상 말하지 않았다.

"그렇기는 합니다."

그들은 곧 다시 공무로 돌아갔다. 앞장서는 벨바롯트를 따라 걷는 동안 한센 또한 그 본연의 임무에 빠져들었다. 벨바롯트는 어떤 생각에 잠긴 것 같았다.

그들 사이에 사담이 재개된 것은 한센이 폐기된 공성 무기들의 잔해를 지나치며 꼼꼼하게 살피고 있을 때였다. 이번에는 뜻밖에도 벨바롯트가 그 서문을 열었다.

"한센."

"예?"

"그대는 폐하께서 전선에 나서는 것을 반대하지 않았지."

발에 채는 나무토막을 피해 돌아선 한센은 고민 없이 대답했다.

"그랬습니다."

"무엇으로 확신하나?"

담담한 듯 들리지만 묘하게 무거운 어조였다. 한센은 그 뉘앙스를 가만 되짚다 대꾸했다.

"미천한 제가 앞날을 예단할 수 있을 거라 평가해 주십니까?"

"나보다는 상상력이 좋은 것 같으니까."

낮게 웃은 한센이 고개를 저었다.

"목숨마저 상상 속 결말에 맡길 만큼 낭만적인 사람은 아닙니다. 저는 다만 아직까지는…… 폐하께서 무언가를 이룩해 내실 수 있을 거라 감히 판단하고 있을 뿐이지요."

"……."

"만에 하나 기적처럼 승리하신다면, 저 역시 그 덕에 역사에 남게 될 테니, 태어나 한 번쯤은 가져 볼 만한 야심이 아니겠습니까?"

벨바롯트는 노골적으로 사사로운 한센의 실토에 짧게 웃었다. 그리고 되물었다.

"'아직까지는'이라는 건, 어떤 의미인지 물어도 되겠나?"

"아."

잠시 입술을 다문 한센이 자조적인 웃음을 머금었다. 그러고는 그들의 주위를 에워싼 수많은 무기와 병기들을 둘러보며 말했다.

"제가 아버지를 따라 뮈아드로로 온 것이 14년 전이니, 폐하를 제법 어릴 때부터 모셔온 것을 아실 겁니다. 이런저런 일들도 많았지요."

"들은 바 있네."

"폐하께서 대담하다는 것도 알고."

"모를 자가 없겠지."

"하면 폐하께서는 한 번도 스스로 종전하신 적이 없는 분인 것도 아십니까?"

벨바롯트가 그를 돌아보았다. 한센이 태연히 말을 맺었다.

"이런 것들을 보고 있으면 그런 생각이 듭니다. 흘리게 될 피와 이뤄질 미래가 정량의 형평성을 유지하는 그 선에서 폐하께서는 만족하실지."

"……."

"제가 아는 폐하는 만족의 기준이 굉장히 높은 분이셔서요."

말이야 기준이 높다 했지만 진심 어린 한센의 평가는 '스완은 만족을 모르는 사람'이라는 것이다. 그녀는 언제나 움직이는, 저 바다의 상어 같은 여자였다. 목적이 생기면 그녀는 수단과 방법을 가리지 않고 쥘 때까지 움직인다. 달성을 위해 십여 년의 지기조차 비정하게 내버릴 수 있는 사람. 그런 사람이 그들이 섬기고 있는 여왕이다.

모순적인 것은, 스완을 이기적이라고만 말할 수 없다는 것이다. 한센이 보아 온 그녀는 목적을 위해서라면 적뿐만 아니라 그녀 자신조차 거세해 버릴 사람이었다. 하물며 모든 것이 차라리 그녀의 사욕을 위한 것이기라도 했다면, 그는 그녀를 존경하는 자신에 대한 허탈함을 느끼지 않아도 되었을 것이다.

"……무슨 뜻인가?"

"감춘 뜻이랄 게 있겠습니까. 폐하는 그 자신이 너무 뛰어나서, 세상 모든 것을 돌보겠노라는 포부마저 품을 수 있는 분이지만, 동시에 이 세상이 범인들로 가득 차 있다는 것을 가끔 잊으시는 듯합니다. 제게도 폐하를 규정하는 건 어렵습니다. 어려운 분이지요."

벨바롯트는 그 화제를 더는 잇지 않았다. 조금 더 깊은 생각에 빠진 표정으로 몸을 돌려 걸을 뿐이었다. 한센 역시 그 순간만큼은 그런 생각에 빠졌다.

'정말로 두 달밖에 안 남았군.'

그 후 그들은 다시 공무와 자잘한 농담을 주고받는 것으로 함께 시간을 보냈다.

"내 하나하나 살펴보고 싶지만, 시간이 부족해 살피지 못한 것들도 많지. 무기 제작 외에 달리 필요한 일은 없나?"

"기실 물자 준비는 나름대로 순조롭습니다. 가장 신경을 써야 하는 건 물자가 아니라 머릿수가 되겠죠."

"수는 언제나 문제지."

"많아도 군수품 문제로 머리를 앓고, 적으면 승산의 문제가 불거지니까요. 어쨌거나 너무 개의치 마십시오. 순조롭게 해 나가고 있습니다. 그러지 않아도 바쁘신 분께 손을 빌린다면 저와 부하들은 무능함에 죽고 싶어질 겁니다. 모자란 병사 수야 어쩔 수 없으니 기병 하나가 보병 열의 몫을 하도록 훈련에 임해야겠지요. 왕자 전하가 그런 데에는 재주가 있지 않으십니까."

벨바롯트가 낮게 웃음을 터뜨리며 말했다.

"기병 하나가 보병 열의 몫은, 당연히 해 주어야 하는 일이지. 로크란드에 남는 병력이 있다면 조금이나마 보탤 수 있을지도 모르니 폐하와 논의를 해 보겠네."

"시친인들 때문에 쉽지 않을 것을 아니 기대는 덜어 두겠습니다. 그리고 당연하다 말씀하시니 정정하겠습니다. 폐하께서는 기병 한 사람에게 보병 오십의 역할을 요구하실 욕심 많은 분……."

말하던 한센이 끝을 흐리며 고개를 기웃했다. 걸음을 멈춘 벨바롯트가 그의 어깨를 툭툭 치며 어깨 너머를 턱짓한 까닭이었다.

한센은 뒤돌았다. 갈색 머리의 작달막하고 귀여운 인상의 여자가 놀랍도록 뚱하게 그를 올려다보고 있었다.

그녀는 스완의 시중을 드는 시녀 오르헤였다.

'아.'

한센은 내심의 의아함과 당혹을 갈무리하며 미소 지었다. 으레 체사가 남자들의 미모에 대한 칭찬을 부르는 그런 근사하고 정중한 웃음이었다.

"오르헤 양."

생글생글 마주 웃은 오르헤는 치맛자락을 살짝 들어 벨바롯트와 한센에게 차례로 궁중식 절을 올렸다.

"함께 계셨네요, 각하, 자작님."

"이런 험한 곳에는 무슨 일로 오셨습니까?"

오르헤가 대답했다.

"끼어들게 되어 송구합니다. 각하께 소식을 전하러 왔어요. 폐하께서 발도로부터의 낭보가 들었다 전하라셨습니다."

"도착했나?"

"조금 전에 리제예스 경께서 폐하를 찾아와 아뢰셨습니다."

"알겠네."

"네."

오르헤가 미소지었다. 웃고는 있으나 어딘지 가시가 박힌 듯한 느낌이다. 어투도 평소와 달라서 벨바롯트에게마저 불퉁한 티가 났다. 벨바롯트는 계면쩍은 웃음을 지으며 한센과 눈을 맞추었다.

'이르겠군.'

'확실히 그럴 것 같군요.'

한센이 긴 한숨을 내쉬며 어쩔 수 없다는 듯 웃었다.

"……발도에서의 희보라면 군마 지원이겠군요. 한데 왜 시녀인 당신이 그런 중대한 일을 전달하는 겁니까?"

오르헤가 친절하게 미소 지었다.

"자작님께서는 왕궁 한복판에서 폐하의 험담도 늘어놓는데 시녀가 말 옮기는 게 이상할 일이겠어요?"

"워. 그런 식으로 모함하는 건 곤란합니다. 어디부터 들으신 겁니까?"

"그렇게 매력적인 척 웃으셔도 소용없어요."

"매력적인 척 웃은 거라기보다는, 매력적인 거라고 하지요. 그래서, 어디부터?"

은연중 드러나는 한센의 염려에 오르헤가 비뚤게 입술을 구겨 웃었다.

"그게 중요한가요? 더 심한 험담을 하시기라도 한 모양이죠?"

"아니, 오해가 생겼을까 봐 염려가 되어 말입니다."

"오해 따위 없답니다. 엎지른 물은 엎지른 물이니까요. 긴장하시는 게 좋겠어요."

"……분명히 오해 중이시군요. 아니라도…… 어차피 폐하께서는 죽은 자들의 저주도 두려워하지 않을 분이신데, 입만 산 자의 일없는 소리에 신경이나 쓰시겠습니까?"

오르헤가 눈을 휘둥그렇게 뜨며 입술을 가렸다.

"망자도 왕년에는 산 자였다는 얘기 혹시 들으셨어요?"

마치 충격적인 이야기라도 들은 사람 같은 과장된 표정이었다.

떨떠름한 표정이 된 한센은 벨바롯트를 향해 도움을 요청하는 눈빛을 보냈으나, 잠자코 서 있던 벨바롯트는 도리어 발을 빼 버렸다.

"체사 자작, 다음부터는 언동에 유의하는 게 좋겠네. 폐하를 상대로는 작은 농담도 불충한 일이니까."

어이를 잃고 만 한센이 허탈한 표정으로 뇌까렸다.

"왕궁은 전쟁터라는 걸 잊다니, 어찌나 이리 미숙한지……."

"적과 아군은 일상처럼 바뀌는 법이지."

미소 지은 벨바롯트는 찬찬히 떠났다. 그의 등 뒤로 오르헤가 따라붙었다. '각하의 일은 폐하께 이르지 않겠어요. 하지만 각하께서도 부디 체사 자작님 같은 분과 대화하실 때 폐하를……' 충성스러운 시녀의 잔소리는 꽤 길게 이어지는 듯 보였고 얼마간 바라보던 한센은 어쩌면 벨바롯트가 자신을 구해 준 것인지도 모른다는 엉뚱한 생각을 떠올렸다.

전략적 희생양이 되어 주었다 해야 할지.

얕은 수로가 방형으로 흐르는 중앙 정원의 중심으로 궁중 하인들과 병사들이 둘러서 있었다. 그들은 무언가를 구경 중이었다.

가까이 다가가자 그를 알아본 시녀들이 재빠르게 인사를 올린다. 벨바롯트는 가볍게 손을 저어 받아 준 후 중앙 정원이 잘 보이는 기둥 옆에 기대어 섰다.

"아까까지는 이런 분위기가 아니었는데."

그의 옆에 선 오르헤도 목을 쭉 빼고 같은 방향을 보았다.

중앙 정원 한가운데에 마련된 공터는 장애물 없는 방형의 공간이 있었고, 좌우로 두 사람이 서 있었다.

벨바롯트가 보는 방향에서 왼편에 선 것은 얇은 가죽 갑옷과 갈색의 바지 차림을 한 스완이었다. 긴 붉은 머리칼을 하나로 묶어 올린 모습에서 활기차고도 짓궂은 느낌이 여실히 느껴졌다.

반대편에서 그녀를 마주 보고 있는 건, 상아색 셔츠의 소매를 팔뚝까지 걷어 올린 페이작이었다. 검은 바지와 회색 부츠를 신은 평상복 차림이었는데 어슬렁어슬렁 움직이는 모습이 한 마리의 맹수처럼 고요했다.

그들은 같은 방향으로 원을 그리며 움직였다. 거리는 자로 잰 듯 일정하여 좁아지지도, 멀어지지도 않았다. 한 걸음, 한 걸음.

스완이 물었다.

"준비는 됐느냐?"

"언제나 준비되어 있지."

어깨에 힘을 풀고 살짝 허리를 구부린 페이작이 비뚜름하게 웃었다. 비스듬히 땅을 민 페이작의 부츠가 바깥으로 움직이는 것과 스완이 안쪽으로 돌진한 것이 효시였다.

시작된 것은 육탄전이었다.

주먹이 오가고, 막고, 온몸을 부딪치고, 굴러 일어서고. 보는 사람들이 놀랄 만큼 다람쥐처럼 가볍고, 물고기처럼 유연하며, 화살처럼 정확한 흐름이었다. 미리 동선을 짜고 움직이는 것이라 해도 믿을 법했다.

몸 쓰는 데에도 재능이 특출한 남매의 대련이 특별한 광경은 아니지만, 벨바롯트 역시 편히 구경하기에는 어려운 몸놀림들이었다.

난투 같은 대련은 점차 고조되었다.

페이작의 놀라울 정도로 빠른 돌려차기를 피해 뒤로 구른 스완은 곧장 페이작에게 달려들었다. 그녀의 속도를 따라잡지 못한 붉은 머리칼이 정신없이 휘날렸다. 그러나 피하지 않고 그녀에게 주먹을 내지르는 페이작의 기세는 범상찮았다. 자칫 스완이 고개를 젖혀 피하지 않았다면 다칠 수 있는 각도와 속도였다.

천행으로 살짝 몸을 젖힌 스완의 팔에 아슬아슬하게 막혔고, 곧장 스완은 반격에 들어갔다. 페이작의 팔뚝을 붙잡고 관절을 움켜쥐어 틀어 돌렸다.

여기저기서 탄성이 흘러나왔다.

"아!"

오르헤가 흥분하여 소리쳤다.

"조심하세요!"

육탄전은 계속 이어졌다. 멈출 줄 모르고. 페이작의 반응은 매우 재빨랐고 정확했다. 스완이 그의 팔을 꺾어 뒤를 잡으려는 순간 페이작은 마치 기다렸다는 듯 그녀에게 안다리를 걸어 넘어뜨리고, 스완이 넘어지는 것을 피하기 위해 손을 놓기 무섭게 그녀의 팔뚝을 잡아채 바투 붙어 눌렀다.

"누님이 둔해진 건, 앉아 있는 시간이 길어져서겠지."

페이작에게 붙들린 채, 기울어진 그대로 멈추어 있던 스완이 입술 끝을 비틀어 웃으며 튕기듯 몸을 세웠다.

"승패는 봐야 알겠지."

웃는 듯하나 오기가 깃든 목소리였다. 의식하지 못한 채 주먹을 쥐었다 폈다만 반복하던 벨바롯트는 마뜩하지 못한 시선을 보냈다.

스완에게는 유감스러운 일이지만 페이작과 스완은, 어쩔 수 없이 신체적으로도 실력적으로도 승패가 결정되어 있는 상대에 가깝다.

스완이 모자라기 때문이 아니었다. 그녀 역시 상당히 감이 좋고 몸놀림에 자신감이 있는 사람이었고, 기사들과 맞붙어도 손색없는 여자였다. 하지만 페이작은 근본부터가 다른 청년이었다. 그는 오래 검을 잡아 온 벨바롯트조차 인정할 수밖에 없는, 모든 면에서 압도적인 사내였다.

이번 전쟁에 앞서 알레타르 달테의 무덤지기가 스완과 페이작을 두고 '신이 잠든 산맥이 원대한 대왕으로 말미암아 나침반 삼으라 하였고, 그 승전을 헤쳐 줄 위대한 기사들의 왕도 함께 내리셨다.' 그런 말을 한 것이 괜한 것이 아니다.

가히 악마적인 재능.

싸움 중 적의가 향하는 방향을 분별하고, 짧은 순간 그것을 대처할 방도를 모색하고, 판단하여, 눈 하나 깜빡하지 않고 응수한다. 십수 년 몸을 다루어 온 기사들보다 더 빠른 반응으로 대처한다는 것은 타고난 것이다. 동물적 감각이라는 말로도 설명하기 어려웠다.

누군가는 아직 그에게 '연륜'과 '경험'이 부족하니 그 정도는 아닐 것이라 말하지만 동의하지 못하는 이들이 더 많다.

벨바롯트 역시 인정하고 싶지 않지 않은 사람 중 한 명이나, 페이작은 '연륜'과 '경험'의 부재라는 그 괴리조차 하나의 걸음, 한 번의 격으로 메울 수 있는 감각이 있었다. '천재'라는 단어 말곤 설명할 길이 있을까. 그런 와중 스스로 갈고닦기도 게을리하지 않으니 이미 저 나이에 왕자를 따를 만한 기사가 만무한 것이다.

그러므로 기실 스완이 페이작을 이기기란 어려움이 더 많았다. 무기라는 수단으로도 그 간극을 좁히기 어려운데, 맨몸 육탄전이라니. 벨바롯트의 심사가 더 피곤해진 것은 그럼에도 불구하고 스완은 이겨야 직성이 풀리고 마는 품성이기 때문이다.

스완은 페이작의 옆을 파고들어 팔꿈치를 휘둘렀다. 빙글 도는 관성과 그녀의 기민한 몸놀림에 페이작은 막기보다 피해 물러났다. 그 순간 날 듯 뛰어오른 스완의 다리가 페이작의 목을 후려쳐, 그대로 옭아맸다.

목과 옆머리의 충격에 잠시 휘청인 페이작은 그의 목에 거꾸로 매달린 스완의 종아리를 아슬아슬하게 붙잡아 막았으나, 곧장 두 번째로 가해진 힘에 나자빠졌다.

"읏."

페이작이 일어서 반격하려는 순간이었다. 그의 턱 밑으로 스완의 맨손이 닥쳐왔다. 사냥감의 목을 죄듯 목덜미를 움켜쥔 스완이 비딱하게 미소 지었다.

"자, 아우야. 누가 더 둔해진 거지?"

살짝 눈을 내린 페이작은 눌린 목울대의 불편을 감내하며 턱을 까딱였다.

"그래, 이번에는 누님이 빨랐어."

"인정하겠느냐?"

혀로 입술을 살짝 핥은 페이작이 능글맞게 눈썹을 들먹였다. 그러곤 나직이 뇌까리듯 소곤거렸다.

"누님이야말로…… 내게 거리를 잡히지 말라고 일러 주었을 때 이렇게 할 수도 있다는 건 예측 않았나?"

직후였다. 스완의 손이 명치를 압박하기 전에 놀라울 정도로 빠르게 그녀의 손목을 낚아챈 페이작이 그대로 스완의 몸을 돌려 와락 등 뒤에서 끌어안았다. 양팔 모두 붙들려 꼼짝도 못하게 된 꼴이었다. 그로도 모자라 페이작은 가뿐히 스완을 들어 올려 두 발마저 무용지물로 만들었다.

"너."

스완은 성난 듯 바르작거리며 고개를 틀어 페이작을 노려보았다. 페이작이 그녀의 귓가에 놀리듯 소곤거렸다.

"이러지 말자고, 누님. 이제 누님이 힘으로는 안 되는 건 어쩔 수 없잖아. 완벽한 폐하시지만 이거 하나는 받아들이라고."

"눈높이가 조금 높아졌다고 기어올라."

"조금이 아니잖나. 내가 뭐, 열 살이야?"

얕게 가슴을 들먹이며 웃는 페이작을 훑어보던 스완은 기습적으로 페이작의 다리를 걷어차려 했다. 그러나 페이작은 그마저 예상했다는 듯 곧장 그녀를 넘어뜨리듯 내려놓고, 그 위에 올라탔다.

스완의 벽안에 노골적인 짜증이 어리기 시작했다. 허리를 기울여 그녀와 눈을 맞춘 페이작이 살살 달랬다.

"차라리 공평하게 활로 경합을 하자고. 궁술이나 기마는 아직 누님에게 배울 게 많으니까."

"갈수록 골리는 데에만 노련해져서는."

"내 잘못은 아니지. 신체 구조 차이는 내가 어떻게 할 수 있는 게 아니고, 이 정도면 누님도 충분히 훌륭한 거다."

"언제부터 네가 내 스승이 됐니?"

"그럴 리가. 언제나 누님이 나의 귀감이시지."

"그렇다면 오늘도 하나 배우거라."

비뚜름하게 미소 지은 스완이 고개를 젖혔다. 뭘 하나 보기 위해 페이작이 잠시 멈칫한 순간, 스완은 온 힘을 다해 가까이서 내려다보던 페이작의 안면을 들이받았다.

제 얼굴의 아픔 따위 조금도 고려치 않고 온 힘을 다한 박치기였다. 짧은 찰나 가까스로 알아차리고 고개를 돌려 피했으나 관자놀이의 피격은 면하지 못했다.
"아윽!"
페이작이 다시 정신을 차리고 그녀를 다잡으려는 순간이었다. 잠시 그의 몸이 휘청이며 힘이 빠진 틈을 놓치지 않은 스완의 무릎이 그의 고간을 가격했다. 어쩌다가 시작된 대련이라 제대로 장비조차 없었던 페이작은 그 충격을 고스란히 감당해야 했다.
숨조차 쉬지 못하고 얼어 있던 페이작이 고꾸라지듯 몸을 구부렸다.
"누님!"
구경하던 자들의 반응은 판이하게 갈렸다.
"어머."
"헉."
하녀들은 입을 틀어막고 웃음을 참았고 사내들은 슬며시 다리를 오므리며 제가 더 고통스럽다는 표정을 지었다. 벨바롯트 역시 약간의 당혹을 머금고 입술을 벌렸다.
페이작의 고함이 쩌렁쩌렁 울려 퍼졌다.
"제기랄! 제기랄! 누님!"
"왜?"
생글거리며 웃은 스완은 그게 뭐가 문제냐는 표정으로 페이작의 허리를 걷어차 굴린 후 그의 등 위에 올라타 팔을 묶었다.
"그러게, 뉘를 약을 올리라든?"
"제기랄, 이게, 아. 빌어먹을. 아윽! 이렇게까지 해야 했냐고, 맙소사!"
"뭔들 승리보다 귀하려고. 움직이면 네 어깨뼈가 나갈 거다. 누아드가에 맹세코 그리될 테니 누이로서 조언하마. 항복해."

스완은 주저 없이 페이작의 머리를 맨바닥에 처박듯 눌렀다. 뇌간까지 저릿한 격통에 한참 시달리던 페이작은 작은 신음을 잇새로 삭였다. 분한 듯 숨을 몰아쉬었으나 움직이지는 않았다. 스완이 뱉은 말에 충실한 누이라는 것을 이미 아는 까닭이었다.

가까스로 정신을 차리고 반격의 틈을 보기 위해 곁눈을 흘기던 페이작은 조금 떨어진 곳에 선 못마땅한 사내를 목격하고 다른 의미로 표정을 구겼다.

“졌어. 그러니 일어나 줘, 누님.”

“교훈은?”

“대들지 않겠습니다.”

“진심인 것 같지가 않은데.”

페이작이 힘 빠진 웃음을 흘리며 재청했다.

“누님, 농담이 아니라 저자 앞에서 내 체면도 다 구겼으니 대승이라 여기고 그만 일어나 주겠나?”

그제야 스완은 고개를 들어 페이작이 말한 방향을 바라보았다. 저 앞에 서 있는 것이 벨바롯트임을 알아차리는 건 어렵지 않았다. 북부에서 보기 드문 귀한 검은 머리칼은 어디에서나 눈에 띄므로.

벨바롯트가 그녀와 눈을 마주치고는 살짝 고개 숙여 인사를 보냈다. 자신의 엉망진창이 된 모습과 엎어진 페이작의 흙투성이 뒷머리를 번갈아 본 스완이 피식 웃으며 페이작을 놓아주고 일어섰다.

대련이 끝나자 시녀들이 분주해졌다. 그들은 스완에게 물을 가져다주고, 땀에 젖은 머리칼을 정돈한 후 옷을 털어 대며 유난을 떨었다. 깔깔대는 농담과 감탄, 탄성, 속삭거림이 조그맣게 이어졌다.

“또 상처가 나셨잖아요. 손목이 다 쓸리셨어.”

“상처야 시간 지나면 낫는걸. 유난은.”

"흉 질까 봐 그러죠."

그러거나 말거나, 느긋하게 뱉은 숨을 가라앉힌 스완은 시녀들을 뒤로한 채 그늘진 기둥 옆에 서 있는 벨바롯트에게 다가왔다.

"민망한 꼴 보였다."

벨바롯트는 미미하게 고개를 저었다.

"수단이 다소 보기 괴롭기는 했습니다만, 훌륭하셨습니다."

"빈말 마라."

스완은 약간 토라진 투로 중얼거렸다. 벨바롯트가 웃음기를 머금고 되물었다.

"왜 그리 말씀하십니까?"

"저 녀석이 놀면서 하는 데도 이리 구르고 저리 구르는 꼴이라니."

스완은 짜증스럽게 몸을 일으켜 대기 중이던 자르데사에게 괜히 성을 내는 페이작을 바라보았다.

몇 년 전만 해도 그녀는 페이작과 엎치락뒤치락했을지언정 이렇게 쉽게 붙들리고, 넘어지고, 구르지 않았다. 이게 고작 몇 년 사이의 일이라는 게 어처구니가 없을 따름이다.

게다가 단숨에 그녀를 안아 묶을 때의 힘은, 사슬에 꽉 묶였을 때보다 더 강해서 꼼짝도 하기 어려웠다.

벨바롯트가 위안하듯 말했다.

"전하께서는 본디 타고난 재주가 남들의 갑절을 넘기는 분이십니다. 그런 전하를 상대하시는 일이니 깊이 괘념하지는 마십시오."

"재주뿐만이 아니지. 노력도 게을리하지 않았으니. 근래 책상머리에만 앉아 있던 나를 반성하게 하는구나."

통명스러운 듯 말하지만 페이작을 바라보는 그녀의 시선에는 가상함과 따뜻함이 있다. 동시에 약간의 호승심도.

한숨 섞인 웃음을 흘리며 고개를 저은 벨바롯트가 화두를 돌렸다.

"그나저나 발도에서 희보가 들었다고 들었습니다."

"아, 그랬지."

스완이 빙긋 웃으며 그쪽을 돌아보았다.

기실 발도에서의 희보가 오늘 육탄 대련을 하게 된 이유였다.

오늘 오후, 리제예스 경이 찾아와 발도의 서찰을 전하였다. 마지막까지 미적거릴 듯했던 발도에서 그들의 말 천오백여 필을 보내는 일시를 확정받은 것이다.

앓던 이가 빠진 듯 좋은 일이었다. 군사병영에서의 일을 보고하러 왔다가 함께 듣게 된 페이작도 좋은 일이라며 축하했다. 그러다 기사들에게 군마 배급에 대한 논의가 나왔고, 그 이야기는 마상전에 관한 것으로 흘러갔고, 어쩌다 보니 마상전이 아닌 육탄전에 대해 이어져, '육탄전은 아무래도 이제 누님께 쉽지 않을 테니까.' 하는 지나가듯 하는 페이작의 한마디에 시작된 것이다.

땀을 닦아 내고 헝클어진 붉은 머리칼을 탈탈 털던 페이작은 스완과 눈이 마주치자 과장된 몸짓으로 인사 올리는 시늉을 했다. 뚱해 보였다. 이어 그는 어슬렁거리는 듯한 걸음으로 간단한 과일과 음료들이 준비된 반대편 테이블로 다가갔다.

스완은 설핏 일어나는 웃음을 거두고 말했다.

"페넥투스가 직접 올 것이다. 천오백. 일시를 확정했으니 마사부터 점검하고 접대 준비는 네가 맡도록 해라. 마사장에게는 내 일러두었다. 너도 바쁘지만 페넥투스는 나와 직접 이야기하기보다는 너를 더 편히 여길 테니, 시간 내거라."

로크란드와 발도는 지리적으로 가까웠고 교류도 잦았기 때문에 벨바롯트도 그러마 했다.

"그리하겠습니다."

그런데 그때였다. 한 시녀가 작은 상자를 하나 가지고 나타났다.

"폐하, 방금 공방에서 도착하였습니다."

"아, 가져왔느냐? 한번 보자."

시녀가 상자를 열었다. 상자 안에는 벨바롯트의 반 뼘보다 훨씬 작은 물건이 들어 있었다. 은색 털로 만들어져 있었는데, 모양은 모자였으나 크기가 이상하게 작았다.

벨바롯트가 의아한 듯 바라보니 스완이 산뜻하게 설명했다.

"작년 사냥에서 잡았던 은여우 가죽으로 만든 것이다."

"한데, 어디에 쓰시려는 겁니까?"

"데라를 접견하기로 했다. 그들에게 줄 선물이야."

데라 노트진 카난소. 스완을 극심할 정도로 추종하는 뮈아드로 동부 출신의 기사인데, 스완은 그를 제법 아꼈다. 통찰력이 있고 솔직한 품성이 마음에 든다며.

벨바롯트가 약간의 간격을 두고 이의를 제기했다.

"……송구하지만, 카난소 경의 머리는 폐하께서 생각하시는 것보다 훨씬 커 맞지 않을 텐데요. 그 아내 되는 여인도."

"글쎄, 누군가에게는 맞겠지."

"누군가에게는?"

"궁금하다면 이따 너도 동석해라."

고개를 비스듬 기울이던 벨바롯트가 비로소 잊었던 사실을 하나 상기해 냈다.

"아아, 카난소 경의 자제를 위한 선물입니까."

"해산한 지 엿새 되었다. 내게 아이의 이름을 지어 달라 부탁하더구나. 오늘 그 카난소의 부인과 그가 아이를 데리고 들어오기로 하였지. 제 새끼 함함하고 귀엽다 입이 마르도록 떠드는데 한번 봐 주어야지."

"축하할 일입니다."

"세상에 내 백성 하나가 더 났으니, 무겁게 기뻐하는 중이다."

담담한 미소를 머금은 스완을 내려다보던 벨바롯트는 조용히 보는 것만으로도 마음을 누그러뜨리는 조그마한 털모자를 응시했다. 아기의 것이다. 이 계절에는 쓸 수 없겠지만, 라르크는 시월만 되어도 매서운 바람에 살갗 에이곤 하니 아기에게는 유용할 것이다.

그러던 문득 스완은 뒤이어 그녀를 찾아온 궁내부원과 눈을 마주치고 얕은 한숨을 내쉬었다. 궁내부원은 안절부절못하는 듯한 내색이 역력하다.

"왜 이리도 사소한 것까지 결정치 못하는지 모르겠다니까."

투덜거린 스완은 상자를 닫고, 시녀에게 명한 후 궁내부원 쪽으로 다가갔다.

"접견실에 두거라."

"예, 폐하."

벨바롯트는 멀어지는 스완의 뒷모습을 바라보다가 이만 돌아가기로 했다. 곧 도착할 발도의 문제를 준비하는 데에 시간은 그리 여유롭지 않을 것이다.

반대로 몸을 돌려 걷다가, 그는 야외 탁자에 걸터앉아 물 주전자 그대로 벌컥벌컥 물을 마시고 있는 페이작에게 잠시 눈길을 주었다. 페이작은 그의 시선을 알아차린 것처럼 푸른 눈을 미끄러뜨려 눈빛을 받아 냈다.

'뭘 보나?'

그런 시선이다. 얼마간 그와 시선을 맞추던 벨바롯트는 걸음을 돌려 그쪽으로 향했다.

따가운 햇볕 아래 선선한 바람이 불었다. 귀한 여름의 한복판에서 페이작과 벨바롯트는 나란히 섰다. 그들이 보고 있는 방향은 공교롭게도 궁내부원과 서 이야기를 나누고 있는 스완이 있는 방향이었다.

"전하, 앞으로 폐하를 상대로 이런 대련은 자제해 주십시오."

비딱하게 기대어 앉아 있던 페이작은 담담히 떨어진 벨바롯트의 목소리에 눈살을 찌푸렸다. 가뜩이나 좋지 못한 꼴을 보여 짜증이 났는데, 참 짜증 나는 소리였다.

"놀고 있군."

"이해하실 만큼 영민하실 텐데요."

빤히 그를 보던 페이작의 입가에 비뚜름한 미소가 번진다. 신비로울 만큼 파란 눈동자에 반감이 어렸다.

"변경백, 아니, 이제 공작 각하가 되셨지. 지나던 길이나 가시지."

가늘게 눈을 뜬 벨바롯트는 페이작을 향해 빈정거리듯 중얼거렸다.

"전하의 후사를 위해서라도 말이지요. 전시가 코앞이니 이제 폐하만큼이나 전하 또한 몸을 아끼셔야 할 때입니다."

"뭐라고 지껄여."

서서히 눈살을 찌푸린 페이작은 다시금 되살아나는 약간의 고통에 뒷골이 당기는 표정으로 목뒤를 짚었다. 그러다가 짜증 내는 것도 짜증스러워 그만두기로 했다.

"됐다, 신경 끄고 네 할 일이나 해라. 애초에 누님과 나는 대련을 한 것뿐이야."

"그 말고도 방법은 많습니다."

"몸으로 부딪치는 것보다 나은 체득 방식이 있다고 말하는 거라면 나야말로 듣고 싶군."

“그만두시라는 것이 아니라, 조절하시란 뜻입니다.”

“대놓고 몸을 사리면 누님이 가만있을 것 같아? 아니면, 그래, 자르데사, 앞으로는 네가 누님과 대련하겠나?”

몸을 뒤로 쭉 젖힌 페이작이 들으란 듯 테이블 너머의 자르데사에게 물었다. 자르데사는 몹시 당황한 것처럼 고개를 빠르게 가로저은 후 딱딱하게 대답했다.

“무서운 말씀 하지 마십시오, 전하.”

“들었지?”

다시 벨바롯트 쪽으로 고개를 돌린 페이작이 가늘게 눈웃음 흘렸다. 벨바롯트는 얕은 한숨을 내쉬며 얼렀다.

“조금 전에도 폐하께서 다칠 뻔하셨습니다.”

“체면을 구긴 게 누구 쪽인지는 생각도 않는군. 어차피 누님은 나를 잘 알고, 네가 생각하는 것보다 누님은 뛰어나. 설사 실수가 생긴다 해도 대련 과정에서 한두 대 주고받는 것은 어쩔 수 없는 거지.”

벨바롯트의 눈빛은 조금 더 불손해졌다.

페이작은 그 시선을 똑바로 받아치며 팔짱을 꼈다. 원래 피차 좋은 관계에 대한 욕심은 없지만, 이자가 오늘따라 왜 이러는가 하는 의문을 가지기에는 충분했다.

‘흐음.’

들릴 듯 말 듯 한 콧소리를 내며 고개를 비스듬히 기울이던 페이작의 입술 끝이 살짝 말려 올라갔다. 그는 곧 자르데사에게 물러가라 턱짓했다. 자르데사가 물러간 후, 뜯어보듯 벨바롯트의 면면을 살피던 페이작이 나직이 목 안으로 웃음을 삼켰다.

“누님이 물가에 내놓은 네 새끼처럼 보여?”

“…….”

"그리 불안해서 밤잠이나 자나. 믿음이 없으니 일전 아크레와 카난소와 리제예스를 꾀어 수작을 부렸겠지."

예상치 못한 순간 비수처럼 찔러 오는 목소리에 벨바롯트의 미간은 대놓고 좁아졌다. 스완이 먼저 이야기했을 것은 짐작하기 어렵지 않았지만 좋은 기분은 아니었다.

"그 문제는 이미 끝났고, 이는 믿음의 문제가 아닙니다."

"핑계는. 창피한 줄 알아야지."

"승패를 떠나, 조심하여 나쁠 것은 없습니다. 이해가 안 되십니까."

페이작은 마치 엉뚱한 소리를 듣기라도 한 것 같은 눈빛으로 웃음을 참았다.

"누님은 네가 아니라 내가 지켜."

"하면 전하께서는 폐하의 안위를 책임지는 일을 도맡으시게 될 테니 미리부터 더 나은 마음가짐을 가지시지요."

"내게 앵무새처럼 떠들 정신으로 네 맡은 바 임무나 고민해. 발도의 문제는 해결되었지만 자피아의 그 잡배 같은 종자들도 아직 설득되지 않았지. 발도, 그 미개한 자조차 누님이 타르키아를 족쳐 내어 얻은 거였잖나."

"……."

"누님께선 지금 네 무능력하고도 굼뜬 일 처리 때문에 전시 준비와 내정 둘 다를 돌보고 계시는 거 같은데, 누가 더 태업 중이지?"

벨바롯트는 라르크의 내정은 복잡하고, 순조롭게 진행 중이며, 그 자신도 못지않게 고된 업무를 보고 있노라 말할 수 있었지만 그런 유치한 논쟁을 이끌어 가지는 않았다.

"옳으신 말씀이며 틀린 것 없습니다. 저는 제 무능한 일 처리를 자성할 터이니 전하께서도 겸양을 배우시는 것이 좋겠군요."

"겸양이라니. 어중간한 새끼들처럼 말하는군."

페이작의 입꼬리가 매끄럽게 말려 올라갔다. 그가 터덜터덜 다가와 벨바롯트의 앞에 섰다.

"너희들은 말이지, 잘못될 가능성을 고려하며 몸 사리는 게 중요하다고 믿으니 누님의 큰 뜻을 이해하지 못하고 좌지우지되는 거야. 아니…… 탐욕스러운 거지. 그래, 탐욕 말이야. 얻기 위해서는 잃어야 하는 것도 있다는 걸 못 견디거든."

"……."

"네가 국서의 자리에 눌러앉기 위해 로크란드를 버리고 온 것처럼, 대가가 클수록 더 큰 걸 돌려받는 것이 이치인데."

"버린 것은 아닙니다마는."

"뭐든 간에 말이지. 결과를 쥐면 좋다고 받아먹을 새끼들이 똑똑한 척 지껄이며 훼방을 놔. 누님을 위한다느니, 누님이 중요하다느니, 누님께서 간과하고 있다느니 하는 별 따분한 소리를 떠들면서. 정작 누님이 바라는 것이 무언지는 이해하지 못하고."

빈정대는 그의 태도 속에는 스완을 향한 어떤 경의마저 엿보였다. 페이작은 늘 그녀에 한해 그런 태도를 감추지 않았다. 어릴 적부터 이 왕궁에서 페이작이 의지할 이가 스완 한 명뿐이었다는 것을 생각하면 특별히 이상한 것까지는 아니지만 때로는 과하다.

"낙관만 하며 사는 것이야말로 큰 화를 부릅니다. 전하께서는 잃는 것을 두려워하는 자들을 겁부라 말씀하실 것입니까?"

"하면, 잃는 것이 두려워 그 자리에 꺼져 들어가는 횃불만 들고 있는 자들을 영리하다 말할 수 있나?"

"잃으면 제 숨마저 꺼질까 애지중지 품고 싶은 것이 없는 자라는 뜻입니다."

"아니, 아니, 포장하지 마. 그건 지킬 자신이 없다는 뜻이야. 너도 내 눈엔 똑같아. 누님을 위한답시고 훈수 둘 생각이라면 관둬라. 누님의 노력으로 우리가 누리게 될 미래는 오늘의 너를 부끄럽게 만들 테니까."

페이작의 단언에 벨바롯트는 약간의 노여움을 느끼며 그를 노려보았다.

"대업 앞에서 폐하의 중심을 잡아 줄 수 있는 사람이 필요합니다."

"누님의 중심은 누님이 잡아. 누님은 언제나 가장 옳지. 뭐든 할 수 있고, 그리하실 거고, 결국 모두 누님을 위한 영광으로 돌아오겠지."

"본질은 라르크의 국익에 관한 것입니다."

"그게 그 말이지."

언젠가 스완이 그리 말했던 것처럼, 페이작과 그녀 사이의 신뢰에는 바늘 하나 들어갈 틈이 없었다. 묘한 기분이 잠시 벨바롯트의 가슴께를 맴돌았다. 질투라 불리는 것과 비슷한 따끔한 감정이었다.

대체 제가 이 어린 왕자와 무얼 하는지.

맥이 빠진 벨바롯트는 그냥 입을 다물어 버렸다. 그러고는 다시 고개를 돌려 스완을 바라보았다.

궁내부원을 돌려보낸 스완은 시녀들에 에워싸여 있었다. 오르헤의 귓속말에 고개를 기울이던 스완은 무언가를 말하다가, 문득 턱을 들어 그 푸른 벽안으로 그들을 보았다. 햇살 맑은 날에는 유달리 아름답게 보이는 눈이었다.

자신만만함이 가득하여, 세상 무엇으로부터도 달아나지 않을 듯한 푸른 눈. 원치 않게도 바로 옆의 오만한 왕자와 그녀 사이에는 닮은 면이 많았다. 벨바롯트는 오래 그 시선을 마주하는 대신 시선을 내리깔았다.

벨바롯트를 흘기던 페이작의 눈에 이기가 맴돈 것은 그때였다.

'아.'

페이작은 뛰어난 감각을 지녔고, 그중 스완에 관한 것에는 그 누구보다 더 예민하고 민감하게 알아차려 왔다. 어떻게 그럴 수 있느냐 묻는 건 어리석은 짓이었다. 그는 그저 느꼈다.

'이거…….'

입술을 핥아 당긴 페이작의 입매에 묘묘한 웃음기가 번져 들었다.

"놀랐군."

벨바롯트가 고개를 돌려 페이작과 눈을 마주치는 순간, 페이작은 아예 대놓고 웃음을 터뜨렸다.

"아니, 꽤 대단하다 해야 하나."

"전하."

"이제까지 전혀 눈치를 못 챘잖나."

테이블을 짚고 웃는 페이작의 소성이 너른 공간을 한 바퀴 돌고도 남을 만큼 이어졌다. 영문을 알 수 없었던 벨바롯트가 결국 한마디 했다.

"실성하신 줄 알겠습니다."

손등으로 입가를 훔쳐 낸 페이작이 웃음기를 걷어 냈다. 그러고는 나른하게 풀어진 눈으로 벨바롯트를 바라보며 팔짱을 꼈다. 몸짓은 우아한 맹수 같아서 언사보다는 품위가 있었다.

"가엾은 이자를 보았나."

"……무슨 말씀을 하시는 것입니까?"

"누님에게 흑심이 있었군."

예상치 못한 순간 날아든 냉소 어린 단어은 벨바롯트를 칼처럼 찌르고 들어왔다.

벨바롯트는 가늘게 벌어져 있던 입술을 다물고 다시 스완을 쳐다보았다. 그녀는 시녀들의 시중을 받아 외투를 걸치고 있었다. 이제 돌아가려는 모양이었다.

바르게 몸을 돌린 벨바롯트가 페이작을 똑바로 직시했다. 그러고는 미소 띤 얼굴로 되물었다.

"무슨 의도로 하신 말씀이십니까?"

"민망해할 것 없어. 너야…… 아닌 체 고상 떨고 싶었겠지만 그러기에는 누님은 너무 아름답고 매력적인 분이지. 요즘 그토록 미녀라든가, 뭐라던가 떠들어 대는 모시네의 딸보다 더 말이야."

"……."

"데보라의 광대극에 나오는 그 청승맞은 주인공이 뭐라는지 아나? '나는 사랑에 빠졌지만 그녀는 영영 내게 보답 주지 않을 테지. 끝 모를 이 열정에 잿물을 덮어다오.'."

페이작은 손을 들어 허공을 빙글빙글 돌리는 시늉을 하며 과장된 어조로 낭송했다. 서서히 표정을 지운 벨바롯트의 입술 끝이 비틀렸다.

"문학적 소양까지 겸비하셨을 줄은 몰랐습니다."

"왜 아니겠나? 누님을 사랑해?"

"저는 이미 폐하의 국서인데, 그것이 지당한 하문입니까?"

"그렇게 얼버무리는 네가 얼마나 우스워 보이는지 모르는 모양이군. 쉽잖아. 누님을 사랑한다고. 나는 쉽게 말할 수 있는데. 나는 누님을 존경하고 사랑해."

"장성하신 후에도 부부지간의 사적인 부분을 존중해 주지 못하시는군요. 어릴 때부터 그래 오셨고, 폐하께서 그게 어디가 잘못된 것인지 일러 주지 않고 받아 주셨으니 어쩔 수 없다는 것은 압니다만."

이어 빈정거리려던 페이작의 시원스런 눈썹이 서서히 치켜 올라갔다. 페이작의 서늘하여 날 선 시선을 여유롭게 받아 낸 벨바롯트가 쐐기 박았다.

"저하께서 제 가슴팍에 간신히 미치셨을 때 말입니다."

그 점은 페이작도 부정할 수 없는 바였다. 철부지같이 굴었던 때가 있기는 했다.

"옛일까지 끄집어내야 할 만큼 인정하고 싶지 않은 모양이지? 내 기억에 그때 너는 감히 누님에게 손도 댈 용기가 없는 한심한 사내였던 것 같은데."

"폐하의 농담을 철석같이 믿고 저를 역적 보듯 보셨던 분께서 이리 말씀하시니, 새삼스럽게 장성하신 것을 느껴 감격스럽습니다. 부부지간에 오가는 감정에 대해 궁금하시다면 전하께서 직접 혼사를 치르시지요. 그때가 되면 굳이 제게 감회를 묻지 않아도 아시게 될 겁니다. 폐하께 덤비다 후사를 보실 기회마저 잃기 전에."

비틀린 미소를 머금은 페이작은 혀로 입 안을 꾹꾹 눌러 문질렀다. 기분은 심히 상했지만 뭐, 좋다. 기실 페이작은 벨바롯트의 저런 방어적인 태도에 너그러울 의향이었다.

저자가 제 속내를 감추고 바라보는 스완은 사람에 얽매이는 일이 없다. 오랜 시간을 보냈건, 짧고 뜨거운 시간을 보냈건 특별히 그녀의 애착을 부르지는 못한다는 의미였다.

하니 벨바롯트는 어찌 보면 영리한 것이다.

본디 냉담한 스완의 주위에는 관심의 울타리 안에 두고 관용을 베푸는 몇몇이 있는데, 체사나 벨바롯트 같은 자가 그러했다. 벨바롯트의 경우에는 단순히 국서이기 때문이 아니라 스완의 흥미를 건드리는 재주가 있었기 때문이다

언제나 달아날 꿍꿍이를 보이듯 일정한 거리를 유지하며 그녀를 대하니, 한번 바라면 가질 때까지 몰두하는 스완의 관심이 지속되는

것도 당연한 일이었다.

여기까지 말이 나왔으니 고백하건대, 페이작은 오래전 벨바롯트에게 약간의 질투를 느낀 적도 있었다.

어찌 아니 그러겠는가? 그는 스완의 온당한 애정과 신뢰를 얻기 위해 뼈를 깎는 노력을 해 왔다. 천재성? 개나 주라지. 지금 그를 있게 한 것은 오로지 스완이었다. 한데 저자는 무시하고, 밀어내고, 스완이 하려는 일에 사사건건 이견을 내고도 예쁨을 받았다. 하여 제 몫으로 돌아와야 하는 신뢰와 믿음을 강제로 저자에게 분배당한 것 같기도 했다.

한데 진실은, 저자는 제 감정을 인정하지 않고 감추고 감추고 감추는 중이라는 것이다.

기분은 놀라울 만큼 좋아졌다. 그런 기분이 되니 벨바롯트를 다르게 평가해 줄 만큼 너그러울 수 있다.

순전히 스완의 눈에 띄었다는 이유 하나로 그녀의 침실에 들락날락거리는 어디서 굴러먹다 온 건지도 모를 잡배들보다야 이자가 낫기는 하니까. 이자는 최소한 그럴 자격은 갖춘 사내다.

가는 미소를 머금은 페이작이 팔짱을 풀었다.

"차라리 너라면 낫겠군. 덜떨어진 머릿속에 광애밖에 남지 않은 버러지 같은 자들보다는 말이야."

"……."

"내게 찾아와 어떻게 해야 누님을 기쁘게 해 줄 수 있는지, 어떻게 해야 누님의 관심을 잃지 않을 수 있는지…… 그런 성가신 용건을 늘어놓는 녀석들이 꽤 있지. 누님의 침실로 기어 들어가고 싶어 안달이 난 천박한 욕정을 사랑으로 포장하면서……."

인상을 찌푸린 벨바롯트가 서서히 주먹 쥐었다. 똑똑히 보았으나 페이작은 모른 체 말을 이어 나갔다.

"한데 나도 사내라 이해가 전혀 안 되는 건 아니라서, 그 덜떨어진 입을 뭉개 버리고 싶다가도 연민이란 걸 느끼거든."

"……."

"내가 그런 자들에게 항상 하는 조언이 있었는데, 너에게는 필요가 없겠군. 알고 그러는 건가?"

"무슨 말씀을 하시는지."

벨바롯트는 페이작을 무시하고 몸을 돌려 걷기 시작했다. 페이작은 그를 골리려는 듯 따라 걸으며 느긋한 어조로 계속 말했다.

"몰라 묻나? 간단히 말해 누님의 백성으로 남으라는 거지…… 욕심을 부려 구질구질하게 갈구하지 말라. 그리하면 누님께서는 너그럽게 아낌없는 시혜를 베풀어 줄 것이고 너는 아마도 직전 누님의 침실에 눌러앉았던 덜떨어진 것보다는 덜 덜떨어진 놈으로 남을 수 있을 거다…… 덜떨어지지 않을수록 누님은 교류에 의미를 느끼시는 교양 있는 분이시니까."

벨바롯트가 뚝 멈추어 섰다. 그리고 빙글 돌아 페이작을 마주 보았다. 비뚜름한 미소를 머금은 페이작이 나직이 말했다.

"한데 너는 누님 앞에서 덜떨어지게 굴지 않으니, 누님께서 네게 그토록 너그러웠던 거겠지. 알고 그랬다면 교활하고 똑똑하다 하겠지만 네 성정을 생각하면 고작 그 고고한 자존심 때문이겠지?"

"……."

"그러니 네게는 다른 조언을 해 주지."

"……."

"주제를 알아라, 공작. 감히 누님 앞에서 그 알량한 자존심 세우지 말고."

일순 화가 치민 벨바롯트의 손이 페이작의 멱을 거세게 움켜 당겼다. 그러나 페이작은 놀란 내색 따윈 전연 없이, 마치 이런 순간을 기다렸다는 듯 서느런 웃음을 머금었다.

당장이라도 끊어질 듯한 팽팽하던 긴장감을 깨뜨린 것은 지근거리로 다가오는 부츠 소리였다.

"남편과 아우의 결투라면 누구를 응원해야 하는 거냐?"

빙긋 웃은 페이작은 아주 손쉽게 벨바롯트의 손목을 떨치고는 스완에게 걸어갔다.

"누님, 이제 돌아가나?"

"무슨 일이냐?"

벨바롯트는 머리끝까지 치밀어 오르는 노여움을 간신히 누르고, 가다듬은 뒤 곧장 스완에게 몸을 돌려 사죄했다.

"제가 결례를 범했습니다."

"그래 보였다는 건 부정하진 않겠다만, 무슨 일로?"

조금 전, 데라와 그 아내가 도착했다는 전갈을 듣고 돌아가려던 그녀는 조금 전 두 사람의 분위기가 여간 좋아 보이지 않아 발걸음을 되돌려 온 것이다.

페이작이 장난스럽게 부정했다.

"국서께서 과장하는군. 사내들끼리의 의리를 나눈 거야. 누님, 신경 쓰이게 했다면 용서해라."

"나를 바보로 아는구나."

피식 웃으며 빤히 벨바롯트를 응시하던 스완은 그가 달리 설명하고자 하는 내색이 없자 추궁을 그만두었다.

"뭐든 적당히 하렴."

"누님의 뜻대로."

벨바롯트는 페이작에게는 눈길도 주지 않고 물었다.
"들어가실 겁니까?"
"그래, 데라와 할리가 도착했다는구나."
그러자마자 페이작이 낮은 웃음을 흘렸다. 대놓고 웃고 싶지만 참겠다는 듯한 얼굴이었다. 그런 페이작을 가느스름 바라보는 스완의 얼굴에는 아리송한 내색이 일었다.
벨바롯트가 딱딱하게 말했다.
"전하께서 실성하신 모양입니다."
이번에는 스완이 작은 웃음을 터뜨렸다.

벨바롯트는 스완과 함께 접견실로 향하기 전, 발도에서 도달한 서신과 오늘 밤에 있을 국무회의 접견 자료집이 마무리되었는지 확인하고 합류하겠노라 하였다. 스완은 기꺼이 그러라 하였고, 집무실로 도착했을 때는 미게타가 한창 집무실 바닥 쓸기를 하고 있었다.
"기노가 다녀갔나?"
"아, 각하, 예. 저 앞에 쌓인 서류가 금일 회의 전에 살펴보셔야 할 안건들이라 하셨습니다."
비질을 멈춘 미게타가 장갑 낀 손가락으로 저만치를 가리켰다. 소파 테이블 위에는 나갈 때는 없었던 서류들이 한 무더기 쌓여 있었다.
"그리고 폐하께서 지시하신 발도 건은 책상에 두었습니다."
보기만 해도 피곤하여, 드물게 비딱한 표정을 짓고 있으니 미게타가 낄낄 웃었다.
"폐하께서 철인이시라니까요. 아무리 생각해도, 우리 폐하께서는 보통 사람이 아니신 것 같아요."

"청소는 나중에 하고 나가 봐라."

벨바롯트는 손을 휘휘 저어 내보낸 후 소파로 가 앉았다.

데라와 할리의 방문 자리에 함께하겠노라 했지만, 서류들이 매우 많았다. 발도 건은 그렇다손 치더라도 국무회의 안건들은 상당히 살필 거리가 많았다.

그는 잘 정리된 자료집들을 훌훌 넘기며 하나둘 뇌리에 담았다. 최근 그는 스완이 매일같이 해 온 나랏일을 온전히 소화해 내기 위한 적응기 비슷한 것을 가지고 있는데, 어렵지는 않지만 상당히 피곤했다. 어떻게 그녀는 그리도 열정적으로 불만 하나 없이 매일 밤을 지새울 수 있는지 모르겠다 싶을 만큼.

벨바롯트는 양피지와 깃펜을 가지고 와 간단한 필기를 남겼다. 서기관 기노가 가지고 온 건 중에는, 국무회의에 관련된 건뿐만 아니라 궁내부에서 일어난 일들에 대한 보고서 및 공적인 의도로 보내져 온 편지들도 더러 섞여 있었는데, 그는 우선 기억해 둘 필요가 있는 것들을 메모로 남겼다. 깃펜만 홀연 바빴다.

그리 한참 빠르게 집중하다가, 홀연 펜 끝을 멈추었다.

-누님에게 흑심이 있었군.

고개를 든 벨바롯트는 쓰다 만 글귀를 내려다보았다. 미간이 좁혀졌다. 그는 몇 문장 더 휘갈기다가 펜을 내려놓고 소파에 깊이 등을 기대어 앉아 고개를 절레절레 저었다. 생각을 떨치고 머릿속이 조금 더 맑아지기를 기대하였는데 도리어 맑아진 건 기억뿐이다.

헛헛한 웃음이 흘렀다.

-주제를 알아라, 공작. 감히 누님 앞에서 그 알량한 자존심 세우지 말고.

심히 모욕적이었으나 상대가 왕자였으니 그로서도 도리가 없다. 커다란 두 손으로 얼굴을 쓸어 올린 벨바롯트는 다시 한번 깊이 숨을 내쉬었다.

그는 왕자가 틀렸노라 말할 수 있다.

왕자는 틀렸다.

그가 그녀로부터의 거리를 지키는 것은 한낱 변경의 사내가 지닌 알량한 자존심 때문이 아니었다.

'잿물을 덮어라.'

무심코 입술로 뇌까려 본 벨바롯트는 어처구니가 없어서 웃었다. 한때 제 키의 반절이나 조금 넘을까 하던 청년이 어느새 그리 자라 저를 꿰뚫는 양 떠드는 것이.

피로하다.

새삼스러운 기분에 잠긴 그는 이 뮈아드로에 쥐고 오지 못한 것들을 떠올렸다. 너무 무거워 두고 온 것들이다. 유구하게 누대 그들의 조상들이 지켜오던 로크란드는 지금 그의 사촌이 돌보고 있었다. 늦저녁 유곡 언덕에 모여 앉아 한 잔의 술과 우의를 나누던 벗들이 멀다. 그를 존경으로 섬기던 영지민들을 뒤로하였고, 그 하늘을 이지 못했고, 그 땅을 떼어 오지 못하였다.

그립지 않다면 거짓일 것이다.

–외롭지 않으십니까?

한센의 질문은 그의 영혼을 어루만지는 것이다. 본질적인 것을 탐구하고 깊이 파고드는 그 속 모를 남자는 뛰어난 관찰력으로 그렇듯 허를 찌른다. 스완이 그의 방자하고 방만한 행실을 곧잘 귀엽게 보는 것도 그러한 연유일 터다.

외로울 새 없노라. 거짓을 답하지는 않았다. 그는 외로울 새가 없기에 외롭지 않은 것이 아니라 이미 지금에 족하여 살고 있다. 스완과 혼인한 것으로 그는 섬기고자 하는 여인을 얻은 것이다. 그러니 외로울 리가.

비록 화가 날 때도 많고, 속이 뒤집혀 언성이 높아질 때도 있고, 맥이 빠지도록 지칠 때도 많았으나 그 또한 참을 만했다.

처음 로크란드를 떠나기로 결심한 그날부터, 지금까지 그는 단 한 순간도 후회한 적이 없는데, 오늘은 약간 짜증이 났다. 건방진 왕자가 그런 허튼소리만 하지 않았더라도 이토록 속이 끓지는 않았을 것이다.

비스듬히 콧등을 매만지던 벨바롯트는, 어느덧 해가 저물어 가는 것을 깨닫고 창가를 보았다. 따스한 여름빛이 화사하게 얼굴을 감싼다. 크고 작은 사건들만 소거한다면 나쁘지 않은 날이었다.

마음을 가다듬은 그는 다시 깃펜을 들어 쓰다 만 필기를 마무리했다. 그리고 돌돌 말아 노끈으로 정리했다. 자리에서 일어섰다.

접견실 복도에 이르자마자 들려온 것은 울음소리였다. 그것은 발정 난 암고양이의 울음처럼 들리기도 하고, 아기의 울음이라 생각하면 아기의 울음처럼 들렸다.

으애애, 응애애.

접견실의 문을 여니 자지러지며 우는 아기가 보였다.

카난소가의 차남 부처, 키 큰 데라와 조그만 할리는 아기를 달래기에 여념이 없고, 스완은 소파 등걸이에 한 팔을 걸친 채 그림처럼 앉아 있었다. 오늘 낮 그토록 어지럽던 말괄량이 여인 같던 모습은 온데간데없고, 단정한 아름다움으로 무장된 모습이 눈에 든다.

구불구불한 붉은 머리칼은 드러난 흰 어깨 위로 흘러내리고, 수려한 자수가 겹겹 놓인 소매가 도드라진 청색 드레스는 윤태한 빛을 발하였다. 마른 손등의 상처가 그나마 오늘 낮의 일을 되감게 하는 유일한 흔적이었다.

그녀의 앞에서는, 정식 성장까지 갖춰 입은 데라와 은회색 값비싼 재질의 드레스로 몸을 단장한 그 아내 할리조차 그저 범인이었다.

"제 아비를 닮아 목청이 대단하구나."

"송구합니다, 폐하. 놀란 모양입니다."

"놀랍기도 하겠지. 처음으로 궁에 든 것이 아니냐? 얼마나 영광이기에 그리 우는지 한번 내 봐야겠다."

일어선 스완이 양팔을 벌렸다. 데라와 할리가 작게 웃으며 그녀의 품에 아이를 감싼 연두색 포대기를 안겼다. 아이의 머리를 받쳐 안는 모양새가 부드럽기 그지없어, 인기척을 내려던 벨바롯트는 문득 멈추어 지켜보았다.

스완의 품에 안긴 아이는 기적처럼 울음을 그쳤다. 데라가 흥분해 말했다.

"이 아이가 섬길 주인을 아는 게 맞습니다. 역시, 제 딸입니다."

"벌써부터 말이야? 당신도 참."

"그래, 할리가 맞다. 이도 나기 전이라면 짐승에게도 서약을 강요하지 않는 법이지. 데라, 너무 앞서가는구나."

멀리서 보기 좋은 모습이었다.

"그나저나 아비를 닮지는 않았네. 아비처럼 맹한 맹꽁이처럼 생겨서야 아니 될 일이지."

"아니…… 아니, 아니, 폐하. 지금 말씀은?"

"무엇이 문제니? 맹꽁이같이 생긴 것은 사실이잖으냐."

스완의 농담에 할리가 작게 입을 벌리더니 중얼거렸다. '항상 이 이를 보면서 뭐가 생각이 나긴 했는데, 그게 뭐였나 했더니. 맞네요. 맞아요.' 데라가 투덜거리듯 말했다.

"할리, 폐하의 앞에서 당신까지 그러면 내 체면이……."

벨바롯트는 데라의 표정이 우울해지는 이유를 십분 이해할 수 있었다. 스완은 때때로 사람의 얼굴에 말도 안 되는 별명이나 짐승을 빗대곤 했는데, 벨바롯트 역시 여러 차례 들어 왔다. '까마귀잖니, 넌.' 기분 좋지는 않다.

스완은 배냇냄새가 물씬 풍기는 뽀얀 아기의 얼굴을 들여다보며 말했다.

"데라, 그 옆에 있는 상자를 열어 보거라."

데라는 그녀가 준비한 선물 상자를 들고 와 어리둥절한 표정으로 열었다. 상자 안에는 예의 그 아기 모자가 들어 있었다.

데라는 감격으로 코끝 찡한 표정을 감추려 헛기침을 했고, 할리는 귀엽노라 칭찬하느라 입이 바빴다.

"아니, 폐하…… 어찌 이런 것까지."

"작년에 사냥 대회에서 우승한 베체 경이 잡아 온 바로 그 은여우 가죽이란다. 이번 겨울에 내 이 아이를 품어 줄 아비를 빼앗게 되었으니, 몸이라도 따뜻이 지내야지."

감격에 겨운 데라는 끝내 잠긴 목소리로 '아닙니다, 폐하. 아닙니다.' 뇌까리며 고개를 푹 숙였다. 온화하게 웃은 할리가 모자를 꺼내 아이의 머리 위에 살짝 얹었다. 머리카락도 제대로 나지 않은 동그란 민머리가 작아 모자는 아기의 눈까지 주저앉았다.

"이런."

"어차피 아기들은 금세 크니까요."

고사리 같은 손을 간질이자 까르르 웃음을 터뜨리는 아기가 변덕스러워 어른들도 덩달아 웃는다.

스완이 물었다.

"한데, 이 귀한 너희의 결실에 내가 의미를 붙여도 되는 것인지 모르겠구나. 괜찮겠느냐?"

"더할 나위 없는 영광입니다, 폐하. 생에 나 처음으로 받은 선물이 북부의 여왕 되실 분께서 하사해 주시는 이름이라면, 평생의 광영으로 여길 것입니다."

늦은 오후의 저무는 볕이 차갑던 왕궁에 방문하고 여왕의 곁을 에워싼다. 하여 아이를 안은 그녀는 마치 빛 속에 서 있는 것처럼 보였다. 영롱하고 아름다운 모습이었다. '뭐가 좋을까.' 노래하듯 소곤거리며 아이의 얼굴을 들여다보는 그녀는, 여왕이기보다는 여인처럼 보였다.

"바리헤."

낮의 별. 벨바롯트는 입 안으로 그 음절을 굴려 보았다. 바리헤.

"고대, 우리 선조들이 낮에도 남쪽에서 빛나는 별을 그리 불렀다지. 선인들의 얼이 담긴 이름이니 모자라지 않은 의미일 듯한데 어떻게 들리느냐?"

"바리헤, 바리헤, 바리헤…… 좋습니다. 감사합니다. 폐하, 아주 좋습니다."

"그대는 대관절 싫은 것이 있기는 하느냐?"

데라는 제 딸에게 '코뿔소'라고 이름을 붙여 준들, 그것이 스완이 내준 것이라면 없던 뜻마저 창조해 낼 사람이었지만 진심으로 그 이름을 마음에 들어 했다. 할리도 이름을 기뻐했다.

아이를 데라와 할리에게 되돌려준 스완은, 아이를 받아 안고 너무나 기뻐하며 바리헤, 바리헤, 몇 번이고 부르는 갓 부모가 된 이들을 따뜻하게 바라보았다.

"한창 좋을 때의 출병이 너희에게는 아쉬운 일이겠구나."

"괜찮습니다, 폐하."

그녀는 본시 차가운 성정이었다.

"데라, 할리. 사과는 않으마. 하나, 너희의 이 아이가 뛰놀 즈음에는, 모든 세상이 축복처럼 보이는 아름다운 곳에 살게 될 것이다. 저런 모자 따위 무더워 쓸 수조차 없을지도 모르지."

하나 그녀의 말에는 따뜻한 힘이 있다.

"……그리고 그건, 데라, 아비가 자식에게 주는 선물이 될 테지. 바리헤, 훌륭한 아비를 둔 너를 축복하마."

사람을 놀라게 하고, 가슴을 흔들고, 북받치는 어떤 감정에 스스로 무릎 꿇게 하는 그런 힘. 지난달, 승작식이 있기 전 함께 술 한잔을 나누었던 로엠의 영주 아크레는 어쩌면 그것이 '여왕 폐하께서 불러일으킨 광기일지 모릅니다.' 하며 염려스럽게 일렀으나, 벨바롯트는 동의할 수 없었다.

광기란 자신의 감정을 돌아보게 하여 북받치는 그런 감정이 아니라, 자신을 잃고 마는 것이다.

하지만 여전히, 그는 가끔 오베이언의 사건을 떠올린다. 떠올리는 매번 갈피를 잃는다.

희원을 위해 희생을 불사하여, 제 손으로 갓난아이까지 죽였노라 고백한 그녀는 비정하고 잔인무도한 여자임이 분명하거늘, 제 품에 안은 아이를 바라보는 여자의 눈은 온통 애정과 온정으로 가득하기만 하니.

어려운 여자였다.

데라가 감격하여 무릎을 꿇었다.

"모두가, 폐하께서 이루어 내실 영광입니다."

똑똑똑.

벨바롯트는 천천히 문을 두드려 소리 냈다. 그러고는 그들 쪽으로 걸어갔다. 미소 지은 스완이 그를 돌아보았다.

"왔느냐?"

할리가 소리 없이 궁중식 절을 올리고, 데라는 곧장 기사의 예를 취하여 인사했다.

"각하, 오셨습니까."

"조금 늦게 되었군."

"아닙니다. 저희야말로 폐하와 각하께 누를 끼쳐 드리러 온 것인데요."

스완의 옆에 나란히 선 벨바롯트가 아기를 내려다보았다.

어미를 닮은 큼직한 갈색 눈동자가 동그랗게 그를 응시한다. 뺨은 보얗고 코끝은 발갰다. 더 이상 울지 않는 아기의 살 오른 볼이 달싹인다. 아이를 그리 좋아하지 않는 그로서도 적이 귀엽다 할 만했다.

"좋은 이름을 주셨습니다."

"언제 온 거니?"

스완은 눈썹을 올리며 물었다.

"조금 전입니다. 바리헤라는 이름, 귀에 감기는 어감도 의미도 뜻깊지요."

데라는 그것이 제 칭찬이기라도 한 양 좋아 어쩔 줄 몰라 하며 벌건 얼굴로 헛기침했다.

티 없이 맑은 큼직한 연갈색 눈망울의 바리헤가 두 볼 터져라 조그만 입을 벌리고 하품을 했다.

벨바롯트가 데라와 악수하듯 손을 맞잡고 축사를 건넸다.

"요 근래 경황이 없어 경사가 있었다는 것을 조금 늦게 알았네. 일찍이 챙겼어야 하는데, 카난소가의 초대도 여러 번 받은 입장에서 면구하게 되었군."

"무슨 말씀을 그렇게 하십니까. 국서께서 하시는 일들에 비하면 보잘것없는 집안의 소사지요."

"건강하기를 기원하겠네."

"감사합니다."

데라는 수줍은 듯 웃으며 고개를 저었다. 그런 데라를 향해 스완의 농담 섞인 핀잔이 떨어졌다.

"다 커서는 징그럽게도 웃는구나. 그러니 맹꽁이 소리를 듣는 거지."

"아니, 폐하, 왜 자꾸 맹꽁이라 하십니까……."

할리는 깔깔깔 웃다가 제가 너무 크게 비웃었다는 것을 깨닫고 데라의 눈치를 보며 슬며시 바리혜를 돌보는 시늉을 했다. 말없이 아기를 가만 바라보고 있자니, 스완이 할리에게 눈짓하여 아이를 받아 안았다. 그러고는 벨바롯트 쪽으로 아기를 내밀었다.

"너도 한번 안아 보련?"

고개를 든 벨바롯트는 장난스럽게 웃고 있는 그녀를 응시했다.

홀연 벨바롯트는 그런 상상을 했다.

그녀의 태를 빌어 세상에 날 아이들은 어떠할는지. 스완을 닮은 여자아이라면 그 또한 사내들을 고통스럽게 할 것이고 스완을 닮은 남자아이라면 그 야망으로 인해 여인들을 외롭게 할 터이니. 어느 쪽이든 고생스러우려는지.

하지만 곧 그만두었다.

"그리 보고만 있을 것이냐?"

지그시 그녀의 푸른 눈을 마주 보던 벨바롯트가 느리게 고개를 저었다.

"괜찮습니다. 보는 것만으로도 족합니다."

끝없이 평화로울 것 같은 거룩한 오후.

그는 지금의 순간이 족하였다.

카난소 일가가 되돌아간 후 벨바롯트는 스완을 침실로 에스코트했다. 접견실에서 그녀의 침실까지 향하는 길은 짧으면서도 길었다.

평범한 한담을 나누었다. 오늘 낮 하지 못했던 사소한 이야기들, 한센을 마주쳤던 일, 무기 제작소의 근황, 연병장에서 만난 기사들의 고충, 그런 것들이 주된 대화였다.

하지만 얼마 지나지 않아 그리 나눌 만한 화젯거리도 떨어졌다. 가만 보니 스완이 무언가 다른 생각에 잠겨 있는 것 같기도 하여 벨바롯트도 구태여 말을 붙이지 않았다.

그런데 복도의 중간쯤 이르렀을 때였다. 한 걸음 앞서던 스완이 비스듬히 고개 돌려 물었다.

"한데 벨비, 아이가 있느냐?"

벨바롯트는 멈칫하였으나 곧 내색을 갈무리하고 걸었다. 그의 눈썹이 살짝 치켜올라 간 것을 알아차린 스완이 작게 웃었다.

"모나게 굴기는."

"어찌 하문하십니까?"

"그런 얼굴을 하지 말았어야지."

벨바롯트는 곧 이해했다. 아이의 얼굴만 계속 들여다보았던 그를 이상하게 생각하였던 것이다.

보편적으로 보통 그의 나이쯤 되는 이들에게 혼외자 한둘 정도 있는 것도 별일은 아니었다. 불륜이나 외도에 대해 비교적 엄중한 잣대를 지닌 북부의 상식과는 별개로.

"난 지 얼마 되지 않은 것은 짐승이든 사람이든 눈길이 가는 법입니다. 폐하께서도 그런 시절이 있으셨지 않습니까."

매혹적으로 미소 지은 스완이 툭 던지듯 물었다.

"어떠했지?"

"부친 생전 처음 이 궁에 들었던 때가 열 살 무렵이었으니, 당연히 폐하의 어린 시절을 기억하고 있습니다. 폐하께서는 기억하지 못하실 것입니다."

"내가 너덧 살쯤 되었을 때겠구나. 나는 내가 열넷일 때 너를 처음 보았다 생각했는데."

"보다 어리실 적, 폐하를 먼발치서 뵈었습니다."

"그래서?"

벨바롯트는 대답 대신 설핏 웃음 흘렸다.

"말해 봐."

어린 시절, 처음으로 뮈아드로의 조약돌 성벽을 넘어오던 날은 제법 깊이 기억되고 있다. 그는 많은 사람들을 보았다. 춥고 굶주린 사람, 따뜻한 배부름에 잠긴 사람, 화가 난 사람, 행복한 사람, 그리고 조그마했던 어린 왕녀도.

그때는 자신이 그 왕녀의 남편이 될 거라 상상하지 못하였다. 그 왕녀가 여왕이 될 거라는 것도.

"제 기억에 따르면 그때 브루툴가의 영식과 싸우고 계셨습니다. 인사하러 갈 만한 분위기가 아니었지요. 생각해 보니 폐하께서는 그때도 분쟁을 즐기셨군요."

스완이 탁 그의 팔뚝을 쳤다. 벨바롯트는 옅게 웃으며 어깨를 살짝 들먹였다. 스완에게는 아주 얄미워 보였을 것이다.

"브루툴의 아들이라면 스베노인가? 무엇 때문에 다투고 있었는데?"

"외람된 말씀을 드리게 되었습니다만, 당시 폐하께 그리 관심을 가지지는 않았습니다. 낯선 이 땅에 익숙해지지 못했던 까닭에."

뚱한 시선을 보낸 스완이 이내 은근히 그에게 붙어 서며 말했다.

"어쨌거나, 말머리 돌리지 말고 답해 봐라. 아까 네가 바리헤를 보던 얼굴을 똑똑히 보았으니 말이야."

"낯이 어때 보였다고 이러십니까?"

"납치라도 하고 싶어 하는 것처럼 보였지."

벨바롯트가 피식 웃었다.

"……말씀을 하셔도 그리."

"어찌 그리 절절한가 싶어 네가 자식이라도 떼 놓고 왔는지 싶었다."

벨바롯트는 스완의 끝없는 상상력에 백기를 드는 심정으로 중얼거렸다.

"폐하께서는 통찰력이 과히 좋으시니 감추려야 감출 수도 없겠습니다. 세어 본 적도 없습니다."

스완이 눈살을 찌푸렸다. 이자가 놀리는 것이 분명하였는데, 그 또한 계책인가 싶은 의심을 떨치지 못한 까닭이다. 그런 그녀를 알아차린 벨바롯트가 더 뻔뻔하게 말했다.

"폐하의 사람이 된 몸으로서 혼외자를 떳떳하게 밝힐 수 없음을 이해하실 터이니, 그쯤 하시지요."

"진심이니?"

"이쯤 하여 필요한 게 묵비권이겠군요."

스완은 턱을 매만지며 중얼거렸다. '미묘하다니까…….' 그는 실로 그러하였다. 때때로, 스완은 벨바롯트가 자신을 여인으로서 원하고 이끌린다는 걸 알아챘다. 하지만 그는 동시에 그녀를 원치 않는 것처럼 행위하여 보고 있으면 이자가 이런 것인가, 이자가 저런 것인가, 헷갈리고 생각만 복잡해지는 것이다.

느린 걸음으로 앞지르던 스완이 툭 뱉듯 물었다.

"돌아가고 싶으냐?"

단조로운 목소리가 긴 복도를 기기묘묘하게 울려왔다. 벨바롯트는 고개를 저었다가, 그녀가 보지 못하리라는 것을 뒤늦게 자각하고 대답했다.

"귀향은, 지금 저의 바람은 아닙니다."

"지금뿐만 아니라 앞으로도 그래야지. 두고 온 연인이 아쉽고, 두고 온 자식이 밟히고, 두고 온 벗들이 그립더라도. 이곳에도 찾아보면 네가 정붙일 이들도 있을 거란다."

"염려치 마십시오, 충분히 마음 붙이고 있으니."

"뉘라도 내게는 참으로 고마운 자가 되겠구나. 크게 치하하고 싶은데 귀띔을 해 주련?"

슬며시 떠보듯 묻는 그녀를 바라보던 벨바롯트가 비딱하게 대꾸했다.

"무심해 주십시오, 진심으로 폐하와는 무관하고 싶습니다."

"해코지를 하겠다는 것도 아닌데 그러는 것을 보니 여인인 모양이지?"

"없는 자식을 제게 안겨 주시더니, 이제는 파렴치한으로 만드십니다."

자비롭게 미소 지은 스완이 말했다.

"네게 무엇이든 누릴 권리를 주었다. 일생 내 곁에서 이리 살아야 하노라 비관하며 우울의 병에 걸리는 것보다는 나을 테니까. 너도 알겠지만 내가 부군 되는 자의 병구완에 능숙할 것 같지는 않아. 아무리 아낀다 해도 말이야."

"기대는 접어두겠습니다. 골병이 들면 제 병구완은 다른 이에게 맡길 터이니 염려 놓으십시오."

"그래, 너를 정붙이게 해 준 여인 말이지?"

살래살래 손을 저은 벨바룻트는 그녀를 제치고 걸었다. 멀지 않은 복도의 저편에 스완의 침실이 보였다. 스완이 우아한 고양이처럼 따라붙었다.

"내가 이렇듯 흥미가 생기는 문제는 눈감아 못 넘기는 성정이 있다는 걸 알지 않니. 정 그러면 하나만 답해 봐. 나보다 아름다운 여인이냐?"

"폐하께서는 스스로가 얼마나 아름답다 여기시기에 그러십니까?"

"가장."

그도 모르게 웃음을 뱉어 낼 뻔한 벨바룻트가 입가를 가리고 스완을 흘겨보았다. 스완은 머쓱한 내색도 없이 자신감과 확신에 찬 눈으로 입술을 올려 웃었다.

어이가 없어서, 홀연 그 나이대의 여자보다 조금 더 어린 것처럼도 보여서, 웃음기를 머금고 그녀를 내려다보던 벨바룻트가 노골적으로 고개를 저었다.

"이토록 한결같이 내게 무심한 이를 남편 삼았는데, 적어도 나보다 어느 한구석이라도 괜찮아야 자존심이 상하지 않을 테지. 네가 엄한 분란 일으킬 만한 여인과 교류하는 것이 아니라면……."

거기까지 말하던 스완이 눈살을 찡그렸다.

"유부녀는 아니겠지."

"다행스럽게도 남편 되는 자의 결투장을 받을 만한 행실은 한 적이 없습니다."

"그렇다니 다행이기는 하다만."

벨바롯트는 어이가 없어 웃음도 나지 않았다. 한숨만 찰 뿐.

부부지간이라고 나누는 대화가 이 모양이니, 그가 길 잃은 여인과 인사만 나누어도 밀담을 나누었다는 오해를 사는 것일 터다. 왕자는 그를 보고 금세 어떤 감정을 읽어 내 속을 뒤집었는데, 사람을 그리 잘 보는 스완이 언제나 그에 대해 헛다리를 짚는 것을 보면 그 또한 흥미로운 일이었다. 그 역시 내밀히 따지면 그녀에게 그가 굳건히 가신으로 자리매김해 있기 때문일 터이나.

"……대관절 제게 어떤 답을 바라 이러십니까?"

"부부지간에 솔직하기를 바라는 것이 과한 사리사욕은 아니지 않니."

어떻다 해도 마음 아프지는 않다. 그는 사랑에 대해 생각하지 않기 때문이다. 그는 섬김과 충성을 위해, 그녀와 함께 이 나라를 지켜 내기 위해 스스로를 내려 두었다.

하지만 사랑에 대해 생각하지 않는다는 것을 유념하고 있다는 건, 어쩌면 그 자신이 그에 대해 생각하고 있다는 반증이라 할 수 있을지 모른다. 간혹 느리게 뛰는 가슴과 빛 아래 아름다운 여자와 그림자처럼 따라붙는 아릿함, 그것이 그로 인한 것일는지 모른다.

지그시 그녀를 바라보던 벨바롯트가 입술을 뗐다.

"그에 대해 답을 드리면 한 가지, 약조해 주실 수 있겠습니까?"

"거래라?"

"어찌 보셔도 좋습니다만 큰 것은 아닙니다."

스완이 승낙의 의미로 턱짓했다.

걸음을 멈춘 벨바롯트는 천천히 스완의 어깨를 당겨 돌렸다. 그러고는 그보다 머리 하나는 더 작은 그녀를 고요히 내려다보았다.

"스완."

"……."

"오늘 당신으로부터 불릴 이름을 부여받은 아이와, 저 밖의 어린 아이들이 자라나 당신의 장병이 되고, 기사가 되어 헌신할 것입니다. 그들은 죽음을 두려워하지 말라는 유구한 북녘의 가르침을 혼에 새기고, 화장터의……."

'화장터로 뛰어든 변경백.'

벨바롯트의 입술은 불현듯 떠오르는 어떤 문장에 멈추었다. 그 역시 자신에게 따라붙는 농담을 알고 있다. 그리고 그는 제법 잘 지은 별명이라 생각했다. 약간의 웃음이 났다.

"……불길을 두려워하지 않고 폐하의 라르크에 영예로운 광명을 가져와 줄 미래입니다."

"……."

"그러니 청컨대 시작의 때를 온당하게 판단하셨듯이, 마칠 때를 잊지 않으시겠다 약조해 주십시오."

기실 그래, 한센의 그 말이 조금은 마음에 남았다. 조금보다 더 냉정하게 가슴에 배긴 것이다.

–폐하께서는 한 번도 스스로 종전하신 적이 없는 분인 걸 아십니까?

그 질문은 그 자체로 답이었다.

그녀는 삶을 전쟁이라 아무렇지도 않게 말하고 받아들이는 이라서, 도리어 이민족과 반생을 싸워 온 자의 검을 꺾었다. 그것이 그가 신하로 전락하고 그녀가 왕인 연유였다.

오연하게 턱을 든 채 그를 응시하던 스완의 입술이 얇은 호를 그렸다.

"따뜻한 말이구나. 하나 괜한 염려다. 나는 언제나 적시를 놓치지 않으니까."

자신만만한 목소리였다. 작게 웃은 벨바롯트는 무심코 스완의 머리를 헝클었다가, 손을 뗐다. 스완은 주제넘은 그의 손짓에 우스운 듯 눈을 올려 떴으나 특별히 불쾌함을 드러내지는 않았다.

"어쨌거나 이제는 네 차례야."

그는 답했다.

"미추로는 표현할 길 없는 여인입니다."

잠시 생각하던 스완이 조금 전보다 심각하게 미간을 찌푸리며 인상을 썼다.

"그거……. 듣고 나니 별로구나."

"누가 들으면 투기하시는 줄 알겠습니다."

"투기할지 모르니 내 눈에 띄지 않게 하는 것이 좋겠다."

농담 섞인 그녀의 한마디에 벨바롯트는 고개를 절레절레 저으며 다시 걸었다. 그러는 동안 그녀의 침실은 성큼 가까워졌다. 복도라는 또 하나의 길 끝에서, 이 평화로운 대화는 끝이 난다.

달칵. 벨바롯트는 침실의 문을 열었다. 나붓나붓 지나치는 그녀를 바라보던 벨바롯트의 표정이 굳어진 것은 거의 직후였다.

"폐, 폐하…… 각하. 인사드립니다."

몇 걸음 방 안으로 들어섰던 스완도 숄을 벗던 손길을 멈추고 침대를 보았다. 널찍한 침실 안쪽 침대에서 급히 내려와 서는 금발의 청년은 그 자신이 유령이기를 바라는 듯한 내색으로 움츠러들었다.

애석할 것도 없이, 벨바롯트는 저 청년이 누구인지 알고 있었다.

구불구불한 연한 금발과 짙은 고동색의 선한 눈을 지닌 젊고 잘생긴 저 청년은 토프카 가문의 파라스라는 자였다. 지난달 그의 승작식이 있은 후 그와 스완에게 인사를 올리러 왔던 그 어수룩한 청년을, 벨바롯트는 공교롭게도 기억했다.

스완 역시 이런 상황은 예상치 못한 고로, 힐끔 곁눈질하여 벨바롯트를 보았다.

아무리 암묵적으로 서로의 다른 연인을 눈감는 부부지간이라 할지라도, 이렇게 침실에 다른 청년이 앉아 있는 것을 보이는 일이란 유쾌한 일은 아니었다. 침실에 앉아 기다리는 정부(情夫)가 코앞에서 국서를 마주치는 이런 상황 말이다.

하나 이미 이리된 것 어찌할 바도 없는지라, 스완이 숄을 내려놓으며 평이하게 물었다.

"파라스, 어쩐 일로 이리 일찍 와 있느냐?"

"지난번에, 폐하께서 금일 놀이 지기 전에 들라 하시기에 미리……."

창밖이 놀로 물들고 있는 시간이었다. 스완은 새침을 떼듯 말했다.

"아직 놀은 지지 않았는데."

"그래서……."

"말을 너무 잘 듣는 것도 탈이구나."

"송구합니다. 제가, 무례하게."

볼 발간 청년의 눈이 발끝에 붙어 떨어질 줄 몰랐다.

무섭고 냉정하다 소문난 국서의 대로, 혹은 그와 흡사한 어떤 상황이라도 벌어질 것으로 예견하여 겁먹은 내색이 역력한 것으로도 모자라 조그마한 머리통에 굴러다닐 생각들이 요란하다.

고개를 돌린 스완이 작게 웃으며 물었다.

"민망하게 됐구나, 문제 삼을 것이냐?"

"결투라도 신청하여 저자를 내쳐야 하는 비운의 남편이 되어야 하는 상황인 것처럼 느껴지기는 합니다만."

"이런."

청년은 벌써 칼 맞은 표정으로 고개를 마구 흔들었다. 벨바롯트는 긴 한숨을 내쉬며 이마를 짚었다. 그러고는 청년을 노려보던 시선을 거두어 애써 차분하게 대답했다.

"그러기에는 신경 쓸 일이 아직 많습니다."

살며시 미소 지은 스완이 벨바롯트에게로 다가갔다. 그러곤 널찍하고 단단한 그의 어깨를 부드럽게 쥐고 손바닥으로 쓸어내렸다.

"나를 둔 너의 결투라니, 이 여인이 가슴 설렐 뻔했다."

"그럴 일 없으니 설레실 것도 없습니다."

"하면 어찌 그런 얼굴인데?"

"기가 막히니, 어떤 낯으로 이런 상황을 헤쳐야 할지 고민하는 표정이라고 해 두지요."

웃음을 삼킨 스완이 까치발을 들어 속삭였다.

"원치 않는다면 네가 나를 기쁘게 해 주면 될 것 아니니."

바로 귀 옆으로 끼얹어 오는 장난 같은 유혹에 벨바롯트는 살짝 고개를 틀었다. 그러곤 약간 짜증이 난 투로 중얼거렸다.

"폐하를 기쁘게 해 드리는 것보다 더 중한 일은 없겠지만, 그에 비견되는 중한 일이 많습니다."

"네게는 나만큼 중한 일투성이지. 하루도 빼놓지 않고 말이야."

"제가 중히 여기지 않는다면 오늘 밤 폐하께서 월로 자작과 알기네의 영주를 만나 시간을 보내셔야 할 텐데요."

"그럴 수야."

가볍게 그의 뺨에 입맞춤을 내려놓은 그녀가 벨바롯트의 어깨를 두드렸다.

"가 보렴."

벨바롯트는 돌아보지 않고 밖으로 나왔다. 적막한 복도가 그를 맞이했다. 걸어온 길 끝이 멀기도 하다. 문을 닫고, 몇 걸음 걷던 그는 잠시 쉬기를 택하였다.

천천히 숨을 고르고, 조금 답답한 듯한 목깃을 매만졌다. 목뒤가 당긴다. 등 뒤로 닫힌 문에서는 작은 목소리가 새어 나왔다. 등허리를 스쳐 가슴까지 파고드는 유쾌한 웃음소리였다.

"그렇게까지 발전이 없어서야."

웃음기 어린 나직한 목소리가 그의 신경을 끌었다. 조금 떨어진 복도 옆 의자에 앉아 있는 것은, 아까는 보지 못한 페이작이었다.

흰빛에 가까운 셔츠에 편안한 회색 하의를 입은 그는 아까보다 훨씬 말끔하게 정돈된 모습이었다. 대강 흐트러뜨린 채 돌아다니던 머리칼도 말끔히 쓸어 올려 훤한 이마가 드러났고, 그로 인해 파란 눈이 더욱 도드라졌다.

검 한 자루를 곁에 세워 둔 채 가죽 수통을 열어 무언가를 마시고 있었는데, 술이라 추측하는 것은 어렵지 않았다. 향이 짙었다.

"예서 뭘 하고 계십니까."

페이작은 그쪽을 보지 않고 들고 있던 가죽 수통을 내밀었다.

"오르헤가 누님의 방에 손님이 와 있다기에 기다릴까 하고 있었는데, 네가 나오는군. 겁 많은 토끼 같은 자와 인사는 잘 나누었나?"

가볍게 손을 저어 술을 고사한 벨바롯트가 한숨 섞인 목소리로 되물었다.

"전하께서는 이 상황이 재미있으십니까?"

"아주."

벨바롯트는 냉소를 머금고 페이작을 응시하다가, 곧 걸음을 내디뎠다.

"가 보겠습니다."

무결한 낯으로 지나치는 그의 뒤통수에 페이작이 경쾌한 조소를 보냈다.

“기뻐하라고. 법적으로 누님의 남편은 일생 너 하나니까. 지금 저기 기어 들어간 쓸모없는 녀석보다는 나은 형편이지.”

“전하께서 틀리셨습니다.”

“과연, 그럴까.”

단언컨대 왕자는 틀렸다.

그가 그녀로부터의 거리를 견지하고 순응하는 것은 한낱 사내의 알량한 자존심 때문이 아니었다.

그는 아내가 변을 겪고 있을 때 아무것도 할 수 없는 남편의 역할을 원치 않으며, 아내가 전쟁터에 나가 저보다 큰 상처를 입게 될 것을 용납할 수 없는 사내였다. 또한 그는 자신의 아내가 다른 사내와 어울리는 일을 용납할 수 없는 사람이었다.

가정에 충실한다는 것은 스완이라는 여자의 삶에서 있을 수 없는 일임을 알기에, 자연히 그녀의 남편이 되기를 택한 그의 삶에서도 있을 수 없는 환상임을 안다.

그렇기에 그는 그녀가 바란 수단으로 남는 가신의 삶에 자신을 놓아두고 싶을 뿐이었다.

벨바롯트는 돌아보지 않고 손을 저었다.

“사람 보는 눈을 조금 더 키우시는 게 좋겠습니다. 상관없으니.”

“아주 훌륭한 대답이로군.”

젊은 왕자의 치하야말로 가소로울 뿐이다. 상관없었고, 상관없으며, 앞으로도 그럴 것이다. 잿물로 덮을 것이다.

4장.
출정 보름 전

660년 그해의 일곱 번째 달은 비가 잦았다. 강의 범람은 헤룬 강 일대를 물의 나라인 듯 만들었고, 그 어느 날 북부의 갈리아우 산맥 일대에는 쌍무지개가 떠올랐다.

기이하고 놀라운 변화, 혹은 그것의 시작을 알린다는 쌍무지개는 길조나 흉조로도 여겨졌는데 후일 북부인들 중 일부는 그 쌍무지개를 '11년 전쟁의 시작'과 관련하여 해석하기도 했다. 남부 출신의 학자들은 쌍무지개를 단순한 자연의 현상이라 주장하여 북부 출신의 학자들과 많은 갈등을 빚었는데, 그 당시 11년 전쟁에서 살아남은 관계자가 이르기를, 그들은 쌍무지개 따위 뜬 줄도 모를 만큼 바빴노라 하였다. 머리 셋 달린 말이 태어나는 게 아니라면 그 당시의 고조되는 분위기를 막을 수 없었을 것이라고. 만에 하나 정말 그랬다면 그 전쟁은 일어나지 않았을까? 무패의 기사 페이작 돌레한 라르칼리아와 스완 세칼리드 라르칼리아는…… 중략.

-『북부전국시대(北部戰國時代), 말론초의 회고록』, 519p 중 발췌.

출정 보름 전

어느덧 시간은 흘러 가을이었다. 세상은 낙엽으로 물들었다. 비는 수일을 잇달았다. 이 계절은 건조한 편이나 한번 비가 내리면 몇 날 며칠 지겹도록 쏟아지는지라, 하늘 맑은 날의 귀중함을 깨닫기 좋다.

그러나 장대처럼 떨어지는 빗줄기도 고조되는 전쟁 준비의 긴장감을 근절할 수는 없었다. 그리고 닷새의 비가 그친 오늘, 뮈아드로 외곽 대훈련장.

빙 두른 방책 위 우뚝 솟은 목탑 위에서 긴 각적이 울렸다. 그를 시작으로 반대편 목탑에서도 뿔 나팔의 고동이 퍼져 나간다. 뿌우우우.

전시 준비는 막바지에 이르렀다. 군사들의 훈련도 마찬가지였다.

대훈련장은 한창 훈련이 이어지고 있었다. 검을 뽑아 들고 기다리던 병사들은 한 방향으로 내달린다. 반대편에서는 요란하게 징을 내리치는 소리가 울렸다. 귀를 찢을 듯한 소음에 머리가 어지러우나 그들은 일사불란하게 훈련에 임하였다…… 여야 했는데, 사실 지금 군사훈련장의 폐넌 기사들은 훈련에 대한 열기에 동승해 있다기보다는 내색 못한 마비 상태에 빠져 있었다.

"……다시 말해 보라."

햇살은 따사롭고, 이토록 날이 맑은데 하늘을 볼 용기가 있는 기사가 없다. 단언컨대 단 한 사람도. 지난 닷새 맑은 하늘을 그리워했던 자들조차 하늘 따위는 지금 알 바가 아니라는 것이 솔직한 심경이었다.

그들이 지금과 같은 처지에 빠진 이유는, 훈련장의 지도 기사 중 한 명이 오랜만에 외곽의 대훈련장을 찾아온 여왕 폐하의 면전에서 지나치게 솔직하였던 까닭이었다.

말주변이 없어 동기들의 놀림을 받곤 했던 지도 기사는 '그게, 사정이 있으시다 들었습니다.'라는 말로 그들의 여왕의 흥미를 일으켰고, 그 사정이 무어냐는 질문에는 '이틀째 숙취를 겪고 계신다.'는 주워 담을 수도 없는 진실을 고하였다.

왕자 전하이자 병영의 총괄 업무를 도맡고 있는 책임자 중 한 명인 페이작의 부재에 대한 설명으로 말이다.

"그러니까."

"예……."

"제 몸도 가누지 못할 만큼 술을 마셔 이틀이나 제 거처에 처박혀 있다는 말이냐?"

기사들은 이러지도 저러지도 못하고 서로의 눈치만 보았다.

스완은 정신없이 바쁘던 일정을 소화해 내고, 모처럼 왕궁 연병장이 아닌 대훈련장을 시찰하러 나온 참이었다. 어쩌다 보니 그녀의 바로 옆에 서 있게 된 한센과 군수장비를 담당하고 있는 칼브레도 그녀의 동행이다.

한센은 생글생글 미소 띤 얼굴이었으나, 그 속까지 미소는 아니었다.

'불벼락이겠군.'

그러나 이 모든 것이 페이작의 업보이려니 한다. 다만 잘못한 것도 없이 가시방석에 주저앉게 된 기사들이 약간은 측은하여 그 특유의 넉살로 어둔 공기를 걷어 내길 시도는 해 보았다.

"그 또한 사정이라면 사정이지요."

그 사정이 술병이라 이실직고한 마당에 어찌 수습도 안 될 변명이기는 하다.

효과는 전혀 없었다. 외려 한센의 상황까지 조금 더 나빠져 여왕의 노여움이 그에게로 향할 낌새를 보였다. '어쩔 수 없다.' 두 손 들어 물러서는 수밖에. 한센은 서글서글하게 웃으며 훈련장의 지휘부 기사에게 물었다.

"그래서, 전하께서는 어디서 주무시고 계시다고?"

문은 거침없이 열렸다.

"페이작 돌레한."

침대에 누워 책장을 넘기던 페이작은 손을 멈추었다. 그는 단추를 대충 풀어 헤친 셔츠에, 헐렁한 잠옷 바지 차림이었는데 옆자리에는 엉킨 이불과 따뜻한 김이 올라오는 잔이 하나 놓여 있었다.

피로한 표정으로 헤드에 기대어 있던 페이작은 책을 내려놓고 들이닥친 객을 향해 당혹한 시선을 보냈다.

"누님?"

스완은 누가 보더라도 대로한 낯이었다. 단숨에 그는 이게 무슨 상황인지 알아차렸다. 스완이 알리지도 않고 불시 시찰에 나온 것이다.

페이작은 뒤따라 들어오는 한센을 발견하고는 퍽 인상을 썼다. 한센이 서글서글하게 웃으며 어깨를 들먹였다. 그러곤 귀 옆으로 세운 양 검지로 하늘을 찌르는 시늉을 하여 '폐하께서 대로하셨다'는 수신호를 보냈다.

성큼성큼 안으로 들어선 스완은 페이작의 침대 맡에 섰다. 가히 표정 하나 없는 싸한 낯이었다. 그녀는 그가 곁에 내려놓은 달콤한 향이 나는 잔을 내려다보았다. 따뜻하게 덥힌 꿀술이었다. 그 꿀술을 본 즉 그녀의 자제력은 바닥났다.

술병이 나 훈련도 떠넘기고 드러누워 있다기에, 어찌 된 사정인가 보려 하였는데 또 술을 마시고 있는 것이다. 출정을 보름 남긴 시국이었다.

"이 뭐 하는 짓이냐?"

"아니, 누님. 갑자기 왜 기별도 없이."

그러나 페이작은 변명조차 주워섬기지 못했다. 스완이 가차 없이 그의 옆머리를 후려갈긴 것이다. 예상 못한 순간의 물리적 꾸짖음은 페이작을 조금 정신없게 했고, 직후 스완이 그의 멱을 잡아 침대 밑으로 내동댕이쳐 버린 것으로 완전히 그는 기회를 잃었다.

쿠당탕. 술잔은 쏟아지고, 향긋한 술 내음이 온 방 안을 진동했다.

한센은 못 본 체 고개를 돌리며 숨을 크게 들이켜 향을 음미했다. 상황이 이러지만 않았더라도 한잔 같이 나누자 하고 싶을 만큼 좋은 향이었다.

스완이 씹어 뱉었다.

"제정신이냐?"

미약한 신음을 삭인 페이작이 간신히 바닥을 짚고 앉아 숨을 크게 들이켰다.

"누님, 잠시만…… 아니, 이틀 후에 온다고 기별을 받았는데, 왜…… 오늘."

"이틀 후든 오늘이든 상관있느냐? 네가 똑바로 하고 있었다면 말이지."

"그게 아니라……."

"변명하지 마라. 못 이길 술을 들이부어 군사들을 내팽개치고서, 또 술을 마셔? 전장 한복판에서도 이 짓거리를 하다 목이 달아나고 싶어!"

얼얼한 옆얼굴을 매만진 페이작이 한숨 섞인 목소리로 말했다.

"……누님이 왜 화를 내는지는 알겠는데, 진정을 좀 해 주면 설명을."

"변명은 집어치워라, 누구냐?"

서늘히 눈을 내리뜬 스완이 칼처럼 물었다.

"이 시국에 너와 흥청망청 놀 정신이 남아 있었던 동석자가 누구냐 물었다. 너와 그자로 본을 보여야겠다."

힘겹게 고개를 저은 페이작이 무릎을 짚고 일어섰다.

"누님."

"페이작 돌레한, 내 말이 안 들……!"

그때, 문이 열리는 소리와 함께 들려온 '전하, 저 들어가겠습니다.' 하는 굵직한 사내의 목소리가 그녀의 고함을 가로막았다.

고개를 돌린 스완이 문 쪽을 보았다. 뒤이어 방에 들어온 자는 따뜻한 김이 모락모락 오르는 잔과, 넓적한 그릇을 올린 쟁반을 든 덩치 큰 자르데사였다.

"폐하?"

조심스레 쟁반을 들고 들어서던 자르데사는 휘둥그레 뜬 눈으로 껌뻑껌뻑 토끼처럼 눈을 껌뻑대다가, 그 커다란 동공을 흔들흔들하더니, 뒤늦게야 퍼뜩 정신을 차린 것처럼 쟁반을 내려놓고 예를 차려 올렸다.

"폐하, 오셨습니까?"

벽 근처에 붙어 서 있던 한센이 능청스럽게 웃으며 모자를 벗어 흔들어 주었다.

"나도 있습니다, 하이가 경."

"자르데사, 그대냐?"

스완의 매서운 목소리가 한센과 자르데사의 해후를 막았다.

"예?"

"그대가 제대로 상관을 보필하지 않고 이 꼴이 되도록 함께 어울렸느냐 물었다."

그녀의 추론은 타당한 근거가 있었다. 자르데사는 그녀의 근위대에서 페이작이 부득불 요구하여 빼내 간 제법 각별한 사이였다. 페이작과 작주를 나눌 만한 몇 없는 상대이기도 하였다.

'아차'한 자르데사는 혼란스런 표정으로 페이작을 쳐다보았다. '내가 이럴 줄 알았지.' 중얼거린 페이작은 약간은 내려놓은 듯도 보이는 낯으로 한숨을 섞어 말했다.

"그게 아니야, 누님. 저 녀석은 잘못 없다."

"두 번 물어야 하느냐?"

자르데사는 심상찮은 분위기를 읽어 내고 경악했다.

"아니, 폐하, 아닙니다. 그런 상황이 아니라 전하께서 아프셔서……."

"술을 그토록 부었으니 몸이 축이 나지 않고 배기느냐? 당장 행실 방만한 자들을 전부 잡아들……!"

"누님, 미안한데 조금만 진정해 주면 안 되겠나? 내가…… 지금,

이런 말을 해서 화를 돋우고 싶지는 않은데 골이 울려서."

뚝 말을 멈춘 스완은 기가 막힌다는 표정으로 페이작을 내려다보았다. 페이작은 쓰러질 듯 침대가로 돌아가 앉더니 구부정하게 허리를 숙이고 얼굴을 덮어 눌렀다.

"너 미쳤느냐?"

그러는 동안, 자르데사는 그 몸만큼이나 큰 눈만 측은하게 굴리며 낭패스러운 표정을 했다. 그러면서도 제 본연의 임무는 잊지 않고, 슬그머니 바닥에 내려놓은 쟁반을 탁자 위로 옮겨 올렸다.

"네가 정녕 미쳤구나."

페이작은 변명 한마디 없이 여왕의 노호한 꾸짖음을 듣고 있었다. 자르데사는 가슴이 천 갈래 찢기는 기분을 느끼며 손톱만 매만졌다.

'전하…….'

그리고 한센은 그 옆에서 흥미진진하게 구경 중이었다. 덩치 큰 자르데사가 미련하기 짝이 없는 곰처럼 살금살금 일어나 쟁반을 탁자 위에 올리고, 어쩔 줄 몰라 하며 손가락만 꼼지락대는 건 우스꽝스런 연극처럼 귀여웠다. 일단 여왕의 노호는 그와 무관한 일이기도 했고.

하여 자르데사를 사랑스런 눈빛으로 바라보다가, 홀연 그가 가져온 쟁반 위 따뜻한 김이 오르는 잔에 눈길이 닿았다.

'흠.'

향기가 몹시 좋았다. 한센은 탁자 쪽으로 걸어가 자르데사의 어깨를 다독이듯 두드린 후, 쟁반 위 그릇과 잔을 목을 빼고 구경했다.

잔 안에는 갓 덥힌 술에 담긴 말린 대추를 잘게 썬 조각들이 떠 있었는데, 향으로 미루건대 꿀을 진하게 탄 미드였다. 조금 전 스완이 페이작을 후려치며 쏟아져 버린 그것과 아마도 같은 종류일 듯했다.

그 옆에는 멀건 수프가 담겨 있었다.

'왜 이런 걸.'

한센과 눈을 마주한 자르데사가 울적한 표정으로 머리를 두 번 흔들었다. 이렇게 말하기는 뭣하지만, 워낙 자르데사의 인상이 그렇다 보니 신경장애가 온 사람처럼 보였다.

한센도 똑같이 고개를 살짝 끄덕여 주었다. 그러고는 싱긋 웃으며 잔을 들어 향기를 맡은 한센은 슬쩍 맛을 보았다. 이런 계절에도 미드를 굳이 덥혀 마실 이유는 모르겠지만 역시나 맛은 끝내주게 좋았다. 그가 술을 홀짝대기 시작하자 자르데사가 눈을 부라리며 책망의 시선을 보냈다.

한센은 능청스럽게 어깨를 으쓱였다.

이 술 때문에 저기 폐하와 왕자 사이에는 사달 비슷한 것이 일어났지만, 스완은 지금 그에게 별 관심도 주지 않을 것이다. 변명 한마디 못하고 그 노여움을 다 받고 있는 왕자에게 화내느라 바쁘시니.

'혼이 날 만하지.'

출정을 보름 앞두고 저토록 해이해져 술독에 빠졌다니, 군의 기강과 사기에 유독 신경을 쓰고 있는 스완이 노할 만했다.

그리 홀짝거리며 앞으로 한동안 술은 입에도 대지 못하게 되실 왕자가 창백한 얼굴로 혼이 나는 것을 지켜보는 기분이 나쁘지는 않다. 그는 페이작을 그리 싫어하는 건 아니다. 남 일이라 재미있을 뿐.

그러던 문득 입 안을 굴러다니는 대추를 씹던 한센이 살짝 고개를 갸우뚱했다. 어릴 때 이불 속에서 유모가 가져다주었던 추억의 그 맛…….

한센이 자르데사를 돌아보았다.

'……혹시?'

그런 눈빛을 보내자 자르데사가 크게 고개를 주억거렸다.

'예.'

'그런 겁니까?'

정말 대화가 되고는 있는 건가? 어쨌거나 한센은 갑자기 껄끄러워지는 기분을 느끼고 잔을 내려놓았다. 그리고 묽은 수프에 한 번 더 눈길을 보냈다.

'아하.'

만에 하나 그런 거라면 저 왕자도 참 왕자다 싶었다.

"네게 책임이 막중한 것을 알면서 지금 뭐라고? 이따위로 하라고 너를 믿고 맡긴 줄 아느냐?"

페이작은 조용히 고개만 떨구고 있었다. 그것이 스완의 분에 부채질을 하는 모습처럼 비쳤으나, 적극적인 변명을 할 기운조차 없어 보였다. 살얼음도 이보다는 안전하겠다. 그리 마냥 농담 같은 생각을 하며 한센이 스완과 페이작의 사이로 슬며시 끼어들었다.

"페이작, 네가……!"

"폐하, 외람되지만 잠깐 괜찮을까요?"

머리끝까지 노해 있던 스완이 한센을 똑바로 노려보았다. 솔직히, 한센은 무서웠다. 하지만 확인하고 싶은 것이 있었던지라, 스완의 비난이 거세지기 전 재빠르게 몸을 돌려 페이작에게 집중했다. 한센의 녹안이 흥미로운 시선으로 페이작을 유심히 들여다보았다.

"흐음."

힘없이 인상을 쓴 페이작이 손을 저었다.

"비켜."

"아니."

스완이 인상을 쓰며 그런 한센의 뒤통수를 노려보았다. 한센은 뒷머리에 구멍이 나는 것 같다 생각하며 낮게 웃었다. 서글서글한 미소를 머금은 한센이 페이작에게 손을 뻗었다.

"전하, 손 한번 대 봐도 되겠습니까?"

"한센, 너와 장난 칠 기분 아니니까 물러나 있어."

페이작은 신경질적으로 한센의 손을 쳐 냈다. 그러나 그 손짓에는 맥이 없었고, 한센은 기꺼이 무시하며 찰싹, 하고 페이작의 이마에 그의 손바닥을 돌격시켰다. 감정이 실리기라도 한 것처럼 제법 세서, 페이작은 황당한 표정으로 한센을 노려보았다.

곧 가볍게 손을 털고 일어난 한센이 과장된 몸짓으로 고개를 조아리며 말했다.

"폐하, 고열과 오한이 있으시니 숙취가 아니라 몸살인 것 같다는 것이 의원은 아니지만 의원보다 더 확신을 가진 저의 소견입니다."

그리고 한마디 덧붙였다. '술 때문에 몸살이 나셨을 가능성은, 모르겠군요.'

스완의 눈살이 찌푸려졌다.

"무슨 소리를 하는 거냐?"

이어 조금 누그러진 분위기를 놓치지 않고, 자르데사가 우물쭈물 말했다.

"예, 저, 폐하, 전하께서는 지금 숙취가 아니라……."

자르데사를 향해 미끄러졌던 벽안이 이내 바닥을 구르는 술잔에 향했다.

분명한 술이었다. 하나 그 안에 담긴 잘게 잘린 대추며 건과일 조각은 단순 음주 취향에 따른 기호가 아니었다. 적어도 페이작에게는 어울리지 않는 것이다.

한참의 침묵 끝에 스완이 물었다.

"몸살이라고?"

목소리는 한층 가라앉아 있었다. 자르데사는 페이작과 스완을 번갈아 바라보다가 재빠르게 이실직고했다.

"지난 우천에 병사 훈련을 강행하시면서 비를 맞으신 것이……."

사정은 그렇게 된 것이다.

이곳 대훈련장에서의 군사 훈련은 매우 중요하게 여겨졌다. 전략과 전술을 대비하는 마지막 과정이기 때문이다.

그리하여 일주일쯤 전, 이곳으로 온 페이작은 밤낮없이 움직였다. 그런데 본격적인 훈련이 시작되고 얼마 지나지 않아서부터 비가 억수처럼 쏟아지기 시작한 것이다. 비가 내리기 시작한 첫날은 어쩔 수 없다 여겨 훈련을 취소하였다. 하지만 이튿날에도 비가 그치지 않자, 페이작은 다른 의견을 냈다.

출정일이 목하 가까워지는 시기이고, 전시에 날씨가 그들을 따라주지 않을 가능성도 있으니 훈련을 재개하는 것이 어떻겠느냐는 의견이었다.

기사들은 무리한 훈련이 오히려 출정에 도움이 되지 않을 것이라며 막았으나, 페이작은 언제까지 놀고만 있을 것이냐 주장하여 그들을 꺾었다. 일부 기사들 역시 페이작에게 동조하였으므로 훈련은 재개되었다.

한데 그렇게 이틀간 우천 훈련을 강행한 후 정작 페이작 당사자가 몸살을 앓게 된 것이다.

출정을 코앞에 두고 앓아누운 지휘부라는 인상을 줄 수도 없는 노릇에, 훈련을 주장했던 것이 그 자신이었던지라, 페이작은 초기 상태를 무시했다. 본디 크게 앓는 일 없으니 별것 아니라 생각하고 만 것이다.

그랬는데 발등을 찍혀 버렸다. 그의 몸살은 반나절 만에 엄청난

고열을 동반하여 완전히 그의 상태를 바닥으로 처박아 버렸다. 거의 아무것도 할 수 없는 지경까지 와 버린 것이다. 꾸역꾸역 참고 무시하는 그의 이상 상태를 우연히 자르데사가 알아차리지 못했다면, 아마 그는 훈련장 한복판에서 졸도하고 말았을 것이다.

내색 없이 반나절의 훈련을 마치고 돌아온 자르데사는 페이작의 고열에 군의관을 부르겠노라 했으나, 페이작이 맹렬히 거부했다.

자초한 결과에 체면 구기는 것도 문제지만, 본시 그는 아픈 것을 나약함과 동일하다 여기는 사람이었다. 부상당한 것도 아닌데 꼴사납게 앓아누워 의원을 부른다는 것 자체에 심한 거부감을 드러내며 고집을 부렸다. 이튿날 새벽 훈련이 예정된 상황에서 페이작이 그리 버티자, 자르데사는 그러면 차라리 몸이 아픈 것이 아니라 술을 과하게 마셨다 말하자 꾀를 냈다.

고작 이틀 비를 맞고 앓아누운 것보다는, 사내답게 술을 마시고 쉰다는 것이 조금 더 나아 보이지 않겠냐는 지극히 단순 멍청한 해결책이었다.

페이작은 허튼소리라며 축객하였으나, 결국 이튿날 새벽에는 손가락 하나 까딱하지 못할 만큼 치솟은 열과 근육 경련에 숙소 밖으로 나오지도 못하게 되었고, 그 틈을 탄 자르데사가 페이작의 부재에 대해 기사들에게 술병이라고 소리를 치고 다녔다. 그 나름대로 매우 열심히.

그리하여 지금 이 사달이 나 버린 것이다.

한센은 미친 듯이 웃고 싶은 표정으로 입을 틀어막았고, 스완은 할 말을 잃은 표정으로 자르데사를 보았다.

"헛소문을 퍼뜨리고 다녀?"

"송구합니다…… 아무래도 전하께서 병약하게 앓아누워 사경을 헤매고 계신다는 얘기가 도는 것보다는, 그편이 조금 더 군사들을 납득시키기에 나아 보여서…….”
페이작이 갈라진 목소리로 중얼거렸다.
“사경? 과장하는 병이라도 걸렸냐고. 그 정도는 아니었어.”
“아니긴 뭐가 아닙니까. 꼼짝도 못하시고, 저를 알아보지도 못하셨잖습니까.”
“앉아서 쉬고 있던…… 아니, 됐다. 누님, 흘려들어라. 그 정도로 허약한 건 아니야.”
소매를 걷은 스완이 그에게 다가가 얼굴을 만지려 하자 페이작은 불편한 듯 몸을 젖혔다. 그러나 스완이 서늘히 눈을 부릅뜨자 이내 어깨에 힘을 풀고 이마를 맡겼다.
얼굴이 뜨겁다 못해 델 것 같았다. 가물가물 감겼다 뜨이는 페이작의 얼굴을 응시하던 스완이 딱딱하게 명령했다.
“군의관을 데려와.”
“……거의 멀쩡해. 그럴 것 없어.”
“입 다물어.”
페이작은 원망스러운 눈빛으로 스완을 보았다. 그러나 스완은 그 시선을 거들떠보지도 않고 명령했다.
“누워.”
그 큰 몸으로 날다람쥐처럼 달려 나가는 자르데사의 쿵쾅거리는 발소리가 멀어지는 것을 들은 페이작은 결국 저항 대신 이불 위로 몸을 뉘었다. 솔직히 지금도 죽을 맛이었다. 느닷없이 나타난 스완에게 전에 없던 꾸지람까지 듣고 나니 가뜩이나 어지럽던 머리는 더 난장판이 되었고, 이리 허약한 저 자신에게 화까지 치밀었다. 몇 년 만에 이리 앓는지라 적응도 되지 않았다.

한센도 쫓겨났다.

"한센, 칼브레 경과 네가 먼저 훈련장 감사를 진행하고 보고해 올려라."

한센은 페이작과 눈이 마주치자 빙긋 웃은 후 공손한 인사와 함께 돌아갔다.

"명 받들겠습니다."

스완은 조용한 몸짓으로 페이작의 옆자리에 앉았다. 이루 말하기 복잡한 표정이었다. 불같던 노여움은 씻긴 듯 사라지고, 그녀도 내심은 당혹한 듯했다.

페이작은 비스듬히 고개를 틀어 그녀를 올려다보며 비뚜름하게 웃었다.

"내 잘못이 맞다."

"……."

"몸 관리를 못했고, 소임도 떠넘겼고, 술도 마셨으니 누님이 화낼 만하다. 신경 쓰지 마."

측은한 시선으로 그를 내려다보던 스완이 미간을 좁혔다.

"왜 아무 말도 않고."

"변명하지 말라고 소리치는 누님 앞에서 무슨 말을 하라고? 말할 기회가 보이지 않던데. 누님은 한번 화내기 시작하면……."

그 점에 있어서는 스완도 뭐라 할 말이 없었다. 예민한 시기나 심사가 좋지 못할 때 성정에 불이 붙으면 그녀는 말도 못하게 대로하곤 했다.

살며시 입술을 당겨 문 스완이 페이작의 오른뺨과 그 귀 옆머리를 쓸었다. 그녀가 대뜸 후려친 곳이었다. 몹시 뜨거웠다. 몸이 괴로운 듯 약간 뒤척이던 페이작이 그녀의 손을 밀어냈다.

"……칼 맞은 것도 아닌데 그래. 됐으니 가 봐. 나 때문에 누님 신경 쓰는 것도 불편하니까. 잘하지도 못하는 사과 같은 건 하지 말고."

"아둔한 것."

"그건 낫군."

"영리한 것 같다가도 이리 멍청해서는……."

스완의 목소리에는 쓴 안타까움이 묻어났다.

본디 뷔아드로에는 라르칼리아의 이름을 지닌 이들이 많았으나, 그중에서도 페이작은 기구한 편이었다. 궁에서 태어난 것이 아니라 하여 그 어미는 지위조차 없었다. 그 어미의 얼굴을 아는 이도 손에 꼽았다. 그것이 페이작이 다소 늦은 나이에 궁에 들어, 온갖 괄시를 받아 온 연유였다.

스완이 기억하기로는 그 어미가 죽자 조모 되는 자가 페이작을 왕궁에 일러 데려가도록 하게 한 것이었다.

뒷배 하나 없이 전쟁터 같은 왕궁에 들었으니 기댈 곳 있을 리 없었다. 그러한 연유에서인지 자연히 페이작은 아픔에 무뎠다. 감추는 것이 습관이었다.

"내가 과민했다. 말처럼 이런 사국에 제대로 몸 관리를 하지 못한 것은 여지없이 실망스러운 일이다만."

"다음번엔 이런 일 없어. 이번에는…… 내가 뭐라고 하는 건지도 모르겠군. 머리가 안 돌아가. 성가시니 누님도 가서 일 봐라. 내일부터는 멀쩡하게 돌아다니면서 누님의 군사들을 위해 헌신할 테니까."

"시건방은."

"여자들은 그게 내 매력이라던데."

피식 웃은 스완이 고개를 저었다.

"네가 어울리는 여자들이라 해 봐야 거기서 거기이니 뉘인지 묻지 않아도 알겠구나."

"안다면 불러와 주든가. 기왕 간병을 받는다면 누님이 아니라 손길 다정한 여자였으면 좋겠군."

"허튼소리는 그쯤하고, 잠시 있다 갈 테니, 쉬거라."

보일 듯 말 듯 미소 짓던 페이작은 이내 가물거리는 눈꺼풀을 닫았다. 이리저리 엉킨 붉은 머리칼 아래, 무겁게 내려앉은 눈꺼풀과 긴 속눈썹, 그리고 곧고 강인한 콧대와 마른 입술이 열띤 숨을 뱉어낸다.

"아둔해 빠져서."

스완이 중얼거렸다. 하나뿐인 아우가 아프다 하니, 이래저래 마음이 쓰이는 것은 도리가 없다.

페이작이 눈을 뜬 것은 해가 다 저문 저녁이었다. 갈라진 커튼 틈으로 스며드는 빛이 불그스름하였다. 가는 빛 속을 춤추는 건 헤매이는 먼지뿐. 숨소리를 제외하면 소리조차 없었다.

페이작은 바로 옆 테이블에 앉아 있는 스완을 발견하고는 잠긴 목소리로 물었다.

"……잠시라더니, 아직 여기 있어."

몇 장의 서류를 펼쳐 놓고 훑던 스완이 고개를 돌려 그를 보더니, 자리에서 일어나 물잔을 건네었다. 페이작은 찬찬히 이불을 짚고 일어나 헤드에 몸을 기댄 채 그녀가 건넨 물잔을 받아 목을 축였다.

"진짜 누님의 간병이라니, 영광이라 여겨야 할지, 놀랍다 해야 할지 모르겠군."

"놀라울 건 무어라고."

"누님은 못하는 게 없는 사람인 건 알지만, 간병은, 아니지 않나?"

"살 만한 모양이구나."

핀잔을 둔 스완이 그의 이마에 손을 가져다 댔다.

열은 제법 떨어져 있었고, 페이작은 실제로 훨씬 나아진 상태였다. 다시 천천히 침대에 몸 누인 페이작이 작게 웃으며 베개에 턱을 괴었다.

"기분 좋은데."

"뭐가 말이냐?"

"누님한테 한 대 맞은 보상으로 눈 뜨자마자 누님의 얼굴을 보는 게."

스완은 코웃음을 흘리며 그런 페이작의 이마를 살짝 튕겼다. 반사적으로 고개를 틀었던 페이작이 다시 그녀 쪽을 보며 말했다.

"어쨌거나 괜찮아졌으니 가 봐. 내가 종일 누님을 방해한 것 같잖나."

"내일 아침 동이 트면 시찰을 마무리하고 궁으로 돌아갈 생각이니 더는 말 마라."

"계속 있으려고?"

"저녁에는 트라이언 경과 오클레인 백이 올 거다. 그들과 회의가 있어. 너는 빠져 있고."

페이작이 살짝 인상을 찡그렸다.

"오클레인의 아들이 와서 내 군사들 들쑤시고 다니는 거 별로야."

"정신을 못 차리는 걸 보니 내 귀여운 아우께서는 조금 더 쉬어야겠구나."

"내 나이를 생각하라고. 아무리 누님이라지만 이렇게 어린애 취급을 하면……."

낮게 웃은 페이작이 스완의 손목을 쭉 당겼다. 그러곤 그녀의 손톱이 잘 손질된 손과 그의 커다란 손바닥을 맞춰 보았다. 스완의 손은 그에겐 서늘했고, 기분 좋은 감촉이었다.

그는 그녀의 손보다 손가락 한 마디 반은 더 커 버린 제 손을 빤히 보았다.

“이거 봐, 누님이 훨씬 작아졌잖아?”

“행실이 어리니 어린애지.”

“죽을 만큼 앓은 것도 아닌데, 뭘…….”

손을 빼낸 스완이 물었다.

“허기가 지지는 않고?”

“입맛이 없어서. 지금은 이러고 있고 싶네.”

가만히 그의 옆자리에 올라와 모로 몸을 누인 스완이 빤히 페이작을 바라보았다. 페이작은 힐끔 눈을 미끄러뜨려 그녀를 곁눈으로 보았다.

스완은 뺨을 괸 채 중얼거렸다.

“뉘를 닮아 이리 멍청할까.”

“그만해. 진짜 내가 멍청해지는 것 같으니까.”

“사실이지. 식사도 제대로 않고 엉망으로 생활하니 몸이 이리 축나서. 이래서야 네게 내 등을 맡길 수 있겠느냐?”

“헌신의 대가가 모멸이군. 몇 년 만에 앓는 건데 그런 말을 하나. 망령이 들어도 누님은 내가 지켜.”

“벌써 망령 든 소리를 하는 걸 보니 틀린 것 같구나. 나는 알아서 지킬 테니 배 속부터 채우고 일어나기나 해.”

낮게 웃은 페이작이 잔기침을 뱉어 냈다. 열이 좀 떨어지니 이제 기침인가, 약간 짜증이 났다. 스완이 그런 그의 이마를 가볍게 쓸어 주었다.

페이작이 고개를 피했다.

"땀 났잖아."

"그래서?"

"옮는 몸살이면 어떻게 하려고."

"왜 아니겠니. 네 이마에 주전자를 올려놓으면 날이 새도록 따뜻한 미드를 마실 수도 있을 지경이었는데."

낮게 웃은 페이작이 장난기를 담아 대꾸했다.

"해 볼까? 이미 늦었나?"

스완은 어이가 없다는 듯 웃었다. 그리고는 땀이 흥건한 그의 이마를 아무렇지도 않게 쓸어 넘겼다. 페이작은 더 거부하는 대신 그녀의 시원한 손을 느끼다가, 다소 마른 목소리로 말했다.

"나쁘지는 않네. 예전 생각도 나고……."

"네가 열한 살일 때 팔이 부러지고도 대책 없이 버티다 부왕께서 크게 화를 내신 것 말이지. 나도 그런 기억은 나는구나."

페이작이 설핏 웃었다.

"아, 기억나지. 기억나. 크란이 내 팔을 부러뜨렸었지. 그깟 놈에게 팔이 부러졌다는 게 너무 화가 나서."

"그렇다고 부러진 걸 부러지지 않은 체하는 게 말이 된다고 생각해."

"그때는 어렸잖나. 지금은 아니고."

오래전 일이었다. 손위 형제 중 유달리 그에게 악독하게 굴었던 크란은, 그와 쌍둥이였던 알티오조차 이해할 수 없을 만큼 페이작을 싫어했다.

어느 날, 혼자 연병장에 나서 검을 연습하고 있었는데, 그때부터 또래보다 몸놀림이 뛰어나다는 것을 안 기사들이 그를 칭찬하는 것이 아니꼬웠던 모양이었다. 크란은 사고인 척 페이작에게 목검을 휘둘렀고, 느닷없는 공격에 화가 나 그와 몸싸움을 하게 되었던 페이작은 연병장 한편에 비치되어 있던 대리석에 팔을 부딪쳐 부러지고 말았다.

곧장 의원에게 달려갔어야 했는데, 어린 자존심에 너무 화가 나서 일주일을 내리 팔이 부러진 채로 입을 닫고 살았다. 그를 가장 먼저 알아차린 것은 스완이었다.

–어찌 된 일이야.

페이작은 고집스럽게 아무 대답도 하지 않았는데, 스완은 신기할 정도로 곧장 사정의 전말까지 알아차렸다.

–또 그 녀석이 몹쓸 장난을 했구나.

그 후 페이작이 겪은 일에 대해 알게 된 것은 부왕이었다.

부왕은 크란에게 불같이 화를 내며 두 달에 가까운 금족령과 백여 장의 반성문을 써 왕자궁 앞에 붙이라는 굴욕적인 벌을 내렸고 크란은 분해 죽으려 했다. 페이작은 자신에게 깊은 관심을 갖지 않았던 부왕이 자신을 위해 다른 자식에게 화를 냈다는 것을 상당히 의아하게 생각했지만 크란이 엿 먹는 것만으로도 흡족했다.

그리고 얼마쯤 지난 후 짐작하게 되었다. 부왕이 그리 화를 내게 만든 것이 다름 아닌 스완이었다. 후일 그녀에게 물었을 때 그녀는 모르쇠 하였으나 스완이 부왕과 소통하는 방식과 어떤 식으로 다른 형제들을 바라보는지 지켜보며 자연스럽게 이해한 것이다.

"누님이 고자질쟁이라는 걸 그때 알았지."

"무슨 소리를 하는지 모르겠구나."

"나는 알겠는데. 내가 누님보다 똑똑한 모양이군."

스완이 목 안으로 웃으며 그쪽으로 허리를 기울였다. 그리고 아직 미열이 남은 이마에 부드럽게 입술을 맞추었다.

"누가 더 똑똑한지는 보자."

페이작의 입가엔 저절로 미소가 번졌다.

그는 스완이 비정한 사람이라는 것을 그 누구보다 잘 알았다. 하지만 그것은 당연히 해야 할 일들을 해내는 데에 따르는 부수적인 피해였고, 도리어 비정함은 갖추어야 할 소양이었다.

때문에 페이작은 그런 스완이 저에게 이토록 너그럽고 자비로운 누님처럼 굴어 줄 때면 세상에서 가장 행복한 사람이 된 것 같았다.

"애 취급은 그만하라고 몇 번을 말하는지."

"그러면 어른이 되든가."

코앞에서 마주 보게 된 파란 눈을 웃음기 어린 눈으로 올려다보았다.

누이라 하는 말이 아니라, 객관적으로 스완은 아름다운 여자다. 그러니 온갖 사내들이 그녀만 봤다 하면 봄눈처럼 녹아 흐물대며 그녀의 애정 한번 얻어 보겠다 제 몸을 불사르는 것일 터였다.

그리고 페이작은 외적인 특성마저 그녀를 닮았다. 끌려오듯 왕궁에 들었을 때만 해도 '빌어먹을 돌로메트 3세를 닮은 낯짝'이라 그토록 환멸을 느꼈던 것 같은데, 이젠 그 기억마저 희미했다.

"내가 열세 살 때 브록키의 숲에서 사냥하다 다친 누님을 업고 돌아온 거 기억 안 나나?"

"그랬던 적이 있는 듯도 하고…… 없는 듯도 하고."

"이거 억울한데."

"나는 지금 네가 열여섯일 때 앓아누웠던 게 생각이 나."

페이작의 눈썹이 슬쩍 들렸다. 스완이 무슨 말을 꺼내려는 것인지 단숨에 이해해 버린 까닭이다.

"그 얘기를 굳이."

작게 웃은 스완이 페이작의 뺨을 부드럽게 쓸었다. 그러곤 속삭이듯 물었다.

"두려운 것이냐?"

"창피한 얘기 하지 마. 더 열이 날 것 같다고."

"답해 봐라."

열여섯일 적, 페이작은 처음으로 숨이 넘어갈 듯 앓았다. 티 내지 않고 참는다거나 하는 것 자체가 아예 불가능할 정도로 앓았다. 벨바롯트가 그녀에게 찾아와 청혼하고 난 지 얼마 지나지 않아서였는데, 그때의 페이작은 스스로를 가누지 못할 만큼 겁에 질렸다.

–누님이, 혼인을 하겠다고.

스완이 혼인을 한다는 것이 그에게는 커다란 충격이었다. 본디 그녀에게 혼담이 드는 일은 많았으나 언제나 스완이 거절해 왔기 때문이다. 대체로 거절은 돌로메트 3세를 통한 우회적인 방식이라 거절당한 이들은 제가 스완에게 거절당했다는 것도 알지 못했다.

한데 어느 날 갑자기 튀어나온 로크란드의 변경백이 고작 꽃 한 송이를 가지고 와 혼인을 청했고, 그녀는 승낙했다.

–그래, 로크란드의 늑대.

–벨바롯트 파사드 브류나크?

–그자지.

–왜?

–내가 그자와 혼인하고 싶으니까.

이리 말하기 민망하지만, 그 시절 페이작은 자신이 스완을 완전히 잃어버릴 것이라 생각했다. 그녀가 원한다니 막을 수도 없는 상황에서, 내버려진 것 같은 두려움에 정신이 나간 채로 앓았다. 아주 가관이었을 것이다.

뒤늦게 그의 소식을 들은 스완이 그의 상태를 보고 의원들에게 노발대발했을 정도였으니, 뭐.

우스운 건, 저 아픈 걸 보고 의원들을 족치는 그녀의 모습에 금세 낫기 시작했다는 것이다. 신기하리만치 그의 속내를 잘 엿보는 스완은 이내 그가 벨바롯트와 그녀의 혼인에 극도로 예민한 반응을 보인다는 걸 알아차렸다. 두려움이 그를 앓게 만들었다는 것도.

–아우께서는 귀엽기도 하지. 혼인 그깟 것이 뭐 대수라고.

스완은 그를 낫게 해 줄 수 있는 가장 훌륭한 명약을 처방했다.

–내가 벨바롯트 파사드 브류나크와 혼인하게 되고, 그가 국서가 된다 해도 달라질 것 없다. 너는 내 일부나 다름이 없어. 생각해 보렴. 사람이 어찌 팔다리를 떼고 다닐 수가 있겠니.

씻은 듯 나았다. 스스로가 생각해도 몸뚱이가 미쳐 버렸나 싶을 만큼 싹 나았다. 혹여 스완이 꾀병을 부린 게 아니냐 할까 봐 더 며칠 앓는 척을 해야 할지 고민으로 밤을 지새웠더랬다.

그때에도 앓는 일 없는 건강한 그를 앓게 했던 것이 두려움이었으니, 스완은 지금도 무언가를 두려워하여 앓는 것이냐 묻는 것이다.

페이작은 그녀가 묻고 싶은 '무언가'가 무언지도 오간 말 없이 이해했다. 물끄러미 스완을 응시하던 페이작의 입술이 옅은 호를 그렸다.

"……그래서 누님께서 친히 간병을 해 주는 거였나. 이제야 알겠네."

"아우를 돌보는 것이 누이의 몫이라더라. 꾸짖지 않을 테니 기탄없이 말해 봐."

"두렵냐고?"

스완의 손을 잡아 그 손등에 입술을 누른 페이작의 한결 가라앉은 목소리가 느릿느릿 속삭였다.

"누님, 차라리 내가 술에 취해 군령을 어기고 엉망진창인 꼴이 되었다고 해."

윗몸만 살짝 모로 돌려 일으킨 페이작이 속삭임을 되돌려 주었다.

"그러면 나도 묻지. 누님은 두려운가?"

두 쌍의 푸른 눈이 서로를 바라보았다. 같은 생각, 같은 기분이라는 것은 말하지 않아도 알 수 있는 것이다.

"누님이 두려워하지 않는데, 내가 무엇을 두려워하지?"

페이작의 커다란 손이 그녀의 손을 꽉 쥐어, 스스로의 가슴께에 가져다 댔다.

"만져 봐."

널찍하고 탄탄한, 약간의 열기가 남은 가슴 위로 그녀의 손이 닿았다. 두근, 두근, 뛰는 심장이 그녀에게 고스란히 전해졌다. 스완은 가만 그 박동을 즐기듯 손끝으로 부드럽게 쓸며 문질렀다.

페이작이 더할 나위 없이 즐거운 듯 웃었다.

"나는 기대돼. 내가 누님에게 아무 도움도 못 되는 시절부터 지금까지의 그 수년, 이제는 나도 뭔가를 할 수 있을 만큼 컸다. 누님이 갈망해 온 시작에 함께할 수가 있다고. 보름도 너무 길어. 당장 내일이라도 뛰쳐나가고 싶다. 누님이 해내는 걸 바로 옆에서 보게 되겠지. 나는, 벅차. 기대가 되어서 이렇게 흥분된다는 말이지."

갸륵하단 듯 미소 지은 스완의 손이 느릿느릿 그 가슴께를 쓸었다. 그녀의 손을 밀어내며 몸을 옆으로 돌린 페이작이 그녀를 바르게 밀어 눕혔다.

"누님."

그는 스완의 위에 엎드려 올라탄 것 같은 모습이 되었다. 의도했다기보다는 자연스러운 것이라, 스완은 말없이 페이작을 올려다보았다.

그는 하염없이 경애하는 눈으로 그녀를 응망했다.

"만에 하나 군이 내게서 두려움에 대한 얘기를 듣고 싶다면, 내가 두려워하는 게 하나 있다면……, 하나 있겠군."

아직 목을 가누기가 조금 힘든 듯, 살짝 고개를 떨어뜨린 페이작이 웃음기 어린 목소리로 속삭였다.

"……누님이 위대한 통합을 이룬 후에는, 무얼 위해 달려야 하지? 나는 그때도 누님에게 필요한 존재가 될 수 있나?"

"……."

"누님은 먼 곳을 보고, 먼 곳까지 달려갈 텐데. 그때도 내가 필요해야 할 텐데……, 하는 그런 두려움은 인정할 수 있다."

뜨거운 숨결이 뺨과 귓불 위로 흘러내렸다. 밭은 듯한 호흡을 죽인 페이작의 눈빛은 온화하게 빛났다.

비스듬히 고개를 돌린 스완은 바로 코앞에서 페이작의 애정 어린 푸른 눈동자를 마주 보았다. 두 쌍의 벽안은 마치 하나인 듯 허공에서 어울렸다.

신뢰와 믿음으로 그저 평화로운 시간. 그러나 평소보다 어딘지 마르고 간지러우며 미묘하였다. 페이작은 가슴께의 간지러움을 느끼며 마른 입술을 살짝 핥았다. 스완은 그런 그의 입술을 지그시 내려다보다가 무슨 생각을 한 것인지 잔웃음을 흘렸다.

"왜."

페이작이 잠긴 목소리로 물었다.

스완은 아무 말도 하지 않았다.

똑똑똑. 노크 소리에 이어 힘이 들어간 목소리가 문 너머에서 울려왔다.

"폐하, 오클레인 백이 곧 당도하신다 합니다."

스완은 그에게도 대답하지 않았다.

"폐하?"

미동없이 페이작을 올려다볼 뿐이었다. 페이작의 입술이 서서히 다물렸다.

세 번째로 '똑똑똑' 노크 소리가 울렸을 때에야, 그녀는 물가의 물고기가 미끄러지듯 자연스럽게 침대 아래로 내려와 섰다.

페이작의 눈은 자석 붙은 듯 그녀를 따라 움직였다. 묘한 기류가 있었음을 그가 눈치채지 못할 리 없으니 스완도 마찬가지였을 것이다. 가슴이 쿵쿵거렸다. 페이작은 못내 이런 낯선 기분이 당황스러웠다.

페이작이 조금 잠긴 목소리로 말했다.

"……방금."

"페이작."

문 앞에 멈춘 스완이 뒤돌았다. 특유의 너그러운, 그러면서도 얕보는 듯한 고매한 실소가 입매 그득 걸려 있었다.

"장성했구나, 아우가."

문을 연 그녀는 보고병의 인사를 받으며 유유히 밖으로 나갔다. 다시 문이 닫혔다.

페이작은 한참 미동 없이 닫힌 문만 보았다. 그러다가, 웃음을 터뜨렸다.

가슴이 전력 질주라도 한 것처럼 미친 듯이 뛴다. 그는 침대 위로 쓰러져 누웠다. 그러곤 입술을 당겨 물고, 씹다가, 다시 웃었다. 언제 아팠느냐는 듯 가슴만 들떴다.

5장.

출정 전일

660년 그해의 여덟 번째 달. 그곳에서는 11년 전쟁의 서막이 시작되고 있었다. 다른 북부인들은 그 시간을 어떻게 기억할까. 아마 기억하지 못할 것이다. 누구도 라르칼리아의 여왕이 그러한 업적을 이루리라 상상하지 않았다. '나무 괴물의 전설도 아닌데 왜 월계수를 두려워해야 하지? 술이나 담그라지.' 그리 말했던 왕 헤레톳을 보면 그들은 실로 어리석었다고밖에 평가받을 수 없는 것이다.

-『북부전국시대(北部戰國時代), 말론초의 회고록』, 524p 중 발췌.

출정 전일

높은 하늘 위로 하얀 물감 흩뿌린 듯한 구름이 보였다. 하늘을 활공하는 독수리들의 울음이 날카롭게 울었다. 왕궁 너머 조금 더 높은 곳에는, 푸름을 잃지 않은 전나무 숲과 그 너머 새하얀 눈 모자를 쓴 갈리아우의 산맥이 보였다.

모든 훈련이 종료되고 라르크의 군인과 병사들, 그리고 전쟁 준비에 지난 반년을 다 바친 관계자들은 사흘의 자유 시간을 가지게 되었다. 가족들에게 돌아가거나, 친구를 만나거나, 미친 듯이 술을 마시거나, 계집질을 하거나, 노름을 하러 가거나, 무엇이든 자유였다.

귀족들은 바로 어제 하룻밤의 연회를 가졌다.

참전하기로 되어 있는 자들과, 그들의 전쟁을 조력하는 자들, 크고 작은 세력의 귀족들이 한마음 한뜻으로 단결을 공고히 하자는 취지에서 열린 연회였다. 연회가 열린 곳은 류가 호수 북쪽의 제 4연병장이라 불리는 전경이 뛰어나게 아름다운 곳이다.

단합식 이튿날.

벨바롯트는 숙취와 전쟁을 벌이고 있는 사람들을 피해 밖으로 나갔다. 스완은 알레타르 달테에서 제를 올리기 위해 사흘 전부터 그곳에 머물고 있었으므로 이번 단합식에 참석한 것은 오직 그뿐이었다.

말을 탄 그는 텅 빈 연병장 한가운데에 섰다. 바르게 허리를 세우고, 사위를 둘러보는 모습은 빚어 깎은 조각상처럼 절도가 느껴졌다. 목에 걸린 승마 스카프와 단단한 팔뚝에 걸치고 있던 긴 외투가 바람에 팔락였다.

펄럭펄럭.

모든 군사들이 훈련을 마치고 떠나니, 수많은 장병들이 지난 반년 혹독한 훈련을 받아 왔다는 것이 거짓처럼 느껴졌다. 그 함성, 그 고함, 그 수많던 무구 소리는 온데간데없었다.

그들은 바로 어제 출정을 앞두고 열린 연회에 함께하였는데, 오늘은 마치 아무 일도 일어나지 않을 것만 같은 기이한 괴리감이 느껴진다. 아무 일도 일어나지 않는다면 좋을 것이다. 그는 여전히 그렇게 바랐다. 덧없는 바람이다.

허둥지둥 쫓아 나온 미게타의 목소리가 공터의 침묵을 해갈시켰다.

"각하, 왜 말도 없이 나오셨습니까?"

우람한 말을 타고 따라붙은 미게타는 그의 옆에 나란히 섰다. 간밤에 술독에 빠졌던 미게타 역시 정상적인 꼴은 아니었다. 머리는 다 헝클어졌고 단추는 엉망으로 꿰여 있다. 스스로 의식한 미게타는 허리춤에 비어져 나온 옷을 쑤셔 넣으며 입이 찢어져라 하품했다.

"조금 전 나오면서 보았는데, 유게스 경은 먼저 출발하셨습니다. 머혼 백작 각하도 슬슬 떠나시려는 것 같고요."

"그런가?"

"예, 돌아갈 준비를 하올까요?"

어제 새벽 늦게까지 정상적인 면모를 갖추고 있던 것은, 본디 술을 물처럼 마셔 대는 집안으로 유명한 리제예스가(家)의 데미르와 거의 술을 입에 대지 않은 벨바롯트, 그리고 술을 마시는 것보다 말을 더 많이 한 한센, 지나치게 이른 시간에 취하여 곯아떨어지는 바람에 남들 다 취할 때 정신을 차려 또릿했던 소네어의 오켄, 경비를 서느라 술은 입에도 대지 못한 경비대원들 정도였다.

아무 대답도 하지 않은 벨바롯트는 말을 몰아 연병장을 소요하기 시작했다. 미게타는 더 이상 말을 걸지 않고 그를 뒤따랐다. 제가 섬기는 주인인 벨바롯트의 기분만 저렇게 저조한 것은 아니었다. 기실 어제 새벽의 그 떠들썩하던 웃음이 사라진 오늘은, 대부분이 숙취와 말 못할 비장함에 말보다는 침묵을 선택하고 있었다.

떠나는 자들도, 남는 자들도 비슷한 심경일 것이다. 씁쓸하면서도 불안하고, 불안하면서도 설레는. 미게타는 대체 이게 어떤 기분일지 모르겠다고 생각했다.

지난 반년은 짧았고, 동시에 길었다.

군사들은 훈련을, 기사들은 감독을, 영주들은 기부를, 행정부는 체계를, 그의 주군인 벨바롯트는 국정을……. 결과조차 예단할 수 없을 거대한 미래를 위해, 반년이 넘는 시간을 쏟아부은 그들에게 남은 것은 출발할 용기와 두려움에 맞서 싸울 의지뿐일 것이다.

미게타는 비록 남는 자들 중 하나가 되겠지만 부끄럽기보다는 경이롭다 생각했다. 사투르가 귀레 라르크. 잊혀 가는 옛 언어에 담긴 그 깊은 울림이 이토록 와 닿은 날이 없었을 터인데 그 시작을 전송할 수 있다는 것만으로도.

미소 지은 미게타가 씩씩하게 말했다.

"아, 각하, 미리 축하드립니다. 아마 내일 저는 공식 행사에 끼기 어려울 테니까요."

벨바롯트는 쓰게 웃으며 고개를 끄덕였다.

내일로 벨바롯트는 공식적인 섭정이 된다. 250여 년의 역사상 두 번째의 섭정이 되는 것으로 그 의미는 지대하였다. 미게타가 그를 축하함을 알았다.

지난 새벽녘 지겹도록 들은 축하였으나 이 비어 버린 연병장에서 듣는 이야기만큼 닿은 적이 없다. 벨바롯트는 고개를 돌려 산맥 아래로 이어지는 귀자로 성벽을 보았다. 까마득히 멀고, 까마득히 작게 보였다. 벨바롯트가 혼잣말처럼 말했다.

"글쎄, 아직은 실감이 나지 않아."

"사실 저도 그렇습니다."

벨바롯트가 불쑥 물었다.

"미게타, 라르칼리아의 치세를 열었던 초대 버반타그께서 어찌하여 이 땅에 귀자로를 두르셨을지를 생각해 본 적 있나?"

"유식하게 각하와 대화를 나누는 시늉이라도 하고 싶지만, 아시다시피 저는 역사에는 젬병이라서요."

기록된 버반타크 왕은 현 라르크의 중부지대인 피가니베토산 남쪽을 초기 도읍 삼아 머물다 뛰아드로까지 올라왔다. 그를 따르던 일곱 명의 장수와 천팔백여 명의 사람들이 귀자로 성벽을 둘러싸기 시작한 것이 알려진 뛰아드로의 시작이다. 그들은 장장 3세대를 이어 조약돌 성벽을 쌓았고 소요되었다 알려진 기간만 40여 년이었다.

마흔 번의 겨울을 겪으며 완성된 귀자로의 시작이 '라르크'의 시작이 되었다.

그렇다면 이 라르크의 끝은 어디일까. 저 귀자로 성벽을 허물고 밖으로 나가려는 지금 이 순간을 후대는 어떤 눈으로 바라볼까. 그런저런 잡념이 깊어지는 시간이었다.

"신의 발걸음을 쫓아 이곳까지 왔다가, 산맥 어귀에 잠든 콰트라 갈리아우를 뒷배로 처음 여기에 뿌리내렸다는 신화가 있고, 아래 지방의 형제들에게 쫓겨 올라와 아무도 신경 쓰지 않는 이 척토에 자리 잡았노라는 이야기도 있지."

"도약하기 위해서요."

뜬금없는 대답에 벨바롯트가 고개를 돌려 미게타를 바라보았다. 미게타는 휘둥그레 뜬 눈으로 무언가 생각났노라 하는 표정으로 고개를 주억거렸다.

"고난의 울타리에서 깨어난 자가 전나무 숲의 주인이 된다! 그 얘기는 들은 적 있습니다. 예전에 예이건 공께서 하셨던 말씀이시죠. 참매…… 침매……? 어쨌거나! 그 돌리카라 비시 카제라 경이라던 그 옛날 공작 각하가 남긴 말이라셨죠."

공작 카제라는 라르크 최초의 공작으로, 건국왕 버반타그의 인척되는 자라 알려져 있었다. 벨바롯트는 사뭇 의외란 듯 웃었다.

"들어 본 적은 있는 말이지만, 그게 카제라 공의 유언인 줄은 몰랐군."

"전 그분이 누군지도 잘 모르는데요, 뭘."

"건국왕 폐하의 아홉 형제 중 일곱 번째 아우이셨고, 지금은 아일마레 쪽에 그 가문의 핏줄이 남아 있네."

"어, 아일마레라니요?"

"귀자로 성벽을 세우고 난 후 역할이 끝난 자들은 모두 고향으로 돌아가거나, 흩어졌다고 했지. 카제라 공도 기꺼이 그 일가와 그 자신의 피로 이어져 있지 않은 형제들과 함께 돌아갔다는 기록만 있을 뿐이네."

"나라를 세우고 그 공을 가지고 호의호식하지 않고요?"

"지금의 우리로서야 이해할 수 없는 그들의 사정이 있었겠지. 그 시대의 사람들만 공유하는 어떤 정신이 있었을지 모르고."

고개를 갸웃하던 미게타는 이내 골치 아프다는 듯 휘휘 고개를 저었다. 그러고는 쭉 기지개를 켜며 갈리아우의 산맥을 바라보았다.

"……뭐든 간에, 결국 그런 고난 끝에 일어난 아국에 또 다른 선봉을 주셨으니, 저는 우리가 숲의 주인이 될 수 있다 믿습니다. 너무 걱정하지 마세요."

주군의 심경을 아주 쉽게 읽어 내는 것이 미게타의 장점이다. 아니, 그를 아는 누구라도 알 것이다. 저렇듯 낙관하며 미래를 꿈꾸는 것이 이 시대의 그들이 받아들여야 할 흐름이 되었고, 흐름의 시작은 그녀다.

스물세 살, 그 시절 변방의 사내의 가슴을 두드리던 아름다운 왕녀. 그는 여전히 그날 그녀의 얼굴을 기억하였다. 자신감과 확신으로 가득 차, 나라를 사랑함을 감추지 않았던 왕녀는 그보다 큰 사람이었다.

비록 지나치게 저돌적이고 비정할지언정, 라르크를 위대하게 만들어 줄 저 드높은 산맥이 낳은 딸이다.

말머리를 돌린 벨바롯트는 미게타의 어깨를 가볍게 두드린 후 명했다.

"돌아갈 채비를 하게. 오늘 저녁에는 폐하께서도 제의를 마치고 나오실 테니."

빈 연병장을 가로질러 되돌아가는 그들의 머리 위로 독수리 울음이 너울처럼 메아리쳤다.

시내가 뮈아드로 출신의 군사 병졸들이 자유 시간을 누리느라 떠들썩한 동안, 뮈아드로가 고향이 아닌 타지 출신의 군사들은 이틀의 휴일에도 딱히 할 것이 없어 왕궁 숙소에 박혀 있었다.

먹을 것, 마실 것이야 풍족했지만 사내들만 우중충하게 모여 있으니 분위기는 여간 어둔 것이 아니었다.

이번 전쟁은 남는 자도, 떠나는 자도 모두 두렵다. 그들은 라르크 역사상 전례 없는 침략전을 앞두고 있었고 적의 이름은 '북부'였으므로.

해가 기울기 시작할 무렵에야 페이작은 어슬렁어슬렁 밖으로 나왔다. 지난밤, 몇 날 며칠을 날을 새우며 제를 올리는 스완을 기다린다며 늦은 새벽까지 알레타르 달테에서 시간을 죽인 덕이었다. 출정을 축하하는 귀족들의 연회가 4연병장에 있었다곤 하지만 굳이 그런 자리에 찾아가 빈말이나 하고 시간 죽이는 것은 취미가 아니라 참석하지 않았다.

오늘 그의 차림은 평범했다. 벌어진 어깨에 걸친 갈색 외투도 평범하고 그 안에 받쳐 입은 얇은 상의와 하의는 말 그대로 범부나 입을 법한 평상복. 척 봐도 외출을 위한 차림이라 궁중 하인과 하녀들은 고개를 갸우뚱했다.

그 옆에 붙어 조르르 쫓으며 조잘대는 왕자궁의 유명한 시종 스키엔의 뚱한 얼굴 때문에 더더욱.

"비켜, 좀."

"어딜 가시려는 건데요, 예?"

"알 거 없대도."

"폐하께서 제를 마치고 나오셔서 전하를 찾으시면 어찌 말씀을 드리지요? 제 역할은 전하를 한 치의 실수 없이 보필하는 겁니다."

페이작은 혀를 쯧 찼다.

"어차피 누님은 저녁에나 나오실 거다."

"저는 데려가 주지도 않으실 것이면서 오늘마저 이러시면 서러워서 살 수가 없습니다."

"스키엔, 저기 보이나?"

페이작이 스키엔에게 왕궁 뒤뜰 한가운데에 우뚝 심긴 거대한 소나무 한 그루를 가리키며 물었다. 스키엔은 뭘 당연한 걸 물으시냐는 듯 보았다. 페이작이 그쪽으로 몸을 기울이며 속삭이듯 말했다.

"내가 출정하고 나면 저 나무의 가장 큰 가지에서 목을 매라."

"예?"

"한번 사는 생애 그리 서러워서야 무슨 의미가 있어. 골레타에게 미리 네 장례를 성대히 치러 주라 일러 주고 금화 몇 닢 노자로 쥐여 줄 테니 걱정하지 마라. 그동안 고생 많았다."

"전하!"

스키엔이 울상으로 소리치자 나직이 웃은 페이작이 그의 머리를 툭 밀어냈다.

"그러니 별 시답잖은 걸로 서운해서 살 수가 없다느니 하는 소리는 집어치워. 빈말도 버릇된다."

"존경하고 사랑하는 전하, 너무하십니다. 하지만 옳으신 말씀입니다. 그래서 정말 어디 가시는 건지는 말 안 해 주실 겁니까?"

비뚜름하게 미소 지은 페이작이 설렁설렁 손을 흔들었다.

"시가지에 다녀올 거다. 해질 즈음에는 돌아올 테니 쓴소리 말고 들어가. 내일부터 너희는 또 다른 의미로 바빠질 테니까. 따라오지 말고."

스키엔은 꽁한 표정으로 그를 바라보다가, 곰의 발을 훔친 듯 쿵쾅거리는 걸음으로 이내 왕자궁으로 되돌아갔다.

마구간을 찾아 걷는 페이작의 걸음이 멈춘 건 왕궁 뒤뜰에서였다. 뒷길 한편에는 성벽을 바람막이 삼아 불을 피우고 모여 노는 군사와 기사들이 예닐곱 명쯤 대중없이 섞여 있었는데 모두 그가 아는 얼굴인 까닭이다. 우중충하게 모여 있던 사내들이 페이작을 발견하고 반색했다.

"전하, 나오셨습니까?"

"미리 말하는데, 니들 보러 온 거 아니다. 왜들 여기서 엉덩이를 뭉개고 있어?"

페이작은 그들 쪽으로 다가갔다.

"시간 때우고 있었습니다. 한잔하시죠."

고개를 갸우뚱한 페이작은 그들이 건넨 술잔을 받아 단숨에 들이켜고는 잔을 툭 던졌다. 바로 왼편에 앉아 있던 사내가 능숙하게 잔을 낚아챈 후 그에게 잘 익은 고기 꼬치를 내밀었다. 페이작은 손을 저어 사양했다.

"내일이 출정인데, 인생 지루하게 낭비하는군."

"저희가 뮈아드로에 뭐 만날 사람이 있겠습니까? 한 일주일 주시면 후딱 고향에 들렀다 왔을 텐데요."

"일주일은 무슨…… 고향에는 전쟁이 끝나면 돌아가. 금은보화를 주머니에 쑤셔 넣고 가서 떵떵거리라고. 오늘 같은 날 위로해 줄 여자도 없어서 이러고 앉아 있는 거냐?"

페이작의 농담에 사내들이 투덜거리기 시작했다.

"거, 뭐. 안 된답니다."

"뭐가 안 된다고?"

"금기래요."

병사들이 민간인과 다름없이 자유롭게 해방된 이틀이었다. 군율로 금지한 것은 민간 상해 건에 관한 것이 전부였으므로 금기에 대한 건 초문이었다.

살짝 눈살을 찌푸린 페이작이 되물었다.

"무슨 금기?"

"큰 싸움이 있기 전에 계집질했다가는 부정 탄다, 저주에 저주를 지껄이더라고요."

"누가?"

"누구겠습니까요."

사내들 중 몇의 고개가 동시에 성벽에 기대어 앉아 졸고 있는 덩치 큰 기사를 향했다.

수염이 덥수룩한 덩치 큰 그 사내는 호크로라는 이름의 기사로, 라르크 북동부에 위치한 작은 영지 출신이었다. 듣기로 그의 고향은 파리모 사원을 비롯한 여신교도들의 밀집 구역으로 유명한 지역과도 매우 가까웠는데 그래서인지 엉뚱한 미신이나 신화를 입에 달고 살았다.

"알 만하군."

페이작이 한심하다는 투로 중얼거리며 새 술잔을 건네받았다. 그 역시 호크로와 흥미 삼아 몇 번 이야기를 나누어 본 적이 있었다. 호크로는 확실한 헛소리를 진지하게 하는 자였다. 초기에는 기사들 전부가 그를 무시하였는데, 우연히 그가 했던 헛소리가 예언처럼 들어맞는 일이 생겨 이런 분위기가 생겼다.

호크로가 페이작에게 떠들었던 헛소리는 이런 것들이었다. '거꾸로 올라가는 폭포가 마르면 새로운 세상이 열려요.' '쌍무지개가 뜨는 날은 거룩한 어떤 사건의 시작이라는 증거죠.' '밤이 없고, 낮만 있는 세상이 도래할 겁니다. 해가 지지 않는 시대 말이에요.' '선원들은 항해 전에 피를 보는 것이 바다신의 노여움을 산다는 걸 아는 예민한 사람들이죠.' '남부에는 어떤 주술 민족이 있는데…… 그들은 삶을 반복할 수 있는 방법을 알고 있다는 얘기 들어 보셨습니까?'

뇌를 비우고 들으면 재미지만, 심각하게 믿는 건 한심한 짓이다.

하지만 출정 직전에 여자를 만나면 안 된다는 헛소리에 혹할 만큼 불안한 자들이 많다 생각하면 그건 그것대로 입 안이 썼다. 그들은 내일 큰 전쟁을 시작할 것이고, 페이작 역시 조금은 그 여파로 외출을 마음먹은 것이다. 오랜 시간 저버렸던 기억을 마주해 보자고. 전쟁이 무어라고 이런 기분이 들게 한다.

"정신들 차려. 허튼소리나 덥석 믿고 궁상맞게 주저앉아서."

"찜찜한 것보다는 낫잖습니까."

낮게 웃은 페이작이 손을 털며 돌아섰다.

"부정 타는 일 같은 것 없으니 여기서 아까운 시간들 날리지 말고 할 일 해."

"전하께서 장담해 주시는 겁니까?"

"그래."

"만약에 부정한 기운이 쫓아오면 어쩌지 말입니까? 쫓아내 주실 겁니까?"

"내가 쫓아내기도 전에 부정한 기운도 니들 같은 얼간이들을 보면 한심해서 돌아가지 않겠어."

사내들이 낄낄 웃음을 터뜨렸다. 페이작은 더 길게 끌지 않고 돌아 걷기 시작했다. 한 사내가 물음을 던져왔다.

"거참, 그런데 전하께서는 어디 가시는 길입니까?"

느긋하게 손을 저은 페이작은 유쾌한 웃음소리를 뒤로한 채 떠났다.

왕궁 마구간으로 향한 그는 까만 털이 자랑인 흑마 데 바로에 올라 왕궁에서 빠져나왔다. 선선한 바람을 헤치며 자연스레 박차를 가하는 왕자의 질주를 막는 사람은 없었다. 왕궁 밖으로 빠져나온 그가 이른 곳은 뮈아드로의 서쪽에 위치한 '뱀바 거리'였다. 그곳은 빈곤한 이주민들이 주로 모여 사는 낙후된 지역으로 유명했다.

너저분한 거미줄처럼 뻗은 골목들을 지나쳐 얼마쯤 달리던 페이작은 일곱 번째 골목 앞에 섰다. 빨랫줄과 빨래가 골목 입구부터 볼품없이 늘어져 있다. 마차 한 대가 간신히 지날 정도의 너비밖에 되지 않아, 이 볕 좋은 날에도 햇살 하나 들지 못하였다.

그가 안으로 들어가려 하자 그를 태운 데 바로가 거부했다. 골목 안의 퀴퀴한 습기와 구역질 나는 냄새가 불쾌한 듯 푸르릉대며 갈기를 흔들어 대는 품새에 고집을 꺾지 않을 것 같았다. 발도 인근에 접한 엠바르도 일대의 씨 좋은 종마라 까탈스럽기가 그지없는 녀석이다. 결국 페이작은 데 바로를 골목 앞에 묶어 두고는 걸어서 들어가길 선택했다.

기억을 더듬을 필요조차 없이 일직선으로 뻗은 골목이었다. 몇 개의 계단과 턱이 있었고, 그 턱을 몇 번 넘자 민가들이 드러나기 시작했다. 흙으로 쌓아 올린 좌우의 민가 벽에는 곰팡이만큼이나 무너진 흔적이 많았다.

갑자기 나타난 이방인을 의아하게 여기는 눈빛이 더러 그를 향했다.

그들을 무시하고 걸어간 페이작은 어느 낡은 집의 문 앞에 섰다. 천박한 무늬가 아무렇게나 그려진 칠 벗겨진 갈색 나무문이었다. 경첩은 도둑마저 환대할 것처럼 다 떨어져 있었다. 하기야, 뱀바 거리는 도둑 걱정을 하지 않아도 되는 뮈아드로의 몇 없는 지역이었다. 워낙 빈민 소굴이라.

냉담한 벽안으로 사위를 살피던 페이작이 장갑을 끼고 문을 밀어 열었다. 문은 삐걱대며 기울었다. 열렸다고 말하기에도 이상한 모양이었다.

민가 내부는 사람 셋 간신히 누울 만큼 좁은 거실이 있었다. 왼편에는 쥐새끼들이 기어 다닌들 이상하지 않을 만큼 지저분한 부엌이 있었으며, 오른쪽에는 쪽방 하나, 그리고 그 방 옆에는 뒷골목으로 이어지는 문이 있었다. 인기척은 없었다.

페이작은 거실이라 하기도 조악한 좁은 공간 한편에 놓인 낡아 썩어 가는 탁자를 손끝으로 문질러 보았다. 장갑 위에 거뭇한 이물이 묻어났다. 이어 차근차근 쓰레기 더미 같은 그릇을 담은 양동이와, 그을음으로 시커먼 화로, 벽장 등을 둘러보았다.

쿠당탕하는 소리가 난 것은 잠시 후였다.

부서져 내릴 듯한 흙벽의 홈을 문지르던 페이작의 손이 멈추었다. 구멍 난 양동이와 양동이에서 쏟아진 것이 분명한 마른 나무껍질들을 끌어안은 여자가 뒷문 앞에 주저앉아 있었다. 흰 머리칼로 뒤덮인 머리에 축 늘어진 볼과 처진 눈꺼풀을 한 작은 노파였다.

노파는 그와 눈이 마주치자마자 숨을 헐떡대며 엉덩이 걸음으로 뒷걸음질하였다. 페이작은 지그시 내려다볼 뿐이었다. 끝내 노파의 처진 눈초리를 따라 눈물이 줄줄 흘러내렸다.

"저, 저, 전하, 전하, 전하?"

페이작은 이내 표정을 지웠다. 그러고는 세 걸음까지 걸을 필요조차 없는 부엌으로 향했다.

"들어와."

그가 주인 같고, 노인이 객이 된 것 같은 주객전도의 상황이었다. 그러나 이곳은 한때 그의 집이었고, 노파 역시 그에게 주인의식을 내세울 만한 깜냥은 아니었다.

낡은 탁자에 앉은 노인은 멍하니 눈물만 흘렸다. 페이작은 그녀에게는 눈길 주지 않은 채로 주전자를 열었다. 돌 선반 위에 놓여 있던 지저분한 주전자 속에는 희멀겋고 시큼한 액체가 찰랑이고 있었다. 쉬어 버린 우유의 냄새를 맡아 본 페이작은 대놓고 인상을 찡그린 후 개수대에 주전자를 쏟아 버렸다.

"이게 무슨……, 노친네가 아무거나 주워 마시고."

느긋한 그의 어투와 한숨 같은 목소리는 노파를 더욱 퍼렇게 질리게 만들었다.

대충 주전자를 내려놓은 페이작은 탁자로 돌아가 금방이라도 부러질 것 같은 의자 다리를 툭툭 건드려 본 후 자리를 꼬고 앉았다.

"어떻게 나를 알아보는군. 나는 못 알아볼 뻔했는데. 할머니."

노파는 눈물만 줄줄 흘렸다. 이 정도의 반응도 생각지 않고 찾아온 것은 아니었으므로, 페이작은 그녀를 위로하지는 않았다.

이 노파는 그의 어미의 어미 되는 자였다. 오래전, 페이작이 기필코 죽여 버리겠다 저주에 저주를 퍼부었던 여인이기도 하다. 그의 어미가 죽자마자 '왕의 자식'이니 뭐니 지껄이며, 그를 왕궁에 팔아넘기듯 처박은 원흉.

얼마간의 보상을 받은 것으로 들었으나, 이런 곳에서 사는 사람들의 생활이란 으레 돌고 도는 것이기에 지금처럼 사는 게 놀랍지도 않았다. 팔자를 바꿀 만한 큰돈을 받지도 못했을 것이다. 애초 선왕이 그를 받아들인 것은 페이작이 너무나 그를 닮았다는 부정할 수 없었던 이유와, 야합이 낳은 자식을 책망하지 않는다는 통념에서 크게 벗어나지 않는 무관심 때문이다.

자식을 잃은 어미가 홀로 손주를 돌보기 버거워 내린 결정이든,

이런 거지 소굴에서 사는 것보다는 왕궁이 낫겠다 판단하여 내린 결정이든, 당시의 페이작에게는 상관이 없었다. 부귀영화나 호사 따위 제 일도 아니고 관심도 없었던 소년에게 있어 그건 버림받은 것에 불과했다.

삭막한 왕궁에 처박힌 페이작이 살아남기 위해 숨죽여야 했던 나날은 어땠던가. 온갖 멸시와 차별과 비난, 그 형제들의 질시, 모두 그가 겪지 않아도 되는 것이었다. 저 노인이 그를 내버리지 않았다면 일어나지 않았을 일이다.

페이작은 분노했다. 지저분한 거리에 내버려지는 것이 오히려 더 좋았을 것이라고.

-내가 왕궁에서 나오는 날 할머니를 죽여 버릴 거야. 죽여버릴 거라고.

그리하여 그는 세상이 증오스러웠고, 그 증오의 끝에는 항상 저 노인이 있었다.

탁자 위 굴러다니는 날카로운 빵 칼을 손끝으로 끌어당긴 페이작은 보일 듯 말 듯 한 자조를 머금었다. 지난 며칠간, 몇 번이나 되새김질한 끝에 결정한 방문이다. 그런데 새삼 저 노인을 마주 보며 그 시절을 반추하는 건 미묘한 기분을 불러일으켰다.

노파는 그의 손에 들린 무기조차 못 되는 빵 칼을 겁먹은 눈으로 바라보며 움찔거렸다. 페이작은 손바닥을 펴 빵 칼을 대충 떨어뜨린 후 느른한 어조로 말했다.

"내가 약조를 잘 지키기는 하지만, 어릴 적에 당신과 했던 약속을 지키러 온 건 아니니, 그렇게 보지 말라고……."

의자에서 떨어지듯 주저앉은 노파가 엉엉 울며 엎드렸다.

"전, 저, 전하. 전하……."

지난 십수 년, 기필코 죽이겠노라며 악을 지르고 떠난 손주가 왕자가 되었고, 여왕의 치세에서 여왕의 가장 사랑받는 형제로 자리매김하였음을 노파라고 모를 리 없었다. 페이작은 이 골목의 거친 소년들과 어른들에게도 곧잘 거칠게 굴었던 손주였다. 그리하여 십수 년, 언제 그 일에 대한 보복을 당할지 모른다는 생각을 가슴에 품고 살았다.

노파의 눈물은 먼지 구덩이 같은 카펫을 적셨다.

설핏 웃은 페이작이 툭 뱉어 물었다.

"그렇게 무서워할 거면 왜 이주하지 않고 여기 살고 있었나?"

"용서해 주세요, 전하, 용서해 주십시오."

"노친네가 그 나이 먹고도 사는 데 미련은 많아."

"전하, 전하……."

페이작은 얕은 한숨을 내쉬었다.

이 노인과 그 사이의 일에 대하여는 스완조차 알지 못할 것이다. 내색한 적 없었다. 안 좋은 감정과 제 어둔 일부를 그녀에게 지워 주고 싶지 않아서 입을 다물고, 덮어 둔 채 살았다. 그녀는 이미 이고 있는 것이 너무 많은 사람이라서.

오늘 이곳을 찾아온 건, 출정 직전 모든 것을 정리하고 싶은 충동이 든 까닭이었다. 쓸데없는 일이라는 것을 알고 있더라도 그러고 싶을 때가 있다.

"들었는지 모르겠지만 나는 폐하와 함께 출정하게 될 테고, 앞으로는 볼일 없을 거다."

"……들, 들었습니다. 싸우신다고. 폴리에도 저, 전하를 자랑스러워할……."

"나는 이제 어미란 여자가 기억도 안 나니 그 이름 팔지 말고, 머리 처박지 마."

"흐으, 으."

노파는 옴짝달싹 못한 채 엎드려 울기만 했다. 결국 페이작이 의자를 밀고 일어서 다가갔다. 노인의 정수리까지 떨리는 모습은 우스꽝스럽기도 했고, 불쌍해 보이기도 하였다. 그의 구둣발 앞에 앙상한 가지처럼 펼쳐져 있던 손가락이 동그랗게 오므라지며 떨렸다.

페이작은 그녀의 맡에 오금을 접어 앉아 노파의 어깨를 가볍게 잡았다.

"오늘은, 고맙다는 말을 하러 왔다."

노인이 멍하니 고개를 들었다. 무슨 뜻인지 이해하지 못하겠다는 얼굴이었다.

비뚜름하게 웃은 페이작이 어깨를 들먹였다.

그는 세상 모든 걸 그토록 쉽게 증오할 수 있는 사람이었으나, 스완과 함께하며 달라졌다. 스완은 세상 전부를 사랑하여 그 품에 품을 수 있는 여자였다. 그가 생에 만날 수 있었던 가장 위대한 여자. 이 북부 전부를 아우르고도 남을 원대한 꿈을 품은 사람이었다.

이 노파가 사사로운 결정으로 그를 왕궁에 내버리지 않았더라면 지금 그도 없었을 것이다. 그는 스완이 없는 그의 삶을 상상할 수가 없었다. 그에게 신뢰를 가르쳐 주고, 사랑하는 법을 알려 주고, 그리하여 이 나라가 얼마나 자랑스러운 곳인지 깨닫게 해 준 일생에 단 하나뿐인 주인.

내일 그는 그녀의 이상을 위해 함께 이 라르크라는 감옥의 벽을 깨부술 것이다. 그들을 멸시해온 적들의 국경을 박살 낼 것이다. 위대한 미래를 직접 거머쥘 것이다. 그녀가 만드는 세상, 그가 살아 가고 싶은 세상, 그녀가 이뤄 낼 것이다.

"아니……, 방금."

페이작은 계면쩍은 기분으로 어깨를 들먹였다. 왕궁을 사랑하게 된 그는, 이제 이 노파마저 용서할 수 있었다. 아니, 기실 그의 가슴 속에는 더없는 경외와 존경과 희망만이 가득하여 누군가를 담을 여백조차 없다.

무릎을 짚고 일어선 페이작이 뇌까렸다.

“폐하께 감사하라고.”

주머니를 꺼내 뒤적인 페이작은 이내 그마저 귀찮다는 듯 통째로 탁자 위에 내려놓았다. 열린 입구에서 금화가 쏟아져 나왔다. 노파의 눈이 휘둥그레졌다.

“아니, 어찌…….”

페이작은 마지막으로 낡은 과거의 전경을 한 번 더 둘러보았다. 집이라 하기에도 조악한 환경이다. 그때는 이 거지 같은 집을 왜 떠나기 싫어했는지 모르겠다. ‘내가 멍청했군.’ 자조한 페이작은 후련한 걸음으로 밖으로 향했다. 탁자에 엎드려 엉엉 우는 노파의 곡성이 한참을 이어지다 끊어졌다.

골목을 빠져나올 즈음에는, 어느새 해가 저물어 가고 있었다. 긴 꼬리를 찰싹대며 서 있던 데 바로가 그를 반겼다. 페이작은 검은 갈기를 가볍게 두드리며 희미하게 웃었다. 충동적으로 찾아온 옛집이기는 하지만 생각보다 더 가벼운 기분이다. 오롯이 말끔해진 기분.

말에 오른 그는 홀연 높아진 시계로 말미암아 먼 곳 저무는 낙조를 응시했다. 아름답게 붓질된 그림처럼 하늘을 물들인 불그스름한 구름이 바람을 타고 흐르는 것이 보였다.

구시대의 마지막 놀은 제법 특별해 보였다.

“폐하께 가자, 데 바로.”

그는 스완에게로 내달렸다.

황금빛 들판 위로 어둠이 내려앉았다. 한 마차가 뮈아드로 인근의 작은 숲속 길을 달려갔다. 숲길은 인적이 끊긴 지 오래라, 도로 사방으로 정리되지 않은 잡풀들이 무성하여 기괴하게 늘어져 있었다.

얼마간 달린 마차는 어느 저택 앞에 멈추어 섰다. 횃불 하나 켜지지 않아, 오로지 별과 달빛만으로 어슴푸레 빛나는 음산한 저택이었다. 마차에서 내린 한센은 등불 하나에 의지한 채 낡은 철문을 밀고 들어갔다.

어디서 짐승이 튀어나올지 모르는 그런 긴장된 분위기가 폐허 같은 저택을 휘감고 있었다. 발에 밟히는 무성한 수풀의 감촉이 부스럭댈 때마다 약간의 소름이 돋았다.

이곳은 라르크의 유서 깊던 공작 가문, 전(前) 예이건 공작의 사저였다. 예이건이 몰락한 지도 수년이니 수년만큼의 폐허가 된 지금이 놀랍지 않다. 사람들은 권력을 잃은 자에게는 그 무엇보다 냉정한 시선을 보냈고, 그 권력을 이양받은 이에게는 생에 처음인 듯 충성하는 것이 이치이므로 예이건은 서운해해선 아니 될 것이다.

한센 역시 2년 만에 이곳을 찾는 것이다. 어제의 숙취와 내일의 출정 사이에서 방황하듯 걸음 한 이유는 별다른 이유는 아니었다. 언제 돌아올지 모르는 뮈아드로이니, 그저 작별하기 위하여.

존경했던 어른이 살고, 형제처럼 어울렸던 이들이, 가슴 깊이 자리 잡은 여자가 나고 자란 곳이었다. 뮈아드로에 막 도달하여 아무것도 모르던 시절 이 저택에 처음 방문했을 때 한센은 알았다. 이곳을 사랑하게 될 것이라고. 마흔아홉 개의 방과 다락 위 둥지를 튼 까마귀의 흔적과, 웃음소리들.

세상의 흐름이 그러하여 떠나간 자들의 빈자리에 서 한센은 모처럼 옛 기분에 심취하였다.

정원 한편에 봉분처럼 솟은 작은 돌무덤에 앉았다. 근처에 떨어진 돌 하나를 주워 가볍게 던지자 툭, 가벼운 소리가 울린다.

느긋한 목소리로 떠나간 현인(賢人)의 이름을 읊어 보았다.

"파텐 어르신……."

'왕녀 전하는 왕이 되어서는 아니 된다.' 마지막의 마지막까지도 그리 막아섰던 자였다. 스완이 왕녀일 적 가장 존경하여 따르던 은사였던 그는 왕녀에 대하여 가장 분명하게 간파한 이였고 그 대가로 세상에서 떠내려갔다.

"발타스, 이비……."

이어 그리운 이름들을 마른 목소리로 뇌까렸다.

그리 정 깊지 않은 체사의 뱀 같은 노루에게 둥지가 되어 주마 하였던 이 댁의 귀한 벗들. 이제 없는 사람들. 그중에도 가장 입에 올리기 힘든 이름을 몇 번 더 뇌까렸다.

"이비, 이비……."

이 버려진 폐허 같은 저택을 바라보며 몇 번이나 불러보았다.

이비. 예이건이 낳은 가장 아름답던 사람.

그는 감히 그녀를 사랑했다는 말조차 할 자격이 없는 남자였다.

이비가 겪었던 그 모든 일이 스완으로 말미암은 것이다. 동부 이민족에게 그 스스로를 약탈당하여 끝내 절명한 그녀의 넋은 어디쯤에 있을까. 낙원에도 이르지 못하였을 터인데.

그 진상에 대해 알고 난 후에도 한센은 아무 말도 하지 못했다. 온전한 두려움 때문이라면 인간이기에 그럴 수 있는 일이라 스스로를 합리화할 테지만, 돌이켜보면 그건, 용기의 문제가 아니었다.

언제나 한센은 왕녀의 원대하고 그 끝 모를 야망에 이끌렸다.

자신이 아닌 아국의 이상(理想)을 위해 무도한 일도 서슴지 않는 여자의 잔인함은, 강자가 강자답기를 바라고 약자가 약자다워야 한다 여기는 한센을 굴종시켰다. 그리하여 한센은 스완이라는 왕녀가, 여왕이 되고, 온 북부를 적으로 돌린 전쟁을 시작하기에 이르기까지 단 하루도 그녀에게 탄사하지 않은 적이 없었다.

그는 매일 묻지 않고 물었다.

폐하께서는 누군가를 사랑할 수 있는 사람입니까?

폐하께서는 그 피의 무게를 알기나 하십니까?

폐하께서는 또 기어이, 어떤 희생을 치러서라도 해낼 것이지요?

몇 달 전 한센은 기사들 앞에서 번드르르하게 떠들어 댄 적이 있다. 너희들은 모두 미쳤고, 스완으로 인해 광기에 빠져 있다고. 저는 아닌 체, 저는 그러지 않은 체, 기실 가장 오래전부터 그녀의 광기에 매료된 것은 그 자신이다. 스완이 그녀의 면면을 아는 그를 좌시하는 것 역시 이 가벼운 사내를 손바닥처럼 읽어 내는 까닭이었다.

한센은 그런 바람으로 스스로를 지킨다.

당신이 어디까지 갈지 지켜보고 싶다. 이 나라가 잉태한 스물다섯 번째의 왕이 과연 어떤 존재인지. 당신이 그토록 사랑한다 말했던 백성들, 나의 친구들, 나의 가족들의 죽음이라는 그 희생마저 감내할 가치가 있는 사람인지. 그리하여 그녀와 먼저 떠난 왕제 전하들의 죽음을 덧없게 두지 말아 달라.

"한동안 작별이니 거기서 지켜보십시오. 거대한 강의 물살을 타고 움직이는 것처럼, 즐거운 일들이 많이 벌어질 겁니다. 놀라서 입이 크게 벌어지면 한껏 웃어도 됩니다. 아무도 시도해 보지 못한 일을 우리는 시도할 것이고, 해내고 나면…… 나도 꽤 자랑스러워해도 되지 않나."

바람 부는 소리만 스산하다. 한센의 상록처럼 깊은 녹안이 대답 없는 저택을 허탈하게 바라보다 웃었다.

한센은 느린 걸음으로 돌아 나왔다. 기름칠 되지 않은 낡은 경첩이 긁히며 까아악 까마귀 우는 듯한 소리가 났다. 닫던 철문을 멈추고 고개를 젖혔다. 녹안 위로 저 멀리 남빛 하늘 아래 높게 드리운 환한 왕궁이 고여 든다.

문을 쥐고 있던 장갑 낀 손이 서서히 미끄러졌다.

그는 문득 기괴하다 생각했다. 죽어 버린 저택을 감옥처럼 가두는 고고한 철문은 어떤 의미인지. 어차피 객 하나 없는 이 저택의 문을 닫을 필요가 있는지. 가만히 응시하다 목소리를 들은 것 같았다.

하지 말라고, 그만두라고.

한센은 스스로 닫히는 문을 바라보았다. 그는 떨리는 자신의 손을 내려다보았다.

두렵지 않다면 거짓이다. 떨리지 않다면 거짓이다.

그의 조국은 전에 없는 미래를 위해 달려갈 준비를 하고 있고, 그들은 돌이킬 수 없는 시작선을 디뎠다. 비정하고 영리한 여왕과 그 가신들이 나라와 삶을 걸고 내달리는 광야의 질주가 시작될 것이다. 그 북소리, 그 징 소리, 그 모든 소리들이 아득히 들려오는 것만 같았다.

외면한 그는 모자를 고쳐 썼다.

"이미 늦었습니다."

마차를 향해 걸었다. 주머니에 손을 꽂고, 객을 배웅할 줄 모르는 저택 앞 철문으로부터 달아나듯이. 달아나는 도둑의 발밑으로 별빛 달빛이 밟힌다.

한센 두크 체사는 시대의 흐름 끝에 설 것이다. 살아남을 것이다.

비장한 밤 아래, 사원의 희붐한 횃불 불빛이 아른거렸다.

알레타르 달테. 누아드가의 보우를 받는 선왕들의 무덤이라 일컬어지는 그곳은 건국왕 버반타그의 잿더미 위에 지어 올려진 그 이래 단 하루도 성스러움을 잃은 날이 없었다. 한여름에도 차가운 공기가 폐부를 얼렸고, 한겨울에는 성에가 꽃처럼 피어나 눈 닿는 모든 곳이 거룩한 사원. 그 가장 깊숙한 곳에는 왕관의 무덤이라 불리는 장소가 존재한다.

스완은 수많은 벽화와 눈부신 잡동사니 같은 왕들의 유물들이 쌓인 알레타르 달테의 한가운데에 서 있었다.

붉은 머리칼을 길게 늘어뜨리고, 어깨에서부터 발끝까지 하얀 털로 덮인 코트를 걸친 채였다. 아리따운 화장과 화려한 목걸이, 갈고리 같은 귀고리, 그 모든 꾸밈은 오로지 선인들에게 내보이기 위함이며 나아가 내일의 축복을 기원하는 의식의 일부일 뿐이었다.

오랜 이상을 담금질해 온 이곳에서의 전야(前夜) 행사는 그 자체로도 걸맞은 것이다.

제단 주위에는 공손하게 조아린 무덤지기들이 옛말을 읊조렸다. 그녀는 오래된 옛말들을 몇 번이고 되감고, 의식에 따라 소나무를 태웠다. 소매를 걷어 하얀 손목 위로 흰 재가 떨어지는 것을 보았다. 소산(燒散)의 의식은 태우고, 또 태워 이 넓은 곳이 온통 솔 타는 내음으로 가득 찰 즈음에야 멈추었다.

그녀는 절굿공이에 빻아 가루로 만든 솔방울의 잔해 위를 걸으며 홀을 크게 돌았다. 홀의 가장자리에 세워진 선인들의 조각상과 눈이 마주칠 때면, 미소를 보냈다. 그녀는 선인들의 축복과 보이지 않는 누군가의 은총, 시혜를 가슴 깊이 신뢰하는 사람은 아니었지만 오늘만큼은 진심으로 그들에게 간원하였다.

'당신들이 이루지 못한 것, 내가 하겠노라. 순풍을 내어달라'라고.

이루지 못한 아비, 이루지 못한 조부, 이루지 못한 증조부, 거슬러 올라 이 무덤 밑의 재로서 그들을 떠받치고 있을 건국왕의 이름을 읊으며 결의를 굳혔다.

기실 그것만이 그녀가 무덤지기들이 제안한 이 제의(祭儀)에 참여하는 연유였다. 가신과 백성들에게는 반년의 준비였을는지 모르나, 그녀에게는 수년의 희원이었다.

그녀가 걸어온 길을 지켜봐 온 자들 중에는, 무도한 여왕이 제 모든 형제들을 증오했노라고 착각하는 자들이 있다. 그러나 맹세코 그녀는 형제들을 증오치 않았다. 증오란 사람이 가질 수 있는 어떤 강렬한 감정일 것이며, 일생을 옭아매는 수단이었다. 그녀의 형제들은 너무나 연약하고 한심하며 아둔하였던지라 차마 증오하게 하지는 못했던 것이다.

그리하여 외려, 그녀는 형제들을 하나의 희생으로 가슴속에 남겼다.

오늘을 위한 희생.

그렇기에 그녀는 그들에게 역시 감사하였다.

이 모든 것이 너희의 희생 덕분이다. 헛되이 하지 않을 것이다. 언젠가 벨바롯트에게 약속했던 것은 그녀가 떠나간 자들에게 건네는 약속과 같았다.

헛되이 하지 않으마.

노래처럼 들려오는 수많은 제문들을 한 귀로 흘리며, 제단 위 왕관의 무덤과 그 너머의 거대한 월계수 벽화를 마주 보고 맹세하였다.

이로써 내 나라를 나약하다 웃는 자가 사라질 것이며, 내 나라의 백성들이 배곯아 스스로를 포기하는 일을 용납지 않을 것이며, 나는 네 가지의 꼭대기에 오를 것이고, 낙원에서 모두를 조우할 것이다.

그녀를 몇 날이나 지새우게 한 기나긴 제가 끝났다. 무덤지기들은 마지막의 마지막까지 그 거룩함에 경의를 표했다.

"폐하의 어로에 무운이 깃들기를."

스완은 무덤지기들의 축복을 받으며 돌아섰다. 하얀 코트 아래 은 자수가 수놓인 긴 남색 드레스가 날개처럼 펼쳐진다. 그녀는 닫혀 있던 문 앞에 섰다. 그리고 문 위에 손을 올렸다.

"열거라."

무덤지기들의 목소리가 경건한 공기 속을 울려 퍼졌다. 스완은 파란 눈을 내리뜨고 기다렸다. 도르래가 도는 소리, 경첩이 기지개를 켜는 소리, 그 순간의 숨소리 모든 것이 그녀의 승전을 기원하는 하나의 기도처럼 들렸다.

굳게 닫혀 있던 세상의 문이 벌어진다. 마치 거대한 문이 열리기 직전의 찰나, 모든 것이 느려지는 것 같은 순간 속에 서 있는 것처럼 시간이 멀어진다.

그간 가둬 왔던 열망이 고삐를 푸는 순간, 선인들의 무덤을 가두었던 석실의 문은 활짝 열렸다.

적막한 복도 좌우로 사열해 있던 긴 망토를 걸친 무덤지기들이 차례로 무릎 꿇었다.

"무사 승전을 기원드립니다."

노래처럼 들리는 축언 사이로 그녀는 앞을 보고 걸었다.

"누아드가의 축복이 적들의 저주가 되기를."

축복도 저주도 필요치 않았다. 그녀는 해낼 것이었으며, 이미 그

길은 그녀에게 펼쳐진 화폭이었다.

내일 이 시간의 그녀는 저 멀리 광야를 누비고 있을 것이며 그녀의 군대는 적들을 위협하는 날카로운 검이 되어 함께할 것이다.

가슴이 벅차도록 뛴다. 잠들 수 없을 것 같은 밤이었다.

그녀는 사원의 입구에 이르러 멈추었다. 휘황한 달빛을 머금은 난간 앞에 한 검은 코트를 걸친 사내가 서 있었다. 그녀는 사내의 그림자 앞에 멈추었다. 검은 머리칼을 단정하게 정돈하고, 그 어느 때보다 예의를 갖춘 연보라색 성장과 얇은 회색의 코트를 걸친 벨바롯트가 천천히 돌아서 그녀를 보았다.

저 아래에는 수많은 가신과 군사들이, 그리고 페이작이 서 있었다. 페이작이 정중하게 예를 올리며 미소를 보냈다. 제의가 끝나기를 기다리는 그들의 마음 또한 그녀와 같으리라.

몰려나온 무덤지기들이 떠나는 그녀의 등 뒤에 경배를 올리고, 아스라한 음악 소리가 바람결에 섞여 들었다.

스완은 뛰는 가슴을 내리누르며 벨바롯트를 똑바로 보았다. 검은 눈동자를 시간 멈춘 듯 바라보았다. 희미한 미소를 머금은 벨바롯트가 고요한 몸짓으로 손을 내밀었다.

"오늘 밤, 폐하를 모시겠습니다."

스완은 그의 손을 잡았다. 오늘은 어제와 같지만, 내일은 오늘과 같지 않을 것이므로.

출정 전야(出征 前夜)는 잠들지 못한 자들의 희원으로 가득 찬다.

6장.
출정식

출정식

번뜩이는 은빛 갑옷과 투구, 하나같이 날카로운 눈빛의 기사들은 커다란 사각 대열로 섰다. 투구 속 날카롭게 빛나는 그들의 시선은 약속이나 한 듯 사방의 기수들이 쥔 깃발에 머물러, 산 채 조각된 거대한 예술의 일부처럼 경건하였다.

기사들이 그 등을 맡긴 파공탑을 둘러싼 수천 명의 병사들은 숨죽인 침묵 속에서 곧 다가올 출정을 생각하였다.

적들을 파괴하기 위해 수개월간 제작되었던 파공탑 위에는 눈부시게 닦인 황동색 갑옷을 입은 붉은 머리칼의 여왕이 서 있었다. 파공탑의 난간을 짚고 앞과 뒤와 좌와 우, 사방으로 벌 떼처럼 깔린 병졸들과 그들을 통솔하는 기사들을 찬찬히 돌아본 그녀가 드디어 입술을 열었다.

"오늘."

장장 반년에 걸친 준비 끝을 알리는 경종이 울린다.

"우리는 결의를 이행하기 위한 저항으로부터 승리했다. 우리의 방문을 거절할 모든 적과 싸우겠다는 의지로 하여금, 이 출정은 아국의 역사 속 길이 남을 순간이며 첫 번째 승리를 쥐고 떠나는 길이 될 것이다."

그녀의 목소리는 쥐죽은 듯 고요한 장내에 또렷하게 퍼졌다.

"베넴인들은 두려움을, 에센바르크는 모욕이 아닌 구걸을, 뢴사의 오만함은 처량함이 될 것이며 기실 이것은 수백 년 이어져 내려온 라르크의 숙명이므로 갈리아우의 북풍이 우리를 가호하는 영광스러운 역사의 시작이다."

잠시 말을 멈춘 스완은 침묵하는 세상을 인내했다.

병사들을 침묵하게 하는 것은 군율일 수도, 흥분일 수도, 두려움일 수도 있었다.

"두려워 마라. 내가 너희와 함께할 것이다. 죽음은 두려워하는 자로부터 힘을 얻는다. 우리의 궐기를 지키고, 믿음으로서 너를 지키고, 아국을 지키고, 북부를 지켜라."

고요하던 목소리는 이내 벼락같은 고함이 되어 메아리쳤다.

"약탈당한 우리를 수치스러워하라, 약탈해 간 적들을 증오하라. 이제 저들에게 되돌려 줄 시간임에 열광해라! 나의 기사들아, 그리고 용맹한 라르크의 장병들아! 라르크는 너희와 함께 살고 너희와 함께 죽는다. 이것은 국경이란 울타리에 한한 꼴같잖은 영토의 싸움이 아니다. 우리의 권리! 우리가 누렸어야 할 미래! 네 자식과 네 손주와 그 손주의 손주들에게 일러 주기 위함이다. 너희의 선조들은 나약하지 않았다. 우리는 압제에 저항했으며, 우리는 굴복하지 않았다. 지난 이백오십여 년의 굴욕은 오로지 오늘을 위해 도사려 온 우리의 인내였을 뿐이다!"

파성탑 아래에서 듣던 사내들의 눈시울이 붉어졌다. 그런 기사들을 돌아본 한센이 코웃음 치며 그 옆에 서 있던 수도 경비대장 지크를 팔꿈치로 찔렀다.

"이럴 게 아니라, 왕들을 불러다 폐하와 말싸움을 해서 영지 따먹기를 하면 대륙 제패도 가능하지 않겠습니까?"

"정신 나간 고라니 같으니라고……."

"노루요, 노루."

반대편에 서 있던 페이작의 눈썹이 스윽 올라갔다.

"맞고 싶나, 한센? 누님께서 연설 중이시잖아."

"전하, 부디 용서를."

한센은 그것만큼은 참아 달란 듯 과장된 몸짓으로 손을 흔들었다. 설핏 웃은 페이작이 흥분한 병사들을 돌아보았다. 그러지 않기도 어려웠다.

격앙되기 시작한 분위기는 더욱 고조되어 어느새 환호로 탈바꿈되어 있었다.

대(大)라르크!

대(大)라르크!

수천여의 병사들이 하나의 입인 것처럼 소리쳤다. 가히 광적이라 할 만한 일이었다. 작은 약소국의 사천여의 병사로 전 북부의 십수만의 적들을 어찌 이기겠는가 두려워하던 자들의 공포는 모조리 말살당했다.

페이작에게 손짓한 스완은 다시 파공탑의 난간 쪽으로 걸어갔다. 페이작은 한센에게 마지막으로 경고의 눈빛을 보내 준 후 천천히 탑 위로 올라갔다.

다음 식순으로 오르헤가 작은 나무 상자를 가지고 다가왔다. 오르헤가 조심스럽게 들고 있는 상자 속에는 새로이 주조된 왕관이 담겨 있었다. 그것은 오로지 섭정인 그를 위해 만들어진 것으로, 하얀 백금이 눈부시게 반짝이는 아름다운 물건이었다.

왕관을 들어 올린 스완은 조금 떨어진 곳에 물러서 있던 벨바롯트 쪽을 돌아보았다. 벨바롯트가 난간 가까이로 걸어와 그녀를 마주 보았다. 훤칠하게 넘겨 올린 검은 머리칼이 실바람에 흔들거렸다.

스완은 그에게 믿음을 보냈다. 그런 그녀의 푸른 눈동자를 지그시 내려다보던 벨바롯트는 천천히 한쪽 무릎을 꿇고 몸을 낮추었다.

나직한 목소리가 고요하게 울려 퍼졌다.

"저 벨바롯트 파사드 브류나크, 폐하의 부르심에 이곳에 왔습니다."

차분히 내리깔린 긴 속눈썹과 그 아래의 굳은 의지처럼 다물리는 입술을 내려다보던 스완이 큰 소리로 말했다.

"국서 벨바롯트는 이로써 섭정으로 임명될 것이다. 위대한 북부의 늑대는 아국의 전승을 기원할 모든 부모와 자식들을 돌보아 축복할 것이고, 그 어떤 무구보다 단단한 방패로서 뮈아드로의 파수꾼이 될 것이다. 조약돌 성벽은 그와 함께 건재할 것이다."

벨바롯트의 머리 위에 왕관이 내려지자, 잠시간의 적막이 그 드넓은 소집장을 채웠다. 그러나 이내 그것은 우레와 같은 함성이 되었다.

브류나크의 이름을 연호하는 자들의 열기가 뜨거웠다. 그들을 향해 손을 들어 보인 스완은 천천히 벨바롯트의 손을 잡아 일으켰다. 그러고는 그의 뺨에 가볍게 입 맞추며 속삭였다.

"고맙구나, 벨비."

벨바롯트는 쓰게 웃으며 고개를 저었다. 그리고 난간으로 다가가 저 끝까지 이어진 병사들을 돌아본 후 손을 흔들어 주었다. 브류나크를 외치는 함성은 스완이 그를 지나쳐 난간 끝으로 위태롭게 걸어 나왔을 때에야 멈추었다.

스완은 서늘히 부는 바람에 몸을 맡겼다. 붉은 머리칼이 차가워지는 바람에 휘날렸다. 그녀의 입가엔 흡족한 미소가 번졌다. 그리고 탑을 올라온 페이작이 그녀의 등 뒤로 다가왔다.

“선선대의 검이다.”

페이작은 살짝 뽑아 놓은 한 자루의 검을 내밀었다. 갈색의 투박한 검집은 유약칠이 되어 반짝거렸고, 검자루와 그 장식만으로도 화려한 의장용임을 알 수 있었을 모양이었다. 하지만 살짝 드러난 그 날만큼은 여느 의지만큼이나 벼려져 있다. 스완은 붉게 충혈된 눈으로 한참 그 빛나는 날을 내려다보았다.

페이작이 그녀를 대신해 그것을 뽑아 주려는 순간이었다. 스완의 손이 더 빠르게, 단숨에 검을 뽑아 들었다. 캬르릉! 제 집마저 베어낼 듯한 날카로운 쇠붙이 소리가 귓전을 할퀴었다.

스완은 검을 치켜올렸다. 번뜩이는 날빛이 흐드러지고 솟구쳤다. 희게 빛나며 위대한 시작을 알리는 위대한 검날이었다.

“가자, 장병들아!”

그녀는 격앙된 목소리로 소리쳤다.

“우리는 이를 것이다! 우리가 누렸어야 할 권리를 찾으러 갈 것이다! 이 위대한 위업에 내가 너희와 함께할 것이다! 그리고!”

메아리가 흩어지고, 또 흩어진다. 벅차올랐다. 잠시 말을 멈추고 숨을 크게 들이마신 스완은 또렷이 눈을 떴다. 그리고 뒤돌아 그녀의 등을 지키는 이들 하나하나와 시선을 맞추었다.

벨바롯트, 페이작, 리제예스, 바간테오, 팔리메, 저 아래의 체사까지.

그녀의 입술이 부드럽게 호를 그리며 마지막 말을 맺었다.

"너희 모두와 함께하게 되어 나 역시 영광스럽게 생각하는 바다."

발을 구르는 소리, 마구 휘날리는 월계수의 깃발, 그리고 함성이 파도처럼 퍼져 나갔다.

공손히 고개를 조아린 벨바롯트는 살며시 콧잔등을 찡그리며 눈을 내리깔았다. 입가에는 어쩔 수 없는 미소가 번진다.

가볍게 손을 들어 '별말씀을.' 하고 능청스럽게 대꾸하던 페이작은 한참 고개를 들지 못하는 벨바롯트를 향해 비딱한 미소를 보내며 그쪽으로 걸어갔다. 그러곤 보란 듯이 벨바롯트의 어깨를 탁탁 두드려 그의 시선을 끌었다.

페이작이 손가락으로 머리 위를 가리키는 시늉을 하며 느른한 농담을 건넸다.

"그 장난감이 제법 어울리는군."

피식 웃은 벨바롯트는 페이작을 외면하고 스완을 보았다. 그녀는 이미 오르헤의 시중을 받아 파공탑 아래로 내려가고 있었다. 그녀는 저 눈 녹지 않는 산맥이 북부에 내려준 위대한 딸이었다.

출정식을 마친 라르크군은 본격적으로 출정 명령을 기다리며 굳건히 섰다. 벨바롯트는 거대한 준마에 올라, 출발령을 기다리는 군사들과 기사들의 앞으로 나섰다. 그러고는 마지막까지 당부에 당부를 거듭했다.

"그대들이 기억해야 할 첫 번째는 폐하의 안위다. 두 번째도, 세 번째도 폐하의 안위만큼 중요한 것은 없다. 폐하를 지키고, 군율에 복종하고, 상관을 신뢰하고, 너희 자신을 믿는 것이 너희가 수행해야 할 가장 기본적인 임무라는 걸 잊지 마라."

기사들과 병사들의 머리 위로 울리는 당부는, 매우 단호하여 날카롭게까지 들렸다. 그만큼 중차대한 첫발을 앞둔 상황이었으므로 모든 것은 자연스러웠다.

얼마 지나지 않아 중갑 무장을 갖춘 스완이 예닐곱 명의 기사들을 이끌고 나타났다. 풍성한 머리칼은 하나로 묶어 올리고, 은색 갑옷을 차려입은 그녀는 알레타르 달테의 석상이 지닌 위엄보다 더 위엄이 엿보였다. 그녀의 옆에는 투구를 옆구리에 끼고 느긋하게 뒤따르는 페이작도 함께였다.

그녀가 나타나는 것으로 분위기는 서서히 경직되기 시작하였다.

"가 보마."

벨바롯트는 돌아서려는 그녀의 말고삐를 끌어당겼다. 반사적인 것처럼 보이는 몸짓이었으나 그는 스완이 고개를 돌린 후에도 놓지 않았다.

"왜 그러느냐?"

스완이 물었다.

벨바롯트는 살며시 입술을 당겨 물었다가, 고개를 저으며 고삐를 놓았다. 그러고는 타박타박 그녀의 곁으로 바짝 말을 몰아 와 그녀의 허리춤의 검을 끌어당겼다. 스완은 깜빡깜빡 눈을 깜빡이며 그가 하는 양을 보다가 이내 웃고 말았다.

그녀의 고상한 솔 문양으로 세공된 연청색 검자루 위에 묶인 것은 한 장의 손수건이었다.

"무사 승전을 기원하겠습니다."

벨바롯트는 단단히 손수건을 묶은 후 물러섰다.

손수건의 매듭을 가만 내려다보던 스완이 놀리듯 물었다.

"무운의 손수건을 묶는 방법이 형편없는데, 처음이냐?"

왕녀 시절 그녀는 숱하게 기사들에게 손수건을 선물했으므로, 엉성하기 짝이 없게 오직 힘으로만 묶어 둔 손수건이 어쩔 수 없이 우스웠다. 이해 못할 것은 아니었다. 벨바롯트는 직접 검을 들고 싸우는 자였으므로 손수건을 선물하기보다는 선물받아 왔을 것이다.

"매듭은 다 같은데 형편없고 그렇지 않고의 차이가 있습니까. 끝까지 트집 잡으십니다."

"하기야, 네 연인이 누구든 전쟁터에 나서지는 않았을 테니. 익숙하지 않을 법하지. 고맙다, 벨비."

쓰게 웃은 벨바롯트는 긴장한 호흡을 고르듯 깊이 숨을 내쉬며 그녀를 바라보더니, 찬찬히 팔을 뻗어 그녀를 끌어안았다. 그러고는 그녀의 뺨에 세게 입술을 눌러 붙였다.

예상치 못한 그의 입맞춤에 스완은 눈을 둥글게 뜨고 좌우 기사들을 흘겼다. 기사들은 헛기침하며 몸을 돌렸다. 평소라면 공적인 자리에서 이럴 리 없는 치인데, 어지간히 감성적이게 되었구나 하여 스완은 떨떠름한 표정으로 그의 등을 다독여 주었다.

벨바롯트가 뺨 위로 속삭이듯 당부했다.

"부디 몸을 아끼십시오. 이곳의 걱정은 놓으시고."

고개를 돌린 스완이 떨어지려는 그의 입술을 쫓아 부드럽게 비비며 속삭였다.

"나의 건승만큼이나 너의 건승을 비마. 며칠만 지나도 날 그리워하게 될 거야."

얇게 웃은 벨바롯트는 천천히 말을 움직여 거리를 벌렸다. 스완은 아무 일도 없었다는 듯 기사들 쪽으로 말머리를 돌리며 소리쳤다.

"가자!"

위대한 북부 정벌의 시작을 알리는 북이 울리고 그들은 돌아오지 않을 길을 출발했다.

둥. 둥. 둥. 둥…….

둥. 둥. 둥. 둥…….

끊이지 않는 행진과 휘날리는 깃발이 찬란하게 빛난다. 평야를 향해 긴 뱀처럼 줄지어 걷는 병사들의 제식은 비장하나 어떤 희망으로 가벼웠다. 등 뒤로는 산맥의 바람이 불어와 그들의 등을 식혀 주었고, 선두의 기사들과 나란히 말을 몰아 걷는 여왕의 곧은 등은 굽어지지 않을 어떤 꿈, 혹은 이상처럼 보였다.

'흐음…….'

말머리를 틀어 선두의 스완에게 다가간 페이작이 그녀의 말과 보속을 맞추었다.

다그닥 다그닥. 발굽 소리가 겹친다. 페이작과 눈을 마주친 자르데사가 조금 속도를 늦춰 물러났다.

페이작은 말없이 정면을 보고 걷는 그녀를 빤히 바라보다 운을 띄웠다.

"그런데, 누님."

"네 자리가 거기였느냐?"

"궁금한 게 있어 말이지."

바람에 휘날리는 붉은 머리칼을 쓸어 넘긴 스완이 고개를 돌려 페이작을 쳐다보았다.

"무엇이?"

"국서에게 연인이 있나?"

스완은 별 질문을 다 한다는 듯이 대꾸했다.

"그치도 사내다. 조용하게 어울리는 것을 눈감아 주는 게 무에 그리 어렵다고."

"어울리는 여자가 있다고? 본 적이 있나?"

묘한 웃음기를 머금은 페이작의 물음에 스완은 가벼이 어깨를 들먹였다.

"출정하는 날까지 여인에 대한 얘기라니. 페이작, 너도 사내라고?"

"누님에게는 이제까지 내가 세 번째 성별쯤으로 보였던 모양이지."

그 또한 틀림없는 말이라 스완은 순순히 대답해 주었다.

"본 적은 없지만 그럴 마음도 없다. 누군지 알아 봐야 배알만 꼬이겠지."

장난스럽게 눈썹을 올렸다 내린 페이작은 힐끔 멀어지는 귀자로 성벽을 흘겼다.

"……이거, 누가 들으면 누님이 질투라도 하는 줄 알겠군. 내가 더 질투가 나네. 누님의 성정에 어떤 여인인지 물어는 봤을 것 같은데."

"미추의 말로는 표현도 하지 못할 만큼 대단히 경이롭다더구나. 벨바롯트의 성품을 생각하면 괜찮은 여인이겠지."

스완은 조금 더 빠르게 말을 몰아 앞질렀다. 그러다가 어느 순간 페이작의 걸음이 느려졌다는 것을 깨닫고 고개를 돌렸다. 페이작은 아주 흥미로운 것을 깨닫기라도 한 사람처럼 턱 끝을 매만지며 벽안의 이채를 빛냈다.

"아아, 그래?"

스완은 잠시 그런 페이작을 지켜보다가 곧 관심을 거두었다. 페이작이 빠르게 말을 몰아 뒤처졌던 간격을 좁혔다.

"누님은 그자의 말을 믿나?"

"무슨 소리가 하고 싶은 거니, 집중하지 않고."

스완이 나긋하게 일침했으나 페이작은 멈추지 않았다.

"생각을 해 봐라, 누님. 뮈아드로에 누님보다 아름다운 여자가 있을 리가."

"하면 로크란드에 두고 온 모양이지."

"한 번도 본 적이 없다며. 왜 있다고 믿지?"

"없는 연인을 있다 속일 연유가 있겠느냐? 무어…… 사랑에 빠진 남자들에게는, 누구라도 가장 아름다워 보이……."

거기까지 말하던 스완이 살짝 눈살을 찌푸리며 고개를 돌려 페이작을 똑바로 보았다.

"너 뭔가 아는구나."

"그건 모를 일이고."

페이작은 곧장 발뺌했다. 스완은 수상쩍다는 시선을 보내다가, 불현듯 상상했다.

벨바롯트는 자신의 쓰임을 마친 후 조용히 그녀를 떠나 그의 가정을 이루기를 바랄 것이다. 그러나 스완은 그저, 벨바롯트와 함께 평온한 말년을 보내기를 바란다. 그는 차 한 잔을 내려놓고, 마주 앉아 삶을 나누기에는 아주 좋은 벗이었다.

속 짚일 듯 짚이지 않는 것까지도 좋다.

천성이 재미있는 자가 아님에도 덕분에 그녀는 일생 지루하지 않을 것이다.

잠자코 생각하던 스완이 고개를 저었다.

"아니, 됐다. 궁금해하지 않는 편이 낫겠구나."

"누님답지 않게 소극적이군. 알아 두는 게 낫지 않나."

"그러면 내가 무슨 짓을 할지 어찌 알고?"

그런 말도 할 줄 아는 사내였다.

'늑대는 한 마리의 암컷만을…….'

스완은 지금은 이 정도가 적당하다고 생각하였다. 웃음을 참듯 묘한 표정으로 시선을 내리던 페이작이 갑자기 말을 돌렸다.

"잠시 이탈해야겠군."

"페이작."

"잊은 게 생각나서. 실례하겠습니다, 폐하."

과장된 어조로 말한 페이작이 달려간 것은 그들의 출발, 그리고 시작. 남아 있기로 약속된 자들에게였다.

귀자로의 성문 앞에서 막 돌아서려던 참이었던 벨바롯트는 갑자기 군사들을 거슬러 내달려오는 붉은 머리칼의 사내를 보았다. 염려 따위는 전혀 없어 보이는 자신만만한 낯이었다.

발끝을 되돌려 그쪽을 바라본 벨바롯트는 어느새 눈 깜짝 할 사이 그의 코앞에 도달한 페이작을 올려다보았다. 기사를 싣고 내달려온 말의 숨이 벅차고, 그 열기가 가까이서 느껴졌다.

페이작의 푸른 눈이 똑바로 그를 향했다. 벨바롯트가 건조하게 물었다.

"벌써 차질이라도 생긴 겁니까?"

"섭정의 당부는 지겨울 만큼 들었는데, 정작 내가 섭정에게 당부하지 않은 게 생각이 나 말이지."

말에서 내린 페이작이 벨바롯트의 한쪽 어깨를 강하게 끌어당기더니, 어깨동무를 하듯 감쌌다. 그러곤 속삭였다.

"미추 따위로 논할 수도 없을 만큼 아름답고 경이로운 누님은 내가 지킬 테니, 너는 누님이 맡긴 일이나 똑바로 하고 있으라고."

눈살을 찌푸린 벨바롯트가 고개를 돌렸다. 비뚜름한 미소를 보낸 페이작이 오연히 턱을 들고, 곧장 다시 말 위로 올라탔다. 그러고는 배웅을 위해 서 있던 사람들을 쭉 돌아보며 환한 얼굴로 소리쳤다.

"폐하께서는 너희를 깊이 신뢰하신다. 그러니 실망시키지 마라."

그러곤 답도 듣지 않고 박차를 가하여 눈 깜짝할 사이에 군사들의 후미를 내달려간다. 순식간에 멀어진 페이작을 바라보는 자들의 얼굴에 허탈한 웃음기가 떠올랐다.

고개를 절레절레 저은 오켄이 말했다.

"전하께서는 도무지 긴장도 안 되시는 모양입니다."

"뭐…… 전하께서야."

일자로 다물려 있던 벨바롯트의 입술에 보일 듯 말 듯 한 미소가 번졌다. 흑안은 멀어져 가는 왕자의 뒷모습에 머문다.

앞으로 달리고, 달려서 수천의 대군과 함께 점처럼 멀어지는 왕자는 스완의 곁으로 가 설 것이다. 그리고 스완의 앞날에는 그들이 싸워야 할 북부란 적들이 기다리고 있을 터이나, 문득 괜찮을 것이라는 생각이 들었다.

그는 제 손 닿지 못할 먼 곳에서 벌어질 미지에 대한 경미한 흥분을 느꼈다.

건방진 왕자의 조언을 귀담아서는 아니었지만 이제 정말로 시작된 것이다. 저들의 싸움도, 이곳에 남은 그의 하루도.

뮈아드로에 남은 자들, 이 성벽 안에서 또 다른 형태의 싸움을 시작하게 될 사람들의 제각각의 감회가 공기 속을 떠돈다. 하지만 그것이 아무리 천차만별이라 해도 오늘 이 순간 그들의 가슴속에는 공통의 기대감이 도사릴 것이다.

북부대통합의 꿈.

그것은 스완이 심어 둔 바람이며, 남기고 간 희망이었다.

지크 경이 소리쳤다.

"자, 자, 정신들 못 차리나!"

그는 수도경비대가 참전할 수 없다는 사실에 매우 분개하는 사람으로, 이곳에서나마 분발하겠다는 의지가 역력했다. 그를 시작으로 배웅을 위해 나와 있던 사내들 모두 하나둘 현실로 돌아왔다.

손을 비비며 몸을 돌린 오켄이 분위기를 풀어 보마 호방하게 외쳤다.

"저, 이제 저희는 무얼 할까요? 섭정공!"

사내들의 시선이 그쪽으로 향했다.

수개월 여왕을 필두로 뮈아드로를 벅적거리게 하였던 군대가 떠난 지금은 많은 것이 부재한 셈이었다. 허전함과 혼잡은 한동안 이어질 것이다. 그리고 벨바롯트는 그것들을 정리해야 할 자로서 백금의 왕관을 하사받았다.

그녀는 떠났다. 라르크의 성단인 이곳에 그를 둔 채로. 그녀의 손에 쥐인 것은 오직 꿈과 이상과 미래에 대한 희망뿐이었다. 그리고 그의 역할은 언젠가 그녀가 가져올 미래의 자리를 마련하는 것이다.

사투르가 귀레 라르크.

가슴속 그 오랜 맹세를 되새기며, 소란한 마음을 내려놓았다.

오켄을 향해 희미한 미소를 보낸 벨바롯트가 천천히 걸음을 내디뎠다.

"폐하의 나라를 지키는 것 말고 또 무엇이 있겠나."

날 좋은 바람에 메마른 아름다운 조약돌 성벽이 그를 맞이한다. 유리처럼 반짝이는 성벽을 지나는 걸음, 소란과 염려는 돌 하나하나에 내려 두었다. 그리하여 가벼워진 머리를 들어 드리운 산맥에 기도하였다. 유구히 이 땅을 지켜왔던 자랑스러운 옛사람들에게.

'부디, 보우하소서.'

높고 푸른 하늘이 보우하던 그날, 11년 전쟁은 시작되었다.

귀자로 성벽. 흰 월계수 깃발이 나부끼는 주인 떠난 그곳에는, 성벽을 지키는 늑대가 있었다.

닫는 이야기. 모르가나

닫는 이야기. 모르가나

2년 8개월 후, 남부.

남부는 따사로운 봄과 여름의 축복을 받아 해의 절반은 녹음으로 푸르르다는 인식을 가져, 풍요의 상징으로 대체되곤 한다.

대륙분리법에 의하여 남부라 규정된 그들은 북부와 다르게 큼직한 나라들이 여럿 땅을 갈라 먹고 있는 형세였는데 그중에서도 가장 강성한 나라는 수백 년간 안정적인 치세를 이끌어 온 모르가나였다.

특히나 모르가나의 수도 시모어는 사계가 뚜렷한 편이며, 겨울에도 눈을 구경하기가 쉽지 않은 온화한 날씨였다. 토지는 기름지고, 거대한 강은 매일같이 물로 넘쳐 나 가뭄도 두렵지 않은 천혜의 땅이다. 그뿐일까. 경관이 좋다 보니 화가니 예술가니 하는 이들의 순례가 잇따르고 문화적 융성을 가장 먼저 시작하게 된 것은 필연이었다. 그리하여 남부국가들 사이에서도 검은 사자의 깃발은 부국과 강병을 표상했다.

시모어 남역의 샬루이가 별장. 별장 사방으로 검은 사자의 깃발이 휘날리고 있었다.

새로운 소식들을 담은 서류를 한 아름 안은 펄롱 코르시 에반스 백작이 그 별장에 도달했을 때 가장 먼저 볼 수 있었던 것은, 별장 앞 강나루 앞에 줄지어 선 화려한 옷차림의 여인과 기사들이었다. 화려하고 일률적인 옷차림은 그들이 시모어의 왕궁에서 온 자들이라는 걸 알렸다.

그들은 펄롱이 오든 말든 거들떠보지도 않고 물비늘을 반짝이며 흐르는 느린 유속의 강물을 하염없이 바라보고 있었는데, 멀리서 보았을 때도, 가까이서 봐도 뭐에 홀려 넋을 뺀 것처럼 보였다.

하지만 펄롱은 이내 강나루 위 잔교에 놓인 옷가지를 발견하고는 사태를 파악해 냈다.

"또 말인가?"

"예, 또요."

한 시녀가 중얼중얼 대답해 주었다. 펄롱은 푹 한숨을 내쉬었다. '또 물에 빠지신 것'이다. 뭐, 이번 경우에는 '자발적으로'라는 말이 들어가야겠지만.

'아, 햇빛 따갑다.'

얼마간 기다리자 강나루에서 조금 떨어진 강 한편에서 하얀 물보라를 일으키며 금발의 사내가 튀어 올라왔다. 푸하, 물을 뱉어 내는 그는 부드럽게 물살을 가르며 둥둥 떴다. 곧은 콧날과 이지적인 눈매가 매우 매력적이며 부드러운 인상의 미남자였다. 그러나 언뜻 물 위로 드러난 어깨만 보아도 근육으로 다져진 매우 건장한 몸임을 알 수 있었다.

사내는 푹 젖어 얼굴에 붙은 금발을 쓸어내고는 끊긴 잔교로 헤엄쳐 나왔다.

기사의 손을 잡고 나루터 위로 거뜬히 올라와 선 그의 키가 몹시 컸다. 그러나 뭣보다 그는 아무것도 입지 않은 알몸이었다. 그림처럼 굴곡진 잔근육이 입이 떡 벌어질 만큼 아름답지만 남우세스러운 것은 사실.

시녀들은 재빠르게 달려가 그의 몸을 수건으로 닦아 냈다. 그는 이내 얇은 가운만 대강 걸치고 허리끈을 동여맨 후 뭍으로 돌아 나왔다.

"에반스 백작의 고상한 낯짝이 왜 여기?"

지난번 만남에서 데르나주크 4세는 펄롱에게 죽어 버리라고 말했다. 농담이었을 터이나, 펄롱은 제법 마음의 상처를 입었다. 펄롱이 다소 뾰로통한 내색으로 말했다.

"폐하를 너무나 사랑하는지라 죽지 않고 또 왔습니다. 폐하, 위험하게 강물 놀이를 하십니까. 하지만 오늘도 여전히 근사하고 최고로 멋지십니다. 하지만 역시나 사고라도 나면 어쩌시려고요."

"니들 목이 달아나지, 내 목이 두 번 달아나겠나?"

넉살 좋게 웃으며 건네는 농담이 허황된 가정이 아니란 점이 늘 신하들을 질겁하게 하는데, 그는 알고도 즐긴다.

금발 벽안이 매력적인 서른셋의 왕 데르나주크 4세는 장난을 좋아했다. 장난이라면 뭐든 다 좋아하는 편이다. 아니, 좋아하다 뿐인가? 때로는 장난을 치다 못해 위험한 활동도 서슴없이 즐겨 가신들의 애간장을 절절 끓게 만들었다.

"그래서 어쩐 일이지? 실비아가 이르지 않았던가? 사흘 정도 쉴 거라고. 아, 너희는 따라오지 마라."

데르나주크 4세는 강가의 가장 큰 아름드리나무 밑에 마련된 테이블과 누울 수 있도록 비치된 그늘 의자를 향해 걸어가며 시녀와 기사들을 물렸다. 펄롱은 재빠르게 서류를 꽉 끌어안으며 그를 쫓아 걸었다.

"비전하의 휴양을 계획하시기까지의 눈물겨운 사투까지 전해 듣기는 했습니다마는, 폐하께서 물놀이를 하시는 동안에도 세상은 굴러가니까요. 애석합니다. 세상이 멈춰 주면 얼마나 좋겠습니까?"

"명문이로군. 애석하지만 세상이 멈추길 바랄 만큼 자만하지는 않으니 네 용건이나 해라. 휴가를 망친 죄는 용건이 뭔지 듣고 묻지."

"일단 보십시오."

어색하게 웃은 펄롱이 품 안의 서류들을 뒤적였다. 워낙 들고 온 것이 많은 까닭에 우수수 떨어지고 난리가 났다. 작게 한숨을 내쉰 데르나주크 4세는 저 많은 것을 예까지 안고 온 펄롱의 부지런한 충성스러움에 대해 회의적인 시선을 보냈다. 그러거나 말거나 펄롱은 곧 서류들 사이에 끼워져 있는 두 장의 서찰을 꺼내어 건넸다.

"이것부터 봐 주십시오."

데르나주크 4세는 대수롭잖게 구겨진 서찰을 건네어 받았다. 북부로 올려 보낸 자들이 보내온 것이다.

"지저분하기는."

"지저분하여 심히 죄송스러운 일입니다만 폐하, 세상은 원래 더럽습니다."

혀를 찬 데르나주크 4세는 느긋하게 서찰을 펼쳤다. 푸른 눈동자는 우아하게 서찰 위를 오르내렸다. 펄롱은 침을 꼴깍 삼키며 데르나주크 4세의 반응을 기다렸다. 하지만 첫 번째 서찰을 다 읽을 때까지도 그는 표정 변화가 없었다. 두 번째 서찰을 펼쳐 읽던 그의 입가가 미소 비슷한 것을 머금기 시작했다.

데르나주크 4세가 웃음을 참듯 입술을 꾹 당겨 물며 턱을 저었다.

“이 여자, 아, 이 여자. 아아, 이 여자.”

펄롱이 고개를 주억거렸다.

“예, 그 여자 말입니다.”

“박트의 턱주가리를 박살을 내 버렸다고? 거기까지 갔다는 거야.”

데르나주크 4세는 명백히 흥분했다.

그가 말한 박트의 턱주가리란, 다소 당혹스러운 비유이나 박트 왕국의 왕이었다.

남부는 북부와 정치적으로는 크게 연이 없지만 문화적, 경제적 교류는 이어 나가고 있었는데 모르가나의 경우에도 마찬가지였다. 중부 지대에 근접한 북부국인 박트와의 교류도 뜸하게 있어서, 데르나주크는 5년쯤 전 그들과 만난 적이 있었다. 그때 굉장히 중요한 건을 논하였는데 지금서 기억나는 건 박트 왕의 길고 광활한 턱뿐이었다.

“예, 그 턱밖에 없는 작자 말이지요.”

펄롱은 일단 주억거렸다. 한참 목 안으로 웃음을 삼키던 데르나주크 4세는 곧 이해가 안 간다는 듯 미간을 좁혔다.

“아니, 잠깐.”

그마저도 워낙 본판이 좋은지라 매우 근사하여 귀티가 흘렀다. 펄롱 같은 가신의 눈에도 ‘아, 지켜 주고 싶은 우리 폐하’의 느낌이라 해야 할지. 그의 덩치나 힘이 얼마이건 간에 상관없이 말이다.

“내가 북부 지리를 잘못 이해하고 있는 건 아닐 텐데, 석 달 전에 날리부 침공을 준비 중이라지 않았나?”

펄롱은 안고 있던 다른 서류들을 마구 뒤적이다가 둘둘 말린 양피지 하나를 꺼내어 펼쳤다. 대륙의 지도였다.

“여쭈실 줄 짐작했습니다.”

"역시, 똑똑하군."

샐쭉 웃은 펠롱이 짧은 손가락을 세워 지도 위의 한 면을 단호하게 가리켰다.

"그러니까 그 여자가 몇 달도 안 걸려서 여기서…… 이곳까지 간 겁니다."

"날리부 침략은 포기하고?"

"날리부는 이미 점령당했습니다."

비웃음을 머금고 있던 데르나주크 4세의 입술이 벌어진 채 멈추었다. 그는 곧장 다른 서류를 들추었다. 펠롱이 날리부에 관한 항목이 기재된 서류면을 펼쳐 주었다.

"보시면 아시겠지만 보름도 안 걸렸다고 합니다. 날리부가 일개 영지이기는 해도 변환점 취급을 받는 요충지입니다. 날리부의 점령 사건이 북부를 발칵 뒤집었습니다. 이 정도면 폐하의 휴가를 망치기보다 즐겁게 해 드린 이야기가 될까요?"

"아니, 잠깐만, 잠깐…… 지난번에는 산 하나를 다 태워 버렸다더니 이제는 수몰시켰다고? 이건 무슨 소리지?"

데르나주크 4세는 서류의 한구석을 기괴하다는 듯 노려보며 살짝 턱을 뺐다.

'수몰?'

"간략하게만 정리되어 있어 소상히 설명드릴 수 없는 것이 원통할 뿐입니다만, 제가 이해한 바로는 비가 내릴 때를 골라 날리부 최대 규모의 저수지를 터뜨린 겁니다. 우기를 노린 것 같습니다. 그 일대는 비가 한번 내리기 시작하면 하늘에 구멍이 난 것 같다더군요."

얼빠진 표정으로 펠롱을 바라보던 데르나주크 4세는 펠롱이 과장이나 농담을 하는 것이 아니라는 걸 깨닫고 황당함의 콧소리를 냈다.

"하?"

북부대통합 전쟁에 대한 소식이 남부에서 회자되기 시작한 것은 1년 반쯤 전이었다. 그전까지는 '그런 나라가 있기는 하다던데' 정도의 느낌으로만 들어 알았던 라르크라는 작은 나라가 파죽지세로 북부국들을 잡아먹고 있다고. 그조차도 큰 관심이 아니었다.

엄밀히 말해 라르크라는 나라가 얼마나 독기를 품고 전쟁에 임하든 뢴사나 아일마레 같은 거대 북부국들을 굴복시킨다는 것은 사자왕이 되살아나는 일만큼이나 불가능해 보였던 것이다.

때문에 오히려 남부인들은 세 도적이 퍼뜨린 북부의 수많은 후손들이 저들끼리 싸우다 자멸하면 그것으로도 뜻깊은 전쟁이 되겠거니 하며 은근히 그들을 부추기기도 했다.

한데 북부 전국시대가 시작된 지 2년 8개월 만에 판도가 완전히 바뀌고 있다. 남부인들이 북부의 전쟁을 심각하게 눈여기기 시작한 건, 지난겨울 북부 왕국의 큰 축 중 하나였던 뢴사가 둘로 쪼개지면서부터였다.

표면적으로는 이렇다. 뢴사 내의 이권 다툼이 고조되어 공교로운 시기에 내분이 일어났고, 그중 라르크군과 전쟁을 벌일 준비를 하던 이들이 약탈을 위해 내려온 이민족들에게 뒤통수를 맞았다. 그로 인해 뢴사의 정예군은 라르크군에 학살당하였고, 남은 뢴사의 잔당이 뢴사를 갈라 먹어 버렸다—는 재미없는 이야기.

최소한 발아래 무언가를 깔고 지내는 사람들은 그것이 라르크군에게 따라 준 요행이나 천운이라 여기지 않는다. 단순한 행운이라면 북부 도둑의 신이 라르크의 여왕에게 북대륙을 통째로 훔쳐 가라 돕고 있다는 게 아닌가.

한데, 서너 달 전쯤에는 날리부라는 북부의 요충지, 그리고 몇 달

만에 나라 하나를 또 끝장냈다는 것이다.

데르나주크 4세는 그냥 웃고, 계속 웃었다. 펄롱이 왜 저렇게 웃으시나 하며 불안한 눈빛을 보내올 때까지.

간신히 웃음을 그친 데르나주크 4세가 별 기대도 없는 투로 물었다.

"아아아, 라르크의 그 여자가 도시 왕국 멸망을 취미로 삼았다는 건 이제 설명할 필요도 없는 일이고, 자드링어 왕가의 손들은?"

"이전과 마찬가지로 씨족마저 근절한 모양입니다. 달아났던 마지막 왕자의 목이 탑에 걸렸다 합니다."

"혹시 말이야, 라르크의 그 여자……. 북부에 원수진 남부인인 건 아닌가? 그게 아니고서야."

펄롱이 펄쩍 뛰었다.

"저희는 그렇게 잔인하지도, 야만하지도 않습니다!"

시원한 나무 그늘 아래로 걸어간 데르나주크 4세는 떫은 표정을 지으며 손을 흔들었다. 하기야 뭐, 그 역시 그 야만한 라르크인들과 그들을 같은 선상에 놓고 싶지는 않았다. 그 여자는 지나쳤으니까.

잔악무도한 라르크의 여왕이 전쟁을 일으킨 이래, 북부에서는 '왕을 죽이지 않는다'는 의전은 그 무엇보다 빠르게 훼손당했다.

도시 왕국을 선포한 이들이라면 일개 도시의 영주도 죽음을 피할 수 없었다. 왕가나 영주 일족의 혈통이라 하면 갓난쟁이 아기까지 다 잡아 죽인 무도함은 유례없는 일이었다.

"뭐든 간에, 지금 이자들의 속도가 지나치게 빠릅니다. 일전 함락당한 트링거 기억하시지요?"

"어디더라…… 그, 라르크가 한창 전쟁인 틈을 타 라르크 영지를 침략했다 즉각 보복을 당했던 그 나라던가."

"라르크의 민간인을 학살한 대가를 치른 왕국입니다. 정확한 실상을 수소문해 보니 트링거 왕이 전사한 게 아니라 자진을 했던 것이었답니다."

"자진을 해?"

긴 의자에 자리를 잡고 앉던 데르나주크 4세가 눈살을 찌푸렸다.

"하지만 창에 꿰여 죽었다느니 했던 것 같은데."

"트링거인들이 끼워 맞춘 이야기였던 모양입니다. 실상은 투신해 자살한 것이 확실합니다. 북부인들 사이에서는 이미 자자하게 퍼져 있더군요."

"왕이란 자의 정신 상태가 그 지경이라면 안 망하는 게 더 이상하겠군. 전쟁이 났는데 저는 자살을 해? 도망도 아니고?"

"트링거의 왕은 북부에서도 호전적인 자였습니다. 도망친 후 후일을 도모할 생각을 안 해 보았을 것 같지는 않습니다. 반대로 해석하면 그런 자가 투신할 만큼 라르크군이 비정상적이라는 겁니다. 왕의 마지막 유언이 여왕을 막지 않으면 대륙이 망할 것이다— 였다 합니다. 이건 아일마레의 그 유명한 말론초 경을 통해 들은 이야기인데……."

물기가 남은 머리를 털며 등받이에 등을 기댄 데르나주크 4세의 표정은 서서히 이상해졌다. 입술이 찡그려지고 미간이 모였다. 펄롱이 긴장한 표정으로 그의 반응을 기다렸다. 그러나 잠시 후, 데르나주크 4세는 큰 웃음을 터뜨려 펄롱을 당황하게 했다.

"아하하, 하하하하! 하! 하하하하!"

얼마나 경망스럽고 크게 웃는지, 웃다가 의자 밑으로 굴러떨어져 엉덩방아까지 찧는다. 하하, 아으, 하하, 흐하하! 조금 떨어진 곳에서 있던 기사가 다가와 그를 잡아 주었으나 웃음을 그치지 못한 끝에 그 기사마저 나자빠뜨린다.

펄롱은 귀까지 빨개져서 어영부영 덧붙였다.

"……저는 폐하께서 생각하시는 것보다 발이 넓습니다. 말론초 경과는 10년 전부터 친구였는데 말입니다. 아니, 왜 그렇게 웃으시는 것입니까? 과장이야 조금 섞여 있을지 모르지만 그만큼 북부 정세가 심상찮다는……."

한참 웃은 끝에 제가 채신을 잃었다는 것을 상기한 데르나주크 4세가 머리를 흔들었다.

"아니아니, 아니…… 뭐 이렇게 진부해? 패전 앞에 겁먹어 지리면서 뛰어내릴 만큼 멍청한 자가 할 법한 소리기는 하다만. 대륙? 대륙이라면 남부까지 내려올 거란 말이잖나."

미처 떨치지 못한 웃음기를 털어 내듯 입가를 쓴 데르나주크 4세는 그를 부축하러 왔던 기사를 도리어 일으켜 준 후 펄롱에게 다가갔다.

일단 데르나주크 4세는 매우 온화하고 소년 같은 장난기를 지닌 성품이지만, 격투술을 비롯한 여러 운동으로 다듬어진 힘과 위압은 무시할 바 못 되었다. 그리하여 그는 웃는 얼굴에서도 위엄과 권위가 느껴지는 사람이었고, 그럼에도 '지켜 주고 싶은 우리 폐하'의 느낌이 들게 한다는 점에서 신비로운 분이었다.

펄롱은 코앞까지 다가온 그와 눈을 마주쳤다가 황급히 내리깔며 움찔했다.

"그래서……."

데르나주크 4세는 펄롱의 품 안의 서류를 대충 빼앗아 들며 중얼거렸다.

"북부의 그 쥐방울, 아니, 이젠 좀 커졌을 테니 소의 불알 정도는 되겠군. 소 불알만 한 나라가 내친김에 남부 경계선 아래로 남하해 내 목을 교수대에 걸어 주겠다던가? 아아, 아아, 아니지, 그자들은 시체를 모조리 태워 버리는 악습이 있으니 나를 불구덩이에 던져 넣으러 오려나."

"결코 가당하지 않을 말씀입니다. 하나……."

평소라면 북부의 야만인이라며 폄훼하고 무시했을 테지만, 사실 요즘 상황은 정말 좋지 않았다. 손에 잡힌 서류를 대충 펼쳐 훑던 데르나주크 4세가 테이블을 턱짓했다.

"관심이 생기는구나. 펼쳐 봐라."

바스락. 별 좋은 하늘 아래 야외 테이블에는 서류와 편지들이 대중없이 널렸다. 서류들은 펄롱이 남부와 북부를 망라하여 온갖 곳에 심어 둔 정보원들을 통해 독자적으로 정리해 온 북부 동태와 정황 그리고 라르크에 관한 것이다.

북부 인사들 중 유의 깊게 봐 두어야 할 자들, 라르크인들의 수성의 역사, 그들에게 짓밟힌 나라들의 최후 따위가 십수 장의 종이 위에 간략히 설명되어 있었고, 개중에는 인상착의를 베껴 그린 초상화들도 있었다.

"흠……."

건성건성 서류를 들추는 데르나주크 4세의 옆에 바짝 붙은 펄롱이 진심을 다해 설명했다.

"아시지만 말론초 경은 굉장히 사리 분별에 능숙하시며 객관적 시선을 놓치지 않는 자입니다. 그분이 살펴본 라르크의 근황과 내정 상태, 그리고 그들 군사들이……."

"말론초는 요즘도 아일마레에 눌러앉아 있다 하나?"

"라르크군을 종군할 계획이라는 얘기를 들었는데 자세히는 모르겠습니다."

"머리가 좋은 녀석들은 취미도 독특해. 아일마레가 망하고 망명할 거라면 이쪽으로 건너오라고 해라. 그 정도 되는 학자라면 환영이니까."

"말론초 경도 감읍하게 여길 것입니다. 어쨌거나 뢴사의 분열 사태와 날리부의 사건으로 완전히 전환점을 맞이한 것 같습니다. 심각해질까 걱정하는 자들이 많습니다. 아국과 교역 중인 상인들에게도 주의 단계를 격상하고……."

"주의는 주의인데 말이야."

데르나주크는 라르칼리아 왕실의 문양인 월계수가 그려진 종이를 유심히 바라보며 그것을 따라 그리듯 손끝으로 긁어 보다가, 그 아래 깔려 있던 그림에 시선을 두었다. 큰 정성이 깃들지 않은 인물화였는데, 구도와 분위기로 미루어 초상화를 베껴 그린 것이다.

데르나주크가 그 그림을 집어 들고 물었다.

"이 여자 그림은 뭐냐?"

"그 여왕입니다."

데르나주크 4세의 입이 작게 벌어졌다.

"날 놀리나?"

펄롱은 예상 밖의 그의 반응에 도리어 당황해 고개를 도리도리했다.

"예? 아니요, 놀리다니요."

"이건, 너무 미녀잖나. 초상화니까 이렇게 예쁜 거겠지?"

"아니, 그게 중요하십니까……?"

펄롱은 기가 막힌다는 표정으로 데르나주크 4세를 보았으나 데르나주크 4세는 진지했다.

"전쟁터에서 뛰어다니기에는 아까운 인물이니, 당연히."

정면을 보고 앉아 있는 긴 붉은 머리칼과 파란 눈을 지닌 여자는 우락부락하기보다는 가냘파 보였고, 순하기보다는 자신감에 찬 눈빛이었다. 라르크의 여왕에 대해 이야기만 들었지, 실제로 그 얼굴을 확인하는 것은 처음이라.

“제가 알기로는, 과장 없이 닮게 그린 것이라 합니다.”

“전쟁할 맛 나겠군.”

“하, 하, 하…….”

펄롱은 왕비 전하를 고함쳐 부르고 싶은 충동을 간신히 참아 눌렀다. 진심인지 농담인지 모를 데르나주크 4세의 장난은 거기서 그쳤다.

그다음 데르나주크 4세가 관심을 가진 건 적발 벽안의 여왕과 닮았으되 훨씬 더 거친 야성적인 인상을 주는 남자의 초상화였다. 여왕의 얼굴을 견지한 후였기에 쉽게 알아차릴 수 있었다.

페이작 돌레한 라르칼리아.

“이자가 그 여왕의 기사인가? 확실히 닮았는데.”

“전대가 야합으로 가진 자식이라 하였는데, 현존하는 유일한 라르칼리아의 남자입니다.”

“눈빛이 맹수로군.”

“야만인답게 몹시 포악하다더군요.”

“사생아가 주제도 모르고 날뛰는 걸 보면 북부 왕실들은 근본이 없어. 이자들은 저들이 야만족 소리를 듣는 걸 억울해할 자격이 없다고…… 그런데 젊어 보이는데, 몇 살이라고 했지? 그러고 보니 저 미녀는 몇 살이지?”

“여왕이 지금 스물여덟인가 그 근방이라 들었고, 저치가 스물서넛쯤 된다 들었습니다.”

어린 나이에도 대단히 뛰어난 재주를 지닌 남자였다.

곰곰이 페이작의 얼굴을 뜯어보던 데르나주크 4세는 이윽고 그 서류들 사이에 끼워져 있던 독립 도시 베르트의 요청서를 집어 들었다.

펄롱이 재빠르게 설명했다.

"그건, 베르트의 재그라우스 백작이 하트 각하 쪽으로 보내던 은밀한 편지인데 '우연찮게' 제가 발견하게 되어서 '우연찮게' 사본을 뜨게 됐고, '우연찮게' 이런 시국인 듯하여 폐하께 한번 살펴보시라고…… 어지간히 심각한 모양입니다."

요약하면 다른 집안으로 가야 하는 편지를 가로채 베껴 왔다는 뜻이었다. 데르나주크 4세는 그를 책망하지는 않았다. 하트가는 모르가나 내에서도 세가 큰 집안이고 데르나주크 4세와도 상성이 썩 맞지 않아 종종 갈등을 빚는 자들이었다.

특히 그들은 중부인들과의 교류가 비교적 잦아서 종종 수교 문제의 중심이 되곤 했다. 그들과 교역하는 남부경계선 이북에 위치한 독립 도시 베르트가 이번에 그들에게 무언가를 요구한 것이다.

라르크군이 남쪽으로 내려올 것을 방비해야 하므로 비축을 위한 물자 확보에 조금 더 힘을 써 주기를 바라며, 그들은 도시를 방위할 용병을 원한다는, 그런 내용으로.

콧소리를 내며 잠자코 생각에 잠긴 듯 진지하게 그 편지를 바라보던 데르나주크 4세가 명했다.

"에반스 백, 궁으로 돌아가 웨스터스 공작에게 내가 찾는다 전하고, 블레이필 경에게 전달해. 하트가의 뒤를 잡을 거리가 있는지 알아보고 수교금지령을 내리라고. 그리고 북부와 교역 중인 상인들에게 경고를 돌려라."

"예?"

"정신 빼고 있지 말고."

"아니……."

펄롱이 입술을 달싹거렸다.

그가 기대했던 반응은 라르크군의 과도한 정복 전쟁이 남부에 영향을 미칠지 모른다는 사실에 대한 데르나주크 4세의 자각이었다. 오죽하면 독립 도시인 베르트가 벌써부터 성문을 닫고 수성전을 벌일 준비를 하고 있겠는가— 하는 부분에 착안한. 베르트와의 수교를 완전 중단하게 하고, 하트가와 모르가니아 왕실 사이에 분쟁의 불씨를 일으키려는 것이 아니었다.

"……예?"

충분히 남부의 문제가 될 수 있는 상황이었다. 독립 도시 베르트는 북부 도시 국가에 속하기는 하지만 남부 국경선에서 말로 보름만 달리면 도달할 수 있었다. 그 바로 위에는 라인이 있고, 조금 더 위로 올라가면 에센바르크라 불리는 별돌 산지가 있으나 그 두 도시 국가가 라르크 군대를 무찌를 것이라는 희망은 갖기 어려웠다.

"문제라도?"

데르나주크 4세는 베르트가 보내온 편지 사본을 툭 던지듯 내려놓은 후 라르칼리아의 문양으로 알려진 월계수 그림을 집어 들었다. 가지와 뿌리가 제법 날카로운 단조로운 문양이었다.

'……월계수.'

그 추운 곳에 웬 월계수인가 싶었다. 가끔 하는 생각이다.

주저하던 펄롱이 조심스럽게 사견을 드러냈다.

"외람되오나, 폐하, 베르트의 요청은 제게 어떤 징조처럼 보입니다."

"흠."

"아니, 베르트가 쓰러져 남부 경계선으로 엎어진다면 그들의 정수리가 국경에 닿을 만큼 가까워지는 겁니다. 그러니 그들을 돕는 것이…… 멀리 보아서는."

설핏 웃은 데르나주크 4세는 단호히 말했다.

"우리는 북부의 가정사에 관여할 이유가 없어. 애도 아니고 어미가 무섭다고 맞기도 전에 징징거리는 꼴하고는."

"오죽하면 재그라우스 백작이 그러실까요. 보셨으니 아시겠지만 저들이 요청한 건 수성전을 대비해 비축할 물자 총량의 증대이고, 그를 위한 규제와 정규군 증병이 아닌 용병 파견이라 하니 오히려 손해보다는 득이 될 일입니다."

"하트는 지금도 충분히 부유해. 위험할 정도지. 내 좁은 속이 그들을 더 기름지게 만들어 줄 만큼 너그럽고 싶지는 않다는 이유가 첫째. 이쪽의 용병을 보냈다가 몰살이라도 당하면 우리가 참전해야 한다. 북부에서 끝나고 말 전쟁이 대륙의 전쟁이 될 필요가 없다는 게 둘째. 그 여자, 이제까지의 승리가 운이 아닌 것 같다는 게 셋째 이유다. 향후 일 년 안에 전쟁을 멈추지 않는다면 라르크군은 확실히 중부 도시 국가들까지 다 먹어 치우겠군."

펄롱은 더욱더 난감한 표정이 되었다. 그 정도로 북부의 전쟁을 심각하게 여긴다면 도리어 끼어들어서라도 북부군의 남진은 막아야 하는 것이 아닌지.

데르나주크 4세는 월계수가 그려진 종이를 팔랑팔랑 흔들며 짧은 웃음을 흘렸는데, 다른 생각을 하는 것처럼 보이기도 했다. 어슬렁거리는 듯한 걸음으로 그늘 의자로 돌아가 앉는 그를 바라보던 펄롱이 말했다.

"이렇게 말씀드리고 싶지는 않았지만, 제 형제들마저 쓸어 냈다는 소문이 도는 여자입니다. 북부로 끝낼 것 같지 않습니다."

"아, 그거. 소문 아니라 진짜야."

의자에 몸을 쭉 펴고 누운 데르나주크 4세는 평이하게 대꾸했다. 몹시 평이해서 펄롱은 멍청하게 되물어야 했다.

"예?"

"아일마레의 헤게시 왕이 일렀다. 그 여자가 저와 같은 핏줄일랑은 반 푼짜리 하나 남기고 여자, 남자 할 것 없이 다 씨족을 말렸다고. 아, 막내 여동생 하나 간신히 살았다고 하던가, 추방 후에 죽였다고 하던가? 가지를 다 잘라 내도 나무가 살 수 있는지 없는지의 여부는 차치하더라도 보통 각오는 아니겠지."

"정말이지 상종도 하고 싶지 않군요."

펄롱은 툴툴거리듯 중얼거렸다.

남부에서도 알력 다툼이나 권력을 둔 암투는 비일비재하지만, 펄롱은 최소한의 선은 지켜져야 한다 생각했다. 그렇지 못한 자는 짐승과 차이가 없다는 믿음으로.

하지만 데르나주크 4세는 대수롭잖게 받아들이는 내색으로 말했다.

"북부에서 형제지간에 칼부림이 하루 이틀 일어난 것도 아니고. ……돌아가는 꼴을 보니 그 여자는 북부의 왕족이란 왕족들은 다 잡아 죽여 저 혼자 남을 공산인 모양이군. 통합을 입에 올렸다면 의당 그럴 수밖에 없긴 하겠다만. 단순한 선전 선동용 문구인 줄 알았는데 말이야."

"그렇다면 더 주의를 기울여야할 때가 아니겠습니까. 그런 야만한 여자가 야만한 군대를 이끌고 남부로 쳐들어오기라도 하는 날에는."

하늘을 향해 월계수 문양의 종이를 들어 올려, 그 빛이 비치는 방향을 관찰하던 데르나주크 4세가 비스듬히 펄롱을 돌아보며 실소했다.

"앞서가지 마. 욕심이 과하면 화를 부르는 법이니까."

"하나……."

"네 말처럼 속도가 지나치다. 정도라는 게 있는 건데 말이야. 전쟁을 저렇게 해서는 안 되지."

'폐하는 저런 전쟁 안 해 보셨잖습니까.' 하는 불충한 발상을 떠올리고 만 펄롱이 한숨을 내쉬었다가, 재빠르게 표정을 고쳤다. 그런 펄롱의 속내를 알아차리기라도 한 것처럼 데르나주크 4세가 낮게 웃음을 터뜨렸다.

"오늘만 네 불경을 눈 감으마. 어쨌거나, 전쟁도 머리로 하는 거야."

"아니, 그러니."

"수몰이라니, 확실히 저 여자는 머리가 비상하다. 아니면 그 곁에 비상한 자를 두었겠지. 하지만 머리가 좋은 자들일수록 결국 자만해지기 마련이고, 오만은 실수를 부르지. 오래지 않을 거야. 지금의 북부 상황을 고려한다면 저들이 앞으로도 전쟁을 지속할 수는 없다는 것쯤은 보일 테니까."

"말씀은 지당하시지만, 역시나 저는 북부군이 남진하게 될 가능성도 간과해서는 아니 될 문제로 보입니다. 그들이 남진하지 않을 거라 확신하시는 건 위험합니다."

종이를 흔들어 자연스럽게 그 냄새를 맡듯 깊이 숨을 들이마신 데르나주크 4세가 웃음기 어린 눈을 반짝였다. 태연해 보이기도 했고, 즐거워 보이기도 했다.

"오라고 해."

"예?"

"흥미는 생기잖나……? 저런 미녀가 방문한다면 환대해 줘야겠지."

"왕비 전하는 어디 계십니까?"

"내가 뭐라고 했나?"

데르나주크 4세가 시침을 떼며 말을 뒤집었다. 펄롱은 장난기를 지우지 못하는 그들의 왕을 향한 무한한 경애와 약간의 한숨을 동시에 느끼며 고개를 절레절레 저었다.

"가 봐라. 오늘의 방해는 용서하마."

피식 웃은 데르나주크 4세가 관찰에 흥미를 잃은 사람처럼 종이를 손안에 구겨 던지고는 팔베개를 하고 머리를 뉘었다. 구겨진 종이는 포물선을 그리며 잔디 위로 떨어졌다. 멍하니 보던 펄롱이 물었다.

"아니, 그러면 정말 좌시하시겠다는 것입니까?"

"그래, 북부 세 도둑의 후예들이 우리에게 이르는 문턱을 두드린다면, 그때는, 송두리째 뽑아 불구덩이에 내던지면 그만이야. 불놀이는 보는 재미가 있으니까."

데르나주크 4세는 부신 눈을 감고 미소를 머금었다. 푹 한숨을 내쉰 펄롱은 어영부영 서류들을 정리하여 물러났다.

햇살 포근한 온 곳 푸른 여름이었다. 푸른 갈대 흔들리는 강가에서 남부의 왕은 콧노래를 흥얼거린다. 구겨진 월계수 한 그루가 남부의 바람을 타고 잔디 위를 굴러, 굴러 멀어졌다.

668년, 북부의 여왕 스완 세칼리드 라르칼리아는 북부의 과반을 통합한 후 남부의 국경에 도달하여 남부경계선의 방파제인 모르가나와 격돌한다. 그 사건은 북부대통합을 이루었던 여왕 스완 세칼리드 라르칼리아의 시대가 종말하게 된 첫 격이자, 사자왕 데르나주크 4세가 대륙의 유일무이한 황제로 군림하여 전 남부를 아우르게 될 기반이 되는 첫 전투였다는 평가를 받는다.

-『북부전국시대(北部戰國時代), 말론초의 회고록』, 801p 중 발췌.

671년, 끝없이 남부를 공격한 라르크군은 단 한 차례도 남부의 땅을 밟지 못하였으며 모르가나의 최북단 요새 올조르의 목하에서 라르크의 내분을 막지 못하여 자멸하였다.

-『북부전국시대(北部戰國時代), 말론초의 회고록』, 915p 중 발췌.

'북부는 남부를 이길 수 없다'는 남부인들의 긍지 또한 그 시대에 시작된 것으로, 여왕 스완 세칼리드 라르칼리아의 첫 패배와 마지막 패전을 남부인들은 북부 그 자체의 패배로 받아들인 셈이다. 그러므로 당시 북부는 그 자체로 라르크 여왕이라고 추론할 수 있다.

그리하여 라르칼리아 왕조의 시대는 여왕과 함께 막을 내렸으나, 바야흐로 대륙은 남과 북의 시대가 시작된 것이라고, 감히 필자의 사견을 더한다.

북부전국시대(北部戰國時代)를 살아 숨 쉬었던 필자, 말론초 올림.

-『북부전국시대(北部戰國時代), 말론초의 회고록』, 1208p '새 시대의 시작에서' 중 발췌.

-끝-

BLACK LABEL CLUB 028
마리포사 외전: 말론초의 회고록

1판 1쇄 발행 2021년 10월 5일
1판 2쇄 발행 2022년 8월 31일

지은이 신여리
펴낸이 신현호
편집장 예숙영
편집 박상희
편집디자인 한방울
영업·관리 김민원
물류 이순우 박찬수

펴낸곳 ㈜디앤씨미디어
출판등록 2002년 5월 1일 제117-90-51792호
주소 서울시 구로구 디지털로 26길 111 JnK디지털타워 503호
대표전화 (02)333-2513 팩스 (02)333-2514
전자우편 dncbooks@naver.com
디앤씨북스 블로그 http://blog.naver.com/dncbooks

ISBN 979-11-264-5788-5 (04810)
979-11-264-3647-7 (SET)